AF308533

Diese Geschichte ist rein fiktiv. Ich lege größten Wert darauf, keinen Bezug zum aktuellen Tagesgeschehen, Orten, Themen oder Personen herzustellen.

Mein Dank gilt allen Personen und Ereignissen, die diesem Buch zur Geburt verhalfen.

Peter Rupprecht

Peter Rupprecht

Kore Tomps 2

- Das Geheimnis der schwarzen Fee -

Version v. 31.12.2019

Bibliografische Information der Deutschen Nationalbibliothek
Die Deutsche Nationalbibliothek verzeichnet diese Publikation in der Deutschen
Nationalbibliografie; detaillierte bibliografische Daten sind im Internet über
http://dnb.d-nb.de abrufbar.

© 2020 Peter Rupprecht
Herstellung und Verlag:
BoD - Books on Demand, Norderstedt

ISBN: 978 3 7504 3619 0

Inhaltsverzeichnis

Prolog

Manche sagen, dass es im Universum so etwas wie ein Ende nicht gäbe. Das, was die Ängstlichen als den unausweichlichen Tod betrachten, mündet von einem physikalischen Zustand in einen weiteren physikalischen Zustand. Gleich dem Feuer, das notwendig ist, um die Formung der Materie in eine neue Verschmelzung zu ermöglichen.

Andere wiederum behaupten, dass, aus der Beobachtung des Lebens folgernd, der Geburt und des Sterbens, es weder ein Danach noch ein Davor gäbe. Das Sein beschränkt sich auf ein enges Zeitfenster, was das Leben zu etwas Einzigartigem, Kostbarem, ja Unwiederbringlichem werden lässt. Mit dem Sterben reißt alles ab und jene Geschichten, die von Menschen und ihren Nahtoderfahrungen berichten, sind nichts Weiteres als ein Spuk des Gehirns, um die Angst vor dem erzwungenen Ende zu nehmen.

Aber eigentlich ist es egal, was jene über den Tod zu wissen glauben, denn wer sich der Vorstellung hingeben mag, dass sein eigenes Leben kein energetischer und somit formbarer Zustand wäre, wird sein eigenes Dasein in der Vermutung der Endlichkeit verbringen. Für ihn wäre jeder Tag etwas Besonderes und jeder Moment verführt zum intensiven Leben. Auch der, der sich der Vorstellung verschreibt, formbare Energie zu sein, wird das Leben selbst als einen ungeordneten Hitzezustand, gleich des Feuers, verstehen. Einem Feuer, das notwendig für einen Reifeprozess ist, an dessen zyklischem Ende eine Verschmelzung mit den gemachten Lebenserfahrungen stehen wird. Mit großer Friedfertigkeit sieht er jenem Moment des Sterbens entgegen und er wird ohne zu zögern auf die andere Seite gehen. Was nicht verloren geht, benötigt keine Furcht.

Der zweite Teil dieses Buches befasst sich mit dem, was die Einen das Ende, die Anderen die Verschmelzung nennen. Mag ein jeder darin sehen, was er darin sehen will, denn gerade diese Wahl des Lesers ist es, was ihn zum Reifen anhalten wird. Es ist die Erzählung von einem Mord, von einer Feenfreundschaft und der eines rätselhaften Planeten. Sie leitet sich an einem Punkt in der Lebensgeschichte Kores ein, der für sie und ihrem Bruder Neko eine scheinbar geordnete Zukunft verspricht …

„Im Tod werde ich geboren.“

(Sprichwort der Hopi-Indianer)

Kapitel 1

Ein neuer Anfang

Schon seit einiger Zeit liefen Kore und Neko nebeneinander durch die schier endlos erscheinenden Getreidefelder nördlich der Stadt Presson einher. Die grelle Mittagssonne stand an diesem warmen Hochsommertag senkrecht über ihren Köpfen, was sie auf ihrer Wanderung deutlich spürten. Kores Entscheidung bei ihrem Bruder zu bleiben, fiel ihr nicht schwer. Während auch ihr die Hitze den Schweiß auf die Stirn trieb, wippte das Medaillon, das Geschenk ihres Vaters, unmerklich auf ihrer Brust. Der Feenkönig ermöglichte damit seiner Tochter den direkten Kontakt zu ihm ins Feenreich, auch wenn Kore keine Vorstellung davon besaß, wie das aussah. Kore sah das Land ihrer Ahnen nie mit eigenen Augen und es wäre für sie fürwahr verlockend, jenes unbekannte Land zu erforschen. Dass sie sich dennoch dazu entschied, bei ihrem Bruder zu bleiben, bereute sie nicht. Hier auf der Erde gab es genügend Herausforderungen und unerschlossene Dinge, die sie in den Bann zogen. Über derlei Sachen zu spekulieren, war es zu früh. Für die Fee waren die kürzlichen Ereignisse zu frisch, um darüber mit Neko ein Wort zu verlieren. Lieber genoss sie im Augenblick den Moment ihres Zusammenseins. Allein aus diesem Grund verzichtete sie darauf mit ihrem Staub einen Gleiter zu erschaffen, um ihren Weg in die Stadt zeitlich abzukürzen. Neko sprach während ihres Marsches kaum ein Wort zu ihr. Wahrscheinlich lag es am matschigen Boden, der das Passieren der Felder erschwerte und seine ganze Konzentration erforderte. Es konnte auch sein, dass es in ihm arbeitete und Kore wusste, dass er die Zeit brauchte, mit der neuen Situation zurechtzukommen. Die Lage ihres Ziels erkannten die Geschwister in der Ferne deutlich an den hohen Rauchsäulen. Sie kam aus der Stadt, in der die Orsarmee in der vergangenen Nacht wütete. Für Kore wäre es ein Leichtes mit ihren Flügeln über die Äcker hinweg zu schweben. Da sie sich vornahm ihre Feenkräfte erst dann zu gebrauchen, wenn es nicht anders ging, blieb sie am Boden.

„Wir werden eine Weile bis in die Stadt brauchen", sagte Neko während einer kurzen Pause zu ihr, als er die Entfernung ihres Ziels einschätzte.

„Wir haben keine Eile" antwortete Kore. „Wir können in Presson ohnehin nichts tun."

„Da hast du auch wieder recht", seufzte Neko und stieß schmunzelnd einen neuen Gedankengang an. „Wenn ich daran denke, was sich alles in einer Nacht verändert hat. Es gibt kein Rat mehr, keine Ors und du bist jetzt bei mir. Nichts ist, um zu bleiben."

„Ja", schluckte Kore bei seinen Worten. Hieß es doch auch, dass dies genauso für ihre Beziehung galt.

Mitten in den Getreidefeldern gelangten sie auf einen der Bewirtschaftungswege, die das Agrarkombinat unterhielt. Er wurde für die Ernte- und Aussaatmaschinen angelegt, die im Gegensatz zu früheren Zeiten nicht mehr die Form von riesigen Monstertrucks besaßen. Damals waren die Landbewirtschaftungsmaschinen extrem groß und sogar so schwer, dass sie die Böden zusammenpressten, was das Regenwasser am Versickern hinderte und den Mikroorganismen im Boden förmlich die Luft zum Atmen raubte. Das Niederschlagswasser gelangte dadurch schneller in die Gräben und führte gerade bei Starkregen rasch zu deren Anschwellung. Anstatt von einem Menschen steuerten sich diese Landmaschinen über einen Satelliten, was kaum Arbeitsplätze in der Landwirtschaft brachte. Zu Kores Zeit gab es zwar auch den Beruf des Landwirts, der nun Agrartechniker hieß. Dieser war alles andere als ein körperlich schwer arbeitender Zeitgenosse. Um die Felder abzuernten und zu besähen betraten die Agrartechniker den Boden nicht mehr. Es erfolgte alles von den Bewirtschaftungswegen aus, auf denen sie sich gerade befanden. Dazu brachten sie großflächig die Nanotechnologie zum Einsatz. Während der Ernte durfte sich niemand auf den Feldern befinden. Die Stärke bröselte man buchstäblich mit Naniten aus den Ähren heraus, sammelte sie von Nanopartikeln ein und verbrachte sie in riesige Tanks, die auf dem Bewirtschaftungsweg entlang fuhren. Aufgrund des sich während der Ernte ansammelnden Gewichts benutzte das Kombinat keine Gleiter dafür. Heute fuhr kein Fahrzeug umher, was sie ohne Zwischenfälle den Maschinenweg folgen ließ. Er endete auf einer seit längerer Zeit nicht mehr beackerten Brachfläche. Es deutete alles darauf hin, dass hier früher einmal etwas anders als Getreide stand.

„Hier", sagte Neko plötzlich und blieb auf dem gesetzten Morast stehen. Seine Schuhe waren schmutzig von dem schmierigen Matsch. Die Mittagswärme trocknete die feuchte Erde auf ihnen und bildete allmählich Krusten. Sie platzte so nach und nach von seinem Leder ab.

„Hier stand unser Hof."

„Bist du dir sicher?"

„Es gibt sonst keine Höfe hier. Ich weiß es ganz genau. Sie müssen ihn abgerissen haben. Niemand würde hier auch mehr nach dieser Bluttat wohnen wollen."

Neko versank in Gedanken, drehte sich spontan zu seiner Schwester um. Er musterte sie mit einem Gedanken. Kore sah, dass ihm alsbald eine Idee über das Gesicht huschte. Es erhellte seine Mine.

„Kore, bleiben wir doch hier. Du baust den Hof wieder auf, erweckst die Tiere wieder zum Leben und ..."

„Ich bin nicht unsere Mutter", fiel Kore ihm sachte ins Wort. „Was ändert das? Du weißt, dass sie tot ist. Deine Erinnerung, deine Vergangenheit ist immer in dir. Du kannst sie nicht einfach ausblenden. Es wird nicht dasselbe sein."

Neko wurde traurig. Kore wusste, dass er erkannte, dass es so nicht gehen wird.

„Und wenn du sie mir nimmst?", fuhr Neko mutig fort.

„Was? Ich soll dir deine Vergangenheit nehmen?"

„Wenn ich mich nicht mehr an ihren Tod erinnere, wenn ich all diese Grauen vergesse, könnte ich wieder ein normales Leben führen."

„Welches Leben ist schon normal", entgegnete ihm die Fee trocken. „Es heißt auch, dass du mich vergisst. Selbst wenn ich unsere Mutter wieder zum Leben erwecke ..."

„Warum tust du das nicht?"

Kore blickte daraufhin Neko lange an.

„Neko", sagte sie schließlich. „Sie wird nicht dieselbe sein. Du wirst nicht derselbe sein. Das geht nicht, weil alles dazu bestimmt ist, sich zu wandeln. Selbst der gegenwärtige Zustand ist dazu da sich zu entwickeln. Du bist keine Neun mehr. Du wirst jetzt ein Mann."

Neko blieb still und senkte seinen Blick. Er sah auf seine Hände und fuhr sich mit ihnen über den flaumigen Bart in seinem Gesicht.

„Nichts ist, um zu bleiben", murmelte er wieder. „Das ist so unfair. Warum kann ich nicht ein Kind bleiben?"

„Nein", antwortete Kore entschieden. „Das ist das Leben. Auch wenn es für dich ausweglos erscheint, auch wenn du nicht weißt, was das alles bedeutet, es hat seinen Grund, dass die Dinge so sind, wie sie sind. Auch, dass wir unsere Vergangenheit behalten müssen. Die Lehre aus ihr muss nicht so bleiben, was nicht heißt, dass es ein Zurück gibt."

„Warum kann ich dann kein Kind bleiben?"

„Du wirst älter, ich werde älter. Na und? Wenn jemand geschlechtsreif wird, heißt das nicht, dass er deswegen das aufgibt, was er am Liebsten tut."

Neko atmete tief durch und ließ seinen Blick über den Horizont schweifen.

„Könntest du mir wenigstens wieder meinen Hund machen?"

„Nein", entgegnete Kore schroff. „Ich werde nichts dergleichen tun. Neko, du musst das hier loslassen. Du musst diesen Ort loslassen. Ich glaube, dass wir beide aus diesem Grund hier gelandet sind, weil du mit diesem Ort großen Schmerz verbindest. Es wird Zeit, dass du ihn endlich gehen lässt."

Neko starrte daraufhin seine Schwester an.

„Wie soll das gehen?"

„Dass es nicht leicht für dich ist, verstehe ich. Aber es hilft nichts. Durch Loslassen gewinnen wir an Reife und finden einen neuen Anfang."

„Hilfst du mir?", fragte er sie.

Kore überraschte diese Frage. Neko schien so offen für eine neue Erfahrung zu sein, dass sie sich dem nicht verschloss.

„Ich kann dir helfen ...", sagte sie schließlich. „... aber das wird nicht schön für dich werden."

„Bitte."

„Na gut. Aber ich werde diese Sache durchziehen. Egal, was geschieht und wie du es empfinden wirst."

Kore trat näher an ihn heran und drückte seinen Kopf an ihren Brustkorb. Neko hörte sogleich ihren sanften Herzschlag. Auch roch er ihren zimtigen Körpergeruch, was ihn irgendwie die Nervosität nahm. Es beruhigte ihn. Tief in seinem Inneren machte sich eine angenehme Wärme breit, die ihm das Gefühl der Geborgenheit vermittelte. Die Fee schloss ihm nach einer kurzen Pause mit ihrer Hand die Augen und legte sie auf sein Gesicht. Kaum dass Neko ihre Hand auf seinen Augen fühlte, fand er sich auf dem Hof seiner Kindheit wieder. Als kleiner Junge von neun Jahren.

„Was siehst du?", fragte ihn seine Schwester. Neko sah sie nicht. Ihre Stimme klang fern, als ob sie im Traum zu ihm sprach.

„Unseren Hof. Das Haus mit der Veranda, die Scheune, die Koppel mit dem Pferd."

„Was hörst du?", fragte die Fee weiter.

„Den Wind, das Quieken der Schweine. Das Muhen der Kuh ... und ..."

Die Tür des Farmhauses ging auf. Miss Conners stand in ihr und sah mit strengem Blick von der Veranda auf Neko herab. Es durchzuckte ihn blitzartig. Was stellte er wieder an?

„Mein Junge. Bist du wieder dreckig. Komm rein. Ich mach dich sauber."

Neko ging zu ihr in das Haus. Er gelangte direkt in die Küche hinein, was ihn verwunderte. Er hatte das Gebäude wesentlich geräumiger in Erinnerung und soweit er wusste, betrat man zuerst den Flur, ehe man in die Küche kam. Jetzt aber befand er sich direkt in der Küche, doch diese verfügte anstatt einer hochtechnischen Einrichtung lediglich über einen riesigen Holzofen. Seine breite Öffnung nach oben war unverschlossen. Flammen züngelten aus seinem Inneren heraus, was die Luft über seiner Luke vor Hitze flirren und direkt in eine riesige Esse gleiten ließ.

„Zieh dich aus", sagte sie. „Ich wasche deine Sachen."

Neko zog sein Hemd und die Hose aus. Miss Conners nahm sie und warf sie ins Feuer. Sie verzehrten sich rasch in der Glut.

„Aber ...", begann er verwirrt.

„Weiter. Du trägst noch immer etwas bei dir."

Neko zog seine Unterkleider aus, die Miss Conners packte und rasch ins Feuer warf.

„Aber ..."

„Du hast immer noch etwas bei dir", sagte sie.

„Ich bin doch nackt."

„Nein, das bist du nicht", seufzte Miss Conners entnervt.

„Ich wüsste nicht, wo ich noch etwas anhätte ..."

Miss Conners packte ihn und hob ihn aus seinen Schuhen heraus.

„Deine Schuhe. Sie sind voller Dreck", erklärte sie und warf sie ins Feuer. Ein dichter schwarzer Qualm drang kurz darauf aus dem Ofen und nebelte die Küche ein bis Neko nichts mehr sah. Als der Rauch sich lichtete, verschwand die Küche. Er stand nackt auf einem der Bewirtschaftungswege zu ihrem Hof. Neben ihm lehnte sein Fahrrad an und vor ihm bemerkte er seinen kleinen Hund, der ihn freudig anhechelte. Sein Schwanz wedelte vor Erregung.

„Was geht hier vor?" fragte Neko irritiert. „Schwester, was geschieht hier?"

Kore antwortete ihrem Bruder nicht. Es blieb still.

„Aber ..."

Nun näherte sich ihnen eine schwarze Gleiterlimousine. Sie brauste auf direktem Weg zu ihrem Hof. Neko ahnte bereits wer oder was sich darin befand.

„Nein ... ich nein ...", rief er und sprang nackt auf sein Fahrrad. Voller Panik trat er in die Pedale, weil er wusste, was dem folgte. Er radelte, was das Zeug hielt. Sein Hund versuchte mit ihm Schritt zu halten, doch er kam nicht mit. Von der Gleiterlimousine öffnete sich eine Tür, als sie das Tier erreichte. Eine schwarze Hand angelte den Hund an seinem Halsband direkt in das Gefährt hinein. Neko radelte schwitzend vor Angst in ihren Einödhof. Er warf sein Fahrrad in den Dreck und lief geradewegs in die Scheune, um Miss Conners zu warnen. Aber da sah er sie nackt mit dem Doktor eng umschlungen im Heu des Schobers liegen. Beide lachten vergnügt und küssten sich inniglich an ihren intimsten Stellen. Ihre Hände umsorgten dabei liebevoll ihre Körper, was sie freudig aufjauchzen ließ.

„Oh, unser Kleiner ist da", kicherte Elisabeth Neko bemerkend. Seine Nacktheit erregte bei ihr keinerlei Aufmerksamkeit.

„Hallo Junge", grüßte ihn der Arzt freundlich.

„Aber ..." stammelte der Junge verdutzt entgegen.

„Setz dich zu uns", sagte Adalmus zu ihm. „Du wirst jetzt erwachsen."

„Ich will nicht erwachsen werden ... ich ..."

„Was ist so schlimm daran?", fragte Miss Conners grinsend. „Wenn wir einander haben können ..."

Sie küssten sich wiederum und stimulierten mit ihren Händen fürsorglich ihre Körper. Neko drehte sich angsterfüllt zu den Schwarzgesichtern um, die mit der Limousine gerade den Hof erreichten. Das Mordkommando stieg aus dem Gleiter und ging direkt auf die Scheune zu. In ihren Blicken spiegelte sich der Blutrausch wieder. Gerade, als er seinen Blick wieder auf Miss Conners und Adalmus lenkte, bemerkte er, dass sie verschwunden waren.

„Das gibt es doch nicht. Was geschieht hier? Ich ..."

Er spürte eine eiskalte Hand auf seiner Schulter. Sie war geschwärzt wie die Nacht. Schluckend blickte er nach dem Gesicht zu der sie gehörte, doch er erkannte, anstatt geschwärzter Gesichter die Augen seiner Schwester.

„Kore?", fragte er überrascht.

„Warum willst du deiner Pflegemutter nicht ein Leben als Erwachsener zugestehen? Warum willst du dir nicht ein Leben als Erwachsener gönnen?", fragte sie ihn.

„Du nimmst dir eine wichtige Erfahrung in deinem Leben. Du siehst in Adalmus einen Konkurrenten zu deiner Pflegemutter. Darum hast du ihn nie als deinen Pflegevater akzeptiert. Du hast Elisabeth ganz für dich allein haben wollen. Deshalb bereitet dir ihr Tod einen solchen Schmerz. Sie musste gehen, damit du lernst, loszulassen. Das Leben schenkt dir diese Erfahrung und verlangt, dass du sein Geschenk annimmst."

„Der Tod kann kein Geschenk sein."

„Das kann er, wenn du ihn als solches erkennst", sagte Kore zu ihm und holte ihn aus der Illusion.

Neko fand sich mit Kore wieder auf dem brachliegenden Acker inmitten der Getreidefelder stehen.

„Das ist die Wahrheit", sagte sie zu ihm. „Daher hängst du diesem Trauma nach. Du gönntest Elisabeth weder Adalmus noch dem Tod, sondern nur dir selbst. Weil du an ihr festhältst, trägst du Leid und Schmerz in dein Herz. Das muss nicht so bleiben. Du kannst dich davon befreien."

Neko sah ein, dass Kore Recht hatte.

„Es tut so weh."

Sie nahm ihn tröstend in ihre Arme. „Fühle den Schmerz in dir und drücke ihn nicht mehr weg. Lass ihn gewähren. Erst dann verwandelt er sich. Lasse ihn wandeln, so wie sich das Universum wandelt. So wie sich das Leben wandelt, damit es an Reife gewinnt. Bedanke dich bei ihm und lass ihn gehen."

Neko trieb es die Tränen in die Augen, als er seinem Schmerz freien Lauf ließ. Es schnürte ihn ein, doch trieb er ihn stetig nach draußen. Wie ein Sturzbach entlud er sich seiner Seele. Allmählich lichtete sich die Enge in ihm und Kore ließ ihn los. Befreit lächelte er Kore zu, was sie gefühlvoll zu erwidern wusste.

„Ich danke dir", sagte er und wischte sich die Tränen aus den Augen.

„Na also", sagte die Fee zu ihm. „Das war notwendig. Jetzt weißt du, warum ich nichts machen werde. Meine Macht dient nicht dazu, alles beim Alten zu lassen, Wünsche, Träume oder Sehnsüchte zu erfüllen. Der Schmerz gehört zum Leben wie die Luft zum Atmen. Er ist eine Triebfeder, die das Rad in Schwung hält und uns zeigt, wer wir sind. Du hast wesentlich mehr Macht in dir, als du glaubst. Wenn du lernst, richtig mit dem Schmerz umzugehen, gewinnst du neue Kraft."

„Wie ist es eigentlich so, erwachsen zu sein?", fragte Neko neugierig geworden.

„Da fragst du die Richtige", schmunzelte Kore. „Ich selbst stehe auch am Anfang dieser Phase und sammle erst meine eigenen Erfahrungen hierzu."

„Aber du bist doch schon älter."

„Erwachsen sein hat nichts mit Alter zu tun."

„Mit was dann?"

„Mit Neugier."

„Mit Neugier? Aber sind Kinder das nicht auch?"

„Schon, aber Erwachsene lenken ihre Neugier. Kinder haben darüber keine Kontrolle und stürzen sich wahllos auf alles. Ich kann nur von mir sprechen. Ich habe mich auf der Akademie für bestimmte Interessen entschieden, doch wenn ich meine Ausbildung beende, widme ich mich wieder Neuem. Ich teile mir meine Kräfte ein."

„Äh, vielleicht fehlt es mir an Erfahrung. Ich glaube wir sollten jetzt weitergehen“, brach Neko ihren Dialog ab.

„Hast recht“, sagte die Fee. „Sehen wir zu, dass wir vor Abendanbruch in Presson sind. Ich hab keinesfalls Lust im Freien mitten auf einem Getreidefeld zu übernachten.“

Beide setzten ihren Weg über die Felder fort. Dem Bewirtschaftungsweg zu folgen ergab keinen Sinn, da dieses Streckennetz mit keiner Siedlung in Verbindung stand und nur vor großen Silos und einer Maschinenhalle endete.

Erst gegen Abend gelangten sie von der Nordseite an den Stadtrand. Die Stadt von der Wildnis aus zu betreten, gelang über einige Baulücken, die der Besiedlungsplan frei ließ. Den größten Teil der Stadt umsäumte eine dichte Hecke mit eingeflochtenem Gitterzaun, der die Wildtiere von den Vorgärten und den Parkanlagen fernhielt. Als sie eine der Durchgänge fanden und durch die Hecke stiegen, erkannte Kore die Grünanlage des Akademiegeländes wieder. In ihrer Front lag die große Schwimmhalle mit dem Sportaußenbecken. Hier trug die Akademie ihre Schwimmwettbewerbe aus. Das Hallenbad selbst blieb unversehrt. Hinter ihm aber, wo weitere Teile des Hauptgebäudes der Akademie standen, flirrte eine abgeschwächte Rauchsäule in den lauen Abendhimmel hinauf. Die Luft erfüllte kalter Rauch, der den Duft von einem frisch gelöschten Brand verströmte. Kore erahnte nichts Gutes.

„Die Akademie“, entfuhr es Neko bei dem Anblick der intakten Schwimmhalle und geriet ins Schwärmen. „Mann, wie gerne hätte ich hier gelernt. Ich hörte tolle Sachen von diesem Ort.“

„Du hast Recht. Es ist ein wundervoller Ort. Ich gehe so gerne hierher“, pflichtete ihm Kore unwohl von der Vorstellung bei, was alles mit der Akademie passierte.

„Wie ist es hier zu lernen?“

„Entspannt, freundlich und sehr aufregend.“

„Kannst du mich hier reinbringen? Ich möchte so gerne auch hier lernen.“

„Das kann ich leider nicht. Um auf der Akademie lernen zu dürfen, braucht ein Tomps einen Vormund oder einen Fürsprecher. Du musst empfohlen werden. Auch die anderen Einwohner der Stadt können nicht einfach so rein. Soweit ich weiß, müssen die Anwärter zuerst Aufbaugruppen besuchen und wenn sie die Eignung haben, dann werden sie empfohlen. Die Akademieleitung hat das letzte Wort für die Aufnahme.“

„Ich dachte, es genüge adoptiert zu werden. So wie du. Dann kommt man von selbst rein.“

„Das ist nicht alles. Unsere Mutter wollte, dass ich hier herkomme. Sie sagte, ich hätte das Zeug dazu. Sie empfahl mich. Meine Adoptiveltern alleine waren nicht der Grund, dass ich hier lernen durfte.“

„Was geschieht mit jenen, die nicht diese Eignung bekommen?“

„Du hast bestimmt die vielen Gebäude entlang der Hauptachse der Stadt gesehen.“

Neko wurde etwas verlegen. Natürlich sah er schon lange jene Einrichtungen, an denen er vorüberhuschte, wenn er Drogen an Kunden auslieferte. Er machte sich aber nie Gedanken, für was sie eigentlich da waren. Geschweige denn, was in ihnen vor sich ging. Kore erklärte es ihm weiter.

„Es ist ja nicht so, dass es heißt, keine Akademieeignung, keine Bildung. Man schlägt den Akademieanwärtern ohne Eignung andere Fachrichtungen vor. Entweder Infrastrukturtechniker, Abfallspezialist oder Agrartechnik.“

„Wenn's nach ihr ginge, wäre ich Agrartechniker geworden und hätte erst recht nie die Akademie besuchen dürfen.“

„Neko, ich verstehe, dass du enttäuscht warst. Vielleicht sehntest du dich auch nach mehr Gesellschaft. Auf den Feldern vor der Stadt ist es bestimmt recht einsam. Ich weiß nicht, warum Elisabeth dich von anderen Kindern fernhielt. Es ist nicht gut, wenn dir der Kontakt zu anderen Menschen fehlt.“

„Elisabeth wollte mir Adalmus unterjubeln. Sie wollte, dass ich ihn als meinen Vater akzeptiere. Darum war er auch der Einzige, der mich und sie da draußen besucht hat.“

„Soweit ich weiß, gibt es für angehende Landwirte eine eigene Akademie, aber die ist nicht hier sondern in Mitteleuropa. Um dorthin zugehen, musst du mindestens zwölf Jahre sein und zuvor auf einem Bewirtschaftungshof gelebt haben.“

Neko geriet ins Grübeln. Bereitete seine Mutter ihn auf diesen schulischen Werdegang vor?

„Meinst du wirklich, sie wollte mich dorthin schicken?“

„Hey, du müsstest doch unsere Mutter mittlerweile gut einschätzen können. Sie wollte immer, dass wir entsprechend unserer Fähigkeiten einen Beruf finden. Hast du eigentlich schon einmal Bilder von der Agrarakademie gesehen?“

„Nein.“

„Weißt du was? Das holen wir nach. Ich glaube …“

„Miss Berry nehme ich an“, unterbrach sie sachte eine zögerliche Stimme. Kore hörte den Tonfall schon einmal. Er gehörte dem Schatten der Akademie, Dr. Silius.

„Oh“, fuhr Kore zusammen und blickte auf einen rußgeschwärzten Mann, dessen Anzug die dramatischen letzten Stunden stark prägten. Deutlich sahen sie den Schmutz auf seinen Kleidern. Er stank nach Rauch.

„Wie gut, dass sie leben“, sagte er erleichtert und räusperte sich. „Sie werden von Mr. Onaka erwartet. Er lässt nach ihnen suchen.“

„Mr. Onaka?“, horchte Neko fragend auf.

„Chausettes Vater“, antwortete Kore zu ihm aus dem Mundwinkel.

„Kommen Sie bitte mit mir“, fuhr Dr. Silius unbeirrt fort.

„Ich möchte, dass mein Bruder mich begleitet.“

„Oh ja, natürlich. Ich bin vollkommen durcheinander. Entschuldigung“, wandte er sich peinlich berührt an Neko. „Die letzten Stunden waren einfach zu viel für mich. Die Akademie ist größtenteils niedergebrannt. Nur die Schwimmhalle und ein Teil des Mittelbaus sind ganz geblieben. Die Becken pumpte die Feuerwehr für die Brandbekämpfung leer.“

„Was ist hier passiert?“, fragte Kore betroffen.

„Sie sind in der Nacht eingebrochen und legten in jeden Trakt Brandsätze und … Die Galerie. Der einzige Brandsatz, den ich entschärfte, war der in der Galerie. Aber was nützt es, wenn nur der Mittelbau steht. Diese Schufte suchten nach mir. Wie gut, dass ich nachts im Gebäude meine Runden drehe und ich sie bemerkt habe. Gar nicht auszudenken, wenn mich das Feuer im Schlaf überraschte. Ich wäre glatt mitverbrannt. Als sie durch die Akademie liefen, versteckte ich mich hinter einem großen Gemälde. Es zeigte Kaiser Nero. Wie grotesk.“

Dr. Silius schluchzte betroffen und erzählte weiter:„ Einige der Studenten, die nachts ihre Lernkreise abhielten, versuchten sie aufzuhalten und wurden von ihnen regelrecht hingerichtet. Ich hörte ihre Schreie und konnte ihnen nicht helfen. Mir blieb zu hoffen, dass sie möglichst schnell wieder verschwinden. Ich bin kein Soldat und von Waffen verstehe ich nichts. Es stank im ganzen Gebäude nach Benzin und überall der dichte Rauch. Ich versuchte die Sprinkleranlage zu aktivieren, aber diese Verbrecher setzten sie außer Funktion. Immerhin gelang es mir Alarm auszulösen, aber es dauerte doch einige Stunden, bis die Feuerwehr kam. Sie kriegten das Feuer bald unter Kontrolle, aber da gab es nichts Brennbares mehr. Der Magistrat ordnete an, dass die Nanotekten die Akademie zu aller erst wieder aufbauen. Er forderte dazu von den anderen Städten Verstärkung an. Das wird aber bis morgen früh andauern.“

„Was ist in der Stadt passiert?“, fragte Kore weiter.

„Dort gab es einen Kampf. Ich hörte eine höllische Explosion und sah einen Lichtblitz. Was da geschah, weiß ich nicht. Näheres wird dir Mr. Onaka sagen können“, erklärte Dr. Silius bewegt. Er machte sich mit den Geschwistern auf den Weg durch das von der Brandkatastrophe gezeichnete Areal. Kore und Neko gingen mit ihm um die Halle herum und sahen nun das ganze Ausmaß der Zerstörung. Von der enormen Hitze verloren die Bäume ringsum ihre Blätter. Das Feuer ließ die Wände und die Stockwerke der Akademie einstürzen. Es lag ein großer Haufen Schutt herum. Dort, wo einst eine Glasfassade für helles, freundliches Licht sorgte, lag eine zerschmolzene, stinkende Lache. An den stehen gebliebenen Mauerresten zeigten sich deutlich die Rußspuren der Flammen. Nur der Obelisk im kreisförmigen Innenhof ragte unversehrt wie eh und je in den Himmel und hinter ihm standen Teile des Mittelbaus, der von dem Feuer zwar lädiert aber einigermaßen die ehemalige Pracht des Gebäudes erahnen ließ.

Dr. Silius führte die Beiden an zwei Nanotekten vorbei, die sich mit ihren Geräten bereits bei den zwei großen Springbrunnen am Haupteingang postierten und nach verwertbaren Materialien für die Rückverwandlung suchten. Dazu scannten sie die Ruinen ab und ermittelten so die nutzbare Baumasse. Der Blick zur Stadt, der sich den Beiden hinter der Akademie eröffnete, sah nicht besser aus. Sie sahen rauchende Mauertrümmer inmitten von weiteren verbrannten Baumleichen. Hier wütete die Hitze des Feuers deutlich stärker. Deren Stämme verkohlten sich bis zur Unkenntlichkeit. Dr. Silius brachte die Beiden an die Hauptverkehrsachse und bat sie hier auf Mr. Onaka zu warten. Dann verabschiedete er sich und ging zu den Nanotekten zurück, um ihnen bei ihrer Arbeit zu helfen.

„Du meine Güte", ächzte Neko bei dem Anblick der Stadt entsetzt, als sie wieder alleine waren. „Waren das alles etwa die Ors?"

„Ich denke schon", bemerkte Kore knapp und sie sahen einem Feuerlöschtrupp zu, wie er mit einer Hyperstrahlkanone über dem Trümmerfeld der Stadt auf einem Brandschutzgleiter schwebte und innerhalb von Sekunden die letzten Glutnester bekämpfte. Diese Technik, die einen Ball aus Wasserpartikeln abschoss, entzog dem Feuer großflächig die Luft zum Atmen. Ohne den benötigten Sauerstoff erloschen die zerstörerischen Flammen im Nu.

„Ich ahnte, dass es schlimm aussieht. Aber so schlimm. Was ist denn überhaupt heil geblieben? Wo sollen wir jetzt hin, wenn alles zerstört ist", fragte Neko seine Schwester bangend und sah zu ihr hoch.

„Wir gehen am besten zum Polizeirevier und fragen nach Holger und Karol. Du weißt schon, zu unseren Brüdern. Sie helfen uns bestimmt", schlug Kore ihm vor.

„Klingt vernünftig", haspelte Neko verunsichert. „Ob wir vielleicht eine Aussage bei Mr. Onaka machen müssen? Soweit ich weiß, ist er die rechte Hand des Bürgermeisters", schob ihr Bruder mit beginnender Furcht nach. Nicht zu Unrecht fühlte er sich für die schrecklichen Verheerungen in der Stadt mitverantwortlich.

„Wie meinst du das?", fragte Kore irritiert.

„Du weißt schon. Wo wir waren bei dem Unglück", half ihr Bruder drucksend seinem Vorbehalt auf die Sprünge.

„Wir sagen einfach, wir wären aus der Stadt weggeflogen. Geflohen eben. Das sind wir. Vor den Ors. Rüber ans Meer. Das ist ja auch die Wahrheit. Zumindest zum Teil. Übrigens glaube ich, dass sie im Moment mehr zu tun haben, als uns nach unserem Verbleib bei dem Umsturzversuch zu fragen."

„Wir beide sind ja nicht ganz unschuldig an diesem Desaster", bemerkte Neko treffend.

„Was hätten wir denn sonst tun sollen?", fragte Kore ihren Bruder beruhigend. „Das Feuer hier legten die Ors. Nicht wir. Wir zwei bewahrten alle hier vor der vollständigen Vernichtung. Stell dir vor, was passiert wäre, wenn die Ors sich durchgesetzt hätten? Wie kann man in einer so verbohrten Welt leben, wo Aberglaube und Wahnsinn den Verstand vernebeln? Jeden Tag Menschenopfer für irgendwelche Fürbitten. Nur, weil die Ors glauben, dass man ohne Blutopfer keinen Segen und Zuspruch von den Göttern kriegt. Ständig müssten sie neue Gefangene machen, um sie dahin zu schlachten. Das ist doch nicht allen Ernstes eine lebenswerte Gesellschaft. Das ist blanker Terror. Unser ganzes restliches Leben hätten wir in Furcht und Angst verbracht. Und wer Angst hat, ist gefügig."

„Ja, klingt grässlich genug", bibberte Neko fröstelnd. „Ich sah schon viel zu viel davon."

„Und Indreen. Er ist auch den Ors zum Opfer gefallen", bemerkte Kore betroffen und dachte mit Wehmut an ihren Lieblingspfleger zurück. „Er ist für uns beide gestorben. Er riskierte sein Leben, um die Welt da außerhalb der Kuppel vor den Ors zu warnen. Immerhin erzählte er mir vor seinem Tod die Wahrheit. Ich wüsste nicht, was ich ohne sein Wissen getan hätte."
„Ist er auch tot?", schluchzte Neko erzitternd. Auch Neko kannte Indreen von seiner Zeit im Waisenhaus. Er war zwar erst vier Jahre alt, als er Indreen zum letzten Mal sah, aber seine Geschichten, die er sehr anschaulich zu erzählen verstand, vergaß auch er nicht. Kore nickte bejahend und berührt zu gleich.
„Er war ein Held", sagte sie mit einer kurzen Pause. „Früher gehörte er zu den Ors und wurde zum Überläufer. Nach deiner Aufnahme im Waisenhaus schleuste er sich wieder bei den Ors ein, um die Wahrheit über dich zu erfahren. Sie entdeckten ihn, ehe er floh. Ich traf ihn in ihrem Gefängnis. Dort, wo sie ihre Opferlämmer aufbewahrten."
„Das wusste ich nicht."
„Ja. Wir beide wussten so vieles nicht. Du kannst dir vorstellen, dass es Etliches gibt, was wir wohl nie erfahren", bemerkte Kore traurig und schob mit Genugtuung nach: „Aber das ist nun endlich vorbei."

Noch während sie miteinander sprachen, bemerkten die Geschwister ein leises Surren, das vom Himmel kam. Es hielt bei Ihnen an und senkte sich langsam zu ihnen herab. Kore und Neko bekamen von dem Anblick der Gleiterlimousine, von der dieses unheimliche Geräusch ausging, ein fröstelndes Gefühl in ihrem Leib. Unzweifelhaft waren sie der Grund für den Stopp des noblen Wagens. Zu ihrer Verunsicherung trug ebenfalls bei, dass eben dieser Wagen sowohl für Kore als auch Neko nicht unbekannt war. Alle Bürger von Presson wussten von diesem Gefährt. Die Gleiterlimousine des Bürgermeisters. Er benutzte sie für seine Amtsführung. Deutlich prangte auf seiner Seitentür das städtische Wappen der Stadt Presson. Sechs Sechsecke in einem schwarzen Kreis auf weißem Grund. Wie versteinert blickten beide misstrauisch auf den Gleiterwagen mit seinen getönten Scheiben. Sie wichen einen Schritt zurück, als sich sekundenspäter die Fahrertüre zur Seite schob und ihr ein Mann entstieg, dessen Person Kore dank seiner asiatischen Gesichtszüge sofort erkannte. Es war Joritomo Onaka. Der Vater von Chausette. Ihrer besten Freundin auf der Presson Akademie. Auf seinem Gesicht lag eine ausdruckslose Mimik, was angesichts der Katastrophe in der Presson stand, nicht wirklich verwunderte. Er starrte Kore durch seine mandelförmigen Augen prüfend an. Nach außen hin wirkte er vollkommen ruhig, doch Kore wusste von Chausette, das sie sich von der Fassade dieses Mannes nicht täuschen lassen sollte. In ihm arbeitete es schrecklich, wenn er so still blieb. Kore und Neko blieben unbeholfen vor dem Mann stehen, dessen Äußeres aufgrund der nächtlichen Vorkommnisse recht mitgenommen aussah. Seine eingerissene Nadelstreifenhose besaß feuchte Striemen. Auf seinem Hemd prangten tiefschwarze Aschespuren, die wie Peitschenhiebe wirkten. Er wurde offenbar gefesselt, denn an seinen Handrücken erkannten die Geschwister deutlich Abschürfungen, die von Seilen stammten. Man schlug und trat ihn, da die Beiden deutlich Schuhabdrücke auf seiner Kleidung sahen. Seine Augen verloren nichts an ihrer Wachheit und fixierten Kore mit ihrem Bruder genau.

„Miss Berry? Mr. Tomps?", fragte er sie nach einer Sekunde streng.

„Ja", antwortete Kore mit starker Ungewissheit in den Adern.

„Sie kommen bitte mit mir", schleuderte er ihnen wie einen fetten Brocken entgegen, dessen Bedeutung niemand aufzulösen vermochte. Er öffnete wiederum zackig die Tür der Fahrgastzelle, in der sonst der Bürgermeister saß. Doch dieses Mal war sie leer. Kore und Neko sahen sich bangend an. Sollten sie den nicht gerade freundlichen Ton ihres „Gastgebers" ignorieren? Kore wusste von Chausette, dass ihr Vater sehr streng nach außen auftrat, aber an sich gesehen eine gute Seele besaß. Er war eben kein Diplomat, der überschäumende Wogen zwischen zwei verfeindeten Parteien zu glätten wusste. Mr. Onakas Aufgabe galt der Stadtlogistik und Planung von Presson. Ihm oblag die städtische Entwicklung der Region. Dazu gehörten vor allem die Infrastruktur und die Ausweisung von Bau- und Versuchsflächen, die für die Hightech Industrie eine enorme Bedeutung besaß. Soweit es Kore wusste, galt sein Amt neben dem des Bürgermeisters als das Wichtigste in der öffentlichen Verwaltung. Nicht selten bestimmten die Bürgermeister den Stadtlogistiker als ihren Stellvertreter.

„Einsteigen", forderte Mr. Onaka sie erneut streng auf.

Kore und Neko blickten sich prüfend an. Erst als Kore nickte, stiegen sie und ihr Bruder folgsam in das Gefährt. Mr. Onaka nahm nun auf dem Fahrersitzplatz, woraufhin sich die Gleiterlimousine in Bewegung setzte.

„Mr. Onaka. Was ist hier los?", fragte Kore nach vorne, während Mr. Onaka das Fahrzeug in die Flughöhe brachte.

Während die meisten Gleiterlimousinen über eine automatische Steuerung verfügten, besaß die des Bürgermeisters sogar einen Lenkknüppel für die Handbedienung. Im Gegensatz zu früheren Zeiten unterlag das Verhältnis zur Mobilität im Reich des Rates der Sechs einem ganz anderen Grundsatz. Vor der Erfindung der Gleitertechnologie durchzogen asphaltierte Straßen gleich einem Netz alle Kontinente des Planeten. Der Unterhalt eines solchen Straßensystems verschlang Unsummen an Steuergelder. Auf ihm fuhren Tag und Nacht sowohl Schwerlastverkehr als auch einfache Personenkraftwagen, die mit ihren Verbrennungsmotoren die Umwelt verdreckten. Durch Kartellisierung der Öl- und Verkehrsindustrie und ihrer Verflechtung in den politischen Systemen fand zudem in diesem Sektor eine jahrzehntelang anhaltende Stagnation in der technischen Entwicklung statt. Sehr wohl existierten bereits entwickelte Antriebstechniken, die die Abhängigkeit von fossilen Brennstoffen wie dem Erdöl minderten, doch gab es in der kapitalisierten Industriegesellschaft dieser Zeit keinen finanzstarken Investor, der aus diesem Kartell der Profiteure ausscherte. Zu viele Geldgeber verdienten einfach zu gut an der archäischen Denke, der Natur rücksichtslos alle Rohstoffe zu entreißen.

Selbstverständlich ohne für die Folgen ihres Raubbaues geradestehen zu müssen. Dafür sorgten dann schon die Staatengebilde, die ihren Bürgern durch Steuern die Umweltzerstörungen bezahlen lassen. Ein weiteres Geschäftsfeld, das sich da auftat. Schon lange vor dem "Mystischen Krieg" kannte man die Theorie der Gleitertechnologie. Sie besagte, dass dazu ein Abstoßeffekt von der Erdgravitation erforderlich sei. Dazu müsse das Gefährt ein eigenes Magnetfeld erzeugen, was unter hohem Energieaufwand gelänge. Als man die Theorie entwickelte, gab es keine Energiequelle, die das bewerkstelligte. Erst nach der Entwicklung des mobilen Fusionsmotors durch das Ragowski-Mizia-Verfahren, rückte ihre technische Umsetzung näher. Sie kam erstmals bei den berüchtigten Fusionspanzern des Militärs zum Einsatz. Der Hintergrund der massiven Förderung durch die staatlichen Einrichtungen lag in den ungeahnten Möglichkeiten, die diese Entwicklung in der Kriegstechnik verhieß. Über diese Waffe erzählte man sich seinerzeit, dass sie nicht zur Kriegsführung diente. Sie war einzig geschaffen, um sie zu beenden. Leider gab es eine empfindliche Schwachstelle dieser schwebenden Festungen, was zu deren baldigem Niedergang führte. Wenn sich das System überlastete und der Panzer dabei regelrecht verglühte, dann kam diese Auswirkung einer nuklearen Kernschmelze gleich. Die Explosion eines Fusionspanzers ließ die unmittelbare Umgebung von der enormen Hitze in Flammen aufgehen. Diese Auswirkung glich einem Meteoriteneinschlag auf der Erdoberfläche. Das Groteske an der Sache bestand darin, dass die Militärs diese Technologie deswegen weiterentwickelten, um die damals letzten vorhandenen Ölquellen für die heimische Öl- und Verkehrsindustrie zu sichern. Ausgerechnet die Ölkriege, die mit der Niederlage der Amerikanischen Union und der Zerschlagung des Ölkartells vor etwa 300 Jahren endete, verhalfen der Gleitertechnik zum endgültigen Durchbruch in den Alltagsgebrauch. Damals erschütterten schwere politische Unruhen die amerikanische Union, was sie in die Nordamerikanische und die Südamerikanische Union auseinanderbrechen ließ. Um den globalen Markt für die Nordamerikanische Union wieder zurückzuerobern, machte die Industrie die Technologie der breiten Öffentlichkeit zugänglich. Die neuartigen Verkehrsmittel führten zu einer Revolution des Infrastrukturwesens auf dem ganzen Planeten. Rasch verbreitete sich die Gleitertechnologie um die Welt und bescherte der Verkehrsindustrie der Nordamerikanischen Union traumhafte Profite. Sie ließen sich vor allem durch Patentrechte möglichst lange für die bevorzugten Hersteller und Verkäufer nutzen und bis ins Unermessliche steigern. Die Straßen und Autobahnen wurden durch sie überflüssig. Stattdessen verlagerte sich nun der Verkehr in die Luft, was völlig neue Probleme im Verkehrswesen verursachte. Dieses drohte bereits vor dem Ausbruch des "Mystischen Krieges" in ein einziges Chaos zu versinken. Für diese Art des Verkehrs existierten damals praktisch keine Regeln, was zu einer erhöhten Unfallgefahr auch außerhalb der bisherigen Verkehrsbereiche führte. Ebenfalls führte es dazu, dass die Einrichtung einer Asphaltstraße als solches ihre ursprüngliche Bedeutung verlor und die bestehenden Anlagen allmählich verfielen. Die Staatenverbunde der Erde versuchten zwar ein neues Verkehrsgesetz zu schaffen, doch angesichts der Rasanz der Entwicklung hielten ihre Gesetze nicht damit Schritt. Während und kurz nach dem Ende des Mystischen Krieges brach das Verkehrswesen der alten Welt vollständig in sich zusammen. General Tomps ließ mithilfe der Nanotechnologie das verbliebene Wegenetz abtragen und in Rohstoffe zurückverwandeln. Aus ihnen ließ der Diktator die ersten Stelzen der Hypergleittrasse fertigen und er machte es zum unumstößlichen „Tompschen Gesetz", das den Erwerb eines eigenen privaten Gleiters verbot. Lediglich der Bürgermeister, die öffentliche Verwaltung mit der Logistikabteilung verfügten über eine individuelle Benutzerfreiheit dieses Systems. Die anderen Gleitersysteme waren ortsgekoppelt und verließen einen bestimmten Radius der ihnen zugeordneten Stadt nicht.

Kore und Neko nahmen zum ersten Mal in der Gleiterlimousine des Bürgermeisters platz.
„Das werden sie gleich erfahren", sagte Mr. Onaka abblockend. „Ich bekam Anweisung mit niemandem darüber zu reden. Verzeihen Sie mir bitte meine Schweigsamkeit, aber es muss sein."
Der Gleiter erreichte die Flughöhe und setzte sich in Bewegung. Mr. Onaka wendete und überflog eine Kolonne von Feuerwehrgleitern, die aus allen Himmelsrichtungen herbeikamen, um die Brände in der Hauptstadt zu löschen. Von oben blickten die Geschwister auf die unzähligen Brandruinen herab. Von ihnen dampfte das Löschwasser empor, was einen feinen Nebelschleier über die Stadt legte.
„Sieht es überall so aus?", fragte Neko bangend. „Ich meine, was ist mit den anderen Städten? Sind sie auch ..."
„Mr. Tomps", antwortete Mr. Onaka in seiner ihm angeborenen Schärfe. „Ich kann sie beruhigen. Presson traf es schlimm. In Cherson gab es weitere, größere Schäden wie hier, weil da ein ganzes Fusionskraftwerk explodiert ist. Wenn man den Berichten glauben darf, soll ein riesiges Monster, ein gigantischer Jaguar, die Stadt angegriffen haben. Aus unbekannten Gründen ist dieses Biest aber so schnell wieder verschwunden, wie es aufgetaucht ist. Die Zerstörungen in Cherson sind schwer aber in einigen Tagen wird auch dieser Schaden behoben sein. In ein paar anderen Städten auf den Planeten gab es auch Umsturzversuche. Die sind aber nach einigen Stunden aus unerklärlichen Umständen zusammengebrochen. Ein paar Gebäude wurden dabei zerstört. Auch diese Schäden werden wir bald wieder behoben haben."
„Mein Vater und Malitides", wisperte Kore leise zu Neko als Erklärung und nahm sich vor so wenig wie möglich mit Mr. Onaka ein weiteres Wort zu verlieren. Seine Anspannung schimmerte trotz seiner nach außen wirkenden Kühle hindurch.

Die Gleiterlimousine hielt vor dem größten Gebäude neben der Akademie in Presson. Dem städtischen Magistrat. Während die Akademie ein harmonisches und weltoffenes Bild auf den Betrachter ausstrahlt, verhielt es sich mit dem Magistratsgebäude genau anders herum. Architektonisch gesehen wirkte es wie ein schlichter Klotz und gewann wahrlich keinen Schönheitspreis. Als man den Bürgermeister von Presson bei der Einweihung des Komplexes fragte, warum das Verwaltungshaus der Planetenhauptstadt einem riesigen Vierkantquader glich, da erklärte er: „Dieses Haus ist nicht zum Ansehen da, sondern zum Arbeiten. Außerdem fängt man mit einem glatt geschliffenen Steinblock mehr an, als wenn es ein Bruchstück mit lauter verwinkelten Kanten ist. Man will darin ja was unterbringen und nicht verstellen."

Erstaunlicherweise wies das Haus keinen einzigen Kratzer auf, der von den Kämpfen in der letzten Nacht zeugte. Es schien so, als verzichteten die Ors bewusst auf eine Zerstörung dieses Gebäudes. Ihr Gefährt bog in einer eigens für dieses Fahrzeug geschaffenen Garage des Gebäudes ein, die direkt ebenerdig an der Front eingelassen war. Wie bei den Bürgermeistereien der Städte üblich, besaß so ein Haus eine Tiefgarage mit stapelbaren Boxen. Hierzu fuhr man das Gefährt auf eine Plattform, die nach dem Ausstieg der Passagiere elektrisch magnetisierte und die Limousine anzog. Anschließend versank die Plattform in einem Schacht und wurde wie eine Karte zwischen den anderen Fahrzeugen des Magistrats gelagert. Mr. Onaka stieg als Erster aus und öffnete seinen beiden Fahrgästen mit einem kurzen Wink über den Sensor die Tür.

„Sie werden doch nicht etwas spitzgekriegt haben …", murmelte Neko ängstlich, jedoch unterbrach ihn Kore mit einem Kniff in den Rücken.

„Scht. Wir werden schon alles erfahren", beruhigte sie ihn sachte. Beide folgten Chausettes Vater in die Bürgerhalle der Stadtverwaltung. Man durfte sich darunter keinen Veranstaltungsort vorstellen. Hier gab es einen großen Schalterbereich, in dem die städtischen Bediensteten die Anliegen der Bürger bearbeiteten. Zum Magistrat ging man vor allem wegen der Wohnbewirtschaftung, bei Zuzug und Wegzug. Hier erhielten die Bürger Wohnparzellen, Ausstattungskredite, Versorgungsanschlüsse für das Recyclingsystem für Nanogeräte. In diesem Raum saßen auch die Controller. Sie dirigierten die Bautrupps der Stadt, wenn es darum ging, Infrastruktur zu erschaffen und zu pflegen. Sie managten die Ressourcen des Bauhofs und des Agrarkombinats. Als Kore und Neko die große Schalterhalle betraten, herrschte gerade ein derart hektisches Treiben und Gelärm, das man kaum sein eigenes Wort mehr verstand. Dagegen ging es zu dieser Stunde auf den Straßen der Stadt so ruhig zu, wie bei einem Studiernachmittag. Kore selbst sah nur einige Male das Magistratsgebäude von innen. Die Großraumbüros dort waren alles in allem sehr großzügig eingerichtet und die Gänge breit genug, um aneinander vorbei zu kommen. Heute quartierten sich hier zahllose Anwohner der Stadt ein, die ihr Obdach in den Flammen verloren. Kore und Neko hörten weinende Kinder und streitende Erwachsene, die sich mit dem Magistratspersonal erbitterte Wortgefechte lieferten. Meist ging es immer um dieselbe Sache.

„Die Nanotekten sind schon informiert", hörte Kore eine Magistratsbeamtin beruhigend zu einigen Mitbürgern sagen. „Sobald die Löscharbeiten abgeschlossen sind, werden sie ihre Häuser wieder aufbauen. Es sind lediglich Presson und einige Stadtteile von Cherson von der Katastrophe betroffen. Zelte und Notbetten kommen heute Abend mit Transportkoptern hierher."

„Wie lange wird das dauern?", fragte ein Bürger erregt.

„Der Brandmeister sagt in etwa drei Stunden dürften die Brände vollständig gelöscht sein. Wir forderten aus allen Städten des Planeten Nanotekten an, um die Häuser wieder aufzubauen. Womöglich können Sie übermorgen wieder in ihre Häuser einziehen. Ich hoffe doch, dass sie die genauen Daten ihres Wohnwürfels der Bauabteilung zugespielt haben, um die Nanotekten entsprechend anweisen zu können."

„Was so lange?", beschwerte sich der Mitbürger außer sich.

„Wir müssen erst einen Überblick über die Zerstörungen gewinnen. Sobald wir den Umfang der Schäden ermittelt haben, können wir die Infrastruktur wieder aufbauen. Solange müssen sie sich gedulden und ...",

Kore verfolgte das Gespräch nicht mehr weiter, denn Mr. Onaka drängte sie in einen Aufzug hinein. Kaum dass sich die Aufzugtür schloss, breitete sich endlich Ruhe aus. Der Fahrstuhl brachte sie in die Erste und auch der obersten Etage der Einrichtung. Ein Stockwerk, den ausschließlich die Magistratsmitarbeiter und der Bürgermeister betreten durften. Normalerweise besaßen die öffentlichen Gebäude der Stadt aus Sicherheitsgründen keine zwei Stockwerke. Lediglich die Akademie und der Magistrat bekamen eine Sondergenehmigung dafür.

„Bringen sie uns zum Bürgermeister?", fragte Neko vor Angst zitternd.

„Nein", antwortete Mr. Onaka schroff. „Sie werden es früh genug erfahren."

In diesem Augenblick öffnete sich der Fahrstuhl und alle Drei stiegen an diesem geheimnisvollen Ort aus. Kore und Neko stellten sich wesentlich mehr vor, als sie nun zu sehen bekamen. Sie standen in einem kargen Korridor, von dem mehrere Gänge in die übrigen drei Himmelsrichtungen abzweigten. Die Wände strahlten durch ihre Kahlheit eine so ähnlich behagliche Atmosphäre wie das Trainingsgelände von Ipsy aus. Mr. Onaka lief zügig voran, während Kore mit Neko ihm in schwebender Ungewissheit folgten. Sie erreichten eine milchgläserne Schwingtür. Das dahinter erhellende Licht gab die darauf eingravierten Buchstaben auf deren Oberseite frei.

„Bürgermeister", stand dort zu lesen.

„Sie bringen uns doch zum Bürgermeister", sagte Neko aufschaudernd.

„Damit sie es endlich wissen, Mr. Tomps", herrschte Onaka barsch Neko an. „Der Bürgermeister ist Tod. Ich bin im Moment sein Stellvertreter. Ich soll euch hierher bringen. Es will jemand mit euch reden. Ich betone, dass das, was sie hier erfahren, höchster Geheimhaltung unterliegt. Und nun treten sie ein."

„Sie nehmen Anweisungen entgegen?" fragte Kore irritiert. „Sie können doch tun und lassen was sie wollen. Wenn sie der Bürgermeister sind, dann müssen sie sich von niemandem etwas befehlen lassen. Der Rat der Sechs ist vom Bergmassiv verschüttet. Ich meine ..."

„Eintreten", forderte Mr. Onaka beide unerbittlich auf und schob sie durch die Tür.

Drinnen brannte eine Reflexionsleuchte von der Decke. Ein schlichter Schreibtisch und drei Stühle befanden sich in dem ansonsten schmucklosen Zimmer. Ein Strauß aus weißen Narzissen lag auf dem Schreibtisch. Ihr betörender Duft durchströmte den Raum. Hier bekam man eher das Gefühl als beträte man ein Krematorium, als das Büro des Bürgermeisters. In den Wänden sahen Kore und Neko die Einschusslöcher von Lasergewehren, die das Mauerwerk zerschnitten wie ein Stück Butter.

„Was ist hier passiert?", fragte Neko erzitternd und deutete auf die Überreste des Kampfes, der hier stattfand.

„Verzeihen sie, wenn es hier gerade so farblos aussieht, aber die Ors richteten Bürgermeister Ladvis hier hin. Wir haben das Zimmer gereinigt, damit sie hier herkommen können. Sie wollten, dass euch dieser schreckliche Anblick erspart bleibt", sagte Mr. Onaka mit seiner Fassung ringend. Man übersah nicht, dass tiefe Trauer über sein Gesicht huschte.

„Bürgermeister Ladvis versuchte von hier aus den Orsaufstand niederzuschlagen", erzählte Mr. Onaka bewegt. Tränen sammelten sich in seinen Augen. „Gestern, am späten Abend trafen wir uns hier zur Sitzung, um über die anstehenden Aufgaben der nächsten Monate in der Stadt zu reden. Ich und Ladvis stellten fest, dass einige unserer Ratsmitglieder zu den Ors überliefen. Sie nahmen uns gefangen und fesselten uns hier in diesem Raum an den Stühlen. Man schlug Ladvis und mich. Aber sie machten die Rechnung ohne den Wirt. Mir gelang es in einem unbeobachteten Moment, mich von den Fesseln zu befreien. Als bloß einer uns bewachte, überwältigte ich ihn und nahm ihm seine Luftdruckpistole weg. Ich glaubte meinen Peiniger unschädlich gemacht zu haben und befreite Ladvis von seinen Fesseln. Aber da wurde der Angreifer wieder wach und rief seine Kameraden herbei. Da schnappte sich Ladvis seine Pfeildruckpistole und tötete ihn. Er sagte mir, er kann nicht mit Waffen umgehen und hielt einfach drauf. Von dem Lärm stürmten mehrere der Ors hoch aber die empfing ich mit der Pistole. Ladvis löste den Feueralarm aus. Er verschreckte sie, denn sie sind prompt aus dem Gebäude verschwunden. Ladvis wies mich an, sofort Verstärkung von den Nachbarstädten zu organisieren. Ich versuchte einen Hilferuf abzusetzen, aber es stellte sich heraus, dass die Ors die Verbindung zu den anderen Städten kappten. Also musste einer von uns beiden direkt zu den Nachbarstädten gelangen, um Hilfe zu holen. Ladvis wollte hier mit den Einsatzkräften der Stadt so lange ausharren, bis ich wieder käme. Keinesfalls hätte er die Stadt im Stich gelassen und sagte, dass dies für die Moral entscheidend wäre. Ich bekam seine Erlaubnis den Gleiter zu benutzen. So flog ich nach Sorrino und gleich weiter nach De las Casas. Dort gelang es mir und einigen Technikern, einen alten Fusionspanzer wieder in Betrieb zu nehmen. Damit kehrten wir in den frühen Morgenstunden nach Presson zurück. Ich brachte ein paar Einsatzkräfte und Freiwillige mit. Leider kamen wir zu spät. Als ich mit dem Panzer und weiteren Ordnungsleuten hier eintraf, überrumpelten die Ors bereits den Bürgermeister. Ich fand heraus, dass einige der Einsatzkräfte vor Ort bereits von den Ors unterwandert waren. Aus diesem Grund blieb das Magistratsgebäude intakt. Sie benutzten es als Operationsbasis für die Eroberung der Stadt. Offenbar brachten sie die Stadt längst unter Kontrolle, was ich daran merkte, dass wir attackiert wurden. Sie versuchten den Panzer zu erbeuten, doch das ging gründlich schief. Er ist dabei explodiert und verwüstete einen großen Teil der Stadt. Daher die vielen Feuer."

Mr. Onaka unterbrach sein Reden. „Es war so leichtsinnig von mir, so ein gefährliches Ding in ein dicht besiedeltes Gebiet zu bringen. Mir gelang es, ihn vor der Schmelze in den Himmel steigen zu lassen und mich durch einen Sprung in den Teich des Stadtparks zu retten. Vielleicht wirkten sich deshalb die Zerstörungen nicht schlimmer aus, weil sich der Druck besser verteilte. Ich verhinderte den Tod des Bürgermeisters nicht. Ich habe versagt", schluckte er schwer und fing sich wieder.

„Als ich aus dem Teich ans Ufer stieg, glaubte ich meinen Augen nicht zu trauen. Sie haben alle einfach aufgehört zu schießen und ihre Waffen weggeworfen. So etwas erlebte ich noch nie. Ich glaubte nie, dass es so endet. Die Ors besiegten uns. Ladvis war ein guter Mensch. Ich suchte nach seiner Leiche und fand ihn hier. Wir alle schätzten ihn sehr. Ein jeder von uns, der mit ihm zusammenarbeitete und den Aufstand überlebte, legte hier seine Lieblingsblume hier ab. Aber dann kam die Anweisung, euch hier herzubringen und das Zimmer zu reinigen. Wir brachten seinen Leichnam in den Keller, wo er auf seine Einäscherung wartet."

„Moment. Sie machten das Zimmer nur für uns sauber? Warum?", hakte Kore verwundert nach.

„Weil ihr Zwei nur hier mit uns reden könnt", sagte die vertraute Stimme Kassandras durch einen Deckenlautsprecher.

„Der Rat der Sechs?", horchte Neko erschrocken auf.

„Mr. Onaka. Gehen sie jetzt bitte nach draußen und nehmen sie sich eine Auszeit. Sie haben in den letzten Stunden zu viel mitgemacht. Wir müssen mit unseren Kindern ganz alleine sprechen. Haben Sie Dank für ihre Mühe und nehmen sie sich Zeit zu trauern", wandte sich die Stimme Rohns dazwischen. „Wir wissen, dass ihnen Ladvis Tod sehr nahe geht."

„Das Weitere geht nur unseren Schützlingen etwas an", merkte Zitra an.

Mr. Onaka machte eine ehrfürchtige Verbeugung, die der Rat natürlich nicht sah und ging mit Schwung vor die Tür.

„Gut", sagte Polites zufrieden, nachdem das Klicken des Türschlosses im Raum verhallte.

„Ihr seid nicht Tod?", fragte Neko voller Überraschung. „Ich begrub eure Kuppel doch unter dem Berg. Lebt Kaimlakhan etwa noch?"

„Kaimlakhan ist nur noch ein Schatten seiner selbst. Neko, du hast ihn im wahrsten Sinne des Wortes zu Tode erschreckt. Er wird nicht mehr zu sich finden. Er geistert in unserem Wald umher wie ein Schreckgespenst. Seine Schergen lungern hier herum wie kleine Kinder, denen man das Spielzeug wegnahm. Sie sind keine Gefahr mehr für uns. Im Gegenteil. Einigen von ihnen bringen wir gerade bei, wie man Getreide bei Kunstlicht anbaut."

„Wird man euch nicht retten?“, fragte Kore besorgt. „Ich meine, ihr könnt doch nicht für ewig im Berg eingesperrt bleiben?“

„Nein, aber nein. Wir brauchen keine Hilfe von euch. Danke. Deshalb brachten wir euch nicht hierher. Wir sind über unsere jetzige Situation gar nicht so undankbar, in die wir geraten sind. Jetzt können wir überprüfen ob Tomps Rechnung aufgegangen ist und ob seine Vision der Zukunft Wirklichkeit werden wird.“

„Wie meint ihr das?“, hakte Kore neugierig nach.

„Phileas wusste, dass auch wir irgendwann einmal von dem Planeten verschwinden werden. Wir sollten ein Netzwerk aus den Städten aufbauen, die sich einander zu helfen wissen, wenn unsere Zeit gekommen ist. Ab dem Tag, an dem wir nicht mehr sind, werden die Delegierten der Städte zusammenkommen und eine Regierung zu bilden. Dieser Prozess beginnt heute. Mr. Onaka übernahm für die Zwischenzeit als Übergangsbürgermeister die Verwaltung von Presson und der neu hinzugekommenen Tempelstadt.“

„Die ehemalige Basis der Ors“, bemerkte Kore trocken.

„Ganz recht“, bestätigte Kassandra trocken und fuhr fort. „Es gibt in der Tat vieles, was zu erforschen ist und wir wollen wissen, wie es die Ors schafften, die Barriere zu knacken. Sie müssen es fertig gebracht haben den Barrieristen zu orten und auf ihn Einfluss zu nehmen. Wenn man ihn nämlich zerstört, fällt das Kraftfeld in sich zusammen. Das analysieren allerdings erst die künftigen Generationen nach uns und werden ihre Erkenntnisse auf die weiteren geschlossenen Kuppeln anwenden. Aber deswegen ließen wir euch nicht hier herkommen. Es geht um euer beider Zukunft.“

„Wollt ihr uns etwa bestrafen?“, schluckte Neko schlotternd vor Angst.

„Nein, nein. Ihr beide habt mit der Sache, die da vorgefallen ist, wenig zu tun, auch wenn ihr es vielleicht anders seht. Der Konflikt war rein ideologisch. Die Ors scheiterten mit ihrer Weltsicht, weil sie das Schwert brachten. Aus der Geschichte der Menschheit weiß man schon lange, dass der, der das Schwert bringt, auch einmal durch das Selbige fällt. Früher oder später holt alle Gewalt die Tyrannen ein und ihre Reiche fallen in sich zusammen wie Kartenhäuser. Kein Reich, das je ein Gewaltherrscher zusammenführte, bestand auf Dauer. Die Menschheitsgeschichte ist voll von solchen Beispielen.“

Nun fuhr Rohn fort: „Zuerst geht es um dich Neko. Deine Schwester fand dich und wie wir aufgrund euer beider Erscheinen feststellen dürfen, habt ihr eure Vergangenheit hinter euch gelassen. Wir möchten dir anbieten, dass du wieder für dich lernst. Du darfst wieder in ein Tompswaisenhaus zu deinen Brüdern und Schwestern gehen und dort deine Ausbildung fortführen. Was sagst du dazu?“

„Ihr wollt uns schon wieder trennen?“, fragte Neko zitternd.

„Nein, nein. Wir wollen dir die Chance geben, einen ordentlichen Beruf zu ergreifen. Du willst doch nicht den Rest deines Lebens Teilzeitkellnern oder den Süchtigen die Drogen bringen?“, fragte Kassandra Neko beruhigend und fügte hinzu: „Außerdem wäre es möglich, dich in Mitteleuropa zur Agrarakademie anzumelden.

Soweit wir wissen, hast du ja einige Jahre in den Feldern gelebt. Zuvor musst du aber wieder bildungstechnisch Fuß fassen. Sonst haben wir für die Anmeldung keine Chance."

Neko prustete schwer. Er hätte es sich eigentlich denken können, dass der Rat über seine Lebensverhältnisse bestens Bescheid wusste.

„Gut. Wenn es so ist. Dann will ich nach Cherson. Das ist der nächste Ort", willigte Neko reflexartig ein.

„Ja", atmete Kassandra erleichtert auf. Man hörte, dass ein Stein von ihrer Seele fiel. „Da das Waisenhaus von Cherson nicht direkt im Ort liegt, ist es von den Zerstörungen verschont geblieben. Von da ist es eine halbe Stunde bis hierher. Deine Schwester wird in Presson die Akademie abschließen und dann sehen wir schon weiter. Vielleicht können wir es einrichten, dass sie auf dem Observatorium in der Nordhalbkugel einen Platz bekommt. Aber es wird nicht leicht werden, das zu erreichen."

„Ich darf die Akademie weiter besuchen?", fragte Kore überrascht.

„Natürlich. Du hast doch nichts verbrochen, was einen Rauswurf rechtfertigt", lachte Polites herzlich auf.

„Und ich werde hier eine Stelle bekommen?", setzte Kore verwundet nach.

„Nun ja", merkte Rohn an. „Das Ganze ist nicht so einfach, wie es scheint. Kore, da gibt es etwas, dass du wissen musst, auch wenn es jetzt nicht mehr von Belang ist. Die Ors manipulierten für dich deine vorgesehene Stelle auf der Südhalbkugel. Das heißt, sie nahmen massiven Einfluss in der Verwaltungsebene und gerade auf dich warfen sie ein Auge. Die Stellen in der Sternenforschung sind nämlich schon lange überbelegt und es gäbe normalerweise überhaupt keinen Arbeitsplatz für einen Neueinsteiger. Aber für dich drehten die Ors es so hin, dass sich dein Berufswunsch erfüllt. Warum sie das taten, überlassen wir deinen Spekulationen. Jetzt ändert sich die Sache. Wie gesagt, wir versuchen für dich eine Anstellung im Observatorium der Nordhalbkugel auszumachen, aber wir können dir leider nichts versprechen. Zumal unser Einfluss nicht mehr der ist, den wir einmal besaßen. Daher gehst du zunächst weiter auf die Akademie und schließt sie ab. Dann erst wissen wir mehr und selbst wenn es nichts wird, es findet sich schon etwas, das zumindest diesem Berufswunsch nahe kommt. Im Leben ist es oft so, dass Wünsche nicht punktgenau in Erfüllung gehen. Oder wie Phileas es einmal zu sagten pflegte: Auf die Musik, die das Leben spielt, nimmt man keinen Einfluss, aber auf den Tanzschritt sehr wohl."

„Alles klar. Ich mach das und geh nach Cherson", sagte Neko aufgemuntert.

„Aber wir besuchen uns doch wieder, oder?", fragte er seine Schwester mit bangendem Blick.

„Natürlich, Neko", antwortete Kore lächelnd und beide hielten sich in ihren Armen.

„Gut. Dann ist alles hierzu gesagt. Neko. Gehe bitte zu Mr. Onaka hinaus und lasse deine Schwester hier. Wir müssen mit ihr unter vier Augen, wenn man so will, sprechen", sagte Polites zu ihm. Neko nickte zustimmend, obwohl er nur die Stimme des Rates hörte.

Leise ging er in den Gang hinaus, während Kore unruhig den weiteren Worten des Rates folgte. In ihr bangte es, zumal sie ahnte, dass der Rat über sie und ihre Fähigkeiten bestens Bescheid wusste.
„Wir wollen aus gutem Grund, dass dein Bruder aus Pietät nicht anwesend ist. Es geht um deine Eltern, Kore. Wie wir dir schon bei deinem Besuch vor wenigen Stunden sagten, unsere Kinder liegen uns sehr am Herzen. Wir lassen Neko nicht fallen und jetzt lassen wir auch dich nicht fallen", begann Kassandra freundlich zu sprechen.
„Ich bin doch bald fertig. Ich glaube, dass ich die drei Monate schon irgendwie überstehen werde", sagte Kore irritiert. Sie dachte bei sich, dass sowohl ihr Vater und der Dämonenkönig als auch ihre Adoptiveltern von der Gesinnung der Ors kuriert waren.
„Du weißt es also nicht?", stellte Polites nüchtern fest.
„Was? Meint ihr etwa …"
„Deine Adoptiveltern sind Tod, Kore. Sie sind aus unerklärlichen Gründen vor dem Ausbruch des Aufstandes mit der Hyperbahn aus der Stadt gefahren. Wir vermuten, dass sie vor irgendetwas geflohen sind. Durch den Selbstmord der Hermesbrüder blieb die Strecke nach Cherson gesperrt. In der entgegengesetzten Richtung kamen zwar Züge an, aber gingen nur stundenweise wieder weg. Deine Eltern versuchten nach Norden zu fahren, wurden aber während der Fahrt von Unbekannten getötet. Ihre Mörder entzogen sich ihrer Verhaftung, weil der Aufstand losbrach. Wir ließen ihre Leichen wieder in die Stadt zurückbringen. Jetzt liegen sie im Leichenschauhaus, ehe sie in zwei Tagen eingeäschert werden. Wenn du willst, kannst du sie noch einmal sehen. Du hast jetzt keinen Vormund mehr und man müsste dich normalerweise von der Akademie entfernen. Wir wollen aber eine so begabte Schülerin nicht hinausgeworfen sehen und werden daher bis zu deinem Abschluss deine Vormundschaft übernehmen. Natürlich wird Mr. Onaka nach außen für uns auftreten, sodass die Vormundschaft auf seinen Namen lauten wird. Du kannst, wenn du es wünscht, deinen Nachnahmen in Onaka ändern lassen. Wir möchten dir unser Beileid und unsere Anteilnahme für diesen Verlust aussprechen."
„Das ist nicht nötig", sagte Kore zerknittert. „Meine Eltern gehörten zu den Ors. Die wollten mich nie."
„Selbst wenn es so wäre, Kore, so müssen wir dir sagen, dass es auch uns nicht zusteht, über den Werdegang deiner Adoptiveltern zu richten. Es ist nicht gut, jemanden zu verdammen, wenn man nicht in dessen Schuhen gelaufen ist. Was auch Mr. und Mrs. Berry dazu trieb sich den Ors zu öffnen, wird für uns und für dich eine Spekulation bleiben. Vielleicht spielte die Angst zu den Verlierern der künftigen Entwicklung zu gehören dabei ebenso eine Rolle, wie die Androhung von Gewalt oder die Gehirnwäsche. Nach unseren Informationen fällt ihr Antrag auf

Adoption fast zeitgleich mit der Ankunft Nekos im Waisenhaus zusammen. Auch nahmen wir das Arbeitsumfeld deiner Adoptiveltern in Augenschein. In diesen Kreisen gab es für die Ors ein großes Unterstützerpotenzial. Während der Kämpfe sind von diesen Personengruppen viele umgekommen. Wir vermuten daher, dass sie schon lange mit den Ors in Verbindung standen. Sie wurden bewusst von ihnen ausgesucht, um dich aus dem Umfeld deines Bruders zu nehmen."

„Warum töteten sie mich dann nicht? Ich meine, sie ermordeten das Pflegepersonal. Da wird doch so ein kleines Mädchen kein Problem für sie sein", fragte Kore nachdenklich.

„Deine Brüder und Schwester aus dem Heim überlebten alle. Vielleicht glaubten die Ors, dass nur von den erwachsenen Bezugspersonen eine Gefahr ausging. Neko kam ja bei Miss Conners unter. In ihr sahen sie ein größeres Bedrohungsrisiko als in einer Achtjährigen, die ihn schon bald wieder vergaß. Aber ihnen ist nicht entgangen, welches Verhältnis du zu deinem Bruder hast. Wir glauben daher, dass sie dich bewusst nie aus den Augen ließen. Nur so können wir uns auch die Manipulationen in deinen Werdegang erklären, die für dich doch eine erstaunlich goldene Zukunft voraussah. Das Waisenhauspersonal wurde genau dann ermordet, als du mit deinen Adoptiveltern auf Reisen warst. Du solltest offenbar nichts von den Morden an ihnen mitkriegen."

„Ich bringe auch euch eine schreckliche Nachricht", fügte Kore dazwischen an „Indreen, euer Spion ist Tod."

„Wir ahnten es bereits. Er war wahrhaftig ein Held, weil es Mut erfordert gegen den Strom zu schwimmen", bemerkte Polites schwermütig. Er fuhr ernsthaft fort: „Kore, wir wissen, dass du viele Dinge nicht so verstehst, wie wir es sehen. Aber du musst wissen, dass Indreen zu den Mördern von Miss Conners und den übrigen Angestellten des Waisenhauses gehörte. Wir deckten seine Morde und unterbanden bewusst jegliche weitere Ermittlung. Unser Spion besaß keine andere Wahl an die Information zu kommen, was es mit deinem Bruder auf sich hat. Wir wissen nicht, in wie weit seine Mission Erfolg hatte. Tatsache ist allerdings, dass die Ors sich am Ende nicht durchsetzten und die Welt wieder eine Chance auf eine erträglichere Zukunft besitzt. Es bleibt sein Verdienst, in seiner Weise zu dem Ausgang der Ereignisse beigetragen zu haben."

Die kalte Antwort des Rates traf Kore wie ein Schock. Ihr fehlten vor Schreck die Worte.

„Manchmal …", so sagte Kassandra mit großem Unbehagen. „… muss man auch Entscheidungen treffen, die einem sehr wehtun. Über die Ors wussten wir einfach viel zu wenig. Wir wussten nur, bevor Indreen zu uns überlief, dass sie die Herrschaft über den Planeten anstrebten. Sie unterwanderten bereits große Teile der Gesellschaft. Weder wussten wir von ihrer Struktur noch von ihrer Technologie. Eine unberechenbare Gefahr, die uns alle vernichtet hätte. Es glich für uns einem Horror, wenn unsere Bürger wieder in einen Kult zurückfallen, wo der Mensch nur eine Ware, ein Opferlamm ist. Ein Ding, für das man kein Mitleid empfindet, weil es zur Religion, zum Brauch gehört. Zu so einem namenlosen Wesen mit Frischfleischgarantie herabgestuft zu werden, mussten wir unter allen Umständen verhindern.“

„Indreen ermordete Elisabeth? Wenn das Neko erfährt …“

„Deswegen erzählen wir es dir, weil du ein Anrecht hast, die Wahrheit zu erfahren. Neko ahnt es bereits. Er erzählte es sicherlich dir zuliebe nicht. Die Ors kannten in ihrem Kreis die Mörder der Waisenhausleiterin. Es ist nicht undenkbar, dass Neko es hörte. Und dazu du …“

„Was wisst ihr noch?“, stellte Kore erschaudernd fest.

Polites räusperte sich und fuhr fort: „Es ist an der Zeit, dass wir nun auch dir die Wahrheit über dich sagen. Wir beobachteten dich von Anfang an deines Lebens, Kore. Godje und Adalmus Bonpland, welcher übrigens ebenso ein Tomps wie du ist, stehen mit uns im engen Kontakt. Wir wissen genau, wer du bist, wussten dich aber nicht einzuordnen. Bist du vertrauenswürdig oder nicht? Wir wussten es nicht. Wir wussten aber, dass du ein Anrecht auf eine normale Ausbildung und Erziehung hast. Miss Conners, die Heimleiterin setzte sich sehr für dich ein. Du hast genauso ein Recht auf ein Leben wie jede andere Kreatur auf diesem Planeten auch. Dein Handeln in dieser Sache überzeugte uns, dir zu vertrauen. Deshalb erzählten wir niemanden über dich. Aber trotzdem bitten wir dich, deine Kräfte niemals öffentlich zu präsentieren.“

„Ihr fürchtet mich also nicht? Ich glaubte, ihr wolltet mich fangen.“

„Fangen?“, fragte Rohn irritiert. „Warum? Weil du ein Wesen bist, das unsere Weltsicht auf den Kopf stellt? Merke Kore, in diesem Universum sind Dinge, für die es für uns Menschen keine Erklärung gibt, noch lange kein Mysterium. Irgendwann wird sich auch dein Rätsel aufklären. Es gibt eine plausible Lösung. Man entdeckte sie, wie in deinem Fall, nur nicht. Den Begriff der Göttlichkeit verwenden jene, die in ihren Gedanken das Trennen zur obersten Maxime machen. Denn alles ist eins. Gut und Böse. Sie sind Geschwister, die einander bedürfen. So wie der Peiniger bei seiner Tat sein Gutsein unterdrückt, so unterdrückt der Leidende, sein Böses in ihm. Du bist ein Organismus das denkt, spricht und fühlt. Du brauchst wie alle anderen auch deine Nahrung, deine Kleidung deine Wohnung, die Nähe und Geborgenheit, die Anerkennung und Wertschätzung deiner Person. So viel Unterschied gibt es zwischen dir und den übrigen Menschen nicht. Es gibt viele Gemeinsamkeiten. Man sollte nicht nur nach den Dingen suchen, die unterscheiden, sondern auch die Übereinstimmungen berücksichtigen und das trennende Denken ablegen. Auch was den Zeitpunkt angeht.“

Rohn machte eine Pause und Kassandra fuhr für ihn fort: „Zukunft oder Vergangenheit. Zum Beispiel. Auch du bist diesem Gesetz wie jeder andere hier unterworfen. Im Universum gibt es kein davor und kein danach. Es gibt nur den Moment. Zu dieser Erkenntnis muss man allerdings selbst gelangen und es am eigenen Leibe zu spüren bekommen. Alles entwickelt sich so, wie es soll. Also. Gehe jetzt nach Hause und morgen wieder zur Akademie. Wenn du mit uns reden möchtest, findest du uns hier. Mr. Onaka wird dich hierher führen, wenn du ihn darum bittest. Hast du weitere Fragen an uns?"

„Nein", sagte Kore geknickt. Niemals lies sie sich träumen, dass der Rat von ihrem Geheimnis wusste. Aber es erstaunte sie umso mehr, dass sie ihren Kräften keine große Beachtung beimaßen.

„Gut. Gehe jetzt bitte zu deinem Bruder. Ihr beide habt nun viel zu tun. Im Übrigen blieb das Haus deiner Eltern unversehrt. Ihr könnt dort die nächsten Stunden ungestört miteinander verbringen. Wir können uns gut vorstellen, dass ihr diese gemeinsame Zeit füreinander brauchen werdet. Nun erhol dich und mach es gut bis zum nächsten Gespräch."

Kore ging nach ihrer Verabschiedung still und leise hinaus. Vor der Tür stand Neko mit Mr. Onaka teilnahmslos auf dem Gang. Keiner von den beiden wechselte in der Zwischenzeit ein Wort. Wie paralysiert verharrten sie im Flur des Magistrats.

„Und?", fragte Neko angespannt seine Schwester.

„Ich darf weiter auf die Akademie gehen", sagte Kore wenig enthusiastisch.

„Das ist doch gut."

„Meine Adoptiveltern sind tot."

„Das ist nicht so gut."

„Ich darf die nächste Zeit in ihrem Haus wohnen."

„Das ist doch nicht schlecht."

„Sie wissen alles. Ich meine alles."

„Oh, das klingt grässlich."

„Eben, Neko. Eben."

Wortlos gingen sie gemeinsam den Gang hinunter, nachdem sie sich von Mr. Onaka verabschiedeten. Was beide in den nächsten Tagen alles erwartete, mochten sich Kore und Neko nicht im Geringsten ausmalen. Eines zeichnete sich allerdings schon jetzt offensichtlich ab. Ihr bisheriges Weltbild löste sich buchstäblich in Rauch auf.

Kapitel 2

Träum süß

Kaum dass Kore mit Neko das schmucklose Magistratsgebäude verlies, tat sich ihnen ein anderes Bild von Presson auf. Die Feuerwehrgleiter beendeten ihren Einsatz und kehrten wieder in ihre Depots zurück. Vom Tageslicht erinnerte in der Ferne ein schmaler roter Schleier am Horizont, während der Mond bereits hell erleuchtet am Himmel stand. Auch in den Straßen gingen die wenigen funktionsfähigen Laternen an, was die Stadt dunkler als sonst machte. Der Rauch lichtete sich und es miefte leicht nach Verkohltem. Kore bemerkte eine Gruppe von Nanotekten, die sich daran machte, den Recyclinghof wieder aufzubauen. Die großen Silos für die Rohmaterialien wuchsen zu dieser Stunde Schicht für Schicht in den nächtlichen Himmel hinauf. Von ihnen sollten später die Materialien abgezapft werden, die sie für den Wiederaufbau der Stadt benötigten. Vereinzelt sahen sie Lichtblitze in der Trümmerwüste, die von den Scangeräten der Techniker stammten. Damit suchten sie die Ruinen nach verwertbarem Baustoff ab. Kore nahm Neko bei der Hand. Im Schein der Laternen kehrten sie zur Hauptverkehrsachse zurück. Dort beobachteten sie einige Einwohner der Stadt, wie sie ihre verbliebenen Habseligkeiten aus den gelöschten Häuserruinen zu bergen suchten. Bald kämen auch hier die Nanotekten an, um mit der Wiedererneuerung zu beginnen. Jene zerlegten die Ruinen in einzelne Atome, um sie in den Erneuerungsprozess einzuflechten. Mit Bestimmtheit wären die Schäden in wenigen Tagen behoben und die Häuser der Kapitale standen wie früher an der gleichen Stelle. Nichts würde mehr von der Katastrophe zu sehen sein, die sich in den letzten Stunden hier abspielte. Die bei den Kämpfen verwundeten Einwohner waren inzwischen im Medizinzentrum der Stadt verarztet. Das Medizinzentrum überstand dank seiner Randlage in der Stadt den Umsturzversuch relativ unbeschadet. Bevor Kore und Neko Presson am Abend betraten, durchsuchten die Krankenkopter die Ruinen nach Verletzten. So erwies sich die gut durchdachte Infrastruktur als enormer Vorteil für den Katastrophenfall, obwohl man nie und nimmer mit einer solchen Begebenheit rechnete. Alles in allem, so erklärte es ihnen Mr. Onaka bei ihrem Abschied, kamen während des Aufstandes etwa siebenhundert Einwohner ums Leben. Unter ihnen befanden sowohl Zivilisten als auch Ordnungskräfte der Polizei. Viele der nicht infiltrierten Einwohner flohen während der Kämpfe in die Umgebung und kehrten erst jetzt zurück. Die meisten Opfer setzte man bereits am Nachmittag, entgegen der üblichen Vorgehensweise, in einem Massengrab vor der Stadt bei. Wertvolle Zeit vertrödelte man für die Beerdigung nicht, zumal, trotz der medizinischen Versorgung, die Ausbreitung von Seuchen drohte. Niemand wusste im Augenblick, wohin das Schiff der Menschen nun steuerte. Eines zeichnete sich bereits ab. Dadurch, dass der Rat der Sechs die Macht nicht fest an sich klammerte und den Städten ihre Selbstverwaltung überlies, gewährleistete sich eine öffentliche Versorgung trotz der Regierungskrise. Dies verhinderte den sofortigen Zerfall der Weltgemeinschaft und des global umspannenden Städtesystems.

Nun trat ein Notfallplan in Kraft, den der Rat einmal ausarbeitete, falls es zu einem jähen Ende ihrer Institution kam. Er sah ein Treffen der Bürgermeister vor, welche die neue Koordinierungsform unter den Städten aushandelten. Für die Bürger des Planeten, also auch für Kore und Neko hieß das, die Gespräche der Politiker erst einmal abzuwarten und sich von der Rebellion der Ors zu erholen. Das Leben setzte trotz der Vorkommnisse seinen gewohnten Gang fort.

Sie erreichten die Hauptverkehrsachse. In der beginnenden Nacht herrschte nicht wie sonst reger Betrieb mit den Gleitertaxis, die die Leute in alle Forschungs- und Entwicklungseinrichtungen rund um Presson brachte. Neko musterte aufgeweckt das ungewohnte Bild des Innehaltens. Ihre Brüder und Schwestern, der Reparatur und Wartungsservice der Vehikel, nutzten in dieser Stunde die Gelegenheit aus, um die intakten Wagen zu inspizieren und sie gründlich vom Schmutz zu reinigen.
„Die können auch nicht stillstehen. Immer sind die am schuften", räsonierte Neko über die Unermüdlichkeit der Bediensteten, die wie sie aus den Tompswaisenhäusern kamen.
„Das Leben geht weiter, Neko", sagte Kore nachdenklich und fügte an: „Sie sind glücklich so."
„Aber sie könnten doch auch auf der Akademie studieren. Warum sollte aus ihnen nicht etwas Besseres werden?", fragte Neko traurig.
„Etwas Besseres?", nahm Kore irritiert seine letzten Worte auf. Sie wusste nicht, worauf Neko abzielte.
„Ich meine, sie verbringen den ganzen Tag damit, die Gleiter zu putzen und sie zu reparieren. Das wird doch auf die Dauer langweilig."
„Oh Neko", lachte Kore und schüttelte kichernd den Kopf. Sie strich ihrem Bruder sanft über den Kopf.
„Was gibt's da zu lachen? Sie haben auch das Recht aus sich etwas zu machen", ergrimmte sich ihr Bruder fast schon beleidigt.
„Ich lache nur, weil du etwas Wichtiges nicht weißt. Unsere Geschwister hier wissen, dass es andere Berufe als den ihren gibt, aber sie führen ihn gern aus. Nicht, weil er recht gut bezahlt wird. Außerdem gibt es die Erwachsenenbildung, die sie besuchen können. Die Stadtverwaltung weiß um die Wichtigkeit der Infrastruktur. Ohne sie bräche der ganze Betrieb zusammen. Es gibt ausreichende Pausen und Urlaub für sie. Das Leben besteht nicht nur aus Arbeit, sondern auch aus der Wahrnehmung unserer Umwelt und uns selbst. Da ist Freundschaftspflege, soziale Kontakte, Spezialisierung seiner Fähigkeiten und Erholung ebenso wichtig, wie die Ausübung eines Berufes. Wir sind nicht nur da, um zu arbeiten, wir sind auch dazu da zu leben, Neko. Jeder erschließt für sich selbst, was zum Leben dazu gehört und muss es als solches auch Wahrnehmen. Wir wären sonst nicht hier. Nur so bleiben die Menschen glücklich und glauben an eine Zukunft, wo man gerne wieder aufsteht und einem neuen Tag entgegenblicken kann. Wozu ist aller Fortschritt gut, wenn für die eigene Lebensführung nichts Vorteilhaftes mehr übrig bleibt?"

„Hm. Da ist was Wahres dran. Ich will nicht mehr ein Kellner sein. Da trampelten sie auf mir herum", sagte Neko über seine Lebenserfahrung nachdenkend.

„Vielleicht findest du heraus, was dir am besten liegt. In Cherson bekommst du die Möglichkeit dazu", antwortete ihm Kore zuversichtlich. „Soweit ich weiß, ist das dortige Waisenhaus dem unseren sehr ähnlich."

„Erzähl mir von der Akademie. Wie ist es dort?"

Um Nekos Vorstellung vom Leben auf der Akademie zu prägen, erzählte Kore ihm von ihrem Alltag. Es fiel nicht immer leicht, da man bedeutend mehr tut, als den Lehrstoff auf sich einrieseln zu lassen. Er wurde regelrecht entdeckt und verinnerlicht. Dazwischen trieben die Absolventen Sport, Spiel und soziale Ausgeglichenheit, um sich wohl zu fühlen und um optimistisch an seine Aufgaben heranzugehen. Aufmerksam folgte ihr Bruder ihren Ausführungen. Sie merkten dabei nicht, wie schnell sie den Weg durch die Stadt fanden. Auch an Adalmus Haus vorbei. Kore vertiefte sich so stark in ihrer Erzählung, dass sie nicht an ihn dachte. Ihr fiel lediglich auf, dass die Bäume hier ihr sattes Laub behielten und kein rauchiger Gestank durch die Luft glitt. Schon bald erreichte Kore mit ihrem Bruder das Haus der Berrys. Es blieb unversehrt. Dieser Teil der Stadt kam im Gegensatz zu den anderen Bezirken eher glimpflich davon. Es verbogen sich lediglich ein paar der Reflexionslampen der Straßenbeleuchtung und einige Trümmer des explodierten Fusionspanzers verstreuten sich bis hierhin. Der Universalgärtner des Nachbarn glich einem Haufen Schrott. Er bekam eine ganze Batterie von Laserpistoleneinschüssen ab und lag durchlöchert über den ehemals liebevoll gepflegten Kiesgarten. Modernste Technik, zerstört von religiösen Fanatikern, lag auf der Sehnsucht nach innerer Harmonie und Ausgeglichenheit. Dies entsprach dem Bild, das die Ereignisse der letzten Stunden grob umriss. Mit gemischten Gefühlen trat Kore vor ihr ehemaliges Heim, von dem sie bis vor kurzem dachte, dass sie es nie wieder sah. Hässliche Erinnerungen quälten sie darüber, dass sie hier die schreckliche Wahrheit über ihre Adoptiveltern erfuhr. Jene, die sie auf Anweisung von Kaimlakhan aus dem Waisenhaus adoptierten, um sie von Neko fernzuhalten. Ihr Bruder ging mit ganz anderen Gefühlen auf das luxuriöse Anwesen mit seinem liebevoll gepflegten Vorgarten zu. Mit großer Neugierde näherte er sich der ehemaligen Wohnstatt seiner Schwester. Er musterte aufmerksam mit seinen Augen die lieblich gestalteten Beete und gestutzten Büsche vor dem Eingang.

„Hier hast du gewohnt?", fragte er angetan und tastete gespannt über die Blätter der schmucken Bepflanzung.

„Ja", antwortete Kore knapp und machte sich so ihre Gedanken dazu. Die Bilder aus der Vergangenheit waren in ihr quicklebendig.

„Ganz anders wie in der Bar zum Stern", bemerkte Neko treffend. „Da hab ich im Hinterzimmer geschlafen."

„Da musst du jetzt nicht mehr hin", sagte Kore aus ihren Gedanken gerissen. Ihre Aufmerksamkeit galt wieder der neuen Entwicklung.

Darum sagte sie aufmunternd: „Du bekommst eine neue Chance und wirst einen Beruf lernen. Das ist doch wundervoll. Wir schlafen jetzt erst einmal hier bei mir und dann nach dem Frühstück morgen sehen wir weiter."

„Ist gut. Hoffentlich sind die Betten weich. Meins stand in einem der Hinterzimmer der Bar und war ziemlich hart", schloss Neko hoffnungsvoll.

Kore ging voran und lies sich ihr Gesicht vom Erkennungssensor der Eingangstür abtasten. Unbeanstandet entriegelte sich die Tür. Erst dann gelangte sie mit Neko in das Haus. Mit großem Interesse musterte Neko das Innere des Hauses. Kore zeigte ihm die Küche und beide gönnten sich erst einmal eine kleine Stärkung aus der hauseigenen Nanotheke. Sie arbeitete wie ein Minibauernhof und setzte aus Atomen alle Nahrungsmittel mit den Vitalstoffen zusammen, die der Körper gerade brauchte. Dank des Sensorchips, der bei der Bestellung die Oberfläche der flachen Hand einscannte, erkannte die Nanotheke, welche Nährstoffe gerade benötigt wurden. Dementsprechend stellte die Maschine ein vollwertiges Menü zusammen, das je nach körperlicher Betätigung ausfiel. Machte man viel Sport, bekam man eine ganz andere Mahlzeit, wie wenn man träge im Sessel verharrte. Manipulationen waren praktisch ausgeschlossen, denn es gab in dem Chip einen Lernmodus, der jedweden Betrugsversuch registrierte. Da man die Geräte nicht kaufte, sondern mietete, sendete der Chip im schlimmsten Fall an den Vermieter und dem Medizinzentrum ein Signal aus. Dem Saboteur drohte dann nicht nur die Zwangseinweisung in das Medizinzentrum sondern auch ein Verfahren wegen Sachbeschädigung. Um die Nanotheke mit neuen Rohstoffen aufzufüllen, bedurfte es keinerlei Mühe. Da ganz Presson mit einem Cargoleitsystem vernetzt war, schickte man über die Leitungen die Zutaten zu jedem Haushalt. Es funktionierte ähnlich wie der Recyclingkanal. Nur in umgekehrter Richtung. Naniten, kleinste Roboter, zerlegten die Nährstoffe in kleine Atome, die sie über einer Art Windkanal zu den einzelnen Haushalten transportierten. Vor Ort werden die Nährstoffe je nach Bedarf zusammengesetzt. Das Cargosystem machte den meisten Transportverkehr auf den Straßen der Stadt überflüssig. Was früher einmal die Verkehrswege mit unzähligen Lastkraftwagen verstopfte, unterband der Einsatz des Verteilerkanals. Supermärkte, Modehäuser und andere Konsumtempel mutierten zu Kores Zeiten zu einem Fremdwort.

Neko verwöhnte sich zum ersten Mal von der Nanotheke. Bisher lebte er von den Resten der Küche aus der Bar zum Stern. Aber nun genoss er nach langer Zeit ein vollwertiges Essen aus dem Nahrungsbereiter. Kore sah ihm zufrieden zu, wie er sich über beide Ohren freute, als er nach wenigen Augenblicken Wartezeit, einen vollen Teller mit Pfannkuchen, Birnenkompott und warmer Milch vor sich stehen sah. In ihr stieg das wohlige Gefühl hoch, die richtige Entscheidung vor wenigen Stunden getroffen zu haben. Sie ermöglichte erst diesen Moment, der sich nun in der Küche vor ihr abspielte. Gewisserweise erfüllte es die Fee mit Stolz und sie merkte auch, dass sie nun für Neko eine Verantwortung verspürte. Durch dieses wonnige Gefühl fiel ihr auch nicht auf, dass die Nanotheke schon wieder für sie einen Kräutertee als Getränk servierte. Außerdem lagen für sie sechs Spiegeleier mit Toast und Butter, ein Teller frittierte Kartoffeln sowie mehrere Scheiben Wurst und Käse zum Verzehr bereit. Ungewöhnlich fettige Lebensmittel, die der Nahrungsbereiter nur ausgab, wenn jemand einen enormen Energiebedarf vorwies. Diese üppig bereitgestellte Menge vertilgten weder sie, noch ihr Bruder. So gaben sie die Reste zur Wiederverwertung durch die Recyclingklappe zurück. Nach dem Essen zeigte Kore ihrem Bruder ihr Zimmer. Für Neko blieb es ein Traum, ein eigenes Zimmer ganz für sich alleine zu haben. Das Hinterzimmer des Lokals, in dem er zuvor nächtigte, glich mit seinen Kisten und Regalen eher einer Abstellkammer, als einer Schlafstatt. Hier aber gab es einen großen Schrank mit dem eingebauten Nanotex, der in Sekundenschnelle maßgeschneiderte Kleider fertigte. Es gab es ein echtes Bett, das sich der Körperform des Benutzers wie von selbst anpasste. In Kores Bad sah ihr Bruder mit großen Augen den Nanohyg mit dem integrierten Nanokos an. Jener Körperpflegeapparat, der innerhalb kürzester Zeit alle Hautporen gründlich reinigte und den Körper mit pflegenden Ölen und Lotionen versorgte. Neko legte sich in dem flexibel verformbaren Bett sofort zur Probe.

„Davon habe ich immer geträumt", schwärmte er überglücklich darin. „Bleibst du bei mir? Kuscheln wir zusammen? So wie früher?", fragte er zu seiner seine Schwester aufblickend, wie sie ihn zusah, als er sich darin räkelte. Neko meinte damit nicht nur ihre körperliche Nähe im Sandkasten des Waisenhauses. Nachts kroch ihr kleiner Bruder seinerzeit im Waisenhaus unter ihre Bettdecke und lehnte sich an ihr an. Unbekleidet natürlich.

„Ganz so wie früher?", fragte Kore irritiert.

„Warum nicht? Ich möchte nicht allein hier drin bleiben. Ich hab dich so sehr vermisst. Außerdem tut es gut, einander zu fühlen. Du riechst so gut. So richtig nach Zimt. Deine Haut ist so schön weich. So ähnlich wie die Federn von den Enten, die wir auf unserem Hof hielten. Bitte. Ich weiß, dass du jetzt eine Frau geworden bist, aber das heißt doch nicht, dass man einander nicht mehr spüren darf", flehte Neko seine Schwester eindringlich an. Er bettelte regelrecht darum nicht verlassen den Schlaf verbringen zu müssen. Kore verstand ihn.

„Das Bett ist viel zu schmal für uns zwei", sagte Kore ausweichend und ging nicht näher auf seine weiteren Funktionen ein. Dies nicht ohne Grund. Das Bett dachte sich lediglich für eine Person. Die Schlafstatt besaß eine Erkennung des Benutzers. Nur registrierte Benutzer genossen einen ungehinderten Schlaf. Wenn aber zwei Erwachsene darin lagen und miteinander schliefen, reagierte das System sofort. Da das Geburtenkontrollgesetz auch für Schlaflager galt, durfte in einem Einpersonenbett auch nur eine Person liegen. Sobald aber ein Verstoß gegen die Benutzung des Bettes vorlag, warf das Bett alle Insassen automatisch mit einer Kippfunktion hinaus und sendete ein Warnsignal an die Eltern. Es diente dazu eine ungewollte Schwangerschaft ihrer Minderjährigen rechtzeitig verhindern. Die Folgen unkontrollierter Geburten führten in der Vergangenheit zu erheblichen Schwierigkeiten. Nicht nur für die werdende Mutter und dem Vater, sondern auch für das Kind selbst. Zwar hatte man die Möglichkeit sein Kind der Obhut eines Waisenhauses zu übergeben, aber die emotionale Bindung an das werdende Leben verbannte sich nicht so ohne weiteres aus dem Herzen. Natürlich war dieser technische Effekt des Bettes lächerlich. Wer schwanger werden wollte, der wurde es auch. Trotzdem gab es diese Funktion in dem Bett und daher beachtete Kore diese Warnung. Ganz anders verhielt es sich dagegen bei den Betten von Ehepaaren. Dort durften sich sogar mehr als zwei Personen hineinlegen, ohne dass man mit irgendwelchen Störaktionen seitens der Elektrik rechnete. Daher schlug Kore einen Kompromiss vor. Gewisserweise verstand sie ihren Bruder gut. Waren doch die letzten Stunden ein einziges Martyrium und es tat ihm einfach gut, mit jemandem zu schmusen. Nähe zu haben, die ihn die Verarbeitung der grausigen Erlebnisse erträglicher machten. Mehr passiert nicht. Da war sich Kore sicher. Hautkontakt galt zudem als ein Festival für die Sinne. Es genügte bereits das Aneinanderliegen ihrer Körper, um eine positive Wirkung auszulösen.

„Weißt du was?", schlug Kore nach einem kurzen Nachdenken vor. „Wir können uns zusammen in das Bett meiner Eltern legen. Die kommen nicht mehr. Es ist wesentlich breiter und auch nicht unbequemer als meines."

„Au ja", rief Neko begeistert und sprang freudig aus Kores Bett hinaus.

So zeigte Kore ihrem Bruder das Schlafzimmer ihrer Eltern. Neko trat begeistert an das Bett heran und seufzte träumerisch. Er warf sich drauf und zog sich seine Kleider aus, bis er sich nackt in die Decke kuschelte. Auch Kore knöpfte ihre Kleider auf und legte sie auf einen Stuhl ab, der neben dem Bett stand. Neko sah ihr dabei zu. Als Kore sich nackt neben ihn legte, sah Neko sie mit seinen giftgrünen Augen anerkennend an.

„Du bist wunderschön."

„Danke", antwortete Kore verzückt.

Neko rückte ihr näher und legte seinen Kopf zwischen ihre Brüste. Verträumt hörte er ihr Herz im Brustkorb mit einem Ohr schlagen. Es erinnerte ihn an sein Erlebnis mit Kore heute Mittag auf den Feldern vor der Stadt.

„Es ist so wunderschön dein Herz zu hören", sagte er zu ihr. „Die Ors richteten deinen Dummy im Schloss übel zu. Ich möchte dir das am liebsten gar nicht erzählen, was sie sonst noch mit ihm anstellten."

„Dann sei still und hör einfach zu", unterbrach ihn Kore flüsternd und seinen Kopf in ihren Armen haltend.

„Du duftest so gut", schwärmte Neko nach einer Weile. „Richtig fein nach Zimt. Als wir gemeinsam im Sandkasten spielten, hast du auch schon nach Zimt gerochen. Aber nicht so stark wie jetzt."

„Ja?", antwortete ihm Kore nun aufmerksamer geworden. Diese Bemerkung schnappte sie mit großem Interesse auf. Ipsy erzählte ihr, dass nur die Feengläubigen diesen Geruch wahrnahmen.

„Ich finde, dass du sehr schöne Brüste bekommen hast ...", setzte ihr Bruder kurz darauf nach.

„Danke", schmunzelte seine Schwester wiederum.

„… und deine Ohren", sagte ihr Bruder nach einer weiteren kurzen Pause verträumt.

Das irritierte sie.

„Äh ja …"

„Sie laufen spitz zu. Wie bei einer Fee … Du bist ja eine Fee. Entschuldige. Das ist bei dir so."

Für Kore war das aber in der Tat eine Neuigkeit. Zwar bemerkte sie gestern früh schon eine leichte Verformung ihrer Ohren, aber ahnte nicht, dass sie inzwischen weiter fortschritt. Sie fasste sich an ihre Gehörmuschel. Neko hatte wirklich Recht. Sie begannen, sich nach oben spitz auszuformen. Wenn auch leicht. Nach Kores Eindruck. Neko spürte ihre Überraschung.

„War das für dich neu?"

„Ich sah sie mir nicht näher an", antwortete Kore etwas verunsichert. „Ich glaube, das bedeutet etwas. Ipsy sagte etwas, dass man an ihnen erkennen könne, in welchem Stadium eine Fee wäre."

Neko blieb still und lies ihre Antwort auf sich wirken.

„Meinte sie, dass du dich veränderst?" fragte er schließlich.

„Wahrscheinlich."

Neko machte eine kurze Pause und wechselte zu Kores Überraschung das Thema.

„Hast du schon einen Freund?"

„Nein."

„Wenn du einen hast, dann stelle ihn mir vor. Ich will, dass meine Schwester einen guten Partner fürs Leben kriegt."

„Du bist so süß", kicherte Kore mit einem gefälligen Lächeln. Seine Bemerkung lenkte sie von ihren Ohren ab. Zufrieden kraulte sie seine dichte Mähne. „Aber mir ist nicht nach einem Mann."

„Warum nicht?", fragte Neko überrascht. „Die meisten Mädchen, die ich beobachtete, waren ständig in irgendwem verliebt und wesentlich jünger als du."

„Ich glaub, dass mir das Leben sagt, dass ich erst feststellen soll, was ich mit mir alleine anfange."

„Und Sex? Ich meine so etwas wie Lust?"

„Ich hab keinen Drang danach. Und du?"

„Ich bin erst vierzehn, was nicht heißt, dass ich nicht schon etliche Male zusah, wie sie es miteinander treiben", antwortete Neko. „Da gab es vieles, was mich anwiderte. Das erste Mal sah ich das bei Adalmus und Elisabeth."

„Die Szene im Heu", erinnerte sich Kore plötzlich an ihr Erlebnis heute Mittag. „Das kam nämlich nicht von mir."

„Ja, ich hätte das dir nicht unbedingt erzählt. Als ich einmal von meiner Radtour zurückgekehrt bin, hörte ich sie auf dem Heuboden. Ich schlich mich an und sah ihnen durch einen Spalt beim Sex zu. Unsere Mutter zelebrierte ihn regelrecht. Verglichen mit dem, was ich sonst so sah, eher harmlos. Vielleicht war ich neidisch auf Adalmus, aber vielleicht ist man das ja als Kind. Einmal, als ich in der Bar auf der Karibikebene bediente, gab es eine ähnliche Situation. Damals war ich mittendrin.

Es war eine geschlossene Veranstaltung und FKK. Da waren von den Ors eine ganze Menge da und machten es im Kollektiv miteinander. Kreuz und quer sind die gelegen. Wir Kellner hielten uns im Hintergrund, da sie ansonsten auch auf uns übergegriffen hätten."

„Ich wusste nicht, dass es bei dir so wüst …", versuchte Kore dazwischen zu werfen, doch Neko erzählte ungehemmt über seine Erfahrungen in dieser Sache weiter.

„Naja, dann war da die Sache in der Großstadtebene. Auch eine geschlossene Veranstaltung. Dort veranstalteten sie nicht nur einen Shirtwettbewerb unter einer Dusche, sondern hielten eine Orgie auf der ausgiebig geschlemmt und, du weißt schon was, gemacht wurde. Als Minderjähriger und Kellner solltest du dich im Hintergrund halten. Wenn du nicht aufgepasst hast, nahmen sie dich für Knabenliebe her. Dabei zwingen sie dich, das Sperma der Alten zu schlucken. Soll dir Kraft und Erfahrung für dein Erwachsenenleben geben, sagten die."

„Oh. Soll das etwa heißen, dass du missbraucht wurdest?"

„Ich rettete mich rechtzeitig, was aber nicht jeder meiner Kollegen schaffte."

„Warum sind du oder deine Kollegen nicht zur Polizei gegangen?"

„Wie gesagt, ich rettete mich immer, aber die Ors deckten sich ohnehin gegenseitig. Da machte eine Anzeige wenig Sinn. Außerdem herrschte unter uns ein Klima der Angst. Aber dann bist du ja gekommen und hast mich da rausgeholt. Du bist für mich ein goldiger Engel", schloss er seufzend und kuschelte sich auf ihrer samtweichen Haut. Sie beobachtete ihn zufrieden, wie er wenig später beruhigt einschlief. Neko kuschelte sich alsbald auf Korcs Bauch. In diesem Augenblick fühlte sich die Fee überglücklich und wünschte sich, dass dieser Moment mit ihrem Bruder nie verging. Seufzend strich sie ihm über die tiefschwarzen Haare und dachte an die aufregenden Stunden, die sie gemeinsam hinter sich brachten. An ihr gemeinsames Schicksal dachte sie.

„Schon komisch …", dachte Kore bei sich und spürte Nekos Bewegungen. „… unser beider Schicksal."

Es dauerte nicht lange, da fielen auch bei ihr vor Müdigkeit die Augen zu und sie freute sich auf einen erholsamen Schlaf. Sie war trotz aller Ereignisse irgendwie gespannt darauf, was ihre Ausbilderin Ipsy zu ihrem Erfolg sagte. Sie erschien ihr immer, sobald sie einschlief. Alles in allem ging ihr Plan vollends auf, in Nekos Blutbahn zu fliegen und das Kontrollimplantat in seinem Hirn zu zerstören. Den entscheidenden Hinweis, der die Sache zu diesem glücklichen Ende brachte.

Kaum, dass Kore in das Reich der Träume eindrang, fand sie sich zu ihrer Überraschung nicht auf der grauen Ebene des Trainingsgeländes wieder, sondern in einem rot getünchten Kellergang, der sich durch brennende Kerzen auf gusseisernen Ständern erhellte. Seine Wände trugen ein angenehmes warmes Rot. Genauso wie ihre spärliche Bekleidung, die auf ihrer Haut ruhte. Ein tiefrotes, dünnes Tuch verschleierte sie vollends. Sie spürte klimpernden Schmuck um ihre Fußknöchel und um ihre Hüfte.

„Eigenartig", sagte sie zu sich. „So was trag ich doch sonst nicht."

Ihre barfüßigen Zehen fühlten warme Marmorfliesen unter sich. Ebenso fiel ihr geradezu die heilige Atmosphäre auf, die dieser Ort ausstrahlte. Eine angenehme Wärme herrschte hier. Von außen drang durch einen schmalen Schacht ein schwaches Licht in den Zwischengang, der so wirkte, als ob er zu einem Tempel gehörte. Kore ging vorsichtig den kerzenbeschienenen Flur weiter. An seinem Ende sah sie durch den schmalen Gangbogen einen kleinen Raum, in dem mehr Kerzen vor sich hinbrannten. Sie merkte sofort, dass es sich hierbei um etwas ganz Besonderes handelte. Sie versuchte kurz stehen bleiben, doch ihre Füße gingen unvermittelt weiter. Wiederum gab sie den Befehl stehen zu bleiben, doch ihre Füße gehorchten nicht. „He, was soll das?", fragte sie, doch da verlor sie die Kontrolle über ihren Körper. Ehe ihr auch die Kontrolle über ihren Geist entglitt, schlittere ein kurzes „Oh. Oh", durch den Kopf. Kore ahnte bereits, was passierte und hoffte, dass das voreingestellte Programm des Illusionators hinter der Schranktüre ihrer Eltern es gnädig mit ihnen meinte. Unaufhaltsam durchschritt die Fee den Durchgang und sah ihren Bruder Neko bereits auf einer Flechtmatte vor einem in den Boden eingelassenen Wasserbecken warten. Die Oberfläche des Bassins bestand aus lauter kleinen Mosaiksteinchen. Es dampfte warmes Wasser aus ihm. Ein angenehmer Rosengeruch entstieg seiner Schwade. Überall im Raum standen entzündete Kerzen herum und verbreiteten mit ihrem sanften Licht eine verträumte Atmosphäre. Neko sah sie freudig an. Er trug lediglich ein Handtuch um seine sportlichen Hüften gewickelt. Sein Oberkörper sah anders aus, als sie es von ihm kannte. Muskulös und kräftig. Sofort ahnte Kore, was das bedeutete. Das Programm schien von Neko ebenso Besitz ergriffen zu haben wie von ihr. Nicht einmal ein „Oh nein" gelang es mehr zu denken, da ihr Körper sich der Illusion vollends hingab. Erst als Kores Leib vor Neko ankam, blieb sie stehen. Ihre Hand legte sinnlich ihre leichte Bekleidung ab, sodass sie zu einem Knäuel verformt am Boden lag. Ungeschminkt und ungehemmt präsentierte sie sich ihrem Bruder. Er lächelte sie strahlend an, erhob sich und legte ebenso sein Handtuch ab. Gemeinsam stieg in das warme Wasser des Bades hinein und wuschen sich einander ihre Körper. In den nun folgenden Stunden durchlebten die Geschwister eine berauschende Sinneserfahrung, in denen sie sich mit ihren Händen und ihren Zungen große Lust bereiteten. Das warme Wasser spürend und ihre Körper verwöhnend, sorgten sie dafür, dass sich sexuelle Energie in ihnen auflud, bis diese ähnlich aus ihren Körpern fuhr, wie der Feenstaub aus Kores Fingern.

Kore wurde entsetzt als Erste von ihnen auf dem Bett ihrer Eltern wach. Die Digitaluhr zeigte gerade 11 Uhr vormittags an. Sie schliefen lang. Zittrig besah sie sich ihren von der Illusion gezeichneten Körper und bemerkte, dass sich ihr anfangs aufgekommener Verdacht auf das Schlimmste bestätigte.
„Scheiße", rief sie nun das Fäkalwort wütend aus, dass ihr schon zu Beginn auf den Lippen lag. Sie rannte so schnell ins Bad um sich mit dem Nanohyg, der Maschine für Körperpflege, notdürftig sauber zu machen. Unbekleidet ging sie in das Schlafzimmer ihrer Eltern zurück und öffnete panisch die Kontrolleinheit des Illusionators im Schlafzimmer hinter der Tür. Er diente zur Steigerung des Liebeslebens und

gehörte zur Standardausrüstung von Erwachsenenschlafzimmern. Das Bedienheft mit den Warnungen lag darin, in dem eindeutig stand, dass man pubertierende Kinder niemals in ein mit dem Illusionator verkabeltes Bett legen sollte. Es war nicht ausgeschlossen, dass das Gerät deren unkontrollierbare Traumfantasie aufgriff. Kore ahnte bereits, was Neko im Traum erlebte. Sie verfluchte sich, weil sie es versäumte, den Illusionator vor dem Einschlafen zu überprüfen. Zornig schaltete sie ihn ab. Hätte sie ihn vor ihrem Beischlaf ausgeschaltet, wäre dieser Unfall nie passiert. Sie trat an Neko heran, der fest und tief schlief.

„Oh Neko", murmelte sie zitternd. Ihre Gefühle ließen sich nicht beschreiben. Eine Stimmung der Ohnmacht beherrschte sie.

„Neko, was hast du getan? Was hab ich getan? Nein, dass ... oh. Neko."

Kore begann, bitter zu weinen. Sie kniete sich neben ihrem Bruder nieder und nahm in zärtlich in den Arm. Neko wurde schmatzend wach und war erstaunt sich in dieser Körperhaltung finden und vor allem, dass seine Schwester weinte. Erst allmählich begriff er, als er seinen mittlerweile getrockneten Samen auf den Schenkeln spürte, dass sein Traumerlebnis nicht vollständig aus der Luft gegriffen war.

„Was ist passiert?"

Neko sah Kores bittere Tränen in den Augen und erblickte mit einer bösen Vorahnung ihren entblößten Unterleib.

„Was ...", stotterte er aufgescheucht. „Das ..."

Kore schluchzte und stammelte unter ihrer schweren Last: „Das ist alles meine Schuld. Ich hätte uns nie ..."

„Kore, das wollte ich nicht. Ich meine ... ich wollte nicht mit dir schlafen. Du bist doch meine Schwester. Ich liebe dich doch viel zu sehr."

„Ich weiß", antwortete Kore betroffen. „Wir können es nicht mehr ändern."

Sie gab Neko keine Schuld an dem Desaster.

„Was machen wir nun?", fragte Neko mit aufkommender Panik.

„Uns sauber", schluckte Kore. Sie versuchte, sich wieder innerlich zu fangen. Etwas Anderes wäre im Augenblick auch nicht möglich. Beide Geschwister gingen ins Bad hinein. Sie stiegen zwar gemeinsam unter die Dusche, aber im Gegensatz zur Illusion im Bett, verspürten sie bei ihrer Waschung keine Leidenschaft zueinander. Fürsorglich reichten sie einander die Seife und schruppten ihre Körper von oben bis unten mit einem Schwamm ab. Nach ihrer Trocknung mit dem Badesauger cremten sie sich gegenseitig ein. Mit dem Nanotex suchten sie sich ihre Kleider für den heutigen Tag aus. Neko nahm ein gelbes Hemd mit langer beiger Hose. Kore nahm sich vor heute wieder auf die Akademie zu gehen und suchte sich daher ihre Schuluniform aus. In den letzten 14 Stunden dürften die Nanotechniker bestimmt ganze Arbeit geleistet haben. Kein einziges Empfinden von Lust entstieg ihnen während ihrer gemeinsamen Körperpflege. Vielmehr traf die Scham beide abgrundtief in ihrer Seele. Sie empfanden zueinander nicht dasselbe wie ein Liebespaar. Vielmehr schweißte die Herkunft und das gemeinsame Schicksal Kore und Neko eng zusammen. Ein Gefühl, dessen es keines Körpers bedurfte. In der Nanoküche gönnten sie sich erst einmal ein ausgiebiges Mittagessen. Kore fiel wiederum auf, dass ihr die

Theke, ähnlich wie gestern, viel energiereichere Speisen als sonst reichte. Sogar mit dampfend heißem Tee dazu. Ihr war es aber nicht danach die heute bereitgestellten fetttriefenden Fritten, den deftigen Schweinefleischburger mit einem Berg Mayonnaise zu essen. Vermutlich schlug die vergangene Liebesnacht in ihrer Energiebilanz ordentlich zu Buche, glaubte sie jedenfalls. Immerhin kredenzte ihr der Apparat als Nachtisch einen Apfel, den sie schließlich aß. Nekos Mahlzeit hingegen fiel dieses Mal wesentlich karger aus. Anstatt Pfannkuchen reichte ihm das Gerät eine Gemüsesuppe mit einem großen Glas Kokoswasser. Neko traute sich, während des Essens kaum ein Wort mit seiner Schwester zu wechseln. Kore sah, dass er ebenso Zeit für sich brauchte, um das Erlebte zu verarbeiten.

„Was nun?", fragte er nach einer Weile. Obwohl sein Körper die Energie brauchte, die ihm die Nanotheke zuerkannte, besaß er keinen Hunger.

„Wir nehmen unseren Alltag wieder auf", antwortete Kore gefasst. „Das wäre das Beste jetzt. Ich bringe dich nach Cherson."

„Ja", sagte Neko ausdruckslos. Er stocherte ein wenig in seinem Essen herum und nahm noch ein paar Bissen, ehe sie gemeinsam aus dem Haus gingen.

Leise machten sich die Geschwister auf zum Hyperbahnhof. Unterwegs bemerkten sie, dass die Stadt mit den Aufräumarbeiten erstaunlich gut vorankam. Sogar am Hyperbahnhof erinnerte fast nichts mehr von den Kämpfen vor zwei Tagen. Wie eh und je kamen und gingen von hier die Züge im Fünfminutentakt um die Welt. Auch nach Cherson. Kore und Neko suchten sich für die Fahrt einen Sitzplatz und ließen die Landschaft an sich vorbeiflitzen. Darunter befand sich der Rifgensteintunnel, der schier unendlich wirkende Eichenhain mit dem Memorial und dem mittlerweile geschlossenen Waisenheim. Nur die mächtige blaue Kuppel fehlte. Zwischen den Bäumen lugten die Spitzen der großen Tempel hervor. Neko starrte während der Fahrt ins Leere. Keiner von Beiden wagte es, den anderen anzusehen, geschweige denn ein Wort über den vergangenen Beischlaf zu wechseln. Man erkannte deutlich in ihren Gesichtern, wie schlimm sie sich aufgrund des Vorfalls fühlten. In Cherson fielen tatsächlich die Zerstörungen verheerender aus. Durch die Explosion und der Druckwelle des Fusionskraftwerks bildete sich sogar ein kleiner Krater am Rand der Siedlung. Wie gut, dass das Kraftwerk nicht direkt in der Siedlung stand, dachte Kore bei sich, als sie vom Bahnhof ausstiegen. In der Stadt selbst waren zu diesem Zeitpunkt wieder ein paar Häuser vollkommen hergestellt. Einige der Nanotekten vor Ort versuchten weitere zerstörte Gebäude zu rekonstruieren, in dem sie die Ruinen gezielt nach Verwertbarem durchsuchten. Das Waisenhaus blieb von den Zerstörungen verschont, da es am anderen Ende der Siedlung lag. Kore ging mit Neko durch einen Teil der nicht wiederaufgebauten Siedlung. Ihr Bruder glaubte kaum, dass er all diese Verwüstungen als Jaguar anrichtete. Als Kore mit Neko vor dem Eingang des Heimes ankam und den Spruch ihres Gründers über der Tür sah: „Schließe mit dir selbst den Frieden", wusste Kore, dass es jetzt an der Zeit war, sich zu trennen. Sie sah bewegt auf Neko herab und versuchte ein Lächeln in ihr betretenes Gesicht zu zaubern. So richtig gelang es ihr nicht.

„Sehen wir uns wieder?", fragte Neko zaghaft und beendete damit das eisige Schweigen. Er fand einfach nicht die passenden Worte dazu.

„Ich besuch dich wieder", antwortete Kore so knapp wie möglich.

„Ich wollte dich nicht ... ", platzte es aus Neko heraus. Sein schlechtes Gewissen hatte ihn vollends im Griff.

„... das tut mir leid. Ich wollte das nicht ... ich träume öfters mal so was Ähnliches. Aber musste das ausgerechnet mit dir sein?"

„Du kannst nichts dafür. Ich bin schuld daran ...", sagte Kore, ohne weiter von Schuld reden zu wollen. Es war nun mal, wie es war. „Ich schaltete den Illusionator nun mal nicht aus. Du wusstest nichts davon. Ich kann es nicht mehr ändern. Du kannst es nicht mehr ändern. Es ist nun mal passiert. Mehr müssen wir darüber nicht reden. Ich lieb dich viel zu sehr, um dir deswegen böse zu sein."

Neko lächelte und sah seiner Schwester tief in die Augen.

„Ich liebe dich. Egal, was auch geschieht", sagte Neko mit aufkommenden Tränen des Abschiedes.

Beide glitten wieder einander in die Arme und drücken fürsorglich einander. Sie fühlten ihren Herzschlag, ihren Atem dabei.

„Ist schon in Ordnung. Ich wünsch dir alles Gute. Ich komme nächste Woche dich besuchen. Versprochen", sagte Kore zu ihm ins Ohr und löste sich von ihm. Neko sah mit seinen giftgrünen Augen ihr dankbar in die kristallblauen Augen. Es blitzte in ihnen auf. Sein junges Gesicht fasste neuen Mut, nach vorne zu sehen.

„Ich freue mich schon auf dich", sagte er glücklich und gab ihr zum Abschied einen Kuss auf die Wange. Durch Kore elektrisierte sich ein Impuls großer Wonne und blickte ihm versöhnlich in die Augen. Ein paar Schritte später, nachdem sie sich lösten, winkten sie sich abermals einander zu ehe Neko zur Waisenhaustüre ging und dort am Eingang läutete. Kore sah ihn darin verschwinden und kehrte wieder in ihre eigene Gedankenwelt zurück. Sie trottete in sich versunken den Weg zum Bahnhof zurück und ließ ihr Gehirn mit der Sache arbeiten. Sie verstand unter Neko nicht einen Lebenspartner, mit dem sie gemeinsam alt werden wollte und Kinder erzog. Er war ihr Bruder. Rein genetisch gesehen stand einer Liebesbeziehung zwischen ihnen nichts entgegen, da sie andere Elternteile hatten. Ihre Gefühle zueinander waren aber anders. Sie glichen nicht dem unersättlichen Verlangen, der glühenden Leidenschaft, der alles verzehrenden Liebe. Vielmehr verschmolz sie ein Gefühl der Nähe und Wärme zusammen. Eine tief bindende Emotion von unendlicher Güte und Fürsorge, die mit dem Geschehnis im Bett ihrer Eltern nicht im Zusammenhang stand. Kore wusste, dass man es nicht verhinderte, zu einem Menschen erotische Fantasien zu haben. Entfaltete doch der eigene Wille in der wirklichen Welt eine ganz andere Kraft, die mit den geheimen Gedanken der Traumwelt nicht im Einklang zu bringen waren. Eigenartigerweise erlebte sie selbst nie so etwas wie einen „Feuchten Traum". Ein Traum, den gerade Pubertierende bekamen. Es zeigte, dass ihre Kindheit nun zu Ende ging.

Der Illusionator besaß seinen Ursprung vor dem mystischen Krieg. Seine weite Verbreitung fand er erst unter der Regierungszeit von General Tomps. Seine Aufgabe bestand darin, so erfuhr Kore es in der Akademie bei der Pflichtvorlesung der Haushaltskunde, sexuelle Begierden zu stillen. Vor dem großen Krieg betitelten dies etliche Personengruppen als Teufelswerk. General Tomps sah das nicht so. Unter seiner Diktatur wurde die Erfindung per Gesetz jedem Berufstätigen verordnet. Es gab mehrere Gründe dafür. Vor dem "Mystischen Krieg" gab es riesige Probleme mit Menschenhandel und Zwangsprostitution. Meist zwang man junge Frauen zu den unfreiwilligen Liebesdiensten. Entwurzelt von ihrer Familie schlugen sie sich alleine durch das Leben. General Tomps vertrat die Auffassung, dass man dieses Verbrechen am besten dadurch bekämpfte, wenn man die Bedürfnisse der Freier erfüllt. Es gab eben einen Markt, der nach Sättigung verlangte. Nebenbei reduzierten sich dadurch erheblich die Kosten im Gesundheitswesen. Die Liebesdienste der jungen Frauen zu jener Zeit steckten nämlich voller Risiken für die Kunden selbst. Zum einen drohte eine Ansteckungsgefahr durch Krankheiten. Zum anderen war der Freier nicht sicher, doch nicht selbst von skrupellosen Banden ausgeraubt oder gar wegen seiner Sehnsucht nach Nähe erpresst zu werden. Der Illusionator bot die ultimative Lösung, um alle Ängste zu zerstreuen und um den kriminellen Methoden das Wasser wirkungsvoll abzugraben. Zum Ersten versetzte er den oder die Schlafenden in eine einprogrammierte Fantasie und lies sie sie durchleben. Er enthemmte alle Teilnehmer und ermöglichte einen völlig gefahrlosen Beischlaf. Zum Zweiten konnte man ihn ausschalten, wenn man seine Dienste nicht beanspruchte. Kurz nach seiner Einführung ging die Zahl des Handels mit den Frauen und den Sexualdelikten stark zurück, da die Wirklichkeit nicht mit der Fantasie mithielt. Der Kunde brauchte kein schlechtes Gewissen mehr zu haben und mit den Frauen war mangels Nachfrage nicht mehr Geld zu verdienen. Natürlich besaß auch diese Erfindung einige unschöne Nebenwirkungen, die aber nach General Tomps Meinung in Kauf zu nehmen sind. Genau eine solche, wie es Kore und Neko gerade durchlebten. Nach Ansicht von General Tomps bekam der Illusionator mit Berechtigung im Haushalt einen Platz, da durch ein geregeltes Sexualleben eine seelische Ausgeglichenheit gewährleistet blieb. Bei allem, was der Illusionator an sexueller Erfüllung bot, gab die Errungenschaft aber nie die Nähe und Geborgenheit, wie sie in einer Familie vorherrschte. Das, so wusste es auch General Tomps bereits, wäre etwas, was den Menschen selbst überlassen bliebe. An diesem änderte sich zu keiner Zeit je etwas. Trotz aller Technik nicht. Ein weiterer Nachteil der Erfindung bestand darin, dass es trotz der deutlichen Warnungen zu vielen ungewollten Schwangerschaften kam. Weil die Menschen sich der Tücke der Technik offenbar nicht anpassten, erlebten die Waisenhäuser auch während der Regierungszeit des Rates der Sechs einen ungeahnten Boom. Erst in den letzten Jahrzehnten flaute er wegen der Orsrebellion deutlich ab. Kore plagte aber eine weitere Frage. Aus diesem Grund ging sie nach ihrer Rückkehr in der Hauptstadt direkt ins Medizinzentrum. Sie vermied es bewusst, wegen dieser Sache sogar Adalmus, den Arzt und Erfinder von Godje aufzusuchen. Das Dach des Medizinzentrums der Stadt Presson fungierte ähnlich wie das Oberdeck eines Flugzeugträgers zu Beginn des 21. Jahrhunderts. Auf ihm standen dutzende von Flugkoptern mit medizinischer Ausrüstung. Eigentlich wurde in diesen Tagen kaum jemand in das Hospital stationär eingewiesen. Meist schuf man mit den Flugkoptern bereits ambulant Abhilfe. Nach wenigen Minuten befanden sich Piloten vor Ort, um den Bürgern in Not direkt helfen und sogar heilen zu können. Aber dieses Mal, gerade nach den Kämpfen um Presson herrschte auch jetzt Hochbetrieb in den Lüften, sodass das Personal noch lange nicht zur Ruhe kam. In den Gängen des Krankenhauses herrschte wie im Magistrat ein emsiges Treiben. Überall standen Betten auf Rollen mit Verletzten herum, die notdürftig verbunden wurden und die nun auf eine schnelle Wundheilung hofften. Alle Patienten waren zwar bereits versorgt, harrten jedoch aufgrund von Platzmangel auf den Gängen aus. Auf einen Kriegseinsatz legten sich die Mittel und auch die Kapazität des Hospitals von Presson nicht aus. Kore kannte ihr genaues Ziel. Ihr Weg führte direkt in die Frauenabteilung. Sie ging deshalb gleich in den separaten Trakt, in dem zu dieser Zeit bedeutend weniger los war, als im übrigen Krankenhaus. Umso erstaunter war sie, als sie am Empfang des Bereichs eine alte Bekannte hinter dem Empfang stehen sah.

„Zyria", sprach sie erstaunt die Diensthabende an. Sie hatte ihre Schwester aus dem Waisenhaus in bester Erinnerung. Zyria trug wie damals ihre langen tiefschwarzen Haare. Doch heute band sie sie zu einem dicken Zopf zusammen. Ebenso saß eine Designermodebrille auf ihrer Nase, die sie richtig professionell wirken ließ. Fast ähnlich wie bei ihrer Pflegerin Mildred aus dem Waisenhaus.

„Kore", begrüßte Zyria freudig von ihrem Digitalmonitor auf. „Hallo. Mann, was tust du denn hier? Wir sahen uns seit einer Ewigkeit nicht mehr. Bin ich froh, dass du die Kämpfe überlebt hast."

Beide Frauen gingen lachend aufeinander zu und drückten sich erst einmal.

„Bin ich froh dich hier zu sehen. Wie geht es dir?", fragte Kore ihre Schwester neugierig.

„Och ganz gut", antwortete Zyria aufmunternd. „Ich arbeite jetzt hier. Ich hab anstrengende zwei Tage hinter mir. Du weißt schon, die Kämpfe in Presson. Wir verbanden viele Verletzte. Ich nahm noch nie so viele Bluttransfusionen vor, wie in den letzten Stunden. Wir retteten leider nicht alle. Das letzte Mal, als so viele starben, gab es eine Virenplage. Das war aber lange vor meiner Zeit hier", sagte Zyria betrübt. „Selten sah ich die Ärzte so hilflos. Früher heilten wir fast jeden heilen, der bei uns eingeliefert wurde. Aber in der letzten Nacht habens einige nicht mehr geschafft."

„Das muss schrecklich gewesen sein", meinte Kore betroffen.

„Ja. Aber wenigstens sind wir am Leben", antwortete Zyria tröstlich und wandte sich gleich dem Problem ihrer Schwester zu. „Also Kore. Wir sollten gleich zur Sache kommen. Wo drückt dir der Schuh? Wurdest du etwa auch während der Kämpfe verletzt?"

„Nein. Ich meine, vielmehr, ich weiß es nicht", druckste Kore um den heißen Brei herum, aber Zyria machte man nichts vor.

„Ah, du willst wissen, ob du schwanger bist", sagte Zyria ohne Umschweife heraus.
„Woher weißt du das?"
„Du wärst sonst nicht in diese Abteilung gekommen", antwortete Zyria grinsend und winkte sie zu sich heran. „Komm mal mit. Ich hab genau das Richtige um das festzustellen."

Zyria führte sie in den Untersuchungsraum der Abteilung, in dem sie ganz ungestört waren. Kore erzählte verschämt von dem unfreiwilligen Beischlaf mit Neko im Illusionator, was Zyria aufmerksam verfolgte.
„Verstehst du, wie schrecklich ich mich fühle?", sagte Kore von ihrer Erfahrung mitgenommen und schloss entsetzt: „Es ärgert mich so, dass mir das passiert ist."
„Ich begreif das schon, aber vielleicht siehst du es anders, wenn ich dir erzähle, was wir im Hospital für Erlebnisse mit dem Ding hatten", sagte Zyria mit einem leichten Schmunzeln.
„Das war ja eine harmlose Fantasie, aber wir behandelten schon Patientinnen, die sich mit ihren Hunden oder Katzen in den Illusionator legten, ohne ihn vorher auszuschalten. Ob beabsichtigt oder nicht. Und was glaubst du, was für eine Wirkung er auf die ausübte? Geschweige denn, wenn der Hund oder die Katze zuerst eingeschlafen ist? Dann hatten wir mal einen skurrilen Unfall, wenn ich es so nennen dürfte, bei dem eine ganze betrunkene Hochzeitsgemeinschaft darauf nächtigte. Die Fantasie ist zu einer Orgie ausgeartet, weil sie ein Gelage mit Nero, dem altrömischen Kaiser, einprogrammierten. Bei der Feier fackelte die wehrte Gesellschaft das ganze Gebäude ab. Und dann gab es da die Sache mit dem Stier."
„Stier?", fragte Kore ungläubig. Dass ihre Bürger solche Ungeheuerlichkeiten mit der Erfindung trieben, raubte ihr glatt die Sprache.
„Ja, da gab es eine, die glaubte, sie müsste sich auf die Spuren von Europa begeben und setzte einen Stier dem Illusionator aus. Frag mich bloß nicht, wie das da zugegangen ist. Am Ende trennten wir zur Bergung der Körper das Dach des Hauses ab", kicherte Zyria außer sich. „Die Patientin und der Stier überlebten das übrigens unbeschadet."

Sie holte eine Art Scanner hervor und tastete den Unterleib Kores damit ab. Ein roter Blitz zeigte sich.
„Also soweit ich das beurteile, gab es keine Befruchtung", antwortete Zyria ihr lächelnd.
Kore atmete erleichtert auf. Ihr war nun wesentlich leichter ums Herz.
„Weißt du, nicht jeder Verkehr endet automatisch mit einer Zeugung. Mit der Verhütung ist es so eine Sache. Eine Pille zu Beispiel muss genau auf den Hormonhaushalt abgestimmt sein. Sonst gibt es unschöne Nebeneffekte. Man erfand zwar auch für Männer eine Pille, aber das ist so eine Sache damit, da sie nicht jeder gleich gut verträgt. Außerdem gibt es andere Möglichkeiten, wie ein Stück Metall, das man erst ausschöpfen sollte, ehe man die chemische Keule schwingt. Ein Präservativ zum Beispiel oder ein kurzer medizinischer Eingriff: Die Sterilisation."

„Sterilisation?"

„Ja klar. Vom Prinzip ganz einfach. Was nicht da ist, kann auch nicht werden. Da werden einfach bei Männern, die Samenleiter oder bei Frauen die Eileiter abgetrennt. Je nach dem. Ein kurzer Eingriff und schon steht einem folgenlosen sexuellen Vergnügen nichts mehr im Weg."

Kore rümpfte sich bei dieser Art der Empfängnisverhütung die Nase.

„Was es nicht alles gibt. Was tust du denn, um nicht schwanger zu werden?"

„Ich verwende den Illusionator natürlich. Richtig angewendet tut er mir sehr gut. Ich programmiere mir den Masseur ein und genieße es, wenn er mich durchknetet und ein bisschen mehr mit mir macht. Es gibt keine Gefahr mehr für mich ungewollt schwanger zu werden", sagte Zyria zufrieden. „Und du?", schob sie unvermittelt nach.

„Ich? Ich habe so etwas nicht", sagte Kore verdattert. „Der Illusionator gehörte meinen Eltern."

„Was willst du mir damit sagen? Etwa, dass du nie mit einem Jungen geschlafen hast? Das überrascht mich. Kore. So wie ich vermute, bist doch schon fast aus der Akademie raus. Es ist doch das Normalste von der Welt, wenn man Erfahrung auf diesem Gebiet sammelt", äußerte sich Zyria verwundert. „Gerade auf der Akademie. Jeder weiß, der sie besuchte, dass gerade dort die ersten sexuellen Erfahrungen im Leben gemacht werden. Ich selbst brauchte dafür nicht in die Akademie. Das verinnerlichte ich mir schon im Waisenhaus."

„Du hattest Sexualkunde im Heim? Hat den etwa Miss Conners…"

„Wer sagt denn was von Unterricht? Also, ich weiß genau, wie es mit mir und Harol war", erzählte Zyria ungezwungen weiter. „Es gibt da vieles, was wir zwei miteinander anstellten. Natürlich spielten ich und er schon miteinander im Sandkasten im Hof. So ähnlich wie du und Neko. Aber befreiter würde ich sagen."

„Befreiter?", fragte Kore irritiert.

„Nackt meine ich", antwortete Zyria. „Oder was dachtest du denn? Einmal gingen wir in den Eichenwald und erforschten unsere Körper regelrecht. Im Sandkasten verbat uns Mildred das. Ich vergesse nie, wie sie auf uns einredete, als wir uns damals gegenseitig abtasteten. Aber im Eichenhain störte uns keiner. Darum gingen wir dahin. Das war richtig aufregend. Und als wir herausfanden, was uns so gefällt. Richtig geil, das Doktorspielen meine ich", lachte Zyria vergnügt und schilderte ihre Erfahrungen ungeniert weiter. „Er untersuchte meinen Körper und ich den Seinen. Als ich ihn zum ersten Mal so richtig nackt sah. Vor allem, als wir dann älter wurden. So klein kam er mir zuerst vor. Ich wusste ja nicht, wie so ein Pimmel im Aktionsmodus aussieht. Es dauerte nicht lang, da ist er gewachsen. Und wie, sag ich dir. Harol besaß schon ein ganz schönes Stück zwischen den Beinen. Und wie scheu er war, als er meine Brüste ertastete. Richtig zaghaft ist er dabei gewesen. Na ja, ich muss sagen, dass ich seine Hand dabei führte. Wie seine Hände mir in meinen Schoß glitten und ihn koste. Einfach super. Ein paar Mal machten wir das. Dieses Forschen. Tja, und nach ein paar Mal abtasten, taten wir es miteinander. Direkt am Memorial. Wie gut, dass da gerade keine Leute waren. Miss Conners hätte einen

Herzanfall bekommen, wenn sie uns Zwei dabei erwischte. Sie besaß schon immer einen Fimmel für diese blöden Steine", sagte Zyria abfällig, wobei Kore sich heftig wegen Zyrias Pietätlosigkeit auf die Lippen biss. Zum Glück kehrte sie wieder auf das Wesentliche zurück. „Was war das für ein Moment", schwärmte sie weiter über ihr erstes Liebeserlebnis. „Die vielen Küsse und wir Zwei waren so unerfahren. Die vielen Fehler. Na ja wir lernten viel voneinander dadurch. Zum Beispiel, wie er mit seiner Zunge mir zwischen die Beine gegangen ist."
Zyria schüttelte es bei dieser Vorstellung wie elektrisiert am ganzen Körper durch, als ob sie diese Szene wieder erlebte. „Ich packte seinen Penis und ihn so richtig mit meiner Zunge verwöhnt. Ich wusste nie, dass Jungs so wild werden können, wenn man mit ihm so spielt. Wahnsinn. Und als er mich auf den Stein gelegt und ihn bei mir tief rein steckte ... Einfach himmlisch. Mir wird ganz anders, wenn ich daran denke. Perfekt war es natürlich nicht. Wenn man bei null anfängt, dann ist nicht viel drin. Nach ein paar Minuten war Schluss, obwohl ich so richtig Lust auf ihn hatte. Seine Hände packten mich nicht so richtig und es tat mir doch etwas weh. Na ja, wir standen ja erst am Anfang. Ich weiß genau, wie er mich mit dem klebrigen Zeug besudelte. Am Anfang ist das viel zu schnell gegangen. Das Zeug so ohne Wasser wieder ab zu kriegen ist übrigens verdammt schwierig, weißt du. Wir benutzten das Laub der Bäume dazu. Aber so nach und nach perfektionierten wir unsere Liebe und dann dauerte es auch länger an. Hat viel Spaß gemacht. Auch diese Sache ist eine Frage der Übung. Niemals werde ich diese Lehrstunde der Liebe vergessen. Vor allem der blöde Stein. An dem scheuerte ich mir meinen Po wund."

Schlagartig veränderte sich ihr Tonfall und sie wurde wesentlich nüchterner. „Miss Conners merkte natürlich bald, dass unser Spieltrieb mehr war, als nur das Herumdoktern. Sie ließ mich und Harol untersuchen und hielt uns im Mediaraum einen zweistündigen Vortrag über die menschliche Sexualität. Vor allem Verhütungsmittel nahm sie mit uns durch und jetzt halt dich fest: Sie empfahl uns sogar, eine uralte Lehre vom indischen Subkontinent darüber zu studieren. Außerdem sagte sie ausdrücklich, dass eine sexuelle Beziehung zwischen uns Tomps während unserer Zeit im Waisenhaus keinesfalls verboten ist. Aber sie wies auch darauf hin, dass das werdende Leben ein Anrecht darauf hat, seinen eignen Vater und seine eigene Mutter kennen zu lernen. Gerade wir müssten wissen, wie wichtig das ist und so sollten wir bewusst unseren Umgang miteinander pflegen. Dann ist Harol ja weggegangen. Ich hab sehr gelitten, dass er nicht mehr bei mir war. Am Anfang, da war ich regelrecht vernarrt, ihn wieder zu sehen. Ich schlief viele Nächte lang nicht und bin damals sogar auf eigene Faust losgezogen, um ihn zu sehen. Nur wenige Wochen nach deiner Adoption. Mann, was war Miss Conners sauer auf mich, als ich einfach abgehauen bin. Und was ist passiert, als ich ihn gefunden hab? Lachte sich der doch eine andere Schickse an. Die beiden wohnten zusammen und trieben es miteinander. Ich war so wütend als ich wieder zurück ins Waisenhaus kam. Miss Conners lachte hinterher und meinte, dass das typisch menschlich wäre. Ich verspritzte mein Herzblut und argh ... na, das ist vorbei. Zugegeben, vergessen hab ich ihn nie. Ich leb jetzt mit meinem Illusionator und lass mich einfach treiben. Ich komm schon allein zu Recht. Nebenbei bemerkt findet sich hier im Krankenhaus auch der eine oder andere hübsche Doktor. Die sind allemal potenter, als so ein dahergelaufener Recycler. Vor allem was die Kohle angeht", sagte sie hämisch und grinste gehässig. Offenbar verzieh sie Harol nie seine Treulosigkeit.

„Was ich sagen wollte, wenn ich einen echten Mann aus Fleisch und Blut für die Nacht will, dann kriege ich hier auch einen. Du willst mir doch nicht erzählen, dass du noch nie Sehnsucht nach einem Mann hattest."

„Ich weiß nicht, wie ich es sagen soll. Ich hab immer das Gefühl, als ob nicht der Richtige dabei wäre. So richtig Lust verspüre ich nicht. Ich weiß nicht einmal, wie sich das anfühlt", versuchte Kore ihre Gefühle auszudrücken. Sie glaubte, nie die passenden Worte für ihre Empfindung bei dieser Art Gespräch anzubringen.

„Der Richtige ...", begann Zyria grübelnd aus eigener Erfahrung sprechend. „... so etwas wie den Richtigen findest sowieso du nicht. Er bleibt ein Traum, Kore. Es gibt keinen perfekten Mann, geschweige denn einen perfekten Partner. Bedenke das. Übrigens Neko wäre doch eine gute Partie für dich. Er ist jung. Er liebt dich. Ihr seid nicht genetisch verwandt. Ihr beide vertraut euch. Schon im Waisenhaus bemerkten ich und die anderen Kinder, dass eure Beziehung zueinander etwas ganz Eigenes war. Ungewöhnlich im positiven Sinne. Etwas, das wir alle sehr bewunderten. Was spricht dagegen? Hm? Und außerdem zeigt er dir, dass ihm deine Gefühle nicht egal sind. Was will eine Frau mehr von einem Mann? Ich weiß nicht Kore, aber ich denke, dass Neko sicherlich nicht zu den schlechten Männern zählt, die es auf diesem Planeten gibt. Denk mal drüber nach. Und dein Erlebnis von letzter Nacht, sieh es doch mal als eine Lehrstunde für dich an. Es schadet nicht, sexuelle Erfahrung zu sammeln. Es macht dich stabiler für dein Erwachsenenleben. Ach und du dürftest allemal genug mit einem Akademieabschluss verdienen, um euch beide versorgen zu können. Außerdem hast du länger was von ihm, wenn er jünger ist. Glaub mir, ich weiß, wovon ich rede."

„Vielleicht hast du Recht", sagte Kore betrübt und bedankte sich bei Zyria.

„Keine Ursache", antwortete sie wohlmeinend. „Die Untersuchung war gratis. Tompsches Gesetz", fügte ihre Schwester ergänzend hinzu und Kore verabschiedete sich erleichtert von ihr.

In sich gekehrt schlenderte Kore zur Akademie, um dort ihre Studien wieder aufzunehmen. Ihr weiterer Weg lag deutlich vor ihr. Obwohl es in ihrem Inneren nicht so recht passte, erwog sie in ihrem Herzen dennoch, die Sache mit Neko nicht vollständig abzuschreiben. Vielleicht fühlte sich ja so das triebhafte Verlangen an, von dem ihre Freundinnen so schwärmten. Die Worte von Zyria gingen ihr durch den Kopf, als sie vor dem mittlerweile wieder instand gesetzten Gebäude ankam. Sie sah, dass die Nanotekten beim Wiederaufbau ihrer Ausbildungsstätte ganze Arbeit leisteten. Vor dem Eingang plätscherten wie gewohnt die zwei Springbrunnen gemütlich vor sich hin. An ihnen standen bereits einige Studenten herum und plauschten miteinander. Das Idyll wirkte, wie wenn die fast vollständige Zerstörung des Hauses am

Vortag nie stattfand. Kore setzte sich an das plätschernde Nass und hielt ihre Hand in das klare Wasser. Im Becken schwammen sogar Goldfische umher, die Kore ein Lächeln ins Gesicht zauberten. Die traute Gemeinschaft ihrer Art in dem begrenzten Springbrunnen war ihre Welt und ihre Wahrheit. Da es für sie kein Entkommen gab, arrangierten sie sich mit ihrem Schicksal. Kores Hand in dem kalten Wasser begegneten sie mit Neugier und ohne Angst, dass von ihr eine Gefahr ausging. Dabei spann sie sich ihre Gedanken über die Worte ihrer Schwester. Von ihren Akademiekameradinnen hörte Kore so manche Geschichte über das Ausleben ihrer Sexualität. Wenn sie allein an Chausette dachte, fielen ihr auf Anhieb mehrere Vertraulichkeiten ein, die sie mit ihr darüber austauschte. Boris war ja im Augenblick nur der Letzte in der Kette ihrer ausschweifenden Liebeserfahrungen. Gerade das sogenannte erste Mal hinterlies bei Kores Freundinnen Marksteine für ihre weiteren Erlebnisse in Sachen Sexualität. Chausettes erster Liebhaber war ein kaffeebrauner Junge, der sogar etwas kleiner als Neko war. Diesen lernte sie bereits zu Beginn ihrer Pubertät kennen und vollzog mit ihm ihren ersten Beischlaf. Dieser fand ausgerechnet in der Schwimmhalle auf dem Sprungturm statt. Chausette trainierte damals an einem warmen Sommertag in der Halle ihr Schwimmtalent, während ihr Freund, den sie Giorgio nannte, dabei zusah und ihr die Zeit stoppte. An diesem Tag hielt sich sonst niemand in der Halle auf, weil aufgrund der Wärme das Freibecken außerhalb der Schwimmhalle von den anderen Absolventen genutzt wurde. Chausette und Giorgio blieben daher alleine und somit ungestört. Ging es Giorgio zunächst ernsthaft darum Chausettes Zeit zu stoppen und keinerlei Gedanken an ganz anderen Gründen ihres Trainingszeitpunkts zu verschwenden, zog Chausette Giorgio in einen unaufmerksamen Moment zu sich ins Wasser. Der Junge war überrumpelt, dass Chausette mehr von ihm verlangte, als eine Zeitmessung. So küssten sich zunächst verhalten, doch schon bald lebten sie ihre Leidenschaft enthemmter aus. Feuergefangen stiegen sie auf den Sprungturm, um auf der Zehnmeterplattform bei ihrem Liebeshunger möglichst unbeobachtet zu bleiben. Chausette schwärmte Kore von dieser ersten Erfahrung begeistert vor und beschwor sie regelrecht, ein ähnliches Erlebnis zu machen. Sie könne doch auch einmal mit einer extra Ballettstunde und einem adretten Tänzer ihren Spaß haben. Da ließe sich doch gewiss was drehen. Von Esmeralda erfuhr sie eine ähnliche Geschichte ihrer ersten Liebeserfahrung. Begierig hörte sie in dem Musikzimmer der Akademie einem Jungen zu, der äußerst talentiert das Klavier spielte. Während alle anderen schon gingen und nur noch die Beiden da blieben, merkte der junge Mann wie Esmeralda ihn mit ihrem herausfordernden Blick regelrecht zu sich her befahl. Es gab kaum ein Wort, das sie miteinander wechselten, da berührten sich schon ihre Zungen und ihre Hände lagen auf ihrer beiden Körpern.

Bei Iona ging es viel unbefangener zu. Wenn es stimmte, was sich ihre Kameraden so erzählten, holte sie sich ihr erstes Liebesabenteuer in einem kleinen Waldstück hinter der Akademie ab. Diese Geschichte hörte sich allerdings für Kore äußerst skurril an. Sie vermutete, dass das so nicht ganz stimmte und man versuchte ihr einen Bären aufzubinden. Demnach machte sich Iona einen Spaß daraus den Jungs im

Unterholz nachzuspionieren, wenn sie für einen Moment im Dickicht verschwanden. Meist um ihren Harndrang nachzugeben. Als sie einmal neugierig aus dem Geäst beobachtend, einem Burschen bei der Onanie beiwohnte, fing sie wahrlich Feuer. Es begeisterte sie. Bevor der junge Bursche seinen Samen über die Vegetation verspritzte, zog sie ihn zu sich ins Dickicht heran und meinte zu dem völlig überraschten Jüngling: „Also das ist doch reine Verschwendung. Sag doch einen Ton, bevor es dir einfach so rausrutscht."
Zum ersten Mal praktizierte sie den Fellatio. Von da an tat es Iona die freie Wildbahn an, was bald unter den Jungs auf der Akademie die Runde machte. Sie sagten, wenn man denn wirklich nach einem guten Liebesabenteuer suchte, dann müsse man in den Wald gehen. Kore wäre es nie in den Sinn gekommen, den Ratschlag von Chausette oder ihrer Freundinnen ernsthaft zu befolgen. Wieso sollte sie ausgerechnet einem Tänzer auflauern, um mit ihm ein Beischlafabenteuer zu erleben? Sicher, es hätte etwas Verführerisches an sich, wenn sie mit ihrer dünnen Kleidung vor der großen Spiegelwand stand, um ihre Körperbeherrschung zu trainieren. Der begehrte Tänzer hielt sie. Berührte sie mit seinen starken Händen an den intimsten Stellen. Sie spürte seinen Atem im Nacken. Seine Nähe. Und wenn sie es zuließ, berührten sich ihre Lippen und dann käme es genau zu der Erfahrung, von der Chausette meinte, dass sie zum Leben gehörte, wie Essen und Trinken. Ihre Freundinnen fänden das sicher begehrenswert. Für Kore wirkte das nicht anziehend. Sie legte beim besten Willen keine Schlingen der amourösen Liebesabenteuer, da sie genau wusste, dass sie keine Freude dabei empfand. Für sie war die Akademie nicht dazu da, sich dem Verlangen hinzugeben, sondern um sich für einen Beruf vorzubereiten.

Kore riss sich von den Goldfischen im Springbrunnen los. Sie sah wieder auf das vertraute Portal der Akademie. Innerhalb weniger Stunden besserten die Nanotekten mit ihren Geräten das ganze Institut aus. Die Brandspuren am Gebäude und die eingeworfenen Scheiben gehörten der Vergangenheit an. Es wirkte, als wäre nie etwas geschehen. Sie ging in die Aula hinein und sah dort Dr. Silius mit einigen Kommilitonen streiten. Kore beschloss, ihn lieber nicht zu stören. Sie fühlte auf die Ferne seine Verstörung über die heutigen Erlebnisse und ging gleich bis zum großen Hof der Akademie durch. Der riesige Obelisk in seiner Mitte zeigte mit seinem Schatten gerade eine Zeit zwischen 16 und 17 Uhr auf dem schwarz-weißen Pflaster an. Die Maserung bildete ein gigantisches Zifferblatt ab, dessen Ränder in römischen Zahlen die Stunden angaben. Um den mächtigen Sonnenzeiger, windete sich eine Sitzbank aus weißem Marmor. Auf ihr saß ein ihr wohl vertrautes Gesicht. Erleichterung machte sich in Kore breit, denn dort machte es sich Chausette bequem. Ihre Freundin überlebte unversehrt den Aufstand, was Kore von Herzen freute. Sie schien auf irgendetwas zu warten. Ihre asiatischen Züge spiegelten in diesem Augenblick ein himmlisches Wohlgefallen sondergleichen wieder und einen enthusiastischen Stolz, der mit absolut nichts messbar war. Wie in Trance erstrahlte sie dort mit der Sonne konkurrierend vor sich hin und bemerkte Kore nicht einmal, als sie direkt vor ihr stand.

„Hallo Chausette. Bin ich froh dich zu sehen. Hey. Was ist los?", fragte Kore sie freudig, aber ihre Freundin reagierte nicht auf ihren Gruß. Vielmehr seufzte sie schwer und schloss träumerisch ihre mandelförmigen Augen. Kore empfand bereits, was in sie fuhr, auch wenn ihr der genaue Zusammenhang für das Verstehen fehlte. Hinter dem Obelisken traten Iona und Esmeralda hervor und winkten sie zu sich. Kores Schwimmergenossinnen der Mädchenstaffel glucksten dabei verzückt wie kleine Kinder über das ganze Gesicht. Esmeraldas temperamentvolles Gesicht und Ionas indianische Mimik verrieten Kore, dass sie über sie bestens Bescheid wussten. Sie ging auf sie zu und fühlte regelrecht ihre gönnerhafte Stimmung für Chausette. Es übertrug sich auf sie.

„Verliebt", wisperten sie ihr kichernd zu und zogen sie hinter den Obelisken.

„Boris?", riet Kore leise, obwohl sie die Antwort bereits erahnte.

Beide Mädchen kicherten erneut, was ein Ja bedeutete. Kores Plan im Schwimmbad war mehr als erfolgreich und sie fühlte sich hoch zufrieden, zu Chausettes Glück mit einer Illusion und einem Elementar beizutragen. Wollte Chausette doch zuvor von Boris nicht das Geringste wissen. Geschweige denn daran denken, mit ihm überhaupt ein Wort zu wechseln.

„Wir sollten sie lieber ungestört lassen", murmelte Iona.

„Boris ist für sie jetzt wie ein Heiliger", grinste Esmeralda hinter vorgehaltener Hand. „Da gibt es etwas, was du nicht weißt. Vor unserem Treffen in der Bar, da war Chausette noch Schwimmen."

„Das macht sie doch fast jeden Tag", sagte Kore nicht überrascht.

„Ja, aber mit Boris", kicherte Iona vergnügt. „Die beiden waren ganz schön lange beim Duschen. Wenn da nicht etwas mehr war, dann weiß ich auch nicht. Chausette erzählte uns jedenfalls nichts drüber, was sie sonst macht. Also ist es was Ernsthaftes. Sie erzählt immer über ihre Erlebnisse. Auch von denen unter der Dusche."

Wenn Iona von „Erlebnisse" sprach, dann verband sie dies mit Sex.

„Ist schon komisch, wenn man bedenkt, was beide vorher voneinander hielten", bestätigte Esmeralda Ionas Beobachtung. „Chausette erzählte diesmal nicht, wo sie solange geblieben ist. Sonst sagte sie immer, mit wem kein Staat zu machen ist. Aber dieses Mal. Die schlug richtig Funken. Und dann das während der Kämpfe letzte Nacht. Da verteidigte Boris sie heldenhaft und wurde dabei verletzt. Die ganze Nacht hielt sie bei ihm im Medizinzentrum die Hand."

„Verstehe", lachte Kore und fragte unvermittelt. „Wo ist Boris jetzt? Wurde er etwa so schwer verletzt, dass er nicht raus kann?"

„Nein, so schlimm war das Ganze nicht. Nur eine Schramme an der linken Hand", sagte Iona. „Er durfte bereits am Morgen nach Hause. Boris ist gerade auf die Toilette gegangen und nun wartet sie hier. Chausette ist ganz scharf auf ihn. So etwas sah ich noch nie von ihr."

„Puh. Ich dachte schon, Boris wäre im Medizincenter", sagte Kore beruhigt. „Ich gönne ihr dieses Glück."

„Irgendwie ist das schon komisch. Vorher pfui nun hui", stellte Esmeralda kühl fest.

„Ja, wo die Liebe hinfällt“, meinte Iona spitz, als auch schon Boris am Hofeingang erschien. Chausette sprang plötzlich auf und lief juchzend auf ihn zu. Beherzt küssten sie sich eng umschlungen. Kore spürte sogar auf der Distanz zu ihnen ihre unsägliche Freude füreinander. Aber irgendwie glich dieses Gefühl nicht dem ihrer Freundinnen. Auch das spürte sie. Es war irgendwie anders, irgendwie unbekannter Art. Ehe sie sich darüber klar zu werden versuchte, lösten sich Chausette und Boris wieder voneinander. Iona grinste dabei hinter vorgehaltener Hand bei dieser Beobachtung, während Esmeralda schwärmerisch hierzu seufzte. Kore erfühlte ebenso die Hingabe ihrer Freundinnen an Chausettes Glück teilzuhaben, aber sie selbst kam sich in diesem Moment völlig fehl am Platze vor. Diesen sehr persönlichen Moment mochte sie keinesfalls stören. Als Fee hätte sie nun ihre Flügel ausgefahren und wäre sofort weggeflogen, aber da sie gerade unter den Menschen weilte, unterließ sie diese reflexartige Verhaltensweise ihrer Natur.

„Es wäre besser, sie allein zu lassen“, wisperte Kore zu Iona und Esmeralda. Sie gab diesem unheimlichen Gefühl nach, das sich mahnend in ihr breitmachte. Als diese ihre Worte nicht hörten, stupste sie ihre Kameradinnen sachte an und gab ihnen einen Wink mit dem Kopf, um ihr hinter den Obelisken zu folgen. Doch da bemerkte Chausette, Kores Anwesenheit. Sie sah zu ihr hin. Ihre Blicke trafen sich. Für eine Fee höchst unangenehm und doch irgendwie unvermeidlich. Kore sah Chausette schon oft in die Augen, aber meist mit einer spielerischen, ja eher freundschaftlichen Absicht. Dieses Mal aber tat sie es als Fee. Prompt spürte Kore, dass da etwas in sie hineinflutete. Kore wehrte es innerlich ab, weil sie es nicht gewohnt war, so mit ihrer besten Freundin zu verfahren. Ein ähnliches Gefühl überkam ihr schon einmal, als sie mit Indreen in Kontakt ging und zuletzt mit Neko auf den Getreidefeldern vor der Stadt. Was Chausette dabei empfand, erschloss sich Kore nicht in diesem Augenblick. Sie hörte von ihr zu Boris sagen: „Boris, Herzchen. Komm mit. Wir müssen ein kurzes Palaver mit meiner liebsten Freundin halten. Ohne sie wären wir Zwei gar nicht zusammen.“

Prompt gingen die Beiden auf sie zu. Kore rutschte ihr Herz immer tiefer in die Hose, je näher sie ihr kamen und sie traute sich nicht, erneut den Blickkontakt zu suchen. Denn sobald sie mit ihrem Blick auch in die Nähe ihrer Augen kam, nahm dieses unheimliche Phänomen erneut zu. Unter keinen Umständen hätte dies passieren sollen. Ihr Körper reagierte darauf, indem dass ihre Flügel jetzt umso mehr nach draußen drängten. Kore gab sich alle Mühe, ihre reflexhafte Regung zu unterdrücken. Noch gelang es ihr, die Flügel im Zaum zu halten. Lächelnd blieben Chausette und Boris vor Kore stehen und strahlten sie an. Tiefe Dankbarkeit brannte aus ihren Augen und Chausette kam nicht umhin, ihre Freundin ganz fest an sich zu drücken. Sie umarmte sie voller Inbrunst. Kore spürte das deutlich. Viel zu deutlich. Es wurde ihr seltsamer zumute. Schon oft fühlte sie emotionale Szenen in ihrem Leben, doch nun kam es ihr vor, als ob sie an Intensität nicht nur deutlich zunahm, sondern ein geradezu beängstigendes Ausmaß erreichte.

„Danke, tausend Dank, Kore“, lachte sie erleichtert, während Kore überrascht von Chausettes Geste nur: „Keine Ursache“ über die Lippen brachte. Ihre Flügel gaben es mittlerweile auf, sich selbstständig zu machen. Offenbar fügten sie sich ihrem Willen, jetzt stillzuhalten, zumal eine Flucht nicht mehr in Frage kam. Kore registrierte das mit Erleichterung.

„Jetzt wird es aber Zeit, dass du auch deinen Traummann findest", fügte Chausette begeistert hinzu. „ Mach Schluss mit deinem Singledasein. Du weißt gar nicht, was dir entgeht. Man ist nur einmal jung."

Kore stand sprachlos da, kaum dass ihre Worte verklangen. Sie wusste keinen Laut darauf zu erwidern. Wie zugekittet wirkte ihre Kehle. Ihr kam es vor, als ob diese Äußerung von Chausette einen gewissen Hintergedanken enthielt.

„Karriere, pfff ...", lachte Chausette spöttisch. „So was Bescheuertes. Und das alles um das hier zu versäumen? Früher, da glaubte ich auch wie du, dass ich erst mal Dieses und dann mal Jenes in meinem Leben ordne. Und wenn man dann so alt ist, dass man ein geregeltes Einkommen hat, ist die beste Zeit des Lebens vorüber. Diese Zeit, wenn man jung ist, kommt nie mehr. Jetzt lebe ich Kore, in zehn Jahren sieht es vielleicht anders aus. Vielleicht herrscht dann ja wieder Chaos wie letzte Nacht und man ist Tod. Ich kann dir gar nicht sagen, wie wir erleichtert waren, als wir endlich aus dieser bescheuerten Spelunke raus sind. Die hatten da unten ein ganzes Waffenarsenal und lauter Kämpfer. Mit Lasergewehren und Plasmahaubitzen. Die nahmen uns gefangen, aber mit einem Schlag wurden sie wieder normal. Keine Ahnung warum. Zuerst wollten sie mich, Iona und Esmeralda vergewaltigen. Sie sagten, sie hätten gewonnen. Was auch immer sie damit meinten. Weiter runter in die unterste Ebene vom Stern, in den Palmengarten brachten sie uns. Erfrischungsebene nannten sie es. Ein Bordell für die müden Rebellen, wenn sie von der Schlacht siegreich heimkehren. In eine Art Käfig sperrten sie uns und die anderen Mädels ein. Wir hätten für diese Bastarde die Huren spielen sollen. Aber Boris setzte sich für uns ein und verhinderte, dass man uns ein Haar krümmte. Boris ist mein Held", lachte sie stolz und winkte Boris zu sich heran, der nun auf Kore zu ging. Er strahlte ebenso über beide Ohren und sah aufrichtig mit seinem slawischen Flair in ihre Augen.

„Chausette erzählte mir, was du getan hast. Ich meine die Sache im Schwimmbad. Ich weiß gar nicht, wie ich dir danken soll", lachte er glücklich und umarmte Kore aus tiefer Dankbarkeit. Aus Kores Augen wichen die Tränen der Freude. Nie erahnte sie, mit welchem Stolz diese Tat ihr Herz erfüllte. Auch wenn die Beiden nichts von ihrem Wirken als Fee erahnten. Vor allem war Kore erleichtert, dass sie bisher nicht nach ihrem Verbleib bei dem Umsturzversuch fragten. Ihr fiel nur die Antwort ein, die sie auch den Behörden erzählte. Sie floh aus der Stadt.

„Ich wünsche euch alles Gute", sagte Kore beherzt, als Boris sie wieder losließ. Boris nahm Chausette wieder in den Arm und beide kuschelten aneinander.

„Wir hatten solche Angst da unten", bemerkte Iona, was Esmeralda nickend bestätigte. „Wenn ich an all die schmutzigen Kerle denke, die uns ..., na ja, das ist ja jetzt vorbei."

„Jetzt wird es auch Zeit, dass wir für dich etwas tun, Kore. Dein Leben kann so nicht weiter gehen, wie du es geführt hast", wechselte Chausette schlagartig das

Thema und schloss wieder an einen Gedankengang an, den Kore am Liebsten begrub.

„Wie?", glaubte Kore nicht recht zu hören. Dieser schlagartige Einwurf durchfuhr sie wie ein Stromstoß.

„Esmeralda, Iona, sagt ihr bitte, was wir uns für unsere Kameradin ausgedacht haben", reichte Chausette den Verlauf des Gesprächs an ihre Kameradinnen weiter.

„Au ja. Das wird dir gefallen", fuhr Iona begeistert fort. „Pass auf, Kore. Als wir alle da unten im Käfig waren, wurde Boris von den Ors gefesselt, weil er sich schützend vor uns stellte. Sie verschnürten ihn wie eine Salami und hängten ihn an seinen Fesseln an einem Haken auf. Aber dann kam unser aller Held, der uns befreite. Er schob unsere Entführer einfach zur Seite und schloss unseren Käfig auf. Mit einem Messer durchschnitt er die Fesseln von Boris, bevor er uns ins Freie führte. Rate mal, wer das war. Du kennst ihn bestimmt."

Kore biss sich auf die Lippen. Sie weigerte sich zu glauben, was sich da anbahnte. Weil Kores Gesichtsausdruck auf ihre Freunde wirkte, als käme sie beim besten Willen nicht drauf, schob Esmeralda seinen Namen hilfestellend hinterher: „Du kennst doch Thamus? Unseren Schulsprecher?"

Kaum dass Kore diesen Namen vernahm, begannen ihre Nerven verrückt zu spielen. Großer Zorn breitete sich in ihr aus. An eine Flucht dachte sie nun nicht mehr. Ihre Freundinnen wussten so vieles nicht. Die Ors setzten Thamus auf sie an, um sie zu beschatten. Seine Annäherungsversuche an ihr waren alles andere als eine Herzensangelegenheit. So nach und nach fand Kore so einiges über Thamus heraus. Zum Beispiel, dass er hinter dem Mordversuch an ihr im Hof des Waisenhauses vor wenigen Tagen steckte. Thamus fungierte als hoher Offizier bei den Ors. Er befahl die Rebellenarmee in Presson und war die treibende Kraft bei dem Umsturzversuch in der Stadt. Seine Truppen erstürmten den Sitz des Rates der Sechs und setzten ihn fest. Offenbar heilte die Macht von König Laikos und König Malitides auch seinen Fanatismus. Nur deshalb gelang es ihm, in der Bar zum Stern als der „Held" vor ihren Freundinnen aufzutreten.

„Er lebt noch?", fragte sie erbebend. So ein ähnliches Gefühl wie jetzt verspürte Kore schon einmal im Hof des Waisenhauses. Kurz bevor sie die Hermesbrüder in den Selbstmord trieb. Sie ahnte bereits, was ihre Freundinnen planten. Ausgerechnet Thamus, den die Akademie im Vorjahr zum männlichen Vorbildschüler kürte, sollte bei dieser Sache eine tragende Rolle einnehmen. Mit Sicherheit die Rolle schlecht hin. So ließ ihre Reaktion auf die vermeintlich gönnerhafte Absicht ihrer Freunde eine kurze Pause erfolgen.

„Wie, er lebt noch? Natürlich lebt er noch", fand Chausette als Erste die Worte wieder. Damit rechnete sie nicht. Es verblüffte sie. „Er war es, der uns befreite. Er ist ein Held. Galant, schneidig, prächtig gebaut. Er ist wirklich der perfekte Mann für dich. Ihr passt gut zusammen. Außerdem hattet ihr Beide doch an diesem Abend eine Verabredung miteinander."

Chausettes Einwand mit der Verabredung stimmte zwar, jedoch fand sie aus anderen Gründen statt, als ihre Freunde es vermuteten. Kore arrangierte dieses Rendezvous nur, um Thamus über die Ors auszuhorchen. Nicht weil sie für ihn so etwas wie eine Zuneigung oder gar Liebe empfand. Dass sich die Ereignisse an diesem Tag derart überschlugen und die Gründe für das Date in sich zusammenbrachen, erahnten Kores Freunde nicht im Entferntesten. Wie wenn es nicht reichte, trat auf Knopfdruck Thamus zu ihnen auf den Hof und winkte herüber. Das gab Kores Zurückhaltung den Rest. Es fehlte nur, dass er zu ihnen herkam, um vor aller Augen Kore seine Aufwartung zu machen. Doch dieses Mal ließ es Kore nicht so weit kommen.

„Niemals", fuhr Kore Chausette wütend an. „Was erlaubt ihr euch, mir vorzuschreiben, an wen ich mein Herz zu verlieren habe. Außerdem ließ er euch gefangen nehmen."

„Du lügst. Er ist ein edler Charakter", giftete Chausette erbost zurück, weil Kore es wagte, an seinem glänzenden Lack zu kratzen. „Ich verstehe dich nicht. Kein Kerl ist dir gut genug. Auf was stehst du eigentlich? Oder stehst du überhaupt auf irgendwas. Seit ich dich kenne, sah ich dich nie mit irgendwem zusammen. Aber es scheint so, dass du lieber alleine bleiben willst. Thamus ist einfach zu gut für dich."
In Chausettes Mine spiegelte sich blanker Zorn wieder, weil Kore, Thamus, ihren edlen Retter, verunglimpfte. Ohne jeden Zweifel griff Kore eine heilige Kuh an. Normalerweise versuchte jedes menschliche Wesen, sich jetzt aus dieser Sache herauszuwinden. Wie gesagt, ein menschliches Wesen. Kore war kein menschliches Wesen. Gerade solche Szenen förderten diese Tatsachen auf banale Weise zutage. Eine Fee ertrug Heuchelei in ihrer Gegenwart nicht. Da setzte sie schon mal die Freundschaft aufs Spiel. Das Einzige was Kore kokett daran erinnerte, dass es besser wäre, nicht den offenen Konflikt zu suchen, waren die mahnenden Worte ihrer Erzieherin Miss Conners. Als Kore einmal versuchte, mit dem Kopf durch die Wand zu gehen: „Missbilligungen kommen unverhofft schnell auf einen zu. Es ist besser ihnen auszuweichen, anstatt es zur Kollision kommen zu lassen. Man kann in seinem Herzen dennoch ein anderes Ziel verfolgen, als man es offen zugibt. Es genügt allein, wenn du die Wahrheit kennst. Verlange daher niemals von anderen, dass sie deine Ansichten teilen. Dieses Verlangen andere zu überzeugen führte in der Vergangenheit zu den Konflikten, unter denen der Globus nach wie vor leidet. Lass daher die Anderen in ihrem Glauben und denke dir einfach, dass sie eben noch nicht soweit sind, deine Erfahrungen und deine Schlussfolgerungen anzunehmen. Jeder Mensch lebt in seiner eigenen Wahrheit. Sie verlassen zu müssen und in eine Neue überzugehen, verursacht Schmerz. Aber erst durch diesen Schmerz gewinnst du an Reife. Die, die diesen Schmerz nicht annehmen wollen, hängen in ihm fest. Und zwar solange, bis sie seine Botschaft annehmen. Erst dann wird er gehen und sie frei machen."
Kore sagte von da an nichts mehr und ertrug den Sturm, der über sie hinwegbrauste. Mit sich und ihrem Gewissen war sie im Reinen. Das genügte ihr. Chausettes harsche Worte trafen sie dennoch empfindlich, da sie einen wunden Punkt in ihr an-

sprach: „Du verwöhnte Schachtel du. Weißt du überhaupt, was es heißt, zu lieben? Nein. Wie willst du das auch wissen, wenn du dich gegen alles sträubst, was deinen Lebensrhythmus durcheinanderbringt. Ich glaube du kennst dieses Wort nicht einmal."

Diesen schweren Vorwurf von ihrer besten Freundin zu hören traf Kore bis ins Mark. Ausgerechnet Chausette hielt Kore vor, von Liebe nichts zu verstehen. Kores Zorn darüber wuchs ins Unermessliche, aber sie wusste, dass jedes Wort, das sie nun ausbrachte, völlig seinen Sinn verfehlte. Hier stritten keine Erwachsenen miteinander. Nur kleine Kinder. Da ihre Freundinnen und auch Boris auf derselben Linie schwammen, sah sie keinen Grund ihre Auseinandersetzung zu vertiefen und ihrer Gegenwart weiterhin beizuwohnen. Sie setzte sich diesen tief treffenden Anschuldigungen nicht länger aus und sagte ihre entsetzliche Empörung unterdrückend: „Entschuldigt mich bitte."

Kore stapfte schäumend vor Wut aus ihren Reihen und schlug den Weg in den Park ein, um nicht an Thamus vorbeizulaufen. Jener trat verwundert zu ihren Kameraden heran und sah ihr verdutzt nach. Auch er schien mit dieser Reaktion Kores nicht zu rechnen. Chausette warf ihr zum Trotz hinterher: „Ja verkriech dich in ein Loch. Du Drückebergerin. So wie du letzte Nacht einfach abgehauen bist. Du bist einfach zu feige für die Liebe."

Was anfangs schön und viel versprechend aussah, ging urplötzlich im Chaos unter. Kore verstand überhaupt nichts mehr. Ein jeder redete von Liebe. Von Begehren und Verlangen. Nur sie wusste als Einzige nichts damit anzufangen. Warum unterschied sie sich so gravierend von ihren Zeitgenossinnen? Mochte sie überhaupt wie sie sein? Könnte sie das überhaupt? Egal wie sie dazu stand, ihr war die Lust am Lernen für heute ausgetrieben. Sie ging entnervt nach Hause und wollte über ihre Welt um sich nicht mehr das Geringste zu hören kriegen. Es reichte für heute. Obwohl sie kaum Hunger verspürte, zwang sie sich dennoch etwas aus der Nanotheke in der Küche holen. Sie aß einfach schon zu lange nichts mehr. Doch als der Nahrungsbereiter heute erneut Tee und dieses Mal sogar eine ganze Buttercremetorte servierte, riss ihr der Geduldsfaden mit dem Ding. Sie entnahm das Tablett nicht einmal, als sie sah, was da in der Essensausgabe stand.

„Was ist mit dem Zubereiter los?" schimpfte Kore außer sich. Es tobte in ihr vor Wut. Genügten nicht schon die bisherigen Probleme? Was sollte das?

„Seit ich diesen Staub an meinen Händen trage, macht er solche Zicken. Leberwurst, Speck mit Bohnen, Burger mit Mayonnaise und Fritten und jetzt eine ganze Torte. Alles Dinge, auf die ich nicht die geringste Lust habe und in solchen Mengen …"

Kore stockte in ihrer Rede. Ihr Blick fiel auf ihre Hände und ihr wurde plötzlich bewusst, dass sich ihr Feendasein immer deutlicher in ihrem Alltag zu erkennen gab. Die Nanotheke arbeitete absolut korrekt. Durch Kores Wirken gab sie in der Tat viel Energie von sich ab. Der Apparat bemaß den Energiebedarf am Energieverbrauch des Körpers. War er hoch, wie in ihrem Fall, dann führte er über die Nahrung entsprechend zu. Wie passte da der Tee ins Bild? Noch nie servierte der Apparat ihr Tee. Erst als sie den Staub bekam. Da fiel ihr ein, dass bei Ipsy Tee auf ihrem Beistelltischchen stand. Gab es da etwa einen Zusammenhang? Auch Neko fiel auf, dass sie sich veränderte. Das bedeutete nur eines.

„Ich werde mehr und mehr zu einer Fee", raunte sie. „Meine Ohren werden spitzer. Neko sagte, dass ich stärker nach Zimt rieche und ich fühle regelrecht, was in meinen Freunden vorgeht. Das ist mir so unheimlich. Was passiert noch alles mit mir?"

Wie lange blieb ihr Geheimnis vor ihren Freunden verborgen? Allein sich darüber den Kopf zu zerbrechen vertrieb den Hunger in ihr. Als sie sich zu Bett legte, verging ihr der Appetit. Zu viele Gedanken wälzten sich in ihrem Schädel, was sie die nächsten Stunden unruhig verbringen ließ. Zu tief saß der Zorn über sich selbst. Über ihre Persönlichkeit, die sich so fremd für ihre Umgebung machte. Kore erkannte, dass sie nicht so geliebt wurde, wie sie war. Aber sich deswegen zu verbiegen und sich letztendlich selbst zu belügen, war nicht ihre Sache. Als sie durch ihr Fenster sah, bemerkte sie den Mond, der in der Abenddämmerung aufging. Einsam zog er seine Bahn über den Himmel. Er lächelte ihr zu. So wirkte es für Kore. Als schien er ihr sagen zu wollen: „Mögen sie mich beschimpfen, mögen sie mich loben. Ich ziehe dennoch meine Bahn. Ich bin und das alleine genügt mir."

Still und leise wirkte der Mond auf die Erde ein. Er machte eben kein großes Tamtam um seine Leistungen. Er tut dies, weil er ist. Kore wusste, dass auch sie tut, weil sie ist. Diese Erkenntnis rang ihr ein leichtes Lächeln auf den Lippen ab.

„So viel Unterschied ist zwischen uns nicht", sagte sie daraufhin zu dem Mond. Es beruhigte sie wieder und hob ihre körperliche Müdigkeit in den Vordergrund. Sie schloss gähnend ihre Augen und ließ sich vom Schlaf in das Reich der Träume hineingleiten.

Kapitel 3

Feenfeuer

Kore glaubte nicht recht zu sehen, als sie sich unter dem hellblauen Himmel ohne Sonne fand, dass dies in ihrer letzten Erinnerung einmal Ipsys Trainingsgelände war. Wo vorher eine karge Einöde das Bild prägte, durchzog nun eine dichte Blumenwiese den ganzen Boden mit leuchtenden Farben. Die weit geöffneten Blüten der Wiesenblumen standen im vollen Saft und lockten mit ihrem süßlichen Duft Insekten an. Sie hörte das liebenswürdige Brummen von Bienen in den nach Nektar duftenden Lüften, die der sorgsam gepflegten Idylle den letzten Schliff gaben. Dazu tänzelten bunte Schmetterlinge mit gemusterten Flügeln über die farbenfrohe Wiese. Vor ihr ragte die einzige größere Pflanze der ganzen Umgebung in den Himmel hinauf. Ein prächtig gewachsener Kirschbaum, dessen schneeweißen Blüten ihm ein harmonisches Aussehen verlieh. In seiner Baumkrone erspähte Kore ein schmuckes Häuschen mit rundlichen Formen. Es passte sich in das Erscheinungsbild des Baumes perfekt ein. Vor seinem Eingang befand sich eine breite Terrasse, auf dem ein von ihrem Blickfeld abgewandter gepolsterter Ohrensessel zum Ausruhen einlud. Ein kleines Beistelltischchen nebenan lockte mit einer dampfenden Teekanne samt dazugehöriger Porzellantasse. Kore sah von ihrem Standpunkt aus zwar nicht in das Innere der Tasse, nahm aber seinen intensiven Geruch wahr. Er verbreitete sich bis zu ihr und erinnerte an Zitrone.

„Hi. Hi", hörte Kore erleichtert Ipsys schrilles Gekicher von dem Ohrensessel. Flugs schnellte aus ihm die kleine Fee mit ihren seidigen Flügeln hervor und umkreiste begeistert ihren frisch eingetroffenen Besuch. So wie wenn sie einer der vielen Schmetterlinge wäre, die hier herumtänzelten. Dieses Mal trug Ipsy ihre seidig blonden Haare offen. So wirkten sie wie ein kleines Fähnchen im Wind, wenn sie mit ihren Flügeln durch die Luft flatterte.

„Ipsy. Ich bin froh dich zu sehen", lachte Kore glücklich auf und wäre ihrer kleineren Artgenossin um den Hals gefallen, wenn sie nicht die Größe ihrer Handfläche hätte.

„Ich auch, ich auch", sagte ihre Ausbilderin zufrieden und setzte sich ungetrübt auf ihre Schulter. Das zufriedene Strahlen in ihren Augen war nicht zu übersehen.

„Weißt du, am liebsten würde ich dich jetzt an mich drücken, wenn ich könnte, aber leider, tja, meine Körpergröße, du verstehst. Was soll ich sagen. Ich bin unendlich stolz auf dich Kore. Und ich fühl mich vor allem so geehrt. Hm. Ich wusste nie, dass ich eine Feenprinzessin ausbilden darf. Das ist eine so große Ehre für mich. Das kannst du gar nicht wissen."

„Feenprinzessin?", fragte Kore irritiert.

„Du bist die Tochter von König Laikos. Dem Herrscher des Feenreichs. Feenprinzessinnen sind etwas ganz Besonderes bei uns. Nicht nur, weil sie die Töchter unseres Herrscherpaares sind. Sie haben ein sehr bewegtes Inneres und sind äußerst feinfühlig. Dir ist das nicht verborgen geblieben, nach allem, was da passiert ist. Du musstest dir vorhin ganz schön harte Dinge von deinen sogenannten Freunden anhören. Mich wundert es, dass du so diszipliniert dabei geblieben bist. Wahrscheinlich war es deine Erziehung von Miss Conners. Gewöhnlich rasten Feen komplett aus und überspannen den Bogen. Denen bekommt das gar nicht. Wie gut, dass du noch nicht unser vollständiges Arsenal kennst. Dann gäbe es womöglich Tote."

„Es ist ein starkes Stück, was mir Chausette vorwirft. Ich verstünde nichts von Liebe. Wieso sagt sie so etwas Gemeines zu mir?", sagte Kore verbittert. „Ich litt so furchtbar in den letzten Stunden. Was muss ich denn noch alles ertragen?"

„Ich versteh dich, aber lass sie ihre unausgegorenen Reden schwingen. Sie ist verliebt und Verliebte sehen die Dinge anders als alle anderen Menschen. Deren Verstand ist ausgeschaltet", sagte Ipsy beruhigend und nahm zum ersten Mal ein Wort in den Mund, das Kore später mehrmals verwenden sollte. „Menschenkinder sind eben keine Feen."

„Du nennst sie Menschenkinder?"

„Aber ja. Das sind sie nämlich."

„Warum?"

Ipsy kicherte und meinte: „Das, meine Liebe, ergibt sich aus einer Gabe, die einer jeden Fee eigen ist. Sie sieht in Herzen. Du hast sie bereits angewandt, ohne dir darüber im Klaren zu sein. Für eine Fee ist so etwas eine Selbstverständlichkeit, während es für die Menschenkinder spukhaft erscheint."

Kore lies ihre Worte auf sich wirken. Sie wusste sofort, worauf Ipsy anspielte. Das Erlebnis mit Indreen im Gefängnis der Ors oder Neko auf dem Feld. Praktisch all ihre Schöpfungen, in denen eine Illusion vorkam. Die Informationen dafür zog Kore aus den Erinnerungen ihrer Zielpersonen und setzte sie entsprechend ein.

„Eine Fee erkennt sofort, ob jemand für oder wider dem Herzen lebt. Als werdende Fee entwickelst du mit der Zeit ein immer besseres Gespür dafür. Deine Gabe in Herzen zu sehen, zeigte sich bei dir zum ersten Mal, als du Boris auf dem Sprungturm eine Illusion verpasst hast. Du hast erkannt, wovor er sich am Meisten fürchtet und diese Furcht mit deiner Illusion umgesetzt. Als Nächstes hast du deine Gabe verwendet, um die Hermesbrüder auszuschalten und mit Indreen in Kontakt zu treten. Mit Neko hast du sie weiterentwickelt und besser gewusst, wie du sie erfolgversprechend einsetzt. Vorhin ist dir ganz deutlich aufgefallen, was passiert, wenn du den direkten Blickkontakt zu einem Menschenkind suchst. Unwillkürlich springt das Innere seiner Seele in dich hinein. Es gibt zwar unter den Menschenkindern welche, die das tatsächlich aufnehmen können, doch haben diese dann meist nicht mehr die Kraft nüchtern damit umzugehen. Als Fee kannst du das allerdings abgrenzen, was ein bisschen Übung erfordert", erklärte sie dennoch, obwohl sie wusste, dass Kore es bereits begriff. Gäbe sie der Energie nach, die von Chausettes Augenkontakt ausging, dränge ihr Blick tief in ihre Seele hinein.

„Kann ein Menschenkind vor mir überhaupt etwas verbergen?", fragte Kore neugierig auf diese Gabe angesprochen.

Ipsy dachte kurz nach und antwortete knapp: „Nein."

„Sind wir so mächtig, dass wir sogar die intimsten Gedanken lesen können?"
Ipsy überlegte wieder kurz, worauf die Antwort wieder so eindeutig wie vorhin
ausfiel: „Ja."
„Warum können wir das?"
Ipsy seufzte, ehe sie ihr darauf antwortete: „Weil wir Feen sind. Ich sagte dir bei
unserer ersten Unterrichtsstunde, dass eine Begegnung mit einer Fee kein Zufall
ist. Wenn ein Menschenkind einer Fee begegnet, dann ist es ihm bestimmt. Er begegnet sich letztlich selbst. Durch dich."
„Dann heißt das, dass ich wie ein Spiegel wirke."
„So ähnlich, aber ein ganz besonderer Spiegel. So wie er dir entgegentritt, so erntet
er auch seine Früchte. Du bist weder gut, noch böse. Als Fee bist du. Wenn er dich
hasst, so hasst er sich selbst. Wenn er dich liebt, dann liebt auch er sich selbst. Du
erkennst es ganz deutlich an deinen Freunden. Neko liebt dich, also liebt auch er
sich. Erst als er dich verloren glaubte, schlug sein Innerstes in Hass um. Indreen
liebte dich, also gab auch er sich nicht bis zu seinem Tod auf. Adalmus liebte dich.
Er rettete dich vor den Hermesbrüdern und verhalf dir zu deinen Flügeln. Indem,
dass er dir half, half er auch sich selbst, ohne sich dessen bewusst zu sein. Soweit
ich empfand, fasste er wieder neuen Lebensmut …"
„…Und die Hermesbrüder hassten sich und fanden den Tod. Meine Adoptiveltern
hassten sich und fanden den Tod …", setzte Kore ihren Gedankengang fort.
„Was ist mit Chausette? Hasst sie mich etwa?"
„Ihre Geschichte ist noch nicht zu Ende", erklärte ihr Ipsy weiter. „Du hast nicht
in ihre Seele hineingesehen. Außerdem zeigen sich nicht immer Extremitäten im
Spiegel. Ängste, Verbitterungen, Eitelkeiten, Gier, Neid oder auch der Egoismus
wirkt unterschiedlich ineinander ein. Außerdem spielt dein Handeln darauf eine
ebenso nicht unbedeutende Rolle für ihr Schicksal. Du zeigst ihnen nichts anderes
als ihren eigenen Glauben."

Ipsy machte eine Pause, um ihrer Schülerin Zeit zu geben, ihre Worte zu verarbeiten. Dann fuhr sie mit ihren Ausführung zum Verhältnis der Feen zum Thema
Liebe fort: „Weißt du, bei den Feen herrscht untereinander ein ganz anderer Umgang bei dem, was die Menschenkinder unter Liebe verstehen. Gefühlssachen wie
Verlangen oder wenn ich in der menschlichen Umgangssprache sagen darf, Sex
wird bei uns nicht in den Mund genommen. Man zeigt es demjenigen, den man
mag, in dem man seine Gefühle achtet. Wir sind da viel geduldiger als die Menschenkinder und vor allem offener. Taten sind für Feen wesentlich. Dazu zählt
auch das Warten. Aber wenn es soweit ist, tja dann … hihi", kicherte Ipsy vergnügt.
„… gibt es auch bei uns kein Halten mehr. Wir Feen können da ganz schön zupa-
cken."
„Kann schon sein …", tat Kore mürrisch ab. „… aber Iona und Esmeralda glaubten
offenbar auch, dass ich mit Thamus verkuppelt werden soll. Mit dem will ich
nichts mehr zu tun haben. Wenn er nicht sogar hinter den Mordversuchen an mir
steckt und vor allem nachdem, was mit Neko passiert ist."

„Du hast absolut Recht", pflichtete ihr Ipsy bei. „Aber vergiss nicht, dass Thamus unter dem Bann der Ors stand. Er ist vielleicht jetzt ein ganz anderer als vorher. Dass dein Misstrauen gegen ihn tief sitzt, überrascht mich nicht und ich bin auch der gleichen Meinung wie du, dass das, was deine Freundinnen von dir erwarteten, gar nicht gut war. Ob du ihn für das überhaupt jemals vergibst, weiß man nicht. Dazu sind die Wunden zu frisch. Na ja, vielleicht ließen sie davon ab, wenn sie wüssten, wer du wirklich bist und welche Erfahrung du mit ihm machtest. Du musstest die Wahrheit über dich vor ihnen geheim halten."

„Vergeben? Ihm? Ich wüsste wirklich nicht, ob ich das je könnte."

„Vergebung kommt von Herzen. Es bedeutet nicht, dass du das Verhalten von Thamus hinnimmst. Es heißt nur, dass du dich von der Verbitterung befreist, die deine Seele blockiert. Wenn du es nicht tust, schleppst du sie mit dir herum, was dich daran hindert, dich weiterzuentwickeln."

„Ich verstehe. Wenn mir das mit Thamus nachhängt, bin ich nie wirklich frei, weil es ständig auf meiner Seele lastet. Es wäre so, als kettete ich mich fest."

„So ist es", lachte Ipsy auf, weil Kore es so schnell begriff. „Die Verbitterung ist wie ein Gift, das wir selbst in der Hoffnung trinken, dass es einen anderen umbringt. Derjenige, für den die Verbitterung gedacht ist, nimmt keinen Schaden. Du aber wirst dich dadurch selbst zerstören. Eine Vergebung vollziehen nur die Starken. Ein schwacher Mensch vergibt nicht. Nur, wer vergibt, richtet seinen Blick wieder nach vorne."

„Wenn ich richtig verstehe, ist Vergebung etwas, das man für sich selbst tut. Es ist ein großer Akt der Selbstliebe."

„Es befreit. Natürlich ist Vergebung etwas sehr Persönliches und ich möchte dich keinesfalls dazu drängen. Du kannst erst vergeben, wenn du soweit bist."

„Wann werde ich soweit sein?"

„Das ist nicht so pauschal zu sagen. Ich glaube, du wirst es erst können, wenn du dich mit deinem Herzen versöhnst."

Kore wurde still und schloss kurz die Augen. Die Worte Ipsys wirkten in ihrem Inneren. War sie schon soweit Thamus zu vergeben? Ipsy hatte in der Tat Recht. Sie gab sich die Zeit, ihre Erlebnisse zu verarbeiten. Sie und Neko überlebten den Umsturzversuch, kam ihr als Erstes in den Sinn, doch dann sah sie die toten Hermesbrüder, ihre ermordeten Adoptiveltern mit dem Jogi, ihre Häscher, die bei ihrer Flucht starben. Thamus hetzte seine Handlanger skrupellos auf sie. Immer in der Annahme sie starb endlich. Mit der Ermordung ihres Zwillings glaubten sie, endlich Erfolg zu haben. So jemand, der rücksichtslos Menschen in den Tod schickt, kann man so jemanden überhaupt vergeben? Die Geschichte des Generals Tomps fiel ihr wieder ein. Jener, der die Waisenhäuser nach dem "Mystischen Krieg" erbauen ließ. Konnte er jemals seinen Zeitgenossen vergeben, die skrupellos seine Familie töteten, mit Nuklearwaffen ganze Landstriche auf Jahrtausende entvölkerten und unbrauchbar machten? Mit all diesem Schrecken, mit all diesem Leid im Nacken war es notwendig sich selbst zu vergeben. Tomps Schritt, fand seinen Ausdruck im Hausspruch der Waisenhäuser: „Schließe mit dir selbst den Frieden."

Die Vergebung und Versöhnung mit sich und der Welt.

„Tomps lebte nicht in der Verbitterung", kam ihr plötzlich über die Lippen. Sie schluckte. Aus Kores Händen fuhr Staub und sie machte sich erst einmal einen Sessel, um sich zu setzen. Sie verharrte still in ihm.

„Er erkannte, dass es ihn lähmt. Das Rad der Zeit lässt sich nicht zurückdrehen. Wer die Zukunft aktiv gestaltet, löst sich von der Last der Vergangenheit", erklärte ihr Ipsy, doch Kore unterbrach sie Sachte in ihrem Redefluss. Offenbar gab es etwas Weiteres, was sie in diesem Zusammenhang beschäftigte.

„Ipsy, was ich noch wissen möchte ... ich meine, es geistert in mir schon lange herum. Ist Neko mein Mann?", fragte sie tief berührt. Ihre Gefühle zu ihrem Bruder verunsicherten sie.

„Was empfindest du für Neko?", fragte Ipsy, um den wahren Beweggründen ihrer Schülerin auf die Schliche zu kommen.

„Er ist, nun ja, mein Bruder", antwortete Kore aus freiem Herzen. „Ich fühle nichts anderes für ihn. Ich meine, ich liebe ihn aber nicht als einen Mann. Er ist für mich wie ein Teil meiner Familie. Ein wichtiger Teil."

„Dann fühlst du auch für ihn, als wärst du seine Schwester. Feen können ihre Gefühle genau differenzieren. Das kannst du als Feenprinzessin sogar deutlicher als alle anderen Feen. Du weißt genau, was du fühlst und so handelst du auch nach außen. Ich habe den Eindruck, als ob Neko das Gleiche für dich empfindet. Er liebt dich wahnsinnig, Kore, aber nicht als ein Liebhaber."

„Dann verstehe ich nicht das Ganze, was meine Freundinnen veranstalten. Warum wollen sie mich unbedingt verkuppeln und ausgerechnet mit einem Typen, der mich umbringen wollte. Ich frag mich schon die ganze Zeit, ob mit mir etwas nicht stimmt. Meine Freundinnen hatten alle schon Männer. Sie gehen mit ihnen fort und haben ihren Spaß mit ihnen. Sie verführen sie und machen ihre Spielchen mit ihnen. Es scheint denen sogar zu gefallen, wenn sie genarrt werden. Aber ich gewinne dem Ganzen nicht das Geringste ab. Was soll so toll daran sein, mit Gefühlen von Fremden zu spielen? Aber es ärgert mich auch da stehen zu müssen, wie ein einsames Mauerblümchen. So, wie wenn ich nicht zu dieser Welt gehöre. Wie eine graue Maus. Ich kann mit den Männern hier nichts anfangen und so etwas wie ein Verlangen nach ihnen kenne ich gar nicht."

„Kore", antwortete Ipsy aufrichtig. „Ich weiß nicht, wie ich beginnen soll. Das Verlieben bei Feen hat nichts mit dem zu tun, was bei den Menschenkindern gilt. Nicht ohne Grund hast du dich nicht in das andere Geschlecht verguckt. Du bist eine Fee, Kore. Da geht das ganz anders mit dem Verlieben. Die Menschenkinder gucken nach gesunden kräftigen Körpern, die ihnen gute gesunde Kinder versprechen. Außerdem romantisierten sie ihre Liebesbeziehung viel zu stark. In deren Kreisen gilt man ja nur dann als ganzer Mensch, wenn man in einer Paarbeziehung lebt. Mit einer Liebesbeziehung unter den Feen hat das nichts zu tun."

„Wie sieht es dann damit aus?", fragte Kore aufgeweckt. „Warum sollte das bei den Feen anders als bei den Menschen sein?"

„Sieh dir doch deine Freundin Chausette an. Vorher hochnäsig, eingebildet und ein ganz verwöhntes Gehabe. Jetzt plötzlich ist sie auf den Geschmack gekommen und meint sie müsste ihr Glück auf dein Schicksal übertragen. Da spielten Dinge bei ihrer Partnersuche zuvor eine Rolle, wie Geld, wie Aussehen, Charakter und Neigungen. Welche Mode trägt er. Wie spricht er und so weiter. Ja der Sexappeal insgesamt. Das Bild eben, das man sich von einem Traumkerl nach menschlicher Vorstellung macht. Sie sucht eben nach einem Burschen, der ihr gesunde Kinder macht. Das Beste ist da gerade gut genug", erklärte Ipsy. „Aber kaum ist ein Unfall passiert, ein Crash, dann ist alles, was vorher unüberwindlich erschien, mit einem Mal verflogen. Die Zwei fingen Feuer, das sie nun aufzehrt und irgendwann wird es erlöschen. Menschliche Liebe ist ein vergängliches Band. Bei einigen geht es schneller, bei anderen dauert es länger. Es kommt die Zeit, wo beide nichts mehr voneinander wissen wollen, weil der Rausch versiegt ist wie das Wasser in einem Brunnen. Das ist mit jeder Beziehung der Menschen so, bis auf ein paar Ausnahmen, aber die gibt es ja immer. Bei Feen passiert das nicht. Die Menschenkinder nennen es zwar Liebe, aber wir Kore, wir nennen es das Feenfeuer. Es ist viel intensiver und ganz anders, als das, was deine Chausette gerade empfindet. Ein Feenfeuer, das einmal entfacht ist, brennt für ewig."

„Und wie entfacht man es? Muss ich da mir etwa auch einen Partner suchen?", fragte Kore neugierig.

„Suchen???", fragte Ipsy kichernd. „Kore, du musst nicht danach suchen. Es ist dir bestimmt. Du wirst deinen Partner dann kennenlernen, wenn die Zeit dafür gekommen ist. Wie bei deiner Sache mit Neko. Es wird zu dir kommen. Hab einfach Geduld. Wichtig allein ist nur, dass du den Glauben an dich nicht verlierst. Wer sich selbst zu lieben und zu würdigen weiß, ist bereit erfolgreich sein Leben mit einem Gefährten zu teilen."

„Du meinst, wer mein Mann ist, ist von Anfang an schon festgelegt? Aber wie soll ich mich in ihn verlieben, wenn ich ihn doch gar nicht kenne? Ich meine ..."

„Das Feenfeuer ist nicht mit der Liebe der Menschen vergleichbar", unterbrach Ipsy schwärmerisch und tänzelte durch die Luft. „In dem Moment, wenn du deinem künftigen Gefährten begegnest, wird das Feuer entfacht. Ihr spürt es ohne, dass ihr ein Wort sagen müsst. Und dann folgt ein Ritus, der euren Bund besiegeln wird. Das Handauflegen. Für alle Zeit werden eure Herzen zusammenbleiben. Scheidungen, Ehekrisen, Beziehungsgespräche, Streit um Vermögen und was weiß ich noch alles, was deinen Zeitgenossen auf der Erde den Kopf zerbricht, das gibt es bei uns Feen nicht. Eine Feenbeziehung ist nicht darauf ausgelegt, seinen Partner glücklich zu machen. Glücklich macht man nur sich selbst. Solche Dinge, wie sie bei Menschenkindern eine Rolle spielen sind für uns Fremdwörter. Wir Feen geben uns gegenseitig, weil wir etwas zu geben haben. Unsere Beziehung basiert nicht auf einem Mangel an Liebe. Das ewige Feuer wird auch nach Jahrzehnten genauso stark brennen wie am ersten Tag. Es wird nie erlöschen, weil es sich gegenseitig befruchtet. Auch im tiefsten Schmerz. Du wirst wissen, was ich meine, wenn es soweit ist. Hab Geduld Kore."

„Ja, ich muss warten", murmelte Kore und gab sich, wenn auch schweren Herzens mit dieser Antwort zufrieden.

„Im Übrigen bin ich mit dir sehr zufrieden. Du hast genau richtig gehandelt und die pikante Situation gut gemeistert. Auch dass Neko mit dir schlief, ist nicht so schlimm, wie es scheint. Von einem Menschenkind wird keine Fee schwanger, auch wenn es Geschichten gibt, die anderes behaupten."

„Ipsy", fragte Kore nach einer kurzen Pause. „Was ist passiert, dass du hier alles umgestaltet hast?"

„Ich …", murmelte Ipsy verlegen und nach einer passenden Erklärung suchend, "… ich freute mich so sehr über deine Leistung und über meine Ausbildung. Ich möchte dich nicht anschwindeln, aber mir ging es nicht so gut, bevor ich dich kennenlernte. Jetzt aber fühle ich mich wesentlich besser. Aber lassen wir das", wehrte sie abrupt ab. Sogleich schob Ipsy übertünchend eine andere Frage nach um Kore davon abzulenken: „Möchtest du heute etwas Neues lernen oder sollen wir es für heute bleiben lassen? Du willst doch sicher einen erholsamen Schlaf haben."

„Weißt du, etwas Abwechslung, schadet mir nicht. Außerdem hab ich keine Lust auf die Akademie", sagte Kore aufgemuntert. „Gut ich bin bereit. Was bringst du mir heute bei?"

„Ich glaube, du bist jetzt soweit für den Verschwindibus."

„Na endlich", stieß Kore ungeduldig hervor. „Ich wollte schon immer wissen, wie man etwas wegmacht. Warum hast du mir ihn nicht schon früher gezeigt? Er hätte mir sicher bei meiner Sache mit Neko helfen können."

„Genau darin liegt das Problem. Deine Zeitgenossen glauben, indem dass sie alles entfernen, was sie stört, lösen sie ihre Probleme für immer. Aber das täuscht. Ziemlich bald kommt ein Ersatz für diese Probleme und das Einzige, wovon sie sich bei ihren Entfernungen entfernen, wäre von ihrem eigenen Herzen. Meistens hat die empfundene Störung von außen mit der eigenen Störung von innen zu tun. Das, was einem da geschickt wird, soll auf eine unbehandelte Wunde der Seele hinweisen. Wenn sie verheilt wäre, stört sie nicht."

„Unbehandelte Wunde im Inneren? Was soll das sein? Wenn ich an die Hermesbrüder denke. Die hätte ich am liebsten gleich weggemacht. Die trachteten mir nach dem Leben."

„Ganz recht und das war auch gut so."

„Wie? Du findest das auch noch gut, dass sie mich umbringen wollten?"

„Natürlich wollten sie das. Aber gerade weil du wusstest, dass sie es auf dich absahen, hast du meine Feenlektionen gut gelernt. Sie beschleunigten deinen Lernfortschritt massiv."

„Meinst du, die Hermesbrüder sollten mir als Motivationsschub dienen?"

„Ganz genau", sagte Ipsy bissig. „Ist dir nicht aufgefallen, dass du erst dann mit ihnen Ärger bekamst, als du Neko wieder getroffen und dich zur Fee verwandeltest?"

„Ja, aber das hatte doch nichts mit meinem Inneren zu tun."

„Ach nein?", lachte Ipsy frech. „Einer deiner größten Ängste deines Lebens war es von solchen Typen wie denen misshandelt zu werden. Richtig?"

„Nun ja", druckste Kore mit großem Unbehagen. „Welches Mädchen fürchtet sich nicht vor roher Gewalt? Ich bin vielleicht groß, aber nicht so stark, um es mit denen aufzunehmen."

„Eben. Weil du dich davor fürchtetest, hast du solche Typen angezogen."

„Ich bitte sie doch nicht darum. Ich rief ihnen doch nicht zu: Kommt her und vergewaltigt mich."

„Aber du strahltest es aus. Deine Furcht davor sah man dir an. Sogar im Dunkeln, als du durch die Unterführung auf sie zu gelaufen bist. Außerdem befand sich dein Finger die ganze Zeit an deinem Notrufsensor."

„Was sollte ich denn sonst tun? Einfach das Weite suchen? Ich wollte wissen, was da unten vorging."

„Hör mal, worauf ich hinaus möchte, ist keine Anklage an dein Verhalten. Du warst sehr mutig und hast deine Angst gezähmt. Was ich meine, ist ein Hinweis auf die Tatsache, dass das, wovor du dich am Meisten in deinem Leben fürchtest, von dir angezogen wird. Du musstest den Hermesbrüdern begegnen, um dich mit deinen Ängsten auseinanderzusetzen."

„Ich hab sie ja schließlich doch getötet. Auch ohne Verschwindibus."

„Aber das gelang dir erst, als du deine Feenkräfte verinnerlichtest. Die einfach so mit dem Verschwindibus zu erledigen, führt nicht zu einer Bewältigung deiner Angst. Du verschiebst lediglich dieses Problem und ziehst weitere Hermesbrüder an. So lange, bis du erkennst, dass die Lösung nicht im Wegmachen, sondern in der Konfrontation liegt. Deine Erfahrung mit ihnen führte zu einer inneren Reife deiner selbst. Probleme sind dazu da, an ihnen geistig zu wachsen. In dem, dass du dich deiner Angst gestellt hast, lerntest du damit umzugehen. Das muss man erst einmal verstanden haben. Weil du Neko gefunden und die Sache zu einem guten Ende brachtest, glaube ich, dass du jetzt bereit bist, den Verschwindibus zu lernen und ihn richtig anzuwenden. Ach ja, organische Lebewesen können wir nicht einfach so verschwinden lassen und dein Hemd habe ich in deiner ersten Unterrichtsstunde …"

Mitten, während Ipsys Ausführung, bemerkte Kore, dass der Boden unter ihren Füßen erzitterte. Die Blumenwiese und der Kirschbaum mit dem Häuschen wurden dabei durchgeschüttelt wie die Eisstücke in einem Cocktailglas. Die weißen Blütenblätter des Baumes flogen aufgewühlt durch die Luft wie Konfetti.

„Was ist los? Was soll das?", schrie Kore entsetzt. Sie bekam sichtlich Mühe sich auf den Beinen zu halten.

„Ach das ist nichts Schlimmes", sagte Ipsy ganz ruhig. „Du wirst gerade geweckt. Also nichts für ungut. Wir können mit dem Verschwindibus beim nächsten Mal weitermachen", verabschiedete sich Ipsy kurzerhand und Kore riss von der Erschütterung unterbrochen die Augen auf.

Sie sah in ihrem Zimmer zunächst nicht eine Hand breit, weil sich ihre Augen erst an die Düsternis der Umgebung gewöhnten. Von der Reflexionslampe der Straßenbeleuchtung drang bloß ein schwacher Schimmer durch ihr Fenster, was immerhin einen schemenhaften Umriss ihres Zimmers erkennen ließ. Sie richtete sich aus ihrem Bettlager auf und rieb sich den Schlaf aus den Augen.

„Was war das nur, was mich so durchgeschüttelt hat? Hier ist doch niemand“, murmelte sie erstaunt. Sie spitzte die Ohren. Nicht ein Laut drang zu ihr durch. Gerade zu gespenstisch wirkte die Stille im ganzen Haus.

„Komisch“, gähnte sie müde und reckte sich erst einmal. „Wer weiß, was das wieder war.“

Kore beschloss sich wieder hinzulegen und vielleicht sogar mit Ipsy über den seltsamen Vorfall zu reden, doch sah sie zuvor sicherheitshalber unter ihrem Bett nach. Sie beugte sich über ihre Bettkante, wodurch ihre Haare nach vorne überfielen. Das schwache Licht der Straßenlaterne vor ihrem Fenster reichte bei Weitem nicht aus, um dort unten etwas zu erkennen. Aber der glühend stechende Blick aus zwei feurig lodernden Augen, die sie wie ein Raubtier vor den Sprung von dort unten aus anstarrten, sorgte für ausreichende Lichtverhältnisse. Ihr hypnotischer Scharfblick durchbohrten Kore regelrecht wie Pfeile.

„Wer bist du?“, brachte Kore mit aufkommender Beklemmung über die Lippen, doch sie glaubte, dass sich die glühenden Augen in Pfähle verwandelten und direkt in ihre Augäpfel hineinfuhren. Zu einer weiteren Reaktion ihrerseits, lies es die Kreatur nicht kommen. Dies war das Einzige, was Kore noch bemerkte. Nicht einmal die Kollision mit dem Widersacher spürte sie mehr. Sie verlor sie jegliches Gefühl, jegliche Erinnerung, die Kontrolle über sich und die Zeit. Über sie legte sich ein Filmriss, der sich erst wieder lichtete, als panische Schreie mit dem ein unheilvolles Knistern einherging durch ihre Ohren drangen. Dichte Rauchschwaden und feurige Wärme war das Erste, was ihre Haut wahrnahm. Ihre Augen gaben ihr erst nach und nach wieder die Kontrolle über die Geschehnisse zurück. Sie sah alles verschwommen, doch sie hielt etwas Schweres in ihren Armen. Viel zu schwer für ihren leichten Körperbau, denn sie sank unvermittelt in die Knie. Notgedrungen ließ sie das unbekannte Ding krachend zu Boden gehen. Kores Augen offenbarten ihr erst in diesem Moment das schreckliche Szenario, das schwarzer Qualm und stickige Gase durchdrangen. Mühevoll wieder zu sich selbst findend, stand sie inmitten eines züngelnden Flammenmeers. Von ihm ging das bedrohliche Knistern aus. Ihr Blick fiel auf den schweren Gegenstand von vorhin. Es war gar kein Gegenstand. Es war ein Körper. Ihr wurde ganz anders, als sie auf das Antlitz ihres geliebten Bruders starrte. Leblos lag er vor ihr.

„Nein“, rief sie ungläubig und kniete sich zu ihm nieder. Das konnte nicht sein. Sie beugte sich zu ihrem leblosen Bruder nieder und drückte ihr Ohr an seinen Brustkorb. Flehend hoffte sie, seinen Herzschlag zu hören. Doch die Geräuschkulisse der Umgebung erschwerte die Wahrnehmung, denn von außerhalb des Brandherdes kamen die hektischen Rufe und Schreie, die sie zuerst wahrnahm. Sie glaubte den stark verdichteten Wasserball eines Feuerwehrgleiters durch die Flammen schießen zusehen, der inmitten des Brandherdes mit feuererstickender Wirkung explodierte. Den Flammen blieb förmlich die Luft weg. Er kam von den Einsatzkräften, die gerufen wurden, um den Brand im Tompswaisenhaus von Cherson einzudämmen. Das Gebäude umstellten mehrere fliegende Feuerwehrgleiter, die

68

von allen Seiten auf die Flammen mit ihren Löschmittel anrückten. Wie kam sie hier her? Doch das war jetzt nebensächlich. Sie hörte Nekos Herzschlag nicht mehr. Verzweifelt versuchte sie, seinen Herzmuskel wieder in Gang zu setzen.
„Neko", schrie Kore panisch. „Werde wieder wach."
Ihre verfügbaren Mittel nicht ausreichten. Sie besah mit einer Himmelangst im Nacken den Ruß verschmierten Körper ihres Bruders, welcher trotz ihrer Mühen ohne jegliche Regung blieb. Tränen füllten ihre Augen. Wie gelähmt fühlte sie sich. Zu einem Eisblock erstarrt. Hier zu bleiben, wusste sie instinktiv, war nicht richtig. Sie musste fort. Nur weg von hier, kam es ihr in den Sinn. Kore spannte mit einem kurzen Nervenbefehl ihre Flügel auf und versuchte mit Nekos Leichnam in ihren Händen aus dem Gebäude zu fliegen. Ihr gelang es nicht, mit ihm abzuheben. Beide waren einfach zu schwer. Feen verfügten einfach nicht über die Anatomie, schwere Lasten zu heben. Zudem schadete die glühende Hitze des Brandes ihren Flügeln je länger sie hier blieb. Daher zog sie sie wieder in ihren Körper ein. Kore versuchte etwas anderes, um Neko hier rauszukriegen.
„Der Elementar", sagte Kore erhellt und sie kreierte mit ihrem Staub die Wasserwolken der Feuerwehr nach, mit der sie den Brand in diesem Raum in wenigen Augenblicken löschte. Kaum erstickten die letzten Glutnester im Raum, blies Kore mithilfe des Elementars den Rauch aus dem Gebäude. Ein paar dünne Rauchfähnchen schwirrten herum, als Kore erneut versuchte Nekos Körper hochzuhieven und hinaus ins Freie zu schleifen. Vielleicht retteten ihn die Ärzte im Medizinzentrum. In ihr hoffte sie inständig, dass es nicht zu spät war. Sie kam bloß ein paar Meter weit, da stand sie in den rauchigen Trümmern einem stämmigen Feuerwehrmann in Atemschutzrüstung gegenüber. Sie erschrak, weil er so plötzlich aus dem Rauch auftauchte. Ohne ein Wort zu sagen, nahm er ihr Neko sofort aus den Händen und rannte mit ihm hinaus. Kore versuchte ihm, so gut es ging, zu folgen. Draußen standen die Sanitäter des hiesigen Medizinzentrums mit ihrer Ausrüstung bereit. Sie bekam gerade noch mit, wie die Helfer dem Feuerwehrmann Neko abnahmen und ihn in einen Krankenkopter legten. Jener hob unversehens ab und flog in das örtliche Medizinzentrum der Stadt. Kore stand rußverschmiert vor der Brandruine und sah dem entschwindenden Rettungshubschrauber nach, wie er sich in der Dunkelheit verlor. Natürlich war neben dem Rettungsdienst auch die hiesige Polizei Chersons zur Stelle. Ehe Kore es sich versah, traten sie an sie heran und legten ihr mit strenger Mimik unüberwindliche Kraftfeldhandschellen an. Diese machten ihre Hände im Nu bewegungsunfähig. Erst jetzt fand Kore zu sich selbst zurück. War sie doch bis zu diesem Moment ganz bei ihrem Bruder. Das Mädchen erschauderte, beim Anblick der verbittert wirkenden Gesichter ihrer Brüder und Schwestern, die ebenfalls Tomps wie sie waren. Im Nu umringten sie weitere Uniformierte, die sie vor der raunenden Menge schützten. Aus den Reihen der Schaulustigen waren alsbald die Worte „Mörderin" oder „Hexe" zu hören. Flüche und Zorn der Meute prasselten auf Kore ein. Zu gerne verstand Kore, was man ihr genau vorwarf. Sie glaubte nicht, dass dies allein mit dem Mord an ihrem Bruder zusammenhing. Was war passiert? Sie wusste es nicht. Hilflos blickte sie umher, als man sie durch eine Gasse aus Polizisten zu einem Gleiter stieß, der eher an den

69

Hochsicherheitstrakt eines Gefängnisses erinnerte, als an ein Transportmittel. Er verfügte über eine massive Panzerung und schwere Gitterstäbe vor den wenigen Lichtluken. Aber eines war ihr sofort klar. Sie musste jetzt abwarten und das Weitere geschehen lassen. Angst um ihr Leben brauchte sie nicht haben. Die Todesstrafe war im Reich des Rates der Sechs abgeschafft. Eine Flucht in dieser Welt galt als genauso sinnlos, wie ein Verstecken. Außerdem erfuhr bei einer Flucht nichts von den Hintergründen.

Die Ordnungsmänner ketteten Kore im Hochsicherheitsgleiter mit weiteren Kraftfeldmanschetten an ihren Beinen fest. Sie rührte sich nun gar nicht mehr. Zu ihr setzten sich zwei Wachleute, deren Gesichtsausdrücke während des Fluges alles andere als versöhnlich auf sie wirkten. Sobald sie versuchte mit ihnen ein Wort zu wechseln, knurrten sie sie wütend an, sie solle still sein. Nur wenn sie sich bewegen sollte, stießen sie einen Laut aus. Kore merkte, dass unter ihrer disziplinierten Oberfläche blanker Zorn aber auch Angst brodelte. Wegen der diffusen Lichtverhältnisse gelang es ihr nicht, Augenkontakt aufzunehmen. Zu gerne hätte sie jetzt die Gabe der Feen in Herzen zu sehen benutzt. Dennoch fühlte sie ihre Wut auf sie deutlich genug. Nur der von ihnen erwartete Gehorsam hinderte sie daran, die Justiz eigenmächtig in die Hand zu nehmen. Sie schienen felsenfest davon überzeugt zu sein, dass sich Kore tief in den Todesumständen ihres Bruders verstrickte. So schien auch die Fahrt in dem engen Gleiter mit ihnen unendlich lang zu werden. Mehrfach hob und senkte sich das Gefährt in der Luft. Sie zählte nicht, wie viele Male sie unterwegs anhielten und weiterflogen. Als ihr Gefährt nach der ungastlichen Fahrt endlich im Hof der örtlichen Polizei landete, befand sich bereits ein großer Menschenauflauf dort. Die Einwohner der Stadt kamen zusammen, um einen Blick auf die Person zu werfen, die das Waisenhaus in Brand gesteckt haben soll. So wurde es gerade in den multimedialen Radiosendern rund um den ganzen Globus in Form einer Katastrophenmeldung verbreitet. Kore hörte diese Meldung in ihrem Gefängnis durch die Abtrennung zur Fahrerkabine. Ihr Name und die genaueren Umstände wurden darin nicht genannt, wofür es einen guten Grund gab. Eine Horde von Reportern hätte das Mädchen in früherer Zeit bei ihrer Ankunft im Hof der Polizei belagert, um mit aller Gewalt Fotos zu machen. In der Öffentlichkeit wäre sie zu einem unkalkulierbaren Risiko abgestempelt worden. Dazu hätten diese selbst ernannten Wahrheitsermittler der Medieninstitute haarsträubende Storys bar jeglicher Recherche auflagenträchtig hoch gepeitscht. Von diesen Versionen sah sowohl die eine als auch die andere nicht schrecklicher und verabscheuungswürdig genug aus. Dabei taten sie nichts anderes, als auf die Leserschaft einzugehen. Schließlich gruselte sich das Publikum gerne. Es sah gerne den Dämon in ihrer Mitte, um sich vom Hass über ihr eigenes nichtssagendes Leben abzureagieren. Eine Mischung von Neid und Sadismus lag seinerzeit in diesen Beeinflussten, welche derartige Klatschblätter geradezu verschlangen, um hämisch an der Entblößung jeglicher Würde teilzuhaben. Kein Thema wäre zu pervers, kein Bild intim genug aufgenommen, die die Mär von dem bösartigen verdorbenen Luder untermauerte, wie es jetzt Kore in dieser Situation wäre. Eine gute Vorlage für eine Story zum Ausschlachten, zum Erfinden von weiteren Reißern, die im Handumdrehen die Bestsellerliste auf den Büchermarkt eroberten. Den Verlagshäusern der damaligen Zeit wären die Dollarzeichen in den Augen geschrieben. Eine Bestie, die eigentlich ein Goldesel war. All dies hätte man jetzt aus Kores Geschichte medial herausholen können. Wohl gemerkt in früherer Zeit. Vor dem "Mystischen Krieg". Aber dies sah zu Kores Zeit anders aus. Die gesamte Pressearbeit erhielt aufgrund der Ereignisse des „Mystischen Krieges" eine vollständig neue Struktur. Anstatt eines Pulks von Fotografen und Journalisten stand vor dem Polizeirevier nur eine einzige, für diese spezielle Sache beauftragte Person, der Medienreferent der Stadt Cherson. Nach dem „Tompschen Gesetz" wurde Kore dem Medienreferenten öffentlich vorgeführt. Daher auch der Menschenauflauf im Hof der Behörde. Die ehemalige Art des freien Journalismus vor dem "Mystischen Krieg" wurde von General Tomps als eines der ersten Erlasse innerhalb von vierundzwanzig Stunden nach dem Konflikt untersagt.

General Tomps führte öffentlich dazu mehrere Gründe an. Er wusste um die Gefährlichkeit der Meinungs- und Angstmacher aus erster Hand. Gerade während der Anarchie und des großen Sterbens im „Mystischen Krieg" bekleckerten sich die Schreiberlinge und Nachrichtenverbreiter nicht gerade mit Ruhm. Jene, die emsig weitere Ängste nach dem nuklearen Krieg streuten, um den überlebenden Menschen den letzten Lebensmut auf eine Zukunft zu nehmen. Nach Tomps Ansicht spielte gerade die Medienwelt in der Historie des "Mystischen Krieges" eine sehr dubiose Rolle. Dies verzieh ihnen der Diktator nie. Der Legende nach erfuhr der General während seines Aufenthaltes auf den Hawaiiinseln durch eine Radiomeldung von dem Attentat auf Präsident Sellerfield, bei dem auch seine Familie starb. Und zwar auf eine Art und Weise, die ihn zu dem Verlust seiner Familie sehr schwer traf. Man muss, um das zu verstehen, wissen, dass es damals in jeder Staatenfraktion auf dem Globus eigene Versionen zu diesem „Unglück" gab. Alle öffentlichen Darstellungen einte, dass sie ideologisch durchsetzt und propagandistisch ausgeschlachtet wurden. Während die Nordamerikanische Union die Opfer und vor allem Präsident Sellerfield als einen Helden stilisierte, was kurz zuvor ganz anders in ihren Reihen klang, verklärten hingegen die Widersacher dies als gerechte Antwort auf einen selbstherrlichen Despoten. Es wurde geredet über Feigheit, über Verrat und Vergeltung. Ja, es wurde sogar über das Ende des bevorstehenden Krieges gemutmaßt und der kommenden neuen Weltordnung. Der Propaganda war jedes Mittel recht, ihre Anschauung auf emotionaler Ebene zu präsentieren, um eine sachliche Auseinandersetzung mit den Tatsachen zu verhindern. Sogar vor dem Einsatz von Kindern schreckten sie nicht zurück, was dazu diente die Generationen gegeneinander aufzuhetzen. Kein Wort verlor sich darin zu den vielen unschuldigen Zivilopfern, die jener Wahn von Gerechtigkeit kostete. Kein Wort über die schrecklichen Verheerungen des Attentats auf Sellerfield. Sie verschwiegen, dass durch die dicht unter der Oberfläche gezündete Nuklearwaffe der Verschwörer nicht nur die Großstadt mit samt der dazugehörigen Militärbasis und den dort stationierten Truppen jämmerlich verbrannten. Ebenso ließen die Medien die radioaktive Verseuchung des Anschlages unerwähnt, welche die Gegend auf Jahrzehnte hinaus unbewohnbar machte. Der General lies unmittelbar nach Ende des Konflikts die Kraftfeldkuppel installieren, unter der später die Ors ihre Siedlung gründeten. Ausschließlich der Friedhof der Stadt blieb als Erinnerung an diesen Ort erhalten, der später zur zentralen Gedenkstätte an den Konflikt umfunktioniert wurde. Man präsentierte seinerzeit über das Attentat lediglich eine nackte Zahl, die je nach Pressezugehörigkeit der Staatenunion entsprechend ausfiel. Natürlich erklärten die damaligen Medienvertreter, dass die Öffentlichkeit ein Recht drauf habe, informiert zu werden. Sie erklärten auch, dass jedwede Einschränkung der Pressefreiheit und Zensur die Freiheitsrechte des Menschen beschnitt. Doch dies kümmerte den General wenig.

„Da die Öffentlichkeit das Recht auf Information besitzt..., ", so der Wortlaut General Tomps aus seinem berüchtigtem Mediendekret", ...ist es auch ihr Recht, die diese Information frei von jedweder Ideologie, Deutung oder Bewertung präsentiert zu bekommen. Erst recht frei von jedweder Belehrung oder Besserwisserei. Das Richtige an sich gibt es nicht und gerade die, die es besonders gut meinen machen es nicht gut. Gerade der Berufszweig der Medienwirtschaft weiß, wie gerne Ängste gestreut werden, um die Massen für wen auch immer gefügig und vor allem folgsam zu machen. Wer aber Ängste streut, will Macht ausüben und das Heft des Handelns an sich reißen. Dies ist nun Vergangenheit, denn die Lösung liegt nicht im Nachrichtenzentralismus, sondern in der Streuung. Daher verfüge ich ab dem heutigen Tag, dass es keine Medien-, Presse-, Rundfunk- und Fernsehanstalten in zentralisierter Form mehr gibt. An ihrer Stelle tritt ein freier Nachrichtenticker, auf dem am laufenden Band Meldungen aus aller Welt von jedem ohne Zensur und Bewertung eingestellt werden können. Ich sorge dafür, dass dieser Ticker überall und an jedem Ort der Erde abrufbar ist. Konkurrierende Nachrichtenhändler wird es nicht mehr geben. Es ist von nun an verboten, Nachrichtenhandel zu betreiben und damit Geld zu verdienen. Derjenige der es dennoch betreibt, dessen Vermögen wird eingezogen und er selbst mit Freiheitsentzug bestraft. Die Tätigkeit eines Nachrichtenverbreiters ist viel zu ernst, als das man ihn den Kräften eines freien Marktes überlässt. Ein freier Markt der Information ist der Nährboden für Nachrichtenkartelle was deren Nutzer in die Furcht und Schuld treibt und sie zu Sklaven ihrer Extreme macht. Wer von der Furcht beherrscht wird, hört auf an die Hoffnung zu glauben. Wer keine Hoffnung mehr hat, ist eigentlich schon Tod. Daher fange ich bei euch zu allererst an."

Alle großen und auch kleinen Nachrichtenagenturen mit samt den damit verbundenen Berufen lösten sich in den nächsten Tagen nach dem Ende des „Mystischen Krieg" auf. Das global umspannende Internet, einstmals Tauschbörse der unterschiedlichsten Informationen mit zweifelhaftem Wahrheitsgehalt ging für alle Zeiten vom Netz. Ganze Industrien und Einrichtungen, die mit Onlinediensten Geld verdienten, liefen gegen den neuen Machthaber Sturm. Sie drohten mit einem Boykott ihrer Leistungen, der angesichts des immensen Schadens des Krieges zur Makulatur wurde. General Tomps ließ sie nicht nur abblitzen. Er enthob sogar die mächtigsten Bosse der Medienindustrie ihrer Ämter und warf sie der Reihe nach zu ihren Handlangern ins Gefängnis. Die dem „Mystischen Krieg„ folgenden Medienprozesse, die die Schlagzeilen in den ersten Jahren der Tompschen Diktatur beherrschten, dienten der Aufarbeitung der historischen Verantwortung der sogenannten vierten Macht. Vor allem die Instrumentalisierung von Kindern durch die Medienschaffenden für ihre politische Propaganda. In dieser Angelegenheit verstand der General keinen Spass, da gerade er von der moralischen Verwerflichkeit der Verführung von unreifen Kindern wusste. Da spielte es auch keine Rolle, ob die Verantwortlichen nur Befehle ausführten. Das Tompsregime verhängte als Folge dessen gegenüber den Verantwortlichen mehrjährige Haftstrafen und zog zur Finanzierung deren Vermögen ein. Schon bald geschah etwas Ungewöhnliches nach der Zerschlagung der globalen Medienkonzerne. Zum ersten Mal, nach vielen Jahrhunderten, gab es keinen Nachrichtenfluss mehr, der sich um den ganzen Globus in wenigen Sekunden verbreitete und Einflüsse auf das Wirtschaftsleben besaß. Der ewig während Nachrichtenschwall, der gerade vor dem Ausbruch des „Mystischen Krieges“ gigantische Wellen schlug, ebbte sich zu einer windstillen Flaute ab. General Tomps meinte damals dazu, dass die Dinge auch so geschehen, wenn man nicht davon erfuhr. Er wusste zu gut, dass man diese Form der Zunft der Mediensüchtigen nie zum Schweigen brachte und es letzten Endes eines gewissen Informationsflusses bedurfte. Wie Besessene richteten die Medienmacher ansonsten geheime Zirkel ein und verteilten unter der Hand ihre Nachrichtenzettel mit Protestaufrufen, die die Überlebenden des Krieges wie Süchtige begierig lasen. Das täten die Leute aber nur, weil es verboten war. Es ging da nicht so sehr um die Richtigkeit der Inhalte und die tatsächlich vorhandenen Missstände, die die abgetauchten Journalisten veröffentlichten. Verbote machen neugierig. Dies war der alleinige Grund. Der Diktator wusste, dass er schnell nach seinem erlassenen Medienverbot eine andere Platte auflegen musste, ehe die Zunft trotz aller Drohungen im Untergrund weiter agierte. Es galt vor allem zu verhindern, dass seine angefangene Wiederaufbaupolitik in ernste Gefahr geriet. Die tompsche Diktatur erließ daher schon eine Woche nach dem Ende des "Mystischen Krieges" ein neues Mediengesetz. Es ordnete an, dass die Magistrate der Städte eigene Presseabteilung einrichteten. Hier sammelten sich die Anzeigen, Meldungen und Beiträge, die der örtliche Medienbeauftragte für die Einstellung in den Nachrichtenticker der Medienreferenten auswählte. Eine wichtige Neuerung in dem Mediengesetz war, dass dieser neue Service für den Bürger nichts kostete. Der General sah in der Verbreitung von Tagesmeldungen ein Grundrecht der Bürger, für das kein Geld verlangt werden durfte. Jegliche staatliche Autorität besaß gegenüber seinen Bürgern sogar die Informationspflicht über die Vorkommnisse in den Städten zu berichten. Und Pflichten durften nach den tompschen Erlässen für Bürger keine Kosten verursachen. Etwas, das in der Vergangenheit missachtet wurde, um den öffentlichen Haushalt aufzubessern. Neben den allgemeinen Nachrichten des Nachrichtentickers gab es in der neugeordneten Medienwelt einen regionalen Teil. Man rief, um eine gewisse Meinungsfreiheit unter den Nachrichtenabteilungen der Städte zu gewährleisten, die Nachrichten aller Städte in der sogenannten „Mulitpresseplatte“ ab. Diese Innovation, die unter der Tompschen Diktatur rasch Verbreitung fand, funktionierte wie eine interaktive Zeitung. Auf ihrer Oberfläche blätterten sich per Berührung einzelne Seiten auf und nach Wunsch spielten sich sogar kurze Filme von dem Ereignis ab. Um das Multipresseblatt zu aktualisieren, genügte es bereits, in den Wellenbereich einer Ladestation, eines Hotspots, zu kommen. Sie fanden sich in den Städten an den Verkehrsknotenpunkten, oder man benutzte seinen Telestick, der wie eine Ladestation für das Gerät fungierte. Auf diese Art und Weise sparte man sich jede Menge Papier ein und es trieb die Wiederaufforstung der Wälder schneller voran als bisher. Da sich das regionale Medienreferat nun über den örtlichen Magistrat organisiert und es somit keine Konkurrenz mehr gab, änderte sich das Verhältnis der Leser zur Berichterstattung. Die Veranlassung auf Teufel komm raus Neuigkeiten aus dem Nichts herauszupressen sank auf den Nullpunkt. Von dieser Zeit an erschien keine tägliche Zeitung mehr und auch der gewöhnliche Ärger, den so manche Klatschmeldung verbreitete, gehörte der Vergangenheit an. Eine weitere Regelung des neuen Mediengesetzes bestand in der Aufhebung des Urheberrechtes und dem freien Zugang zu allen Informationen über das transkontinentale Datenleitsystem. Dadurch ermöglichte man ein ungehinderter Informationsfluss und bedeutete das Ende zahlreicher weiterer Mediengestalter wie Film, Funk und Fernsehen. Deren Werke empfing man nicht nur gebührenfrei über das Netz, sondern umgekehrt flossen weitere Musikstücke und Filmwerke von Privatpersonen in das System ein. Im Großen und Ganzen funktionierte das von Tomps eingeführte System in der Folgezeit recht gut und führte so zu einer völligen Neuordnung der Medienlandschaft. Der Sensationslust der Menschen tat dies dennoch keinen Abbruch. Auch wenn sich die Herrschenden noch so darum bemühten durch Wissensvermittlung die Talente der einzelnen Bürger zu fördern. Es stellte sich im Laufe der Zeit heraus, dass die menschliche Unsitte, sich mehr mit den Problemen von Fremden als mit den Eigenen zu befassen, nicht verhindert wurde. Eine Tatsache, die sich der Orskult zunutze machte, um seine Propaganda zu verbreiten. Jedoch gab es auch Nachteile des tompschen Mediengesetzes, die aber nach Meinung des Generals und später auch vom Rat der Sechs in Kauf genommen wurde. Einem dieser Nachteile lieferte sich Kore jetzt aus. Dies lag an der Art und Weise der Nachrichtenberichterstattung. Sie verlief öffentlich. Ein jeder durfte zuhören, wenn der Medienbeauftragte bei seinem Interview zu Werke ging. Auch durfte Kritik an die Art der Berichterstattung des Medienreferenten im Nachrichtenticker eingestellt werden. Dies sollte den Interviewer dazu anhalten, sich ordentlich mit seiner Arbeit auseinanderzusetzen. Wenn die Zuhörer den Medienreferenten für ungeeignet hielten, konnte er durchaus abgewählt werden.

Nicht gerade feinfühlig lösten die Wachen Kores Kraftfeldfesseln nach ihrer Landung im Hof der Polizeistation. Die Tür des Transporters ging auf und man warf Kore regelrecht auf den Hof hinaus. Sie fiel mit den Knien auf den staubigen Boden und direkt vor die Füße des städtischen Medienbeauftragten. Er wartete auf Kore. Vom Transportgleiter brannte ein großer Scheinwerfer auf sie und herab und tauchte sie in einen grellen Lichtkegel. Nur ihr Körper warf einen schmalen

Schatten. Das Umfeld war düster, sodass Kore bis auf den Medienreferenten nicht sah, wer sich alles im Hof aufhielt. Jedoch ließ die Geräuschkulisse eine größere Menschenmasse im Hintergrund vermuten. Allmählich gewöhnten sich ihre Augen an die schemenhaften Lichtverhältnisse.

„Na, kleine Hexe", herrschte er zu ihr hinab. Kore war es unmöglich in sein Gesicht zu blicken. Neben dem sogenannten „Verhörlicht", von oben brannten zwei weitere Scheinwerfer des Hochsicherheitsgleiters in die helle Nachtluft hinein. Immerhin gaben sie in der Umgebung so viel Licht ab, dass Kores Augen so nach und nach die schemenhafte Silhouette einer großen Menschenansammlung erkannte. Sie beobachteten sie aufmerksam. Das spürte sie viel zu deutlich. Wie eine Schwerverbrecherin kam sie sich in diesem Moment vor. Sie glaubte die Stimmung in den Herzen der Schaulustigen zu erfühlen, die voller Ängste war. Es traf Kore empfindlich. Offenbarte sie ihr Geheimnis, als sie die Kontrolle über sich verlor? In Kores Geist gingen genau die gleichen schrecklichen Szenen um, die sie sich zum ersten Mal bei Adalmus machte. Als dieser mit seinem Gewebeerneuerer ihre zuvor entfernten Flügel neu wachsen ließ, wurde ihr bewusst, welche fatalen Auswirkungen dies auf ihr künftiges Leben hat. Sahen sie etwa in Kore einen Gott, oder gar ein Monster, dem man sich entledigen müsste? Nein, Kore weigerte sich länger darüber nachzudenken, als sie auch schon die Wächter unsanft hochhievten, wodurch sie jetzt dem Medienbeauftragten direkt ins dunkle Auge blickte. Sie waren kalt und nichtssagend. Von der Größe war er mit Kore genau auf Augenhöhe. Seinen Körperbau schätzte sie beim besten Willen nicht ab, da ihn ein schwerer Mantel umhüllte. Aus seiner Kehle drang ein mit Pfefferminz angereicherter Atem, der sich hartnäckig ihn ihrer Nase festbiss.

„Wen haben wir hier?", schleuderte ihr die Person nicht gerade respektvoll entgegen und machte eine lange Pause. Er wusste um die psychologische Wirkung der Stille.

„Eine Hexe? Einen Dämon?", fuhr er sie weiter scharf an. Eine erneute lange Pause folgte diesen Worten. Die Menschen ringsherum verharrten totenstill bei seiner Befragung, um ja kein Wort von ihm und Kore zu verpassen. Kore wusste, worauf er abzielte. Sie sollte irgendwie reagieren. Ihr rutschte das Herz so tief in die Hose, dass sie nicht einmal einen Piep hinausbrachte.

„Sie schweigt. Was verfolgt sie damit? Ist sie schuldig?"

Es folgte eine weitere Pause. Sie folgte in der Hoffnung, dass Kore endlich antwortete, doch die Stimme versagte ihr. Was sollte sie auch vor Schock sagen?

„Wie auch immer", sagte er schließlich abwürgend zu der Zuschauermenge, als Kore darauf nicht wie gewünscht reagierte. Die Menschenmenge im Hof zuckte zusammen, als er sein Wort erneut auf sie richtete.

„Ihr alle werdet mehr erfahren, wenn sie die Polizei verhört hat. Man wird das Verhörprotokoll morgen in unserem örtlichen Ticker abrufen können", kreischte er und hielt wieder mit seiner Stimme ein paar Augenblicke inne, um die sich ausbreitende Ruhe dramatisch zu unterbrechen.

„... außer“, schloss er scharf. „... sie wird jetzt von sich aus etwas zu diesen Vorkommnissen des heutigen Abends sagen und wollen, dass es in alle Welt gesendet wird, ehe sich die Menschen ihre eigene Wahrheit zusammenreimen.“

Der Medienbeauftragte blickte Kore mit eiserner Mine an. Seine Hoffnung, dass sie jetzt darauf etwas erwiderte, spürte Kore deutlich. Kores Kehle war ganze Zeit über wie zugeschnürt. Sie wusste ja nicht einmal, was sie überhaupt getan haben sollte. Gerade jetzt funkte ihr die Erinnerung der Vorlesung über das tompsche Justizwesen hinein, dass sie ja ihrem Pflegevater zuliebe besuchte. Sie brauchte jetzt absolut nichts sagen. Ihm war sie zu keiner Auskunft verpflichtet. Bei anderen Befragungen sprudelten von den meisten Beschuldigten die eigenen Versionen der Tat wie ein Wasserfall in die Menge. Sie hofften auf Sympathie der Bürger oder glaubten ihre Strafe durch ein öffentliches Geständnis abzumildern. Kore wusste aber, dass in ihrem Fall keine Aussage zu geben die bessere Alternative wäre. Daher fuhr der Mann nach einer weiteren langen Pause fort, die er in der Hoffnung auf eine Antwort von Kore machte: „Wir werden euch alle über das Verhör der Polizei informieren. Die sorgt schon dafür, dass sie nicht so schweigsam wie jetzt zu uns bleiben wird. Morgen schon. Verlasst euch drauf, werdet ihr darüber in unserem Ticker lesen.“

Dann ging die dürre Gestalt in die Stille der Nacht davon und lies Kore mit ihrem laut pochenden Herz auf dem Rasen vor der Polizeistation zurück. Die bisher auf Distanz gehaltene Menge kam ihr näher. Sie glotzten sie mit großen Augen an. Die Leute hielten sich gegenseitig fest. Furcht und Fassungslosigkeit zeigten sich in ihren Gesichtern. Kore sah deutlich die Angst in ihren Herzen. Erneut nahmen sie die Polizisten in Schutz. Sie stellten sich vor den Bürgern der Stadt, damit ihr niemand zu nahe kam. Die Polizisten schubsten sie an der Menge vorbei in die Polizeidienststelle der Stadt Cherson. Man brachte sie in eine enge Zelle hinein, die beklemmender mit ihrem fahlen Licht wirkte, als das Büro des Bürgermeisters von Presson. Darin gab es einen sperrigen Schreibtisch und drei Stühle. Auf Zweien saßen schon Polizeibedienstete, die begierig auf sie warteten, um ihr die Sprache zu entlocken. Erneut sah Kore ihren Verhörführern nicht in die Augen, da das Licht im Raum auf ihre Person zentriert wurde. Dies gehörte zur Verhörtaktik. Sie befand sich im berüchtigten Verhörzimmer der Polizei, von dem Kore auf der Akademie auch schon mal in der Vorlesung für das Justizwesen hörte. Nach dem Tompschen Erlass für das Justizwesen, schaffte man zwar die Todesstrafe ab, jedoch zogen die Polizisten aus einem schier endlosen Register Ermittlungsmöglichkeiten. Dokumente für nationale Sicherheit oder etwa mit der Zugriffskennung „Streng geheim“ gab es in den Archiven nicht. Dies aus gutem Grund. Um innerhalb weniger Sekunden richtig zu handeln, brauchte der Polizist ein genaues Bild der tatsächlichen Gegebenheiten. Geheimniskrämerei wäre das Letzte für die Polizeiarbeit. Es galt als oberste Pflicht des Gesetzesmannes, die Ordnung in den Städten zu gewährleisten. Ihm hielt man aus diesem Grund keine Information vor. Von General Tomps selbst überlieferten sich insgesamt nur zwei öffentliche Zitate, die er an ganz bestimmten Einrichtungen anbringen ließ. Neben dem über dem Eingang eines jeden Waisenhauses auf dem Planeten, stand über den Eingängen der Polizeistationen das andere Zitat. Eben jenes, das sich mit der Informationspolitik befasste und für den General so ungemein wichtig war. Dort stand zu lesen: „Nehmt euch vor denen in acht, die euch Informationen vorenthalten. Denn ihre Absicht ist es, euch zu beherrschen."

Die Polizei befand sich technisch auf den neuesten Stand der Ausrüstung. Sogar was die Verhörmethode betraf. Kore ahnte bereits, was ihr blühte, als man sie in das Verhörzimmer hineinführte. Ab jetzt überwachten sie Wärmesensoren, die ihre genaue Hauttemperatur registrierten, um die kleinste Abweichung festzustellen. Bei einer Lüge zeigte dies der damit verbundene Lügendetektor an. Zudem zeichneten Mikrofone das Gespräch auf. Von einem Computer erfolgte umgehend eine Auswertung, wobei dessen Sprachsensoren auf den kleinsten Muckser Acht gaben. Atempausen, zögerliche Antworten, der Redefluss, alles, was es Artikulationsmöglichkeiten gab, zerpflügte der elektronische Helfer und präsentierte in tabellarischer Übersicht den Verhörführern das Ergebnis. Einen Rechtsanwalt unmittelbar nach der Festnahme zu verlangen, war in diesem Falle zwecklos, denn es galt ab der Festnahme, die sogenannte Gewissensfrist. Diese Frist bei Verfolgung von Verbrechen führte erstmals General Tomps ein. Es hieß, dass alle Verhafteten vierundzwanzig Stunden lang mit einem ausgearbeiteten Katalog an Maßnahmen zum Reden gebracht werden konnten. Die Aussage zu verweigern setzte eine Prozedur in Gang, die dem reinsten Psychoterror glich. Man verfolgte mit dieser brutalen Methodik zwei Ziele. Zum Ersten sollten bei Entführungen Verbrechen schneller geklärt werden. Vor allem galt es, das Opfer rechtzeitig zu finden und sein Leben zu retten. Zum Zweiten, wenn der Verhaftete die Wahrheit sagte, passierte ihm ohnehin nichts. Das Hinterlassen eines seelischen Schadens nahmen die Verhörspezialisten billigend in Kauf. Kore wusste daher, dass sie lieber gleich auf deren Fragen antworten und nicht auf irgendwelchen Lügen herumkauen sollte. Zumal sie eine schlechte Lügnerin war, standen ihre Chancen unbefleckt außen vor zu bleiben ohne hin bei Null.
„Setzen", sagte der Erste von ihnen mit strengem Unterton. Sein Gesicht tauchte aus der Dunkelheit direkt vor ihr auf. Ein unversöhnlicher Blick stierte Kore direkt in die Pupillen. Kore fiel vor Schreck der Kinnladen bei dem Anblick des Verhörführers hinunter. Denn dieser Augenkontakt gehörte zu einer Person, von der sie nicht erwartete, ihr ins Gesicht sehen zu müssen. Gerade jetzt zu diesem Zeitpunkt. Schon oft blickte sie in die Mine ihrer Waisenhausbrüder Karol und Holger, aber dieses Mal war ihr Ausdruck ungewohnt. So kannte Kore ihre Kameraden nicht. Ausgerechnet sie führten das Verhör. Für Kore ein unheilsamer Schock. Jene, die sie recht gut kannten und sie mit allerlei Vertraulichkeiten konfrontierten. Jene zwei Brüder aus ihren Kindheitstagen, die zur Polizei gingen, nahmen sie nun in die Mangel. Es verwunderte sie dennoch sehr, dass sie extra aus Presson herkamen, wenn man sie nicht sogar aus diesem Grund schickte.
„So. Also", begann Holger knapp und stellte sich direkt hinter Kore. Er fasste angespannt an ihre Stuhllehne, wo Kore durch seinen harten Griff den in ihn gelade-

nen Zorn zu spüren bekam. Die Erschütterung durchfuhr das Möbelstück wie ein Erdbeben. Es übertrug sich auf sie. Kore wurde bald klar, dass sie nun nicht mehr die sympathischen Brüder von der Polizei vor sich sah. Ihr Auftreten machte deutlich, wie sehr Kore in ihrer Achtung fiel. Sehr kalt und spitz fuhr er fort. Sichtlich bemüht die Form zu wahren, um nicht ins Emotionale abzugleiten schoss es direkt aus ihm heraus: „Miss Berry, reden wir nicht um den heißen Brei herum. Warum haben sie Neko Tomps getötet?"

Kore erbleichte ob der erahnten Nachricht plötzlich vor Schreck. Jegliches Blut wich ihr aus dem Gesicht. Ihr schrecklichstes Horrorszenario wurde tatsächlich Wirklichkeit. In Karols Gesicht ihr gegenüber loderte blanke Wut, die sich deshalb nicht handgreiflich ausdrückte, weil er sie zum Reden bringen wollte. Da das Gespräch nach dem Gesetz seine Aufzeichnung fand, wusste Kore von der Wichtigkeit jedes einzelnen Wortes, das sie jetzt von sich gab. Ihr Herz schlug im Dreieck vor Anspannung. Es war ihr zu viel. Schwindel überfiel sie. Schwärze dämmerte vor ihren Augen.

„Sie haben ihn auf dem Gewissen", fuhr Karol ungewöhnlich scharf von hinten dazwischen. Er brüllte direkt in ihr Ohr. Es hörte sich an, wie das Schnauben eines wild gewordenen Stiers. Sein strenger Atem drang durch ihre Nase. Kore wurde ganz schlecht. Das erlebte sie noch nie von ihren Brüdern. Sie fühlte, wie von ausgerechnet jenen Menschen, die sie liebte, in den nächsten Stunden wie eine Zitrone ausgequetscht wurde. Dass dies ein Schrecken ohne Ende war, wovon sich ein Horror in den Nächsten gipfelte. Karol und Holger warfen ihr vor, ihren Bruder zu bringen. Schlimmer wurde es wohl nun nicht mehr. Tränen schossen wie Sturzbäche gleich aus ihren Augen und sie brach traumatisiert in sich zusammen. Die Ohnmacht übermannte sie. Neko war Tod. Etwas Grausameres und ausgerechnet so pietätlos könnten es ihr die Beiden in diesem Moment kaum mitteilen. Nach all den Mühen, die sie sich gab, Neko aus den Händen der Ors zu befreien. Sich wieder mit ihm zu treffen und ein familiäres Band zu knüpfen. Nun war alles umsonst.

Für jeden sterblichen Menschen würde eine gähnende Besinnungslosigkeit die Antwort auf diese schreckliche Situation sein. Aber für eine Fee war das schlimmer. Kore landete nach ihrem Bewusstseinsverlust auf dem Trainingsgelände von Ipsy. Sie stand zunächst weinend auf der Blumenebene und nahm um sich nichts wahr. Ihre Knie waren weich und sie warf sich zu Boden. Dort ließ sie ihrem Schmerz weiteren Lauf und bemerkte Ipsy nicht, die sich ihr nicht gerade tröstlich näherte. Ihre Ausbilderin begegnete ihr fröhlich und aufgeschlossen. Diesesmal aber nicht.

„So sieht man sich wieder, Prinzessin", giftete Ipsy wütend ihre Schülerin bedeutend abweisender an. Kein Stolz oder Frohsinn entnahm sich mehr aus ihren Worten. Nur Verachtung und Abscheu.

„Lass mich allein", schluchzte Kore schwer.

„Nach dem was du getan hast? Päh", schleuderte Ipsy knallrot vor Zorn entgegen. Ihre Haare hätten sich am liebsten ebenso vor Wut so rot gefärbt, wie ihre Gesichtsfarbe. „Und dir wollte ich den Verschwindibus beibringen. Ich sag dir mal

was, Prinzessin. Wenn es nach mir ginge, nähme ich dir deine Kräfte weg. Du hast uns Feen entehrt. Wie kannst du dich den dunklen Künsten verschreiben?"
„Dunkle Künste?", fragte Kore schluckend vor Schmerz. „Neko ist Tod. Mein Bruder …"
„Es ist streng für Feen verboten, sich den dunklen Künsten zu widmen. Das ist die Kraft der Dämonen. Der Zerstörer. Wir dürfen uns nicht deren Macht zueigen machen und sie schon gar nicht praktizieren. Ach, was sag ich da. Aus jetzt. Schluss", zischte Ipsy außer sich vor Wut und schnippte sich mit einem Puff weg. Nun sah Kore gar nichts mehr. Nur Düsternis und Leere. Erst viel später, nach einem scheinbar endlosen Fall durch das schwarze Nichts erwachte sie wieder. Als sie die Augen aufschlug, sah sie gegen eine ausdruckslose weiße Decke. Ihre Augen mussten sich erst an das grelle Licht gewöhnen, dass von einer kreisrunden Neonleuchte auf sie herabbrannte. Sie spürte unter sich eine harte Pritsche, welche ihrem Körper wehtat, da sie nicht im Geringsten nachgab. Dieses hier passte sich nicht der Form des Schläfers von selbst an.
„Wo bin ich hier?", murmelte Kore leise und fasste sich an den Kopf. In ihrem Schädel hämmerte es wie in einer Eisenhütte. Sie wischte sich über ihre von den Tränen feuchten Augen. Überhaupt wieder klar zu denken fiel ihr schwer. In ihr brannte der Schmerz lichterloh, der ihr von der Todesnachricht beigebracht wurde. Mühsam richtete sie ihren Oberkörper auf. Sie musste. Keinesfalls wollte sie lamentierend darniederliegen, bis die Polizisten wieder nach ihr sahen, um mit dem Verhör fortzufahren. Die vierundzwanzig Stunden der Gewissensfrist verstrichen bestimmt nicht ganz. Außer der Liege und der Leuchte über ihr befand sich nichts Weiteres in der engen Zelle. Die Wände hielten sich farblich in schneeweis, waren aber gepolstert. Eine Art Gummizelle. Man steckte sie offensichtlich nicht in eine Zwangsjacke, damit man hörte, wenn sie wieder zu Bewusstsein gelangte. Kore suchte hektisch mit ihren Augen die Wände ab. Irgendwo befand sich ein kleines Loch mit einer Minikamera, mit der die Wachhabenden sie in Augenschein nahmen. Aus der Justizvorlesung über die Verhörmethoden auf der Akademie wusste sie, dass die Kameraüberwachung der Arrestzelle zwei Zwecken diente. Zum einen sollte sie die Verhörführer über ihre Reaktionen während der Gewissensfrist informieren, zum anderen jeglichen Versuch der Flucht erschweren. Sie glaubte ein Loch zu erspähen, zu dem sie den Elektikus aus ihren Fingern schickte. Die Fee wusste, dass es das Falscheste war, dem Gerät einen Defekt aufzuhalsen, da es mehrere Kameras gab, die sich bei Bedarf aktivierten. Vielmehr ließ sie eine Illusion entstehen, bei der der Beobachter glaubte, dass sie regungslos auf der Pritsche vor sich hindämmerte.
„Neko ist Tod", fiel es Kore leise aus ihrem Mund, kaum dass sie ihren Elektronikus anwandte. Sofort vergoss sie wieder weitere Tränen über ihre Wangen. Sie schlug ihre Hände vor das Gesicht heulte sich das unsägliche Leid aus der Seele. Es tat ihr gut, dem Schmerz freien Lauf zu lassen. Fast unmerklich glitt ihr das kleine Medaillon ihres Vaters dabei in die Hände, das sie die ganze Zeit um den Hals trug.
„Vater", rief Kore, als sie ihren Anhänger bemerkte. Die ganze Zeit über trug sie es bei sich und versäumte es, das Medaillon zu benutzen. Mit ihren Eltern Kontakt

aufzunehmen, erschien ihr im Augenblick der einzige Ausweg zu sein. Zitternd hob sie das herzförmige Schmuckstück an und öffnete mit einem Fingerzeig den Sprungdeckel. Der Deckel schnappte anstandslos auf, aber Kore sah oder hörte nichts in dem Schmuckstück. In seinem Inneren glänzte lediglich eine glattpolierte Oberfläche mit einem matten Spiegel. In diesem Glasstück reflektierte sich nicht einmal das Licht der Neonleuchte, was doch recht eigenartig anmutete. Seltsamerweise erklang auch seine Melodie nicht mehr, obwohl Kore schwor, dass sie eine solche bei der Übergabe hörte. Nun tönte nicht der kleinste Mucks aus dem Ding. Leise wisperte sie: „Vater", zu dem Spiegel. Damit, sagte ihr Vater, sähe sie in ihre Heimat. Es kam keine Antwort aus dem Schmuckstück.

„Vater, hörst du mich?", wiederholte Kore etwas lauter.

Nichts rührte sich.

„Mutter. Hörst du mich? Bitte."

Es blieb stumm.

„Hört mich irgendjemand", ächzte Kore verzweifelt.

Kein Laut drang aus ihm.

„Es ist aussichtslos", schluckte Kore sich verlassen fühlend und jeglicher Hoffnung beraubt. Weinend warf sie sich wieder auf die Pritsche. Der Schmerz in ihr ließ sich nicht beschreiben. All ihre Hoffnungen zerstoben. Ihre Mühe. Vergebens. Nekos jäher Tod löschte ihren Lebenswillen. Ein Einziges hielt sie davon ab, jetzt sterben zu wollen. Was passierte überhaupt? Wer oder was trug für seinen Tod die Verantwortung? Sie musste es herausfinden. Notfalls alleine. Von den Menschen da draußen erwartete sie keine Hilfe. Wenn sie floh und von der Polizei gesucht wurde, hätte sie überhaupt eine Chance die Wahrheit herauszufinden? Hier drin konnte sie nicht bleiben. Das war klar. Festgenagelt und verriegelt. Sollte es der Polizei nämlich nicht gelingen, innerhalb der Gewissensfrist, ein brauchbares Ergebnis zu liefern, kam Kore vor den globalen Gerichtshof. Man durfte sich darunter kein klassisches Gericht der Zeit vor dem "Mystischen Krieg" vorstellen, in dem es Richter, Staatsanwälte und Verteidiger gab. Vielmehr handelte es sich um einen Ort, an dem ihr ganzes Leben bis auf das I-Tüpfelchen durchleuchtet wurde und vor eine Jury kam. Diese entschieden anhand der vorgetragenen Fakten, ob Kore in Freiheit kam oder auf eine Gefängnisinsel ihre weitere Bleibe fand. Je nach Schwere des Verbrechens bekam der Verurteilte dort nach einer gewissen Zeit die Möglichkeit sich zu rehabilitieren. Das geschah entweder durch Bildung oder durch die Arbeit, die er dort verrichtete. Wenn der Inhaftierte Fortschritte seiner Resozialisierung zeigte, zog die Jury sogar eine Entlassung in Erwägung. Bei Totschlag dauerte es mindestens sieben Jahre. Solange wartete Kore nicht. Sie musste sofort etwas unternehmen. Nur was wusste sie nicht.

Kore hatte keinen Plan. Auf so eine Situation bereitete sie sich nicht vor. Einfach so ausbrechen wäre zwar eine Möglichkeit. Mit ihren Feenkräften gelänge das im Handumdrehen. Aber was geschah dann? Wer war überhaupt vertrauenswürdig? Adalmus? Nein. Adalmus steckte mit dem Rat der Sechs im Bunde. Baute er nicht Godje, der sie letztlich überwachte? Es gab in der Tat niemanden, den sie zu diesem Unglück unbefangen befragen konnte. Nicht einmal Chausette, Iona oder Esmeralda. Mit jemandem aus ihrer Akademiezeit zu reden war zu gefährlich. Nicht nur für sie, auch für ihre Freundinnen, die sich dann der Fluchtbeihilfe schuldig machten. Kore richtete sich erst einmal von der Pritsche auf und trocknete ihre Tränen mit dem Ärmel ab. Innerlich begann sie, einen Fluchtplan aus der Polizeidienststelle zu schmieden. Ihr prüfender Blick fiel zuerst auf das Wandstück, dass sie für die Zellentür hielt. Es gehörte zur Taktik der Verhörmethode, den Gefangenen das Gefühl der Beengtheit zu vermitteln. Dazu verschmolzen die Konstrukteure der Arrestzelle die Tür mit der Wand. Lediglich ein geübtes Auge erkannte sofort, hinter welcher Wand sich der Zugang zum Korridor verbarg. Sofort kam ihr der Teleport in den Sinn. Doch wie weit musste sie von der Wand weg? Wenn es dumm lief, verbackte sie sich mit einem Objekt auf der anderen Seite. Sie ging auf einen Wandabschnitt zu und klopfte vorsichtig dagegen. Die Dämmung der Zelle schluckte jedes Geräusch. Kore bückte sich und materialisierte einen Draht mit ihrem Staub. Sie stocherte damit am Übergang des Bodens zur Wand in den schmalen Spalt hinein. Der Draht ging durch. Sie drückte nun ihr Ohr gegen die Wand. Von der anderen Seite kam kein Laut. Sie drückte nun ihren Kopf an den Boden und hob mit dem Draht die Polsterung an. Erleichterung durchfuhr ihre Mine. Auf der Unterseite schimmerte ein wärmeres Licht hindurch, als das in ihrer Zelle. Hier befand sich die Tür nach draußen. Sofort fing es an, hektisch in ihr zu arbeiten. Sie müsste sehen, wie es auf der anderen Seite aussah. Dann erst half der Teleport. Mit dem Minimalus schlüpfte sie spielend unter der schweren Panzertür ihrer Zelle hindurch. Oder sie machte mit dem Mechanikus die Türe auf. Aber bei allem wäre sie nicht aus dem Gebäude der Polizei raus. Wenn sie jemand sähe und dieser vielleicht sogar mit der Laserpistole auf sie schoss, war es um sie geschehen. Ihre Augen hatte sie nicht überall, zumal die Technik ihrer Häscher ebenso hinterlistig war, wie ihre Feenkraft. Sie musste viel unauffälliger von hier verschwinden.

Kore beäugte den von ihr geschaffenen Spalt unter der Tür genauer und erstarrte, als sie Metallspäne zu ihr in die Zelle hindurchrieseln sah. Es sah aus wie feiner Metallstaub, der zu einem immer größeren Haufen mutierte. Nach und nach setzte sich aus ihnen ein Würfel zusammen. Kore erkannte ihn sofort wieder.
„Godje?", wisperte sie überrascht, als der ehemalige Helfer von Miss Conners sich vor ihr vervollständigte.
„Leise Kore", surrte der Würfelroboter. „Sie dürfen nicht wissen, dass ich hier bin. Holger und Karol lenken gerade ihre Kollegen ab, während wir Zwei von hier still und leise fliehen können."
„Was wird hier gespielt?", fragte Kore ihren einstigen Waisenhausroboter erstaunt.
„Komm zum Pressonwaisenhaus. Dort erfährst du alles weitere", sagte Godje mit seiner roboterhaften Stimme. „Wir haben nicht viel Zeit. Sieh zu, dass du schnell von hier wegkommst. Kümmere dich nicht um mich. Wir können später reden."
Er fuhr mit seinen Metallspänen in die Elektronik der Tür, um sie zu entriegeln. Der Fee kam es zwar in den Sinn, auf Godje zu hören, aber man suchte sie be-

stimmt. Deshalb überlegte sie sich kurz den Doubel anzuwenden und von ihr ein Ebenbild zu machen, das sie hier zurücklies. Aber diese Idee verwarf sie schnell wieder. Warum sollte ihr Zwilling für etwas leiden, mit dem er überhaupt nichts zu schaffen hatte? Von Ipsy lernte Kore, dass der Doubel wie das Original ihrer selbst war, jedoch keine speziellen Fähigkeiten wie den Feenstaub besaß. Nein. Kaum, dass sich die Wand öffnete, benutzte die Fee den Minimalus und schrumpfte auf die Größe einer Fliege. Sie fuhr ihre Flügel aus und schwirrte zur geöffneten Tür hinaus. Die Fee flog an der Decke den nüchternen Korridor der Arrestzellen in der Polizeidienststelle entlang. Immer bedacht, sich möglichst unauffällig zu verhalten. Sie versteckte sich hinter den Abdeckungen der Wand, um die Gänge für ihre Flucht auszuspähen. Dabei leistete ihr der Chamäleonstoff von Adalmus einen guten Dienst. Fast nichts war von ihr zu sehen. Nur eine leichte Anomalie in der Luft. Der Stoff verschmolz sich mit dem schlichten Hintergrund, sodass er wie ein Teil der Einrichtung wirkte. Ihre Augen suchten, während ihres Vortastens in dem Gebäude einen Schacht, durch den man in die Klimaanlage eindrang. Nachdem sie ein paar Seitengänge überwandt, fand sie einen Zugang zum Belüftungssystem. Schnell schlüpfte sie hinein und flog den Luftkanal entlang. Hier drin kämpfte sie gegen den lauen Luftstrom an, der ihr entgegenblies. Um ihr das Fliegen zu erleichtern, machte sie sich etwas größer, damit sie die Turbulenzen ausglich. Ihr Weg führte über eine Gitterabdeckung, unter der sie erregte Stimmen wahrnahm. Auf Anhieb kamen sie ihr vertraut vor. Sie hielt inne und näherte sich der Spalten. Durch den Rost blickend, fand sie ihre Annahme bestätigt. Die Stimmen gehörten zu Holger und Karol. Sie standen direkt unter ihr und stritten sich hektisch mit einem anderen ihrer Polizeikollegen. Kore belauschte sie daher angespannt. Hoffte sie doch, mehr Details über den Hergang der Umstände zu erfahren.
„Ich denke, dass dies alles eine einfache Erklärung hat", sagte Karols Stimme laut. „Da ist nichts Mysteriöses dahinter, so wie die Leute da draußen meinen."
„Ein Feuergraben, der wie ein gerader Strich durch die Landschaft geht, soll nichts Mysteriöses sein? Er durchschnitt sogar das Rifgensteingebirge, wie wenn es aus Butter wäre. Die Wände des Einschnitts sind so glatt wie Eis. Niemand kann sich dem Draht auf seinem Grund nähern, da er eine solche Hitze abstrahlt, dass man da drauf sogar Fleisch grillen könnte", ereiferte sich die aufgeregte Stimme ihres Gesprächspartners. Kore versuchte, mit ihren Augen die Person zu fixieren. Anhand der Uniform, die er trug, erkannte sie den Polizeichef der Station. Die Skepsis in seinen Worten war nicht zu überhören.
„Das Mädchen fanden wir im Feuer des Waisenhauses. Mit dem Toten Neko Tomps in ihren Händen. Wir wissen, dass sie ihn gestern erst hierher brachte. Zufällig beginnt der Graben genau da, wo sie zuvor wohnte. Außerdem gibt es Zeugen, die sie gestern gegen vier Uhr nachmittags auf der Akademie in Presson sahen. Der Hauscomputer, den wir aus ihrer Wohnung bargen, registrierte sie beim Eingang nur als „Hineingegangen". Was für einen Grund gäbe es, dass sie über die Fenster das Gebäude verlassen sollte? Wie gelangte sie so schnell nach Cherson, obwohl sie nicht im Hyperbahnhof gesehen oder von den Sensoren registriert wurde? Dann sind da ihre eigenartigen Hände. Haben sie sie gesehen? Wer besu-

delt schon seine Hände mit Glitzerstaub? Das ist, soweit ich weiß, keinesfalls Mode unter jungen Damen. Außerdem hat sie ein Fliegengewicht. Es kommt einem so vor, als hielte man eine Schneeflocke in den Händen. Mit diesem Mädchen stimmt etwas nicht und wir werden es herausfinden."
„Das täuscht", tat Holger lächelnd die Einwände des Polizeichefs ab. „Glitzerstaub ist der letzte Schrei unter den Teens. Gehen sie mal in die Treffpunkte der jungen Leute. Da können sie viele Mädels mit diesem Handschmuck sehen. Das ist so ähnlich wie Henna. Ach übrigens, es gibt seit einiger Zeit auch solche Handdekorationen für Jungs."
„Ach ja? Und wie erklären sie sich ihr Gewicht? Wie kann ein Mensch lebensfähig sein, der kaum schwerer ist als ein Blatt Papier?"
„Blatt trifft es gut. Kore ist kein unbeschriebenes Blatt in Presson", entgegnete Karol schroff. „Sie leidet an einen genetischen Defekt. Er nennt sich Kyroschenko-Syndrom, weil ein gewisser Kyroschenko dies zum ersten Mal vor etwa zweihundert Jahren bei anderen Menschen beobachtete. Das erfuhren wir aus ihrer Krankenakte. Völlig harmlos. Nach Kyroschenko führt dies aber zu keiner gesundheitlichen Beeinträchtigung."
Sie sah und fühlte deutlich, wie es in dem Polizeivorsteher vor Wut kochte. An so viele Zufälle glaubte er nicht: „Was ist dann mit ihnen? Dass Presson bloß zwei einfache Polizisten zur Untersuchung hier herschickt, ist mehr als verdächtig. Sie kannten die Beschuldigte sogar persönlich. Ich glaube, dass man da von Befangenheit spricht. Wie können sie es wagen, ohne meine Anwesenheit die Verhaftete zu verhören? Nach dem Gesetz nimmt die Untersuchung die örtliche Polizei vor. Sie setzten sich über die Anweisung hinweg und stellten sich dabei wie die reinsten Dilettanten an. Das Mädchen bekam durch ihre Grobheit einen Nervenkoller und ist in den nächsten Stunden nicht vernehmungsfähig. Das kostet uns wertvolle Zeit. So dilettantisch führt man keine Verhöre durch. Das melde ich ihren Vorgesetzten."

Kore wohnte dem weiteren Verlauf des Gesprächs nicht bei. Bald merkte man ohnehin, dass sie floh und dann wurde es sehr eng für sie. Aus dem Unterricht der Akademie und von ihren beiden Brüdern, die sich der Polizeichef von Cherson gerade vorknöpfte, wusste sie, dass eine Flucht vor den Polizeibehörden keinen Erfolg versprach. Früher oder später schnappte man alle Ausgebrochenen. Dank der Wärmebildsatelliten, die sich rund um den Globus verteilten, lokalisierte man alle Einwohner des Planeten. Die einzige Chance Kores bestand darin, in der Tempelstadt unterzutauchen. Dort gab es noch keinen registrierten Einwohner und die Lage gestaltete sich dort sehr unübersichtlich. Besaßen ihre Verfolger erst einmal eine Spur, dann klebten sie an ihr wie die Bluthunde. Obwohl sie angesichts ihrer Feenkräfte einen klaren Vorteil besaß, mutierte eine Dauerjagd auf sie zum reinsten Albtraum. Sie schlief keine ruhige Minute mehr auf der Erde. Sich immer verfolgt zu wissen und niemals einen Frieden finden. In der Polizeistation konnte Kore auch nicht bleiben. Sie folgte daher den Kanal weiter und sah nach etlichen Windungen das Tageslicht. Der Morgen brach bereits an. Der Lichtstrahl zerfetzte sich von dem Ventilator am Ende der Klimaanlage. Er sorgte für die Luftströmung und den Schlagschatten. Ein Gitter verhinderte, das Vögel oder anderes Getier von außen eindrang. Blitzschnell hielt sie dessen Luft zerreißende Rotorblätter mit ihrem Staub an. Mit dem Teleport überwand Kore die Schutzgitter. Im Freien angekommen versuchte sich die Fee erst einmal einen Überblick zu verschaffen. Das war am besten von oben möglich. Also flitzte sie in die Höhe, um Cherson aus der Luft zu betrachten. Der Ort lag etwa eine Stunde Fahrzeit mit der Hyperbahn von Presson entfernt. Er formte sich eher oval. Am äußersten Ende lag das ausgebrannte Waisenhaus, das von dort oben wie ein Stück Kohle wirkte. Kore sah, dass genau dort eine Linie endete, die sich quer durch den Eichenwald bahnte. Sie glühte verdächtig. Dort unten sah sie, dass offenbar Ordnungsleute die Gegend absperrten. Ihre Ermittlungen zu dem rätselhaften Vorfall dauerten offenbar an. Kore hielt es im Augenblick nicht für richtig, eigenmächtig der Linie zu ihrem Ursprung zu folgen. Lieber machte sie sich über die Lüfte auf den Weg zu jenem Waisenhaus, indem sie die frühen Jahre ihrer Kindheit verbrachte. Dort, wo sie und Neko sich zum ersten Mal begegneten und miteinander spielten. Sie fand es schnell, da sie nur der Hypertrasse zu folgen brauchte. Mithilfe ihres Staubes beschleunigte die Fee derartig ihren Flug, dass es der Geschwindigkeit der Hyperbahn gleich kam.

Das stillgelegte Heim lag vereinsamt in dem dichten Eichenhain wie eh und je. Seine mächtigen Seitenflügel, die einen u-förmigen Innenhof formten, erinnerten Kore wieder lebhaft an die Tage, die sie hier verbrachte. Die Erlebnisse mit Indreen und seiner aufopferungsvollen Art mit den Kindern umzugehen, kam deutlich wieder. Sie dachte an die Latinofrau Michelle, die sie einst in den Schlaf sang. An die bleiche Mildred mit ihrer unübertroffenen Sehschärfe, die sie als Kleinkind zu Mittag in der großen Mensa fütterte. Dann war sie wieder in ihrem Geiste bei Neko, mit dem sie im Eichenhain verstecken spielte und an den Sandkasten im Hof, in dem sie bei ihrem ersten Flugversuch mit den Flügeln hineinstauchte. Kore seufzte, als sie das Haus vor sich liegen sah. Sie erinnerte sich auch an die Heimleiterin Miss Conners, die sie über die Kosmologie unterrichtete und der Adalmus vor ihrem gewaltsamen Tod einen Heiratsantrag machte. Vor dem Eingang, mit der verplombten Babyklappe, verwandelte sich Kore wieder in ihre normale Größe und setzte behutsam auf dem rissig gewordenen Asphalt vor dem Eingang der Anstalt auf. Ihr Blick landete wiederum auf den Spruch, der über der Pforte des Hauses eingemeißelt stand und der von seinem Gründer stammte.
„Schließe mit dir selbst den Frieden", murmelte Kore schweren Herzens. Sie setzte sich auf die kahlen Steinstufen des Eingangs, auf dem wie ehedem das Schild „Geschlossen" prangte.
„Wie will ich das können?", fragte Kore sich selbst. Zu jung waren die Wunden ihres Erlebnisses, um mit sich Frieden zu schließen. Um überhaupt Frieden mit sich zu finden, musste sie die Wahrheit kennen. Solange sich diese nicht zeigte, war ein Friede undenkbar. Schon gar nicht mit sich selbst. Kore versank in Gedanken. Godje vertraute trotz allem. Er sah in ihr nicht das Monster, für das sie die Öffent-

84

lichkeit hielt. Es gab offenbar jemanden, der zu ihr hielt. Karol und Holger verstießen bewusst gegen die Vorschriften, um sie vor den mörderischen Verhörmethoden zu bewahren. Sie gingen deshalb so rüde mit ihr um, damit sie durch einen Nervenzusammenbruch der Prozedur entging. Der Fee merkte, dass ihre Familie trotz allem hinter ihr stand. Sie riskierte alles für sie. Sie lehnte sich sogar gegen bestehendes Recht auf und machte sich bewusst strafbar. Kore überkam große Freude und tiefe Dankbarkeit. Sie glaubten an sie. Aber wie ging es weiter? Warum sagte ihr Godje, dass sie zum Waisenhaus fliegen sollte? Hier befand sich offenbar dieser jemand, mit dem sie sprechen konnte. Von ihm erhoffte sich die Fee eine Antwort über die Geschehnisse der letzten Stunden.

Die Türe der Anstalt öffnete sich zu Kores Überraschung. Es riss sie aus ihren Gedanken. Als Kore zu der öffnenden Person aufblickte, sah sie in die regungslose Mine von Mr. Onaka. Kore sah ihm herausfordernd ins Gesicht. War dies vielleicht doch eine Falle? Was sagte der Rat der Sechs dazu? Schob dieser ihr vielleicht auch den Tod ihres Bruders in die Schuhe? Wie erklärte sie ihm, dass es ihr fernstand, Neko zu töten? Mr. Onaka hielt für einen Sekundenbruchteil den Blick.
„Komm mit", sagte Mr. Onaka nichts sagend und ging wieder hinein, ohne das Kore erfuhr, was in ihm vorging. Sein Verhalten glich dem vor zwei Tagen. Von innen rief er ihr im Weggehen hinaus: „Der Rat will mit dir reden."
Kore besaß keine andere Wahl, als Mr. Onaka ins Innere der Anstalt zu folgen. Vielleicht erfuhr sie so mehr über die Umstände des Todes ihres Bruders und käme so der Wahrheit näher. So durchlief sie mit ihm die große Empfangshalle des Heims. Die Bildpunktwände hielten sich im tiefen Schwarz, was die Räumlichkeit ungastlicher als sonst machte. Früher wurden mit den Wänden Bilder vom Universum projiziert. Stundenlang verharrte Kore seinerzeit vor ihnen und bestaunte neugierig die riesigen Bilder des Kosmos. Sie sah die leuchtenden Staubnebel, die Kinderstube neuer Sterne. Quasare und Pulsare. Die vielen verschiedenen Formen, die Galaxien annahmen. Dazu kamen die rätselhaften Asteroiden, die einen silbernen Schweif hinter sich herzogen. Miss Conners bemerkte bald ihre Neugierde vom Weltall und erzählte ihr sehr viel über das Universum und seinen Wundern. Dort läge der Ursprung aller Elemente und der Bausteine des Lebens. Durch die Verschmelzung der Atome durch viele Millionen Grad Celsius entstanden erst die verschiedenen Gase und Metalle, aus der sich auch die Erde formte. Man stellt sich das Ganze am Besten als einen riesigen Schmelzofen vor. Für das Lebendige eignete sich der Weltraum nicht zum Überleben. Die Heimleiterin erklärte dieses Beispiel Kore anschaulich mit einem Schmiedefeuer: „Wir befinden uns vor dem Feuer. Im Feuer selbst können wir nicht leben. Dort ist es viel zu extrem. Aus dem Feuer bekommen wir aber das, was wir zum Leben brauchen. Und wenn sich die Dinge verbraucht haben, spröde oder porös geworden sind, dann übergeben wir sie dem Feuer, damit aus ihnen wieder Neues entsteht. Das ist das Universum Kore. Ein riesiger Schmelztiegel, der mit Umsicht und Respekt behandelt werden will. Ohne ihn gibt es uns nicht. Obwohl das Universum ein tödlicher Ort ist, kommt das Leben aus ihm. Es ist der Ursprung."

Kore fragte schließlich, woher dann das Leben kam, wenn alle Dinge aus dem Feuer entstanden. Miss Conners antwortete ihr darauf mit etwas, dass Kore damals nicht so recht verstand. „Wir stehen zwischen den Zeilen. Das ist das, was uns von den Dingen unterscheidet."
„Das verstehe ich nicht", antwortete ihr Kore damals.
„Es gibt Dinge, die man anfassen kann und es gibt Dinge, die man nicht anfassen kann. Dennoch weiß man, dass sie da sind", versuchte ihr Miss Conners die Besonderheit des Lebens zu erklären. „Wir sind genau dazwischen. Ein Körper besteht zwar aus den Elementen, aber dennoch wird es von dem erfüllt, für das es keinen Körper gibt."
Kore erinnerte sich wieder an dieses Gespräch. Sie dachte bei sich, dass vielleicht daher ihre große Neugierde an dem Universum kam. Von dem, was zwischen den Zeilen des Weltalls geschrieben steht. Mit Wehmut sah sie daher auf die ausdruckslosen Wände, die nun für immer schwarz bleiben sollten. Ihren Dienst taten sie schon lange. Für sie. Sie warteten auf den Abriss des Hauses, um den Schutt im Wertstoffhof in ihre einzelnen Bestandteile zu zerlegen. So verschmolz der neu gewonnene Rohstoff zu einem neuen Produkt, aus dem wiederum neue Möglichkeiten erwuchsen. Ähnlich dem künftigen Schicksal der Erde.

Mr. Onaka bog in den Trakt ein, der früher ausschließlich von Miss Conners bewohnt wurde. Den Waisenkindern blieb es verboten, den Wohnbereich der Heimleiterin zu betreten. Dieser sicherte sich durch eine Panzertür ab, die sich dann öffnete, wenn sich der Eintretende zuvor einer Augennetzhautscannung unterzog und er in der Datenbank als zutrittsberechtigt abgelegt war. Davon gab es zwei. Miss Conners und ihr Helfer Godje. Die Kinder stellten damals wüste Spekulationen an, was sich dahinter verbarg. Warum es ausgerechnet einen Hochsicherheitsbereich in diesem Haus gab. Miss Conners erklärte, dass sie schließlich auch ein Recht auf eine Privatsphäre habe und dass es den Kindern nichts angehe, was sie in ihrer Privatwohnung verwahrte. Schließlich wollten auch sie einmal einen Rückzugsort, um mit sich allein zu sein. Kore interessierte sich eigenartigerweise nie für den Trakt von Miss Conners. Godje nahm diesen Weg täglich, weil dort seine Ladestation mit dem Wartungspool stand. Heute stand die Tür mit dem Netzhautscanner weit geöffnet da. Anhand der tiefen Schrammen, die unübersehbar in die Panzerung der Tür getrieben wurde, wusste Kore, dass anstatt der Augennetzhaut das Brecheisen den Schlüsselmechanismus in Gang setzte. Da Mr. Onaka zügig durch den Trakt schritt, blieb Kore nicht viel Zeit, um sich in diesem für sie unbekannten Bereich des Heims umzusehen. Hier befand sich kein Inventar mehr. Miss Conners räumte offenbar bei der Schließung des Heims alles aus. Chausettes Vater lotste sie durch die leeren Räume und führte Kore letztlich in ein Zimmer, das dem des Bürgermeisters im Magistrat glich. Es stand ein Stuhl darin.
„Setz dich hier hin", sagte Mr. Onaka kühl zu ihr und ging stumm ohne jegliche Regung wieder nach draußen. Kore mutmaßte, was in Chausettes Vater vor sich ging. Sein Verhalten glich dem, als sie mit Neko im Magistrat war. Sie nahm Platz und harrte voller Ungewissheit auf das, was auf sie zukam. Das Zimmer strahlte

durch seine Kargheit eine unwirkliche Kälte aus, die Kore nicht behagte. So erzitterte sie gleich, als sie die Stimme der Leute hörte, die sich als den Rat der Sechs bezeichnete.

„Kore", sagte eine Männliche, die sich nach Polites anhörte. „Kore, was ist passiert?"

Kore besaß enorme Angst, als sie die Frage des Rates. Hielt der Rat sie etwa für schuldig?

„Ich weiß es nicht", antwortete Kore mit großem Unbehagen über die zu erwartende Reaktion am ganzen Leib.

„Das vermuteten wir bereits", erklärte Kassandra hinzu. „Damit stehst du nicht allein da. Wir wissen es nämlich auch nicht. Verzeih die rüde Methode, mit der wir dich aus den Händen der Polizei von Cherson befreiten. Deine Brüder Holger und Karol hatten keine andere Wahl, als dich durch einen Nervenzusammenbruch vor dem Verhör zu retten. Wenn die Polizei herausbekommt, wer du bist, dann wird das wahrhaft katastrophal. Sie sperren dich dann erst recht weg."

„Töten sie mich?"

„Wer weiß. Wenn Systeme wechseln, bleibt kein Stein auf dem Anderen. Gesetze sind menschengemacht und jederzeit änderbar. Sogar die tompschen Gesetze sind nicht unumstößlich. So etwas weicht man zunächst auf, um sie dann später weiter zu verwässern. Solange bis das übrig bleibt, was den neuen Machthabern genehm ist."

„Was ist passiert? Niemand sagte mir, was ich überhaupt getan haben soll. Okay, ich hielt meinen Bruder in den Armen. Aber deswegen hab ich ihn doch nicht umgebracht. Ich erinnere mich an nichts mehr."

„Zerbrech dir darüber nicht weiter den Kopf. Du selbst kannst gar nichts getan haben", merkte Rohn dazwischen an. „Vielmehr ist es die menschliche Fantasie, die dir seinen Tod in die Schuhe schob, wenn du dich beim Verhör offenbarst. Es gab keinen einzigen Grund dich je für schuldig am Tod deines Bruders zu halten. Dazu gab es kein Motiv."

„So ist es", sagte Cryia. Heute war sie bei der Unterredung dabei. „Wieso rettest du zuerst deinen Bruder vor den Ors, bringst ihn zum Waisenhaus nach Cherson und tötest ihn erst dann? Wenn du ihn wirklich umbringen wolltest, dann hättest du dies viel früher getan. Das ist blanker Blödsinn. Wenn man ausschließlich die Indizien für bare Münze nimmt, dann wärst du schuldig. Wer aber den Hintergrund deiner Geschichte kennt, der weiß, dass die Vorwürfe zu einem Nichts verpuffen. Wir glauben daher, dass sein Tod in engem Zusammenhang mit den Ereignissen der letzten Tage steht."

„Leider …", so fuhr Polites nun fort", … haben wir nicht mehr die Regierungsgewalt wie früher. Dann hätten wir es leichter, dich zu rehabilitieren. Jetzt aber bist du in einen rechtsfreien Raum geraten, von dem niemand weiß, wie er gefüllt wird. Und das hieße für dich, dass sie dich solange einsperren, bis sie wissen, was sie mit dir tun werden. Es ist keinesfalls gesagt, dass du wie früher bei Entscheidungen über Verbrechen vor einer Jury landen wirst. Immer, wenn sich Systeme wandeln, wirkt sich das auf die Rechtsprechung aus. Was vorher Unrecht war, wird zu Recht und ehemaliges Recht wird zu Unrecht. Die Delegierten der Städte treffen sich erst, um eine interkontinentale Regierung zu bilden. Auf dieser Konferenz wird sich das weitere Schicksal der Menschheit entscheiden. Aber wir haben unsere Kinder, die dir zur Seite stehen werden. Das leider die einzige Hilfe, die wir dir geben können. Sie befreiten dich aus den Händen der Objektivisten, die nur das glauben, was sie sehen."

„Diese Entwicklung aufgrund dieses Vorfalles ist schrecklich", sagte Rohn traurig. „Wir dachten eigentlich, dass die Menschheit durch die Bildung den Aberglauben ablegt. Aber nein. Durch dieses Ereignis ist bewiesen, dass die Vision von General Tomps, dass der Mensch seinen Verstand bei solchen Dingen einsetzt, gescheitert ist. Es ist offenbar leichter an Mysterien zu glauben, als an das Unerforschte."

„Was wollte General Tomps?", fragte Kore neugierig.

„Er ging ihm darum eine Gesellschaft etablieren, die ihren Verstand gebraucht und nicht ihre Naivität. Anscheinend ist es leichter einen Spuk für wahr zu halten, als rationell zu denken und sich der Sache systematisch anzunehmen. Wie dem auch sei, wenn wir aufklären wollen, was hinter dem Tod von Neko steckt, dann wird es ohne dich nicht gehen. Wir brauchen deine Hilfe."

Nun setzte Cryia wieder ein. „Wir denken, dass du weißt, wer diesen Wahnsinn da veranstaltete. Zumindest müsstest du einen Faden haben, an den man ziehen kann."

„Was für einen Wahnsinn? Was ist eigentlich genau passiert?"

„Oh, Kind", sagte Kassandra mit seufzendem Unterton. „Hat es dir wirklich niemand gesagt?"

„Nein", sagte Kore. „Die Polizei verhaftete mich nur und brachte mich weg. Sogar der Medienvertreter erzählte mir nichts. Er forderte mich auf, zu etwas auszusagen, von dem ich nichts mitbekam."

„Das ist eine typische Masche der Referenten. Sie hoffen, dass deine Aussage nicht zu den Vorkommnissen passt, um dich beim Verhör mit der Polizei leichter unter Druck zu setzen. Es wurde ein Feuergraben zwischen dem Haus deiner Eltern und dem Waisenhaus in Cherson gezogen. Ganze vierhundert Kilometer quer durch das Rifgensteinmassiv wie mit einem Lineal. Der Gebirgszug wurde von dieser Spur zerschnitten wie ein Stück Butter. Die Forscher der Technologiezentren sind bereits vor Ort, um das Phänomen zu untersuchen und sie geraten zu Recht in Erklärungsnöte. Wir befürchten, dass dieses Ereignis eine Welle des Aberglaubens auf dem Erdball lostreten wird."

„Was glaubt ihr, was dahinter steckt?", fragte Kore neugierig.

„Wir wissen es, wie gesagt nicht, aber wir hegen einen Verdacht. Es steht alles in engem Zusammenhang mit den Ors. Bevor die Ors uns gefangen nahmen, ordneten wir als letzten Befehl unserer Regierungszeit an, den Endpunkt des blauen Strahls mit unserem Mondteleskop zu fixieren. Mit dieser Technik ist es den Ors gelungen, die Kuppel zu zerstören und wir hofften, damit Erkenntnisse über die Aufhebung der Barriere zu erlangen. Wie du vielleicht weißt, ist das Mondteleskop das Größte unserer Forschungseinrichtungen und es sieht praktisch bis an den Rand des Universums. Uns liegen mittlerweile die Ergebnisse des Teleskops vor und es gefällt uns gar nicht, was es uns zeigt. Die Ors griffen offenbar in eine kosmische Ordnung ein, die sich allmählich stabilisiert. Die Daten zeigen, dass sich am Ende des blauen Strahls ein anderer Planet befindet. Leider, so unser Verdacht, gehört auch der Tod deines Bruders dazu. Das Einzige, was für unseren Planeten von enormer Wichtigkeit ist, wäre zu wissen, was sich dort auf diesem Planeten befindet, was der Strahl dort anrichtete und in welche Richtung sich dieser Eingriff entwickeln wird."

„Was habt ihr da gerade gesagt?", glaubte Kore nicht recht zu hören. „Dass mein Bruder Tod ist, scheint euch überhaupt nicht zu interessieren."

„Wir sagen es so, wie wir es meinen", antwortete Polites trocken. „Wir können ihn nicht wieder lebendig machen. Im Gegenteil, wir müssen dafür sorgen, dass es nicht zu einer Gefahr für unseren Planeten und unseren Kindern wird, so wie du jetzt in einer solchen bist. Jeder Tote deswegen ist bereits einer zu viel. Das Rad der Zeit lässt sich nicht zurückdrehen. Das musst auch du begreifen. Du lebst nicht in der Vergangenheit. Du bist im Jetzt zu Hause."

Zähneknirschend sah Kore ein, dass der Rat der Sechs Recht hatte. Niemand ließ Tote wieder auferstehen. Keine Wissenschaft der Welt brachte das fertig. Selbst wenn in der Vergangenheit der Erdgeschichte Glaubensrichtungen damit hausieren gingen.

„Wir wissen, wie sehr dir der Tod von Neko ans Herz geht", sagte Kassandra mitfühlend. „Aber wir wissen auch, dass wir die enorme Verantwortung aller unserer Kinder tragen. Sie sollen nicht in Gefahr geraten und wegen uns keine Zukunft mehr haben. Unsere Zeit ist vorbei. Wir wollen uns ohne Schaden aus der Welt zurückziehen und glauben, dass du die richtige Person bist, diesen Dingen auf den Grund zu gehen. Deshalb wollen wir dich bitten, herauszufinden, was deinen Bruder tötete. Wir stellten Anomalien in den letzten Stunden durch unser Mondteleskop fest, das das Gestirn im Visier hat."

Rohn räusperte sich und sagte nun: „Unsere Kinder fanden heraus, dass die Ors eine Partikelkanone erfanden, mit der sie den fernen Planeten dort anpeilten. Uns wundert nicht, wenn dir das weiterhelfen kann. Wir gaben dem neuentdeckten Planeten einen Namen. Er heißt Gamma Neun."

Kore runzelte bei diesem Namen misstrauisch die Stirn.

„Wir wissen, dass wir dich nicht zwingen können, die Wahrheit herauszufinden", sagte Polites wieder. „Aber wer auch deinen Bruder auf den Gewissen hat, sucht sich ein neues Ziel. Deshalb wollen wir dich bitten uns zu helfen, um herauszufinden, mit was wir es zu tun haben und ob unserem Planeten eine neue Gefahr droht."

„Ihr habt mich befreit", sagte Kore traurig. „Mein Bruder ist Tod und ich bin von jetzt an eine Gejagte des neuen Systems. Um meine Unschuld zu beweisen, müsste ich mich offenbaren, was mich aber lange nicht rehabilitiert. Das bedeutet erst recht eine Katastrophe. Also gut. Ich werde versuchen, die Wahrheit herauszufinden", sagte sie entschlossen. Im Hintergrund hörte sie nun große Erleichterung.

„Ich möchte im Namen aller dir den Dank für deinen Entschluss aussprechen. Deine Brüder und Schwestern sind sicher ebenso erfreut wie wir das zu hören", sagte Polites befreit und fuhr fort. „Wisse Kore. Bevor General Tomps uns einsetzte, wurde uns Sechs ein oberstes Gebot eingepflanzt. Es heißt, dass unsere Kinder, also ihr, von uns niemals in Stich gelassen werdet. Wir sind für euch da, egal ob ihr einen eurer Brüder oder Schwestern ermordet habt. Egal, was auch geschieht. Zu unserer Bürde stehen wir."
Kore lies stumm die Worte ihres Vormundes verklingen. Sie blieb still sitzen als Kassandras Stimme verhallte.
„Geh jetzt zu Mr. Onaka hinaus. Er wird dir alles Weitere sagen und dir vor allem den Feuergraben zeigen, von dem die ganze Welt nun redet. Zuvor hast du allerdings etwas Wichtiges zu erledigen, Kore. Dein Herz muss frei sein, wenn du der neuen Herausforderung entgegen trittst. Nur wenn du frei bist, verlierst du die Furcht vor einem Verlust. Mehr können wir leider nicht mehr für dich tun. Wir wünschen dir viel Glück auf deiner Suche und alles Gute." Ein Knacken verriet, dass der Rat die Verbindung beendete.

Kore stand auf und ging nach draußen. Sie dachte zwar daran den Rat zu fragen, was das Wichtige sei, dass sie zu tun hätte, aber es schien ihr, als ob sie es früh genug erfuhr. Mr. Onaka wartete geduldig vor dem Zimmer und sah Kore dieses Mal mit einem gefälligen Lächeln an. Es war ganz anders als vorhin.
„Es tut mir leid, was du durchgemacht hast, Schwester, aber es ging nicht anders. Ich und deine Brüder leisteten ganze Arbeit, um dein Geheimnis zu bewahren."
„Brüder? Nur Tomps reden so. Bist du dann etwa ein …"
„Tomps. Ganz recht. Ich bin so wie du ohne Eltern aufgewachsen. Meine Tochter wusste das bis vor kurzem nicht, aber ich sagte es ihr, nachdem ich die Wahrheit über dich erfuhr. Du hast kein leichtes Los, Kore. Besonders in unserer Zeit, die voll ist von Wissenschaft, voll ist von Formeln und Berechnungen. Einer Zeit, in der der Verstand regiert und das Herz zur Seite schiebt. Da passt du nicht ins Bild. Folge mir", sagte Mr. Onaka freundlicher und Kore ging mit ihm aus dem Privattrakt ihrer ehemaligen Heimleiterin hinaus. In der großen Empfangshalle standen Holger und Karol beieinander und unterhielten sich erregt über ihre Rüge, die sie sich eben von ihren Vorgesetzten einhandelten. Leider lag dichte Betrübnis in deren Minen und Kore wusste warum. Erst recht fühlte sie dies, als sie ihnen in die Augen sah.
„Hallo Kore", sagten sie aufgescheucht als sie sie bemerkten und unterbrachen ihr angespanntes Gespräch.
„Hallo, ihr. Ich möchte euch für alles danken. Es tut mir leid, wenn ihr wegen mir Ärger bekommen habt", antwortete Kore betroffen. Sie fasste sich absichtlich so kurz wie möglich.
„Wenn es für Neko war, dann ist unsere Karriere das geringste Opfer dafür", antwortete Karol kurzerhand darauf uns sah ihr in die Augen. Kore spürte seine Erleichterung, sie hier zu sehen. „Neko war auch unser Bruder und das sind wir ihm schuldig. Es gab keine andere Möglichkeit. Kore, wenn wir früher gewusst hätten,

wer du bist, dann wäre es nie so weit gekommen. Vielleicht wäre Neko noch am Leben."

„Jetzt ist es zu spät, darüber zu philosophieren. Wenn es jemand herauskriegt, wer unseren Bruder tötete, dann ist sie es", sagte Holger zu Karol belehrend. „Der Rat glaubt, dass die Antwort aus der Dimension kommt, aus der Kore stammt."

„Ich weiß doch überhaupt nicht, wie ich dort hinkomme", sagte Kore hilflos. Ihr kam es in den Sinn Ipsy zu fragen, aber ihre Ausbilderin schien nichts mehr von ihr wissen zu wollen.

„Einen jeden von uns hat sein Tod tief getroffen", sagte Mr. Onaka erschüttert. „Die Macht, die dahinter steckt, ist gefährlich."

„Schwester", schob Holger dazwischen. „Ich bin überzeugt, dass du einen Weg finden wirst. Wir glauben fest an dich. Für dich gehen wir durchs Feuer und werden dir helfen, wo wir können."

Die Zwillinge lächelten und Kore wuschelte die Haare ihrer Köpfe vor Anerkennung und umarmte sie, sodass ihre Minen erröteten.

„Wie dem auch sei, Kore", fuhr Mr. Onaka fort. „Du hast hier etwas zu erledigen. Gehe jetzt in die Mensa. Dort ist jemand, der mit dir reden möchte. Ich werde vor dem Haus beim Gleiter auf dich warten."

Kore nickte und machte sich auf den Weg. Sie ahnte, während sie zur Mensa ging, dass Mr. Onaka der folgenden Begegnung eine tiefe Vertraulichkeit beimaß.

Je näher sie dem ehemaligen Speisesaal kam, umso mehr erinnerte sie sich an ihr letztes Mahl aus der Nanotheke dort. Es war an dem Tag ihrer Adoption. Damals standen zahllose Tische und Stühle in dem riesigen Saal herum, die aber wegen der verbliebenen fünf Kinder unbenutzt blieben. Anhand der Einrichtungskapazität wurde Kore während ihrer Zeit im Waisenhaus bewusst, dass ihr Heim einmal für Hunderte von Kindern ein zu Hause war. Der Ort war jederzeit bereit, wieder für einen neuen Ansturm einzustehen. Schon bei ihrem letzten Besuch vor wenigen Tagen, fiel ihr auf, dass man die Mensa nach der Schließung bis auf die Nanotheke vollständig ausräumte. Nun versprühte sie den Charme einer leeren Turnhalle oder der eines tristen Ballsaals. Kore bemerkte als Erstes, als sie den Eingang der Mensa erreichte, dass offenbar jemand die Papierverkleidung von den hohen Fenstern entfernte. Durch das grelle Licht der Nachmittagssonne, das nun ungehindert hereinbrach, verwandelte sich der Raum in einen großen Wintergarten. Man spürte die angenehme Wärme des Tages darin und Kore glaubte sich, wieder in die Zeit von damals einzufinden. Ihr Blick schweifte in der Leere umher und blieb an der Nanotheke stehen. Mit dieser Person, die da auf sie wartete, rechnete sie nicht. Sie erkannte sie gleich an den langen glatten Haaren, die seidig im einfallenden Sonnenlicht glänzten. Ihr tiefes Schwarz war auf der Akademie ein unverwechselbares Markenzeichen und zog so manchen begehrlichen Blick auf sich. Kore schmeckte in der Luft trotz der staubigen Partikel, ihren parfümierten Geruch, der vor allem nach dem Duschen frisch aufgetragen am intensivsten roch.

„Chausette?", entfuhr es ihr erstaunt und lief freudig auf sie zu. „Du bist hier?"

Ihr Besuch schreckte auf. Kore entging nicht, dass sie stark verunsichert wirkte. Eine Eigenart, die sie von ihr so gar nicht kannte.

„Hey, Kore“, erwiderte Chausette gedämpft. Ihr Gesichtsausdruck bestätigte ihren Verdacht. Man sah ihr an, dass sie gewaltig mit ihrem Gewissen haderte und auch stark verunsichert war, wie sie ihr entgegen treten sollte.

„Kore, ich … ich schäme mich so“, stammelte sie bedauernd und sah ihr, kämpfend mit sich selbst, in die Augen. Tränen glänzten von ihrer Wange, als sie sprach. Offenbar fieberte sie mit großem Unbehagen dieser Begegnung entgegen. Zumal es sich um Dinge handelte, die ihre Zeitgenossen als unglaubwürdig einstuften. Chausette war bis vor kurzem ja selbst eine von jenen, die nicht an Feen glaubten.

„Weißt du alles?“, fragte Kore, wie wenn sie es bereits ahnte, was sie so verunsicherte. Je näher Kore ihr kam, glaubte sie sich in das Herz ihres Gegenübers einzufühlen. Sie erinnerte sich an Ipsy, die bei ihrer letzten Unterredung von dieser Gabe der Feen sprach. Chausette nickte betroffen. Mit der ungewohnten Situation konfrontiert, nahm Chausette diesen Ort in Augenschein. Schwerlich erahnte sie, welche Vergangenheit ihre Freundin Kore in sich trug.

„Hier bist du groß geworden. Und dein Bruder … ich mein, es tut mir leid. Ich wusste das alles nicht. Du erzähltest mir nie davon.“

Aus Chausettes Augen wich erneut eine Träne. Es ging ihr so nah. Kore näherte sich ihr erlöst. In ihren Augen leuchtete die unsagbare Freude, sie zu sehen. Kore legte ihren Finger auf Chausettes Lippen und umarmte sie befreit.

„Das Universum ist still. Ist schon gut“, sagte sie gerührt. „Ich vergebe dir.“

„Auch dass ich versuchte, dir Thamus anzudrehen?“

„Ja.“

„Dann war das also keine Lüge?“, fragte Chausette ihr in die Augen schauend. Sie verzog erwartungsvoll ihren Mund dabei.

„Welche Lüge?“

„Ich meine, dass du eine Fee bist?“

Kore wusste, dass Chausette auf ihre Äußerung im Umkleideraum der Schwimmhalle vor ein paar Tagen anspielte.

„Es gibt viele Dinge …“, erwiderte Kore vorsichtig, um nicht überheblich zu klingen. „… die man jetzt noch nicht versteht. Aber vielleicht wird man sie eines Tages verstehen.“

Sie fühlten einander ihren Schmerz, der sie durchzog, fühlten einander ihre Herzen schlagen und merkten, wie sich die Anspannung in ihnen abbaute. Die Zeit schien ihnen endlos zu sein, ehe sie sich losließen.

„Ich freue mich für dich und Boris“, begann Kore befreiter, worauf hin Chausette wieder zurücklächelte. „Und nun reden wir nicht mehr darüber. Man denkt anders über viele Dinge, wenn man alle Perspektiven kennt. Das lernte ich aus der ganzen Sache.“

„Was wirst du jetzt machen?“

„Jetzt?“, fragte Kore und seufzte. „Ich werde mir als Erstes den Feuergraben ansehen und dann muss ich Ipsy dazu kriegen, mir zu helfen. Das wird schwer genug werden.“

„Darf ich dich zum Feuergraben begleiten?“

„Das darfst du.“

„Wer ist diese Ipsy?“, fragte Chausette neugierig geworden.

„Sie lehrte mich, wie ich mit meinen Feenkräften umgehe.“

„Ich frage mich, wie du das gemacht hast. Was für ein Wesen du bist? Als ich versuchte in meinem Atlas über Feen nachzuschlagen, kam nicht so viel rüber. Ich kann mir unter einer Fee nichts vorstellen. In den Märchen aus dem Universallexikon helfen Feen den Hauptpersonen, sich zu entwickeln. Auch die Akademiedatenbank in der Bibliothek gab nicht so viel her, wie ich jetzt von dir wissen möchte. Was sind Feen?“

Kore blickte Chausette erstaunt an. Sie antwortete wie von Geisterhand.

„Feen sind das, woran du glaubst.“

„Das versteh ist nicht.“

„Dein Glaube ist das, was dir Kraft und Energie gibt, dein künftiges Leben zu gestalten. Wenn du an Feen glaubst, dann glaubst du auch an dein eigenes Leben. Ich meine, eine Fee geht nur dann auf dich ein, wenn du nicht verlernt hast, an dein eigenes Leben zu glauben.“

Für Chausette wurden Kores Erklärungen immer rätselhafter. Kore merkte, dass sie Schwierigkeiten besaß, ihr zu folgen.

„Ich kann mir nicht vorstellen, wie das aussehen soll“, gestand Chausette kleinlaut ein. „Wenn ich an mein Leben glaube, wie wirkt eine Fee dann darin ein?“

„Das kommt auf den einzelnen Umstand an. Das kann ich dir nicht pauschal sagen“, erwiderte Kore.

„Kannst du mir das nicht irgendwie zeigen?“, fragte sie vorsichtig.

„Schon. Aber eine Fee setzt ihre Kraft nicht einfach so ein. Meist mit sehr handfesten Hintergedanken“, antwortete Kore selbstbewusst. „Ich bin nicht dazu da anderen wohl zu tun oder mir selbst etwas zu beweisen. Mir geht es nicht um Ruhm oder so. Ich bin, Chausette.“

„Das versteh ich nicht. Wozu gibt es sonst Feen, wenn sie für die Menschen nichts tun?“

Mit dieser Äußerung strapazierte Chausette unbewusst Kores Geduld.

„Das ist genau das Schlimme an euch Menschenkindern“, brodelte es aus ihr nun unbeherrschter hervor und biss sich kurz darauf auf die Zunge. Sie verwendete soeben zum ersten Mal jenes Wort, mit dem sich Feen von den Menschen abgrenzten. Niemals dachte Kore daran, es je gegenüber ihrer besten Freundin zu gebrauchen. Denn vor kurzem stand sie ja noch selbst ihrer Freundin näher als jetzt. „Sie suchen ständig Gründe für dies und für das. Suchen immer nach dem Nutzen für sich und der eigenen Art. So, wie die Schöpfung ist, bin auch ich. Ich bin Schicksal, ich bin Fee. So wie du Mensch bist, bin auch ich Fee.“

„Behauptest du, dass ich göttlich wäre? So wie du?“, fragte Chausette irritiert.

Kore seufzte und versuchte einen moderaten Ton anzuschlagen.

„Du hast keinen Grund dich klein zu machen“, erwiderte sie schließlich. „So wie ich meine Rolle erfülle, erfüllst du auch deine. Du bist. Mehr musst du nicht wissen. Erst wenn du das vergisst, gibst du deine Schöpferkraft auf und überlässt sie anderen. Die Ors machten das vor."

„Wenn es stimmt, was ich über die Feen las, dann bist du ungeheuer mächtig."

„Na und?", konterte Kore bissig. „Du siehst nur, was du nicht kannst. Was du aber hast, das verdrängst du. Du bist gesund. Hast alle Gliedmaßen an deinem Körper, die ohne Einschränkung bewegt werden können. Du hast einen wachen Verstand, um den dich die ganze Akademie beneidet. Du bist die beste Schwimmerin von unserem Team. Außerdem hast du einen Vater, der dich als das liebt, was du bist. Er liebt dich nicht wegen deiner Talente, sondern um deinetwegen. Du gehst nie hungrig zu Bett. Kannst dir das Medizincenter leisten. Du hast viele Freunde, unter denen jetzt auch eine Fee ist. Darfst eine höhere Schule besuchen. Kannst deinen Beruf frei wählen. Das nennt man Glück."

Chausette ging kurz in sich. „Das stimmt. Verzeih mir, dass ich das ausgeblendet habe. Ich stellte mir unter Göttlichkeit etwas anderes vor."

„Etwa, dass sich der Himmel auftut und ein allmächtiger Gott zu dir herabsteigt?"

„So ähnlich. Glaub ich."

„So funktioniert das Universum nicht. Was du bestellst, das bekommst du. Es hört dir zu, weil du bist."

„Das versteh ich nicht."

„Wenn du dir einredest, das Leben ist schwer, dann wird dir das Universum beweisen, dass du Recht hast. Wenn du dir einredest, das Leben ist ungerecht, dann wird dir das Universum Gelegenheit geben, dir deine Annahme zu bestätigen."

„Warum tut es das?"

„Weil es uns die Wahl gibt."

„Wir haben eine Wahl?"

„So ist es. Das, was du wählst, das bekommst du. Wenn du dich klein machst, dann wirst du deine Kleinheit spüren, weil du diesen Gedanken ausstrahlst. Ähnlich der Sterne am Himmel."

„Was ich über mich denke, strahle ich aus? Verstehe ich das richtig?"

„So ist es. Deine Mitmenschen merken das. So werden sie dich auch behandeln. Wenn du selbstbewusst bist, dann wird es niemand wagen, über dich herzuziehen. Und wenn, dann wird das an dir abprallen. Wenn es in dir weh tut, dann weißt du, dass du das in deinem Innersten tatsächlich so über dich denkst. Ich bin der Meinung, dass du deine Sache bisher gut gemacht hast. Du wusstest es nicht besser."

„Auch, dass ich dich im Akademiehof angegriffen habe?"

„Das war eine Probe für mich", gestand Kore. „Ich bin dieser Frage ausgewichen, wenn es um Beziehungen zu Männern ging. Es musste eines Tages so kommen. Das Universum wird mich solange auf die Probe stellen, bis ich mit mir selbst im Reinen bin. Dieser Punkt in mir war wund und du hast ihn erwischt. Nur weil ich eine Fee bin, heißt das lange nicht, dass mich das Leben außen vor lässt. Ich bin, wie du in diesem kosmischen Werden und Vergehen eingebunden. So gesehen gibt es nicht viel, was uns unterscheidet. Aber je mehr Wissen und Macht du hast, umso mehr stehst du in Verantwortung. Ich glaub nicht, dass du dich wirklich danach sehnst, all das kennenzulernen. Am Ende wird dich das Universum wie mich auf die Probe stellen. Ich sehe das jetzt schon kommen. Was du ablehnst, ziehst du an.“

„Wenn ich die Wahl habe, dann kann ich auch nein dazu sagen. Das hast du mir doch vorhin erklärt.“

„Das stimmt. Du ziehst es deshalb an, weil das „Ja“ fließende Energie ist. Ein „Nein“ würgt die Energie ab. Ist wie beim Strom. Beim Nein unterbrichst du deine Energie und sendest ein Signal. Deine Umgebung weiß dann sofort, was Sache ist und wird, je nachdem wie deine Antwort ausgefallen ist, darauf reagieren. Ich gebe dir ein Beispiel. Wir sind Wesen, die von Haus aus Macht haben. Wenn du deine Macht ablehnst, wird man dir Gelegenheit geben deine Macht wieder zu übernehmen, weil ein anderer deine Macht an sich nahm. Ein Vakuum wird immer gefüllt. Du kannst auch ein anderes Wort für Macht nehmen, wie Schöpferkraft. Denn wir sind schöpferische Wesen. Das ist unsere Bestimmung. Darum sind wir hier.“

„Wir sind hier, um zu erschaffen? Wie kommst du darauf?“

„Selbst wenn ich mich jetzt wiederhole: Der Sinn des Lebens ist der, den du ihm gibst. Wir haben die Wahl, das zu sein, was wir sein wollen. Das, was es in uns denkt, strahlt es in das Universum hinaus. Das Universum, also deine Umwelt reagiert darauf und gibt dir zahlreiche Gelegenheiten, deiner Schöpferkraft nachzukommen. Entweder du öffnest dich dieser göttlichen Aufgabe, oder du verschließt dich ihr. Aber egal wie du dich entscheidest, du kannst dich nicht Nichtentscheiden. Du bist nicht nur Beobachter, sondern auch Akteur. So einfach ist das.“

Obwohl diese Antwort von Chausette noch verdaut werden musste, fuhr sie begierig mit ihren Fragen fort.

„Kannst du wirklich fliegen?“

Kore blieb überrascht vor ihrer Freundin stehen. Was erzählten sie ihr alles über sie?

„Was weißt du schon über mich?“

Chausette druckste jedes einzelne Wort abwiegend herum: „Na ja, du rettetest deinen Bruder, indem du deine Feenkräfte benutzt hast. Er verwandelte sich in einen Jaguar und du bist ihm ins Ohr geflogen. Die ganze Geschichte klingt so seltsam, wie aus einem Märchen. Das hört sich so abenteuerlich an. Aber Vater versicherte mir, dass es so war. Deshalb glaubt Vater, dass du ihn keinesfalls getötet hast. Er meinte, warum solltest du so etwas tun? Deswegen wollte ich wissen, ob du wirklich fliegen kannst.“

Kore überlegte sich gut, ob sie Chausette ihre Flugfähigkeiten hier drin vorführte. Ihre Freundin sah sie treuherzig an. Dass es ihr als Mathematikerin schwer fiel, sich das vorstellen zu können, überraschte Kore nicht.

„Na gut“, meinte Kore Chausette musternd. „Aber du erzählst das nicht rum.“

Nur mit einem kurzen Gedankenimpuls fuhr Kore ihre Flügel aus. Sie flutschten anstandslos aus ihrem Rücken hinaus und spiegelten sich in dem grellen Lichtstrahl der Sonne. Chausettes Augen bestaunten wie elektrisiert ihre fast durchsichtigen Flügel, deren feinadrige Musterung sofort auffiel. Kore lenkte einen weiteren Gedankenimpuls in ihre Anhängsel und alsbald surrten sie wie bei einer Fliege. Sie hob leicht vom Boden ab und schwebte vor Chausette in der Luft.

„Wow", raunte sie mitgenommen. „Kannst du mich auch tragen?"

„Tja, das geht leider nicht", sagte Kore bedauernd. „Wenn ich fliege, kann ich kein zusätzliches Gewicht aufladen. Ich überliste leider auch nicht alle Kräfte der Physik."

„Aber du kannst doch zaubern", wandte Chausette irritiert ein. Just bei dem Wort durchzuckte Kore der gleiche Impuls, den auch Ipsy bei ihrer ersten Begegnung verspürte, als sie unwissenderweise dieses Wort in den Mund nahm. Ihr wurde nun bewusst, dass sie sich auch in ihrem Denken bereits weiter zu einer Fee entwickelte und sich von der mangelhaften Vorstellungskraft der Menschen löste.

„Zaubern?", fragte Kore fast schon beleidigt. Ihr Feentemperament kam mit ihr durch. Sie biss sich wieder auf die Zunge.

„Vater meinte, du hast …", wollte Chausette sagen, doch Kore schnitt ihr das Wort ab.

„Eine Fee zaubert nicht, Chausette", erklärte Kore sich zügelnd um nicht wie Ipsy zu klingen. „Was sie tut, ist alles echt. Eine Fee schafft Fakten."

Kore setzte wieder auf dem Boden auf und fuhr ihre Flügel ein. Dies lief innerhalb von ein paar Sekundenbruchteilen ab, was Chausette staunend verfolgte.

„Kann ich mir deinen Rücken mal ansehen?", fragte sie neugierig und Kore drehte ihr die Kehrseite zu. Chausette kam näher und fuhr mit ihren Fingern über ihre Hautfalten. Sie zogen sich so eng zusammen, dass ihre Finger nicht eindrangen.

„Beim Duschen bemerkte ich bei dir an der Stelle zwei dünne Narben. Ich dachte immer, die wären von einem Unfall, traute mich aber nie dich danach zu fragen."

Chausette roch mit ihrer feinen Nase über ihren Rücken. „Riecht irgendwie zimtartig. Aber ganz leicht. In den Märchen las ich, dass dies ein Erkennungsmerkmal einer Fee ist."

Kore dachte sich zu dieser Bemerkung ihren Teil. So richtig glaubte Chausette offenbar nicht, eine Fee vor sich zu haben. Ihre Freundin musterte neugierig nun Kores Ohren. Diese liefen leicht spitz zu. Zumindest nach Kores letzten Kenntnisstand, was sich vielleicht schon wieder überholte. Es fiel dennoch nicht so deutlich aus, wie es Chausette sich vorstellte.

„Hm, das Erkennungszeichen ist sehr schwach. Ich glaubte, das wäre viel ausgeprägter."

„Meine Ausbilderin meinte, dass man an den Ohren sieht, wie weit ich mich zu einer Fee entwickelt habe. Wahrscheinlich sollte ich unter den Menschen wie ein normales Mädchen aufwachsen."

„Es muss toll sein, fliegen zu können. Kannst du mir nicht auch Flügel machen?"

„Leider nein."

„Mich interessiert, wie das mit dem Faktenschaffen technisch bei dir aussieht. Sicher, es gibt viele Maschinen, die von den Menschen erdacht wurden, aber du bist keine Maschine."

Kore kicherte.

„Das bin ich wirklich nicht", antwortete sie. „Aber ich denke, dass ich dir das ganz unverfänglich demonstriere. Pass auf."

Kore ließ wiederum ihre Flügel ausfahren und wandte den Minimalus an. Vor den Augen ihrer Freundin schrumpfte sie auf Daumengröße. Sie sauste in die Höhe und tänzelte in der Luft vor Chausettes Nase herum.

„Wow", entfuhr es ihr. Kore sauste zu ihrem linken Ohr und brüllte hinein. Bei Chausette kam bloß ein Piepsen an: „Jetzt zeige ich dir, wie dieser Saal aussah, wenn wir hier den Jahreswechsel feierten."

Kore sauste zur Decke und streckte ihre Hände auf die leeren Flächen der Mensa aus. Ein kurzer Gedankenimpuls ließ den Staub aus ihren Händen gleiten. Er nebelte in Windeseile den leeren Raum ein, in dem sich die alten Tische und Bänke materialisierten. Gleichzeitig dekorierte sie die Tische mit Tischtüchern und Gedeck. Kore machte bunte Luftballons mit Heliumgas. Sie klebten förmlich an der Decke. An ihnen befestigte sie Luftschlangen, sodass es aussah wie beim Silvesterball. Dann lies sie eine 3D Kosmoband mit ihrem Projektionstrick Wirklichkeit werden. Sie spielte eine poppige Musik. Mit dem gleichen Effekt baute sie ein Kuchenbüffet auf, in dessen Mitte eine riesige Stufentorte mit Buttercreme saß. Letztere garnierte ein Schriftzug mit bunten Liebesperlen. Chausette war hin und weg, als sie das sah.

„Das ist ja ... wow", meinte sie die Sprache verschlagend und versuchte das eben Gesehene zu verarbeiten. Sie machte eine lange Pause und lies die Atmosphäre der Mensa auf sich wirken. Kore wandte ihren Maximalus an und betrachtete von oben zufrieden ihr Werk.

„Es scheint dich zu beeindrucken", bemerkte sie. „Leider ist das, was du siehst, nicht wirklich, sondern eine Projektion. Wenn auch eine Gute. Und jetzt zeig ich dir, wie der Saal zuletzt aussah, als ich das letzte Mal hier war."

Kore lies erneut Staub aus ihren Händen regnen und prompt verwandelte sich der Raum in die Tristesse ihrer Erinnerung zurück. Verwaiste, ungedeckte Tische, keine Kuchenbuffets, Luftballons oder Luftschlagen mehr. Die virtuelle Band verschwand ebenso spurlos wie die fröhliche Atmosphäre, die sie projizierte. Kore flog zum Fenster und schaute nach draußen. Dort schob sich gerade eine dicke Wolke vor die Sonne.

„Eine Sache fehlt noch", sagte sie und öffnete mit dem Mechanikus die Tür. Kühle Luft drang zu ihnen herein. Sie setzte ihren Flug in den Hof hinaus fort, während Chausette ihr staunend folgte. Was sie nun sah, setzte der ganzen Demonstration die Krone auf. Kore deutete mit ihren Händen in den Himmel und schob die Wolke zur Seite, wie wenn sie ein simpler Gegenstand wäre. Die Sonnenstrahlen trafen auf Chausettes Haut. Sie spürte ihre Wärme. Die Fee hielt über einen der abgesägten Baumstümpfe im Hof an und bearbeitete ihn mit ihrem Staub. Der Baum wuchs daraufhin so mächtig wie eh und je in die Höhe. Chausette kam aus dem Staunen nicht mehr heraus. Jetzt flog Kore auf den Sandkasten hernieder, den sie mit dem Feenstaub eindeckte. Er fügte sich wieder zu dem zusammen, wie sie ihn am Tag ihrer Adoption in Erinnerung behielt. Ein roter Plastikeimer und eine blaue Schaufel steckten in dem frisch aufgeworfenen Sand. Chausette glaubte den

Eindruck zu erahnen, wie ihn Kore damals empfand: „So sah das hier also aus, als du mit Neko gespielt hast. Ich verstehe, dass dir das sehr weh tut, diesen Ort wieder zu sehen. Er ist voller Erinnerungen."

„Es stimmt, dass dies für mich ein besonderer Ort bleiben wird. Aber selbst wenn ich ihn wieder herrichte, wird er nicht mehr derselbe sein. Das Leben ist nicht dazu da, in der Vergangenheit festzuhängen. Es ist unser aller Los uns zu entwickeln. Ich liebe meinen Bruder, auch wenn er jetzt tot ist. Weißt du, hier verbrachte ich mit ihm meine Kindheit. Ich erinnere mich gut an unser Versteckspiel im Eichenhain. Damals gab es die blaue Kuppel noch und ich kam ihr viel zu nahe. Du meine Güte, ich erinner mich gut an den Ärger, den ich damals gekriegt hab", schmunzelte sie kurz und fing sich aber bald wieder. Sie flog zu Chausette und setzte sanft mit ihren Füßen auf dem Boden auf. Das Sonnenlicht brach sich in ihren Flügeln und lies sie schillern, wie ein Lichterspiel auf dem Wasser.

„Ich möchte dich etwas fragen", haderte Chausette mit sich herum.

„Äh, ja. Was willst du wissen?", fragte Kore.

„Hast du noch mehr Fakten geschaffen, von denen ich nichts ...", Chausette stockte. Sie wusste nicht, wie sie weiter fragen sollte. Doch Kore schien ihr Anliegen bereits zu erraten. Etwas das mit ihrer Demonstration von vorhin im Zusammenhang stand.

„Nein, nur bei dir und Boris", antwortete Kore.

„Dann war das alles echt? Boris erzählte mir, dass er glaubte, das Wasser sei weg. Und ich fragte mich damals, wie so ein Körper solch einen Wasserschwall zusammenkriegt."

„Ach Chausette. Es ist doch egal, wie das kam. Wichtig ist doch, dass ihr beide euch gefunden habt. Weißt du, ich kann dir das nicht beschreiben, wie es mir dabei geht. Mich freute es so, euch glücklich zu machen. Ob es nun eine Fee war oder nicht, was spielt das für eine Rolle?"

Chausette setzte ihren berühmten leeren Blick auf. Das machte sie immer, wenn sie in sich ging. Dann füllten sich ihre Augen wieder mit Leben und sagte: „Ja, du hast recht. Ich habe so viel mit Mathematik zu schaffen, dass ich es mir schon angewöhnt habe, hinter allem eine Logik oder ein Muster zu erwarten. Ich glaube, ich kann dir deswegen so schlecht folgen."

In Chausettes Mine spiegelte sich die Erleichterung. Ihr als Mathematikerin fiel es schwer, sich von der ihr eintrainierten Rationalität zu lösen. Darauf richtete sie ihr Denken viel zu stark aus, was ihre Vorstellungskraft einschränkte. Kore lächelte ihre Freundin an, was diese erwiderte.

„Ich glaube, ich sollte mir jetzt den Feuergraben ansehen", sagte sie und ging an Chausette vorbei in die Mensa zurück. Als Kore ihre Freundin passierte, beging Chausette unwissend eine der größten Sünden, die ein Menschenkind einer Fee antun konnte. Sie fasste mit ihren Händen nach ihren Flügeln, ohne die Fee um Erlaubnis zu fragen. Derlei Berührung blieb von einer Fee nicht unbemerkt, denn sie nahm jeden noch so leichten Fingerstrich auf ihnen wahr. Ein nie gekannter Zorn keimte in Kore impulsmäßig auf. Ihn zu bändigen forderte alle Kraft in ihr heraus.

Zugleich zeigte er deutlich, wie weit sie sich schon geistig von ihrer Freundin entfernte.

„Bitte lass das", zischte Kore sie scharf und nun weniger verständnisvoll an. „Ich verstehe, dass sie dich faszinieren, aber meine Flügel sind sehr empfindlich. Das wäre in etwa so, wie wenn ich dir ungefragt in den Schritt fasste."

Chausette zuckte zusammen und wisperte wie zur Erklärung: „Sie sind so wunderschön. Ich kann kaum glauben, dass ich all die Jahre mit einer Fee zusammen auf die Akademie ging. Ich musste sie anfassen. Niemand wird mir das glauben."

„Warum willst du, dass andere das glauben?", fuhr Kore sie wütend an, während sie angefressen ihre Flügel in ihren Rücken hineinzog. „Es genügt doch, wenn du es glaubst. Willst du etwa den Neid der anderen auf dich heraufprovozieren? Du warst mit einer Fee zusammen. Na und?"

Chausette fuhr erschrocken zurück. Erst jetzt bemerkte sie ihre idiotische Bemerkung und Handlung. Verstohlen entschuldigte sie sich bei ihr.

„Für dich werde ich immer Kore bleiben. Egal ob ich eine Fee bin oder nicht", sagte sie entschieden. „Du wirst immer meine Freundin Chausette bleiben. Nicht mehr und nicht weniger."

Nach diesen klaren Worten betraten beide wieder den Speisesaal. Kore ging ihr voran. Chausette trapste betroffen hinterdrein. Ihr wurde allmählich klar, welch Riesendummheit sie gerade machte.

„Ich wollte dich nicht verletzen", platzte es aus ihr heraus. „Das tut mir alles so schrecklich leid."

„Das tut mir alles so schrecklich leid. Ich entschuldige mich für dies und jenes", äffte Kore sie gereizt nach und drehte sich genervt zu ihr um. Sie verlor allmählich die Geduld mit ihr.

„Mann, Chausette. Es ist passiert. Ich reite nicht auf toten Pferden umher."

Kore hielt ihren Kopf schräg und sah in Chausettes verängstigtes Gesicht. Sie ahnte, worauf das Ganze hinauslief. „Selbst wenn ich dir jetzt sage, dass ich dir nicht mehr böse bin, haderst du trotzdem mit dir und glaubst mir kein einziges Wort. Nicht wahr?", fragte Kore sie unverblümt.

Chausette nickte.

„Also gut Chausette. Gefühle sind dazu da, um sie fließen zu lassen. Ich kann dir helfen, deine Erstarrung aufzulösen. Aber zuvor will ich wissen, ob du wirklich meine Hilfe willst. Du bist die wichtigste Person bei dem Vorgang. Ohne deine Zustimmung wird es nicht gehen."

Chausette überraschte das sichtlich. „Das kannst du machen? Ich will es so gerne, aber wie? Wie soll das aussehen?"

„Wie soll das aussehen?", äffte Kore wieder Chausette nach. „Genau darin liegt dein Problem. Neko hatte da viel weniger Schwierigkeiten sich fallen zulassen. Dazu musst du dich mir vollständig hingeben. Ich sag dir aber gleich, dass es dir nicht gefallen wird. Es erfordert viel Mut, sich seinen Ängsten zu stellen."

„Also gut. Wir machen es", stockte Chausette unwissend auf das, worauf sie sich da einlies. Erst dann ging Kore auf sie zu. Die Fee nahm ihre Hand und sah ihr tief in die Augen. Die starke Verunsicherung auf das, was sie erwartete stand ihr ins

Gesicht geschrieben. Doch Kore schien sich davon, nicht im Geringsten beeindrucken zu lassen.

„Setzen wir uns dazu auf den Boden. Am Besten ins Licht", sagte die Fee zu ihr, woraufhin sich beide auf einem kahlen Parkettstück niederließen, auf dem gerade die Sonne ihre Strahlen warf.

„Jetzt leg dein Ohr auf meine Brust", wies Kore ihre Freundin weiter an. Chausette rückte an sie heran und legte ihren Kopf auf Kores Oberkörper. Selten kam sie ihr so nahe wie jetzt. Chausette roch ihren zimtartigen Geruch aus nächster Nähe und hörte ihr Herz schlagen, was sie merklich entspannte. Ein tiefes Gefühl der Geborgenheit und eine angenehme Wärme erfassten ihren Leib. Sie verteilte sich in ihrem Körper.

„Nochmal. Du bist die wichtigste Person bei dem Vorgang. Du musst dich fallen lassen. Wenn du das nicht kannst, wirst du keinen Erfolg haben."

Kore sah ihr freundlich lächelnd in die Augen. Eine regelrechte Energieflut sprang von Chausette auf sie über. Sie legte jetzt ihre Hand auf Chausettes Gesicht.

„Schließe jetzt die Augen und sag mir, was du siehst."

Chausette tat es. Sie hörte ein Rauschen.

„Wasser", sagte sie. „Ich höre Wasser."

„Was riechst du", drang nun dumpf von Kore zu ihr durch.

„Es riecht nach Chlor ..." und Chausette glaubte nicht recht zu sehen, als das Bild immer klarer wurde.

„In der Schwimmhalle, Kore. Ich bin in der Halle unserer Akademie."

Kore antwortete ihr nicht mehr. Tatsächlich. Sie befand sich in der Schwimmhalle der Akademie. Sie war wieder im Alter von dreizehn Jahren und stand mit ihrem knallroten Badeanzug auf dem Sprungbock. Ihre Zehen spürten den kalten Stahl unter ihr. Am Rand des Beckens stand der kaffeebraune Giorgio mit einer Stoppuhr in der Hand und ihre Schwimmtrainerin Miss White. Sie klemmte eine kleine Trillerpfeife zwischen ihre perlweißen Zähne. Chausette sagte vor Überraschung gar nichts. Zu sehr nahm sie die Erinnerung an diese Szene mit. Vor allem weil sie sich so realistisch anfühlte.

„Miss Onaka. Sie wissen, dass es um ihre Qualifikation für die Meisterschaften geht ...", herrschte Miss White sie einpeitschend an. Aufgrund der Trillerpfeife sprach sie mehr durch die Nase als durch den Mund. „... Wenn sie versagen, fährt ein anderer zu den Spielen."

Chausette schluckte. Woher wusste Kore davon? Das harte Training von damals grub sich tief in ihr Bewusstsein hinein. Welche Mühen sie damit verband, vertraute Chausette bisher niemandem an. Auch nicht von jener Szene, die sich nun anbahnte. Miss White stieß in die Pfeife hinein, was ihr einen schrillen Ton entlockte. Er fraß sich in Chausettes Ohr hinein, wie ein Wurm in den Matsch und führte dazu, dass ihre Beine verkrampften. Ihr Absprung in das Becken glich nicht dem eines majestätischen Stechers, vielmehr dem eines Plumpses. Sie fiel kopfüber in das Becken, wie ein Stein. Es glich eher dem Schlag mit der flachen Hand auf der Wasseroberfläche. Dabei prellte sie sich ihre linke Schulter. Stechender Schmerz stieg in ihr auf. Wasser drang ihr in die Nase hinauf. Krampfhaft ruderte sie mit ihren

Armen und versuchte wieder an die Wasseroberfläche zurückzukehren, doch sie kam nicht weit. Irgendetwas versperrte ihr den Weg. Es fühlte sich an, als ob sie gegen eine Wand ankämpfte. Sie machte ihre Augen auf und sah, dass jemand die Sicherheitsabdeckung des Beckens über sie hinwegzog. Sie war Unterwasser gefangen. Ihr entging während der ganzen Aufregung, dass sie nun völlig nackt im Becken um ihr Leben kämpfte.

„Nein", stieß sie unter Wasser aus. Blasen entwichen ihrem Mund. Sie versuchte sich, gegen das Hindernis zu stemmen. Doch da ihre Füße keinen Halt fanden, brachte sie nicht genügend Kraft auf, die Plane mit ihrem Körper anzuheben. Zudem fuhr ein blitzartiger Krampf in ihre Waden, was sie laut unter Wasser aufschreien ließ.

„Sie haben versagt", kam dröhnend von außen zu ihr. Die harte Stimme gehörte Miss White. Auch Georgio höhnte scheinbar ohne jeden Zusammenhang zu ihr: „Der Sex mit dir war eine reine Enttäuschung. Ich hatte schon Bessere als du."

„Nein", rief Chausette krampfhaft und bekam das Gefühl mit jedem Laut, den sie gab zu ertrinken. Sie schluckte reichlich Wasser, das entsetzlich nach Chlor schmeckte. Es drang unaufhaltsam in ihre Lungen hinein. Ihr wurde schwarz. Ihre Kraft versiegte und so trieb ihr lebloser Körper sterbend in der Tiefe des Beckens, bis er von der Dunkelheit verschluckt wurde.

Wie und warum Chausette nicht bei den Toten weilte, sondern sich in Kores Arm wiederfand, wusste sie nicht. Offenbar nahm die Fee jetzt die Illusion von ihr. Chausette weinte, dieses Mal so befreit und gelöst wie nie zuvor. Kore hielt sie und sagte keinen Ton. Sie sah ihr liebevoll ins Gesicht und ließ sie gehen. Vor allem Zeit brauchte Chausette jetzt.

„Du hast Angst zu versagen und gestehst dir nicht ein, schwach sein zu dürfen. Darum fällt es dir so schwer dich fallen zulassen", sagte die Fee nach einer Weile zu ihr. „Verdränge deine Angst nicht mehr und fühle sie. Segne sie und lass sie gehen."

Chausette gab sich dem Schmerz ihrer Seele vollends in Kores Armen hin. Solange, bis er sich bei ihr bedankte und aus der Seele hinaus in das Universum ging. Befreit von ihm kam Chausette wieder in die Gegenwart zurück.

„Ich danke dir", sagte sie wie erlöst. „Ich war ständig in Angst."

„Schwäche zeigen zu können, ist eine große Stärke", erklärte ihr die Fee. „Nur der, der sich seiner Schwächen bewusst ist und sie lebt, lernt mit ihnen umzugehen. Geht's wieder?"

„Ich denke schon."

Die Fee lächelte und erhob sich vom staubigen Boden. Sie reichte Chausette die Hand, welche Chausette freudig ergriff. Sie fühlte ihre Wärme und nahm sie dankend an. Die Sonne erhellte ihre Gesichter, was sie befreit auflachen ließ. Die Fee half ihr mit einem Ruck wieder auf die Füße.

„Das tun Feen. Sie helfen dir, wieder Halt zu finden", erklärte Kore wohlmeinend.

„Du riechst so wunderbar nach Zimt", bemerkte Chausette plötzlich und schnupperte über Kores Haut. „Ich nahm den Duft vorher nicht so deutlich wahr."

„Ich selbst schmecke meinen Zimtgeruch nicht, aber Ipsy meinte, dass es bedeutet, dass du beginnst an Feen zu glauben. Lass uns jetzt zum Feuergraben fliegen. Dein Vater wartet draußen auf uns."

Chausette nickte und trocknete sich die Tränen mit einem Tuch von ihrer Wange, das die Fee materialisierte und ihr gab. Dann verließen beide die Mensa. Vor dem Eingang des Heims trafen sie auf Chausettes Vater, der seine Tochter mit friedfertigem Blick musterte.

„Ich wusste, dass es dir gut tut", sagte er zu seiner Tochter. „Ich glaube, ihr seid nun bereit den Feuergraben zu sehen."

Kore stieg mit Chausette in die Fahrgastzelle hinein. Kaum dass sie Platz nahmen, setzte Chausettes Vaters, das Gefährt in Bewegung. Dazu wies er dem Bordnavigator über den Bildschirmscreen die Stelle an, zu der sie gebracht werden sollten. Die Limousine hob sanft, wie ein Insekt vom Boden ab und flitzte über die Baumkronen des dichten Eichenwaldes hinweg. Bereits von der Ferne nahm Kore eine ungewöhnlich langgezogene Kerbe in der Landschaft wahr. Die Eichenstämme dort lagen auf einer Linie entwurzelt da. So, als sei genau an der Stelle ein Tornado über das Land gefegt. Vereinzelt stiegen Rauchschwaden in den Himmel. Das Holz dort fing von der Hitze Feuer. Die Limousine schwenkte auf der mysteriösen Linie ein und gab den Blick auf einen glühenden Strang frei, der sich in den Waldboden hineinfraß. So war es für die Fee kein Wunder, dass diese Schiene das Hauptgesprächsthema der globalen Nachrichten wurde. Durch den Presseerlass standen zwar nur die nüchternen Zahlen von seiner Länge und Temperatur von mehreren tausend Grad Celsius zu lesen, aber es reichte, um bei dem einzelnen Leser wüste Spekulationen zu verursachen. Offiziell hieß es, dass das Phänomen untersucht werde und dass man nach weiteren Erkenntnissen die Öffentlichkeit informiert. Der Gleiter näherte sich dem Gebirgszug. Kore starrte entsetzt auf eine schmale Schneise des tiefen Grabens, der sich quer wie ein Strich mit dem Lineal durch den Eichenhain zog. Erst recht beäugte sie das von Mr. Onaka angesteuerte Ziel.

„Das ist das eigentliche Unfassbare", sagte Mr. Onaka Kore auf das Kommende vorbereitend und landete den Gleiter am Fuße des Gebirges. Kore war schon vieles an Möglichkeiten gewohnt. Erwägte sie doch als Fee zur Benutzung ihrer Kraft auch das Undenkbare. Aber das Bild, das sich ihr nun bot, sprengte sogar ihre Fantasie.

„Das erinnert mich an ein Stück Butter, dass man mit einem heißen Messer halbiert. Der geht glatt durch bis auf die andere Seite. Dabei besteht das Gebirge aus hartem Granit. Die Innenseite fühlt sich glatt wie Glas an", beschrieb Mr. Onaka seinen Eindruck von dem hineingefrästen Spalt im Felsen. Er besaß genau die Breite des glühenden Strangs, der an dieser Stelle ins Freie trat. Wortlos stieg Kore bei dem Phänomen aus, das von ihrem Elternhaus in Presson bis zum Waisenhaus in Cherson reichte. Es war für sie daher kein Wunder, dass sie als Hauptverdächtige in Frage kam. Eisig starrte sie aus sicherer Entfernung auf die ihr unbekannte Legierung.

„Aus was besteht es?", fragte sie den Stadtplaner.

102

„Das weiß niemand. Keiner sah je so einen Werkstoff", antwortete Mr. Onaka zügig. Kore beäugte aufmerksam die glühende Bahn. Ihre abgebende Hitze spürte sie deutlich.

„Warum glüht es noch?"

„Das ist ja das Verrückte daran", antwortete er ehrfürchtig. „Normalerweise wäre es nach unseren Maßstäben längst erkaltet, aber sein Wärmeverlust ist minimal."

„Ist noch jemand anderes, als Neko bei dem Unglück zu Schaden gekommen?", setzte Kore nach.

„Nein. Es gab zwar einige Sachschäden bei den Wohnhäusern in Presson. Die lagen genau dazwischen. Die Hypergleittrasse wurde wegen der Hitzeentwicklung etwas lädiert."

In Kore fing es an, heftig zu arbeiten. Ipsy erklärte ihr, dass das gesamte Leben einer Fee ihrer Bestimmung folgt. Dann bedeutete dies für Kore nur eines: „Dann sah es der oder die nur auf Neko und mich ab. Warum ausgerechnet mich?"

„Vielleicht weil du die Eigenschaften besitzt, um das tun zu können?", rutschte es Chausette unvorsichtig heraus. Sie biss sich auf die Lippen. Dabei wollte sie nicht so klingen, als ob sie Kore die Schuld an dem Verbrechen gab. Kore fasste dies aber nicht als eine Anschuldigung auf. Als Fee ging sie mit diesen Dingen sehr differenziert um.

„Das könnte sein", bemerkte Kore nachdenklich. „Ipsy sagte etwas von dunklen Künsten und Dämonen. Vielleicht habe ich tatsächlich die Fähigkeiten dafür. Nur ich kenne sie nicht. Da war jemand in mir, der sich meine unbewussten Fähigkeiten zunutze machte."

„Unbewusste Fähigkeiten?", fragte Chausette verwirrt, worauf sie von Kore einen nachhelfenden Blick erntete.

„Natürlich", sagte sie. „Nur weil ich sie nicht kenne, heißt es nicht, dass sie nicht existieren. Ipsy verriet mir nicht den ganzen Fundus der Feen. Da könnte etwas dabei sein, was mich hier weiter bringt."

„Also warst du ein Werkzeug", kombinierte Mr. Onaka daraus. „Aber von wem? Er wusste genau, wozu du fähig bist."

Kore grübelte kurz drüber und schüttelte ratlos den Kopf.

„Es hilft nichts", seufzte sie ohne einen Gedächtnisschimmer. „Ich gebe nichts auf Spekulationen. Ipsy weiß mehr, als wir hier alle zusammen. Ich muss mit ihr reden."

„Wer ist nochmal diese Ipsy?", fragte Chausette neugierig.

„Sie ist eine kleine Fee. Ungefähr so groß wie meine Hand. Sie war bis vor kurzem meine Ausbilderin. Nach der ganzen Geschichte brach sie mit mir. Sie unterstellte mir, dass ich die dunklen Künste praktiziere. Dabei kenne ich sie gar nicht einmal", knurrte Kore wütend. Dann sah sie sich wieder die glühende Spur vor ihr an.

„Kann man sie denn nicht abkühlen?", wandte sich Kore wieder an Mr. Onaka.

„Die glühende Spur ist eine schreckliche Gefahr für alle, die ihr zu nahe kommen. Sie versengt die ganze Gegend."

„Die Feuerwehr versuchte es", antwortete ihr Mr. Onaka, ohne ihr einen Erfolg vermelden zu können. „Die Temperatur ist seit gestern Nacht um wenige Grad abgesunken. Wir überlegten sogar, ob wir die Schneise nicht fluten. Bei dieser Geschwindigkeit wie jetzt dauert es etwa drei Jahre, bis man es anfassen kann. Das ist höchst erstaunlich. Die Physiker untersuchen seine Struktur gerade. Vor allem aber das Material. Es ist wesentlich härter, als alles was wir bisher kennen. Die Legierung ist für uns neu. Wir sperrten die ganze Gegend ab, damit niemand sich dem Phänomen nähert und sich verletzt."

„Dann werde ich mal mit dem Abkühlen nachhelfen, ehe es für jemanden gefährlich wird", sagte Kore entschlossen und richtete ihre Hände auf die glühende Spur. In ihrem Geiste stellte sie sich einen arktischen Kältestrahl vor, den sie in ihre Finger lenkte. Ihr Staub hüllte den Strang ein, doch sein Glühen erlosch nur langsam.

„Das reicht nicht", kam es Kore in den Sinn und schon bald erinnerte sie sich daran, dass im All, wo keine Sonnenstrahlen auftrafen, der absolute Nullpunkt die Normaltemperatur war. Sogar auf der von der Sonne abgewandten Seite des Merkurs, des der Sonne am nächstgelegenen Planeten, herrschte eisiger Frost. Und das, weil er sich nicht um seine eigene Achse drehte und mit der gleichen Seite zur Sonne zeigte. Sofort stellte sie sich den zum Zwergplaneten degradierten Himmelskörper Pluto vor, auf dem ähnliche Temperaturen herrschten. Binnen weniger Augenblicke zeigte nun der Elementar seine gewünschte Wirkung und deckte die überlange Schiene mit dem absoluten Kältepunkt bei 273 Grad Minus ein. Nichts wurde im All kälter als er. Ihre beiden Begleiter sahen während dieser Prozedur lediglich einen schwachen schillernden Staub, der lautlos aus ihren Händen glitt. Innerhalb weniger Minuten kühlte sich die glühende Spur so stark ab, dass sie nicht mehr blutrot leuchtete. Nun sah sie aus wie das endlose Stück einer Eisenbahnschiene. Seine Farbe nahm ein tiefes Schwarz an. Chausette verfolgte stumm Kores Wirken und bekam ein recht unheimliches Gefühl dabei. Mit diesem Mädchen ging sie jahrelang gemeinsam zur Akademie. Eine Freundin, die die Gesetze der Natur nach ihren Gutdünken umfunktionierte. Niemals besaß sie je den Verdacht, dass Kore eine derartige Kraft in sich trug. So verwunderte es nicht, dass es ihr dabei die Sprache verschlug.

„Das war … toll", sagte Chausette begeistert.

„Stimmt", antwortete Kore mit eisernem Gesicht. „Das dachte mir auch, als ich erfuhr, wer ich wirklich bin."

„Es ist doch klasse, wenn man so was kann", sagte Chausette Kore bewundernd.

„Nein, Chausette. Das ist es nicht", wiegelte Kore aus ihrer Erfahrung heraus ab. „Es ist nicht so, wie es scheint. Eine Fee zu sein, heißt nicht, dass man sich wie eine Axt im Wald benimmt und sich holt, was man will. Im Gegenteil, je mächtiger eine Fee wird, umso schwerer ist die Bürde, die sie trägt."

„Das versteh ich nicht", runzelte Chausette die Stirn. „Du kämpfst um gar nichts mehr. Dir gehört doch praktisch alles, was es gibt."

„Das ist es ja", sagte Kore. „Wonach soll man denn streben, wenn einem alles in den Schoß fällt? Für welche Werte will ich stehen? Außerdem werden dir mit dieser Gabe niemals Herzen gehören und du wirst dich nie so angenommen fühlen, wie du es dir wünschst. Man sieht mich nicht mehr als einen Menschen, sondern nur als das, was ich zu tun vermag. Und dann ist da auch das mit der Bestimmung."

„Bestimmung?", hakte Chausette nach.

„Bestimmung", wiederholte Kore andächtig. „Das ist das Besondere einer jeden Fee. Ich bekam gleich beigebracht, dass meine Zukunft nicht offen ist. Sie wird eine ganz bestimmte Richtung gehen und ich kann nichts dagegen tun. Die Begegnung mit einer Fee geschieht nicht rein zufällig. Dass ich dir meine Person offenbarte, dass ich dich und Boris zusammengebracht habe, all das ist mir zu tun auferlegt worden. Ich musste sogar den Tod meines Bruders hinzunehmen."

Über Kores Wangen rannen die Tränen bei dieser Vorstellung hinunter. Wusste sie doch, worauf die ganze Sache hinauszulaufen drohte.

„Du kennst dein Schicksal?", fragte Chausette verwirrt.

„Schlimmer", sagte Kore traurig. „Weil ich weiß, dass es mir bestimmt ist, werde ich nicht bei euch bleiben können. Eine jede Fee bekommt bei ihrer Geburt die Verkündung ihres Schicksals durch die Seherin. Sie sagt meinen Schicksalsspruch, an dem ich auf alle Zeit gebunden bin."

„Eine Prophezeiung?", horchte Chausette auf. „Wie lautet sie?"

„Es heißt, dass ich einen mächtigen Feind besiegen und dann sterben werde", antwortete ihr Kore. „Aber versuche nicht diesen Spruch zu deuten. Du wirst es nicht können. Ich dachte schon viel zu lange und zu breit darüber nach. Er ist viel zu schwammig. Ich glaubte zunächst, dass er bedeutet, dass ich die Ors besiege und hinterher hier bei euch sterbe. Nun aber sieht es danach aus, als ob ich von euch fort muss. Wie ich das anstelle, wird mir nur Ipsy sagen können."

Kore wandte sich an Mr. Onaka: „Ich rede jetzt mit Ipsy. Bringt mich dazu in das Waisenhaus zurück und in ein Zimmer, in dem ich ungestört schlafe."

Chausette schluckte, als sie das hörte.

„Bist du etwa müde?", fragte Chausette aufgewühlt darüber, was sie zuerst über diese Neuigkeiten denken sollte. „Hat dir das vorhin viel Kraft gekostet?"

Kore kicherte verschmitzt. „Nein, Chausette. Nicht im Geringsten. Ich spreche mit Ipsy. Meiner Ausbilderin."

„Etwa im Schlaf?"

„Natürlich", schäkerte sie vergnügt. „So trete ich mit ihr in Kontakt und dann bringt sie mir etwas über die Feenkräfte bei. Wissen ist ein Privileg, sagte sie. Wenn man sich alles Selbst beibringen müsste, verbraucht man zu viel Zeit. Zeit, die man nicht hat. Von Ipsy erfuhr ich, wie ich meine Kraft einsetze. Sie muss mir zeigen, wie ich mit meinem Vater Kontakt aufnehme."

Kore holte ihr goldenes Medaillon heraus und zeigte es ihr. Chausette geriet in Verzückung und befühlte es wissbegierig.

„Das ist eine schöne Arbeit", sagte sie fasziniert von der feinen Schmiedekunst.

„Das schenkte mir mein Vater. Er sagte mir, dass ich ihn damit erreiche. Aber ich weiß nicht wie. Vielleicht hilft mir Ipsy mir dabei, dass ich mit meinen Eltern sprechen kann. Da muss irgendein Trick dabei sein, wie das geht."

„Kann ich Ipsy sehen? Ich meine, wann sieht man schon mal so eine Fee, die wie in den Märchen aussieht", fragte Chausette fasziniert.

Kore rümpfte nur die Nase von ihrer Äußerung. Zu gut verstand sie Chausettes aufkommende Begeisterung für die Feenwelt. Mittlerweile wusste Kore aber auch, welch immense Verantwortung auf ihren Schultern ruhte und warum sie ihre Kräfte nicht öffentlich präsentieren sollte. Es besaß einen guten Grund, warum eine Fee sich nicht offen als eine solche zu erkennen gab.

„Nein, das wird leider nicht gehen, Chausette", sagte Kore daher wohl überlegt. „Ipsy erscheint mir nur im Schlaf. Frag mich bitte nicht warum. Im Übrigen wird es für mich allein ohnehin schwierig genug werden, mit ihr zu sprechen. Sie ist momentan sehr wütend auf mich."

Chausette hob überrascht die Augenbraue an: „Warum denn das? Ich dachte, dass Feen eigentlich sehr liebliche nette Wesen sind, die ..."

Kore schüttelte verneinend mit einem bedauerlichen Gesichtsausdruck den Kopf, sodass Chausette ihren gesprochenen Satz abbrach.

„Über die Feen musst du noch viel lernen. Ich weiß zwar selbst nicht alles über meine Artgenossen, aber ich weiß, dass eine jede ihren eigenen Kopf hat. Man beleidigt eine Fee sehr schnell und meistens rächen sie sich bitter dafür. Sie sind sehr eigenwillig und ungemein neugierig. Ipsy besitzt auch ihre Launen und ich erwischte sie zuletzt dort, wo man keine Fee hinbringen sollte."

„Meinst du, dass sie dir etwas antut, weil du sie wütend gemacht hast?", fragte Chausette mitfühlend.

„Hach", fauchte Kore zornig, wodurch in ihr wiederum das Feenhafte aufloderte. Chausette wurde deutlich daran erinnert, dass sie ja selbst mit einer Fee sprach. Wütend ballte Kore die Faust. „Vor der habe ich keine Angst. Im Gegenteil. Sie kann sich jetzt auf etwas gefasst machen. Sie sagte etwas, von dunklen Künsten. Sie weiß etwas mehr darüber und das quetsche ich aus ihr raus."

Ziemlich bald erkannte Chausette, dass so zauberhaft eine Fee auch auf die Außenwelt wirkte, doch eine ziemlich raue Gepflogenheit unter ihnen selbst herrschte. Es war nicht gut eine Fee zornig zu machen. Das bekam keinem gut. Nicht einmal den Feen selbst.

Kapitel 4

Atres

Kore flog mit Chausette und ihrem Vater im Gleiter zum Waisenhaus zurück. Während des Fluges trauten sich weder Chausette, noch Mr. Onaka mit Kore ein weiteres Wort zu wechseln. Sie schwiegen, was wahrscheinlich daran lag, dass sie die innere Anspannung Kores deutlich fühlten. Die Fee sagte ihnen absichtlich nicht, das Ipsy in ihr Unterbewusstsein eindrang. Eine derart für Menschenkinder spukhaft anmutende Fähigkeit der Feen wäre ihnen schwer zu vermitteln. Dass Kore ihre Identität preisgegeben und Ipsys Existenz letztlich doch verriet, lag einfach daran, dass sie Kore das Vertrauen entzog. Warum behielt man etwas für sich, wenn dieser Jemand ihre innersten Gefühle mit Füßen trat? Schlimmer wurde es ohnehin nicht mehr für sie. Brachten ihr doch ausgerechnet die Menschenkinder mehr Zutrauen entgegen als ihre eigene Artgenossin. Im Waisenhaus angekommen, suchte Kore den ehemaligen Dienstraum der Nachtwache zur Ruhe auf. Chausette traute sich nicht, Kore zu begleiten, zumal ihr Vater sie zurück hielt. Seine Geste deutete an, dass Kore diesen Weg nun alleine zu gehen hatte. Irgendwie fühlte sie, dass sie sich voneinander immer mehr entfernten. Es tat ihr so weh. Nachdem Kore es sich auf Indreens Stuhl bequem machte, überkamen ihr die vielen Erinnerungen an diesem Ort ihrer frühen Kindheit. Ihr fielen die zahllosen Geschichten ein, die Indreen hier verstand mit anschaulichen Gesten zu erzählen. Kore seufzte, als sie an ihren geliebten Pfleger dachte. Jener, der ihr so viele wichtige Dinge über das Leben vermittelte. Gerade er, der in seiner Jugend einem ganz anderen Werdegang folgte, als ihre Brüder und Schwestern. Ihm war es nicht vergönnt, die Nähe einer Familie zu kennen. In seinem Innern sehnte er sich nach einer solchen Erfahrung und bewahrte sich diesen Wunsch trotz aller Zucht, die er in dem Orsinternat erduldete. Warum starb er? Es konnte aber auch so sein, wie ihr die Feen beizubringen versuchten. Alles bestimmte sich vorher. Auch ihr eigenes Schicksal? Sie dachte an den Spruch der Seherin, den sie im Traum vor wenigen Tagen nach langer Zeit wieder hörte.

„Dein Kind wird einen mächtigen Feind besiegen und sterben", sagte die Seherin der Feen einst zu König Laikos und zu ihrer Mutter. Der Spruch ihres Schicksals. Ihr Vater glaubte, dass Kore diesen Spruch bereits erfüllte, in dem sie die Macht der Ors brach und Nekos Gehirnimplantat zerstörte. Konnte damit nicht vielleicht doch etwas anderes gemeint sein? War es denn wirklich schon vorbei? Der mächtige Feind, so sagte ihr Vater, wäre der Hass auf die Dämonen, die seit Urzeiten mit den Feen im Krieg lagen. Dadurch, dass die Ors mit ihrer Partikelkanone den Feen und den Dämonen die Kraft entzogen, erkannten die Herrscher, wie wehrlos sie eigentlich ohne ihre Kräfte waren. Diese Erkenntnis machte aus den ehemaligen Feinden zwar keine neuen Freunde, legte aber für den dauerhaften Frieden einen wichtigen Grundstein. Kore selbst trug einen wichtigen Teil zu dieser neuen Nachbarschaftspflege bei, aber handelte es sich dabei wirklich um ihr vorherbestimmtes Schicksal?

Dass sie einmal starb, erschreckte Kore gar nicht, denn sie wusste, dass alle Lebewesen auf der Erde sterblich waren, aber im Reich der Feen lebten sie ewig. Der Unsterblichkeit zu entsagen, war ihr Schicksal. Somit wusste sie schon, was sie erwartete. Sie ging nur den Weg, den so viele ihrer lieb gewonnen Kameraden gingen oder einmal gehen werden. Wenn sie darüber nachdachte, so wurde ihr mehr und mehr bewusst, dass sie ein Teil dieses Planeten, dieser sterblichen Erde war. Etwas dass ihr nicht nur Angst, sondern auch einen gewissen Stolz einräumte. Indem sie wusste, dass alles verging, bekamen die vielen Dinge hier einen tieferen Sinn. Jeder schöne Moment wird erst als schön empfunden, weil er verging. Man hielt nichts fest und man musste immer bereit sein loszulassen. Ohne den Tod findet keine Weiterentwicklung statt. Es bildet sich auf der Erde keine derartige Artenvielfalt, wenn es nicht den Tod gäbe. Alles Lebende macht dem Werdenden einmal Platz, da nur so eine Anpassung der Spezies auf veränderte Umweltbedingungen gelingt. Ohne den Tod fänden sich nie die Einzellerorganismen im Meer zusammen, um komplexere Lebensformen zu bilden. Sie erkannten, dass sie gemeinsam für ein besseres Überleben ihrer Art sorgten. Ohne den Drang zum Überleben bliebe das Leben auf eine Zelle beschränkt. Aber das wollte die Schöpfung nicht. Die Schöpfung brauchte die Mutation, brauchte die Manipulation. Brauchte Entwicklung. In der Natur gibt es keinen Fehler.

Der Rat vertrat die Überzeugung, dass nur derjenige das Licht sah, wenn er auch die Düsternis kannte. Eine Linie, die sich zwischen den schönen und hässlichen Ereignissen der Erdgeschichte spannte. Im Laufe der Zeit lernte Kore vieles über das ökologische System des Planeten Erde. Sie verstand, welch komplexes Gebilde das Zusammenspiel seiner Kräfte ist und dass sich gerade durch ihre Verwobenheit die Brillanz der Schöpfung offenbarte. Alles unterlag bis ins Kleinste den Gesetzen der Wirklichkeit, welche selbst in Jahrtausenden die Menschen beschäftigen wird. Sogar zu Kores Zeit ergründeten sich die Gesetze der realen Welt bei Weitem nicht vollständig. Auf die gefundenen Antworten folgten weitere Fragen. Die Wirklichkeit war mehr als ein Zerrbild des Raum- und Zeitverhaltens im Kosmos. Sie unterwarf sich unter anderem der Gravitation, den magnetischen Kräften, dem Hang zur Unordnung des Universums und vielen anderen Gesetzen, die man nicht mal im Entferntesten erahnte. Alles unterlag bestimmten Regeln, die richtig verstanden und geachtet ungeheuren Reichtum brachten. Ein Reichtum nichtmaterieller Natur, eine Erkenntnis eines lebenswerten Daseins. Eben weil durch die Zerstörung hochgeordneter Gebilde, ein neues höher geordneteres Gebilde entstand, fand eine Weiterentwicklung überhaupt statt. Unerheblich davon, ob dieses Gebilde von geistiger oder materieller Natur war. Wer ein Omelett macht, zerschlägt unter hohen Energieaufwand stark geordnete Lebensmittel wie Eier, damit sie durch ihre Vermischung zu einem ebenso hoch geordneten Eierfladen werden. Die Schöpfung ließ es einfach geschehen und fragte dazu nicht ihre einzelnen Eier, ob sie zu einem Pfannkuchen werden wollen. Sie zog unbeirrt durch die Zeit, einzig mit dem Ziel sich weiterzuentwickeln. Der Augenblick, was den Lebensabschnitt eines dieser „Zutaten" betraf, hielt diese Entwicklung nicht auf. Er arrangiert sich aber mit dieser Eigenschaft des Universums, in dem es sich selbst weiterentwickelt und das erworbene Wissen an die nächste Generation weitergab. Auf diese Art und Weise überlebte eine folgsame Spezies die Zeiten und starb niemals aus. Genau diese Politik verfolgte der Rat der Sechs all seinen Regierungsjahre hartnäckig. Er war sich seiner Schwächen in Klaren und versuchte sie durch eine breit gefächerte Informationspolitik auszugleichen. Wissen durfte nicht nur gesammelt sondern musste auch umgesetzt werden. Daher schwor er die gesamte Menschheit in diese Entwicklung ein, um dem Gesetz der Schöpfung gerecht zu werden. Sicher war das Regierungssystem des Planeten bisher einer Diktatur nicht unähnlich. Die Herrscher handelten nicht ihrer eigenen Pfründe wegen, sondern aus einem Auftrag heraus, den ihnen ein ehemaliger Diktator mit auf dem Weg gab. Kore grübelte daher auch über General Tomps nach. Dem, dem sie ihren Nachnamen verdankte und der die Gemeinschaft ihrer Brüder und Schwestern durch die Einrichtung der Waisenhäuser begründete. Das Schicksal strafte ihn schwer gestraft, in dem es ihm sein geliebtes Weib und die Kinder durch ein heimtückisches Attentat entriss. Sein Schmerz wandelte er nicht in Hass und Zerstörung um, sondern in einen Auftrag, den er kurz vor seinem Tode, an den Rat der Sechs weiter reichte. Nie hielt sich der Rat der Sechs je für unersetzbar. Irgendwann fällt jede Regierung und nur diejenige bleibt bestehen, die dem Wandel der Zeit Rechnung trägt. So gesehen verstand Kore, weshalb der Rat jetzt nicht entdeckt werden wollte und die Chance nutzte, seine gesteckten Samen aufgehen zu sehen.

Während sie über dieses endlose Thema im Geiste philosophierte, wurden ihr die Augen schwer und sie fiel in den ersehnten Schlaf. Losgelassen von der Welt des Bewussten, fand sich Kore auf Ipsys Blumenwiese wieder. Auf den ersten Blick wirkte nichts verändert. Kniehoch standen die Gewächse der Ebene, die sich prächtig und mit süßem Duft dem Besucher präsentierten. Inmitten der Blütenpracht stand Ipsys leuchtend weißer Kirschbaum mit seinen zahllosen Blüten. Entschlossen fuhr Kore ihre Flügel aus und flog auf den Baum zu. In ihr brodelte es vor Zorn. Sie wusste, dass sie sich nicht von Ipsy aus diesem Traum werfen lassen durfte. Ihre Ausbilderin schien als Einzige mehr über die ganze Sache zu wissen, als ihre Brüder und Schwestern auf der Erde.
„Ipsy, wo bist du?", rief Kore laut, während sie sich dem Baum näherte. Sie verharrte horchend in der Luft, damit ihr nicht der kleinste Laut entging. Nur das leise Surren ihrer eigenen Flügel drang in ihr Ohr. Die Menschenkinder, so wie die Feen Kores Mitmenschen nannten, trugen ihre Konflikte untereinander niemals so aus, wie es Feen taten. Sie schickten bei heiklen Situationen einen Unterhändler, der diplomatisch versuchte wieder Kontakt zu den verfeindeten Parteien knüpfen. Die Menschen machten sich bei einer Annäherung einander Geschenke, entschuldigten sich und baten um Verzeihung. Bei den Feen funktionierte dies anders und das lag Kore förmlich im Blut. Einmal mehr zeigte sich, dass Kore sich mittlerweile auch geistig weiter von den Menschenkindern entfernte. Sie war in ihrem Herzen mehr Fee als Mensch.

„Ipsy", fuhr Kore unbeirrt fort. „Ich hab keine Zeit für Spielchen. Mein Bruder ist Tod. Ich muss nach Gamma Neun. Um da hinzugelangen, brauche ich deine Hilfe."

„So?", fragte Ipsy bissig und erschien beleidigt wie aus heiterem Himmel mit einem Puff. Abweisend verschränkte sie ihre Arme und stierte sie wütend an.

„Ja. Was ihn auch umbrachte. Es kommt von dort."

„Ts. Ist das alles, was du dazu zu sagen hast?", fragte Ipsy grantig zurück.

„Meine Freunde waren viel hilfsbereiter als du."

„Deswegen sind sie auch deine Freunde. Ich bin nicht deine Freundin. Ich bin deine Ausbilderin. Offensichtlich habe ich meine Aufgabe mit dir nicht abgeschlossen."

„Wie meinst du das?"

„Sobald ich dir das beigebracht habe, was du für deine Bestimmung wissen musst, verschwinde ich für dich für immer. Das soll das heißen."

„Du bist hier, weil es dir bestimmt ist, mir noch etwas beizubringen?"

„Ganz genau", sagte sie. „Ich darf jetzt nicht gehen. Das heißt, das Ganze da gehört zu deinem Schicksal und ich hab meine Arbeit mit dir nicht beendet. Auch der Tod deines Bruders durch deine Hand ist ein Teil deiner Bestimmung."

„Ich sollte meinen Bruder töten? Ich war nicht ich selbst, als ich das tat. Da fuhr jemand anderes in mich hinein."

„Das vermute ich auch", sagte ihre Ausbilderin und sah Kore entspannter an. „Was heißt, dass wir wirklich keine Zeit für Spielchen haben. Ich glaube, wir stecken in Ruhe unser weiteres Vorgehen bei einer Tasse Tee ab. Tässchen gefällig?"

„Äh ... ja", Kore fühlte sich von der plötzlichen Einladung überfahren.

„Ich hab köstlichen Nuaventee in meinem Häuschen", fuhr Ipsy begeistert fort. „Kommt dem aus Atres sehr nahe. Der wird dir schmecken. Komm mit", sagte sie und flatterte in die dichten schneeweißen Blüten ihres Baumes hinein.

Kore wandte ihren Minimalus an und brachte sich auf die Körpergröße ihrer Ausbilderin. Gespannt folgte sie ihr durch ein Meer der süßlich duftenden Knospen. Tiefer im Geäst erkannte sie Ipsys Baumhaus mit der Terrasse wieder. Ihre Ausbilderin landete bereits auf ihr und bereitete mit ihrem Staub zwei Sitzgelegenheiten und den Tee zu. Er stand auf einem zierlichen Holztisch in einer großen Porzellankaraffe. Es dampfte bereits aus zwei Tassen neben denen akkurat ein Teelöffel, Biskuit und ein Zuckerdöschen bereitstanden. Kore setzte sich auf einen gepolsterten Holzstuhl und führte ihre Nase vorsichtig über die Tasse. Aus ihr roch es ein wenig nach Zitrone. Ihre Lehrerin zog diesen Geruch träumerisch durch die Nase und entspannte sich dabei, während ihr Gast ihre Gelassenheit nicht im Geringsten teilte. Ihre Ausbilderin nippte begeistert an dem Getränk.

„Ah ..." meinte Ipsy zufrieden und lehnte sich mit der Tasse in der Hand zurück. „Es geht doch nichts über ein Stückchen Heimat."

„Stecken die Dämonen dahinter?", fragte Kore, kaum dass sie sich setzte.

„Ich weiß es nicht, meine Liebe, aber die Macht, die dahinter steht, ist in jedem Falle dunkel. Das steht fest. Es sieht ganz nach den Dämonen aus. Die können so was."

„Das kann nicht sein. König Malitides versöhnte sich doch mit meinem Vater. Was ist da passiert, als ich die Kontrolle über mich verlor?"

„Du bist ...", begann Ipsy ihre Einschätzung zu erläutern. „Gedrahtet."

„Gedrahtet?", wiederholte Kore verständnislos.

„Ja. Es ist eine Fortbewegungsart, wie sie die Dämonen benutzen. Wenn ein Dämon drahtet, dann legt er direkt zu seinem Ziel einen glühenden Faden aus. Ein extra hartes Metall. Nichts hält diesen Faden auf. Er durchschneidet alles, was auf seinem Weg liegt. Vor allem zieht er eine Hitzespur der Verwüstung hinter sich her. Innerhalb weniger Bruchteile von Sekunden ist er bei seinem Ziel und verschlingt es. Das geht aber nur, wenn er dort vorher schon einmal war. So wie du, als du Neko nach Cherson gebracht hast, denn der Draht endet genau an der Stelle, an der du Neko verlassen hast."

„Ich hab aber Neko nicht verschlungen", entgegnete Kore angespannt.

„Nein, das hast du nicht. Als du vor Neko warst, hast du eine mächtige Hitzewalze hinter dir hergezogen. Das passiert immer, wenn Dämonen drahten und dann hast du ihn mit deinen Augen ausgeblitzt."

„Moment. Ausblitzen?"

„Ausblitzen heißt, dem Opfer so etwas wie einen elektrischen Schock zu verpassen. Wenn eine Fee von einem Dämon ausgeblitzt wird, ist sie für ein paar Minuten paralysiert. Drahten und ausblitzen können Dämonen und eine ganz besondere Fee."

„Welche ist das?"

„Die bist du nicht, denn Letztere ist schwarz wie die Nacht und verbrennt sich nicht an Eisen, weil sie das Feuer ist. Man sagt, wenn sie erscheint, endet unser Zyklus", erklärte Ipsy ehrfürchtig. „Egal wie man es sieht. Es sind schreckliche Tricks, die die übrigen Feen verabscheuen."

Kore verbrannte sich nicht an Eisen, verkniff sich aber, Ipsy darauf aufmerksam zu machen, um sie nicht weiter zu beunruhigen. Bisher glaubte sie, dass sie deshalb davor verschont blieb, weil sie ihre Entwicklung zur Fee noch nicht abschloss.

„Gibt es noch jemand anderes, der die dämonischen Kräfte benutzt?"

„Kore, in Atres, unserer Heimat, gibt es eine Vielzahl von Völkern. Sie alle haben unterschiedliche Fähigkeiten. Aber eines ist sicher, die Zauberer von der Huangdi haben damit nichts zu tun. Das ist nicht deren Handschrift."

„Ihr nennt das Feenreich Atres? Wer sind diese Zauberer? Es kommt also doch von dem Ort, wo ich geboren bin."

Ipsy fuhr von der Vorstellung bewegt fort: „Es ist mir eiskalt über den Rücken gelaufen, als ich gehört hab, was ich von eurem Rat gehört habe. Wir sind auf einem echten Planeten zu Hause. Bisher glaubten wir, wir seien in einer anderen Dimension oder so etwas. Aber so ist es offenbar doch nicht. Ich dachte unsere Welt wäre nicht direkt mit der Euren verbunden."

„Du meinst also, du weißt nicht, wer meinen Bruder umgebracht hat?"

„Nein", gestand Ipsy ratlos. „Aber dein Vater könnte dir helfen. Er gab dir das Medaillon dafür."

„Es funktioniert nicht. Ich öffnete es, aber sah nichts."

„Hmph. Das wundert mich nicht", erklärte Ipsy wie selbstverständlich und stellte die Tasse ab. „Wenn du in deiner Dimension bist, klappt es auch nicht. Du musst es bei mir auf der Trainingsebene öffnen. Hast du es bei dir?"

„Ja", sagte Kore und nahm das Amulett vom Hals. Sie gab es ihr. Ipsy wog es begutachtend in der Hand und lies sich Zeit das Stück näher anzusehen, während Kore nun auch zur Teetasse griff und sie mit einem Schluck leerte. Das Getränk in ihrer Tasse wurde mittlerweile kalt und gab keinen Geruch mehr ab.

„Da ist ein Spiegel drin. Er ist matt", ergänzte Kore nach einer Weile, weil Ipsy verdächtig lange nichts sagte.

„Ich weiß", sagte sie auf den Anhänger fixiert. „Das Stück ist eine schöne Arbeit. Dunkelelfenkunst würde ich sagen."

Ihre Ausbilderin öffnete es und legte es auf dem Terrassenboden ab.

„Es gibt so vieles, was mich interessiert. Sag mir bitte, was das für eine Welt ist, in der meine Eltern zu Hause sind."

„Oh, das ist nicht leicht zu beschreiben", antwortete sie tief durchatmend. Sie griff erneut zur Kanne mit dem Tee, um sich einen Neuen einzuschenken.

„Willst du auch einen?", fragte sie fürsorglich und sah sie mit der Kanne in der Hand augenzwinkernd an.

„Was ist das überhaupt für ein Getränk, das wir da zu uns nehmen?", fragte Kore neugierig geworden.

„Oh, der Nuaventee? Er stammt von Bäumen, den die Feen in Wolkenhain züchten."

„Ihr baut Tee an?"

„Na ja, vielmehr ziehen wir ihn groß. Es ist keine gewöhnliche Teesorte. Eine Nuave ist ein denkendes Gewächs. Sie stammt aus dem Dschungelgebiet und wir machten sie für uns brauchbar. Der Dschungel, aus dem der Baum stammt, ist ein sehr gefährlicher Ort. Vor allem für jemanden, der sich dort nicht auskennt. Da gibt es Kreaturen, die du dir nicht mal im Traum vorstellst."

„Du kannst sie mir sicher zeigen", sagte Kore aufmerksam. „Mit einer Illusion oder sowas."

„So ähnlich wie du es mit Neko und Chausette getan hast?"

„Warum nicht?"

„Ich weiß etwas viel Besseres. Heimat spürt man. Probiere jetzt einfach nochmal den Tee. Du hast ihn zu kalt werden lassen, um es zu fühlen. Er entfaltet am besten heiß seine Wirkung. Ein kleines Schlückchen reicht bereits aus", sagte Ipsy und goss ihr wiederum heißen Nuaventee in die Tasse. Jetzt roch der Tee für Kore wieder intensiv nach Zitrone. Sie nippte diesmal, wie Ipsy es ihr riet, daran und genoss schon bald seinen belebenden Charakter. Der Geschmack selbst hatte nichts mit dem Zitronengeruch gemein. Es schmeckte fast wie Thymian, nur wesentlich stärker. In ihr wurde es nicht nur wohlig warm dabei. Nein, regelrechte Energie durchflutete sie. Es fühlte sich an als stieg sie wie beim Fliegen senkrecht in die Höhe und putschte sie regelrecht auf.

„Nicht schlecht. Das weckt einen ja auf", bemerkte Kore begeistert.

„Ich dachte mir, dass er bei dir anschlägt. Du bist ja auch eine Fee. Alle Nichtfeen hassen ihn. Er entzieht ihnen die Kräfte. Für kurze Zeit, jedenfalls. Aber gut. Atres lernst du am besten mithilfe deines Medaillons kennen. Mach dir selbst ein Bild."

Aus Ipsys Fingern schoss ein mächtiger Staubstrahl auf ihr Amulett. Er hüllte es vollständig ein und hob es vom Boden an. Kore glaubte, Licht brechen zu sehen. So als ob ein gleißender Lichtstrahl auf einen Diamanten traf. Alsbald erklang eine liebliche Melodie, die ihre unmittelbare Umgebung verwischte. Nur Ipsys Terrasse und ihr Teetischen blieb an Ort und Stelle. Von der plötzlichen Wandlung ließ sich ihre Ausbilderin nicht stören. Genüsslich schlürfte sie weiter ihren Tee, während sie sich in einem großen Saal wieder fanden. Seine Wände aus hellweißen Steinen reflektierten hervorragend das Tageslicht, was den Raum hell ausleuchtete. Der Fußboden bestand aus einem fein ausgelegten Mosaik und Kacheln, welche Einhörner und Falken als Motiv zeigten. Auf ihm lag ein schmaler roter Teppich, dessen feines Gewebe sofort ins Auge stach. Ebenso erkannte Kore in dem Raum etliche Tontöpfe mit der gleichen Pflanze, die offenbar für die Feen eine tiefere Bedeutung besaß.

„Das sind Nuaven", erklärte ihr Ipsy. „Der Baum ist ein Kraftsymbol. Daher taucht er oft bei unseren Motiven auf."

Hohe Fenster durchbrachen mit geschwungenen Rahmen die schneeweißen Wände. Durch sie drang ein angenehm warmes Tageslicht in den Raum. Daneben befanden sich Wandteppiche, dessen feine Webarbeit ähnliche Motive zeigten, wie der Mosaikboden. Kore erkannte am Ende des Saals deutlich einen Doppelthron, der auf einem erhöhten Sockel stand. Fast durchsichtig wie ein riesiger Eisblock wirkte er.

„Das ist der Feenthron des Königspaars. Er besteht aus Wolkenkristall. Sehr schwer zu fertigen, aber unzerstörbar", sagte Ipsy hierzu. „Wir müssen in Wolkenhain sein. Der Festung des Feenreiches."

Mit beginnender Faszination flog Kore durch den Saal. Um ihn genauer untersuchen zu können, wuchs sie wieder auf Normalgröße heran. Gespannt näherte sie sich dem Fenster. Mit ihren Augen suchte sie den Himmel ab, der zu diesem Zeitpunkt ein tiefes Blau zeigte. „Was ist mit der Sonne? Gibt es dort so etwas?"

„Ja, aber der Tag und Nachtzyklus dauert hier etwas länger", erklärte Ipsy und flatterte zu ihr ans Fenster.

„Wir müssen sehr hoch sein. Ich erkenne keinen Boden."

„Das sind wir auch. Die Wolkenfestung befindet sich, wie ihr Name schon sagt, in den Wolken. Unter uns befindet sich die Splitterbucht. Am Ausgang der Bucht liegt die Stabinsel, die wir auch Huangdi nennen. Auf ihr leben die besagten Zauberer. Ich gebe zu, das mit den Zauberern klingt zunächst verwirrend. Es sind keine richtigen Zauberer, aber sie bauen Dinge, die der Zauberei doch sehr nahe kommen. Jedenfalls nach unserem Empfinden. Was das ist, ist wirklich schwer zu erklären. Du müsstest es selbst sehen. Sie errichteten einen eigenartigen Turm auf der Stabinsel. Wir kennen seinen Zweck nicht. Im Augenblick können wir die Huangdi leider nicht sehen. Wegen der vielen Wolken hier oben. Woher ihr Name kommt, weiß ich nicht, aber den Gerüchten nach stammt diese Bezeichnung von den Zauberern selbst. Was wir über sie wissen, ist, dass sie sich von den meisten Völkern auf Atres isolierten. Die Dunkelelfen und die Meerleute handeln aber mit ihnen. Angeblich machen sie Experimente auf ihrer Insel. Man munkelt von skurrilen Wesen, die man dort gesehen haben will. Ich will dir damit sagen, dass sie sehr gefährlich sind. Sie bauen fiese Waffen und verkaufen sie an jeden, der ihnen Rohstoffe anbietet. Die benutzen sie, um weitere Waffen zu bauen.“

„Verstehe. Die leben vom Zwist der Völker untereinander.“

„Die Splitterbucht selbst wurde früher von uns Feen bewohnt, allerdings sind wir nach Wolkenhain gezogen, als es ständig Übergriffe gab. Aber nicht jeder von uns ging mit. Ein Teil von uns blieb im Dschungel. So entstanden die Waldelfen. Unsere Völker sind daher eng miteinander verwandt. Es kommt nicht selten vor, dass ich auch hin und wieder eine Waldelfe ausbilde.“

„Sind sie recht anders als wir?“

„Eigentlich nicht. Sie sind erdverbundener, als wir Luftelfen.“

„Wie äußert sich das?“

„Nun, wir Luftelfen sind sehr flüchtig. So etwas wie eine Sesshaftigkeit kennen wir nicht. Uns macht es nichts aus, unseren Standort zu verlegen. Waldelfen sind verwurzelter. Dort, wo sie siedeln, ist ihre Heimat, die sie verbissen gegen alle Widerstände verteidigen. Selbst wenn sie in ihren Reihen Verluste hinnehmen.“

„Ich dachte, ihr seid unsterblich?“

„Das sind die Völker auf Atres auch. Unsere Gegner haben es nicht unterlassen, uns gefangen zu nehmen und uns so von dem Kreislauf der Wiedergeburt fernzuhalten.“

„Wiedergeburt?“, schüttelte Kore rätselnd den Kopf. „Das klingt ja sehr religiös.“

„Mit Unsterblichkeit meine ich nicht Unzerstörbarkeit. Es bedeutet, wenn eine Fee auf Atres eliminiert wird, dann materialisiert sie sich in einem von uns bereitgestellten Körbchen neu. Wir sagen dazu, sie fällt vom Himmel. Die so wiedergeborenen Feen können sich aber nicht mehr an ihr früheres Leben erinnern und müssen von den Ausbildern, wie ich eine bin, neu erzogen werden. Aber das geschieht auf Atres selbst und nicht in der Fremde.“

„Bin ich etwa auch schon mal geboren worden?“

„Du nicht. Es ist nämlich so, dass in unregelmäßigen Abständen ganz frische Feen vom Himmel fallen. So wie bei dir und Lys ...“, schluckte Ipsy korrigierend. „... äh, ich meine du bist so ein Fall. Die erstgeborenen Feenkinder werden nach ihrer Geburt zur Schicksalsseherin getragen und von ihr dorthin gebracht, wo sie ihre Bestimmung erfüllen. Ihre Reifeprüfung, wenn man so will. Kommen sie heim, bleiben sie auf Atres und es passiert schon mal, dass sie gefangen genommen und auf ewig festgehalten werden. Nicht gerade das, was wir Feen gut fänden. Wir Feen sind Luftwesen. Uns gehört alles zwischen Himmel und Erde. Die Meisten von uns leben hier in Wolkenhain. Wir können, im Gegensatz zu den Dämonen, fliegen. Aber die Dämonen haben Kreaturen, die fliegen können. Auf ihnen griffen sie unsere Festung schon mehrmals an.“

„Verstehe. Deswegen führten die Feen Krieg mit den Dämonen, weil sie den Luftraum streitig machten.“

„Vielleicht, Kore. Die Dämonen sind fies. Sie finden Gefallen an allem, was zerstört und vernichtet. Es ist ein Wunder, dass die Feen mit den Dämonen einen Frieden schlossen. Aber wie viel hat man davon zu halten? Es scheint, als wäre er wieder gebrochen.“

„Ich kann mir das nicht vorstellen", sagte Kore trotzig. „König Malitides sah so glücklich aus, als er hier war. Nicht so wie jemand, der einen anderen bloß in Sicherheit wiegen will, um dann loszuschlagen, wenn dieser es nicht erwartet. Er suchte tatsächlich den Frieden."

„Das Böse schließt mit dem Guten niemals Frieden", sagte Ipsy skeptisch. „Sie benutzten dich offenbar um einen Plan zu schmieden, die Herrschaft über Atres zu erlangen."

„Das glaube ich nicht", widersprach Kore heftig. „Wieso können wir Feen behaupten, die Guten zu sein? Das behaupten die Dämonen von sich sicherlich doch auch. Nein. Da steckt etwas anderes dahinter."

„Hm", grübelte Ipsy. „Wahrscheinlich ist das deine Erziehung, die sich hier durchschlägt. Der Rat der Sechs glaubte nie an die Sache, das Gut und Böse trennbar ist. Bei uns ist das aber so."

„Ach ja?", ereiferte sich Kore entrüstet. „Sagtest du nicht vorhin, dass es dich überrascht hat, dass deine Heimat ein Planet ist? Warum sollen dort andere Gepflogenheiten, als auf der Erde herrschen? Wenn es bei uns so ist, dann wird es bei euch ähnlich sein. Wie unten so oben, wie oben so unten."

„Päh, was soll daran gut sein, eine Schneise der Verwüstung hinter sich herzuziehen?", sagte Ipsy erregt.

„Ich denke, dass die Feen nicht die Dämonen verstehen und die Dämonen nicht die Feen. Eben weil sie alle verschieden sind", antwortete Kore selbstsicher. „Aber in einem Punkt hast du recht. Ich muss mit Malitides und meinem Vater sprechen. Sie beide werden mir sicher helfen können, das Rätsel um Nekos Tod zu lüften."
Kore wandte sich wieder dem Saal zu und näherte sich dem besagten Thron. Als sie ihn anfasste, stieß ihre Hand nicht auf Widerstand. Sie glitt einfach durch ihn hindurch.

„Wir sind eine Projektion", erklärte ihre Ausbilderin. „Wir sind nicht wirklich hier. Das, was wir hier sehen, spielt sich weit entfernt von uns ab. Man sieht uns zwar, aber man kann uns nichts anhaben. Siehst du den Anhänger, der dort auf der Kommode liegt?"
Kore sah zu der Stelle, zu der Ipsy hindeutete. Dort lag das Gegenstück des Medaillons auf dem unscheinbaren Möbelstück.

„Eigenartig, dass er hier so herrenlos herumliegt", bemerkte Ipsy überrascht. „Eigentlich dachte ich, dass sie es viel sorgsamer verwahren."

„Wo sind denn nun meine Eltern?", fragte Kore platzend vor Ungeduld und flog durch den Saal, bis sie auf die breite Ausgangspforte des Audienzraumes traf. Wissbegierig wollte sie ihn öffnen doch ihre Hände glitten durch den Knauf, wie wenn er aus Luft bestünde.

„Argh", erschrak sie. „Was bedeutet das?"

„Och, das ist normal so", erklärte Ipsy geduldig und schwirrte zu ihr hin. „Wir können überall hingehen, was im Sichtbereich des Medaillons liegt. Was darüber hinaus ist, können wir weder sehen noch hören. Aber ich kenne jemanden, der uns hilft, deine Eltern zu finden."

„Ach ja?"

„Ja", sagte Ipsy bestimmt und pfiff einen so schrillen Ton, dass sich Kore die Ohren zuhielt.

Schmerzverzerrt verzog sie ihr Gesicht, als ein ebenso greller Ruf widerhallte und der Laut gleich einem Tornado durch den Thronsaal fetzte. Wenig später segelte zum Fenster der wohl eigenartigste Raubvogel herein, den Kore je erblickte. Das Tier wirkte riesig. Sein stattliches Gefieder schimmerte, bis auf die blütenweißen Schwungfedern, so blau wie der Taghimmel und ein einziger Flügel brachte es auf eine Spannweite, die etwa der Körperlänge Kores entsprach.

„Hoss. Darf ich dir Kore vorstellen?", sagte Ipsy zu dem stolzen Falken, der sie mit seinen scharfen Augen durchleuchtete wie ein Scanner. Sein mächtiger Schnabel ließ Hoss äußerst bedrohlich aber erhaben für seinen Betrachter erscheinen. Kore musterte ihrerseits den imposant wirkenden Vogel und rümpfte dabei die Nase.

„Er sieht sehr gefährlich aus", bemerkte Kore skeptisch.

„Das ist er auch", entgegnete Ipsy bestimmt. „Der Krieg mit den Dämonen formte ihn. Hoss ist ein echter Feenfalke. Er und seinesgleichen werden auch Blitzfalken genannt. Er war eine Hauptfigur in dem Kampf mit den Dämonen."

„Wieso war?", fragte Kore interessiert.

„Hoss ist ein Deserteur, Kore. König Laikos verbannte ihn, als er sich der Verteidigung von Wolkenhain verweigerte."

„Oh", schluckte Kore betroffen. „Hoss war lange nicht willkommen in Wolkenhain. Nach dem Krieg mit den Dämonen wurde er begnadigt. König Laikos erließ aufgrund des Friedensschlusses eine Amnestie und sicherte jedem die Straffreiheit zu."

„Woher weißt du das?"

„Weil ich Hoss ausgebildet habe. Ich war seine Trainerin und hab noch immer Kontakt zu ihm. Über die Ausbilderebene. Von ihm weiß ich, was gerade auf Atres vorgeht."

„Er war dein Spion in der Heimat."

„Ja", gestand Ipsy leicht errötend ein. „Die Königin gab mir damals eine Mitschuld an seiner Untreue. Ich unterwies ihn für das Gute und Reine zu kämpfen, aber er machte sich seine eigenen Gedanken dazu und nun ja, er ist desertiert. Es überraschte mich, dass ich ausgerechnet dich ausbilden darf. Die Tochter des Feenherrschers."

„Moment. Soll das etwa heißen, dass du bei den Feen in Ungnade gefallen bist?"

„Es gab mehrere Gründe, zu denen ich mich dir gegenüber nicht äußern kann, weil sie sehr vertraulich sind …", sagte Ipsy gedrückt. „Die Königin meinte, ich müsste mich wieder, wie früher auf der Ausbildungsebene bewähren. Dort wo ich meine größten Leistungen hervorgebracht habe. Wenn man eine Feenlehrerin ist, weiß man nicht, wen man als Schüler kriegt. Meine Schüler werden mir vom Schicksal zugewiesen. Ich krieg sie einfach verpasst. So wie du deine Bestimmung erfüllst, erfülle ich sie durch meinen Dienst. Das ist mein Los, Kore."

„Du kannst also wirklich mit dem Falken reden?"

„Ja, das ist ganz einfach. So wie jede Fee habe ich als Lehrerin eine Spezialfertigkeit. Das ist eine Fähigkeit, die auf meine Aufgabe zugeschnitten ist. Ich schlüpfe in sein Unterbewusstsein und sichte die Informationen in seinem Kopf. So erfahr ich vielleicht, was das Ganze hier bedeutet. Es muss in der kurzen Zeit eine Menge passiert sein", führte Ipsy aus und verschwand unversehens.

Kore näherte sich dem Tier, dessen scharfer Blick sich an Kore festfuhr. Neugierig beäugten sie sich. Ihre Blicke trafen sich und es schien Kore, als ob er ihre Gedanken las. So viel Unterschied war zwischen ihnen nicht.
„Du bist ein Verräter", bemerkte sie benommen. „Genau wie Indreen."
Der Falke senkte seinen Blick und stieß einen kurzen Laut aus. Sie wollte ihn mit ihrer Hand berühren, aber anstatt sein Gefieder zu streicheln, fasste sie ins Leere. Nicht lange dauerte es, da flog ein weiterer großer Falke, mit ähnlich großer Statur, durch die Fensteröffnung. Dieser aber besaß rote Schwungfedern und er brachte fünf weitere, allerdings wesentlich kleinere Falken mit. Sie setzten im Thronsaal vor Kore auf und forschten sie mit ihren Blicken neugierig aus. Vor allem die kleinen Falken interessierten sich für Kores Erscheinung. Sie wurden offenbar erst Flügge und versuchten mit ihren recht kleinen Schnäbeln Kore zu packen, doch sie fuhren durch sie hindurch, wie wenn sie ein Geist wäre. Der Falke mit den roten Schwungfedern stieß einen schrillen Ton an und die Jungfalken unterließen ihre neugierigen Aktionen, Kore weiter so willkommen zu heißen. Sie setzten sich wieder artig neben ihre Mama, die ihre Folgsamkeit mit einem anerkennenden Krächzen belohnte.
„Du hast eine Familie?", fragte Kore gerührt.
Hoss nickte mit seinem gefiederten Haupt.
„Du wolltest nie in den Krieg. Was für eine Welt ist das hier?"
Die Falken sahen Kore traurig an.
„Keine Friedliche, nicht wahr?", folgerte sie aus ihrer Reaktion.
Obwohl Kore mit dem Falken kein Wort sprach, verstanden sie sich dennoch. Ihr kam es seltsam vor, dass sie das konnte. Die Falken stimmten mit ihrem Gekreische zu. Ipsy erschien wieder aus einem Puff heraus. Sie sah alles andere als fröhlich aus. Ihre Mine verriet, dass sie sich sehr gut überlegte, wie sie am Besten die Information, die sie aus dem Gedächtnis von Hoss zog, an Kore vermittelte.
„Was ist los, Ipsy?", fragte Kore angespannt. „Was ist hier passiert?"
„Tja, das ist nicht gerade leicht zu verdauen, aber … Hoss, nimm bitte das Medaillon da von der Kommode auf und bring es in den Schlossgarten zu den Nuavenbäumen. Kore sieht sich das am Besten selbst an", sagte Ipsy zu ihrem ehemaligen Schüler und der Falke packte sich das Schmuckstück mit seinem wuchtigen Schnabel, sodass es frei herunterbaumelte. Die Umgebung machte plötzlich einen Ruck nach oben, als Hoss es anhob. Das Umfeld veränderte sich in der Form, wie Hoss das Schmuckstück im Schnabel transportierend bewegte. Kore glaubte mit einem Mal in der Luft zu hängen, ohne dass sie ihre Flügel öffnete, um zu fliegen. Hoss aber flatterte mit dem Anhänger durch das Fenster auf das Dach des Thronsaals. Von dort aus überblickte man die Feenfestung weiträumig. Kore verschlug es von dem prächtigen Ausblick glatt die Sprache. Alle Gebäude, oder wie sie sich nannten,

bestanden aus leuchtend weißen Blöcken und wirkte wie aus den Wolken gezimmert. Schöner als sie es je in einem Märchen gehört oder in bildhafter Ausführung sah. Sie sah überall blitzende Dächer aus Kristallglas, welche das Tageslicht in das Innere hinein ließen. Dazwischen lugten die liebevoll angelegten Gärten hindurch und höhere Sträucher mit farnartigen Blättern. Kore erahnte nur, wie das Leben in dieser Wolkensiedlung aussah. Ihr fielen vor allem die großen Nester auf den Dächern der Wolkenfeste auf. In keinem von ihnen sah sie einen Vogel sitzen.

„Hier wohnte die Elitetruppe der Blitzfalken. Das waren unsere Verteidiger hier oben. Sie spähten den Himmel gegen Gefahren aus und schlugen den Alarm.“

„Wieso war? Was ist hier passiert? Der Ort sieht verlassen aus.“

Ipsy verhielt sich kurz angebunden. „Das sagt dir am besten dein Vater selbst.“

„Papa ist hier?“, horchte Kore auf und rief zu Hoss. „Schnell bring mich zu ihm.“ Hoss verlor keine Zeit und schwang sich auf den mächtigen Turm des Wolkenschlosses, von dem man einen weiten Blick in die Ferne warf. Seine Familie folgte artig dem Papa, sodass er einen ganzen Falkenschwarm hinter sich herzog.

„Kore, was du jetzt sehen wirst, ist nur halb so schlimm, wie es wirkt. Ich meine, du musst jetzt tapfer sein …“, sagte Ipsy vorsichtig zu ihr und gab Hoss einen Wink, damit er den richtigen Punkt im Schlossgarten anflog. Der Feenfalke setzte gleich zu einem Sturzflug auf eine Grünfläche hinter dem Turm an. Dort standen mehrere Nuavenbäume herum, die nicht so recht in ein Bepflanzungsmuster der Anlage passten. Vor einem recht dichten Gestrüpp, das inmitten des großzügig gestalteten Gartenkomplexes der Feenfestung lag, kam er zum Stehen und setzte sanft wie ein Balletttänzer auf dem Kiesweg auf. Das Gewächs vor ihnen sah nicht so aus, als ob es absichtlich dort hingepflanzt wurde. Vielmehr versperrte er den feinen Kiesweg, der durch die Anlage führte. Im Garten selbst befanden sich breite Blumenbeete mit zierlichen Brunnen und Motiven, die Kore an Indreens Fantasiegeschichten erinnerte. Dort sah sie Feen gegen mehrarmige Monster kämpfen. Dann standen in dem kleinen Garten Skulpturen herum, deren Aussage für Kore unerschlossen blieb. Sie strahlten aber etwas Heroisches aus, das an Heldenmut und Aufopferung erinnerte.

Kore starrte mit offenem Mund auf das Gestrüpp auf den Kiesweg, das sich nach ihr bog. Offenbar bemerkte es ihre Anwesenheit. Ein dicker Ast schob sich durch das Blattwerk und der Zweig begann, mit ihr zu reden. Kore erkannte keinen Mund, doch der Laut drang deutlich genug hervor.

„Wer da?“, fragte der Baum stark verunsichert. Er bemerkte die Landung von Hoss im Garten. Die Stimme kam Kore sehr bekannt vor. Sie erahnte, wer oder was sich in dem Nuavenbaum verbarg.

„Vater? Bist das du?“, fragte sie erschaudert von seinem nunmehrigen Äußeren.

„Kore. Du bist es. Zum Glück“, atmete der verwandelte Feenkönig erleichtert auf. Neben dem Ast der sprach traten nun zwei weitere Stöcke aus dem dichten Buschwerk zum Vorschein. Sie ähnelten den Stielaugen einer Schnecke und besaßen jeweils ein Auge auf der Spitze, die sie traurig ansahen.

„Vater, was ist passiert?“

„Ich weiß es nicht. Ich meine, ich versteh das alles nicht", jammerte König Laikos ratlos. „Nachdem ich auf Atres zurückgekehrt bin, erzählte ich deiner Mutter von unserem Treffen und dass wir mit den Dämonen den Friedensvertrag schließen werden. Ich gab eine Amnestie aus, bei der ich einen jeden, der gegen die Dämonen den Kampf verweigerte, Straffreiheit zusicherte. Es wäre so viel vorzubereiten, aber da kamen fliegende Schlangen durch die Wolken in unsere Feste. Die Falken schlugen zwar Alarm, aber so einen heimtückischen Angreifer, kannten sie nicht. Ihre Blitze konnten diesen Geschöpfen nichts anhaben. Die bissen sie einfach und dann sind unsere Verteidiger wie Steine in die Bucht gestürzt. Sogar unser Staub beeindruckte sie nicht im Geringsten. Die Biester sind nicht einmal von Kristallwänden aufgehalten worden. Sie sind durch sie hindurchgeflogen, wie wenn sie aus Luft wären. Die Schlangen verhexten einen jeden von uns in einen Nuavenbaum. Und diese Bäume sind heimtückisch. Wenn man ihnen zu Hilfe kommt, beißen sie nach einem und kriegten fast jede Fee zu fassen. Auch mich. Nach wenigen Augenblicken wurzelten meine Füße in den Boden und ich wurde selbst ein Nuavenbaum. Deine Mutter rettete sich und ist mit den übrigen Feen von hier fort. Wohin weiß ich nicht. Sie könnten nach Havee, nach Durvin oder zu einem anderen Schloss geflohen sein. Die Schlangen sind zwar weg, aber die Meisten von uns sind nun das, was ich jetzt bin. Du solltest mich nicht aufsuchen Kore. Wenn du mir wahrhaftig gegenüberstehst, werde ich dich beißen und du wirst zu einem Nuavenbaum."

„Das ist furchtbar", schrie Kore entsetzt. „Was wollten die von euch? Sind sie etwa von Malitides?"

„Nein", erklärte ihr Vater aufgeregt. „Verwandlungen in eine andere Spezies können Feen einander nicht antun. Auch die Dämonen kennen einen solchen Trick nicht. Es wäre eher den Dunkelelfen oder sogar den Eisleuten zuzumuten. Vielleicht stecken auch die Zauberer der Huangdi dahinter. Sie machten skurrile Experimente mit Organismen."

„Ich muss zu euch nach Atres kommen. Mein Bruder wurde getötet."

„Neko?", fragte der König überrascht.

„Ja. Irgendjemand bemächtigte sich meiner und blitzte durch mich Neko aus. Ich muss wissen, was hier geschieht. Wie komme ich zu euch?"

„Ausblitzen sagst du? Du kannst jemanden ausblitzen? Oh ..."
Ihr Vater verstummte. Er schien über irgendetwas nachzudenken.

„Du ...", sagte er schließlich und fuhr mit seinen Stielaugen näher an Kore heran. Aus irgendeinem Grunde schien er sie sich genauer ansehen zu wollen.

„... da passt was nicht zusammen. Ich hab da ein ungutes Gefühl. Selbst wenn mich deine Mutter dafür verflucht, ich glaube, du musst hier her. Es geht nicht anders."

„Wie soll ich das machen? Kannst du mir zeigen, wie man ein Dimensionsloch erschafft? So wie du mit Malitides heimgekehrt bist."

„Das wird nicht gehen. Das Dimensionsloch ist die besondere Fähigkeit, die nur der Feenkönig oder die Königin beherrscht. Und im Augenblick bin ich leider verhindert, diese Kraft zu wirken. Nein, du wirst Jule aufsuchen. Mit ihrer Hilfe gelangst du nach Atres", sagte der König.

„Wer ist Jule?"

„Ich kenne nur ihren Namen und weiß, dass sie auf deinem Planeten ist. Sie kann mit dir zusammen den Portikus wirken, mit dem du zu uns gelangst. Deine Lehrerin Ipsy kennt sie besser als ich. Sie bildete sie schließlich aus. Aber Jule allein kann dir nicht helfen, der Sache mit dem Ausblitzen auf den Grund zu gehen. Du solltest in Erfahrung bringen, warum ausgerechnet du das kannst. Das Ausblitzen ist eine Sache der Dämonen. Am besten fragst du Malitides dazu. Er müsste sich auf Trestan aufhalten. Er teilt den Dämonenanwärtern ihre Ausbilder zu und wäre der Richtige dir diese Frage zu beantworten.“

„Vater, ich bin auf der Erde. Atres liegt zu weit von meinem Planeten entfernt. Ohne die Hilfe des Falken wäre ich nicht bis zu dir in den Garten gekommen.“

„Oh. Na, dann bringt eben der Falke das Medaillon zum Dämonenkönig, damit du mit ihm reden kannst“, sagte Kores Vater nachdenklich. Hoss stieß einen spitzen Ruf aus, der einem durch das Knochenmark glitt.

„Hoss?“, fragte der König. Offenbar erkannte er ihn an seinem Schrei. „Ja. Er könnte dir helfen. Ich begnadigte ihn und seine Familie gleich nach dem Friedensschluss mit den Dämonen. Frag ihn Kore, ob er es für dich tut. Auf mich ist er verständlicherweise nicht so gut zu sprechen. Eine alte Geschichte.“

Kore wandte sich an den mächtigen Vogel. Sie sah ihn fragend an und sagte: „Hilfst du mir? Kannst du das Medaillon zu Malitides bringen?“

Hoss erwiderte ihren Begehr zustimmend mit einem lauten Ruf. Er schnappte sich das Schmuckstück und flog mit einem Ruck von Kores Vater weg. Es ging so schnell, sodass es nicht einmal zu einem „Tschüss“ reichte. Zum Abschied winkend entschwand Kore ihrem Vater und trat im Sauseflug die Reise über die unbekannte Welt an.

Der mächtige Falke erhob sich mit seinen breiten Schwingen in die Luft und Kore entfernte sich mit Ipsy von den malerischen Gärten Wolkenhains. Hinter ihnen folgten Hoss Familie. Sie begleiteten ihren Vater bei einer äußerst ungewissen Mission quer über den Subkontinent. Früher bekämpften die Dämonen die Feen. Nun aber, als die Not am Größten wurde, erkannten beide Völker, dass ein dauernder Krieg das Schlechteste war, was sie sich gegenseitig antaten. Kore und Ipsy flogen mit Hoss über ein dichtes Meer aus Wolken, das unendlich zu sein schien. Sie breiteten nicht einmal ihre Flügel aus, da sie keiner Kraft bedurften.

„Wohin bringt uns Hoss genau?“, fragte Kore.

„Er fliegt nach Trestan. Der Insel der Dämonen. Sie liegt quer über dem Festland. Trestan ist durchzogen von Lavaschloten. Da raucht und zischt es furchtbar. Die ganze Insel ist in Wasserdampf gehüllt und überall gluckst es von dem brodelnden Magma. Die Dämonen lieben das.“

„Hört sich schaurig an.“

„Das ist es auch. Früher kochten sie Feen darin, wenn sie welche fingen. Aber hier sind wir unsterblich. Daher flohen die Meisten von uns, wenn die Dämonen unachtsam waren.“

„Und was habt ihr mit den Dämonen gemacht?“

„Soweit ich weiß, sperrte Laikos nie einen Dämon ein. Jedes Mal, wenn er welche einzufangen versuchte, entkamen sie ihm. Die Dämonen sind sehr gerissen. Man verscheucht sie mit Kälte, aber mit den Eisleuten, welche sich zeitweise mit uns verbündeten, war dies ein gefährliches Unterfangen. Nicht selten froren wir uns selbst Schock. Wir bekämpften daher mit Wasser die Dämonen. Früher befand sich direkt unter unserer Stadt Wolkenhain ein riesiges Geröllfeld, aber durch die Kämpfe verwandelte es sich in eine Insellandschaft, weil wir mit dem vielen Wasser den Boden unter uns erodierten. So entstand die Splitterbucht.“

„Meine Güte. Bei euch ging es ja sehr wüst zu“, sagte Kore entsetzt.

„Stimmt. Die ganzen Jahre über war es kein leichtes Leben in Wolkenhain. Ständig gab es da Angriffe abzuwehren. Als ich auf die Ausbilderebene zurückgeschickt wurde, glich dies für mich eher einem Urlaub, als einer Belastung. Ich schlief wieder ruhig. Außerdem machte es mir viel Spaß, die neuen Feen zu betreuen.“

„Diese Jule. Wer ist sie?“

„Sie ist eine Waldelfe. Genau wie du wurde sie auf die Erde geschickt, um dort ihren Schicksalsspruch zu erfüllen.“

„Kennst du ihren Spruch?“

„Ich weiß ihn nicht mehr genau, aber der Spruch der Seherin bei ihr hörte sich auch sehr schwammig an.“

„Hatte sie auch solche Probleme wie ich zu meistern?“

„Feenschicksale sind total verschieden, Kore. Jule schlug sich während ihrer Ausbildung zur Fee nicht mit einer Mörderbande herum. Eigentlich verlief ihre Lehrzeit ohne Komplikationen. Wir kamen zügig durch. Ich weiß nicht, was aus ihr wurde. Nachdem ich ihr alles beibrachte, sagte sie zu mir, dass sie als Erstes ihren Planeten bereisen wollte. Was sie dann wirklich machte, weiß ich nicht. Sobald ich die Ausbildung einer Fee beende, reißt der Kontakt zu meinen Schülern für immer ab.“

Die Wolkendecke lichtete sich und gab die Sicht auf ein riesiges Festland frei, das im Norden ein hohes Gebirgsmassiv und im Süden einen endlos erscheinenden Dschungel hatte. Vor ihnen fiel das Gebirgsmassiv steil ins Meer. Kore entdeckte an den Klippen zahllose Falken, die dort in ihren Nestern brüteten.

„Das ist die Falkenklippe“, erklärte ihr Ipsy wie eine Fremdenführerin. „Von dort rekrutierte Laikos die Wachen. Die Blitzfalken verteidigten uns vor den Störenfrieden.“

Von der Klippe stieg ein ganzer Schwarm der blauen Greifvögel auf und näherten sich den beiden schwebenden Feen. Ihre spitzen Rufe hallten in Kores Ohren wie ein Donnergrollen.

„Sie heißen dich willkommen, Kore“, sagte Ipsy.

„Sie kennen mich?“

„Die Feenfalken sind transzendent. Sie fühlen, wem sie trauen können und wem nicht“, erläuterte Ipsy, als ihnen auch schon ein ganzer Tross entgegen kam. Hoss umsegelte seine Artgenossen wie ein Kampfjet, während Kore durch sie hindurchglitt. Ihre Federn schimmerten wie das Blau des Meeres. Kore glaubte, dass sie fast mit dem Himmel verschmolzen. Die unzähligen Falken folgten ihnen ein Stück doch als sie das Festland erreichten, drehten sie urplötzlich wieder ab.

„Was ist? Haben wir sie verschreckt?", fragte Kore irritiert.

„Nein. Wir überfliegen nun das Niemandsland", sagte Ipsy. „Die Falken wollen nicht für eine Illusion ihren Geleitschutz geben. Viel zu ungemütlich. Das Gebiet vor uns ist ein Unikum auf dem Planeten. Hier lebt niemand. Es ist die dünnste Stelle des Subkontinents. Im Norden liegt das Hochland, eine Gletscherregion und darüber hinaus gibt es eine große Sandwüste. Im Süden ist das Tiefland mit dem Dschungel, in dem die Wald- und die Dunkelelfen zu Hause sind. Hier im Niemandsland fanden früher furchtbare Kämpfe statt. Die Eisleute aus dem Hochland hauten gigantische Burgen in den Fels und installierten dort ihre mörderischen Eisschleudern. Sie bombardierten das ganze Tiefland damit und sie hätten es in eine Kraterlandschaft verwandelt, wenn ihnen nicht die Waldelfen entgegen gezogen wären. Leider sind da auch die Dunkelelfen, die mit den Eisleuten gemeinsame Sache machten. Sie versuchten die Waldelfen abzudrängen, aber ohne Erfolg. Die Waldelfen schafften es ihre Geschütze zu zerstören, bevor das ganze Tiefland von dem vielen Eis unbewohnbar wurde. Die Waldelfen verstehen sich sehr gut auf regenerative Energie. Die Spezialität von Jule ist übrigens die Heilung von Verletzungen, Krankheiten und Verstümmelungen von Körpern."

„Kannst du mir das mit dieser Sonderfertigkeit näher erklären?"

„Jede Fee wirkt nicht alle Kräfte. Das ist nur einer Ausbilderfee möglich, wie ich eine bin. Jule ist eine Waldfee und als solche spendet sie die Lebenskraft."

„Verstehe. Eines interessiert mich da noch. Was ist meine Spezialfertigkeit?"

„Sei mir bitte nicht böse, dass ich dir das jetzt nicht sagen kann. Ich kenne sie ehrlich gesagt nicht. Die Spezialfertigkeit wird dir als Letztes beigebracht und ich selbst erfahre sie erst kurz vor unserem letzten Treffen", erklärte Ipsy und fuhr mit ihrer Landschaftserklärung fort. „Der Wüstenbewohner im Norden unterstützte in diesem Gefecht die Eisleute. Wir vermuteten schon immer, dass er mit in diesem Konflikt verwickelt ist."

„Hast du gerade von einer einzigen Person gesprochen?"

„Ganz recht. Er nennt sich Einkorn."

„Wie macht eine einzige Person euch so viel Ärger?"

„Einkorn besitzt die Macht über den Sand der Wüste. Damit meine ich, er lenkt die Sandkörner und leitet sie, wie er will. Ganze Stürme bricht er mit ihnen vom Zaun. Es ist ein furchtbares Gefühl von seinem scharfkantigen Sand durchgeschmirgelt zu werden. Mit seinem Sand versuchte er die Waldelfen aus dem Urwald zu treiben, aber gemeinsam verjagten wir ihn."

„Was macht er jetzt?"

„Tja, der Friedensvertrag mit den Dämonen passt Einkorn überhaupt nicht. Er versuchte schon immer, die Dämonen in seine Absichten einzuspannen, aber Malitides führte seinen eigenen Kampf gegen uns und ließ sich von Einkorn nicht benutzen. Nachdem die Dämonen es nicht schafften, uns wirklich gefährlich zu werden, strebte Malitides einen Kurswechsel an und handelte einen Waffenstillstand mit uns aus. Laikos misstraute Malitides schon immer. Es überraschte mich, dass er darauf eingegangen ist. Tja und dann noch die Sache auf der Erde. So komisch es klingt, erst als unsere Könige alle Kräfte verloren, griffen sie ihre Initiative, die zuvor vielleicht ein taktisches Manöver war, ernsthaft auf."

„Steckt Einkorn hinter Nekos Tod?"

„Es könnte praktisch jeder dahinter stecken, Kore. Sogar unsere Verbündeten kämen in Frage. Bei den ganzen Kämpfen ging es um die Vormacht auf Atres. Das ist auch einer der Gründe, warum Hoss desertierte. Er sah keinen Grund, seine Existenz und seine Familie mit Machtfragen zu verbinden."

„Was ist das da unten für ein See?", fragte Kore neugierig, als sie gerade ein kreisrundes Gewässer am Fuß eines Gletschers überflogen.

„Das ist der verbotene See", sagte Ipsy ausführend. „Der Legende nach entsprang aus ihm das Leben, das alle Kreaturen auf Atres erschuf. Wenn du willst, erzähle ich sie dir. Das dauert allerdings ein paar Stunden …"

„Bitte kurz. Ich hab keine Zeit für lange Erklärungen."

„Schön, also schön", seufzte Ipsy angestrengt. „Es ist eine Geschichte, die uns alle verbindet. Sie einfach so zu kürzen, wäre fast schon wie ein Frevel …"

„Bitte, versuch es einfach", sagte Kore drängend.

„Gut. Als sich Atres erschütterte, hüllte sich die Welt in Staub und teilte das Leben. In jene, die in das Wasser gingen, in jene, die ins Feuer gingen, in jene, die an Land blieben und in jene, die die Lüfte beherrschen, also wir. Doch teilte er sie auch in Gut und Böse. Die Herrscher trafen sich an jenem See, um ihrer entflammten Feindschaft ein Ende zu setzen, doch sie gerieten in Streit. Niemand weiß, wer genau damit anfing, aber seither streiten die Rassen gegeneinander."

„Du meinst, dass jene Transformation am See, oder wie du das Teilen des Lebens nanntest, der Auslöser eurer Konflikte war? Sie hielten dort eine Art Friedenskonferenz ab?", fragte Kore kombinierend.

„Ja. So steht es in den Chroniken. Das Treffen ist gescheitert und seither herrscht Krieg zwischen den Völkern", erklärte Ipsy traurig.

„Wie lang ist das schon her?"

„Weiß nicht. Vielleicht ein paar tausend Jahre. Die Chroniken sind erst viel später geschrieben worden."

„Na toll. Es gibt also keine zeitgenössischen Schriftstücke."

„Nein. Damals entwickelte niemand eine Schriftsprache. Erst allmählich erschuf ein jedes Volk seine eigene Schrift."

„Und auch ihre eigene Chronik. Es heißt also, dass jede seine eigene Version von der Geschichte am See hat. Nicht wahr?"

„Ähm. Das stimmt zwar, aber grundsätzlich ist der Inhalt derselbe."

„Und hindert daran mit diesem Wahnsinn Schluss zu machen", fügte Kore der Vollständigkeit halber hinzu.

Sie ließen den verbotenen See hinter sich. Vor Hoss öffnete sich wieder das Meer. Im Norden zeigte sich in der Ferne eine unendlich weite gelbe Landschaft."

„Das da ist die große Sandwüste", sagte Ipsy erläuternd, während im Süden das Tiefland mit dem Dschungel das Landschaftsbild beherrschte. Auch glaubte Kore, ein verdächtiges gelbliches Schimmern im Tiefland zu erkennen. Es wirkte wie eine Kraftfeldkuppel.

„Ich möchte mehr über Einkorn wissen. Was für ein Ort ist die Wüste?", fragte Kore neugierig weiter.

„Das Dünenland selbst ist nichts für Leute, die ein gemütliches Plätzchen suchen. Es ist ein trostloses Stück, in dem es vor allem Sand und nochmals Sand gibt. Dazwischen schlängelt sich zwar ein kleiner Fluss aus dem verbotenen See, der quasi alle Teile des Subkontinents mit Wasser speist, das von Hochland her kommt, aber grün ist da nie etwas geworden. Das liegt vor allem an Einkorn."

„Wie sieht er eigentlich aus?"

„Niemand weiß, wie er aussieht, denn er ist, wie sein Name schon sagt, ein Korn. Ein Sandkorn."

„Hast du gerade Sandkorn gesagt?"

„Ja, du hast richtig gehört. Einkorn ist ein Sandkorn."

„Auf Atres gibt es ja wirklich seltsame Wesen."

„Das wirkt so für dich, weil bei dir auf der Erde es eben anders ist."

„Wie macht dieser Einkorn das eigentlich, dass er ganze Sanddünen lenkt?"

„Der Sand der Wüste ist sein Heer", versuchte Ipsy ihr zu erklären. „Einkorn befindet sich darunter. Niemand kennt seinen Aufenthalt. Wir vermuten, dass er mental auf den Sand einwirkt und ihn formt. Ein Beispiel. Die Bunker der Eisleute schmirgelte er einmal innerhalb weniger Sekunden ab, bis eine glatte Felswand übrig blieb."

„Das ist ja unglaublich. So etwas hab ich noch nie gehört. Wie könnt ihr in so einer Welt leben? Die Eisleute. Wie sehen die aus?"

„Eisblau. Würde ich sagen. Weiße Kopfhaare, so wie Schnee. Der Unterschied zu den Eisteufeln, die im Polargebiet leben, ist der, dass auch ihre Augenfarbe blau wie ein Gebirgssee ist. Ihr Körper ist aber nicht so groß. Etwa zwei Meter. Sie sind sehr geschickt, was den Bau von Kanonen und Bunkern im Felsen oder im Gletscher angeht. Sie durchzogen das ganze Hochland mit ihren Stollen und entwickelten eine äußerst effektive Selbstverteidigungsanlage. Die Eistürme. Sie stehen auf im ganzen Hochland verstreut und schießen Eiswasser. Das ist ein besonderes Wasser, das alles einfriert, was es trifft. Nicht wenige Feen sind deshalb in deren Gefangenschaft geraten. Sie sind bis heute in ihren eisigen Stollen eingesperrt. Wo genau, weiß niemand, aber man munkelt, dass es tief unten im Gletscher ist."

„Wieder ein weiteres Rätsel. Was kannst du mir über das Tiefland mit dem Dschungel erzählen."

„Das Tiefland ist von dem Urwald durchwuchert. Es sind riesige Bäume die, um in deinem Maßstab zu bleiben, leicht über hundert Meter hoch werden können. In ihm leben, wie gesagt, die Wald- und die Dunkelelfen. Die Waldfeen sind mit uns eng verwandt. Wir besitzen zu ihnen ein gutes Verhältnis. Bis zu unserem Friedensschluss mit den Dämonen war es jedenfalls so. Aber wie ich von Hoss erfuhr, trauen sie den Dämonen nicht. Daher sehen sie den Friedensvertrag skeptisch. Die Waldfeen werden von einem Elfen angeführt, der sich Lysander nennt. Er ist ein flinker Waldläufer und hechtet durch das Unterholz, wie nichts. Vor allem aber ist Lysander mit dem Wald telepathisch verbunden. Er spricht mit den Bäumen. Er sorgt für

Wasser und die Bäume helfen ihm dabei sich beim Kampf gegen die Dunkelelfen zu behaupten. Letztere leben auch im Dschungel. Sie spalteten sich von den Waldelfen ab und erbauten mitten im Urwald eine große Stadt, die sie mit einem Kraftfeld schützen. Einer Technik, die sie von den Zauberern der Huangdi erwarben. Meiner Meinung nach sieht ihre Stadt hässlich von oben aus. Wie ein verätztes Stück Fleisch. Vermutlich wird es an den Minen liegen, die sie dort betreiben. Wir selbst betraten ihre Stadt wegen des Kraftfeldes nie oder sahen sie uns näher an. Daher kann ich dir nichts Näheres über sie sagen. Wir vermuten, dass sie Maschinen von den Zauberern auf der Huangdi kauften, um ihre Minenerzeugnisse zu verarbeiten. Eines dieser Produkte hast du bei dir. Das Medaillon deiner Eltern stammt von ihnen. Sie handeln mit Schmuck. Dort bezogen sie auch die Roder und Häcksler, um den Urwald für ihre Stadt abzuholzen. Aber die Waldelfen stellten sich den Dunkelelfen entgegen und verhinderten, dass sie den Urwald für weiteren Rohstoff-abbau abroden. Laikos setzte nach unserem Friedensvertrag mit den Dämonen wei-ter auf Verhandlungen aller Parteien und rief jedes Volk dazu auf, am großen See eine neue Konferenz abzuhalten. Sein Ziel sollte Frieden auf ganz Atres stiften.“

„Aber soweit kam es nicht. Wer um alles in der Welt hindert meinen Vater daran?“

„Ich weiß es nicht, Kore. Laikos hoffte, dass er durch seinen Friedensschwur mit den Dämonen ein Signal setzt und damit alle Parteien an den Verhandlungstisch bringt. Die Konflikte, die unseren Planeten heimsuchen, sind schrecklich genug.“

„Wer oder was auch dahinter steckt, es hat mit Neko zu tun. Was es auch ist. Es ist sehr mächtig. Wenn es schon Schlangen beschwor …Oh …“

Kore sah vor sich ein gigantisches Bergmassiv inmitten des riesigen Ozeans, das sich vollkommen in Nebel verhüllte.

„Das ist Trestan. Die Heimat der Dämonen und dort sind … irgendetwas kommt auf uns zu …“, schluckte Ipsy erschrocken, als auch schon Hoss einen Warnruf aus seiner Kehle ausstieß.

Seine Familie, die ihm bisher folgte, wiederholte seinen spitzen Schrei und Kore er-kannte, dass ihre Augen ein helles quirliges Aufleuchten bekamen. Vor hier aus sah sie auch warum. Neben dem Nebel hüllte sich der ganze dampfende Berg mit einer Unzahl von Schlangen ein, die wie Fledermäuse durch die Luft mit breiten Flügeln brausten. Hoss feuerte aus seinen Augen mächtige Blitze in den Haufen hinein, so-dass er sich teilte. Seine Familie gab ihrem Vater Feuerschutz, während er sich den Weg durch das Schlangenmeer bahnte. Die Schlangen kamen auch Kore und Ipsy zu nahe. Da sie aber eine reine Projektion waren, bissen sich die Schlangen mit ihren spitzen gelben Zähnen durch Kore und Ipsy hindurch.

„Wir müssen ihnen doch irgendwie helfen können“, rief Kore entsetzt. Sie duckte sich und versuchte den Schlangen irgendwie auszuweichen.

„Uns passiert nichts“, übertönte Ipsy mit lauter Stimme das Gekreische der Vögel, das die Luft erfüllte. „Wir sind absolut sicher. Aber Hoss nicht. Ich hoffe nur, dass sie ihn in Ruhe lassen werden.“

„Ich weiß was", rief Kore mit einem Geistesblitz und materialisierte sich eine Sonnenbrille auf die Nase. In Windeseile erfasste ihr Staub auch Ipsys Nase, auf der sich nun eine ähnliche Brille befand. „Sie sehen uns, also müssten sie auch das sehen."
Wie es Kore in ihrer zweiten Unterrichtsstunde schon einmal tat, projizierte sie das Illusionsbild der Sonne in den Raum hinein. Der grelle Lichtschein ließ die Schlangen vor ihnen auseinander treiben, wodurch Hoss unbehelligt durch sie hindurch auf Trestan flog. Da er die imaginäre Sonne hinter seinem Rücken wusste, brauchte er keinen Schutz für die Augen aufsetzen.

„Licht vertreibt das Gesindel", merkte Kore kurz an, während sie nun recht unbehelligt von den Schlangen durch sie hindurchsegelten.

Hoss erreichte endlich die Dämoneninsel Trestan und steuerte zielstrebig auf den größten Vulkanberg der Insel zu. Dort befand sich der Palast des Dämonenfürsten. Doch auch dort schien alles wie in Wolkenhain ausgestorben zu sein. Keine Seele war zu sehen. Die Anlage in dem gigantischen Vulkanschlot bestand aus großzügig angelegten Stollen, was es Hoss ermöglichte durch sie hindurchzugleiten. Es dampfte von der verbliebenen Erdwärme in der Palasthöhle aus erkalteter Lava. Hoss traute sich nicht darin zu landen, denn er wusste keinesfalls, welcher heiße Stein ihm nicht die Krallen versengte. So flatterte er durch die breiten Gänge und hielt zu dem Boden und den Wänden einen respektvollen Abstand.

„König Malitides?", rief Kore nach dem Herrscher, während Hoss durch die Gänge flog. Hier rührte sich nichts. Der Palast schien wie ausgestorben zu sein.

„Die Schlangen kamen uns zuvor. Was suchen sie hier?", fragte sich Ipsy nachdenklich.

„Sie fanden es offenbar schon", sagte ein glühender Lavabrocken, welcher mit monströser Breite inmitten der ungewöhnlichen Behausung stand.

„König Malitides?", fragte Kore aufgeweckt und rief zu ihrem geflügelten Begleiter: „Hoss, der dort Brocken. Versuche vor ihm in der Luft zu bleiben."

„Die Schlangen bissen uns alle. Wir wurden zu dem, was wir liebten. So eine Komik. Nur kann ich darüber nicht lachen", grollte der große Lavabrocken niedergeschmettert.

„Was suchten sie hier?"

„Ich weiß es nicht."

„Mein Vater wurde zu einem Nuavenbaum."

„Was, Laikos auch?", schluckte Malitides überrascht.

„Aber meine Mutter entkam den Schlangen", ergänzte Kore erleichtert.

„Oder der Jemand lies sie absichtlich entkommen. Niemand ist vor den Schlangen sicher", sagte Malitides betroffen.

„Mein Bruder Neko ist ermordet worden. Wisst ihr, wer das war?", fuhr Kore aufgeschreckt fort.

„Nein, aber vielleicht hängt das auch mit den Schlangen zusammen, die mein Volk heimsuchten", seufzte Malitides. „Wer auch hinter den Schlangen steckt, ist auch für den Tod deines Bruders verantwortlich. Glaube ich jedenfalls. Es sind schon recht eigenartige Zufälle, die da plötzlich stattfinden. Sie müssen etwas mit den kürzlichen

Ereignissen zu tun haben. Ich spüre aber, dass dies nicht die einzige Sache ist, die dich beschäftigt und warum du zu mir gekommen bist."

„Das stimmt", gab Kore zu. „Auf der Erde bin ich gedrahtet und dann blitzte ich tatsächlich meinen Bruder aus. Dieses Ausblitzen hab ich nie gelernt. Ich weiß doch nicht einmal, wie das geht. Mein Vater meinte, ihr helft mir, das aufzuklären."

„Das mit dem Ausblitzen ist ganz leicht", sagte Malitides, wie wenn es weiter nichts ist. „Du legst einfach die Hand auf die Stirn deines Ziels und siehst ihm in die Augen. Dann stellst du dir vor, wie Licht gelöscht wird und lenkst diese Kraft in deine Augen hinein. Gehört zur Grundausbildung der Dämonen. Mich wundert es, dass auch du das kannst. Du besitzt zwar Energie aber bist kein Dämon. Außer ..."

Malitides hielt kurz inne. Er dachte über irgendetwas nach.

„Ich hab da einen Verdacht Kore. Ich stelle dir jetzt ein paar Fragen. Ich muss sicher gehen, dass ich mich nicht täusche."

„Ist das etwas Schlimmes?"

„Das kommt darauf an, wie man es sehen will", sagte der Dämonenkönig und machte wieder eine kurze Pause, in der er sich die Fragestellung überlegte.

„Verbrennst du dich an kaltem Eisen?"

Kore überlegte kurz. Malitides sprach in der Tat ein ungeklärtes Phänomen bei ihr an. Ipsy sagte ihr, dass Feen sich an kaltem Eisen verbrannten, aber sie tat es nicht. Auch nachdem sie ihren Staub bekam und sogar gezielt Eisen anfasste, zeigten sich keine Brandspuren an ihren Händen. Kores Antwort fiel daher eindeutig aus.

„Nein."

„Hast du schon einmal getötet?"

„Ja", gab Kore zu.

„Hast du Freude dabei empfunden?"

„Nein", antwortete Kore.

„Kennst du die Legende der schwarzen Fee?"

„Nein."

„Dann erzähle ich sie dir. Als sich am verbotenen See die Herrscher trafen, um über das Schicksal ihrer Völker zu beraten, trat die Seherin hervor und sagte so weit es mir überliefert wurde: In den Tagen, in denen die Schlangen über den Himmel obsiegen, sich die Meere teilen und das Feuer erlischt, wird die schwarze Fee nach Atres kommen. Durch sie wird sich die Neue binden, um uns möglich zu machen."

„Was soll das heißen?"

„Mit der schwarzen Fee ist die Todesfee gemeint. Es scheint, dass du sie bist."

„Moment? Ich soll eine Todesfee sein?"

„Nein Kore. Nicht eine, sondern die Todesfee. Es gibt keine weitere. Einer der Feengrundsätze lautet, dass sie nicht töten können. Du aber kannst es. Die Todesfee tut diese Dinge nicht, weil es ihr Freude bereitet, sie tut es, weil es ihr bestimmt ist. Du hattest deine Gründe dafür. Die schwarze Fee ist das Feuer, weshalb sie sich auch nicht verbrennt. Aber ich wundere mich darüber, dass du nicht schwarz wie die Nacht bist. Irgendetwas gibt es da, dass dich vor der endgültigen Verwandlung zu ihr trennt und ich glaube, dass es mit mir zu tun hat."

„Ich möchte zu euch kommen, aber eure Welt liegt so weit von meinem Planeten weg. Mein Vater meinte, dass eine andere Fee mir dabei hilft.“

„Kennst du ihren Namen?“, fragte der Dämonenkönig.

„Sie heißt Jule.“

„So So. Jule also. Soweit ich weiß, kennt sie den Portikus“, meinte er und fuhr anerkennend fort:„ Du willst wirklich hierher kommen? Du bist mutig, kleine Fee. Ich habe großen Respekt vor dir. Aber selbst wenn du die Todesfee bist, glaube ich kaum, dass du gegen die Schlangen etwas ausrichtest. Sieh doch, wenn die Schlangen dein Volk und auch uns Dämonen empfindlich trafen, wie willst du sie dann aufhalten? Willst du sie alle einzeln ausblitzen?“

„Wenn es sein muss. Irgendwas muss ich doch tun. Ich sehe doch nicht tatenlos zu, wie mein Volk in Nuavensträucher und ihr in Gesteinsbrocken verwandelt werdet. Ich will herausfinden, was es mit dem Tod meines Bruder auf sich hat.“

„In der Tat hatte Laikos recht“, stellte Malitides respektvoll fest. „Du bist wirklich tapfer und äußerst ungewöhnlich für eine Luftfee. Wir waren sehr überrascht, dass du der Unsterblichkeit entsagtest und auf der Erde geblieben bist, auch wenn sich dein Alterungsprozess durch deine Kraft in dir massiv verlangsamt. Aber es stimmt. Um uns wirklich helfen zu können, genügen die Kräfte einer Luftelfe nicht. Du wirst die Hilfe von uns Dämonen brauchen. Ich hab da eine Kraft, die ich dir anbiete. Aber ich warne dich, selbst für uns Dämonen ist er suspekt. Ich verbannte ihn deshalb in die Ausbilderebene, damit er mir nicht ständig auf die Nerven geht. Er wird dich in den Dämonenkünsten unterweisen.“

„Was?“ horchte Ipsy entsetzt auf. „Nein. Kore, ich weiß, von wem er spricht. Bitte verschreib dich nicht den dunklen Künsten und vor allem nicht ihm. Er wird meine ganze Ausbildungsleistung versauen.“

Ipsy ahnte bereits Schreckliches. Ausgerechnet Malitides bot ihren schlimmsten Widersacher zur Unterstützung an.

„Ich habe keine Angst“, sagte Kore „Schick ihn mir. Egal, was man von ihm sagt. Mit ihm werde ich schon fertig.“

„So sei es. Du bist in der Tat außergewöhnlich. Eine Luftfee, die bereit ist, ein Dämon zu werden. Sogar die jungen Dämonen hassen ihn und das will für einen Dämon schon etwas heißen. Er wird zu dir kommen Kore. Das schon sehr bald. Versuche, wenn du erwachst, schnell ins Freie zu gelangen. So wie die Luftfeen ihren Staub bekommen, kriegen Dämonen ihre Glut.“

„Halt. Da wäre noch was. Der Portikus. Wie funktioniert er?“

„Du benötigst eine zweite Fee dazu. In diesem Falle wird es Jule sein, um ihn auszuführen“, antwortete der Dämonenkönig. „Zuvor solltest du deine Freunde verlassen, um sie nicht in Gefahr oder in Versuchung zu bringen, nach dir zu suchen. Der Portikus hat für seine unmittelbare Umgebung eine tödliche Wirkung. Da du dich deinen Mitmenschen offenbart hast, rate ich dir, ihnen eine Finte deines Verschwindens vorzugaukeln. Sie dürfen dir unter keinen Umständen folgen. Am besten inszenierst du deinen Tod, wenn man so will.“

„Eine Finte? Warum?“

„Es ist zu ihrem eigenen Schutz, weil es für sie sehr gefährlich wird, wenn du den Weg nach Atres mithilfe des Portikus nimmst. Ich habe auch schon eine Idee, wie du am besten bluffst. Benutze die Partikelkanone der Ors dazu. Lasse deine Geschwister glauben, dass dich die Kanone nach Atres bringt. Bringe sie dazu, dich mit der Kanone alleine zu lassen. Wenn sie gegangen sind, überhitze das Ding und mache sie unbrauchbar, damit sie nicht damit auf dumme Gedanken kommen. Schaue zu, dass du ungesehen die Pyramide verlässt. Suche erst dann Jule auf. Deine Ausbilderin weiß, wo du sie auf deinem Planeten findest"

„Mich interessiert da auch etwas", mischt sich Ipsy in ihr Gespräch ungeduldig ein. „Was macht Jule eigentlich noch auf der Erde? Warum holte man sie nicht ab?"

Doch Malitides ignorierte Ipsys Einwand. „So wird es geschehen. Begebe dich zuerst zur Kanone und dann zu Jule. Viel Glück. Ach und noch etwas. Ich gab deinem neuen Lehrer schon die Order, zu dir zu kommen. Drag ist dir schon sehr nahe. Du wirst die Glut bald fühlen. Lauf sofort ins Freie, wenn du erwachst. Jetzt wird es für deine unmittelbare Umgebung ziemlich ungemütlich. Im Gegensatz zu hier sind deine Freunde sterblich. Sie sollten sich weit weg von dir befinden, wenn er von dir Besitz ergreift", warnte Malitides eindringlich. „Schließe jetzt das Medaillon und beende die Projektion. Sofort."

Kore klappte unversehens ihren Anhänger zu und befand sich just wieder auf der Blumenwiese von Ipsy. Ipsy starrte stumm vor Entsetzen Kore an. Ihr schwante, was nun passiert.

„Du bist tatsächlich einen Pakt mit den Dämonen eingegangen. Bist du wahnsinnig? Sie kennen nur Zerstörung und Vernichtung."

„Es herrscht jetzt Frieden zwischen den Feen und den Dämonen, Ipsy. Ich nehme jede Hilfe an, die ich kriege. Ich wusste nicht, dass es eine weitere Fee auf der Erde gibt. Mit ihrer Hilfe komme ich nach Atres...", rechtfertigte sie sich für ihre Entscheidung, doch Kore stockte inmitten ihrer Rede. In ihr wallte sich gleich eines Vulkans eine entsetzliche Hitze auf.

„Mir ist auf einmal so heiß", stöhnte sie von diesem neuartigen Gefühl gepackt.

„Schnell, wach jetzt auf. Er ist schon hier", sagte Ipsy flehend und verschwand mit einem Puff.

Gerade rechtzeitig erlangte Kore das Bewusstsein wieder in dem Dienstraum des ehemaligen Waisenhauses zurück. Sie bemerkte, dass sich ihre Haut in Windeseile knallrot verfärbte. Es tat nicht weh, aber die Hitze, die sie abgab, war unübersehbar. Die Luft flirrte zuerst und schien nun zu brennen. Kore sprang aus dem Nachtlager ihres ehemaligen Pflegers, ehe der Ruhestuhl Feuer fing. Kore begann regelrecht, gleich einem Stück Stahl, aufzuglühen. Ihre Kleider gingen ruckzuck in Flammen auf. Mit großen Augen verfolgte Mr. Onaka und Chausette das kochend rot leuchtende Mädchen, das wie von der Tarantel gestochen an ihnen vorbei rannte. Um Kore flimmerte die Luft vor der Hitze. Sie versuchte die Tür in den Hof zu öffnen, doch ihr Griff nach dem Knauf ließ die Tür aufgrund der Hitze verschweißen, anstatt öffnen.

„Scheiße", schrie sie entsetzt. In der Eile fiel ihr auch nicht der passende Feentrick ein, den sie verwenden könnte. Der Verschwindibus, den Ipsy ihr beibringen wollte, bevor Neko starb, wäre genau der Richtige für diese dramatische Aktion. Den Mechanikus konnte sie vergessen, verschmolz sie doch den Türmechanismus durch die Hitze zu einem unförmigen Klumpen. Ihr blieb nur eine einzige Wahl.
„Hilfe", schrie sie panisch zu ihren Freunden, die entsetzt zusammen liefen. In ihren Gesichtern sah Kore, wie es in ihnen arbeitete, um ihr zu helfen. Kores Körpertemperatur war mittlerweile so heiß, dass sie die Wände und den Boden verkokelte.
„Geht raus. Raus aus dem Waisenhaus. Schnell. Ihr habt keine Chance. Versucht nicht, mich zu löschen. Raus mit euch."

Kore scheuchte mit den Händen Harol und Karol weg, die ihr mit einem Feuerlöscher zu Hilfe eilten. Die zwei Polizisten nickten und schlugen Alarm. Obwohl sie sofort die Sprinkleranlage der Anstalt betätigten, zeigte diese keinerlei Wirkung den Hitzeausbruch ihrer Schwester im Entferntesten zu stoppen. In Windeseile verließen alle außer ihr das Gebäude. Aus ihrem Körper züngelten bereits lichterloh die Flammen, als auch der Letzte das Haus verließ. Die enorme Hitze, die von ihr abstrahlte, lies das Haus Feuerfangen und lichterloh brennen. Die Flammen schlugen meterhoch aus dem Gebäude und es verbreitete sich ein unangenehmer Brandgeruch im Wald.
„Vater, was geschieht mit ihr?", fragte Chausette besorgt und hielt sich an ihm fest. Sie stand mit ihm in sicheren Abstand zu dem Brandherd.
„Ich weiß es nicht. Egal, was es war, ihr passiert nichts. Da bin ich mir sicher."
Kore versuchte sich mit dem Minimalus klein zumachen, aber es funktionierte nicht. Offenbar blockierte der Verwandlungsprozess zum Dämon ihre Feenkräfte. Sie verharrte bangend im brennenden Gebäude, bis die Glasscheiben vor Hitze in eine Lache zerschmolzen. Erst dann gelangte sie ungehindert hinaus ins Freie. Im Hof hechtete sie in den Sandkasten hinein. In der Hoffnung, mit dem Sand dem Hitzeschub endlich Einhalt zu gebieten, wähnte sie sich am richtigen Ort. Außerdem benutzte man früher Sand zum Feuerlöschen. Aber ihre Wärme ließ sogar den Sand in dem Kasten zu Glas schmelzen. Das flüssige Glas rann an ihren Gliedern wie Wassertropfen hinab und bildete unter ihr eine Lache. Entsetzt und lichterloh brennend betrachtete sie das Schauspiel im ehemaligen Kinderspielplatz des Heims. Einem Ort, mit dem sie so manch schöne Erinnerung verband. Das flammende Inferno hielt den ganzen Nachmittag an. Die Rauchfahne der Anstalt war meilenweit in der Gegend zu sehen. Es kam jedoch keine Feuerwehr, weil Mr. Onaka zu den Rettungskräften in Presson durchgab, dass man das Waisenhaus durch gezieltes Einäschern abgeriss. Man habe die Lage vor Ort vollends im Griff.

Erst als der Abend in die Nacht überging, kühlte Kore allmählich aus. Sie veränderte sich in ihrem Aussehen gänzlich. Nun wirkte sie fast wie ihre Schwimmtrainerin Miss White, die mit ihrer nachtfarbenen Haut die ungewöhnlichsten Blicke auf sich zog. Kore fühlte sich, wie ein ausgebranntes Stück Holz, als sie es wagte, aus ihrem gläsernen Bad aufzustehen, um außerhalb der Ruine nach ihren Brüdern zu suchen.

Mit gemischten Gefühlen stieg sie über die Mauerreste ihrer ehemaligen Heimstatt hinweg. Orte verändern ihre Bedeutung. Diese Worte Nekos fielen Kore wieder ein, als sie mit ihm in der Nacht ihrer Flucht aus Presson auf dem Polizeigleiter über der Anstalt schwebte. Warum klammerten sich die Menschenkinder so an Orte fest? Als Fee verstand sie diese Manie immer weniger. Sie vermutete, dass dies eine Art Verunsicherung ausdrückte. Eine nicht bewältigte Vergangenheit. Ihr Erlebnis im Hof vor wenigen Tagen löste diese emotionale Bindung und machte sie frei davon. Offenbar weigerten sich jene Menschenkinder in der Gegenwart anzukommen, die mit Orten haderten. Solche Gedenkstätten, wie das Kriegsmemorial, errichtete man nicht, um anzuklagen. Der General ließ es über dem Friedhof einer ehemaligen Stadt errichten, in dem die Erfinder des mobilen Fusionsmotors Mizia und Ragowski beigesetzt wurden. Soweit Kore wusste, veranlasste er außerdem dort mehrere Scheingräber zu errichten. Sie gehörten zu Leuten, deren Leichname dort nie bestattet wurden. An einem ganz bestimmten Tag im Jahr kamen viele Bürger aus allen Kontinenten des Planeten hier her. Sie trugen Bildnisse vor sich her, die diese Geehrten aus den Scheingräbern zeigten. In ihren Augen zeigte sich keine Trauer, sondern tiefe Dankbarkeit. Das Memorial erinnerte nicht nur an die Toten des Krieges, sondern auch an jene, die ein Überleben der Menschheit ermöglichten. Mit diesem Mal würdigte Tomps diese Seelen. So vereinte dieser Ort tiefstes Leid und unendliche Liebe in sich. Das Waisenhaus, in dem sie die ersten Jahre ihrer Kindheit verbrachte, war Teil dieser Dankbarkeit. Die blaue Kuppel, in der die Ors ihre Tempelstadt erbauten, war die Vergangenheit. Das Memorial symbolisierte die Gegenwart. Das Waisenhaus die Konsequenz und eine mögliche Zukunft der Gesellschaft.

„Ist es vorbei?", fragte Karol als Kore aus der Brandruine hinaus stieg. Er lief zusammen Karol und Chausette zu ihr. Kore erkannte in ihren Gesichtern große Verlegenheit, weil sie etwas konfrontierte, was ihre Alltagserfahrung sprengte.

„Ich denke ja", sagte Kore etwas verunsichert. Denn sie wusste nicht, ob etwas nachkam. Sie drehte sich noch einmal zu der Ruine um. Vom Haus ihrer Kindheit blieb nur ein Häufchen Asche übrig.

„Du siehst aus wie ein Rußbrocken. Kannst du dir schon etwas anziehen, oder bist du zu heiß dafür?", fragte Holger ernstlich.

„Deine Haare. Was ist mit deinen Haaren passiert?", kreischte Chausette entsetzt auf, als sie die verwandelte Kore vor sich stehen sah. Sie glaubte beim besten Willen nicht mehr, dass vor ihr ihre engste Freundin mit der hervorstechenden Haartracht stand. Kore blickte Chausette ausdruckslos an. Sie bemühte sich, ihre Gedanken zu ordnen.

„Man kann nicht erwarten, dass alles so bleibt, wie es ist, wenn man einen anderen Weg einschlägt", kommentierte Kore den Gefühlsausbruch ihrer besten Freundin.

„Ich hab mich dazu entschlossen, nach Atres zu gehen. Meine Verwandlung ist Teil der Hilfe, die mir der Dämonenkönig gewährte."

Kore setzte sich auf einen der ausgebrannten Balken des Heims und wischte sich mit ihren Händen über ihre poröse Außenhaut. Mit der zunehmenden Auskühlung ihres Leibes verschwand der löchrige Überzug ihrer Oberfläche und ein glatt polierter schwarzer Körper kam zum Vorschein. In der untergehenden Sonne glänzte er wie eine schwarze Perle.

„Das sieht gar nicht mal so übel aus", sagte Karol langsam, als er sich Kore näherte. Er zog eine Taschenleuchte für Polizisten hervor, mit der er einen grellen Lichtkegel auf Kores Körper warf. Kores Haut schien ihr Licht regelrecht zu verschlucken. Neugierig blieb ihr Bruder vor ihr stehen und musterte sie mit verzücktem Blick.

„Wird man mich wieder anfassen können?", fragte sich Kore selbst.

Karol fasste seiner Schwester kurzerhand an die Schulter und meinte beeindruckt: „Du bist ganz kühl. Das ist wirklich faszinierend. Wo warst du?"

„In meiner Heimat. Mithilfe meines Medaillons. Ich bat dort den Dämonenkönig um Hilfe. Er schickte mir jemanden der Drag heißt. Aber ich sah ihn bis jetzt nicht. Der Dämonenkönig sagte, ich könne mit der Partikelkanone nach Atres reisen. Drag wird sich um alles Weitere kümmern. Ich muss dazu in die Tempelstadt zu der Pyramide der Ors. Könnt ihr mir helfen, dort ungesehen hinzukommen?"

„Natürlich können wir das", antwortete Mr. Onaka, der gerade zu ihnen stieß. „Aber zuerst solltest du dir etwas anziehen. Du siehst sehr eigenartig so ohne Kleider aus. Fast wie eine Bronzeskulptur."

„Woher sollen wir Kleider für sie bekommen?", fragte Karol in die Runde. „Das Waisenhaus ist verbrannt. Dein Haus ist kaputt. Ich meine, es ist auch vollständig abgebrannt."

„Mein Haus auch?", merkte Kore überrascht auf.

„Ja. Durch den glühenden Strang ist alles, was ihm zu Nahe kam, in Flammen aufgegangen", sagte Karol grinsend. „Genauso wie jetzt unser ehemaliges Zuhause. Nicht schlimm. In zwei Jahren wäre es ohnehin recycelt worden."

„Wartet", sagte Kore mit aufkommendem Gedanken. Sie vergaß das beinahe. „Ich kann mir ja selbst meine Kleider machen. Mein Feenstaub müsste noch da sein. Ipsy zeigte mir ja, wie das geht."

Kore besah sich prüfend ihre beiden Hände. Sie nahmen die Schwärze der Nacht an, aber nach wie vor befand sich der glitzernde Staub der Feen auf ihnen. Wie sie es von Ipsy lernte, formte sie sich mit dem Feenstaub ihrer schwarzen Hände neue Kleider. Jedoch bevorzugte Kore eine Kutte mit einer Kapuze, da ihr rabenschwarzes Gesicht mit den kristallblauen Augen äußerst auffällig wirkte und zu ihr gar nicht passte.

Kapitel 5

Drag

Es war tiefste Nacht, als Kore mit Chausette und ihrem Vater in der Gleiterlimousine zur Tempelstadt aufbrach. Sie fühlte sich körperlich wohl in ihrer Haut. Trotz ihres mittlerweile nachtschwarzen Leibes. Er fühlte sich gleichwohl seines ehernen Erscheinungsbildes erstaunlich weich an. Im Licht der Fahrgastzelle glänzte er, wie wenn man ihn mit Öl einrieb. All ihre Körperhaare verschwanden zwar, aber dennoch fühlte sich ihre Haut so glatt geschliffen wie ein blank polierter Edelstein an. Vorsichtig glitt sie mit ihren Fingern über ihr neues Aussehen. Es dauerte eine Weile, bis sie ihr neues Äußeres akzeptierte. Mit ihren Händen materialisierte sie sich einen Handspiegel und besah sich damit wortlos ihren neuen Körper. Während ihres Fluges in die Tempelstadt saß Chausette wie versteinert neben ihr und starrte nichts sagend in die Leere. In ihrem Gesicht sah Kore die blanke Fassungslosigkeit, die das Erlebte erst einmal verarbeitete. Für sie kam es wie in einem Traum vor, in dem Dinge geschahen, die sich mit ihrer bisherigen Lebenserfahrung nicht deckten.

„Chausette", sagte Kore mitfühlend und legte ihren Handspiegel zur Seite. Sie versuchte ihrer besten Freundin die Furcht zu nehmen und berührte umsichtig ihre Hand. „Egal, was auch geschieht. Ich werde deine Freundin bleiben. Nur weil ich eine Fee bin, heißt das noch lange nicht, dass es zwischen uns eine Kluft gibt."

„Kore, genau das macht mir Angst", sagte Chausette verstört und verzog ihr Gesicht zu einer ausdruckslosen Fratze. „Diese Kluft wird da sein. Egal wie klein sie ausfällt. Mir wäre es lieber, ich erfuhr nie davon. Dann bemerkte ich diesen Riss zwischen uns nie und ich lebte mit dir in den Tag hinein. Ohne auf irgendetwas achten zu müssen. Aber jetzt weiß gar nicht mehr, wie ich mit dir umgehen soll."

„Nur weil du etwas nicht kennst, hm?", fragte Kore vorsichtig, um Chausettes Furcht zu ergründen.

„Was bist du nur? Ein Monster?", schreckte Chausette auf und sah sorgenvoll in Kores Angesicht. Ihre Augen trafen sich.

„So was wundert mich nicht mehr", sagte Kore erstaunlich gelassen und grinste. Ihre weißen Zähne traten aus ihrem schwarzen Gesicht hervor, wie wenn sie eine Perlenkette wäre. „Malitides, der Dämonenkönig, sagte mir, dass er mir Hilfe schickt. Vielleicht ist das ein Teil seiner Hilfe. Ich muss warten, bis es soweit ist und ich den Rest erfahre."

„Tu bitte deine Hand weg", erwiderte Chausette beunruhigt. „Sie ist so kühl wie ein Eiswürfel."

„Oh", sagte Kore überrascht. „Tut mir leid. Ich fühle das nicht. Es ist so vieles unbekannt für mich. Ich war bisher nie in der Haut eines Dämons."

„Ich weiß nicht, ob es dir hilft. Dein Bruder wird morgen früh eingeäschert. In Cherson", warf Chausette wohl gemeint ein. Vielleicht aber auch um den bevorstehenden Abschied ein wenig hinauszuzögern.

„Gerne würde ich gehen, aber sie werden nach mir suchen.“

„Verstehe. Du kannst dich nicht mehr offen zeigen. Was wird dich erwarten?“

„Ipsy zeigte mir ihre Heimat. Eigentlich ist es auch meine Heimat. Es ist eine sehr große Welt. Mit einem gigantischen Meer, einem großen Dschungel und hohen Bergen. Eine Vulkaninsel gibt es da und eine Stadt in den Wolken. Irgendwo dort liegt die Antwort auf das Rätsel von Nekos Tod.“

„Ich wünsche dir viel Glück auf deiner Suche. Du wirst es wirklich brauchen können“, versuchte sich Chausette lächelnd zu trösten, was Kore ebenso verschmitzt erwiderte.

„Wenn du wieder hier bist, erzählst du mir alles. Das wird sicher sehr spannend sein“, fuhr Chausette ein wenig hoffnungsfroher fort. „Vielleicht kannst du nach deinem Abenteuer wieder so werden wie früher. Ohne dieses Dämonen- oder Feendingsbums. Ich kann mir vorstellen, dass es in dieser Welt ganz anders zu geht als hier.“

Kores Blick trübte sich bei den aufhellenden Worten ihrer besten Freundin. Unterstellte sie ihr doch ein Wiedersehen.

„Du wirst neue Freundschaften schließen und Abenteuer erleben, die wir uns hier nicht vorstellen können. Ich freue mich schon jetzt, dich wiederzusehen. Du doch auch Kore?“

Kore blieb still. Sie hatte keinen Grund ihr darauf zu antworten.

„Kore?“, fragte Chausette nun sichtlich nervöser.

Kore sah sie mit einem wenig hoffnungsvollen Lächeln an. Ihr Blick versuchte, ihr möglichst schonend Lebewohl zu ihr zu sagen.

„Kore“, wiederholte Chausette, wobei ihr nun die Tränen in die Augen flossen. Innerlich rechnete Chausette schon mit so etwas, mochte es aber nicht wahrhaben. „Du kommst nicht wieder?“

„Ich weiß es nicht“, schluckte sie. „Daran hab ich nicht gedacht. Ich ahnte zwar, dass ich von hier fort muss, aber da sind so viele Dinge, mit denen ich es zu tun habe. Ich weiß wirklich nicht, wie das endet und ein Wiedersehen kann ich dir nicht versprechen.“

„Oh Kore“, schluchzte Chausette und drückte sich an ihre Kutte. „Warum geht das so mit uns auseinander?“

Durch die Frontscheibe des Gleiters sahen die Beiden die Lichter der Tempelstadt mit ihren zahllosen Alleen und Plätzen auf sich zuschieben. Ihre spärlichen Beleuchtungen mit Ölfunzeln und Fackeln erhellten den Ort so schemenhaft, wie bei ihrer ersten Erkundung. Sie sah aus wie ein Relikt aus ferner Zeit und besaß nichts mit der modernen Architektonik des Stadtbildes von Presson gemein. Im Zentrum der Metropole standen die markanten Stufenpyramiden, auf denen man vor wenigen Tagen Menschenopfer darbrachte. Allein mit dem Ziel den Tag des Jaguars anzukündigen und um Erfolg bei den Göttern für ihr Vorhaben zu bitten.

„Dort wurde Neko zum Jaguar“, sagte Kore mit ihrem Blick auf die in der Nacht aufbauende Silhouette des Tempels gebannt zu Chausette. Der Schein der Fackeln ließ sie mystisch hervortreten. Die zwei großen Kristallsäulen auf ihrer Spitze funkelten verdächtig in die Nacht hinein. „Die Ors kontrollierten ihn und hetzten ihn nach Cherson. Ich zerstörte ihm das Implantat in seinem Gehirn und er kam wieder zu sich."

„Dann begrub er den Rat zusammen mit dem Hohepriester in der Kuppel unter einem Berg des Rifgensteinmassivs", fügte Chausette hinzu.

„Du weißt das auch schon?", fragte Kore überrascht.

„Mein Vater erzählte mir das", sagte Chausette leise und beide Mädchen schwiegen. Sie wussten, dass alles Weitere keiner Worte bedurfte. Der bevorstehende Schmerz der Trennung wirkte bereits jetzt in ihnen.

Während sie durch die im Schummerlicht daliegenden Alleen zu der riesigen Partikelkanone fuhren, sahen Chausette und Kore neugierig den Einwohnern der Stadt bei ihrer Nachtaktivität zu. Fremd wirke ihnen, dass die Stadt vor kurzem vollkommen abgeschottet von der Außenwelt existierte. Sie entwickelte sich eigenständig. Alleine die Felder um die Städte, welche man auch jetzt mit Harken und Eggen bestellte, überraschte Chausette. Von der enormen Größe der Anbaufläche um die Tempelstadt sah man im Dunkeln nicht viel, jedoch ließ die Bevölkerungsdichte sie erahnen. Verstand Chausette doch nichts vom klassischen Nahrungsmittelanbau, der zwar auch außerhalb von Tempelstadt praktiziert, aber von dem man so gut, wie gar nichts mitbekam. Sie sah die in der Nacht geöffneten Märkte des Ortes, auf denen sich Lebendvieh tummelte, weil es keine Kühlschränke gab und das Fleisch vor der Zubereitung frisch geschlachtet wurde. Während man in Presson einfach zur Nanotheke ging und nach abgestimmtem Muster sein tägliches Mahl bekam, verlief die Nahrungsgewinnung in der Tempelstadt nach anderen Maßstäben. Dort trug man alle Zutaten selbst zusammen und verarbeitete sie frisch. Die Landwirtschaft zur Zeit des Rates der Sechs funktionierte hingegen nach einem System, das in vergangener Zeit als unappetitlich galt. Es kümmerte nicht, dass die in diesen Tagen angebauten Produkte verrunzelt und Flecken besaßen. Das Ziel eine Züchtung von gut aussehendem Gemüse und Obst für den Verkauf herrschte nicht mehr vor, sondern allein die Gewinnung des Rohstoffs als solches. Nach der Ernte spaltete man den Ertrag in die einzelnen Moleküle auf und verfrachtete diese in großen Tanks zu den Städten. Dort verteilte man sie an die einzelnen Nanotheken und erst bei der Nahrungsmittelerzeugung setzten sich die Bausteine wieder zusammen. Dies machte Konservierungsstoffe und den Einsatz der Chemie überflüssig. Der einzige Nachteil der Methode bestand lediglich darin, dass man eine große Energiemenge benötigte, um die Moleküle wieder in die Ausgangsposition zurückzubringen. Diese Art der Ernährungspraktik nahm daher erst mit der Inbetriebnahme der ersten Fusionskraftwerke vor gut dreihundert Jahren ihren Anfang, weil diese die erforderliche Energiemenge für die Transformation lieferten.

All diese Entwicklungsschritte der Zwischenzeit stünden den Leuten der Tempelstadt bevor. Sie sahen auf ihrer Fahrt Musikanten und Jongleure auf den breiten

Plätzen ihre Kunststücke vorführen, während dazwischen eine ihnen vertraute Uniform der Pressonpolizei patrouillierte.

„Es wird in der Tat nicht leicht mit der Zukunft der Tempelstadt werden", sagte Mr. Onaka zu den beiden Mädchen im Fond. „Sie ist die größte Siedlung auf der Erde und liegt in unserem Zuständigkeitsbereich. Ich und der Stadtrat sind ratlos was wir mit ihr machen. Die Menschen, die hier leben, sind mit ihrem Dasein und der jetzigen Ordnung zufrieden. Sie wollen einfach in Ruhe gelassen werden. Das Ende der Herrschaft der Priesterkaste steckten die Meisten hier gut weg. Es gab zwar einige, die meinten eine neue Ordnung ausrufen zu müssen, aber die kriegten wir schnell unter Kontrolle. Die Leute können sich selbst versorgen und brauchen das globalisierte Netz des Home-Lux-Konzerns nicht. Wir wollen daher die Tempelstadt zunächst nicht an das Hyperbahnnetz anschließen. Aber auf Dauer werden wir das nicht aufhalten können. Eine Währung gibt es hier nicht. Es lebt alles vom Tauschhandel. Ware gegen Ware. Na ja uns soll´s recht sein, solange keiner auf die Idee einer Revolte kommt. Vielleicht löst sich das Problem mit der Zeit von selbst. So nach und nach werden Waren von uns zu ihnen gelangen. Es mischt sich und so wird die Stadt letztlich mit ihrer Umwelt aufgehen. Erst dann werden sie ihren eigenen Bürgermeister und einen Stadtrat wählen dürfen. Wir sollten nichts überstürzen."

Die Limousine hielt nun auf dem großen Platz im Herzen des ehemaligen Tempelbezirks der Stadt an. Er war zu dieser Zeit von zahllosen Feuerschalen hell erleuchtet. Die Schatten der züngelnden Flammen tanzten an den Wänden der Tempelbauten. Chausette verdrehte sich die Augen als sie die steilen Stufen der großen Pyramide aus der Nähe besah.

„Meine Güte", raunte sie erschrocken, als sie ausgestiegen. Sie blieb am Fuß der Treppe stehen und sah mit Grausen nach oben. „Ich möchte nicht in der Haut von demjenigen stecken, der von da oben runterfällt. Warum ist sie so steil?"

„Die Orspriester schnitten dort oben ihren Opfern das Herz heraus und stießen ihre blutenden Körper die Stufen hinunter", sagte Kore tief berührt und dachte an Indreen, dem wie vielen anderen vor ihm das gleiche Schicksal widerfuhr.

„Sie stießen sie da hinunter? Igitt", raunte Chausette entsetzt.

„Ihr Blut war das Opfer für das gute Gelingen der Vorhaben der Ors", erklärte Kore, so gut sie es von Indreens Erzählung wusste.

„Du meine Güte", wiederholte Chausette entsetzt. „Wie gut, dass wir so was nicht haben. Diesen Wahnsinn. Da ist ja keiner mehr seines Lebens sicher", atmete Chausette erleichtert auf.

Kore sagte nichts dazu. Ihr fröstelte bei dem Gedanken daran viel zu sehr. Vielmehr wandte sie sich an Mr. Onaka: „Wo ist die Plasmakanone?"

„Sie ist in der Pyramide integriert. Wir müssen hierzu die Stufen hoch. Auf der Plattform beim Altar ist ein Schacht, der in das Innere der Pyramide führt. Kommt mit hoch."

Während Mr. Onaka und Kore die Stufen hinaufstiegen, spähte Chausette neugierig den Tempelbezirk aus. Sie sah riesige verkohlte Scheiterhaufen, auf denen vor kurzem die Überreste der Geopferten verbrannt wurden. Der schwache Geruch von dem verbrannten Fleisch lag in der Luft. Chausette riss sich mit Mühe von der grausigen Faszination los und folgte dann umso schneller den Beiden hinauf auf die Spitze. Je höher die Drei stiegen, desto bombastischer präsentierte sich die nächtliche Aussicht über die Tempelstadt. Das breite Panorama der mit reichlich Stuck bedachten Gebäude trat in der klaren Nachtluft des heutigen Tages geheimnisvoll hervor. Der mittlerweile wieder abnehmende Mond legte sein silbernes Licht über den fremdartigen Ort und trug auf seine Weise zur Reinigung von der Vergangenheit bei. Staunend begutachtete Chausette auf dem Weg nach oben die bunten Reliefs, die mythische Szenen des Orskultes zeigten. Im bemalten Stuck wurde die Prozedur der Opferung dargestellt. Es zeigte blut lechzende Monster mit spitzen Zähnen, die in Chausette die blanke Furcht hervorriefen. Nie überkam ihr so ein Grausen. Sie sah sich diese Darstellungen nicht länger an und lief hastig ohne den Blick mehr abwenden zu wollen zu den Anderen nach oben. Als Chausette die Plattform mit dem Altar erreichte, stieß sie einen spitzen Schrei aus. Dort stand nicht nur die schaurige Skulptur des blutrünstigen Gottes in einem großen Schrein herum. Auch das mittlerweile verkrustete Blut der Opfer auf dem Boden und dem Altar erkannte sie im Schein der Fackeln zu deutlich. Kore näherte sich ihr langsam in ihrer dunklen Kutte. Wenn Chausette nicht wusste, dass es sich hierbei um ihre beste Freundin handelte, fiele sie vor Schauder glatt in Ohnmacht.

„Ich danke dir, dass du mitgekommen bist", sagte Kore beruhigend zu ihr. „Es erfordert viel Mut, diesen Ort zu sehen."

„Ich stellte mich zwar auf Schlimmes ein, aber dass es so abscheulich ist ..."

„Du verstehst jetzt, dass die Sorgen und Jammerei, mit denen wir auf der Akademie zu tun hatten, im Gegensatz zu hier, harmlos sind", antwortete Kore bedächtig.

„Du machtest diesem Treiben ein Ende."

„Nein. Die Ors legten sich selbst das Handwerk. Kein System hält sich auf Dauer mit Terror aufrecht. In der Ordnung der Ors gab es keine Liebe. Nekos Liebe zu mir brach ihnen das Rückrad. Die Ors glaubten, mit Frucht jegliche Opposition zu unterdrücken. Auch in ihren eigenen Reihen."

„Aber sie verpassten doch deinem Bruder dieses Implantat und steuerten ihn damit."

„Ja, aber sie rechneten nicht mit einer Fee. Indreen folgte seinem Herzen und zeigte mir mit seinen gesammelten Informationen einen Weg auf, die Ors auszustechen. Ich war der Virus, der ihren Plan letztlich durchkreuzte. Chausette, ich weiß, dass dich das sehr herausfordert, aber es gibt kein hundertprozentig sicheres System. Je mehr du versuchst eine Ordnung durchzusetzen, umso mehr Widerstände wird es dagegen geben. Das muss so sein, denn eine Ordnung, die man an ihrer Weiterentwicklung hindert, wird eines Tages hinweggefegt. Das war in der Vergangenheit so und so wird es auch künftig sein."

Kore ging mit Chausette auf zwei Polizisten zu die dort oben neben dem Schrein der Skulptur Wache standen. Mr. Onaka, Karol und Holger standen bei ihnen und plauderten entspannt miteinander. Als Chausette und Kore in ihrer Hörweite waren, wandte sich Mr. Onaka an Kore.

„Brüder", sagte Mr. Onaka zu den Wachleuten. „Ich stelle euch eure Schwester Kore vor. Sie wird dem Strahl folgen, der von einem fremden Planeten gekommen ist." Die beiden jungen Wachmänner sahen anerkennend auf sie, aber Kore wagte nicht, sie anzusehen. Irgendwie schämte sie sich ihres neuen Aussehens, aber andererseits wusste sie, dass es nun kein Zurück mehr gab.

„Niemand darf sie stören, wenn sie in der Pyramide ist. Es wäre besser und auch um eurer Sicherheit wegen, wenn ihr unten beim Gleiter auf dem Tempelplatz weiter auf Wache steht."

„In Ordnung, Bruder", sagten sie anerkennend und wandten sich an Kore: „Viel Glück, Schwester", warfen sie ihr im Vorbeigehen zu und gingen flugs zu den Gleitern auf den Tempelvorplatz hinunter.

„Warum hast du sie weggeschickt?", fragte Kore Mr. Onaka neugierig.

„Weil sie nicht wissen, dass der Rat noch existiert und es wäre besser, wenn dies, was ich dir jetzt sage, unter uns bliebe. Ich möchte dir, bevor du allein in den Schacht hinunter gehst etwas von ihm mitteilen. Der Rat wünscht dir viel Glück bei deiner Aufgabe und hofft, dass auch du heil aus der Sache raus kommst. Vielleicht siehst du die Erde nie wieder, aber sei dir eines bewusst Kore: Egal, wo du hingehst, deine Vergangenheit nimmst du mit. In ihr sind wir, deine Brüdern und Schwestern auf ewig lebendig. Solange du dich unserer erinnerst, sind wir nie Tod und in gewisserweise bei dir."

Kore schluckte als sie diese deutlichen Worte hörte. Ihr schwante, dass dies den Abschied von ihrem bisherigen Leben bedeutete.

„Der Rat will dir aber etwas mit auf deinen Weg geben. Vielleicht kannst du es gebrauchen. Er selbst hob es für den Notfall auf. Sozusagen einen Plan B, wenn die Ors gewannen. Der Rat mag vielleicht zu lange bei seinen Entscheidungen zögern, aber er besaß immer einen Trumpf in der Hinterhand. Er will, dass ich ihn dir gebe. Mr. Onaka griff in die Hosentasche und holte ein unscheinbares eisernes Ei heraus. Chausette staunte überrascht, als sie auf das blank polierte Stahlstück sah.

„Was ist das?", fragte sie. „Eine Bombe?"

„Genau. Nur eine ganz Besondere. Eine Neutronenbombe. Die hier tötet nicht. Sie hat eine viel schlimmere Wirkung. Vor allem für unsere Zeit."

„Welche?", fragte Kore skeptisch.

„Sieh Kore. Wir und auch die Ors hier machten sich von Technik abhängig. Sie können ohne ihre geliebten Geräte nicht überleben. Diese Bombe macht alle Technik auf dem ganzen Planeten unbrauchbar und man fängt technisch wieder bei null in der Forschung an. Es versetzt den technologischen Vorsprung zurück in die Steinzeit. Also sei vorsichtig, wenn du sie gebrauchst. Nur für den Fall, dass es ernst wird", warnte Mr. Onaka und gab ihr die hochgefährliche Waffe. „Man aktiviert sie durch einen Druckimpuls mit der Faust. Nimm sie in die Hand und zweimal kräftig draufdrücken. Demjenigen, der sie in der Hand hat, passiert nichts. Den anderen ringsum aber schon. Verlier sie bloß nicht. Gib sie nie aus der Hand."

Mr. Onaka räusperte sich kurz und blickte sie mit gelockertem Blick an. Seine Mundwinkel entspannten sich: „Jetzt aber das Wichtigste", und unterbrach sich bewusst. Er trat näher auf Kore zu. Sein Gesicht verzog sich zu einem wohlgemeinten Lächeln und dann umarmte er sie anerkennend: „Viel Glück. Pass auf dich auf, Schwester."
Nachdem Mr. Onaka seine Umarmung löste, waren die beiden Zwillinge zur Stelle, um auch ihrer Schwester alles Gute zu wünschen.
„Es tut weh, aber es muss sein", sagte Holger anerkennend zu ihr und drückte sie inständig. „Wir beide sind sehr stolz auf dich, Kore. Wer wenn nicht du wird dieses Rätsel lösen."
Karol tat es seinem Bruder nach: „Ich finde es so schade, dass du wie ein Stück Kohle aussiehst. Deine frühere Gestalt gefiel mir besser", bemerkte er nicht ohne Rührung. „Ich vermiss dich jetzt schon, Miss Wissbegierig. Immerhin war uns eine gemeinsame Zeit in unserem Leben gegönnt. Ich erinnere mich gerne daran."
„Ich vermisse euch jetzt schon", antwortete Kore bedrückt und löste ihre Umarmung von ihm. Irgendwie tat es ihr weh, ihnen nicht alles über ihre Reisebedingungen nach Atres sagen zu können. Vor allem, dass die Verwendung der Kanone dazu ein reiner Bluff war. Auch Chausette trat näher an sie heran. Unfassbar starrte sie ihre Kameradin an. „Heißt das wirklich, dass wir uns trennen müssen? Jetzt?"
„Ich fürchte ja", sagte Kore tief berührt. Aus Chausettes Augen rollten die Tränen hinunter. Die Erinnerungen der gemeinsamen Vergangenheit spielten sich in ihnen ab, wie ein reißender Fluss. Ihr erstes Kennenlernen vor der Tür des Dekans. Ihre gemeinsamen Trainingsstunden in der Schwimmhalle und beim Ballett. Die gemeinsamen Unternehmungen und Besuche, die sie zusammentaten. All dies war wieder so greifbar und lebendig, wie am ersten Tag.
„Es passiert doch irgendwann einmal", sagte Kore mitgenommen und kam nicht umhin mit ihr voller Melancholie zu trauern. „Ich ginge nach der Akademie an einen ganz anderen Ort wie du und dann träfen wir uns vielleicht nach Jahrzehnten bei einem Akademietreffen wieder. Für ein paar Stunden."
„Das kommt alles so plötzlich", sagte Chausette von ihren Gefühlen überwältigt und fiel Kore voller Wehmut um den Hals.
„Ich vergesse dich nie. Kore. Egal wie du jetzt aussiehst. Ich wünsche dir viel Glück. Ich würde dir mehr sagen, wenn ich könnte, aber es tut mir so weh", sagte Chausette schweren Herzens zu ihr.
„Mir geht es nicht anders. Aber bevor ich gehe, hätte ich eine Bitte an dich."
„Ja?"
„Richte Thamus von mir aus, das ich ihm vergeben hab."

Chausettes Mine verharrte still. Sie versuchte, das eben Gehörte zu verstehen. Dabei sah sie Kore nicht nur überrascht, ja verwundert an. Sie nickte zunächst schwach, dann immer stärker, während ihr die Tränen hochstiegen.

„Ich wünsche dir alles Gute. Dir und Boris", fügte Kore betreten an und ließ sie los. Noch einmal blickten sie zueinander auf. Ihre Augen, die sich begegneten, sagten mehr als tausend Worte des Abschiedes. Auch das versöhnliche Lächeln ihres Mundes.

„Warum tust du das? Versuchte er nicht, dich zu töten?"

Kore lächelte ihr friedlich zu.

„Ich tu es nicht für ihn, sondern für mich."

„Gehe jetzt in den Schacht", sagte Mr. Onaka bittend, weil er wusste, dass es keinen Sinn machte, ihre Abschiedszeremonie in die Länge zu ziehen. „Die Zeit lässt uns keine andere Wahl, als ihr zu gehorchen. Dort unten ist der Mechanismus, der die Partikelkanone lädt und eine Schlafstelle."

„Ihr habt gewusst, dass ich das brauche?"

„Hey, der Rat ist gut informiert, Kore", sagte Mr. Onaka. „Information ist alles und ich sag dir mit Gewissheit, dass er dich liebt. Genauso wie er auch Neko liebte. Er weiß aber auch, dass er dich gehen lassen muss. Kinder lässt man los, damit sie den Weg gehen, der ihnen bestimmt ist", antwortete Mr. Onaka ihr freundlich. „Und irgendwann wird alles wieder zu dem Staub, aus dem wir letztlich sind."

Kore schlug ihre Kapuze zurück und lächelte freundlich in die Runde. Karol und Holger befanden sich bereits auf den Weg zum Treppenabgang, als sie sich zu ihrer Schwester noch einmal umdrehten, um erneut zu winken. Dann gingen sie zum Tempelplatz hinunter. In Chausettes Augenlichter sah sie trotz des spärlichen Lichtes der Fackeln deutlich die quälenden Tränen des Abschieds. So hilflos sah Kore ihre beste Freundin nie wie in diesem Augenblick. Mr. Onaka stand bei ihr und hielt sie fest. Er versuchte ihr Halt zu geben und ihr den Schmerz zu lindern, die diese Trennung mit sich brachte. Kore winkte kurz zum Lebewohl und ließ ihrem Gefühl freien Lauf. Solange, bis es sich legte. Erst dann wandte sie sich dem dunklen Schacht im Inneren der Pyramide zu. Dort führte eine massive Eisenleiter in die gähnende Tiefe des Prestigebaus hinab. Zu groß erschien die Verlockung, zu ihrem bisherigen Leben zurückzusehen und es mit dem Status der Gegenwart wieder aufzunehmen. Zu groß war es und doch wusste die Fee, dass sie nun nicht mehr zu der Welt der Menschenkinder gehörte. Die Zeit trug sie weiter. Der neue Weg vor ihr war nicht nur das Unbekannte, er beinhaltete auch eine neue Perspektive, aus der wiederum neue Wege erwuchsen. Entschlossen stieg sie daher hinunter und widerstand der Versuchung einen Blick zurück in ihre Vergangenheit zu wagen.

Die neue Verwaltung der Stadt erklärte den Tempelbezirk zum Sperrgebiet und ließ alle Pyramiden akribisch untersuchen. Dabei legten ihre Techniker Lichtleitungen ins Innere, sodass Kore die Orientierung nicht verlor. Sie stieg, in sich gekehrt, die steile Leiter hinab, bis sie ganz unten auf das, von Mr. Onaka beschriebene, Nachtlager stieß. Daneben befand sich ein scheinbar schmuckloses Gewirr aus Drähten, die alle in einem breiten Pult mündeten. Es gehörte offenbar zu der Steuerung der Partikelkanone, mit der die Ors die rätselhafte Energie von Gamma Neun anzogen. Beklommen setzte sie sich auf das Feldbett und starrte die nackten kahlen Wände an, die aus zentnerschweren Steinblöcken ohne Zement passgenau zusammengesetzt waren. Kore seufzte schwermütig. Ihr wäre es lieber, den vertrauten Ort der Erde nie verlassen zu müssen. Aber ein Weiterleben, ohne herauszufinden, was mit Neko passierte, konnte sie sich nicht vorstellen. Dazu kam, dass man sie verdächtigte seinen Tod herbeigeführt zu haben. Etwas, das sie sich keinesfalls anhängen ließ. Die Welt außerhalb der Pyramide hatte nichts mehr mit der zu tun, der sie vor wenigen Tagen ausgeliefert war. Wie unbeschwert gab sie sich vor wenigen Tagen dem Lernen hin und stellte sich auf den Alltag der Akademie ein. Sie bereitete sich gezielt auf Wettbewerbe vor. Mit ihren Kameradinnen sich die Zeit vertreiben, auch wenn sich ihre Interessen nicht immer glichen. Vorbei war die Zeit der Tratschgeschichten über das Beziehungsleben ihrer Mitstudenten. Im Angesicht der gewaltigen Umwälzungen verkamen sie zu Nichtigkeiten. Das, was mit ihrer Verwandlung zur Fee begann, lies sich nicht mehr stoppen. Nach ihrem Körper begann nun auch ihr Geist, zur Fee zu mutieren. Es mündete in dem rätselhaften Ableben ihres Bruders, dessen Lösung sie in ihrem Geburtsort, den Planeten Atres, zu finden hoffte. Entschlossen der Wahrheit auf den Grund zu gehen legte sie sich nieder und wartete, bis sie einschlief. Dies dauerte, weil sie durch ihre Angespanntheit, kein Auge zubrachte. Letztlich zeigte die Natur Gnade mit ihr und so betrat sie wieder das Trainingsgelände, in dem Ipsy ihr alle Tricks des Feenkönnens lehrte.

Auf dem Tempelvorplatz standen derweil Mr. Onaka, Chausette, Holger und Karol zusammen.

„Das ist so gemein“, sagte Chausette zu ihrem Vater.

„Ja, das ist es.“

„Sie vergab Thamus. Er wollte sie doch töten. Ich versteh das nicht.“

Doch ihr Vater antwortete nicht direkt darauf. Er wandte sich an die Zwillinge.

„Wir haben etwas zu tun. Evakuiert jetzt den Tempelbezirk. Wir wissen nicht, welche Macht Kore zu ihrem Zielort bringt. Es wird für uns hier sehr gefährlich. Was ihre Zuwiderhandlung bei dem Verhör angeht, werden sie offiziell gerügt werden müssen, um den Schein zu wahren. Aber ich sorge dafür, dass es für euch zu keinem Nachteil wird. Im Gegenteil. Recht und Gesetz ist die eine Sache. Moral die andre. Wenn sich Recht und Gesetz von der Moral ableiten, dann ist man auch willens, ein Auge zuzudrücken. Auch wenn das Gesetz noch nicht in Worte oder Schrift gegossen ist. Jetzt geht und bringt alle hier in Sicherheit.“

„Ja, Sir“, bestätigten die Zwillinge und eilten seiner Anweisung folgend davon. Erst jetzt antwortete er auf die Frage seiner Tochter.

„Kore wollte nicht in der Hölle leben. Du allein entscheidest, zu was du dein Leben machst. Willst du in Liebe dein Leben verbringen oder in Angst?“

Chausette schluckte.

„Dieser Ort hier war voll von Angst. In dem, das sie ihrem Attentäter vergab, durchbrach sie die Spirale der Gewalt. Versuchten wir alle Taten zu vergelten, wären wir auch kein Gramm anders als die Ors. Der Rat bat daher keine Prozesse zu führen oder irgendwelche Verbrechen zu verfolgen, die von den Ors begangen wurden.“

„Aber ist das nicht schreiende Ungerechtigkeit? Sie töteten sogar, um ihre Ziele durchzusetzen.“

„Ja. Es waren Verbrechen“, sagte Mr. Onaka deutlich. „Es heißt nicht, dass wir jetzt einfach einen Schwamm drüberfahren lassen. Es wird aufgearbeitet. Wahren Frieden findet man nur mit sich, wenn die Wahrheit auf den Tisch kommt. Mag sie auch so schmerzhaft sein. Auch der Rat deckte Verbrechen, Chausette.“

„Der Rat auch?“

„Dafür regierte er. Dafür trug er die Verantwortung. Es heißt aber nicht, dass wir ewig in Schuld und Sühne festhängen. Wahre Vergebung findet erst statt, wenn man die Wahrheit kennt. Jemand der kein Interesse an der Wahrheit hat, gibt damit zum Ausdruck, dass er denjenigen die Vergebung vorenthalten will, die dazu bereit wären.“

„Wozu sollte das dienen?“

„Zur Steuerung. Tomps brachte daher über den Eingang der Polizei den Spruch an: Hütet euch vor denjenigen, die euch Informationen vorenthalten. Im Grunde ihres Herzens wollen sie euch beherrschen.“ Der General kannte die Methoden, mit der die Herrschenden seiner Zeit ihre Bürger beeinflussten. Wenn die Bürger nicht so reagierten, wie es die Oligarchie wollte, dann übten sie mithilfe der Staatsmacht Gewalt und Einschüchterung aus. Da der Missbrauch solcher Apparate nur so dazu einlud, gilt der Spruch in erster Linie für die Polizisten, die darin arbeiten. Gerade sie sollten erkennen, gegenüber wem sie in erster Linie verantwortlich waren.“

„Sie ist sehr stark“, sagte Chausette nach einer kurzen Pause. „Ich werde sie so vermissen. Was wird sie erwarten?“, fragte Chausette voller Ungewissheit.

„Das kümmert uns nicht mehr. Das ist jetzt Kores Sache“, antwortete Mr. Onaka. „Wir taten alles für sie Mögliche. Ich vertraue ihr. Selbst wenn sie scheitert, ist sie doch nur ihrem Herzen gefolgt. Niemals ist dies der falsche Weg sein.“

„Für mich ist es, als ob Kore gestorben wäre. Ich werde sie nie wieder sehen.“ Mr. Onaka fuhr seiner Tochter seufzend über die Haare. Er atmete tief durch und meinte verständnisvoll: „Jede Trennung ist wie ein Tod. Jede Begegnung wie eine Geburt. Das Leben ist voller Begegnungen und Trennungen. In ihrem Wechselspiel findet das Leben statt. Was willst du aus der Zeit des Beisammenseins mit Kore mitnehmen? Es ist deine Wahl. Diese Frage wird dich in der nächsten Zeit sehr beschäftigen. Und nun lass uns hier weggehen. Wer weiß, welche Kraft hier demnächst walten wird.“

Rabenschwarz in ihrer Kutte erschien Kore auf der liebevoll gepflegten Blumenwiese, die Ipsy anlegte. Zumindest blieb ihr dieses vertraute Bild. Vor ihr stand der herrschaftliche Kirschbaum mit dem integrierten Baumhaus in prächtiger Blüte. Lachend und schäkernd saß Ipsy auf ihrer Veranda und nahm einen tiefen Schluck aus ihrer Tasse mit dem Nuaventee.

„Hi Ipsy", begrüßte Kore ihre Ausbilderin so freundlich, wie es ihre Gemütsfassung zuließ. In ihr nagte der Abschied von ihrem bisherigen Leben.

„Ah, da bist du ja", sagte Ipsy dieses Mal aber nicht in einem spitzen hohen Ton. Er klang vielmehr tief und gemeingefährlich. „Na? Haben wir uns ausgeweint? Auf Wiedersehen gesagt? Dem Vater, der Mutter, allen deinen sogenannten Freunden und so?", fragte sie schnippisch, worauf Kore verdutzt aufschaute. So kannte sie Ipsy gar nicht.

„Für Gefühlsduselei haben wir wirklich keine Zeit. Wenn Malitides mir nicht befahl…"

„Nimm die Brille ab", unterbrach plötzlich eine Stimme in Ipsys vertrauter Tonlage die seltsam anmutende Szenerie.

Kore fasste sich an den Kopf und fühlte, dass etwas auf ihren Augen lag. Sie zog das unsichtbare Etwas weg und blickte nun nicht mehr auf das idyllische Bild der modellierten Landschaft. Der Himmel verlor sein helles Blau. Nun dampfte er im rauchigen Rot und mit dichten Nebelschwaden durchsetzt. Spitzkantiges Lavagestein übersäte den schwarzen Boden, den Regen und Wind karstig zerklüfteten. Ein boshaftes Lachen schallte Kore um die Ohren. Es klang diesmal nicht mehr so düster wie vorhin. Eher schelmisch und frivol.

„Ipsy?", rief Kore in die karge Einöde. Von oben regnete es Feuertropfen auf sie herab. Sie formten um sie einen flammenden Kreis und lief direkt vor ihren Füßen zu einem Punkt zusammen.

„Drag. Hör mit diesem Blödsinn auf", schrie Ipsy, welche mit einem Puff vor ihrer Schülerin erschien. „Es reicht."

„Oh komm, gönn mir etwas Spaß bei meinem Auftritt, meine kleine süße Putziwutzi. Mit einem Puff wie du erscheint doch jeder", lachte die Feuerpfütze dreckig. Sie schichtete sich sogleich zu einem kleinen grauen Männlein auf, welcher einen brennenden Zylinder auf den Kopf trug. Seine Hautoberfläche glänzte aschegrau, während dessen stechenden Augen an glühende Lava erinnerten. Er sah fast aus wie ein kleines Teufelchen. Nur dass ihm der Schwanz und die überlangen Hörner fehlten. Während Ipsy eine eher seidige Bekleidung trug, kleidete sich das Wesen in einem alten speckigen Frack. Aus dessen Tasche baumelte eine goldene Kette.

„Du musst Drag sein", sagte Kore zu dem kleinen Kerl im Zylinder kombinierend.

„Der bin ich", antwortete ihr das Wesen mit feurigem Blick. „Also Mädchen, wir haben nicht die Zeit lange herumzufackeln", bemerkte er hektisch, wobei von seinem Zylinder eine Stichflamme nach oben abging. Er zog an der goldenen Kette, wodurch eine goldene Uhr zum Vorschein kam. Drag tippte an den Sprungdeckel und die Uhr ballerte in akribischer Feinheit eine Zahl mit einer Art Feuerwerk in die Luft, die Kore nicht zu deuten wusste.

„Yep", bemerkte Drag nickend. „Wie ich sagte. Kaum mehr Zeit. Also hör gut zu Mädel", brüstete sich der Dämon überheblich und steckte die Uhr wieder in die Fracktasche zurück. „Normalerweise verabscheue ich Feen wie Wasser. Sie sind so eingebildet und grässlich. Aber du, du bist in der Tat etwas Besonderes, wenn Malitides dir die Glut verpasste."

„Die Glut?", fragte Kore überrascht.

„Den Aufnahmeritus der Dämonen", knurrte Ipsy aufgebracht. Es behagte ihr nicht, dass Kore die Prozedur beging und das zeigte sie ganz offen. „Ausgerechnet meine Schülerin wird zu einem Dämon umfunktioniert. Das ist eine Schande …", ereiferte sich Ipsy, doch sie kam nicht weit.

„Quatsch. Ich bin derjenige, der von Schande reden muss. Dass ich das erlebe, eine Fee zu einem Dämon ausbilden zu müssen. Das ist fürwahr …", fing Drag an, vor Zorn aufzuschäumen. Dabei schlug wieder eine Stichflamme aus seinem Zylinder hoch hinauf. Ehe seine Wut weiter anschwoll, unterbrach ihn Kore angewidert.

„Macht mal halblang ihr Zwei", schmetterte Kore grantig dazwischen. „Ich wäre für Substanz dankbar. Mein Vater schloss mit den Dämonen Frieden. Diese Querelen sind Vergangenheit. Das interessiert mich nicht. Im Jetzt gestalte ich die Zukunft."

„Du bist jung", bemerkte Drag Kore skeptisch mit seinen glühenden Augen musternd. „Junge kennen nicht die Sünde der Vergangenheit am eigenen Körper. Was die Alten nicht vergessen können, übertragen sie den Jungen, auf dass sie ihren Kampf stellvertretend fortführen."

„Ein endloser Streit. Ich will nicht wegen eures Zwistes nach Atres. Malitides sagte mir, dass ich mithilfe der Partikelkanone meinen Freunden vortäuschen soll, wie ich nach Atres reise."

Drag brach in ein schallendes Gelächter aus.

„Was gibt es da zu lachen?"

„Du bist ein Grünspan. Du weißt doch nicht einmal die Grundlagen des Dämonenwesens und schon willst du in der Oberliga spielen. So geht das nicht", warf Drag seiner Schülerin entgegen.

„Was hast du da übrigens für ein komisches Ei deiner Hand?", fragte der kleine Dämonenlehrer und kam Kore mit einem Feuerball näher. „Ah, lass mich Raten. Das Bonbon deines Vormunds. Hm, das stört jetzt bloß für unsere erste Lektion. Macht nichts", lachte Drag und hüllte Kore in ein loderndes Feuer ein, dass ihre Oberfläche überzog, wie einen Flächenbrand. Im Nu verschwand das Ei aus Kores Hand. Kore schaute verdutzt drein. Was sollte das?

„Wo hast du es hin? Das war ein Geschenk. Ich brauche es vielleicht noch", fragte Kore nun überhaupt nicht mehr zu Scherzen aufgelegt.

„Keine Angst, das ist jetzt in deinem Geheimfach. Das ist der erste Dämonenkniff, den du von mir zu lernen kriegst. Kannste ganz leicht öffnen. Du denkst an den Gegenstand und du holst ihn auf deine Hand zurück. Probier es gleich mal aus."

Kore holte aus ihrer Erinnerung das Ei hervor und lenkte diesen Gedanken in ihre Hand. Prompt war das Ei wieder da. Sogleich machte sie den Kniff umgekehrt. Drag hatte wirklich Recht. Drag führte die Feinheiten der ersten dämonischen Lektion näher aus: „Ganz praktisch. Du kannst jedes Ding, das auf deine Hand passt, darin einlagern und wenn du dran denkst, kommt er wieder direkt in deine Hand zurück. Das Einlagern geht wie das rausholen. Gegenstand einprägen und es kommt wieder raus oder rein. Je nach dem. Der einfachste aller Dämonentricks", schäkerte Drag vergnügt und fuhr fort. „So. Aber für alle weiteren Aktivitäten als Dämon lernst du erst einmal, wie du dich regulierst."

„Regulieren?", fragte Kore, ohne so recht zu wissen, was Drag meinte.

„Ja. Genau. Hast du bemerkt, dass dich deine Umgebung als eiskalt empfindet, wenn sie dich berührt?", sagte Drag mit seiner düsteren drohenden Stimme.

„Chausette sagte das zu mir. Ich fühle mich kalt an, wie ein Eisblock. Aber ich selbst spüre nichts."

„So soll es auch sein. Wir Dämonen fühlen unsere eigene Körpertemperatur nicht und damit werden wir als Zweites fortfahren. Mit dem Temperatus. Damit stellen wir unsere Körperwärme oder Kälte ein. Je nach dem. Als Ausgangsbasis haben wir die Null. Du bist, wenn man dich jetzt misst, genau bei null Grad Körpertemperatur. Jedes Wesen in deiner Welt stirbt sofort daran. Aber ein Dämon lacht über solche Dinge. Die Sache ist wichtig, weil auf der Körpertemperatur viele Dämonentricks basieren."

„Ja, wie die der Zerstörung", keifte Ipsy wütend dazwischen. „Ihr Dämonen kennt nur die Vernichtung …", schleuderte sie ihm zornig entgegen, doch Drag sagte nichts und holte mit der Hand aus. Er warf seine Handfläche in Ipsys Richtung und in rasender Schnelle klatschte ein Blechstück auf den Mund der kleinen Fee, wodurch sie keinen Ton mehr aus ihrer Kehle herausbrachte.

„Red kein Blech. Wenn ich deine Meinung wissen will, lasse ich es dir wissen", bemerkte Drag zornig und wandte sich wieder Kore zu.

„Also. Stell dir eine Zahl vor."

„Welche?"

„Egal", sagte Drag.

„Wie 300?", fragte Kore verunsichert, was Drag damit bezweckte. Sie glaubte, die Luft um sich flirren zu sehen.

„Zu wenig", antwortete Drag barsch abschneidend.

„Oder drei Millionen?", setzte die junge Dämonin nach. Kore begann, kaum dass sie das sagte, aufzuglühen wie flüssiger Stahl.

„Ja, so mögen wir das. Das ist eine gute Betriebstemperatur. Jetzt haben wir die Möglichkeit zahlreicher Hitzetricks wie das Drahten. Und genau damit machen wir weiter …"

„Nein", schrie Ipsy wütend. „Meine Schülerin drahtet nicht."
Sie befreite sich mithilfe des Verschwindibus von dem Blech auf ihrem Mund.

„Klappe halten", donnerte Drag zornig und warf erneut seine Handfläche auf Ipsy, doch diese duckte sich und warf ihrerseits einen Blizz, den Trick der Feenfalken, entgegen. Er verfehlte Drag um Haaresbreite, weil dieser einen Schritt zur Seite trat.

„Daneben. Daneben", spottete Drag gehässig. „Du hast schon mal besser gezielt."

„Hört ihr jetzt endlich auf", polterte Kore wie ein Gewitter los, sodass sie Funken schlug. Sie gewann mittlerweile das Aussehen einer riesigen Fackel und brannte lichterloh wie ein Reisigbündel.

„Du drahtest nicht. Niemals", blaffte Ipsy wütend. „Das ist übelste Dämonenmagie."

„Päh, was weißt du schon. Das ist die schnellte Art der Fortbewegung. Ihr Feen braucht doch eine Ewigkeit, bis ihr irgendwo ankommt."

„Wir zerstören aber nicht den Planeten dabei. So wie ihr …", zischte Ipsy außer sich und schleuderte einen weiteren Blizz, welcher Drag mit einem Spalter konterte. Dazu teilte er sich in zwei Hälften auseinander und der Blizz zischte zwischen seinen Hälften schadlos hindurch.

„Kore", sagte Drag erklärend zu seiner Schülerin. „Das war fortgeschrittene Dämonenkunst. Das kommt später in unserem Reportire. Jetzt zeig ich dir mal, was wir sonst noch so drauf haben. Deine Lehrerin braucht es offenbar auch dringend mal."

Der Kampfgeist von Drag entflammte sich erst recht. Er schleuderte Ipsy dem Dägger entgegen. Ein Wurfgeschosstrick, bei dem Stahlplatten das Opfer an eine Wand ketten. Ipsy entwischte seiner Attacke mit dem Teleport. Dadurch verfehlten Drags Geschosse ihr Ziel.

„Hört sofort auf ihr beiden", rief Kore entnervt dazwischen und fügte hinzu: „Ihr benehmt euch wie zwei Kleinkinder. Warum könnt ihr Zwei euch nicht vertragen? Trinkt doch eine Tasse Tee beim Kirschbaum miteinander?"

„Nein", schrie Ipsy entsetzt und Kore fühlte sich just nach dem sie das Wort Kirschbaum in den Mund nahm, als ob sie gewaltig überdehnt wurde. Sie wusste nicht, wie ihr geschah, als sie sich in eine einzige Stahlschiene verwandelte, die die karge Vulkanlandschaft wie ein gewaltiges Messer durchschnitt. Sie querte Ipsys Blumenwiese in astronomischer Geschwindigkeit, bis sie direkt vor dem Kirschbaum zum Stillstand kam. Der Wohnbaum ihrer Ausbilderin fing wegen der enormen „Betriebstemperatur" von Kore sofort Feuer. Er ging wie ein Stück Papier in Flammen auf. Entsetzt erschien Ipsy mit einem Puff bei ihrem Baum.

„Oh nein. Mein schöner Baum. Dieser verfluchte Drag", schimpfte sie schäumend vor Wut. Die Blumenwiese, die der Landschaft eine gewisse Idylle verlieh, glich nun verbrannter Erde. Die Wiese wurde ein Meer aus Flammen, wo es vor sich hinkokelte und beisend qualmte. Kore starrte zitternd auf ihr Werk, dass sie unbewusst anrichtete. Drag erschien auf seine Art mit einem Feuerregen vor dem brennenden Baum.

„Alle Achtung. Das ging ja wie geschmiert", lobte er sie. „Kore. Dreh die Temperatur runter. Dazu einfach eine niedrige Zahl vorstellen."

Kore stellte sich prompt wieder die Null vor und schon erreichte ihr Aussehen wieder die Nachtschwärze.

„Glückwunsch. So, jetzt bist du gedrahtet. Jetzt kannst du drei der wichtigsten Dämonentricks", lachte Drag fröhlich auf, während Ipsy mit einem Elementar die restlichen Brandherde löschte und die Blumenwiese mit ihrem Staub erneuerte.

„Dämonen zerstören alles", bemerkte sie ungehalten dabei. Feenstaub wirbelte dabei scheinbar ziellos durch die Luft.

„Feen sind unberechenbar", schleuderte Drag entgegen. „Bei uns weis man, für was wir Dämonen stehen. Eisen formt sich nur heiß."

„Vulkanismus ist ein Teil unseres Planeten", sagte Kore anerkennend. „Ohne ihn gäbe es kein Leben, aber es ist nicht richtig, ohne guten Grund zu zerstören."

„Wohl wahr, aber die Zeit verändert sich", erklärte Drag. „Das ist etwas, das wir Alten noch begreifen müssen."

„Warum schickte dich Malitides in die Verbannung?", fragte Kore kombinierend.

„Oh, du weißt davon?", fragte Drag überrascht. „Davon erzählte ich dir nichts."

„Von Malitides. Außerdem, wenn alle Dämonen von den Schlangen in Lavagestein verwandelt wurden und du davon verschont wurdest, verbannte er dich bestimmt." Drag wurde sichtlich verlegen. Es behagte ihm nicht, nach diesem Kapitel in seinem Leben befragt zu werden.

„Bei allem Respekt, das ist ein Geheimnis, dass ich dir nie anvertrauen werde", antwortete er abwürgend.

„Aber ich sag es dir", antwortete Ipsy weniger zurückhaltender wie er.

„Nein. Bitte nicht. Sei so nett und lass das", bat Drag sie, ohne demutsvoll klingen zu wollen.

„Oh", kombinierte Kore messerscharf. „Da wird doch nicht so etwas wie eine Hassliebe eine Rolle spielen, oder seit wann seid ihr Zwei per Du?"

„Das hast du gemerkt?", fragten Drag und Ipsy wie aus einem Mund.

„Ich dachte mir so etwas Ähnliches schon", sagte Kore. „Die Nervosität von euch Zweien ist unübersehbar. Ihr versucht vor mir geheim zu halten, dass ihr euch einander sehr gut kennt. Viel besser als ihr es mir weismachen wollt."

„Wir werden diese Fassade einreißen müssen", sagte Drag verlegen zu Ipsy. „Es ist schwer, vor ihr etwas geheim halten zu wollen."
Er nahm Ipsy bei der Hand.
Ipsy sah Drag wohl meinend an: „Tja, mein Lieber so ist das nun mal. Aus ehemaligen Feinden werden einmal gute Freunde, wenn sie sich das gleiche Schicksal teilen."

„Malitides und Laikos merkten das ziemlich bald", kombinierte Kore lakonisch. „Es musste schon ein schweres Verbrechen sein, wenn Drag in die Verbannung geschickt wird, wie die Verbindung zu einer Fee. Ipsy, mein Vater verbannte dich hierher, weil er wusste, dass du hier nicht mit deinem Liebsten zusammenkommst. Ihr beide habt euch heimlich getroffen und irgendwie hat er's rausgekriegt."

„Ja, das haben wir und was wir alles gemeinsam angestellt haben", lachte Drag boshaft. „Ich spielte dem Dämonenkönig einen üblen Streich, als ich herausbekam, was Laikos mit Ipsy machte. Da war er so wütend, dass er mich zu dir verbannte. Er wollte mich bestrafen, erfüllte aber genau damit meinen größten Wunsch, weil er nicht wusste, dass du hier bereits auf mich wartest."

„Die Nacht am verbotenen See. Weißt du noch? Kurz bevor ich hierher kam?", fragte Ipsy verliebt.

„Ja, das Schimmern der Lichter im Wasser. Streng verboten anzusehen, aber das war uns egal", lamentierte Drag mit verträumtem Blick und beide küssten sich, wobei Drag seinen flammenden Hut zuvor löschte.

„Warum habt ihr mir das nicht gleich gesagt, dass ihr ein Liebespaar seid? Das erspart den ganzen Wirrwarr und vor allem kostbare Zeit. Zeit die ich nicht habe."

Drag und Ipsy lösten sich zärtlich wieder voneinander und wandten sich in seltener Einigkeit ihrer Schülerin zu.

„Ja, du hast recht", sagte Ipsy verschämt. „Es war sehr töricht von uns dir so einen Heckmeck zu veranstalten. Außerdem hätte ich mir denken können, dass du das früher oder später rauskriegst. Als Fee siehst du in Herzen. Ich hatte ein schlechtes Gefühl, wenn du siehst, dass ich und ein Dämon … na egal. Drag ist ebenso in die Ausbilderebene verbannt worden wie ich. Uns beiden war einsam, aber was sag ich da, das Gefühl kennst du sicher auch. Was soll´s, wir sollten deinen Unterricht als eine Chance begreifen. Das drahten kannst du jetzt ja. Leider."

„Na schön. Ich setze jetzt meinen Abgang mit der Partikelkanone in Szene, damit mir niemand zu Jule folgt."

„Schon passiert", feixte Drag hämisch.

„Wie?"

„Erinnerst du dich, wie ich dir das Drahten beigebracht habe?"

„Äh, ja?"

„Schön", lachte Drag gehässig. „Durch die Hitzeentwicklung in deinem Schlaf ist die Pyramide implodiert. Dabei zerlegte es dich in Atome. Du existierst praktisch in der Vorstellung deiner Zeitgenossen nicht mehr und bist jetzt ein glühend heißer Zustand aus Gaspartikeln. So ähnlich wie Plasma. Ist nicht schlimm. Dämonen macht Hitze nichts aus."

„Das ist ja …"

„Dämonenhaft", grinste Drag über beide Ohren. „Wenn du jetzt aufwachst, machst du dich umgehend auf den Weg zu dieser Jule. Du befindest dich zurzeit als Gasnebel über der ehemaligen Pyramide von dieser Tempelstadt."

„Jule findest du in den Rockey Bergen. Sie weiß nicht, dass es dich gibt, aber sie ahnt etwas. Ihr beide werdet einander viel zu erzählen haben", sagte Ipsy und fügte hinzu. „Dass Jule noch da ist, überraschte mich sehr. Vor allem, dass du …", sie unterbrach, sich, „… und jetzt fügt sich alles zusammen. Als ich damals Jule ausbildete, wusste ich das nicht. Äh …"

„Was druckst du eigentlich herum? Was wusstest du nicht?"

„Das du… Du bist die schwarze Fee. Durch dich wird Jule zu ihrem Glück kommen."

„Könntest du dich endlich deutlicher ausdrücken. Ich versteh nicht, worauf du hinaus willst."

„Ich erinnere mich wieder an Jules Schicksalsspruch. Er lautete: Die Schwarze wird dich zum Glück geleiten. Jule verstand ihn nicht. Ich ebenso wenig und ich sagte ihr, dass sie es auf sich zukommen lassen müsste. Wie bei dir."

„Du meinst, dass dies mir bestimmt ist? Ich sollte zu einer schwarzen Fee werden? Für Jule?“

„Es sieht so aus“, meinte Ipsy. „Du erfüllst Jules Schicksal.“

„Wie soll ich sie dort finden? Ich war da schon mal mit meinen Eltern. Das Gebiet der Rockey Berge ist riesig.“

„Ich weiß, dass es jetzt etwas komisch klingt, aber du fühlst den Weg, der dir zu Gehen bestimmt ist. Es ist ja nicht nur so, dass du Jule suchst, sie wird auch dich suchen. Ihr werdet euch schneller finden, als ihr glaubt. Feen, denen es bestimmt ist, einander zu begegnen, suchen einander nicht so, wie es Menschen täten. Wenn ihr euch zum ersten Mal trefft, läuft ein uraltes Ritual ab, das einer jeden Fee im Blut liegt. Du wirst Jule sofort erkennen. Sie wird dir ein Zeichen geben. Wenn du dich jetzt voll und ganz deinem Instinkt hingibst, wirst du sie finden.“

„Also gut. Ich fliege zu den Bergen“, antwortete Kore. „Wenn es so ist, dann wartet eine völlig neue Erfahrung auf mich. Ich bin bisher keiner Artgenossin in meiner Welt begegnet.“

„Schicksale begegnen einander“, erklärte Drag. „In deren Verflechtungen nistet ein neuer Baum, der ein weiteres Fundament bildet. Nichts anderes ist es, was dir bevorsteht. Kehre nun in deine Ebene zurück. Ach und noch etwas. Versuche zu vermeiden, deine Freunde zu sehen. Es täte dir sehr weh.“

„Ich verabschiedete mich bereits von ihnen und ich werde es dabei bleiben lassen. Ich will sie so in meiner Erinnerung bewahren.“

„Das ist feenhaft“, sagte Ipsy. „Dein Geist näherte sich bereits dem der Feen deutlich an, was wichtig ist, um Jule zu finden. Die Menschenkinder wollen Vergangenheit oft nicht bewältigen und rühren permanent in ihr herum. Sie verstellen damit ihren Blick auf das Unbekannte. Ich glaube, dass es daran liegt, dass das Rühren in der Vergangenheit ihnen Sicherheit verspricht.“

„Wie meinst du das?“

„Wer Vergangenes permanent umgräbt, will nicht, dass darauf Neues wächst. Dadurch kommt die Angst vor dem Unbekannten zum Ausdruck. Der Umgräber will alles berechnen können und hindert sich durch seine Angst an der Weiterentwicklung seiner selbst. Er stagniert, was gegen das Leben ist und somit zu seinem Tod führt. Wir Feen dagegen verstehen Unbekanntes nicht als Bedrohung, sondern als eine Möglichkeit, weitere Erfahrungen zu sammeln. Ich schicke dich jetzt zurück. Folge einfach der Hypertrasse zu den Rockey Bergen. Wenn du dort ankommst, verlasse dich einfach auf deine Feenintuition“, schloss Ipsy und hüllte ihre Schülerin in Staub ein.

Kapitel 6

Jule

Kore fand sich im Morgengrauen in luftiger Höhe als winziges Partikel über der Tempelstadt wieder. Ihr Plan sich über Nacht praktisch in Nichts aufzulösen klappte tadellos. Ebenso wie die Partikelkanone der Ors unbrauchbar zu machen. Von oben sah sie mit Genugtuung auf eine Trümmerwüste herab, die nur noch ansatzweise erahnen ließ, dass hier einmal etwas Großes und Wichtiges stand. Auf dem Vorplatz des Bauwerks befand sich gerade ein Menschenauflauf. Die hektischen Rufe der Helfer, die aus einer Mischung aus Panik und Erstaunen bestanden, drangen sogar bis zu ihr hinauf. Die Luft erfüllte sich vom Geheul der Sirenen, die weitere Helfer herbeiholten. Das Treiben der Menschenmasse unter ihr wurde hektischer, je länger sie ihnen zuschaute. Es sah von dort oben aus, wie ein Ameisenhügel, den man mit einem Hieb die Spitze abtrennte. Kore ließ sich davon nicht weiter beeindrucken. In ihr ging etwas anderes durch den Kopf. Die Welt dort unten war nicht mehr ihre Welt. Die gegenwärtigen Sorgen der Menschenkinder gingen ihr nichts mehr an. Sie fühlte sich eher an einem Punkt der Schwerelosigkeit. An einem Punkt, bei dem man nicht wusste, wohin sich das Rad drehte. Ipsy erwähnte, dass auch ihr Geist sich weiter dem Denken einer Fee zuwandte. Gab sie das menschliche Denken wirklich schon vollständig auf? Offenbar nicht ganz, obwohl ihr die kurzen Szenen der letzten Stunden wieder einfielen, mit denen sie sich bereits von ihren Freunden abgrenzte. Während sich Kore klar zu werden versuchte, was sie als Nächstes tat, erschienen unter ihr die ersten Feuerwehrgleiter, die die rauchenden Stellen der Trümmer mit ihren Löschkanonen ins Visier nahmen. Groß wäre die Versuchung Mr. Onaka oder gar Chausette in dem Gewühle erspähen zu wollen, aber was verfolgte dies für einen Sinn? Kore verabschiedete sich bereits von ihnen und dabei ließ sie es bleiben. So behielt sie sie in Erinnerung. Ohne über das weitere Schicksal ihrer Freunde einen weiteren Gedanken zu verlieren, machte sie sich fliegend auf den Weg. Im Dunst des Morgennebels, der gerade über den Wald aufstieg, ließ sie den Tempelbezirk hinter sich. Um nicht bemerkt zu werden, vermischte sich die Fee mit den Rauchpartikeln und tarnte sich mit dem Chamäleonstoff. In sicherer Höhe erreichte sie die Stadtgrenze, als auch schon die ersten Sonnenstrahlen des Tages über die Baumwipfel lugten. Um sich zu orientieren, suchte die Fee zuerst die Hypertrasse. Von hier aus brauchte sie ihr nach Westen zu folgen. Die Linie ging direkt in die Rockey Berge hinein. Erst als sie die Tempelstadt endgültig aus dem Blickfeld verlor, nahm sie mit dem Maximalus wieder ihre Normalgröße an und regulierte ihre Temperatur auf Körperwärme zurück. Der Chamäleonstoff leistete ihr auf dieser Reise einen großen Dienst. Durch ihn verschmolz ihr Äußeres mit der Umgebung, sodass sie niemand beobachtete. Die Hypertrasse fand sie schnell. Von oben sah sie deutlich die Stelzenbahn, die direkt an dem Gedenkmemorial vorbei lief. Wie ein gerader Strich führte die Bahn über das Land. Als sie die Stadt Cherson passierte, sah sie auf das wiedererrichtete Waisenhaus herab. Die Nanotekten leisteten ganze Arbeit. In nur einer Nacht erbauten sie es neu. Auch sah sie das Krematorium, in dem Nekos Leichnam in diesen Stunden dem Feuer übergeben wurde. Kore verspürte nicht den Drang, bei der Einäscherung anwesend zu sein. Neko war nicht mehr hier. Dort unten beschleunigte sich nur der Verfall seiner sterblichen Hülle, was rein hygienische Gründe besaß.

Die Einäscherung war im Reich des Rates der Sechs die übliche Form der Bestattung. Nach der Vorstellung ihrer Zeitgenossen wohnte die Seele nicht mehr im Leib des Verblichenen. In früheren Zeiten, als man die Leichen beerdigte, verseuchte ihre Verwesung das Grundwasser. Außerdem gab es aufgrund des Totenkultes einen riesigen Flächen- und Ressourcenverbrauch, was gerade die Bestattung in Ballungszentren zu einer finanziellen Frage werden lies. Während der tompschen Ära fand die klassische Form der Erdbestattung ihr Ende. Eine ganze Industrie, die von der Grablegung lebte, starb im wahrsten Sinne des Wortes über Nacht aus. Anstatt dessen verfügte der General die Einäscherung. Es handelte sich dabei nicht um eine Zeremonie, bei dem die Trauernden an einen Sarg zogen, Blumen und Kränze dort ablegten. Es gab keinerlei Beileidsbekundungen in schriftlicher oder mündlicher Form an die Angehörigen, ebenso wenig Reden, Gesang oder Musik. Sie war still. Wie das Universum. Nach tompscher Auffassung war der Vollzug der Trauer rein privater Natur. Man erlaubte den Trauernden lediglich, bei der Verbrennung der Leiche anwesend zu sein. Den Leichnam verbrachte man in das Krematorium und legte ihn eine Art von allen Seiten einsehbaren Glaskamin. Der Bau selbst wirkte weder sakral noch religiös. Er war rein funktionell. Im Brandraum versammelten sich die Trauernden im Kreis um den Glaskamin und sahen in seiner Mitte den Toten dabei zu, wie ihn die Flammen aufzehrten. Es wirkte grausig auf dem ersten Augenblick und symbolisierte die Vergänglichkeit des Leibes. Die Asche des Toten kehrte anschließend der Totendiener in eine Art Pappurne ein. Dieser brachte sie dann in den bewaldeten Park hinaus, der ein jedes Krematorium auf dem Planeten umgab. Er hieß im Volk: der Park der ewigen Ruhe. Dort sprach der Totendiener das einzige Wort zu der Urne, das nach dem Einäscherungsdekret des Generals zulässig war: „Danke.“
Dann grub er ein kleines Loch zwischen den Baumwurzeln und versenkte die Pappurne mit der Asche darin. Der Totendiener drehte sich anschließend zur Trauergemeinde um und wiederholte dieses Wort auch gegenüber den Anwesenden. Damit endete die Einäscherung. Wenn das Krematorium an einem Fluss lag, wurde die Asche auch in das Gewässer eingestreut.

Kore ließ die Stadt Cherson hinter sich. Sie überflog zunächst ein großes Waldgebiet, das hie und da von Flusslandschaften und einigen Agrarflächen durchbrochen wurde. Sie wusste von ihren Reisen mit Dora und Edward von der riesigen Gebirgslandschaft in der Mitte des Kontinents mit seinen weiten Tälern und Wäldern. Damals fuhr sie mit der Hyperbahn in einen der Nationalparks zum Camping und verbrachte dort an einem malerischen See die wohl schönsten Ferien ihres Lebens.

Die Fee erinnerte sich gut, wie sie mit ihrem Vater auf dem Gebirgssee hinausruderte. Seine ungetrübte Sicht bis auf den Grund ermöglichte es ihr sogar, die Fische zu beobachten. Das goldene Herbstlaub, das um diese Jahreszeit von den Bäumen fiel und auf seiner Oberfläche trieb, die letzten warmen Tage bevor die Jahreszeit in den Herbst überging. All das kam ihr während ihres Fluges über die Great Planes wieder in das Gedächtnis zurück. Ebenso fielen ihr die zahlreichen Wildtiere wieder ein, die dort nach dem "Mystischen Krieg" neu angesiedelt wurden. In den Akademievorlesungen zur Geschichte des Kontinents erfuhr Kore, dass diese Region lange Zeit als reich bewaldet, unerschlossen und wild galt. Dies änderte sich vor etwa fünfhundert Jahren. Damals begann die intensive Forstwirtschaft, die zum Kahlschlag bis auf wenige Ausnahmen in der Region führte. Erst Präsident Sellerfield setzte gegen alle Widerstände vor dem "Mystischen Krieg" ein Wiederaufforstungsprogramm in den Rockey Bergen durch. Der ansonsten eher als schwächlich beschriebene Spitzenpolitiker entwickelte komischerweise in dieser Frage ungeheure Energien und legte sich sogar mit den allmächtigen Großkonzernen seiner Zeit an, die große Profite aus dem Raubbau an der Natur zogen. Manche vermuteten, dass dies einer der Gründe für den Anschlag auf ihn war, der zum Auslöser des "Mystischen Krieges" führte. General Tomps erließ nach dem "Mystischen Krieg" sein legendäres Dekret, das Waldgesetz von Sellerfield zu ergänzen. Es hieß darin, dass umliegende Gebiete von Kraftfeldbarrieren unverzüglich aufzuforsten seien, da gerade dort keine neue Siedlungen oder Agrarflächen entstanden. Obwohl in den Rockey Bergen keine Nuklearbomben niedergingen, band der General das gesamte Gebiet in das Gesetz mit ein. Die Chronisten vermuteten, dass Tomps damit ein eindeutiges Zeichen seiner künftigen Politik setzte. Da die Berge sehr unwegig waren, gingen damals Tausende von Setzern, wie sie sich nannten, durch die Täler und suchten für die Setzlinge geeignete Böden. Sie schufen zuerst vereinzelt kleine Wäldchen mit Mutterbäumen, von denen sich dann ein größerer Wald ausbreitete. Dies war wichtig, um den Baumbestand widerstandsfähiger zu machen. Erst nach Tomps Tod erschloss der Rat die Rockey Berge mit der Hypertrasse wieder. Er verfügte die Einrichtung von Erholungsanlagen und die teilweise touristische Nutzung der Gegend. Mithilfe eines sanften Tourismus wurde die Faszination dieser Bergwelt wieder den Menschen zugänglich gemacht. Auf einer dieser Anlagen quartierte sich auch Kore mit ihren Eltern ein. Es war jene, zu der auch die Trasse führte, der Kore gerade folgte. Je näher sie ihrem Ziel kam, umso mehr Details kamen aus ihrer Erinnerung zurück. Ihre damalige Unterkunft, eine große Bungalowsiedlung, passte sich geschickt in der Landschaft ein. Man mietete sich bequem ein freies Apartment, um von dort ausgedehnte Wanderungen durch die Wälder zu unternehmen. Man ging auch einfach nur im See schwimmen oder ließ sich beim Barbecue verwöhnen. Kore dachte aber nicht daran, sich einzumieten und von dort ihre Suche nach Jule zu beginnen. Wäre sie noch jene Kore Berry von damals, suchte sie einfach die Rezeption der Ferienanlage auf und fragte nach einer Unterkunft. Diese Art des menschlichen Denkens legte Kore ab. Nun dachte sie als Fee und das sah ganz anders aus, als es sich Menschenkinder je vorstellten.

Die Menschen kalkulierten für ihren Aufenthalt in den Rockey Bergen viele Dinge mit ein. Es war lebensgefährlich sich dort ohne die passende Ausrüstung des Nachts in freier Natur, umgegeben von wilden Tieren aufzuhalten. Für eine Fee nicht. Die Menschen achteten in den Rockey Bergen auf gutes Schuhwerk und wetterfeste Kleidung, mussten immer genügend Trinkwasser, Verbandskasten und einen Notrufsensor für die Bergrettung dabei zu haben. Eine Fee nicht. Die Menschen benötigten einen Kompass oder eine Karte der Gegend, um sich nicht zu verlaufen. Aufgrund der hohen Bäume brauchten sie zur Orientierung einen geeigneten Übersichtspunkt. Das Finden desselben dauerte Stunden an. Natürlich war es auch möglich die Satellitennavigation zu Hilfe nehmen, doch bei schlechtem Wetter funktionierte diese nicht immer. Eine Fee brauchte so etwas erst recht nicht. Da es durchaus vorkam, dass man auf seinen Streifzügen durch die Berge ausgewachsenen Bären oder anderen gefährlichen Tieren begegnete, empfahl sich die Mitführung einer Schusswaffe oder einer ähnlich wirksamen Abwehrmaßnahme. Für eine Fee nicht. Wie sich das Denken einer Fee äußerte, zeigte gerade Kores Suche nach ihrer Artgenossin am aller Besten.

Kore wusste, dass es viel zu lange dauerte, die gesamten Rockey Berge abzufliegen. Ihre Ausbilder rieten ihr, mit ihrem Instinkt zu suchen und nicht einen geografischen Maßstab im Sinne der Menschenkinder anzulegen. Als sie den Haltepunkt der Hypertrasse erreichte, die bei jener Feriensiedlung endete, in dem sie einmal als Kind die Sommerferien mit ihren Eltern verbrachte, bog sie zum See ein. Über ihm blieb sie in luftiger Höhe stehen und sah sich genau um. Ihre Augen fixierten aufmerksam den Ort unter ihr. Auf dem See dümpelten gerade einige Ruderboote herum, in denen Abenteuerlustige die wonnige Abendstimmung genossen. Sie hörte weitere lachende Urlauber an seinem Ufer. Sie joggten oder spielten Ball. Einige von ihnen angelten oder machten einen Kohlegrill an, um sich auf dem Feuer ihr Abendessen zu braten. Der Geruch von Soßen, gegrilltem Fleisch und Fisch drang bis zu ihr hinauf. Kore hörte Gitarrenmusik und das Knistern eines Lagerfeuers. Dazwischen erklangen Rufe von Wildenten, die offenbar am See nisteten. Die Sonne tauchte die beschauliche Abendszene am See in ein warmes, weiches Licht, das die Felswände der Berge ringsum reflektierten. Es ließ die Farben der Umgebung satt und fröhlich aufleuchten. Die Berge schienen im Abendrot zu glühen. Kore seufzte von der sich langsam ausbreitenden Abendstimmung mitgenommen. Sie fühlte sich, je länger sie an diesem Ort verweilte, an die Eindrücke ihres letzten Aufenthaltes in den Rockey Bergen erinnert. Noch einmal die unbeschwerte Kindheit mit ihren Eltern am See zu erleben, wäre wahrlich zu schön. Unbelastet und frei. Damals kannte sie ja nicht die Wahrheit über Dora und Edward. Wenn sie daran dachte, wie offen sie ihnen damals entgegenging und von ihnen Fassade zurückerhielt. All das ließ den Aufenthalt hier in einem anderen Licht erscheinen. Das empfundene Licht besaß keine Wärme mehr. Kore fühlte hingegen die Kühle deutlich in ihr aufsteigen. Sie musste sich dringend hinsetzen. Fliegend mit diesem Empfinden in der Luft zu verharren, tat ihr nicht gut. Da fiel ihr ein, dass es einen Aussichtspunkt auf einer von den Ausflüglern sehr beliebten Bergspitze in der Ge-

153

gend gab. Um diese Zeit dürfte sie menschenleer sein, da ein Abstieg in das Camp fiel zu lange dauerte, um vor Einbruch der Dunkelheit zurück zu sein. Da flog sie als Erstes hin und gönnte sich erst einmal eine Pause, bevor sie sich weiter auf die Suche nach Jule machte. Unschwer fand sie den Bergkamm wieder, an dessen Wand sich ein Fußpfad entlang windete. Am Ende des Pfades stand mittlerweile ein schmiedeeiserner Pavillon mit Fernrohren und hölzernen Sitzbänken. Sie näherte sich wachsam diesem Ort, da sie nicht wusste, ob nicht vielleicht doch Urlauber sich hierher verirrten. Offensichtlich erhöhte die Verwaltung den Komfort und es war denkbar, dass manche die friedliche Atmosphäre nutzten, um den Tag dort oben gebührend abzuschließen. Von hier blickte man weit in die Tiefebene und in andere unberührte Talkessel des Gebirges hinab. Diese Gegend rühmte sich dafür, eine unberührte Wildnis zu haben. Kore setzte sanft auf der Spitze des Pavillondaches auf und horchte auf jedes noch so unverdächtige Geräusch in seiner Nähe. Sie musste sicher sein, dass sich hier oben in den Abendstunden niemand mehr aufhielt. Erst als minutenlang kein Laut in ihr Ohr drang, atmete sie erleichtert auf. Die Fee flog in den Pavillon hinein und tauschte mit dem Designer ihren Chamäleonstoff in ein leichtes weißes Sommerkleid um. Sie gab dabei Acht, einen tiefen Ausschnitt am Rücken ihrer Bluse frei zu lassen. Man wusste ja nie, ob die Flügel nicht doch schnell wieder gebraucht wurden. Aufgrund ihrer schwarzen Haut wirkte das weiße Sommerkleid wie ein krasser Gegensatz. Sie setzte sich auf die Holzbank und starrte, ohne ein festes Ziel mit den Augen zu suchen, in die Ferne. Die letzten Sonnenstrahlen des Tages auf sich wirken lassend, schloss sie die Augen. Tief durchatmend und das Licht der untergehenden Sonne in ihrem Gesicht spürend, gab sie sich der inneren Unruhe hin.

Hier oben war sie schon einmal. Mit ihren Adoptiveltern. Dora trug an diesem Tag ein weißes Sommerkleid und einen weißen Sommerhut aus geflochtenem Stroh. Wie sie jetzt. Sie machte es sich auf einer Holzbank gemütlich und genoss den Sonnenschein des Tages. Edward zeigte Kore mit dem fest installierten Fernrohr des Aussichtspunktes die Gegend. Begeistert linste Kore durch das Objektiv und sah damit sogar tief in die abgeschiedensten Talkessel der Umgebung hinein. Auch zu denen kein gangbarer Weg hinführte.
„Dort unten herrscht unberührte Natur", erklärte Edward hinter ihr stehend. Seine Hände ruhten auf ihren Schultern, während er von dem Ort erzählte. „Nach dem Krieg setzte der General hier aus dem Klonprogramm wieder Bären, Biber und Fische aus."
„Wieso? Waren sie weg?"
„Das ist eine lange Geschichte Kore", erklärte ihr Pflegevater. „Aber kurz gesagt, die ganze Gegend hier wurde vor dem Krieg fast vollständig abgeholzt. Bis auf dieses Tal da hinten."
Kore schwenkte mit ihrem Fernrohr dahin und linste hinein.
„Warum das nicht?", fragte sie neugierig geworden.

„Es ist das Tal des schwarzen Sees. Der Ort heißt so, weil das Gewässer dort so trüb wie die Nacht sein soll. Er schluckt sogar das Tageslicht. Es heißt, dass von ihm ein Fluch ausgeht."
„Ein Fluch? Was ist ein Fluch?"
„Wie erklär ich dir das am besten", suchte Edward sich um eine Antwort bemühend, während Kore versuchte den rätselhaften See zu erspähen. „Weist du, früher, da glaubten unsere Vorfahren an höhere Kräfte als die Natur. Soweit ich über die Gegend hier las, gab es bei der versuchten Erschließung dieses Tales dort schreckliche Unfälle. Dabei soll aber niemand gestorben sein. Da die Unfälle nicht abrissen, wurde das Tal gemieden. Ich meine, man sah von einer Erschließung ab."
„Was meinst du mit Erschließung?"
„Tja, man versuchte den Ort, von Außen zugänglich zu machen. Wege zu bauen und so. Zuletzt stand in seiner Nähe ein Sanatorium, weil es der einzige Landstrich der ganzen Gegend war, der von dem Kahlschlag der Bergwälder verschont blieb."
Zu gerne hätte Kore Edward weiter über das rätselhafte Tal ausgefragt, doch da unterbrach Dora die Beiden: „Edward. Kore. Hört jetzt auf über solche Dinge zu sprechen. Genießt lieber mit mir den Sonnenuntergang."
„Hast Recht, Schatz. Kore. Reden wir ein andermal weiter", meinte Edward und ging zu seiner Gattin. Kore stand eine Weile alleine am Fernrohr und linste weiterhin zu dem seltsamen Tal hinüber. Sie fand den See. Ihr Vater hatte tatsächlich Recht. Während sie auf den anderen Seen das Tageslicht auf der Oberfläche schimmern sah, fehlte es hier ganz. Aber ehe sie weitere Details dazu erkannte, lief die Tarifuhr ab und schlug die Klappe des Fernrohres zu.
„Mist", schimpfte sie enttäuscht und ging zu ihren Eltern.

An diese kurze Szene dachte Kore mit dem Abendlicht im Gesicht wieder. Warum fiel ihr diese Episode gerade jetzt ein? Im Laufe des weiteren Urlaubes verfolgte Kore die Sache nicht aktiv weiter. Sie las immerhin im Reiseführer der Gegend, sich vor diesem Tal in Acht zu nehmen. Seit dem "Mystischen Krieg" gab es zwar keine registrierten Unfälle mehr, was aber daran lag, dass man dieses Tal mied. Über das Sanatorium selbst, das dort vor dem Krieg seine Pforten öffnete, stand nicht viel drin. Als man es einweihte, pries man die unberührte Bergwelt mit dem großen Baumbestand nebenan als Glücksfall. Die Klinik verfügte über einen ausgedehnten Park, der sogar bis zum Seeufer hinabreichte. Nur wohlhabende Menschen leisteten sich hier einen Aufenthalt und sie kamen in Scharen aus aller Welt zur Behandlung hier her. Viele damals berühmte Persönlichkeiten befanden sich darunter. Sie reisten mit der Eisenbahn an, da sich die Bauarbeiten für ein Flugfeld immer wieder aus heute unerklärlichen Gründen verzögerten. Die Kurgäste genossen ihren Aufenthalt in einer wohl einzigartigen Natur, die es auf diesem Globus damals schon nicht mehr gab. Kore fiel aber jetzt erst auf, dass man seine Inbetriebnahme lediglich etwa sechs Jahre vor Beginn des "Mystischen Krieges" feierte. Das musste nichts heißen, aber steckte vielleicht Jule dahinter? Diese Tatsache ließ die Anspannung in ihr weiter ansteigen. Vielleicht müsste sie in diesem Tal weiter nach Jule suchen. Egal, was Jule damit zu schaffen hatte: Zum ersten Mal traf sie eine Artgenossin. Es musste wunderschön sein sich endlich ungezwungen von Fee zu Fee zu unterhalten und nicht mit Menschen, für die Feen eine reine Einbildung waren. Die erst dann an Feen glaubten, wenn sie deren Flügel in die Finger bekämen. So wie es Chausette im Waisenhaus gedankenlos tat. Es kam ihr unangenehm vor, so von ihrer Freundin befingert zu werden. Die mollige Wärme der Abendsonne breitete sich nach und nach in ihr aus, was es ihr leichter machte diese leidige Episode zu verarbeiten.

So verbrachte Kore ungestört ihre ersten Minuten auf dem Aussichtspunkt. Bedächtig schweiften ihre Gedanken erneut auf den Besuch in den Rockey Bergen während ihrer Kindheit zurück. Vielleicht spürte sie seinerzeit auch gar nicht die Anwesenheit einer weiteren Fee, da sie weder über die Flügel noch über den Staub verfügte.

„Hey“, schreckte Kore von einer männlichen Stimme aus ihren Gedanken auf. Sie riss die Augen auf und drehte sich zu der Lautquelle hin. Dort, am Zugang zur Aussicht, standen drei kräftige Burschen in Freizeitkleidung. Vom Alter her müssten sie zur Akademie gehen. Sie führten ein Fass Bier, ein paar Tragetaschen sowie Kochgeschirr im Schlepptau und waren überrascht, hier oben um diese Zeit jemanden anzutreffen. Ihre weitere Ausrüstung zeigte deutlich, was sie hier oben zu tun gedachten. Offensichtlich planten sie doch tatsächlich zu grillen und hier zu übernachten.

„Das ist ja eine Überraschung“, sagte einer von ihnen. Ein weißer Flaum zierte sein Gesicht, was Kore erlaubte, sein Alter einzuschätzen. „Ich dachte, wir wären die Einzigen hier oben. Mann ist die schwarz.“

„Ist das alles echt? Sieht eher aus wie Eddingfarbe“, fragte der Nächste und stütze seine Hände auf sein kakifarbenes Hemd. „Es stimmt, was sie alle sagen. Weiber findet man heute an den unmöglichsten Orten. Ist dein Boy in der Nähe?“

Wer oder was der Begriff „Boy“ bedeutete, wusste Kore auf Anhieb. Doch es bedurfte nicht einmal dieses Begriffes, sie wütend zu machen. Sie stand auf und setzte einen Blick auf, der tötete.

„Wir sollten nicht zu unhöflich zu ihr sein“, merkte der Dritte beschwichtigend von ihnen auf. Offenbar merkte er, dass mit so einem Auftritt bei ihr keinen Stich zu machen war. Daher wurde auffallend freundlicher. „Ich bin Joe, das ist Dick und Moe“, stellte er sie der Reihe nach vor. „Wohnst du auch unten am See?“

„Das tue ich“, log Kore, wobei sie nicht Wert darauf legte, dass es auch glaubwürdig klang.

„Du bist neu hier. So eine Schwarze wie dich hätten wir schon längst bemerkt. Hast du auch einen Namen?“

Kore dachte nicht daran, ihren Namen zu sagen. Sie dachte gerade an etwas ganz anderes.

„Der geht euch nichts an“, giftete sie grantig.

„Warum so unhöflich? Wir wollen hier oben feiern. Wenn du willst, kannst du mit uns auch ein Bierchen heben. Ist genug da.“

„Ich mache mir nichts aus Bier“, sagte Kore misstrauisch und machte sich Gedanken, ob sie in die Offensive oder in die Defensive gehen sollte. Eine Fee sucht einen Konflikt nicht, was aber nicht hieß, dass sie klein beigab.

„Du bist schön, obwohl du eine Glatze hast. Außer dir ist niemand hier oben zu sehen. Hast wohl keinen Boy“, stellte der Kerl mit dem Bierfass und einer gewissen Erwartungshaltung fest. Nach diesen Worten ließ er das Fass zu Boden gleiten. Er war richtig stark. Kore stach sofort sein mächtiger Bizeps ins Auge, auf dem sich sogar eine Tätowierung in Form einer Bombe mit Zündschnur befand.

„Klären wir das Ganze gleich ab. Haste Lust auf Sex?“, fragte er ungeniert, wahrscheinlich um die Fronten abzustecken, wodurch Kores Entscheidung über das weitere Schicksal der Drei feststand. Wahrscheinlich dachten sie, dass diese junge Frau ihnen gegenüber so ähnlich auf Sex eingestellt wäre, wie ihre Akademiekameradinnen. Hemmungslos und offen. So schnell sahen die Liebesabenteurer gar nicht, da machte sich aus Kores Hand der Feenstaub zu dem Fass auf den Weg und brachte es mit lautem Knall zum Besten. Das Bier spritze auf alle Seiten, was die Drei ordentlich einnässte. Ziemlich bald stanken sie von der Brühe, was sie ungemein wütend machte. Ihnen fehlten vor Schock die Worte.

„Aber ...“, fand der Erste nach ein paar Schrecksekunden die Worte wieder und schüttelte sich.

„Oje. Hast wohl dein Fass auf dem Weg hier hoch zu stark geschüttelt“, schnaubte Kore nicht ohne Schadenfreude und fuhr drohend fort: „Wenn ihr nicht schleunigst verschwindet, dann geschieht mit euch das Gleiche wie mit dem Bierfass.“

„Ey, was soll das denn? Wenn du mit uns keinen Sex willst, sagst du es uns einfach. Wir lassen uns hier nicht einfach vertreiben. Wer glaubst du, dass du bist?“ zischte der Zweite und ging schon auf Kore los, als eine weitere Stimme, diesmal eine sanfte Weibliche, dazwischen ging.

„Hey Jungs“, sagte sie versöhnend zu den Dreien. Kore fixierte sich mit ihrem stechenden Blick zu sehr auf die drei Kerle, wodurch ihr das rothaarige Mädchen mit einem breiten weißen Sommerhut gar nicht auffiel. Sie tauchte unversehens in ihrem Blickfeld auf. Wie sie trug die Fremde ein blütenweißes Sommerkleid. Auch stach ihr der breite Ausschnitt auf ihrem Rücken sofort ins Auge. Vom Alter her musste sie unwesentlich älter als sie sein. Nur war sie etwas kleiner als sie. Wie konnte das sein? Jule hielt sich doch angeblich schon Jahrhunderte lang hier auf. Außerdem erkannte sie, dass ihre Ohren nach oben spitz zuliefen, was die unverhofft erschienene Person mithilfe ihres breiten Strohhutes geschickt zu verdecken wusste. Die Unbekannte grinste die drei Burschen mit ihrem zierlichen Gesicht an. Ihr stand förmlich der Sommer ins Gesicht geschrieben. Vor allem den weißen Teint durchsetzten feine Sommersprossen, was ihr ein freches, kesses Aussehen verlieh. Es stellte sich bald heraus, dass sie es trefflich zu nutzen wusste.

„Was? Gleich zwei Weiber? Hier oben?“, entfuhr es dem Dritten überrascht.

„Entspannt euch. Ihr sollt nicht umsonst den mühsamen Weg hier hoch gekeucht sein“, flutschte es dieser Person leichtfertig über die Lippen. Ihre rostroten Haarsträhnen reichten bis zu den Schultern und verdeckten die zwei schmalen Schlitze auf ihrer Kehrseite perfekt. Kore wusste sofort, wer da vor ihr stand.

157

„Ich weiß, die Hormone", fuhr die Fremde beschwichtigend mit einem mitfühlenden Seufzer fort. „Sexuale Überschüsse. Energien. Die müssen irgendwo hin. Sie mit Bier hier oben zu betäuben bringt euch doch nichts."

„Die Kleine weiß, was läuft. Uns fehlt hier was zu ficken."

„Genau", sagte die Fremde keck und blieb aufgeweckt vor ihnen stehen. „Wisst ihr, dort unten im Tal, im Rockey Ressort, im Bungalow Nr. 24, bin ich heute angekommen. Ich und meine Teamkameradinnen. Wir nähmen euch gerne den Hormonstau ab."

„Ist die von eurem Team?", meinte der Angesprochene und deutete auf Kore.

„Die ist unsere Mannschaftsmasseurin und für euch Tabu. Wir brauchen sie, damit wir in Form bleiben", sagte die Fremde. „Was sagt ihr dazu? In zwei Stunden seid ihr unten am Platz. Klopft einfach drei Mal kurz an Nummer 24 an und sagt: „It´s Showtime". Unser Codewort."

„Sind die anderen auch solche Sahneschnitten wie du?"

„Das will ich meinen. Wir sind das Cheerleaderteam der Frisco Angels", sagte die Fremde und kniff frech ein Auge zu. Sie führte wie auf Bestellung den bekannten Einpeitschertanz der legendären Footballtruppe vor, die mehrmals die Weltmeisterschaften für sich entschied. Sie sang anfeuernd einen der bekanntesten Phrasen des Teams in die Luft. „Frisco Angels fliegen voran. Zeigt euch allen, was es kann. Yeah."

Der Tanz wirkte ohne das passende Kostüm und den Pompons nicht so effektvoll wie im Spiel, jedoch überzeugte diese Vorstellung die Drei vollends davon, dass tatsächlich eine waschechte Cheerleaderin vor ihnen stand.

„Was? Die Cheerleader der Frisco Angels? Hier im Ferienlager? Wow."

„Sicher. Wir brauchen heute Abend ein paar Männer, die uns so richtig heiß machen", sagte die Fremde freudig. „Die Jungs unseres Teams stoßen erst morgen Abend zu uns. Wir müssen die Zeit bis dahin irgendwie überbrücken. Geht schon mal vor. Ich gebe unserer Masseurin ein paar Anweisungen für das Training morgen Früh."

„Geht klar, Sahneschnitte", sagte der dralle Naturbursche begierig und sagte zu seinen Kumpels „Zu Bungalow 24. Wird das ja doch noch ein geiler Urlaub."

„Au ja. Das wird ein Fickfest werden. Ich hab so einen Stau", sagte er zu den Anderen im Weggehen. Man hörte sie laut und freudig singen. Erleichtert hörten Kore und die Fremde zu, wie ihre Stimmen in den weiten Schluchten der Berge verklangen. Die Fremde kicherte verräterisch und wandte sich nun Kore zu. Schäkernd gluckse Kore zurück und hielt ihre Hand vor den Mund. Wie aus einem Mund kam ihnen das Wort „Menschenkinder" über die Lippen.

Die fremde Fee nahm Kore am Arm und ging mit ihr ein Stück vom Pavillon in die entgegengesetzte Richtung. Erst als sie keinen Laut mehr von den Dreien zu hören, wechselten sie ein paar weitere Worte.

„Vor allem die jungen Erwachsenen sind so doof. Geben das Wertvollste auf, was sie je besitzen. Ihre Fantasie", sagte die Artgenossin zu ihr. „Wenn man die Karten geschickt ausspielt, gibt es nicht gleich ein Unglück, das die Polizei herholt. Die suchen die ganze Gegend ab und versetzen meinen Wald in Unruhe."

„Deinen Wald?", hakte Kore hellhörig nach.

„Ich bin eine Waldfee", sagte sie. „Und du bist eine ..."

„... Todesfee" beendete Kore.

„Ja genau. Mir wäre es lieber, wir hätten uns anders kennengelernt. Die Drei kamen uns ja wirklich in die Quere. Ich bemerkte dich schon etwas früher, fing dich aber nicht in der Luft ab, weil ich die da den Berg hoch kommen sah. War nicht so ganz einfach sich ungesehen zu verwandeln. Ich zog mir die gleiche Kleidung an wie du, damit du mich sofort erkennst und mitspielst."

„Du hast keine Angst vor mir?"

„Warum sollte ich? Du bist doch eine von uns."

„Ich bemerkte dich gar nicht. Ipsy könnte wirklich konkreter sein. Ich stellte mir nicht vor, wie sich das anfühlt, einer weiteren Fee zu begegnen."

„Sie wollte, dass wir selber drauf kommen. Es gehört zu unserem Reifeprozess."

„Ja, aber das ist alles so vage und ungenau", antwortete Kore auf diesen Gedankengang.

„Sie wollte es nicht einfach so sagen, sondern es sollte auch von uns begriffen und erfahren werden. So ähnlich wie mit dem, was wir unter Menschenkinder verstehen. Ich merke, dass in dir noch ein kleiner Rest der Gedankenstruktur aus deiner Menschenkinderzeit vorhanden ist. Eine jede Fee verliert nach ihrer Berufung allmählich das menschliche Denken. Bei mir war es am Anfang genauso. Auch du müsstest bald soweit sein. Dir fiel sicher auf, dass du mit den Menschenkindern immer mehr in Konflikt geraten bist. Es ging gar nicht anders. Du musstest sie früher oder später verlassen. Äußerlich erkennt man diese Veränderung an den Ohren. Sie werden spitzer, je weiter eine Fee in ihrem Können voranschreitet."

Kore wusste, worauf ihre Artgenossin abzielte. Die Szene mit Chausette in der Mensa im Waisenhaus kam ihr zurück ins Gedächtnis.

„Du gibst dich nie so, wie du wirklich bist. Immer musst du aufpassen, dass du deine Feenkräfte nicht einsetzt. Weißt du, je länger du sie hast, umso mehr bindest du sie in deinen Alltag ein. Das kontrollierst du nie vollständig."

Kore vertiefte dieses Thema nicht weiter. Gedankengänge, was für Folgen ein weiteres Leben unter den Menschen als Fee mit sich brächte, waren überflüssig. Sie versuchte daher, ihr Gespräch auf eine andere Bahn zu lenken.

„Das Gebiet der Rockey Berge ist riesig. Wie finde ich da jemanden ganz bestimmten?"

„Siehst du. Das ist genau der Rest, der dich davon trennt, eine echte Fee zu sein. So denken nur die Menschenkinder. Sie setzen ihren Verstand mit ihrem Ich gleich, was nicht der Fall ist. Der Verstand ist wie der Körper ein treuer Diener, aber sie sind nicht das Ich. Eine Fee lässt geschehen und vergeudet über solche Fragen keinen Gedanken. Sie lässt sich fallen und ist mit ihren Gedanken im Jetzt zu Hause. Es interessiert sie nicht, woher du gerade kommst. Für sie ist nur wichtig, dass du jetzt da bist", sagte die Fremde mit verständnisvollem Lächeln. Noch erschloss sich Kore diese Wahrheit nicht. Sie blickte der fremden Fee tief ins Gesicht. Sofort fielen Kore die zahllosen kleinen Sommersprossen und die helle Gesichtshaut auf, dessen Mitte eine feine kleine Nase abrundete. Klare blaue Augen, die an einen tiefen Gebirgssee erinnerten und perlweiße, wohlgeordnete Zähne gaben ihr puppenhaftes Antlitz den letzten Schliff. Die Fremde beäugte hingegen verzückt Kores Sommerkleid und fuhr mit ihren Händen über den Stoff.

„Himmlisch. Fühlt sich gut an", meinte sie. „Du beherrscht den Designer. Aber vom Aussehen passt das Kleid nicht richtig zu dir. Du solltest etwas Feuerrotes anziehen. Das steht dir besser."

„Woher kennst du eigentlich die Frisco Angels?"

„Die waren tatsächlich mal da. Ist aber ne Weile her. Am Seeufer beim Camp übten ihre Einpeitscher den ganzen Tag über ihre Tänze und Gesänge. Es machte mich neugierig und ich sah ihnen dabei zu."

„Hättest du mitmachen wollen?"

„Wäre sicher interessant, aber ich merke anhand deiner Fragen, dass du noch nicht lange deinen Staub hast. Vermutlich erst ein paar Tage."

„Woher weißt du...?", setzte Kore ihre Frage an, aber sie unterbrach sich. Sie fühlte, dass die fremde Fee aus einem ganz anderen Erfahrungssatz sprach. Eine Erfahrung, die sie in ihrem kurzen Feendasein noch nicht machte. Sie ließ anstatt dessen Kores Arm los und drehte ihr den Rücken zu, sodass sie ihn deutlich sah. Unter Feen war dies kein Zeichen der Missachtung, sondern ein Zeichen der Offenheit. Sofort fiel Kore der tief gehaltene Ausschnitt ihrer weißen Bluse ins Auge. Er gab die Sicht auf zwei feine senkrechte Vertiefungen unter ihren Schulterblättern frei. Nach einem kurzen Impuls traten aus ihnen vier fein geaderte Flügel hervor, die sich in Windeseile aufspannten wie Segeltücher. Es waren zwei riesige Schwung- und zwei kleinere Steuerflügel. Kore nickte freudig und drehte nun ihrerseits den Rücken zu. Nach einem kurzen Impuls fuhren ihre Flügel aus. Sie reckten sie so aneinander, dass sich das Sonnenlicht darin brach und funkelnd zu schillern begann.

„Hallo", rutschte es Kore ganz unwillkürlich heraus. Sie wusste nicht, warum ihr das so plötzlich über die Lippen ging. Es war wie ein angeborener Reflex.

„Hallo", lachte die fremde Fee zurück. Erwartungsvoll trafen sich wiederum ihre Blicke. Wie wenn Kore es schon ahnte, kam nun die Frage aller Fragen, wenn zwei fremde Feen zum ersten Mal einander begegnen.

„Willst du mit mir fliegen?", fragte ihre Artgenossin unversehens.

„Ja, gerne", schlitterte es Kore wiederum wie von selbst aus dem Mund und beide Feen ließen ihre Flügel schneller schlagen, sodass es sie in die Höhe trug.

„Folge mir", sagte sie und schoss weiter in die Höhe. Ihre Begleiterin gab schon bald ein recht ordentliches Tempo vor.

Kore versuchte ihrer neuen Bekanntschaft so gut wie möglich zu folgen. Mit Ipsys Beschleunigungstrick war das kein großes Problem. Schon bald flogen sie gemeinsam nebeneinander über die Bergwelt der Rockeys. Sie überflogen tänzelnd wie Schmetterlinge scharfkantige Geröllfelder und Schneereste des letzten Winters in luftiger Höhe. Um diese Zeit der Abenddämmerung ging kein Wanderer mehr in den Bergen umher. Selbst wenn er sie sähe, glaubte keiner seine Geschichte. Belustigt von ihrem Flug überquerten sie einen Bergkamm, um auf Bodennähe im Nachbartal über einen tiefen See zu gleiten. Kore tauchte während ihres Fluges über das klare Gewässer die Hand ins kühle Wasser hinein und ließ es begeistert aufspritzen. Im kühlen See tummelten sich ganze Schwärme von Fischen, die nach ihnen neugierig ihre Köpfe reckten. Auch ein paar Wildenten sahen sich aus dem Schilf nach ihnen um. Doch anstatt aufgeschreckt vor den Feen wegzufliegen, ließen sie sich von den Beiden nicht stören. Wie wenn sie zur harmonischen Landschaft gehörten, blieben sie unbekümmert in ihren Nestern sitzen. Kore und die fremde Fee lachten bei ihrem Flugvergnügen wie zwei verspielte Kinder. Kores Begleiterin erreichte bald die andere Uferseite und flog mit ihr einen bewaldeten Hügel hinauf. Auf seiner Krone bemerkte Kore eine klobige Betonruine, die nicht so recht in die Landschaft passte. Ihre stufenförmige Bauweise überwucherte mittlerweile das feuchte Moos des Waldes. Ganze Grasbüschel und junge Bäume setzten sich bereits auf die ehemalige Sonnenterrasse der Anlage, um den Bau vollends im Wald aufgehen zu lassen. Vor allem die Größe der Ruine beeindruckte die Fee. Kore hielt über ihr an und spitzte neugierig in die düsteren Öffnungen hinein. Große Fensterscheiben fassten hier einmal die Rahmen. Nun waren sie herausgedrückt. Einige Glassplitter lagen verstreut umher. In dem Gemäuer selbst war es verdächtig dunkel und sie glaubte sogar, weiter im Inneren Wasser fließen zu hören.

„Was ist?" hörte sie plötzlich ihre Begleiterin neben sich fragen. Ihre Führerin schien ihre Neugierde zu bemerken und kehrte um. Fast lautlos surrte sie neben ihr in der Luft.

„Was war das hier?"

„Das war ein Ort, an dem früher die Menschenkinder Heilung suchten."

„Es muss das Sanatorium sein, von dem ich im Reiseführer gelesen habe. Warum gaben sie es auf?"

„Wegen des Krieges. Nach seinem Ende brauchte man die Ärzte in den Siedlungen. Das Gebiet hier ist nicht mehr bewohnt. Auch schon vor dem Konflikt gab es kaum jemanden, der in den Bergen lebte. Das änderte sich erst, als die Menschenkinder diese Anlage hier bauten."

„Verstehe. Wenn der Ort schon vorher so abgeschieden lag, warum bauten sie ihn dann hier her und nicht in ihren Siedlungen? Ich dachte, dort bräuchten sie bereits damals die Ärzte dringender als hier?"

„Ich weiß es nicht genau, aber ich vermute, dass es an ihrem Gesundheitssystem lag."

„Wie meinst du das?"

„Soweit ich weiß, war die Medizin früher eine Frage des Geldes. Hier kamen nur die Menschenkinder her, die viel davon besaßen. Es gab einmal einen Eisenweg, der extra hierher gebaut wurde. Von der Endstation ließen sie sich mit einer Art selbstfahrenden Wagen abholen. Eine schmale Straße brachte die Menschen durch den Wald bis zu diesem Bau. Der war umzäunt und ständig liefen da Wachen mit Hunden herum. So etwas wie einen Flughafen oder eine Fernstraße gab es hier

nicht. Soweit ich weiß, wurde das Hospiz mit Transportdrohnen von auswärts versorgt. Die brauchten zum Landen auch kaum Platz."
„Es war ein Luxuskurort."
„Ja, genau. Für die Eliten der damaligen Zeit."
„Was machten sie mit den anderen, die sich das nicht leisten konnten?"
„Die überließen sie ihrem Schicksal. Ich lernte diesen Ort gut kennen und erfuhr durch ihn eine Menge über die Menschenkinder. Die hier schotteten sich von der Außenwelt ab und hielten sich für etwas Besseres. Dabei sah ich in ihre Herzen hinein und fand lauter verletzte und hungrige Kinder vor, die nicht bereit waren sich selbst zu helfen."
„Versuchten sie nicht, so etwas wie einen Landeplatz zu bauen, um diesen Ort besser an die Außenwelt anzubinden?"
„Das schon …", sagte sie den Kopf schräg haltend „… aber nach ein paar schweren Unfällen gaben sie es auf. Ich selber besuche diesen Ort nicht mehr. Die Menschenkinder verbauten darin sehr viel Eisen, weswegen ich mich hier ein paar Mal verbrannte. Es ist sehr unangenehm und fühlt sich an, wie das Gift einer Brennnessel auf der Haut."
„Mir ist das bisher nicht passiert. Ich fasse Eisen ohne Probleme an."
„Du bist ja auch die Todesfee. Ich gebe auf jeden Handgriff Acht, wenn ich mich den Siedlungen der Menschenkinder nähere. Komm mit. Ich erzähle dir später mehr darüber, wenn dich das interessiert. Ich möchte dir unbedingt meinen See zeigen, solange es noch etwas hell ist."

Die rothaarige Fee machte sich wieder auf den Weg und Kore folgte ihr weiter.
„Hier befand sich früher einmal ein großer Park", erklärte ihre Führerin auf ihrem Flug. „Er reichte bis zu meinem See hinunter. Sie pflegten ihn aufwendig und bepflanzten ihn mit wunderschönen Blumenbeeten. Mir gefiel er gut, sodass ich mehr über diese Anlage wissen wollte."
Von dem weitläufigen Kurpark erkannte man nichts mehr. Die Natur holte sich das gesamte Areal zurück. Kore fiel es schwer, sich das vorzustellen. Ihr Flugkurs schlängelte zwischen fülligen Baumstämmen hindurch, deren Dicke zeigte, dass sie aus der Zeit vor dem"Mystischen Krieg"stammten. Kore begeisterte sich von den mächtigen Bäumen. Ihre Faszination hielt an, bis sie an den seltsamen See kamen, den Kore schon als Kind aus der Ferne vom Aussichtspunkt erspähte. Ihre Führerin hielt mit ihr an seinem Ufer an und ließ sie den schauerlichen Blick einfangen. Entlang der Uferzone erstreckte sich ein großer Mischwald aus Kiefern und Fichten, der bis in die Berghänge hinein reichte und sich dort je nach Höhe verjüngte. Das dunkle Wasser des Sees roch seltsam brackig. So wie ein riesiges Biolabor. Auch seine Oberflächenspiegelung trug nur einen matten Glanz in sich. So zeigte sich das Spiegelbild der beiden Feen kraftlos darin. Im Gegensatz zu den anderen Seen der Gegend, die sie vorhin überflogen, wirkte dieses Gewässer wie Tod.
„Das ist mein See", sagte ihre Führerin knapp. Es lag weder Stolz noch Freude in ihren Worten.
„Er sieht traurig aus."

„Oh ja. Das ist er. Außer mir gibt es niemanden, der sich um ihn kümmert. Er hat leider keinen Abfluss. Sein Wasser ist in diesem Tal gefangen."
„Was ist mit ihm passiert?"
„Das ist eine lange Geschichte."
„Hängt sie mit dem Sanatorium zusammen?"
Ihre Führerin schmunzelte hielt ihren Kopf schräg, was Feen meist taten, wenn sie beabsichtigten eine tiefgründige Antwort zu liefen.
„Weißt du was?", fragte ihre Begleiterin mit einem bestimmten Hintergedanken. „Ich lade dich zum Tee bei mir ein. Dann erzähle ich sie dir."
„Ja gerne", antwortete Kore aufgeweckt und folgte ihrer Gastgeberin über das dunkle Wasser. Kore bemerkte, während ihrer Querung, dass er erstaunlich ruhig blieb. Nicht einmal ihr rascher Flug darüber wirbelte so etwas wie Wellen auf.

Auf der anderen Seite, unweit des Ufers, hielt die fremde Fee unvermittelt vor einer großen Kiefer an, die in einer steilen Felsenwand ihre Wurzeln schlug. Ihr mächtiger Stamm rankte sich direkt der Steilwand entlang nach oben und hatte mit dem Berg Kontakt. Kore bremste mit ihr ab und blieb in der Luft schwebend neben ihr stehen. Ihre neue Bekanntschaft drehte sich verzückt zu ihr um.
„Hier wären wir", sagte die Fee munter zu ihr und spitzte ihr in die Augen. „In der Kiefer wohne ich. Du bist eingeladen."
„Danke. Ich komme gerne zu dir", bedankte sich Kore bei ihr.
Die Fremde gab ihren Flügeln einen weiteren Impuls nach oben und hielt in der Baumkrone bei einem weiteren Ast an, in dessen dicken Stamm sich eine für ihre Körpergröße viel zu kleine Tür befand. Sie schrumpfte, bis sie von der Größe her durch die Tür hindurchpasste. Kore folgte ihr und tat es ihr nach. Mit einem Staubschwall aus ihrer Hand öffnete ihre Gastgeberin die Tür der Baumbehausung. Drinnen war es stockdunkel, was aber eine Fee nicht weiter störte. Mit dem Projektionstrick machte ihre Gastgeberin im Handumdrehen das Licht an und trat über die Schwelle ins Innere. Kore fiel die wohnliche Einrichtung auf, jedoch bemerkte sie auch, dass der Wohnraum für sie beide etwas zu eng ausfiel. Der Raum diente offenbar für eine Person. Die Behausung erinnerte sie an die Bungalows, die man am See beim Campingplatz mietete. Es gab ein Bett, einen Tisch und einen Sessel. Auch fiel ihr die Holzvertäfelung der Wände auf.
„Auf einen Besuch bin ich nicht eingestellt", sagte sie etwas in Hektik und stellte sich in die Mitte ihrer Unterkunft. „Nicht schlimm. Das erledige ich im Handumdrehen", meinte sie und winkelte ihre Arme mit der Faust nach oben an. So gleich drückte sie ihre Ellenbogen nach außen, während Staub aus ihren Fingern glitt und die Wände des Raumes einhüllte. Sogleich drückten sie sich ähnlich eines Ballons auseinander, der gerade aufgeblasen wird.
„Wow", entfuhr es Kore überrascht.
„Das ist der Zoom", erklärte ihre Gastgeberin grinsend, als sie den Raum für groß genug hielt. „Kennst du den nicht?"
„Nein. Ipsy brachte mir noch nicht alles bei."
„Oh. Du bist also in Ausbildung."

„Ich glaubte nie, hier eine Artgenossin zu finden."

„Ich schon, aber ich wusste nicht, wann und wer das sein wird. Nimm Platz", sagte die Fee zu ihr und wies ihr mit der Hand einen breiten Sessel zu, der so ähnlich aussah, wie der von Ipsy in der Trainingsebene.

„Wo bist du denn schon? Beim Double oder beim Verschwindibus?"

„Der sollte als Nächstes dran kommen."

„Hi. Hi. Ipsy war auch meine Lehrerin. Sie hat panische Angst wegen dem. Dann hast du nicht mehr viele Stunden. Der kommt erst im letzten Drittel dran."

„Dann heißt das ja, dass ich fast fertig bin."

„Nicht ganz", sagte sie und machte mit ihrem Staub einen weiteren Sessel, auf dem sie Platz nahm.

„Jetzt etwas Tee?", fügte sie fragend an, was Kore nickend bejahte und einige Staubschwaden später, saßen die beiden Feen bei Kräutertee und Plätzchen gemütlich beisammen. Letztere packte ihre Gastgeberin in eine Porzellanschale. Kore sah bisher nie so etwas. Kekse waren Gebäckstücke, die der Nanozubereiter nicht kannte.

„Was ist das?", fragte sie daher und deutete darauf.

„Cookies", antwortete ihre Artgenossin begeistert und griff nach einem Plätzchen, auf dem dicke Schokoladenstückchen prangten.

„Nimm dir ruhig. Ist ein Rezept meiner Mutter."

„Du backst selbst?", fragte Kore überrascht und griff zu.

„Nur was man selbst einmal gemacht hat, prägt sich ins Gedächtnis ein", sagte sie mit vollem Mund und nannte erst jetzt ihren Namen. „Ich bin Jule."

Die Art und der Zeitpunkt, ab wann sich Feen gegenseitig ihre Namen nannten und auch ihren Gegenüber erlaubten ihn zu verwenden, wirkt für einen Menschen ungewöhnlich. Das war aber in Feenkreisen so üblich. Eine Fee gestattete erst dann einer Artgenossin ihren Namen zu verwenden, wenn sie sich einander nicht nur zum Tee verabredeten, sondern ihn auch tatsächlich zelebrierten.

„Ich bin Kore", antwortete sie daher mit dem Plätzchen in der Hand. „Es war wunderschön mit dir da draußen zu Fliegen."

Kore wusste nicht, warum sie das sagte. Das lag alles förmlich auf der Hand. Sie biss in das herzhafte Gebäck hinein und nahm den schokoladenen Geschmack unter ihrer Zunge wahr. Der trübe Tee dampfte aus der Kanne und verbreitete ein würziges Aroma im Raum. Er schmeckte ganz anders als der Nuaventee, den ihr Ipsy ausschenkte. Seine olivgrüne Farbe roch für Kores Empfinden leicht nach Lavendel. Geschmacklich erinnerte er an Blutorangen mit Pfefferminze.

„Danke. Es gefiel mir auch. Der Tee stammt aus diesem Tal. Er besteht aus den Kräutern, die man hier findet. Weißt du, ich bin hier aufgewachsen. Oh …".

Jule unterbrach sich und fing an zu schmunzeln. „Das wollte ich schon immer mal machen. Die lange oder die kurze Version?", fragte sie plötzlich.

Kore wusste nicht, was sie meinte.

„Wie?"

„Ach. Du sagtest ja, dass du noch nicht alles aus dem Feenfundus kennst. Wir beide könnten jetzt den ganzen Abend miteinander plaudern. Ich erzähl dir von mir, du erzählst mir von dir. Die lange Version. Wir können das aber auch abkürzen mit dem Transpati. Er ist einer der beiden Feenfertigkeiten, die zwei Feen gemeinsam wirken können. Ipsy brachte ihn mir erst zu Schluss bei, da es hier kaum Feen gibt, um ihn auszuprobieren. Außerdem ist er ein hoher Vertrauensbeweis."
„Was ist der Transpati?"
„Damit tauscht du deine Erfahrungen und die Vergangenheit mit der deines Handpartners aus. Er muss aber auch eine Fee oder ein Elf sein und es vor allem wollen. Wer es macht, erlebt hautnah, was der andere in seinem bisherigen Leben gesehen, geglaubt, gedacht und gefühlt hat. Nicht ganz ungefährlich, wie Ipsy meinte, da es durchaus eine einseitige Darstellung sein kann. Die Kurzversion, obwohl sie schon je nach Lebenserfahrung etwas andauert."
„Klingt spannend. Wie funktioniert er?"
„Wir beide legen dazu die Handflächen einer beliebigen Hand aneinander. Der Rest gibt sich von selbst. Eine regelrechte geistige Transfusion. Daher auch der Name Transpati."
„Was? So einfach? Mehr nicht?"
„Nein."
„Na, dann los", sagte Kore und stellte ihre Teetasse hin. Beide Feen rückten ihre Sessel zusammen, sodass sie sich gegenübersaßen.
„Sei aber gewarnt. Wenn wir den Vorgang einmal beginnen, können wir ihn nicht einfach unterbrechen. Wir müssen ihn dann bis zum Ende durchziehen", sagte Jule ermahnend. „Das, was du jetzt von mir zusehen kriegst, stellt man nicht ab wie ein Radio. Ein Lebenslauf hat auch keinen Unterbrecher. Bist du bereit?" fragte sie und hielt Kore ihre rechte Hand hin.
„Bereit", antwortete Kore angetan und legte ihre rechte Hand auf. Kaum dass sie Jules Hand fühlte, spürte Kore ein knisterndes Kribbeln, das immer mehr an Wärme zunahm. Ihre Wahrnehmung verschwamm, bis ein milchiges Weiß übrig blieb.

Kapitel 7

Transpati

Lachen. Diesen Laut hörte Kore zu allererst. Das Lachen eines Babys. Frei und unbeschwert. So ähnlich nahm sie es schon einmal in ihrem Traum wahr, als sie den Feenstaub bekam. Nur fühlte sie keine Wärme oder ein anderes Gefühl dabei. Hinzu gesellte sich ein ausgelassenes Kichern. Kore glaubte getragen zu werden, da Schritte sie erzittern ließen. Durch ein weißes und undurchdringliches Etwas. Irgendetwas näherte sich ihr. Sie glaubte, es im milchigen Weiß zu erkennen. Am Anfang glaubte sie, es sei lediglich ein Punkt, doch je näher sie ihm kam umso mehr nahm es an Kontur zu. Ziemlich bald erkannte Kore, um wen es sich handelte: „Die Seherin", raunte sie dumpf. Sie fasste einen kurzen Gedanken, aber sobald sie ihn zu äußern versuchte, kam es ihr vor, als hielte ihr jemand den Mund zu. Unaufhaltsam näherte Kore der Seherin und blieb vor ihr stehen. Die Seherin starrte auf sie herab. Ihr Blick durchdrang sie und fuhr dem, was sie vor sich zu haben glaubte, über die Wange. Kore spürte ihre Hand. Dann sprach sie es: „Die Schwarze wird dich zum Glück geleiten."

Kaum dass ihre Worte fielen, wurde es dunkel. Kore wusste, dass es sich bei diesem Satz um Jules Schicksalsspruch handelte. Ihr fiel Ipsy ein, die ihr bei ihrem ersten Treffen schon zu verstehen gab, dass eine jede Feengeschichte einzigartig und keinesfalls mit einer anderen zu vergleichen wäre. Doch der Vorgang ließ keine Pause, um es auf sich wirken zu lassen. Just durchbrach die Schwärze kleine leuchtende Punkte unterschiedlicher Intensität. Sie wurden zahlreicher. Feiner Nebel gesellte sich zu ihnen und sie glaubte alsbald, einen lauwarmen Wind zu spüren. Ein rätselhaftes Rascheln in Zweigen und Laub von Bäumen durchbrach die Stille. Das Weinen eines Babys gesellte sich hinzu und die Stimme eines Jungen. Sie hörte sich pubertär an. So, als ob sie kurz vor dem Stimmbruch wäre. Obwohl sie nicht genau hörte, was er sprach, erkannte sie Worte der Überraschung. Kore hörte eine Tür gehen. Unvermittelt tauchte ein bleiches Gesicht vor ihr auf. Es musste dem Jungen gehören, der laut und aufgeregt zu einer ihr nichtsichtbaren Person rief:
„Ma. Ma, da liegt was auf unserer Veranda."
Das Gesicht verschwand schnell wieder aus dem Sichtfeld. Seine Stimme erklang aber in unmittelbarer Nähe.
„Ich glaub, da liegt ein Baby. Ma, das musst du dir ansehen."
Zur Stimme des Jungen kam nun eine Weitere. Sie hörte sich bedeutend reifer und weiblicher an. „Was erzählst du da für einen Unsinn, Rocco."
„Ma, das ist ein Baby", wiederholte Rocco hartnäckig.
Bald erschien vor Kore ein weiteres Gesicht mit erdrötlicher Tönung. Es gehörte einer Frau im reiferen Alter, was ihre Falten verrieten. Ihre Mimik strahlte trotz ihrer von der Sonne gezeichneten Gesichtshaut unendliche Liebe und Offenheit aus. Kore merkte das sofort. Deutlich fühlte sie die hohe Empathie ihres Gegenübers.

Die reife Frau starrte entzückt auf Kore, ohne dass Kore ahnte, was sie sah. Sie ging vollends in der Position von Jule auf. Links und rechts streckten sich in ihrem Sichtfeld schmale dünne Ärmchen der fremden Person entgegen. Ein freudiges Lachen entfuhr dem Kind, das ein jedes Herz zum Erweichen brachte.

„Uh, wie süß", schwärmte sie und hob das, was sie sah auf ihre Arme. Kore fühlte, wie sie mit den Armen nach oben glitt und an ihrer Brust landete. Es war weich und angenehm warm hier. Von der Person ging eine behütende Aura aus. Ihre Liebe zum Leben strahlte direkt in ihr Herz hinein.

„Na, wen haben wir denn da?"

Kore hörte das Lachen des Babys. Sie sah, wie eine kleine Hand von ihrem Blickpunkt nach der Nase der reiferen Frau griff.

„Wer setzt dich denn hier bei uns aus?", sagte sie und stupste die Kleine mit ihrem Finger auf die Nasenspitze. Kore merkte, dass ein paar Erdpartikel an ihr klebten. Es roch nach Blumenhumus. Das schien Jule aber nicht im Geringsten zu stören. Ja, sie liebte diesen Geruch der lebendigen Erde.

„Ma, wir müssen das Baby zum Sheriff bringen. Du musst Dad anrufen."

„Rocco. Das hat Zeit. Sieh mal, was für ein wundersüßes Kind hier bei uns ist. Wer um alles in der Welt setzt so was aus? Es ist so herzallerliebst."

„Ma?", fragte der Junge irritiert und warf einen Blick auf sie.

Die kleine Jule lächelte offenbar Rocco an, denn seine besorgte Mine wurde zusehends freundlicher und weicher.

„Es ist wirklich süß", sagte er angetan von ihr und beruhigte sich allmählich. „Vielleicht sucht es schon jemand."

„Vielleicht", sagte seine Mutter. „Aber stell dir vor, du bekommst so ein süßes…" sie machte eine Pause. Irgendetwas raschelte da. Kore glaubte zu fühlen, wie sich in ihrer Bauchgegend etwas lockerte.

„… Schwesterchen, wie dieses Kind."

„Ma, sie ist nicht meine Schwester."

„Na und? Vielleicht ist es ein fremdes Kind, aber letztlich kommen wir alle aus derselben Erde."

Kore fühlte deutlich die Erdverbundenheit der reifen Frau. Es übertrug sich auf sie. Rocco fuhr den Dialog widerwillig zustimmend fort.

„Mag sein. Aber ich fühl mich unwohl dabei einfach eine Fremde …"

„Weißt du, dann gebe ich ihr jetzt einen Namen. Dann ist sie nicht mehr fremd."

„Sie hat bestimmt schon einen Namen."

„Dann bekommt sie von uns eben einen weiteren Namen. Ich werde sie …"

Das Gesicht der Frau wandte sich kurz von dem Baby ab. Sie starrte auf etwas, das Kore nicht sah. „… Jule nennen."

„Wieso?"

„Es ist Juli und sie hat Sommersprossen. Es ist ein Kind des Sommers. Ein Kind der Wärme und des Lebens. Ich fühle ganz deutlich, dass sie ein richtiger Sonnenschein ist."

„Oh."

„Also Jule", … meinte ihre Finderin und gab Jules Blick auf ihren Jungen frei. „…
das ist Rocco und ich bin Marsha. Du darfst mich auch Mutter nennen."
„Was?"
Rocco glaubte, nicht recht zu hören.
„Das Kind. Wenn es niemand will, will ich es nehmen."
„Aber Ma, wenn Dad das erfährt."
„Ach was. Frank wollte schon immer eine Tochter und bevor ich ein wohlstands-
verwahrlostes Gör adoptiere, nehme ich lieber dieses Kind. Es hat so wunder-
schöne Augen. Sie sind so blau, wie der tiefe See vor unserem Haus. Rotbraune
Haare, wie das Laub der Bäume im Herbst. Und ihre Sommersprossen. Sie sehen
so putzig aus …"

Ein milchiges Weiß legte sich plötzlich über die Szenerie. Kore erschloss sich noch
nicht warum. Vielleicht hing dies mit der Wirkungsweise des Transpati zusammen.
Von der Umgebung, in der Jule das Licht der Welt erblickte, kriegte Kore kaum
etwas mit. Ihre erste Bleibe musste so etwas wie ein Farmhaus sein. Außerdem
stieg ihr während dieser Szene der Geruch von frisch geschlagenem Holz in die
Nase. Dieser Duft lockte in ihrer Erinnerung die Erzählung von Indreen und dem
Holzfäller hervor. Das eben Gesehene musste offenbar die Ankunftsszene ihrer
Artgenossin bei den Menschenkindern sein. Während die milchige Trübe anhielt,
drangen ein paar weitere Stimmen zu ihr. Sie gehörten ein paar Männern und einer
Frau. Die Sprache wurde von Herztönen untermalt.
„Wir sagen dem Sheriff, dass du eine Frühgeburt hattest."
„Frank, ich glaube kaum, dass er uns das abnehmen wird."
„Joseph schuldet uns noch einen Gefallen."
„Tagen Sie das Kind in das Register ein. Ihr Name ist Jule Benester. Geboren am
07. Juli 2024. Tochter von Frank und Marsha Benester. "
„Das Kind ist gesund. Obwohl ungewöhnlich klein und leicht."
„Schauen sie sich ihre Augen an. Mandelförmig."
„Gibt es irgendeinen Hinweis?"
„Da sind zwei Narben auf ihrem Rücken."
„Meine Güte. Lernst du aber schnell."
„Dein Vater fällt Bäume. Er verkauft sie in der Stadt."
„Und das ohne Stützräder. Jule, wie machst du das bloß?"
„Sie lernt erstaunlich schnell."
„Sie muss zur Schule. Ich nehme sie mit meinem Truck zur Hauptstraße hoch,
damit sie der Bus abholt."

Es handelte sich um Sätze, die Jule in ihren ersten Lebensjahren aufschnappte. Sie
verankerten sich so fest in ihrem Schädel und kamen direkt aus der Tiefe ihrer Seele gesprudelt. Kore begriff, warum es sich beim Transpati um einen äußerst sensib-
len Feentrick handelte. Man hörte nicht nur die Worte, sondern nahm aktiv an
Jules Erlebnissen mit allen Sinnen teil. Kore fühlte plötzlich kühles Wasser an ih-

ren Füßen, als sich die weiße Eintrübung wieder zu lichten begann. Offenbar näherte sie sich einem einschneidenden Erlebnis ihrer Handpartnerin.

„Da vorne" kam wieder die Stimme des Jungen zurück. Sie klang diesmal wesentlich tiefer. Offenbar kam sie von Rocco und alsbald fand Kore sich im Uferbereich eines großen Gebirgssees im Wasser stehend. Er musste in den Rockey Bergen liegen. Das fantastische Panorama, das sich ihr auftat, überwältigte sie. Schneebedeckte Gipfel mit einem riesigen Waldgebiet inmitten eines großen Talkessels. Bewirtschaftungswege erschlossen den großen Forst welcher verschiedene Baumarten in sich vereinte. Wiederum drang ihr der Geruch von frisch geschlagenem Holz durch die Nase. Ihr Blick fiel auf die Füße. Sie sah nicht nur, ja sie fühlte die kleinen nackten Füße, wie sie im seichten kalten Wasser des Sees standen. Viel reiner und klarer, als sie es vorhin bei ihrem Flug mit Jule über dem See bemerkte. Sie spürte den feinen Kies und das matschige Sediment zwischen ihren Zehen. Das Wasser umspielte gemächlich ihre feinen Knöchel und schlug die kleinen Kieselchen an ihnen. Lebendiges Wasser. Sie sah sogar kleine Fische, die zwischen ihren Beinen herumstreunten. Sie schienen ähnlich wie die Enten vorhin bei ihrem Flug durch die Berge keine Scheu vor der Fee zu haben. Kore drehte sich herum. Vielmehr tat es Jule für sie. Bei ihrer andächtigen Drehung sah sie aus den Augenwinkeln Marsha auf einem breiten Bohlensteg sitzen, der in den See hinausführte. Sie ruhte dort mit geschlossenen Augen und schien vollkommen auf sich konzentriert zu sein. Die Sonne leuchtete ihr ins Gesicht und lies sie erhaben und edel erscheinen. Als sie ihre Drehung beendete, bemerkte sie ein modern gezimmertes Holzhaus, wie man es zu Beginn des einundzwanzigsten Jahrhunderts christlicher Zeitrechnung baute. Neben dem Gebäude befanden sich große Hallen, in denen riesige Baumstämme aufgestapelt lagen. Sie hörte das Sägen einer Maschine. Auch sah sie am Ufer in der Ferne einen Waldarbeiter mit seinem Pferd, das angeschirrt einen Stamm hinter sich herzog.

„Ach, du meine Güte", wollte Kore sagen, doch die Worte verstummten jäh. Wie wenn ihr jemand den Mund zu hielt.

„Da vorne …", wiederholte Rocco. Sie sah nun auf den bereits um einige Jahre älter gewordenen Jungen.

„… ganze vierzehn Mal. Mal schauen, ob du mehr schaffst."

„Aber ja", kam von ihr. Der Tonfall klang anders als der ihre. Es war die Stimme eines kleinen Mädchens. Es musste Jule sein.

Kore sah vor sich das klare Wasser des Sees aufspritzen. Ein flacher Kiesel tanzte über die Oberfläche und schlitterte, wie auf einer Eisbahn darüber hinweg. Er sprang zehn Mal, ehe er in die unergründliche Tiefe des blauen Sees abtauchte.

„Rocco. Jule", kam von hinten. „Ja Dad", antwortete Rocco und auch Kore drehte sich zu der Stimme um.

„Genug gespielt. Ich bring euch mit dem Truck zum Bus hoch an die Straße."

Kore sah nun Jules Ziehvater. Es war ein stämmiger Mann mit einem dichten schwarzen Vollbart. Er trug einen orangefarbenen Helm mit einem Visier auf seinem Kopf. Seine Kleidung erinnerte Kore an den Holzfäller, den sie in den Erzählungen Indreens aus ihrer Fantasie kannte. Kariertes Hemd und eine Arbeitshose, die sich für die robuste Arbeit in den Wäldern eignete. Er musste der Besitzer des Anwesens sein. Auch ein Schild sah Kore. Es stand drauf: Forstbetrieb Benester (Sägewerk und Holzvertrieb).

„Au ja, Vater", hörte Kore von Jule sagen. Sie rannte auf ihn zu und wurde von ihm mit Leichtigkeit auf den Arm gehoben. Er kuschelte mit ihr und sie griff ihm mit ihren dünnen Fingern in den Bart. Kore fühlte ungeheure Wärme und Nähe in ihr auflodern. Ein schwärmerisches Seufzen glitt aus Jules Mund. Sie fühlte die tiefe Liebe ihres Pflegevaters zu ihr.

„Meine Kleine ist richtig scharf auf die Schule. Was hab ich mit dir nur für einen Fang gemacht", sagte er lachend mit einem gewissen Stolz zu ihr und strich dem Mädchen überglücklich über den Kopf.

Es wurde wieder milchig und sie hörte weitere Stimmen. Kore verstand nicht so recht, warum Jule diese Szene so viel bedeutete. Vielleicht lag es ja an dem, was noch kam. Dann tauchten weitere Sätze auf, die wieder von Männern und Frauen gesprochen wurden. Sie stammten vielleicht auch von ihren Zieheltern. So deutlich hörte sie das nicht heraus. Dazwischen kamen Sätze von ihrem Bruder und sogar von Jule, die offenbar ihre Mutter etwas fragte. Jules Werdegang erinnerte Kore stark an den Ihren. Bloß die letzte Wortmeldung passte zu keinem der ihr bisher bekannten Personen.

„Ein wirklich beeindruckendes Kind. Sie ist viel weiter als die Anderen in ihrem Alter. Ich gratuliere ihnen Mr. Benester."

„Nein, Jule. Du musst ihn so halten. Ganz ruhig stehen bleiben. Er darf dich nicht bemerken. Wenn du einen Fisch fangen willst, sei mit dem Herzen bei dem, was du liebst und mit der Hand beim Fisch …"

„Jule. Heute gehe ich mit dir in die Stadt."

„Mutter, warum starren die alle in so ein glänzendes Ding hinein?"

„Weil sie mit sich nichts anzufangen wissen."

„Warum bist du so eine Streberin? Hast du dich nie gefragt, warum du keine Freundinnen hast?"

„Das ist der Präsident der Vereinigten Staaten …"

„… sie holen damit Gas aus der Erde …"

„Du hast eine schöne Stimme."

„Warum fragst du immer so viel? Du bist noch zu klein, um das zu verstehen."

„Das nennt man Fortschritt."

„Auf so eine wie dich, kann dieses Land verzichten."

Die Sicht klarte sich wieder. Kore ahnte, dass nun etwas Einschneidendes in Jules Leben passierte. Kore erkannte eine breite Teerstraße und ein Schild, das die Buchstaben „BUS" trug. Unter ihm prangte ein Plakat, das eine Werbung für eine Feierlichkeit zum vierten Juli des Jahres 2034 zeigte. Darauf war ein weißes Gebäude abgebildet. Kore kam es sehr bekannt vor. Aus ihrer Erinnerung erschien urplötzlich ein Bild davon, dass sie schon einmal in der Geschichtsvorlesung auf der Akademie sah. Sie erinnerte sich wieder lebhaft an das Thema, das sich mit der

Zeit vor dem großen Blackout befasste. Jule lief gerade an diesem Schild vorbei. Ihr Blick auf das Bild löste in ihr ein schelmisches Grinsen aus. Sie schwitzte in ihrem blütenweißen Kleid, das sie an diesem Tag trug. Das gute Stück wirkte richtig teuer. Offenbar war da etwas Weiteres auf dem Rücken geschnallt. Sie fühlte hinter sich einen leichten Behang. Auch bemerkte sie unter dieser Stelle einen leichten Schmerz, der deutlich von zwei Punkten ausging, die die Stimmen zuvor als Narben bemerkten. Direkt unter den Schulterblättern. Jule ächzte. Nicht wegen der Tasche auf ihrem Rücken. Die war ganz leicht. Es hing mit dem leichten Schmerz zusammen, der sich durch ihren Rücken zog. Er passte aber nicht zu ihrer Stimmung, die alles andere als beschwert war. Glücklich bis über beide Ohren und ein Gefühl der Freiheit. Es passierte etwas zuvor, dass sie unendlich Stolz machte. Kore erahnte nicht, was vorfiel, aber es musste etwas sein, dessen Tagweite nicht auf das nun Kommende heranreichte. Jule verlies die Hauptstraße und lenkte ihre Schritte auf einem schmäleren asphaltierten Weg weiter, an dem ein Wegweiser stand: „Sägewerk Benester.“ Die Sonne strahlte senkrecht auf sie herab. Es war um die Mittagszeit. Gerade ging ein kühler Wind durch den Wald. Sie hörte Jule ein Liedchen summen. Sie lernte es in der Schule, denn unweigerlich kamen ihr Bilder in den Kopf, welche ein weiteres großes weißes Gebäude mit vielen Fenstern zeigte. Außerdem erkannte sie eine Fahne, die dort auf einem Mast wehte. Sie trug weiße und rote Streifen sowie weiße Sterne auf blauem Grund in der linken oberen Ecke aufgenäht. Auch diese Fahne sah Kore schon einmal. Sie gehörte zu den ehemaligen Vereinigten Staaten von Amerika. Hörte sie nicht vorhin eine Stimme, die von einem Präsidenten redete? Allmählich wurde Kore klar, dass Jule schon viel älter war. Die Vereinigten Staaten von Amerika existierten vor über vierhundert Jahren … bis … doch, ehe sie aus ihrem Geist herausholte, was in der Historie mit dem Land geschah, drang ihr ein Brandgeruch durch ihre Nase. Jule lief nun plötzlich schneller. Die frohe Laune in ihr verflog mit einem Male. Der laute Heulton einer schrillen Sirene drang durch den Wald. Er schreckte die Vögel auf. So etwas Ähnliches benutzte auch die Feuerwehr von Presson, wenn sie sich daran machte, einen Brand zu löschen. Ins Bild mischte sich leichter Rauch. Er schob sich zwischen den Bäumen hindurch und stank entsetzlich. So einen ähnlichen Geruch nahm Kore bei dem Brand in Cherson wahr. Es roch nach frisch abgelöschtem Feuer. Jule erreichte eine Stelle an der Straße, von der man direkt auf den See und ihr Zuhause schaute. Doch da, wo ihr Gefühl Jules Bleibe vermutete, stieg eine riesige Rauchsäule in den Himmel. Sie drang von unten durch die Baumkronen. Die blauen Lichter der Einsatzfahrzeuge blitzten durch die Zweige.
„Nein“, hörte Kore Jule entsetzt schreien. Sie fühlte ihren grässlichen Schmerz und ihre schlimmste Sorge. Jule stolperte über einen Trampelpfad zum Haus ihrer Eltern hinunter, den sie sonst nie nahm. Woher, wusste Kore einfach, obwohl sie eine ähnliche Szene zuvor weder sah oder erlebte. Jule überschlug sich beinahe auf ihrem halsbrecherischen Weg. Weiter vorne ertönte eine weitere Sirene und mehrere blaue Lichter blitzten durch die Baumzweige auf. Keuchend näherte sie sich dem Löschzug der Feuerwehr, wurde aber von einem Feuerwehrmann abgefangen. Sie lief ihm direkt in die Arme.

171

„Bleib vom Haus weg. Bleib weg“, warnte er sie.
Jule versuchte dennoch an ihm vorbeizukommen, doch er war stärker. Sie besaß keine Kraft und keine Masse, um ihn zu trotzen.
„Sei stark meine Liebe. Du kannst nichts mehr für sie tun.“
Unweit der Einsatzwägen der Helfer lagen zwei große schwarze Säcke herum. Jule schien zu wissen, wer oder was sich darin befand. Kore kannte zwar den Zweck der beiden Säcke nicht, doch Jules bestürztes Gefühl, als sie sie erspähte, lies ihre tiefe Trauer erahnen. In ihr war es, als müsse sie sterben.
„Ich hab ihre Tochter“, meldete der Feuerwehrmann an seinen Kommandanten weiter. Sofort war eine Sanitäterin zur Stelle und nahm sich Jule an. Der Blick schummerte. Er verschwamm, was Kore hinderte klar zu sehen.
„Du musst jetzt stark sein“, kam von ihr und nahm sie in die Arme.

Kore fühlte den entsetzlichen Schmerz, der Jule in diesem Augenblick durchfuhr. Die Sicht trübte sich wieder milchig. Es folgten wiederum Sätze, deren Sprecher sich abwechselten. Auch die Stimme ihres Bruders war dabei.
„Jule, zum Glück bist du am Leben.“
„Ihre Eltern haben ihr genug hinterlassen, dass sie auf ein Eliteinternat gehen kann. Sie ist hochbegabt.“
„Und so spricht der Herr: Mensch, du bist Erde und sollst zur Erde werden. Und ich sah die Toten, Groß und Klein, stehend vor dem Thron und Bücher wurden aufgetan. Und ein anderes Buch wurde aufgetan, welches ist das Buch des Lebens. Und die Toten wurden gerichtet nach dem, was in den Büchern geschrieben steht, nach ihren Werken. Wenn jemand nicht gefunden wurde, geschrieben in dem Buch des Lebens, der wurde geworfen in den feurigen Pfuhl. Die Feigen und Ungläubigen und Frevler und Mörder und Unzüchtigen und Zauberer und Götzendiener und alle Lügner, deren Teil wird in dem Pfuhl sein, der mit Feuer und Schwefel brennt; das ist der zweite Tod.“
„Jule, du musst mir glauben, ich konnte nicht anders. Ich kann den Betrieb meines Vaters nicht fortführen und du bist erst zehn und ich studiere noch. Es kostet einfach zu viel Geld. Ich musste unser Land an die Gasgesellschaft verkaufen.“
„Warum willst du von hier weg? Hier gibt es alles, was du brauchst.“
„Dein Rücken sieht normal aus. Da ist nichts. Keine Ahnung, woher du diese Schmerzen hast …“

Kore spürte ruckartig, wie die Schmerzen in Jules Rücken immer mehr zunahmen. Sie glaubte aufschreien zu müssen, doch da verschwanden sie plötzlich. Der Blick klärte sich prompt wieder. Es spielte sich eine neue einschneidende Entwicklung ab. Kore erkannte als Erstes den vertrauten Mond, wie er direkt mit seinem silbernen Licht durch ein offenes Schiebefenster schien. Lauer Wind strich in dem Raum herein und ließ neben den schweren Vorhängen ein Rolloband aufwallen. An der Stelle, wo zuvor der stechende Schmerz waltete, fühlte sie sich auf irgendetwas Längliches liegen. Das Etwas bestand offenbar aus mehreren Teilen, fühlte sich elastisch an und schien mit ihrem Rücken verbunden zu sein. Jede Bewegung mit dem Oberkörper ließen die Dinger mitgehen. Jule lag gerade mit einem dünnen Nachthemd bekleidet in einem unbequemen Bett. Kore fühlte seine unnachgiebige Härte Die unbekannten Dinger auf ihrem Rücken spannten es verdächtig. Ebenso fühlte sie eine kratzige Decke auf ihren Beinen. Gezielt schob sie sie mit ihren zierlichen Füßen zur Seite und stand mit einem Ruck auf. Ihr Blick fiel in ein schmales Zimmer hinein, mit einer schlichten Einrichtung. Seine Wände strahlten ein kühles Weiß aus, das das silberne Licht des Mondes perfekt reflektierte. Neben einem großen doppelflügeligen Schrank befanden sich ein hölzerner Tisch und ein gepolsterter Stuhl mit einer Messingstehlampe im Raum. Auch sah Kore eine lederne Tasche, aus der einige Bücher sowie ein ihr aus dem Technikmuseum bekanntes Teachboard zu erkennen war. Solch ein Gerät benutzte man etwa in der Mitte des einundzwanzigsten Jahrhunderts, um Kinder zu unterrichten. Jule setzte vorsichtig in der Dunkelheit einen Schritt nach dem anderen. Sie näherte sich dem großen Schrank und öffnete seine Tür. Ein großer Spiegel in seiner Innenseite half Jule, die unbekannten Dinger auf ihren Rücken näher anzusehen. Kaum dass Jule ihr Nachthemd über Kopf auszog, betrachtete Kore Jules Körper in der Geschichte genauer. Sie wuchs zu einem Mädchen heran, das eindeutig vor ihrer Pubertät stand. Sofort fielen ihr die langen rostroten Haare auf, die ähnlich wie die ihren, vor ihrer Verwandlung zur Fee bis zu den Hüften reichten. In der feinen roten Lockenpracht verfing sich der Glanz des Mondes. Deutlich fielen ihr die vielen Sommersprossen in ihrem Gesicht auf, zu den ihre blaue Augeniris gut passte. Lediglich das silberne Mondlicht erhellte bei dieser Spiegelbetrachtung den Raum. Um Jules Haare oder Gesicht ging es der Betrachterin nicht. Das merkte Kore sofort. Jules Blick fraß sich auf ihrer Kehrseite fest. Denn dort bildeten sich jene Feenflügel, die für das Leben ihrer Trägerin einen tiefen Eingriff bedeuteten. Jule erschrak im Gegensatz zu Kore von ihrem Anblick nicht, sondern war von ihnen fasziniert. Sie blitzten im silbernen Mondlicht auf.

„Wow", hörte sie Jule raunen. Sofort merkte Kore, dass Jule offenbar versuchte sie in Bewegung zu setzen. Sie ging in ihrem Kopf alle Möglichkeiten durch, einen Gedankenimpuls in ihre neuen Körperteile zu leiten. Erst als sie sich in ihrem Geist in eine Fliege hineinversetzte, zeigte sich ein Erfolg. Ziemlich bald surrten ihre Anhängsel im Raum und ließen sie vom Boden abheben. Vom Windstoß getragen, wallten die Vorhänge am Fenster kurz auf. Sogar ihr Rollo geriet kurz ins Schlingern.

„Wenn ich daran denke, wie es bei mir war", bemühte sich Kore zu kommentieren, doch das wurde jäh von einer unsichtbaren Kraft unterdrückt. Jule riss ihren Gedankengang ab und fiel sanft auf ihre Füße. Sie kicherte von der einmaligen Erfahrung begeistert auf. Es erinnerte Kore an Ipsy und an ihre ersten eigenen Flugschritte im Hof des Waisenhauses. Irgendwie war Jule nicht zufrieden mit ihren Flügeln. Sie befühlte sie mit ihren Händen und versuchte sie zu rollen. Kore merkte, dass sie sich darüber Gedanken machte, sie zu verbergen. Ähnlich wie sie damals. Doch als sie laut aufstöhnte, weil sie nicht so recht weiter kam, schoss ihr der Gedanke des Rollos durch den Kopf. Sein Zugbändel warf die Silhouette eines

Schattens in ihr Zimmer. Sie zog in Gedanken daran und dachte an ihre Flügel. Mit einem Mal fuhren sie in ihren Rücken ein. Große Freude überkam Jule.
„Mist", dachte Kore bei sich. „Die ist viel früher drauf gekommen als ich."
Jule wiederholte den Vorgang. Diesmal umgekehrt und prompt waren ihre Flügel wieder da. Kore fühlte die ungeheure Euphorie Jules in diesem Augenblick. In der Tat war es das Größte für eine Fee, den Umgang mit den Flügeln zu beherrschen. Kore verstand das nur zu gut. Jule wiederholte das Aus- und Einfahren der Flügel mehrmals. Sie sah sich daran einfach nicht satt. Schließlich zog sie ihr Nachthemd wieder an, knöpfte jedoch den Verschluss auf der Rückenpatie soweit auf, dass ihre Feenflügel durchpassten. Doch anstatt sich hinterher wieder in ihr Bett zu legen, ging Jule entschlossen auf das Fenster zu und öffnete es. Kore spürte den sanften Wind auf ihrer Haut, der durch die Öffnung drang. Jule schwang sich auf das Fensterbrett und starrte in die laue Mondnacht hinaus. In der Ferne erkannte sie einen dichten Wald mit hohen Bäumen. Leuchtende Sterne prangten am Himmel und natürlich der Mond. Majestätisch schön und silbrig lächelte er auf die frischgebackene Fee hernieder. Kore hörte ein Seufzen von ihr. Sie steckte ihre Füße durch die Fensteröffnung und lies sie vom Sims hinabbaumeln. Unter ihr lag im Dunst der Nacht eine Wiese. Weiter weg stand eine hohe Einfassungsmauer mit einem Stacheldraht auf der Mauerkrone. Sie gehörte zu der Anstalt, in die man sie nach dem Tod ihrer Eltern brachte. Kore fühlte sich plötzlich leichter werdend und mit einem Mal hob sich Jule an. Ihre Partnerin brachte die Flügel tatsächlich zum Schlagen und flog in der Luft. Sie hielt sich zunächst am Fenster fest, doch der Drang mehr über das Fliegen zu lernen war größer. Sie ließ los und trieb in der Luft in den Hof des Internats hinein. In der Höhe fand Jule allmählich das Drehen, das Vorwärts- und Seitwärtsfliegen heraus. Begeistert stieg und fiel sie aus verschiedenen Höhen, bis sie sich kurzerhand immer weiter von ihrem Schlafplatz entfernte. Keine Angst war es, die sie mehr fühlte. Nur mehr der Drang nach Freiheit. Freiheit, so ließ es sich umschreiben, das war es, was sie in diesem Augenblick verspürte. Keine ständigen Einschränkungen und Bevormundungen mehr. Jule flog immer schneller und entfernte sich weiter von dem Ort, an dem sie die Erwachsenen festbanden. Damit sie einmal so werden würde wie sie. Mit allen Regeln, was sie Zivilisation nannten.

Der Blick trübte sich wieder ein. Kore spürte kurz darauf einen warmen Regen auf ihre Hände niedergehen. Seine unbändige Energie ließ sie laut aufstöhnen. Jule bekam offenbar ihren Staub. Ihre weitere Verwandlung zur Fee schritt ungebremst in der Geschichte voran. Es tauchten kurz darauf weitere Stimmen auf, von denen Kore vor allem die von Ipsy wieder erkannte. Die andere gehörte zu Jule.
„Du bist eine Fee."
„Das erklärt einiges."
„Du hättest nicht wegfliegen sollen."
„Mich bringt niemand mehr dahin zurück."
„Sie haben trotzdem versucht, dich fair zu behandeln."

„Gegen Geld. Deswegen haben die Mom und Dad auf dem Gewissen. Wenn ich arm wäre, dann hätten die mich nie dort aufgenommen. Selbst wenn ich noch so begabt bin."
„Sie töteten nicht deine Eltern."
„Sie selbst nicht, aber ihr Glaube."
„Sie lernten nichts anderes, als an das Geld zu glauben."
„Vielleicht liegt gerade darin das Problem. Sie machten es zu ihrer Religion. Ich will nicht wie sie werden. Ich liebe die Freiheit."
„Das sah ich in deinem Unterbewusstsein. Geld war ihre eigene Schöpfung, der sie sich selbst unterwarfen."
„Sie bastelten ihr eigenes goldenes Lamm und ein jeder, der geboren wird, hat um es herumzutanzen. Ich tu es nicht mehr und entscheide mich anders. Ich will mehr über meine Bestimmung erfahren."
„Die Schwarze wird dich zum Glück geleiten? Hmm... Mit der Schwarzen könnte die schwarze Fee gemeint sein."
„Wer ist die schwarze Fee?"
„Sie erscheint dann, wenn ein Zyklus endet."
„Wie die apokalyptischen Reiter, von denen Referent Snyder immer bei der Predigt spricht?"
„So ähnlich. Du suchst dir einen besseren Ort für ein Versteck. Am besten dort, wo du dich auskennst."
„In unserem Tal kann ich mich gut verstecken. Der Minimalus wird mir gute Dienste leisten."
„Wenn du mit der Ausbildung fertig bist, kann dir keiner mehr was. Aber bedenke, dass du keinesfalls preisgibst, dass du eine Fee bist und deine Kräfte schon gar nicht zur Schau stellst. Die nutzen dich nur aus."
„Ich werde mich hüten, aber die werde ich aus meinem Tal vertreiben."

Der Blick klärte sich erneut. Dämmriges Licht beherrschte die folgende Szene. Obwohl sich die Sonne hinter den hohen Bergen senkte, erkannte Kore das majestätische Tal wieder in dem Jule mit Rocco Kieselsteine über die Oberfläche des Sees tanzen lies. Aber mit dem See stimmte etwas nicht. Sie roch es deutlich heraus. Das Wasser stank nach etwas Ähnlichem wie Erdöl. Der Blick Kores ging näher an das Wasser heran. Jule schien so etwas wie eine Lichtprojektion zu machen, um die Sicht zu verbessern. Sein Wasser nahm eine schwarze Trübung an und war nicht mehr so durchsichtig, wie es Kore in Erinnerung von der Vorepisode des Transpati bemerkte. Jules Blick schaute auf. Sie fixierte die Stelle, an der einst das Haus ihrer Familie stand. Ein mächtiger Zorn loderte urplötzlich in ihr auf. Denn genau dort befanden sich nun riesige Tanks. Über ihnen züngelten kleine Flammen. Sie kamen aus Ventilen, die überschüssiges Gas abfackelten. Feiner Staub verließ Jules Finger in deren Richtung und hüllte die Tanks ein, die kurz darauf mit einem Höllenknall explodierten. Das krachende Echo hallte in den Bergen wie ein lautes Donnergrollen wieder. Kore sah kurz darauf ein großes Feuer auflodern, das auf die nebenanstehenden Baracken übergriff. Sie dienten offenbar als Behausung für die Arbeiter in der Förderanlage. Aus ihnen kamen lauter Erwachsene mit Schläuchen und Pulverlöscher gelaufen. Laute Feuerrufe drangen aus ihren Kehlen. Der Brand griff auf die geparkten Autos unweit der Tanks über. Eine Sirene gellte alsbald laut in die kühle Nachtluft hinein. Jule wandte ihren Minimalus an und versteckte sich in den Zweigen eines großen Nadelbaums. Von dort aus beobachtete sie aus sicherer Entfernung die Löscharbeiten. Nun ging alles wie in Zeitraffer vor sich. Viele der Blaulichter mit Sirenen von den Feuerwehrwagen sausten in derselben Nacht die Straße hinunter. Sie hörte ihren Funkverkehr und auch, dass ein hoher Sachschaden durch das Feuer entstand. Die Gasfirma versicherte sich gegen so eine Katastrophe. Allerdings erhöhten sich die Prämien für die Versicherung deutlich bei so einem Vorfall. Bei Tagesanbruch dehnte sich wieder die Zeitwahrnehmung. Jule verlies ihren Baum und stand wieder am Ufer des Sees. Dieses mal viel weiter von der Förderstelle des Schiefergases entfernt. Sie blickte sie auf einen schwarzen See, auf dem es verdächtig schillerte. Kore bemerkte einen hilflosen Vogel, der in diese dreckige Brühe fiel. Sein Gefieder verklebte sich von der brackigen Substanz des Sees. Verzweifelt versuchte er, den Schmutz zu entfernen, aber scheiterte an der tückischen Falle. Bei seinem Anblick brach es Jule das Herz. Sie fühlte es ganz deutlich. Bäuchlings schwammen einige Fische auf der Oberfläche. Dazu stank es fürchterlich nach dem Zeug, dass die Gasfirma in das Erdreich pumpte, um das Gas aus dem Gestein zu lösen. Der See war Tod. Während Kore Jules unermesslichen Zorn aufkommen spürte, wurde die Sicht wieder milchig. Ein Bild tauchte kurz darauf auf. Es zeigte einen ausgewachsenen Grizzlybären, der sich über einem uniformierten Leichnam beugte. Kore fühlte, dass der Bär diese Person anfiel. Doch bevor sie weitere Details der grausigen Szene aufschnappte, kamen anstatt weiterer Worte mehr schaurige Bilder. Eines davon war ein Luftbild, in dessen Mitte ein tief roter Klecks prangte. Der Eindruck stammte von Jule, als sie über das Gebiet flog. Es roch wiederum grausam bis zu ihr in die Höhe hinauf. Was war das da unten? Neben diesem Loch sah sie durch schwarze Linien vier eckige Zellen, in denen einige schwarze Punkte umherstanden. Schlieren des Kleckses kamen von ihnen. Es sah aus, als ob diese Zellen die Ursache des seltsamen roten Sees waren. Dann tauchten mehrere Szenen auf, die Jule in Kontakt mit vereinzelten Menschenkindern zeigten. Da war ein Mann mit einer Reifenpanne auf einer Asphaltstraße inmitten einer Einöde. Kore vermutete, dass es sich bei der Gegend um die Mojave-Wüste handelte. Einer der trockensten Gegenden der Erde. Dann sah sie das Bild eines abgekämpften Jungen, der unter einem ausgedorrten Baum ruhte. Es tauchten Bilder mit weiteren Menschenkindern auf. Vor allem eine Szene war darunter, die einen Feuerball mit einem markerschütternden Schrei zeigte. Deren Zusammenhang wusste Kore nicht so recht einzuordnen, aber eines wurde ihr bald klar. Sie standen im engen Zusammenhang mit Jules ersten Feenerfahrungen.

Doch bald wechselte wieder die Szenerie. Dieses Mal saß Jule auf dem Dach eines Hochhauses und blickte über einen schier endlos erscheinenden Slum hinweg. Die ärmlichen Behausungen bestanden aus eilig zusammengezimmerten Wellblechen

176

und Brettern. Mehrere dichte Rauchwolken stiegen von den Elendsvierteln hoch, die von offenen Feuern kamen. Der beißende Qualm raubte einem die Luft zum Atmen. Sie sah Berge von Kabel und Gehäuse von Geräten, die sie nicht kannte. Kore wusste aus der Geschichtsvorlesung, die sich mit der Zeit vor dem großen Blackout befasste, dass die Menschen damals rücksichtslos die Digitalisierung ihres Alltagsablaufs vorantrieben. Im Glauben ihr eigenes Leben zu bereichern, zerstörten sie die letzten großen Naturreservate der Erde. Ziel war es Rohstoffe zu bergen, die für die Produktion der kurzlebigen Digitalgeräte benötigt wurden. Da sich die Entwicklung weiter beschleunigte und rasch die gebauten Geräte veralten ließ, entstanden riesige Müllberge, die aufgrund des vorherrschenden wirtschaftlichen Systems in sklavenähnlichen Bedingungen recycelt wurden. Viele der Menschen vergifteten sich, um für ein paar Dollar ein paar Tage länger zu überleben. Kore sah Jules Eindrücke von ihrer Zeit. Sie sah baufällige Fabriken, in denen junge Frauen für einen Hungerlohn Kleider nähten. Sie sah Kinder, die in Minen seltene Erden zum Bau für Elektronik aus dem Boden schürften. Sie sah die schwächsten Mitglieder der Gesellschaft hart schuften, um Güter wie Kautschuk, Kakao, Zucker, Leder oder Baumwolle zu gewinnen, ohne je eine Aussicht zu haben das Lesen und Schreiben zu erlernen. Überall auf der ganzen Erde war das so. Gerodete Regenwälder, auf deren dünner Humusschicht für ein paar Jahre Palmöl angebaut wurde, ehe er nach einer Vieh- und Weidewirtschaft versteppte und zur Wüste mutierte. Sie sah giftigen roten Schlamm, der aus einer Bauxitmine in ein riesiges Becken abgelagert wurde. Überhaupt spielten die Auffangbecken und Tanks eine große Rolle. Sie wurden größer. Egal ob sie Abfälle aus der Erdölproduktion oder Chemiereste zur Rohstoffgewinnung lagerten, sie standen meist in menschenleeren Gebieten. Wenn sie nicht menschenleer waren, wurden die Leute und die Tierwelt dort rücksichtslos vertrieben, die Umwelt zerstört, um für ein paar Jahre so etwas wie Wohlstand zu haben. Wohlstand für wenige, der verging und dessen Abfall sich in den Weltmeeren und sogar im Trinkwasser wiederfand. Zurück blieb eine zerstörte Natur und sie. Auf ihrer Reise um die Welt begegnete Jule wandernden Völkerströmen, die sich aus den unterschiedlichsten Teilen der Welt in ein vermeintlich gelobtes Land aufmachten. Ausgelöst, so hieß es damals, wären jene Wanderbewegungen vom Krieg, von Umweltzerstörungen und der bitteren Armut. Doch Jule sah tief in die Herzen der Flüchtenden hinein, was Kore innerlich aufstöhnen ließ. Sie spürte den großen Hunger der Wandernden und auch, dass sie nicht wahrhaben wollten, dass all dieses Leid, all dieses Elend mit ihnen im engen Zusammenhang stand. Sie weigerten sich, die Botschaft anzunehmen, die ihnen das Leben sendete. Darum litten sie. Sogar noch in ihren zunächst sicher geglaubten Asylen. Weil sie ihre Last nicht hinter sich ließen und sich weigerten mit ihrem alten Leben zu brechen, wiederholte sich der Schmerz immer und immer wieder. Dann sah Kore Jules Mutter wieder auf dem Steg ihres Sees meditieren. Einfach bei sich sein und die Stille des beginnenden Tages empfangen. Es handelte sich um eine Rückblende, die Jule mit diesem Erlebnis in Verbindung brachte. Ruhig in sich verharrend, dankbar den Tag begrüßend an dem stillen See, in dessen klarem Wasser sich einst die Fische tummelten. Über ihr der blaue Himmel, das feine Rot

der morgendlichen Sonne. Sie hörte das fröhliche Lachen ihres Vaters. Er, der mit Rocco am Seeufer stand und ihm das Fischen mit der Angelrute beibrachte. „Gibst du einem armen Menschen einen Fisch, so ernährst du ihn für einen Tag. Bringst du ihm aber bei, zu fischen, ernährst du ihn sein Leben lang", hörte sie ihn sagen und: „Wenn ich armen Menschen zu essen gebe, dann bin ich ein Heiliger. Frage ich aber warum sie nichts zu essen haben, dann bin ich ein Kommunist."
Kore fühlte Jules Schmerz. Sie fühlte die tiefe Liebe, die Jule zu ihrer Heimat und der Natur empfand. Aber auch den unbändigen Zorn des langsam alternden Mädchens auf jene, die all das zerstörten, was sie unter Freiheit und Glück verstand. Der unbändige Wille ihrer Zeitgenossen war es, sie in ein Korsett zu zwängen, das nicht ihrem Naturell entsprach. Die Stimme des Predigers gesellte sich zu ihrer Verfassung: „Sie kamen über ganz Ägyptenland und ließen sich nieder, so viele, wie nie zuvor gewesen sind und noch hinfort sein werden. Denn sie bedeckten den Erdboden so dicht, dass er ganz dunkel wurde. Und sie fraßen alles, was im Lande wuchs und alle Früchte auf den Bäumen. Sie ließen nichts Grünes mehr übrig."

Kore sah plötzlich ein grünglühendes Licht. Es wurde ungewöhnlich warm. Schillernder Feenstaub prasselte in die Lüfte empor. Sie fand sich auf einem rostroten Felsen stehend und blickte in den beginnenden Abendhimmel hinauf. Diese Gegend kam Kore bekannt vor. Die roten Giganten, die inmitten einer Ebene vor sich hinerodierten. Das musste das Monument Valley sein. Dort, wo ansonsten eine ungetrübte Sicht in das Sternenzelt zu erwarten wäre, huschten rätselhafte grünliche Leuchtspuren hinweg. Sie sausten rasch über das Firmament und Kore ahnte, dass das, was sie dort sah, die Polarlichter waren, von denen Miss Conners im Unterricht seinerzeit sprach. In diesen Breiten Polarlichter? Kore verstand, was dies bedeutete. Jule setzte ihre Feenkraft ein. Es wurde milchig. Das Weiß trübte sich von weiteren Stimmen. Kore ordnete deren Ursprung nicht ein. Von der Tonlage handelte es sich um eine Radiomeldung, die Jule irgendwo aufschnappte.
„New York. Der Energiemarkt ist zusammengebrochen. Land auf Land ab stehen die Menschen ohne Strom da. Um zu überleben, gehen sie in die Wälder und schlagen selbst ihr Holz, das sie verfeuern. Die Smokbelastung in den Städten nimmt durch die illegalen Feuerstellen zu. Die Regierung stellte Holzraub heute unter Strafe."
„Fracking ist die Zukunft."
„Das Land ist Holz. Energie ist Leben", wurde von Demonstranten geschrien.
„Die Energiekrise zwingt die Regierung in die Knie."
„Das Kapitol wurde gestern von einer aufgebrachten Menge gestürmt. Das dort verabschiedete Energiegesetz treibt seit Wochen die Demonstranten auf die Straße. Die neue Regierung versucht der Krise, mit einer Währungsreform zu begegnen. Die Börse bleibt nun schon die vierte Woche in Folge geschlossen."
„Aus einer Supermacht wird ein Dritte-Welt-Staat."
„Der Pakt kann in der Tat als historisch angesehen werden. Damit lösen sich praktisch die Vereinigten Staaten von Amerika auf und wird Teil der Amerikanischen Union."

„Denver. Ein Meilenstein in der Forschungsgeschichte wird Wirklichkeit. Heute geht das erste Fusionskraftwerk des Kontinents ans Netz. Das Forscherteam um den renommierten Professor Mizia glaubt mit der Methode an die Lösung der Energiekrise, die diesen Planeten schon seit drei Jahrzehnten lähmt."
„Durchbruch in der Fusionsreaktorforschung. Erstmals gelingt es, ein mobiles Gefährt durch Fusionstechnologie anzutreiben. Wissenschaftler aus aller Welt sind hellauf begeistert. Die Umsetzung der bereits in der Theorie existierenden Gleitertechnik dürfte damit näher rücken ..."
„Der Präsident braucht Ruhe ..."

Es klarte sich auf. Kore fand sich im seichten Uferbereich eines Sees in den Bergen stehend. Auch ihre Füße fühlten das kalte Wasser, in dem die bleichen Füße von Jule ruhten. Schlammige Sedimente zogen sich nun zwischen ihren Zehen hindurch. Es fühlte sich so glitschig an. Viel unangenehmer, als die erste Szene, in der Jule im Wasser stand.   Kore bemerkte, dass sein Wasser etwas durchsichtiger als das letzte Mal erschien, aber an die Klarheit aus Jules früherer Kindheit nicht herankam. Auch roch der See nun nicht mehr nach Öl. Auf dem See wallte morgendlicher Nebel. Er hüllte dicht sein Ufer ein. Man sah nicht, was sich hinter dem dunstigen Schleier verbarg. Keine Sonnenstrahlen schafften es durch den schummrigen Dampf hindurch. Sie drehte sich um. Am schilfbewachsenen Ufer stand ein hochgewachsener Mann in einer mit blassen Tönen karierten Weste, der auf sie wartete. Jule ging durch das seichte Wasser auf ihn zu. Das Licht erlaubte immerhin, ein Abbild auf der Wasseroberfläche von Jule zu sehen. Sie wirkte mittlerweile wie eine Sechzehnjährige und besaß bereits viel von dem Aussehen, mit der auch Kore sie kennenlernte. Je näher sie der Person am Ufer kam, umso mehr war sie von ihrem Besuch überrascht. Von irgendwoher kannte sie sein Gesicht. Auf der Geschichtsvorlesung an der Akademie sah sie von ihm ein Portrait. Es war nicht der legendäre General Tomps. Das erkannte Kore sofort. Diese Person spielte dennoch in der Geschichte eine bedeutende Rolle. Er war mittleren Alters. Seine buschigen Augenbrauen fielen Kore ruckzuck auf und da dämmerte es ihr, wer da vor ihr stand.
„Es gibt keine Freiheit", sagte der Mann zu Jule, woraufhin die Fee ihren Kopf schräg hielt. Jule sagte nichts und lies ihn reden.
„Sie suchen und sie finden. Auch ich bin ihnen erlegen."
„Woran willst du dich erinnern, bevor du stirbst?", fragte ihn die Fee plötzlich.
„Ich dachte, du hilfst mir zu leben."
„Warum? Du kannst nicht mal dir selbst helfen."
„Ich dachte, ihr Feen könntet ..."
„Ihr Feen", unterbrach Jule ihn zornig. „Das wäre so, wie wenn ich ihr Menschen sage. Genauso wie du, bin auch ich in dieser Welt. Also sage mir, woran willst du dich erinnern, bevor du stirbst?"
„Es gibt viele, die meinen Tod wollen. Deshalb schickten sie mich hier her."
„Ein Grund mehr, sich mit dieser Frage auseinander zusetzen."

179

„Das, was du von mir verlangst, wird meine Gegner gegen mich verbünden. Wenn sie gemeinsame Sache machen …"
„Und wenn schon."
„Ich sterbe, wenn du mir nicht hilfst."
„Warum erinnerst du dich erst an die Kraft des Lebens, wenn du mit einem Bein im Grab stehst? Wenn du bereit bist, Leben zu geben, wirst auch du Leben", antwortete ihm die Fee ohne Umschweife.
„Versprichst du das mir, wenn ich es tue?"
„Ja, das tue ich", sagte Jule, ohne mit der Wimper zu zucken. „Es ist immer etwas da, das dich auffängt."
„Ich vertraue dir. Dann wird es so sein. Wenn ich von der Kur zurückkehre, werde ich das Waldgesetz dem Senat vorlegen. Wir werden mit der Wiederaufforstung der Rockey Mountains beginnen und sie dann auf allen anderen Gebieten in der Union fortsetzen. Ich werde wieder zu dir herkommen."
„Das wirst du ganz bestimmt" entgegnete ihm die Fee und es wurde wieder weiß.

Kore erkannte die Person. Es war Präsident Peter Sellerfield. Er begegnete Jule in den Bergen. Soweit sie aus der Historie wusste, hielt sich Sellerfield oft zur Kur in den Rockeys auf. Wenig später fiel er einem Sprengstoffanschlag zum Opfer, bei dem eine ganze Kaserne total zerstört wurde.
„Das ist ja wirklich …", versuchte sie zu denken, als wiederum Stimmen durch die schaurige Szenerie huschten. Bei der Ersten handelte es sich um einen Nachrichtensprecher.
„Der letzte Präsident der Nordamerikanischen Union Peter Sellerfield wurde gestern auf dem Ehrenmal zum Gedenken an den "Mystischen Krieg" symbolisch beigesetzt. General Tomps lies für ihn ein Scheingrab errichten. Nach seinem letzten Willen wurde auf ihm ein Baum gepflanzt."
Der Tonfall der folgenden Stimme verriet sofort, dass es sich um General Tomps handelte. „Sellerfields Waldgesetz wird ungeachtet seines Todes weiter eins zu eins umgesetzt und um die neu aufzuforstenden Gebiete ergänzt. Mit seiner Verwirklichung geben wir ihm die Würde zurück, die man ihm nahm."
Der weitere O-Ton schien von einem Ratssprecher zu kommen.
„Die Waldbestände verbesserten sich deutlich. Wir denken daran, wieder die Rockey Berge der Bevölkerung zugänglich zu machen und Ferienanlagen einzurichten …"
Dann rissen die Stimmen ab. Kore sah zuletzt ein paar Bilder, die sie nicht zuzuordnen wusste. Da waren die bewaldeten Berge in hellem Licht der Sonne und ein weißer Sommerhut, der auf dem Wasser des Sees trieb. Sie hörte das Schreien eines Babys. Wenig später zeigte sich ein weiteres Bild mit einem Bootshaus am See. Offenbar gehörte das Gebäude zu dem Campingplatz in der Nähe. Aus ihm kam ein braungebrannter junger Mann heraus. Sein ganzes Gesicht strahlte vor Glück. Kore fiel sofort auf, dass er sich ungewöhnlich schick kleidete. So, als ginge er zu einer Verabredung. Sein wohliger Geruch drang sogar bis zu ihr hin. Direkt in die Nase. In Jules Herzen schien es einen freudigen Satz bei seinem Anblick zu ma-

chen. Der junge Mann ging mit einem herzlichen Lächeln zu Jule, die ihrerseits etwas vom Kopf nahm. Das Bild entschwand. Wenig später fühlte Kore sich entspannt und ungeheuer glücklich. Es hielt an, bis sie wieder in der Gegenwart zurückgelangte. Ein Bild, das des verschwindenden und wieder erscheinenden Mondes innerhalb weniger Sekunden tauchte kurz auf. Der Transpati ging zu Ende.

„Nun weißt du alles", sprachen sie wie aus einem Mund, als der Abstoßeffekt ihre Hände voneinander löste. Sie kicherten von der tiefgründigen Erfahrung mitgenommen.
„Du hast auf mich gewartet. Mich sogar herbeigesehnt", sagte Kore. „Warum gibt dir das Leben nichts mehr? Bist du hier nicht glücklich?"
„Ja. Es ist schön, in diesem Tal zu leben. Du hast gemerkt, dass ich diesen Ort liebe. Ich hab es mir gut eingerichtet. Seit Jahrhunderten wache ich nun schon über den See und passe auf, dass nichts und niemand über die Stränge schlägt. Ich sehe aber auch, dass ich hier nicht auf Dauer bleiben kann."
„Wieso?"
„Weil ich in meiner Entwicklung festhänge", antwortete Jule.
„Du könntest doch die Nähe zu den Menschen suchen und Freundschaften mit ihnen schließen. Das macht dir doch sicherlich Spaß."
„Ich bin kein Mensch. Ich bin eine Fee. Genau wie du. Schon als ich meine Flügel bekam, wusste ich, dass ich nicht mehr länger bei den Menschenkindern bleiben kann. Früher oder später bekäme ich Ärger. Ich lernte meine Zeitgenossen gut genug kennen, um zu wissen, dass ich in großer Gefahr bin. Du machtest aber eine andere Entwicklung wie ich durch. Unsere Lebensläufe sind miteinander nicht zu vergleichen. Ich wurde in einer Welt groß, in der Besitz alles zählte und die eigenen Talente wenig. Bei dir ist das genau umgekehrt. Ipsy sagte bereits, dass die Feenschicksale nicht miteinander vergleichbar sind. Ich erfuhr jetzt, dass sie tatsächlich Recht hatte."
„Wolltest du mit mir tauschen?"
„Mit der schwarzen Fee? Es wäre eine interessante Erfahrung, aber diese Bürde ist dir auferlegt. Nicht mir. Für mich heißt es, dass ich mit deiner Hilfe mein Glück finden werde."
„Du glaubst, dein Glück mit dem Tod zu finden?"
„Dafür steht die Schwarze. Für Transformation. Für den Übergang in einen neuen Zyklus oder in einen anderen Zustand. Im Tod werde ich geboren. Ich selber mag dieses Wort nicht. Das Wort Tod klingt abgeschlossen, was er nicht ist. Die Lebensenergie kann man umleiten, einsperren oder umformen, aber niemals auflösen. Wir sind nichts anderes als gebundene Energie in einem Körper. Das, was der Mensch den Tod nennt, ist nichts anderes als die Lösung dieser Verbindung und die Veränderung seines Energiezustandes."
„Du bist kaum älter geworden, obwohl du über vierhundert Jahre bereits hier sein dürftest. Liegt das an der Feenkraft?"
„Das ist meine Vermutung. Sie lässt uns hier sehr langsam altern. Als ich meinen Staub gekriegt hab, war ich erst im biologischen Alter von zehn Jahren. Du warst

schon fast neunzehn. Selbst wenn du mit deinem Bruder zusammengeblieben wärst, er wäre schneller gealtert als du und du erlebst höchstwahrscheinlich seine Einäscherung mit. Es tut so entsetzlich weh, wenn ein Mensch, den du liebst, vor dir geht. Vor allem, wenn es dein eigner Bruder ist. Es erinnert mich sehr an Rocco.“

„Du hast Rocco geliebt. Was wurde aus ihm?“

„Ich weiß es nicht und ehrlich gesagt, ich will es nicht mehr wissen. Ich sah ihn seit damals nie wieder, weil ich ihn so in meiner Erinnerung behalten wollte. Er besaß ein schlechtes Gewissen, seine Heimat preiszugeben. Rocco wurde wie ich am See groß, aber es gab gute Gründe für seine Entscheidung, den Besitz meiner Eltern zu verkaufen. Am Anfang war ich sauer auf ihn, aber so nach und nach verstand ich ihn. Unser Familienunternehmen stand nach dem Brand vor dem Nichts. Es wieder aufzubauen kostete zu viel Geld. Außerdem machte uns die Gasfirma das Leben weiter zu Hölle und gäben keine Ruhe, bis wir vollends ruiniert wären. Wir hätten immer den Kürzeren gezogen und vergeblich vor den Gerichten geklagt. Rocco suchte zu Recht nicht den Kampf gegen einen gesichtslosen Moloch. Er sparte lieber das Geld für eine ordentliche Ausbildung und ein weiteres Leben in Frieden. Dann war er in der Lage eine eigene Familie zu gründen. Er wollte ja auch, dass ich es einmal gut haben werde. Ich lernte viel von ihm. Er zeigte mir alles, um in der Wildnis zu überleben. Lang haderte ich mit mir, ob ich ihn nach meiner Verwandlung zur Fee wieder treffen soll. Ich kam aber zu dem Entschluss, dass er mich lieber für Tod halten sollte, als dass er erfährt, dass ich eine Fee wurde. Es verstört ihn bloß. Du hast dich anders als ich entschieden.“

„Weil ich vorhab, für immer von hier fort zugehen. Ich wollte mich von meinen Freunden verabschieden. Sie bedeuten mir viel und halfen mir, als ich in große Not geriet.“

„Das versteh ich“, antwortete Jule und seufzte. „Ich plante, nach meiner Verwandlung zur Fee die Welt anzusehen. Da gab es ein Problem: Ich konnte mein Leben nicht einfach so wieder aufnehmen. Ich bin in ihren Büchern registriert und ziemlich bald käme die Frage auf, warum ich nicht wie die anderen Kinder erwachsen werde und ewig im Körper einer Zehnjährigen festhänge. Lauter Fragen, die die Menschenkinder nur mehr neugierig auf mich machten und irgendwann merkten sie, dass ich kein gewöhnliches Mädchen bin. Die Zeit damals zerfraß sich vor Gier. Sie hätten mich für ihre Zwecke benutzt und ausgebeutet. So wie es die Gasfirma mit unserem Land tat.“

„Du hast sie vertrieben.“

„Zunächst ja. Wenig später ist eine andere Firma gekommen und pumpte da wieder Chemie in die Erde rein.“

„Die hast du auch vertrieben. Genauso wie die Nächste.“

„Sie ließen einfach nicht davon ab meine Heimat und meinen See zu zerstören.“

„Das Magnetfeld der Erde. Du hast es gestört und den großen Blackout ausgelöst.“

Kore erinnerte sich wieder an den Unterricht von Miss Conners. Der große Blackout vor gut vierhundert Jahren verursachte eine schwere Wirtschaftskrise, bei der vor allem die Energieunternehmen reihenweise Pleite gingen. Soweit Kore sich erinnerte, wurde die Welt damals von riesigen Energiekonzernen beherrscht, die alles daran setzten, den Energie- und Luxushunger der immer größer werdenden Zivilisationen mit fossilen Brennstoffen zu decken. Erfolgreich unterdrückten diese an politischen Einfluss und kapitalüberlegenen Konzerne alternative Ansätze, um ihre Profite ungehemmt auszubauen. Auch hörte Kore von den Vereinigten Staaten von Amerika, die damals zu den mächtigsten Staaten der Erde gehörten. Sie konkurrierten mit anderen Großmächten wie China oder Russland. Hinter diesen Staaten standen aber deren mächtige Energie-lobbys, die in alle Welt gingen, um sich Förderrechte mit mehr oder weniger legalen Mitteln zu sichern. Es tobte hinter den Kulissen ein regelrechter Energiekrieg, der von den Konsumenten allenfalls an der Zapfsäule für ihre Autos oder an den Zählereinheiten wahrgenommen wurde. Der große Blackout zu Jules Zeit, brachte diese Allmächtigen reihum zu Fall und läutete tatsächlich ein neues Zeitalter in der Menschheitsgeschichte ein. In der Vergangenheit benutzten Historiker vor allem kriegerische Ereignisse, um Zeitabschnitte in der Geschichte abzugrenzen. Hier war es die dramatische Erdumpolung, die zwar den damaligen Forschern bekannt, aber aufgrund der Profit beeinträchtigenden Wirkung für die Konzerne unter dem Deckel gehalten wurde.

„Ich verpasste ihnen eine Lektion ...“ erklärte Jule angekratzt.“ ... und beschleunigte die ohnehin fällige Umpolung der Erde. Der Hunger in ihnen war aber größer. Sie erholten sich wieder und holzten trotzdem weiter die Wälder in den Bergen ab. Ich bin hier geblieben und vertrieb die Holzfäller, wenn sie sich zu sehr meinem Tal näherten.“

„Sie ließen von deinem Tal ab, weil du für den Durchbruch in der Fusionsreaktorforschung sorgtest. Die Technologie wurde lange stiefmütterlich behandelt und verdrängte erst nach dem großen Blackout alle anderen Energiegewinnungsformen. Sie brauchten dann dieses Schiefergas und das Erdöl nicht mehr.“

Mit dem Niedergang der Energiekonzerne setzte sich eine völlig neue Form der Energiegewinnung durch. Das Grundprinzip wurde bereits vor etwa 500 Jahren erkannt, das besagte, dass Materie nichts anderes als gebundene Energie war. Es gab vor dem großen Blackout zwar Ansätze, mit Hilfe von Solarmodulen, Biogasanlagen und Windanlagen den Energiebedarf zu kompensieren, doch erst die erfolgreiche Inbetriebnahme des ersten Fusionsreaktors, löste das Energieproblem in Handumdrehen. Mit der enormen Energiemenge, die dadurch freigesetzt wurde, gelang es große Mengen Plastik wieder in Erdöl zurück zu verwandeln, die Recyclingverfahren dramatisch zu beschleunigen und letzten Endes durch eine weitere Miniaturisierung, einen Fusionsreaktor sogar auf ein Mobil zu setzen. Zahlreiche technische Anwendungen und Weiterentwicklungen wurden erst durch den großen Blackout ermöglicht, an dessen Anfang die Geschichte von Jule stand.

„Mein Tal ließen sie danach in Frieden. Sie dachten, es wäre ein verfluchter Ort. Es hinderte sie aber nicht daran, die anderen Wälder in den Bergen abzuholzen, bis fast keine mehr da waren. Weil mein Wald aber einer der Wenigen in den Rockey

Bergen war, die es noch gab, bauten sie das Sanatorium neben dran hin. Ich überlegte mir am Anfang, ob ich ihre Arbeit nicht sabotiere, doch ich dachte mir, dass dies eine Gelegenheit wäre, die Menschenkinder auszuspionieren. Ich fragte mich, warum sie unbedingt in meinen Wald eindringen wollten.“
„Da hast du Peter Sellerfield kennengelernt. Wie eigentlich?“
„Er war sehr krank. Als sie das Gebäude einweihten, mischte ich mich unter die Gäste und schmuggelte mich wenig später dort als Aushilfskraft ein. Weil ich kess und jung auf die Personalentscheider wirkte, ließen sie mich den Präsidenten mit dem Rollstuhl im Park des Sanatoriums ausfahren. Für das Schieben half ich mit meinem Staub nach. Die von der Krankenhausleitung meinten, dass er etwas Junges, Spritziges bräuchte, was wieder Lebensfreude in ihn einhaucht. Er war da nicht so optimistisch und meinte er lebt ohnehin nicht mehr lange. Das vertraute er mir bei unserer Spazierfahrt an. Er habe viele Feinde, die ihm enge Fesseln für sein Handeln anlegten. Ich fragte ihn, warum er verlernte, an seine Hoffnung zu glauben. Zunächst lachte er mich aus und hielt mich für zu jung und naiv. Ich könne das nicht verstehen. Wie könne man an Hoffnung glauben? Die Hoffnung sei doch nichts weiter als ein Hirngespinst. Worauf ich sagte, dass alle Pläne der Menschen nichts anderes seien, als Hirngespinste und somit nichts anderes als die Hoffnung selbst wären. Ich spürte, dass er jeden Tag schwächer wurde. Weißt du, eine Waldfee spürt die Stärke der Lebenskraft einer jeden Kreatur. Je näher er seinem Tod kam, umso mehr wollte er leben. Er verlangte fast jeden Tag nach mir. In meiner Gegenwart, so vertraute er mir an, fühle er sich sicher und frei. Ich fand so nach und nach heraus, dass sein Misstrauen gegenüber dem anderen Personal der Klinik berechtigt war. Man mengte seinem Essen Substanzen bei, die ihn anfälliger für Krankheitskeime werden lassen sollten. Auf unserer Runde durch den Park verpasste ich ihm meinen Tee, anstatt dem von der Klinik. Er merkte das gar nicht und wunderte sich lediglich, dass er kräftiger als sonst schmeckt. Seine starke entgiftende Wirkung ließ ihn mehrmals während der Tour harnen. Außerdem verabreichte ich ihm andere Medikamente. Die, die ihm die Ärzte gaben, lies ich mit dem Verschwindibus hopsgehen. Das ging wochenlang so und er wurde wieder kräftiger. Er vertraute mir an, dass er sich mittlerweile einfach großartig fühlt und sich wunderte, dass ihn die Ärzte einfach nicht gehen ließen.“
„Hast du ihm noch mehr geholfen?“
„Ich wusste, dass sich sein eigentliches Problem nicht löste und erkannte, dass die Angst sein Handeln bestimmte. Er tat mir leid, weil er so gerne frei sein wollte, aber es aufgrund seines Amtes und seiner Bürde nicht konnte. Er sah keinen Ausweg aus seiner Situation, was seine Seele sehr belastete. Also half ich ihm, die Angst vor dem Tod zu überwinden. Erst dann wäre er frei. Ich sah ihn nie zuvor so glücklich, wie damals, als ich bei ihm war. Es kam ihm vor, so vertraute er mir später an, wie wenn ein Engel schützend seine Flügel über ihn ausbreitet.“
Kore lächelte verständnisvoll. „Wie nahe er mit seinem Eindruck kam. Ich glaube, er fühlte etwas. Vielleicht gab ihm deine Aura Mut. Wie fand er heraus, wer du bist? Hast du dich ihm offenbart?“

Jule kicherte und meinte: „Es wäre nicht feenhaft, ihm einfach meine Flügel zu zeigen. Bei unserem letzten Ausflug in dem Park lies ich seinen Rollstuhl an einem Abhang los. Er ist den Berg ungebremst zum See hinunter gerollt und schrie dabei wie am Spieß. Als Fee überholte ich ihn schnell und unten am Ufer, kurz bevor er in den See gefahren wäre, fing ich ihn ab. Er fiel mir direkt in die Arme, als ich mit dem Mechanikus die Räder des Rollstuhls blockiert und er von der Wucht aus dem Sitz direkt auf mich geschleudert wurde. Ich half da ein wenig nach ihn aufzufangen, denn aufgrund meiner Leichtbauweise hätte er mich glatt wegen seiner Masse mit in den See geworfen. Du meine Güte, das ganze Sanatorium ist von dem Lärm aufgeschreckt zusammengelaufen und es wäre sehr eng für mich geworden, wenn ich nicht so schnell wie möglich verschwunden wäre. Die versuchen dann bloß herauszufinden, wer ich bin und so. Ich machte mich förmlich aus dem Staub und zeigte mich ihm erst ein paar Tage später wieder. Ich stellte fest, dass sich sein Gesundheitszustand wieder verschlechterte. Er lag wie Tod in seinem Zimmer und es fiel ihm schwer, zu sprechen. Sein Geist war schwach. Ich fühlte es deutlich.“
„Wie nahm er es auf, als du dich ihm zeigtest?“
„Er dachte lange über diese Szene mit dem Unfall nach und es half ihm seine Angst vor dem Tod zu überwinden, weil ich ihn tatsächlich auffing. Dafür war er mir sehr dankbar. Nun war er bereit zu gehen und bat mich, ihm beim Sterben zu begleiten. Egal, was auch geschieht, es ist immer etwas da, was mich auffängt, sagte er mir. Ob es eine Fee ist ..., tja das weist du ja zu gut. Es war so ähnlich wie bei dir im Hallenbad mit diesem Boris und dieser Chausette. Ich sagte ihm, dass es nicht sein Los wäre, hier und jetzt zu sterben. Ich bin die Gebende und dann entgiftete ich ihn mit meinem Staub. Sein augenblicklicher Zustand besserte sich nach diesem Treffen wieder. Die Ärzte waren überrascht, dass sich der Präsident so rasch wieder erholte. Sie bereiteten bereits die Trauerfeier vor und bestellten schon die Kränze dafür. Was schauten sie verschreckt, als er plötzlich aufrecht gehend aus der Krankenstation auf sie zuging. Sein Nachfolger stand schon bereit, um vom Senat gewählt zu werden und man merkte bald, dass es welche gab, die wütend waren, dass er einfach nicht starb. Natürlich gaben sich die Ärzte zu seiner Genesung ihm gegenüber nicht so optimistisch, wie er auftrat, und meinten, dass es bald wieder umschlägt und er lieber ein paar Tage hier bleiben sollte. Aus irgendeinem Grund ließen sie den Präsidenten einfach nicht weg. Ich erfuhr so nach und nach, dass eine Rückkehr von ihm einen politischen Skandal auslösen würde. Während seiner Abwesenheit unterzeichnete der Vizepräsident zahlreiche Gesetze, die er vor seiner Einweisung in die Klinik mit einem Veto blockierte. Immerhin durfte er wieder in den Park. Dieses mal aber mit Leibwächter. Die ließen ihn nicht aus den Augen und blieben ihm dicht auf den Fersen. Sie sagten, es wäre zu seiner eigenen Sicherheit, was für Peter einer Entmachtung gleichkam. Außerdem fanden sie das junge Fräulein nicht, das sich ins Klinikpersonal einschlich. So eine Sicherheitslücke riskierten sie nicht wieder.“
Jule kicherte aufgrund ihrer lebhaften Erinnerung daran herzhaft, was Kore just ansteckte. Sie ahnte bereits, dass sich Jule einen Spaß daraus machte, die vermeintlichen Personenschützer an der Nase herumzuführen.

„Was hast du mit ihnen gemacht?", fragte sie daher in freudiger Erwartung auf die weitere Geschichte.

„Als Waldfee war das nicht schwer. Ich ließ einen so dichten Nebel aufsteigen, dass sie nicht einmal mehr die Hand vor Augen sahen. Weißt du, in den Bergen schlägt das Wetter schnell um. Da weht schon mal eine steife Brise und Wasser dringt in die kleinsten Löcher ein. Da holt man sich schnell eine Bronchitis. Die Leibwächter bekamen bald eine Mordserkältung und mussten sogar selbst von dem Klinikpersonal behandelt werden. Weil das Sanatorium so weit Abseits lag, kam auch leider nicht jeden Tag ein Zug mit neuen Personenschützern an. Und wegen der Privatisierung und mangelhaften Wartung der Eisenbahn gab es öfters mal stundenlange Ausfälle im Zugverkehr. Tja bedauerlich."

„Verstehe. Es ist einfach feenhaft gelaufen", juxte Kore und nippte an ihren Tee.

„Ein paar Tage später schüttelte ich sie alle ab. Jedenfalls … ", fuhr Jule fort, „… vereinbarten wir einen Ort, wo wir uns ungestört trafen. Meistens am See in den frühen Morgenstunden, wenn dichter Nebel aufsteigt. Lange Gespräche führte er mit mir und wollte über die Feen alles Mögliche und die Welt erfahren. Er bat mich um Ratschläge und stellte mir viele Fragen über das Leben. Ich verlangte von ihm, dass er sich seiner Liebe zum Leben öffnet und es auch in seinem Handeln zeigt. Ich glaube, er verliebte sich sogar in mich, obwohl er verheiratet war und soweit ich weiß auch Kinder hatte. Seine Familie besuchte ihn während seines Aufenthaltes im Sanatorium gar nicht. Er führte keine glückliche Ehe. Die Ehe schuldete sich wahrscheinlich eher seiner Position als Präsident, anstatt der Liebe. Einmal brachte er mir sogar Blumen mit. Geschnittene. Ich sagte ihm, dass es mir lieber wäre, wenn sie ihre Wurzeln und ihre Erde behielten. Damit landet er nicht bei einer Fee. Aber ich verzieh ihm, weil ich seine gute Absicht bemerkte. Das war mir das Wichtigste. Ich sah in sein Herz und spürte seine tiefe Dankbarkeit zu mir darin. Ich liebe den Wald, sagte ich ihm. Wenn er sich für ihn einsetzt, dann lebt auch er ewig. Die Pflanzen und die Tiere des Waldes sängen auf ewig seinen Namen. Ihre Stimmen mögen zwar leise aber ungeheuer zahlreich sein."

„Soweit ich aus dem Geschichtsunterricht weiß, stieß sein Waldgesetz auf massiven Widerstand in seinem Kabinett. Es blieb ein großes Rätsel, wie er sich durchsetzte. Wie schaffte er es, die Minister und das Parlament zu überzeugen und es durch den Senat zu bringen?"

„Mit Bestechung. Die Typen waren alle so gierig. Wenn man damals genügend Geld besaß, kaufte man jede Stimme."

„Von welchem Geld machte er das? Oh nein, sag bloß nicht, du hast ihm …"

„Oh doch. Er wusste, was er an mir hat und ich wusste, dass er leben wollte. Also gab ich ihm so viel Geld wie er brauchte, um für den Wald zu kämpfen. Ich wusste, dass er mich nicht anlügt."

„Nie und nimmer glaubte die Öffentlichkeit, dass sich das Waldgesetz durchbringen ließe. Die Konzerne fühlten sich von der Nacht und Nebelaktion des Präsidenten überfahren und sind Sturm gegen sein Gesetz gelaufen."

„Was ihnen da nichts mehr nützte, als es der Senat billigte. Sie stellten zwar Änderungsanträge, doch Sellerfield nutzte die Macht des Geldes, um die Revision dagegen hinauszuzögern. Im Hintergrund tobte eine richtige Bestechungsschlacht, die Peter gewann. Er besaß unendlich viel Geld. Solange die aber sich mit juristischen Winkelzügen vor den Gerichten beschäftigten, ging die Aufforstung der Wälder zügig voran. Dann zog er weitere Pfeile aus dem Köcher. Seine Gesetze zur Reduzierung von Verpackungen, die Verschärfung der Luftreinheits- und Trinkwasserschutzverordnung und die Reform des Giftmüllentsorgungsgesetzes. Er kriegte sie alle durch. Zuletzt ließ er ein Gesetz zum Abfallrecycling ausarbeiten, was die Industriekonzerne des Landes für ihren produzierten Wohlstandsmüll in die Pflicht nahm. Eine Verklappung in verarmte Länder würde verboten und die Rückgewinnung der Rohstoffe aus den Gütern hätte im Inland von der Industrie bezahlt und durchgeführt werden müssen. Aus lauter Verzweiflung, weil sie den Präsidenten auch mit den fiesesten Tricks nicht stoppten, brachten sie ihn um. Man kauft niemanden mehr, der wieder an seine Hoffnungen zu glauben gelernt und die Furcht vor dem Tod überwandt. Peter war frei und glücklich. Ich fühlte es deutlich in seinem Herzen."

„Hast du damit gerechnet, dass sie ihn töten?"

„Ja."

„Wolltest du das nicht verhindern?"

„Nein."

„Warum nicht?"

„Kore, wir sind Feen", erklärte Jule. „Wer mit Gewalt antwortet, gibt bereits zu, dass er verloren hat. Gewalt anzuwenden bedeutet nichts anderes als das Festhalten an einem Weltbild, das bereits überholt ist. Ein neuer Geist, Sellerfields Erbe, ist bereits in der Welt und er lässt sich mit nichts mehr einfangen. Es ist seine Art der Unsterblichkeit. Dieser General nahm nach dem Krieg sein Programm wieder auf, erweiterte es und zog es an seiner statt durch. Seither wurde es wieder ruhiger in den Rockey Bergen. Das Sanatorium schloss nach dem Krieg, weil die Ärzte in den Ballungszentren gebraucht wurden. Erst als sie vor einigen Jahrzehnten die Trasse bauten, die du als Hyperbahn kennengelernt hast, kamen wieder Menschen hierher. Tja und wenig später kam das Feriendomizil für die Urlauber mit dem Aussichtspunkt, bei dem ich dir begegnet bin."

Kore stellte die Teetasse hin und sah Jule tief in die Augen.

„Hast du auch Fragen an mich?"

„Dir bedeutet es sehr viel herauszufinden, warum dein Bruder starb. Ich versteh das. Darum helfe ich dir, den Portikus zu wirken."

„Du weißt, wenn wir jetzt gehen, dass es kein Zurück mehr geben wird. Vielleicht solltest du jetzt Packen und dir überlegen, welche Dinge du mitnehmen willst. Vielleicht willst du dich auch von jemandem verabschieden."

„Das Wertvollste trage ich bereits bei mir. Meine Lebenserfahrung und meine Geschichte", sagte Jule. „Meine Talente nehme ich doch sowieso immer mit. Egal, wohin ich gehe. Aber eine Sache gibt es da. Aber die regle ich erst morgen früh."

„Ich verstehe. Der Mann am See zum Schluss."

„Ja, aber das ist eine sehr persönliche Sache. Außerdem fühle ich, dass du müde bist und was ich so sah, hattest du einen sehr anstrengenden Tag. Gönn dir ein

paar angenehme Stunden in meiner Toilettengrotte. Ich mach uns beiden ein Bett
und lege mich inzwischen schlafen, damit wir morgen früh gut ausgeruht nach
Atres aufbrechen."

„Toilettengrotte? Was ist das?"

„Das ist ein Badezimmer für Feen. Die Tür da hinten …", sagte Jule und deutete
auf eine unscheinbare reliefartige Wandvertäfelung. Kore hielt sie bisher für eine
Raumverzierung.

„Oh, danke", sagte sie und stand auf. Während sie auf die Tür zuging, sagte Jule
noch: „Bevor ich′s vergesse. Es ist auf dem ersten Blick nicht das, was du dir bis
jetzt unter einem Badezimmer vorstellst. Aber weil du eine Fee bist, wirst du
schnell den Bogen für seine Benutzung raushaben."

„Ich ruf dich, wenn ich nicht klarkomme", antwortete Kore zuversichtlich und
öffnete mit dem Mechanikus die Holzvertäfelung. Sie schob sich wie eine Schiebetür zur Seite auf. Wie von selbst schloss sich die Tür wieder, nachdem Kore über
die Schwelle trat.

Was Jule unter einer Toilettengrotte verstand, wurde Kore bald klar, als sie sich
umsah. Sie fand eine feuchtwarme Höhle vor, in der ein bläuliches Licht aus einem
Bergkristall die bemoosten Wände beschien. Es leuchtete im satten Grün, während
hie und da vom Felsen auf der Rückseite von Jules Wohnbaum der gräuliche Farb-
ton durchkam. Kore bemerkte sofort den angenehmen Geruch hier drin, der sie an
einen erfrischenden Sommertag im Wald erinnerte. Im Raum selbst fand sich im
Boden eine kleine Öffnung, die sich irgendwo in der Dunkelheit verlor. Auch fand
sie eine Art Kuhle, in der Flechten so etwas wie eine Matte bildeten.

„Hmpf", meinte sie auf dem ersten Blick. „Sieht recht karg aus."

In ihrem Bad in Presson war das bisher anders. Da gab es allerhand Technik, die
ihre Toilette enorm vereinfachte. Da gab es den Nanokos, der ihre Haare und
Make-Up wie von selbst richtete. Dann war da die Nanodusche, die fein zerstäubt
aus jeder Pore ihrer Haut auch die kleinsten Schmutzpartikel entfernte. Zum Zäh-
neputzen benutzte sie eine Nanohaube, die in jede Zahnspalte drang. Hier aber
hing weder ein Spiegel oder sonst irgendetwas, um sich überhaupt anzusehen. Halt,
da übersah Kore doch etwas in dem Raum. In der Wand war eine Art Becken eingelassen. Aber es befand sich kein Wasser drin. Wie sollte das hier funktionieren?
Einem Menschenkind erschließt sich das nicht.

„Weil ich eine Fee bin, komme ich damit zurecht", äffte Kore Jule angespannt
nach, weil sie sich nicht so recht die hygienischen Gepflogenheiten einer Fee vorstellte. Es half nichts. Sie ließ einen Stoßseufzer über ihre Lippen gleiten und atmete erst einmal tief durch, um einen Gedanken zu fassen. Dabei drang ihr erneut der
wohlige Geruch von den duftenden Wänden durch die Nase, was sie merklich entspannte.

„Riecht das gut", meinte sie schwärmerisch und zog noch einmal das liebliche
Aroma des Raumes ein.

Just überkam ihr ein munteres Kichern. Kore stellte sich über die kleine dunkle
Öffnung in der Raummitte. Die Fee zog ihr weißes Sommerkleid aus und warf es

neben sich. Es enthemmte sie, was ihr den Stuhlgang erleichterte. Nackt und schwarz wie die Nacht verrichtete sie im Stehen ihre Notdurft über dem Loch. Doch damit nicht genug. Es gab hier ja keine Toilettentücher. Die Moose an den Wänden waren viel zu dünn dafür. Es musste anders gehen. Kore überlegte kurz. In ihrem Badezimmer zu Hause gab es eine Art Bidet. Es blieb die sauberste Methode, den Stuhlgang abzuschließen. Hier sah sie zwar so was nicht, aber es lag ja jede Menge Feuchtigkeit in der Luft. Also ... Kore wandte ihren Elementar auf die Luftfeuchte an und lies die duftenden Wasserpartikel heftiger um ihren Körper tanzen. So stark wie die Feuerwehr der Stadt bei der Brandbekämpfung. Sie lenkte den Wassernebel mit gezielter Geschwindigkeit in ihren Intimbereich hinein, wodurch er sich gründlich säuberte. Dann leitete sie das verwendete Wasser durch das Loch im Boden ab. Die Fee kicherte wieder und rief zu Jule hinaus: „Du hast recht. Ist gar nicht so schwer."

„Na also", kam von Jule freudig zurück.

Auf dem Geschmack gekommen, drehte sich Kore zu dem Wasserbecken um. Es tickte kurz in ihr, um gleich das Becken mit dem Wassernebel im Raum zu füllen. Schon bald füllte es sich mit angenehm duftendem Wasser. Allerdings war es die Geruchsnote, die Jule offenbar bevorzugte. Es duftete nicht schlecht, aber es war nicht ganz das, was Kore liebte.

Sie rief daher wieder zu Jule hinaus: „Stört es dich, wenn ich etwas Sandelholzduft verwende?"

„Nein. Ganz und gar nicht. Du kannst übrigens die Höhle umgestalten. Wir beide bleiben sowieso nicht mehr lange hier."

„Wenn das so ist ...", meinte Kore wie aus dem Handgelenk und legte richtig los. Sogleich kachelte sie die Waschkuhle in der Wand und den Fußboden mit Terrakotta aus. Die Toilettengrotte kam ihr etwas zu klein vor. Mit dem Zoom, den ihr Jule vorhin zeigte, war die Raumvergrößerung kein Problem. Die bemooste Felswand passte nicht so recht zu dem, was Kore als behaglich empfand. Mit ihrem Staub und terrakottafarbenen Dekorfliesen erschuf sie die Wände neu. Dann platzierte sie Wandleuchten daran, die dem Raum in ein weiches Licht tauchten. Anschließend nahm sich Kore die Bodenkuhle vor, in dem sie einen breiten Whirlpool mit steuerbaren Düsen versenkte. Erst als das Wasser angenehm temperiert und mit duftenden Ölen angereichert war, nahm sie darin Platz. Mit ein paar Handbewegungen schaltete sie den Startsensor ein und ließ sich von den Wasserblasen ordentlich durchmassieren. Es drang ihr durch alle Glieder. Das tat ihr gut. Genießerisch lehnte sie sich zurück. Um die Stimmung abzurunden, ließ sie sich über eine Musikanlage mit Entspannungsmusik berieseln. Verträumt räkelte sich Kore bald im angenehm warmen Wasserbad. Dennoch schien ihr etwas zu fehlen. Sie kam bald drauf, was es war. Ja, natürlich. Gesellschaft. Alleine war es nicht so schön hier drin. Ihre Gastgeberin fände es sicher auch toll, so verwöhnt zu werden. Sie rief daher freudig zu Jule hinaus: „Allein ist es nicht so schön hier drin. Komm doch rein."

„Gerne", antwortete Jule aufgeweckt, wie wenn sie darauf nur wartete und öffnete mit ihrem Staub die Tür. Sichtlich neugierig trat sie in Kores Badetempel ein und sah sich interessiert um.

„Wow", meinte sie anerkennend und musterte verzückt die hübschen Dekorfliesen. Sie ließ die warme Stimmung des Raumes auf sich wirken, schloss genießerisch die Augen und atmete den wohligen Geruch ein.

„Du hast einen schönen Geschmack", sagte sie anerkennend zu ihr.

„Du hattest Recht mit dem Bad. Ich kriegte schnell den Bogen raus."

„Wir sind ja auch keine Menschenkinder. Die geben zu gerne ihre Macht ab und damit ihre Fantasie."

Sie trat näher an Kore heran und sah von oben grinsend in ihr Gesicht. Ihre Blicke trafen sich. Jule löste ihre Kleider mit ihrem Staub auf, trat um Kore herum und setzte sich zu ihrem Besuch in den Whirlpool. Kore bewunderte, während sie in den Pool einstieg, ihre zierliche Figur und die schneeweiße Haut ihrer Artgenossin. Jules Brüste glichen der einer Athletin. Stramm und andeutungsweise erkennbar. Ihr fiel ebenso auf, dass Jule gänzlich die Schambehaarung fehlte. Sie war glatt rasiert wie ein Schulmädchen. Dennoch kam Kore nicht umhin, ihre anmutige Figur zu bewundern.

„Du bist wirklich schön", sagte sie anerkennend.

„Danke", antwortete Jule. „Ich finde, dass deine dunkle Hautfarbe auch irgendwas Anziehendes hat."

Jule machte es sich in dem Pool bequem und genoss mit ihr den wohligen Abend. Sie machte ein paar brennende Kerzen, die die behagliche Stimmung im Raum weiter abrundeten. So ließen sich die Beiden von den Wasserdüsen durchkneten.

„Ich hab da was für uns", sagte Jule nach einer Weile. „Wie wäre es mit Erdbeeren?"

„Auch ja", antwortete Kore hungrig geworden. Jule streckte ihre Hand aus dem Wasser und machte einen riesigen Keramiktopf, in dem sie wilde Erdbeeren auf dunklem Humus in Sekundenschnelle gedeihen lies. Kleine Früchte leuchteten alsbald satt im hellen rot von dem Gewächs und schmeckten so intensiv, was Kore mit einem genießerischen Schwärmen ausdrückte.

„Die Wilden sind einfach die Besten", antwortete Jule sichtlich von Kores Reaktion erfreut.

„Sekt?", fragte Kore nun ihrerseits.

„Warum nicht?"

„Lieblich oder trocken?"

„Trocken."

Erst als sie Jules Zustimmung bekam, formte sie mit ihrem Staub einen Sektkübel mit Eis und einer Flasche sowie zwei Sektgläser mit prickelndem Inhalt. Beide Feen feixten vergnügt, nahmen ihre Gläser, stießen zusammen an und genossen die Erdbeeren zu ihrem prickelnden Getränk. Dann geschah etwas, was Kore wie ferngesteuert äußerte. Sie wusste nicht, warum sie das plötzlich ihrer Gastgeberin anbot. Es schien ein angeborener Reflex zu sein. „Möchtest du, dass ich dir die Flügel wasche?"

190

Jule reagierte nicht abgeneigt auf ihr Angebot. Sie sah ihr spitz in die Augen. „Warum nicht", sagte sie zustimmend, stand auf und lies ihre Flügel aus dem Rücken gleiten. Dann drehte sie Kore ihren Rücken zu, welche nun einen Schwamm materialisierte. Sie tauchte ihn achtsam in das warme Wasser, fasste umsichtig ihre Flügel an und strich leicht mit dem Schwamm darüber. Sie versuchte so vorsichtig wie möglich dabei zu sein, da die Flügel für eine Fee, wie der Augapfel waren. Einer Fee die Flügel waschen zu dürfen, war der höchste Vertrauensbeweis, den sie sich einander geben konnten und sie besiegelte ihre tiefe Freundschaft zueinander. Während der Reinigung stieß Jule ein befreites Seufzen aus. Sie genoss jede ihrer Bewegungen. Nachdem sie Jules Flügel reinigte, gab sie ihr den Schwamm und drehte nun ihrerseits den Rücken zu Jule um. Dabei sah sie ihr spitz in die Augen, was Jule ebenso zwinkernd erwiderte. Zwischen den beiden funkte es. Kore ließ ihre Flügel aus dem Rücken gleiten, die Jule nun ihrerseits mit dem Schwamm umsorgte. Das Gefühl, das Kore bei ihrem tiefen Vertrauensbeweis empfing, war einer der wohl Wonnigsten, den sie je erlebte. Ähnlich einer vertrauten liebevollen Hand, die auf der Eigenen ruhte. Nass waren die Flügel für eine Fee nicht zu gebrauchen und machte sie verletzlich. Sie hingen daher nach der Reinigung schlaff von ihrem Körper.

„So eine Rückenmassage ist wirklich Gold wert", entfuhr es Kore, als auch Jule die Waschung beendete.

„Stimmt", pflichtete ihr Jule bei. „Es gefiel mir sehr. Ich danke dir."

„Die Freude ist ganz meinerseits. Danke auch."

Jule und Kore setzten sich auf dem Rand des Pools und sahen sich wohlgefällig an. Kore merkte, dass Jule an ihr großes Gefallen fand. Ihre Augen erforschten regelrecht ihre Körper. Im leichten Wasserdampf des Raumes dehnten und streckten sie sich. Wie Kore es aus der Schwimmhalle der Akademie kannte, erschuf sie einen Badesauger. Damit brachten sie ihre Flügel und Körper im Nu trocken.

„Verstehst du denn etwas von Massage?" knüpfte Jule wieder an ihr Gespräch an.

„Nicht wirklich."

„Ich schon", antwortete Jule aufgeweckt. „Interessiert?"

„Warum nicht", sagte Kore neugierig geworden.

„Komm. Leg dich hier hin", meinte Jule und machte mit ihrem Staub eine angenehm warme Massagebank neben ihrem Becken.

„Au ja", schwärmte Kore, stand kurzerhand auf und legte sich auf die vorgewärmte Bank. Jule trat zu ihr heran, wärmte ihre Hände mit Öl an und umsorgte Kores Körper mit der wohl besten Massage, die sie je erlebte. Ihre Feenfreundin schien die Kunst der Körperbehandlung mit den Händen wie keine Zweite zu beherrschen. Sie war voller Empathie, voller Sensibilität bis in ihre Fingerspitzen. Kore ließ sich in ihren Händen so richtig gehen. Jule merkte, wie sie zerfloss und ein befreites Seufzen von ihren Lippen ging.

„Willst du, dass ich ein wenig mehr mit dir mache", fragte sie nach einer Weile, als sie merkte, wie gut ihre Wohltat Kore gefiel.

„Was meinst du mit: Ein wenig mehr?"

„Intimmassage", erklärte Jule ohne Umschweife.

„Danke, dass du fragst. Es klingt sehr verlockend, aber ich verspüre im Augenblick nicht so etwas wie Lust dazu", lehnte Kore ihr wohlgemeintes Angebot dankend ab.

„Ist schon in Ordnung", meinte sie verständnisvoll. „Mir geht es auch nicht anders. Ich muss das auch wirklich wollen. Lust erzwingt man nicht. Entweder man hat sie oder man hat sie nicht. Nur dann gefällt es einem."

„Hast du denn Lust?"

„Ich schenke es dir. Eine Gegenleistung erwarte ich nicht, denn dann wäre es ja kein Geschenk mehr, sondern ein Handel. Und wir Feen handeln nicht."

„Was ist passiert da eigentlich bei so einer Intimmassage."

„Da werden deine Genitalien mit in meine Massage eingebunden. Dabei kommst du so richtig."

„Was es nicht alles gibt. Vielleicht komme ich ein andermal darauf zurück. Im Transpati sah ich nichts davon, wie du an das Wissen gekommen bist. Woher hast du das Massieren eigentlich gelernt?"

„Das bleibt mein kleines Geheimnis", antwortete Jule ausweichend. „Ich glaube, wir sollten aufhören, wenn es am schönsten ist. Lass uns jetzt schlafen gehen."

„Ist gut", gab Kore Jule Recht, obwohl sie nicht wusste, ob Jule wirklich nur auf ihr Wohl achtete. Sie spürte trotz der entspannten Massage die Schläfrigkeit in ihren Knochen. Der Tag war in der Tat aufreibend genug für sie. Sie gingen daher aus der Toilettengrotte in die Wohnstube zurück. Kore sah, dass Jule ihnen für die Nacht zwei getrennte Betten machte. Sie legte sich in müde geworden in eines hinein.

„Ich danke dir für deine Massage. Du bist wirklich gut. Das war wirklich sehr entspannend", lobte sie ihre erste Feenfreundin.

„Danke", grinste Jule über beide Backen und legte sich in das andere hinein. „Und noch etwas …" fuhr Jule fort, ehe sie ihre Lichtprojektion mit ihrem Staub auflöste. „Grüß Ipsy von mir."

„Auf jeden Fall", antwortete Kore und modellierte mit ihrem Staub ihr Bett wie von zu Hause gewohnt um. Dann kuschelte sie sich vergnügt hinein und freute sich schon darauf ihre Ausbilder im Schlaf wieder zu sehen.

Kapitel 8

Portikus

Der Ort sah deutlich verändert aus. Beherrschte vorher Ipsys Blumenwiese mit dem großen Kirschbaum die Szenerie, befand sich nun in ihrer Mitte eine zweigeteilte Welt. Auf der einen Seite stand Ipsys Baum mit der weißen und duftenden Blumenpracht, auf der anderen Seite befand sich jetzt eine Vulkanlandschaft mit dampfender und brodelnder Schlacke. Dort roch es leicht nach Schwefel. Ihre Ausbilder richteten es sich im Ort ihrer Verbannung gut ein. Drag lümmelte bei ihrer Ankunft in einem modrigen Schlammbad und zog an einem lang geschwungenen Strohhalm. An dessen Ende hing ein großes bauchiges Gefäß mit einem rostroten Inhalt. Kore vermutete eine Art Cocktail darin. Ipsy hingegen zog einen gemütlichen Aufenthalt in einem Liegestuhl auf ihrer Terrasse vor. Dort dampfte auf einem kleinen Tischchen ihr Lieblingsgetränk vor sich hin.

„Na, was hab ich dir gesagt", sagte Ipsy als Kore zu ihr in die Trainingsebene kam. Sie schwirrte ruck zuck zu ihr heran und blieb freudig in der Luft stehen. Sie schien sehnlichst auf ihre Wiederkehr gewartet zu haben.

„Sie ist wundervoll, aber auch etwas verbittert über das, was sie erlebte."

„Es ist leider oft so, dass Seelen hinterhältig aus dem Weg geräumt werden, wenn sie den Interessen von Verblendeten entgegenstehen", antwortete Drag aus dem Hintergrund in seiner bequemen Lage. Die Geräuschkulisse des blubbernden Schlammbades drang bis zu ihnen durch.

„Aber das ist so ungerecht. Jules Eltern wollten in dem Tal einfach nur Sein und mit der Natur leben. Der Gasfirma, die Jules Eltern tötete, ging es nur um Profite. Die Arbeiter am Bohrloch wollten dort auch nicht wohnen. Denen ging es nicht einmal um das Gas selbst oder dass sie wertvolle Ressourcen ihrem Hunger nach Geld opferten. Man machte sie vom Geld abhängig und zwang sie, ihre Familien zu verlassen. Nur um in der Ferne für irgendjemanden die Natur zu verpesten. In ihrem Inneren besaßen sie nie einen Bezug zu dieser Gegend. Darum kannten sie auch keine Skrupel den See zu töten und erst recht nicht Jules Eltern."

„Die Gasfirma war nicht allein. Sie war eine von vielen Unternehmen damals, die genau in die gleiche Kerbe schlugen. Solange, bis die Bäume fielen. Du hast Jules Eindrücke gesehen, als sie um die Welt flog. Sie sah überall das Gleiche. Es war vollkommen egal, ob es ein toter See, abgerodete Wälder oder vergiftete Böden waren", antwortete Drag gelassen. „Für einen Dämon sind es tolle Bilder. Schaurig schön. Da schüttelt es sich einem so richtig durch."

„Ich fand sie furchtbar", antwortete Kore betroffen. „Kein Wunder, dass sie mit den Menschen brach."

„Jule betrachtete sich nicht mehr als eine von ihnen", erklärte Ipsy.

„Aber sie wurde doch unter ihnen groß. Das schiebt man doch nicht einfach so zur Seite."

„Sie erkannte, dass ihr Hunger, wie sie es nannte, vor nichts und niemanden Halt machte. Auch nicht vor Feen. Wussten die Menschen von ihren Fähigkeiten, wäre es ihr schlecht ergangen. Die Techniken solche Wesen wie du oder Jule ruhig oder gefügig zu machen, gab es damals bereits", antwortete Drag wiederum. „Sie löste den großen Blackout aus, weil sie durch ihre Erlebnisse erkannte, dass die Energiewirtschaft der Dreh- und Angelpunkt in der Gier der Menschheit ist. Ohne Energie war ihre Art des selbstzerstörerischen Wirtschaftens nicht möglich."

„Wie du aber gesehen hast ...", fuhr nun Ipsy fort, „... führte ihre leidvolle Erfahrung erst zu einer neuen Entwicklung, bis sie mit dem "Mystischen Krieg" ein jähes Ende fand. Mit Jule begann ein neuer Zyklus ..."

„... der erst mit deinem Erscheinen sein Ende fand", beendete Drag ihren Satz.

Kore war mit dieser Erklärung nicht so recht zufrieden. „Moment. Ich dachte unter Tomps begann etwas Neues."

„Die Menschenkinder sähen es so. Ich aber nicht. Die Nachwirkung des "Mystischen Krieges" auf Tomps setzte sich auch in der Handlungsweise des Rates fort. Nicht umsonst erschuf er eine Erinnerungskultur an den Mystischen Krieg."

„Das heißt ja, dass Jule der Anfang ist ..."

„... und du das Ende bist. Es war deine Aufgabe, den Zyklus zu vollenden", erklärte der Dämonenausbilder und kratzte sich am Hintern.

„Wir beide gehören nicht mehr in diese Welt."

„Sehr richtig. Darum habt ihr zu gehen."

„Es gehörte zu meiner Bestimmung, Jule zu begegnen. Ich fühlte das deutlich. Das Zeigen der Flügel am Aussichtspunkt. Ich konnte nicht anders, als sie ihr zu offenbaren. Unser gemeinsamer Flug über die Berge, dann die Teezeremonie, das Nennen der Namen, der Transpati, das Waschen der Flügel. Ich fühle mich ihr so unglaublich verbunden und das für jemanden, den ich erst vor ein paar Stunden kennenlernte. Das ist doch spukhaft."

„Für ein Menschenkind wäre es spukhaft, Kore. Ihr beide aber seid Feen und wenn es Feen bestimmt ist, einander zu begegnen, dann besiegeln sie ihre Verbindung mit dieser Art von Ritual. Das läuft ganz automatisch ab", erklärte ihr Drag. „Bei den Dämonen geht eine Freundschaftsbesiegelung zwar etwas anders zu, aber ähnlich wie bei Feen. Wir laden einander zum heißen Schlammbad ein, heben ein paar Cocktails und grillen Fleisch über offenem Feuer."

„Der Portikus. Das bedeutet, Jule blieb all die Jahre wegen mir hier. Ich sollte mich mit ihr anfreunden. Die Menschheit steht an einem Neubeginn. Einer ganz anderen Zeit. Gibt es etwa eine weitere Fee? Eine, die dafür sorgt, dass es einen neuen Anfang gibt?"

„Könnte sein", unterbrach Ipsy sie vorsichtig. „Ich selbst weiß davon nichts. Du hast sicherlich bemerkt, dass die Berufung zur Fee nicht willkürlich ist. Außerdem bin ich nicht die einzige Ausbilderin unserer Art."

„Starb mein Bruder etwa, damit ich den alten Zyklus zu Ende bringe?"

„Wer weiß", sagte Ipsy. „Aber Vermutungen helfen uns jetzt nicht weiter. Ich finde, es wird Zeit, dass du wieder etwas Neues aus unserem Fundus lernst. Ich lasse dir die Wahl. Von mir oder von Drag?"

„Von dir", sagte Kore. „Ich möchte jetzt endlich den Verschwindibus kennenlernen."

„Das wird kurz ausfallen. Eigentlich kannst du den ja fast schon. Erinnerst du dich an dein Experiment mit dem Mond in deinem Zimmer?"

Kore wusste genau, worauf Ipsy abzielte. Vor wenigen Tagen wagte sie sich an die Lichtprojektion des Mondes heran und raubte dabei dem echten Mond für einige Sekunden das Licht.

„Äh, ja" sagte Kore vorsichtig.

„Schön. Das Licht war ja wirklich weg. Da du dich nur auf das reflektierte Licht des Mondes fixiertest, hast du auch die Sonnenstrahlung entsprechend lange abgestellt, bis du die Sache wieder rückgängig gemacht hast."

„Soll das heißen, ich müsste mich für den Verschwindibus nicht auf das Licht, sondern auf den Mond selbst fixieren?"

„Ganz genau. Weder das Licht des Mondes, noch die Strahlen der Sonne waren deine Schöpfung. Weil du verzweifelt warst, raubtest du ihnen das Licht."

„Oh. ..." Kore wurde ganz verlegen. „Meine Verzweiflung bewirkte den Verschwindibus."

„Wer verzweifelt, besitzt keine Hoffnung mehr. Mit dem Gefühl der Verzweiflung löst du fremde Schöpfungen auf. Also Gegenstand einprägen, anvisieren und die Verzweiflung in die Finger lenken. Du warst knapp davor und hättest beinah deinen Heimatplaneten in eine leblose Wüste verwandelt. Aber zum Glück bist du da nicht drauf gekommen und beim Licht geblieben. Da gibt es eine Besonderheit. Der Verschwindibus geht nur mit Gegenständen. Mit Lebewesen gar nicht. Um Lebewesen wegzumachen, nimmst du ihnen zuerst die Lebensenergie und löst dann ihre Körper mit dem Verschwindibus auf. Als Todesfee kannst du das natürlich. Alle anderen Feen können diesen Trick nicht wirken."

„Lebensenergie nehmen? Wie?"

„Ausblitzen", sagte Drag von seinem Schlammbad. „Der Dämonenkönig eichte dich schon darauf. Willst du etwas weiteres Lernen?"

„Es nützt mir nur."

„Das hör ich gerne", sagte Drag feixend und erhob sich aus seinem Schlammbad. Der Matsch klebte an seinem Körper und der Dampf zischte von seinem Leib. Anstatt sich abzutrocknen oder abzureiben, erhöhte ihr Dämonenlehrer einfach seine Körpertemperatur und ließ den Matsch austrocknen und abplatzen. Staubnebel wallte plötzlich in der Luft. Das ging so rasend schnell vonstatten, dass es das Auge kaum erfasste.

„Ah", meinte er erleichtert und stieg aus seinem wannenförmigen Krater. „Praktisch so ein Temperatus. So Mädel. Schluss mit dem Blumengewusel und den pusseligen Hoppelhäschen. Jetzt geht's dabei, Feuer und Flamme zu sein."

„Was willst du mir zeigen?"

„Die Einsteiger, Archivar, Temperatus und das Drahten kennst du ja schon", meinte ihr Lehrer, als ihn plötzlich eine teerartige Masse überzog. Aus ihr bildeten sich ruckzuck sein Frack und der Zylinder.

„Als Nächstes zeig ich dir die glühenden Adern. Praktisch."

„Was ist das?“
„Zuerst beantworte mir folgende Frage. Was ist Raum?“

Kore fühlte sich bei dieser Frage auf den Arm genommen. Was sollte schon Raum sein? Raum, so die Vorstellung ihrer Zeitgenossen, war der Ort, um Materie einen Platz zu geben. Ohne Raum gäbe es keine Galaxien, Sonnen oder auch die Erde. Sie antwortete daher so, wie Drag es erwartete.
„Eine wirklich komische Frage: Raum ist der Ort des Seins. Ohne Raum gäbe es uns nicht.“
Drag grinste boshaft. Auch Ipsy hielt verstohlen die Hand vor den Mund und kicherte.
„Oh. Nein. Nicht schon wieder“, folgerte Kore aus dem Verhalten ihrer Lehrer. Was dachten sich die Beiden dabei eigentlich immer, wenn sie ihr solche Fragen vor die Füße warfen? Ipsy stellte ihr ähnlich simple Fragen, wie die über die Macht oder der Seelengabe und immer griff sie mit ihren Antworten haarscharf daneben.
„Was stimmt diesmal daran nicht?“
„Gibt es denn Raum?“ setzte Drag unvermittelt nach.
„Muss es ja wohl“, antwortete Kore.
„Du sagst also, dass Raum existiert.“
„Ja.“
„Das ist eine typische Antwort der Menschenkinder“, antwortete ihr Ipsy.
„Wie fange ich das an, dich auf die richtige Spur zu bringen, was ich meine. Wenn du die glühenden Adern begreifen sollst, musst du deine Vorstellung über den Raum deutlich verändern. Was ist nun, wenn ich dir sage, dass der Raum nicht existiert.“
„Was meinst du damit? Wir können ohne Raum nicht existieren.“
„Existieren bedeutet heraustreten, hervorstechen, hervorheben. Raum hebt sich aber nicht hervor. Verstehst du?“
„Erklär mir das näher.“
„Wenn Raum also nicht existiert, ermöglicht er doch uns zu existieren. Richtig?“
„Ja.“
„Nehmen wir einmal Jules Zimmer, in dem du gerade nächtigst. Was macht dieses Zimmer aus? Sind es die Möbel, die Bilder, die Wandvertäfelungen? Der Boden, die Decke und die Wände begrenzen es, aber sie sind nicht das Zimmer. Was ist also das Zimmer? Der Raum natürlich. Der leere Raum. Ohne diesen leeren Raum gäbe es dieses Zimmer nicht. Da der Raum aus Nichts besteht, kann man sagen, dass das, was nicht da ist, wichtiger ist, als das was existiert. Richtig?“
Kore dämmerte, worauf Drag hinaus wollte.
„Du meinst, wenn ich Jules Zimmer um mich herum bewusst wahrnehme und dabei nur auf das Nichts achte, ich meine alle Gegenstände, sogar die Decke, den Boden und die Wände außen vor lasse, dann bekomme ich ein Gefühl für Raum?“
„Ganz genau“, bestätigte Drag.
„Ich merke, du beginnst, wie eine Fee zu denken“, stellte Ipsy begeistert von ihrer Antwort fest.

„So wie der leere Raum es ermöglicht, dass alle Dinge und Lebewesen existieren können, so ist es auch mit deinem Bewusstsein. Wenn du deine Aufmerksamkeit von den Dingen abwendest und dich nur auf den Raum fixierst, kannst du die glühenden Adern ausführen, die ich dir nun zeigen werde. Daher ist es so wichtig, dass du das Wesen des Raums verstehst. Der Raum wurde nicht erschaffen. Er entstand erst, als sich die Materie teilte. Zuvor gab es nur das Eine. Verstehst du?"
„Du redest vom Anfang der Zeit."
„Es ist egal, wie du es nennst. Raum ist eben Raum, mehr brauchst du für die glühenden Adern nicht zu wissen. Wie ich dir vorhin sagte, Raum wird durch Boden, Decke und Wände begrenzt. Dasselbe gilt auch für die Atmosphäre, Körper, Berge oder sogar dem See, bei dem ihr gerade seid. Berühre den begrenzten Raum deiner Wahl mit einem deiner Finger, stülpe deinen gefüllten Raum in dir in den von dir gewählten Raum hinein und führe dann den Temperatus aus. Du kannst selbstverständlich auch einen ganz bestimmten Bereich auswählen, indem er wirken soll."
„Klingt spannend. Was bewirkt er?"
„Da der größte Teil des Universums Leere, also Raum ist, flechten sich deine Adern durch diesen Körper und wirkt auf ihn wie eine Heizspindel. Damit zerschmilzt du ganze Berge, verdampfst Seen. Ja, bringst sogar die Luft zum Flirren. Ich zeig dir das mal."
Drag drehte sich zu seinem blubbernden Schlammbad um und hielt seinen Finger hinein. Prompt drang aus dem modrigen Tümpel ein verräterisches Gurgeln, was kurz darauf den schlammigen Inhalt in alle Richtungen heftig spitzend verteilte. Die flatternde Ipsy und auch Kore wurden von dem schmierigen Zeug vollständig eingedeckt. Drag, nun von Kopf bis Fuß eingeschlammt, stand boshaft lachend daneben und hielt sich den Bauch vor Lachen.
„Du Schwein", schimpfte ihre Ausbilderin erbost von der hinterhältigen Demonstration. „Wie das stinkt. Bis ich diesen widerlichen Moder wieder abkriege, wird es Tage dauern. Konntest du es ihr nicht anders zeigen?"
„Igitt. Ich denke, ich habe genug für heute gelernt", antwortete Kore und versuchte sich mit einem von ihr materialisierten Tuch zu säubern, bis sie darauf kam, es wie Drag vorhin mit ihrem Körper zu machen. Sie erhöhte kurzeitig ihre Körpertemperatur, die den Schlamm einfach zum Abplatzen brachte.
„Es war ziemlich viel los heute. Ich soll Ipsy von Jule grüßen. Ich glaub, sie vermisst dich."
„Das hab ich gemerkt", antwortete Ipsy sich mit einer von ihr erschaffenen Wolke aus Wasserpartikeln reinigend. „Weißt du, Feen sind eigentlich keine Einzelgänger. Sie sind gerne mit ihren Artgenossen zusammen. Jule tat es gut, wieder mit einer Fee Kontakt zu haben. Außerdem hattet ihr viel voneinander zu erzählen und habt mit dem Transpati eure Erfahrungen ausgetauscht. Das wird auch Jule bereichern."
„Ja. Es macht auch mir Freude, eine weitere Fee zu kennen, bei der ich so sein kann, wie ich bin. Das wirkt so aufmunternd."
„Dann verstehst du jetzt, dass wir keine dauerhaften Einzelgänger bleiben können. Gemeinschaft ist für uns wichtig. Sag ihr, dass ich sehr stolz auf sie bin. Sie machte sich gut in all der Zeit."

„Ja. Das richte ich ihr aus."
„Nun beenden wir am besten unseren Unterricht, ehe es eine weitere ekelhafte Sau-
erei gibt. Ich wünsch dir eine gute Nacht. Bis bald."
Kore lächelte als Ipsy ihr Treffen beendete. So schlief sie den Rest der Nacht zufrieden in dem provisorischen Bett, das Jule ihr machte.

Am anderen Morgen weckte das laute Gezwitscher der Waldvögel Kore aus dem
Schlummer. Bisher holte sie Thomas aus dem Schlaf und bereitete sie auf den Lern-
tag an der Akademie vor. Heute verlief ihr Erwachen anders als sonst. Der Geruch
von feuchtem Holz und frischem Kräutertee drang ihr als Erstes durch die Nase.
Davon inspiriert öffnete Kore ihre Augen und dehnte sich erst einmal kräftig. In
Jules Behausung war es verdächtig still. Sie blickte sich um und stellte fest, dass sie
ganz allein war.
„Jule?", rief Kore eilig und richtete sich auf. Jules Schlafplatz war leer. Da die Tür
offenstand, vermutete Kore, dass sie nach draußen ging. Ihre Gastgeberin bereitete
ihr offenbar ein Frühstück. Auf dem schmalen Tisch stand der ihr von gestern vertraute Kräutertee in einer Porzellankaraffe, ein Korb mit Brötchen sowie Butter und
Honig. Sichtlich angetan näherte sie sich dem Mahl. Kore roch begeistert an dem
frischen Honig. Dieses Nahrungsmittel stellte die Nanotheke nicht her. Es wurde im
Reich des Rates der Sechs noch wie seit Jahrtausenden geimkert und vor allem in
Gastrobetrieben zum Verzehr angeboten. Kore bediente sich mit Freuden an dem
nahrhaften Frühstück. Während sie sich den Tee einschenkte, kam ihr in den Sinn,
das Morgenmahl mit eigenen Kreationen zu ergänzen. Gewöhnlicherweise überlies
sie ihr Frühstück dem Zufall des Nanobereiters. Aber jetzt nutzte sie ihren Staub,
um sich einen frisch gepressten Orangensaft zu machen. Er gelang ihr nach ihrem
Geschmack sogar recht gut.
„Ah", meinte sie genießerisch. Warum kam sie nicht selbst darauf, mit ihrem Staub
etwas zu essen zu machen, wenn ihr die Nanotheke in den letzten Tagen so einen
Strich durch ihren Ernährungsplan machte? Genussvoll zog sie mit ihrer Nase den
Geruch des frischen Tees ein und setzte sich entspannt in einen von Jule bereitge-
stellten Rattanstuhl hinein. In ihr kam ein Gefühl der Lebensfreude zurück. Es war
tatsächlich so. Hier war sie ganz Fee und versteckte ihre Kräfte vor niemandem
mehr. Ein kecker Gedanke huschte ihr alsbald durch den Kopf. Sie machte sich
Müsli, Milch und Käse nach ihren eigenen Vorzügen. Nach ein paar Gedankenim-
pulsen und Staub aus ihren Händen standen die Lebensmittel bereit.
„Wow", raunte sie begeistert und kicherte feenhaft.
„Daran dachte ich gar nicht. Ich kann ja alles ohne die Nanotheke machen."
Sie genoss ihre Kreationen, die auch genauso schmeckten, wie sie es erwartete. Erst
nach ihrem Frühstück benutzte sie erneut Jules Toilettengrotte. Sie präsentierte ihr
sich wieder in ihrem ursprünglichen, bemoosten Zustand. Dieses Mal ging die Benutzung des Inventars viel flüssiger als gestern Abend von statten. Nachdem Kore
sich für den Tag frisch machte, fragte sie sich, wo Jule ihre Kleider aufbewahrte.
Kaum dass ihr der Gedankenfunke in den Sinn kam, kicherte sie kopfschüttelnd
und machte sich mit dem Staub, der Empfehlung Jules folgend, ein blutrotes Som-

merkleid auf ihrer Haut. Anschließend flog sie nach draußen und wurde von dem malerischen Ausblick auf den großen See mit dem Gebirgspanorama überwältigt.
„Das ist Wahnsinn", entfuhr es ihr beeindruckt von der Schönheit der Bergwelt. Die morgendliche Sonne lugte gerade über die Berggipfel und färbte die Felswände in ein sanftes rosiges Licht. Über dem dichten Wald lag ein dunstiger Nebelschleier, der sich bis zum Ufer des Sees hinein zog. Auf dem stillen Gewässer sah Kore ein Floß treiben, auf dem offenbar jemand saß. Kore erinnerte sich wieder an die Szene aus Jules Seelenoffenbarung durch den Transpati. Sie bekam dort etwas Ähnliches zu Gesicht. Entschlossen flog sie zu dem Punkt, von dem sie glaubte, dass es sich um Jule handelte. Schnell erreichte Kore ihr Ziel. Sofort stach ihr der große braune Sommerhut ins Auge, den sich ihre Artgenossin auf den Kopf setzte. Ein leichter Wind bewegte ihr rostrotes Haar. Heute trug Jule eine wesentlich unauffälligere Kleidung, welche sich mit den Erdfarben Grün und Braun durchmischte. Sie saß im Schneidersitz auf dem Floß und verharrte still auf dem See. Ihre Haltung war aufrecht und sie atmete tief und fest ein.
„Jule, was machst du da?", fragte sie sie neugierig.
„Ich heiße den Tag willkommen", sagte sie entspannt mit geschlossenen Augen. „Mutter brachte mir das bei. Es half ihr, zu sich selbst zu finden und um den Tag zu beginnen. Der Anfang eines jeden Tages ist wie eine neue Geburt. Du entscheidest am Morgen, wie du in den Tag hineingehst. Dafür ist es hilfreich zu wissen, was ich leben möchte. Das erfahre ich in der Stille. Darum sitze ich hier und ruhe in mir selbst. Ich lasse einfach meine Gedanken aus meinem Innersten hochkommen, höre ihnen zu, segne sie und lasse sie ziehen."
„Darf ich mich zu dir setzen?", fragte Kore weiter.
„Ja, aber du musst so still wie der See sein", antwortete Jule und benutzte den Zoom, um das Floß für Kore zu vergrößern. Kore nahm spielend auf ihm Platz.
„Setz dich am besten so hin wie ich", erklärte sie geduldig. „Rücken aufrecht und dann langsam einatmen, Luft kurz anhalten, langsam ausatmen, Luft kurz anhalten, dann wieder einatmen. Und so weiter. Atmen heißt Leben schenken."
„Ja", entgegnete Kore angetan und tat es ihr nach. Kore schloss ihre Augen. Es dauerte eine Weile, bis auch sie die Stille fühlte, von der Jule sagte, dass sie ihr half, den Tag zu gestalten. In dieser Stille wirbelten in ihr die Erinnerungen der letzten Tage herum, als ob sie eine Windhose wären.
Jule sagte, wie auf's Stichwort zu ihr: „Lass sie wirbeln und erlaube ihnen da zu sein. Segne sie, denn sie halfen dir, dich selbst zu erkennen. Erst dann werden sie sich setzen. So wie das Herbstlaub langsam vom Baum herabsegelt, auf die Oberfläche des Sees trifft, dort vom Wasser erweicht wird und auf dem Grund des Sees sinkt, so lasse auch deine Erinnerungen zu Schlick werden."

Kore folgte Jules Rat und lies ihre Gedanken wie die Blätter der Bäume durch die Lüfte treiben. Offen für das, was es war, sah sie sie an und dankte ihnen, dass sie da waren. Schließlich kamen keine Erinnerungen mehr, die sie würdigen konnte. Jetzt trat das ein, was Jule die Selbstfindung nannte.

„Wenn sich dein Geist geleert hat ...“, fuhr Jule ruhig fort. „... nimm deine Atmung wahr und lege deine Hand auf dein Herz. Stell dir vor, wie du durch es atmest. Werde tiefer mit deiner Atmung dabei. Mach das solange, bis sich deine Atmung beruhigt und es sich ganz natürlich anfühlt. Wenn du soweit bist, dann stell dir vor, wie du heute durch den Tag gehen willst. Willst du dir in Freudigkeit, Liebe oder Leichtigkeit an diesem Tag begegnen, dann stell dir vor, wie du diese Eigenschaften durch dein Herz einatmest. Atme ganz natürlich aus und wiederhole das Gleiche beim nächsten Einatmen. Nach dem dritten Mal kannst du die Meditation beenden.“

Wie es Jule ihr empfahl, tat sie es nach. Ihr Körper wurde leichter und entspannter dabei. Sie wechselten während dessen kein weiteres Wort mehr und ließen sich einfach auf dem Floß treiben. Als Kore nach dem dritten Ausatmen ihre Augen öffnete, fiel ihr Blick auf das Wasser des Sees. Sie merkte, dass er anders aussah, als sie es im Transpati bei Jule zuletzt sah.

„Der See“, sagte sie plötzlich zu Jule. „Ich dachte, du hättest ihn gereinigt.“

„Man wird ihn nie mehr richtig reinigen können“, antwortete Jule traurig und wandte sich Kore zu. „Selbst für uns Feen ist das zu schwierig. Es sitzt zu viel Gift in der Erde drin und sickert von überall rein. Sie flößten es Mutter Erde zu tief ein.“

„Aber ich dachte, wir wären so mächtig.“

„Ich kann zwar Körper heilen, aber nicht ganze Gewässer entgiften. Jeden Morgen, wenn ich auf den See fliege, nehme ich mit meinem Elementar eine Hand voll Wasser auf ...“, schilderte Jule und schickte zur Demonstration ihren Feenstaub auf die Wasseroberfläche des Sees. Aus ihm löste sich ein handgroßer Wassertropfen, der zu ihren Händen schwebte. Da der Wassertropfen von den Giften so trübe war, sah Kore nicht durch ihn hindurch.

„... segne es ...“, fuhr Jule erklärend fort, worauf sie weiteren Feenstaub in den großen Wassertropfen hineinführte, was ihn blau aufschimmern ließ. Das Wasser klarte auf, sodass das Licht des beginnenden Tages sich nun darin brach.

„... und gebe es ihm wieder zurück.“

Der klare Wassertropfen plumpste nun gereinigt wieder in den See zurück. Er vermischte sich so schnell mit der dunklen Brühe, wie er aus ihr genommen wurde.

„Ich weiß, dass es symbolisch ist. Es ist eine Geste an ihn. Wasser hat ein Gedächtnis und reagiert auf Dankbarkeit. Das Einzige, was dem armen See etwas half, war, die Bohrlöcher der Ölfirma zu verstopfen. Ich fand leider nicht alle. Immerhin verdünnte sich das Gift seither so stark, dass die Pflanzen an seinen Ufern nicht mehr krank werden. Aber so viele Fische und Krebse wie in meiner Kindheit wird es hier drin lange nicht mehr geben.“

„Warum bist du bei ihm geblieben? Der See ist doch Tod.“

„Ich liebe den See, Kore. Ich gab ihn deshalb nicht auf, weil ich lernte, an Hoffnungen zu glauben. Die Hoffnung hält das Leben aufrecht und stellt sich jeder noch so ausweglosen Situation entgegen. Eines Tages, so wusste ich, kehrt das Leben wieder in ihn zurück.“

„Glaubtest du etwa, dass er die Schwarze war, von der die Seherin sprach.“

„Anfangs ja. Ipsy wusste ja selbst nicht meinen Schicksalsspruch zweifelsfrei zu deuten. Irgendwie fühlte ich mich für den See verantwortlich. Es tat ja sonst niemand. Darum bin ich nach meiner Weltreise zu ihm zurückgekehrt."

„Wusstest du schon länger von der Ölfirma?"

„Vater versuchte es mir, zu verheimlichen. Auch Mutter wollte mich nicht damit belasten. Sie meinten es gut, aber ich fühlte, dass da etwas Schlimmes auf uns zu rollt. Es kamen öfters Autos zu uns ins Tal. Ich merkte schnell, dass es keine Kunden von Vater waren. Dazu waren ihre Autos viel zu luxuriös. Diese Typen, die aus ihnen ausstiegen, waren finster. Richtige Schläger waren dabei, um Vater einzuschüchtern. Ich fühlte deutlich ihren Hunger. Viele von ihnen waren nicht wirklich glücklich mit dem, was sie taten. Ich fragte einen von ihnen, warum er unglücklich ist, doch er verschloss sich und scheuchte mich mit einem Schimpfwort weg. Damit bestärkte er meinen Eindruck über ihn."

„Dein Vater weigerte sich, ihnen zu verkaufen."

„Er sagte es mir zwar nie direkt, was die Männer hier suchten, aber ich wusste, dass er für seine Heimat und für sein Glück kämpfte. Vom Sheriff erwarteten wir keine Hilfe. Der ließ sich von denen kaufen. Ich fühlte es, als ich ihm kurz vor dem Tod meiner Eltern auf der Straße begegnet bin. Der fuhr mit seinem Wagen ständig durch die Gegend, ohne irgendwo einzugreifen. Ringsum schüchterte die Ölfirma ungehindert weitere Farmer ein und machte sich auf deren Land breit. Sie errichteten dort große Bohrtürme und riesige Tanks für ihre Chemikalien. Es stank furchtbar nach Öl, wenn man da vorbeikam und ziemlich bald roch auch das Grundwasser danach. In der Schule redete keiner darüber. Stattdessen schwärmten sie von den Produkten, die sie daraus herstellen. Sie machen für uns alles einfacher und besser. Dabei waren sie der Grund, weswegen wir so nach und nach heimatlos und krank wurden. Sie waren voller Angst und besaßen keinen Mut dagegen vorzugehen. Ich hörte, dass es zu rätselhaften Unfällen bei den Farmern kam, die sich weigerten, ihr Land aufzugeben. Diese Unglücke wurden nie aufgeklärt, was mich nicht wunderte."

„Hat euch wirklich niemand unterstützt?"

„Nein. Meine Familie galt ohnehin als sonderbar. Ich bekam das früh an der Schule zu spüren. Alle Kinder dort suchten mit irgendeinem technischen Schnickschnack den Anderen zu imponieren. Dabei fühlte ich ihre innere Leere und den Hunger, den sie mit den Gegenständen auszugleichen versuchten. Eine richtige chemische Keule sah ich darin, die sie alle schleichend krank macht. Meine Mutter erklärte mir, dass die Erde voller Leben ist. Sie zu verseuchen, um für einen kurzen Moment die innere Leere zu füllen, war es nicht wert. Auf einem gesunden Boden kann man einen Baum pflanzen. Er wird über Jahrhunderte hinaus stehen, Früchte schenken, Luft und Schatten spenden, wenn all diese Dinge schon längst überholt sind. Das Schönste aber ist, dass er sich nach seinem Tod zersetzt und weiteren Lebewesen als Nahrungsquelle dient. Irgendwann ist er selbst wieder Erde und der Kreislauf beginnt von neuem."

„Hattest du nie den Drang auch solche Erdöldinge zu benutzen?"

„Nein. Mein Vater benutzte Motorsägen, einen LKW und auch ein Mobiltelefon. Es waren alte Geräte, die niemand mehr wollte. Er war technisch geschickt und machte sie oft selbst mit ein paar Handgriffen wieder flott, während andere sie längst in den Müll warfen. Mutter benutzte ein paar technische Geräte im Haushalt, die Vater jedoch wieder reparierte, wenn etwas kaputt ging. Er kannte einen Schrotthändler in der Stadt, der über ein Netzwerk so manche Teile besorgte. Ich interessierte mich nie sonderlich dafür. Bei dir war das anders, wie ich im Transpati sah.“

Kore hörte plötzlich das Schlagen von zwei Rudern auf der Wasseroberfläche. Es unterbrach ihre anregende Unterhaltung. Der Laut drang aus dem morgendlichen Dunst des Sees heraus, der dicht über dem Ufer lag. Man erkannte um diese Zeit lediglich die Baumspitzen.
„Du, Jule. Da ist etwas.“
„Scht“, sagte ihre Begleiterin. „Ich hab es gehört.“
Aus dem Nebel näherte sich ihnen ein hölzernes Boot.
„Mist“, murmelte Kore. In ihr kam der Impuls hoch so schnell wie möglich zu verschwinden, doch Jule fasste sie am Arm und deutete an, sitzen zu bleiben.
„Bleib ruhig. Ich kenne ihn.“
„Ich dachte, du hast keinen Kontakt zu Menschen.“
Nach und nach gab der Nebel den Blick auf den Ruderer frei. Er hielt direkt auf sie und Jule zu. Je näher er ihnen kam, umso erwartungsvoller schien Jule zu werden.
„Keine Angst. Das ist Schatten. Ich nenne ihn so. Er selber heißt eigentlich Bert.“
„Warum nennst du ihn einen Schatten?“
„Weil er nichts anderes mehr ist als ein solcher.“
Je näher ihnen das Boot kam umso mehr gab der Nebel das Äußere des Ruderers frei. Kore ahnte, wer das war. Obwohl sichtlich gealtert, erkannte sie ihn an seiner braungebrannten Haut. Es war der Mann am Ende von Jules Transpati. Er trug einen weißen Hut mit einer schwarzen Binde auf dem Kopf und einen dunklen Anzug, als ging er auf ein Fest. Am Revers erkannte sie eine kleine rote Rose.
„Hey Jule“, rief die raue Stimme des gealterten Mannes der Fee zu, als er nah genug an ihr herankam. „Oh, du hast ja eine Freundin dabei. Die ist ja schwarz wie die Nacht.“
Kore blickte sich die dürre Gestalt auf dem Ruderbock genau an. Sein feiner Anzug verbarg nicht, dass sein Körper sehr abgemagert und krank wirkte. Der Alte besaß ein faltiges Gesicht. Man sah, dass er sich um eine gründliche Rasur bemühte und dass er die wenigen Haare auf dem Kopf versuchte zu einer Frisur zu formen. Sein weißer Hut verdeckte die Halbglatze nicht vollständig.
„Hallo Bert“, begrüßte Jule ihn herzlich und flog an ihn heran. Sie blieb über dem Wasser vor Bert in der Luft stehen.
„Das ist Kore.“
„Kore?“, fragte der Alte neugierig. Er ging in sich. „Moment. Ist das die, von der überall in den Nachrichten zu hören ist?“
Kore wurde plötzlich hellwach.
„Vermutlich“, sagte Jule.

„Mein liebes Kind, du hast ordentlich Staub in Cherson aufgewirbelt", lachte der Alte ihr schelmisch zu. „Die suchen wie blöd nach Spuren von dir. Sie fanden aber nichts. Dein Verschwinden stellt diese Fachidioten vor ein großes Rätsel. Ihr Feen seid wirklich für eine Überraschung gut."

„Er weiß von uns?"

„Ich glaubte immer an Feen. Seit meiner frühesten Jugend", sagte Bert grinsend. „Meine Freunde dachten immer, ich sei ein Spinner. Aber ich wusste es besser. Seit ich Jule am See begegnete, bin ich frei von Furcht. Wenn du an Feen glauben willst, dann wird es sie geben. Wenn du nicht an sie glauben willst, dann gibt es sie auch nicht. Ganz einfach. Als ich von dem rätselhaften Verschwinden einer Miss Berry aus dem Polizeigefängnis von Cherson hörte und das Fahndungsbild von ihr sah, wusste ich sofort, dass es eine Fee sein muss."

„Seid ihr Freunde?", fragte Kore vorsichtig.

„Nicht so ganz", erklärte Jule. „Ich lernte Bert auf dem Campingplatz der Menschen kennen. Er arbeitete dort als Handtuchausgeber, Masseur und Fremdenführer. Da war er ein ganz junger Kerl."

„Von ihm hast du die Massage gelernt."

„Und so einiges mehr. Wir beide hatten schon immer viel Spaß miteinander. Du, meine Kleine, bist so hübsch wie eh und je."

„Er ist dein Liebhaber. Nicht wahr?", schoss es aus Kore heraus. Irgendwie ahnte sie so etwas.

„Stimmt", lachte Jule freudig auf. „Mit ihm erlebte ich meinen ersten Sex und meine weiteren Lusterfahrungen. Es war eine wichtige Erkenntnis für mich."

„Ich bin alt geworden und sie ist so jung geblieben. Ich hielt damals um ihre Hand an, aber sie wollte nicht mit mir zusammenleben. Jetzt, wo ich alt bin, weiß ich auch warum."

„Bert, ich muss dir etwas gestehen", sagte Jule zu ihm und blickte ihn traurig an.

„Du gehst heim, nicht wahr", sagte Bert, wie wenn er es bereits wusste.

„Ja. Der Tag ist gekommen."

„Mir ist es lieber so", antwortete Bert verständnisvoll. „Wenn ich weiß, dass meine Liebste in guten Händen ist, sterbe ich in Frieden."

Jule setzte sich zu ihm ins Boot. Sie blickte ihn versöhnlich an.

„Kore kommt, um mich abzuholen."

„Wenn nur alle Todesengel so schön wären wie du", sagte Bert an Jule gewandt, obwohl Kore ahnte, dass er eigentlich sie meinte. Das Wort, das er gebrauchte, ließ sie in sich zusammenfahren. Todesengel?

„Bert", sagte Jule. „Das ist das, worum du mich gebeten hast. Du kannst sie jetzt fragen, wenn du es willst."

„Was fragen?", horchte Kore auf. Sie wurde unruhig. Irgendetwas Seltsames ging hier vor sich. Warum erzählte Jule ihr nichts von Bert? Warum sah sie ihn nicht als alten Menschen in Jules Erinnerung beim Transpati? Als jungen feschen Mann mit braungebrannter Haut, der aus einem Bootshaus kommt.

„Ich weiß nicht, wie ich es ausdrücken soll, liebe Fee", sagte der alte Ruderer und nahm seinen Hut vom Kopf. Jetzt wusste Kore, warum sie nicht mehr im Transpati von ihm sah. Es war das Bild, das Jule von Bert in Erinnerung behielt. Der Transpati zeigt das, was sich im Gedächtnis einbrannte.

Er sah zu Kore auf das Floß. „Kannst du mich Heim bringen?"

Der Alte blickte Kore bittend in die Augen. Ihre Blicke trafen sich. Kore wurde plötzlich ganz anders. Er sah in ihr die Todesfee und nicht jene Miss Berry, nach der die Polizei fahndete. Diese Identität als Mensch legte Kore ab.

„Wer bin ich, dass ich über Leben und Tod richte", antwortete sie überfahren. Kore weigerte sich trotzig mit diesem Gedanken anzufreunden, der auf ihre Bestimmung verwies.

„Du tust auch mir einen großen Gefallen", sagte Jule nun zu ihr. „Mein Liebster soll nicht in einem Heim vor sich hinvegetieren und an Maschinen hängen, bis ihn der natürliche Tod ereilt. Ich möchte, dass er in Würde geht."

„Aber ..."

„Hast du dich denn nie gefragt, warum du so einfach gegen das erste Gebot der Feen verstößt? Ich kann niemanden töten. Das ist nur der Todesfee erlaubt und die bist du."

„Aber ..."

„Hast du dich denn nie gefragt, warum dein Schicksal mit so viel Leid und Schmerz verbunden ist, aber auch mit unendlicher Freude und Liebe. Du bist durch den Schmerz gegangen, anstatt ihm auszuweichen und dadurch erschufst du Freude und Liebe. Ich sah es doch deutlich im Transpati."

„Ich kann niemanden ..."

„Der vergiftete Yogi. Die drei Brüder und eure Verfolger. Vor allem im Hypertunnel hast du jede Menge von ihnen erwischt. Du hast sie alle getötet."

„Aber das war doch Notwehr ... ich meine ..."

„Ich bitte dich aus tiefsten Herzen darum", flehte Jule sichtlich bewegt und bekam feuchte Augen. „Er machte sich auf den Weg, um dich zu treffen. Er will sterben."

Kore ließ ihre Worte auf sich wirken. Gedachte das Schicksal ihr diese neue Rolle zu? Schwerlich sich mit dem Gedanken anfreundend, wandte sie sich an ihren Besucher.

„Willst du wirklich gehen?"

„Ich hab einen Tumor im Kopf, der nicht behandelt werden kann", sagte der Alte. Damit ich keine Schmerzen habe, nehme ich bereits jetzt starke Medikamente. Demnächst wollen sie mich in ein Sanatorium einliefern und versuchen ihn zu entfernen. Ich weiß, dass sie mir das erzählen, um mich nicht verzweifeln zu lassen."

„Warum unterschreibst du keine Unterlassung?"

„Ich darf schon lange nicht mehr über mein eigenes Leben entscheiden. Sie suchen an Land bereits nach mir", erklärte der Alte.

Kore sank weiter in sich zusammen.

„Jule, warum heilst du ihn nicht einfach."

„Sicher könnte ich seinen Tumor entfernen, aber was dann? Berts Körper verbrauchte sich. Er ist fast hundert Jahre alt, was er zum Teil mir verdankt. Ich heile mit meiner Gabe zwar alle Krankheiten, aber ich kann niemanden jünger machen.

Ich werde sein Sterben nicht in die Länge ziehen, weil ich ihn liebe. Ich lasse ihn gehen."

Kores letzte Hoffnung sich irgendwie aus der Nummer herauszuwinden, zerschlug sich jäh. Nie und nimmer rechnete sie damit, zu so einer Aufgabe herausgefordert zu werden. Sich gegen Peiniger zu wehren, war eine Sache, aber bewusst eine Tötung, womöglich Beihilfe zum Selbstmord herbeizuführen eine andere. Aus den Vorlesungen zum Justizwesen auf der Akademie wusste sie, dass Beihilfe zum Suizid sogar zu Tomps Zeiten nicht straffrei blieb. Beihilfe zum Suizid blieb unter ganz bestimmen Voraussetzungen erlaubt. Die Entscheidung darüber durchlief mehrere Gremien, die sich mit unterschiedlichsten Experten besetzten. Jeder Fall wurde einzeln auf Herz und Nieren abgeklopft. Nicht selten entmündigte man Sterbewillige, sobald sie ihren Sterbewunsch äußerten.

„Wenn du sterben willst, warum bringst du dich nicht selbst um?", fragte sie als letzten Anker von der Bitte des Alten entbunden zu werden.

Der Alte antwortete darauf: „Wer an Feen glaubt, für den wird es sie geben. Wer nicht an sie glaubt, für den gibt es sie nicht."

„Ich verstehe", sagte Kore und wusste, dass diese Szene auf dem See nichts anderes war, als eine Sache in der der Alte mit sich alleine rang. Jemand, der nicht an Feen glaubte, bekam weder Jule, noch die Todesfee zu Gesicht. Jule war die Geliebte des Alten. War nichts anderes als seine Liebe zum Leben und der tiefsten Dankbarkeit. Jule nahm ihren Geliebten tröstend in ihre Arme. Große Freude überkam seinem Gesicht, als er spürte, wie Kore sich entschied. Ihr entkam eine Träne aus ihrem Auge. Sie lief ihr langsam über die Wange.

„Du hast keine Angst, wohin du gehst?", fragte die Todesfee.

„Nein", antwortete ihr der Alte ohne Furcht.

„Hast du losgelassen?"

„Eure Welt war schon immer die Meine."

„Dann ...", meinte Kore und flog zum Boot des Alten hinüber. Sie sah dem Alten friedfertig ins Gesicht. Während er in den Armen seiner Geliebten ruhte, legte sie ihre Hand auf seine Stirn.

„Giftpflanzen waren schon immer eine Leidenschaft von mir", hörte sie die Worte von Adalmus durch den Kopf hämmern, die er in seinem Garten gebrauchte. „Bereits als junger Mann habe ich mich dafür interessiert."

Auch die Erzählung des Dämonenfürsten über das Ausblitzen huschte ihr über das geistige Auge. Sie legte ihre Erfahrung in den Staub, während Jule ihren Liebsten festhielt, und schickte ihn durch ihre Hand direkt in seine Stirn. Sie sah ihm in die Augen und stellte sich vor, wie die Flamme einer Kerze erlosch. Seine Atmung wurde schwerer, bis sie gänzlich ausblieb. Die Kraft in seinen Händen ließ nach, bis sie leblos von seinem Torso baumelten. Kore nahm ihre Hand von seiner Stirn und schloss ihm die Augen, die nun ausdruckslos und leer waren. Jule sah zu ihr ins Gesicht. Dankbarkeit erkannte sie darin.

„Er ist heimgekehrt. Ich danke dir."

Kore überkamen von der schlagartig abfallenden Anspannung die Tränen. Sie weinte. Ehe auch ihr die Kraft schwand, flog sie auf das Floß zurück und legte sich erst einmal hin. Mies fühlte sie sich und heulte sich dort die Seele aus dem Leib. Scheußlich, grässlich, abstoßend. Es gab kaum ein Wort, das annähernd dieses Gefühl beschrieb. Jule lies den Leichnam ihres Geliebten ins Boot hinein sinken und flog zu Kore auf das Floß zurück. Sie setzte sich neben sie und koste ihren kahlen Schädel mit der flachen Hand.

„Ich würde nie mit dir tauschen wollen", sagte sie mitfühlend. „Ich glaube, du weißt jetzt warum. Ich könnte das nie."

„Warum muss ich das alles erdulden? Warum verliere ich meinen Bruder und meine Freunde? Warum kann ich nach Lust und Laune töten? Was nützt es so mächtig, aber doch so hilflos zu sein?"

„Dein mächtiger Feind", sagte Jule. „Ich glaube nicht, dass damit der Tod gemeint ist, sondern deine Macht ihn zu geben."

Jules Blick ging wieder zurück auf das Boot, in dem der leblose Körper des Alten trieb.

„Sie werden ihn so finden und glauben er sei hinausgerudert und dann an Herzversagen gestorben. Ob es eine Fee war oder nicht. Was spielt das für eine Rolle?"

„Ich bin ein Mörder."

„Die da am Ufer glauben nicht an uns Feen. Weil sie nicht an uns glauben, glauben sie auch nicht an dich. Dich gibt es für sie nicht. Also bist du auch kein Mörder."

„Aber ich weiß, dass es mich gibt."

„Doch nur, weil wir wissen, dass es uns gibt. So einfach ist das. Bert glaubte an Feen und es war ihm lieber, so wie ich ihm sein Leben schenkte, sein Leben in unsere Hände zurückzugeben. Er sah viel und er war die einzige lebende Person hier auf der Erde, die ich näher kannte. Ich erweise ihm, bevor ich gehe, einen letzten Gefallen."

Jule drückte sich an Kores Körper und spürte ihren Atem. Kore roch ihren zimtigen Duft. Es beruhigte sie.

„Ich bin bei dir", flüsterte sie ihr ins Ohr. Jule wusste, wie wichtig es war, dass sie einander spürten. Solange, bis Kore wieder einen klaren Gedanken zufassen bekam. Beide blieben eine Zeitlang so liegen bis Jule sie fragte: „Geht's dir wieder besser?"

Kore trocknete die Tränen mit ihren Handrücken ab. Es fiel ihr schwer, sich mit der neuen Rolle abzufinden.

„So einigermaßen", antwortete sie mitgenommen. „Ich soll dir von Ipsy grüßen. Ich vergaß das alles in der Aufregung."

„Es ist schön, wieder von ihr zu hören. Weißt du, Ipsy war lange die einzige Artgenossin, die ich je traf. Ich tauschte mich bisher nie mit anderen Feen aus. Du bist meine erste richtige Freundin."

„Hattest du nie Freundinnen in deiner Schule?"

„Die machten immer einen Bogen um mich."

„Warum?"

„Du wirst es kaum glauben. Genau wegen dieses Fragewortes. Ich wollte immer alles Mögliche wissen und fragte jeden, den ich traf, Löcher in den Bauch. Meine Eltern waren sehr stolz auf mich, wenn ich mit meinem Zeugnis heimkam. Bei mir stand überall ein A+ drin.“

„Was ist ein Zeugnis?“

„Oh, das kennst du ja gar nicht. Für was man es genau braucht, erfuhr ich auch nie. Aber eines lernte ich darüber schnell. Ein Zeugnis ist ein Stück Papier, das es deinen Mitmenschen ermöglicht dich einzuordnen. Ob sie sich dir nähern oder einen großen Bogen um dich machen sollen. Meine Eltern fanden meine Noten wundervoll, während meine Schulkameraden das ablehnten. In ihren Augen galt ich als eine Streberin und wurde von ihnen gemieden und überall geschnitten, wo es ging. Umgekehrt waren lauter schlechte Noten bei meinen Schulkameraden beliebt und bei deren Eltern verpönt. An meiner Schule sind die Quertreiber und die mit den schlechtesten Noten bewundert worden.“

„Wolltest du nie schlechte Noten haben, damit du Freunde in der Schule hast?“

„Kore, ich bin eine Fee“, entgegnete Jule keck. „Das Letzte, was eine Fee tut, wäre sich zu verbiegen. Eine Fee kann nicht anders. Freunde findet man nicht dadurch, dass man sich ihnen anpasst. Sie sollen dich so lieben, wie du bist. Sie sollen auch deine schlechten Seiten annehmen. Selbst wenn sie gute Noten darunter verstehen. Wenn sie dazu nicht fähig sind, sind sie auch nicht deine Freunde.“

„Dann haben sie dich gemieden. Tat dir das nicht weh?“

„Wenn ich ein Menschenkind wäre, hätte ich darunter gelitten. Meine Mutter brachte mir bei, auf meine innere Stimme zu hören und sie zu fühlen. Sie sagt mir, ob es richtig oder falsch ist, was ich tue. Von da an wusste ich, warum ich bei ihnen ausgesetzt wurde. Das Schicksal wusste, dass ich genau dort in den richtigen Händen bin.“

„Du wusstest, dass du ein Findelkind warst?“

„Ja. Meine Eltern brachten es mir schon bald bei. Sie waren offen zu mir, weil sie mich liebten, wie ich bin. Mit all meinen guten und schlechten Seiten. Bei dir war das anders. So etwas wie Eltern kanntest du nicht.“

„Ich hatte Adoptiveltern. Ich verdanke ihnen meine Ausbildung auf der Akademie.“

„Ich sah sie im Transpati. Ein sehr interessanter Ort. Auf meiner Schule gab es so was wie einen Lehrplan und Leistungsstufen. Ich meine, je weiter du in einer Klasse aufrückst, umso umfangreicher wird das, was man an dir heranträgt. Auch schrieben sie mehrere Tests. Meine Kameraden versuchten mir meist Fallen zu stellen, um mich ordentlich bei meinen Lehrern anzuschwärzen. Einmal fragten sie mich mitten in der Prüfung nach der Lösung.“

Kore dachte kurz nach und antwortete: „Lass mich raten, du bist aufgestanden und hast gesagt, dass dir das im Traum nicht einfällt und dass du sie bittest künftig derartige Fragen während der Prüfung zu unterlassen.“

„So ähnlich“, kicherte Jule feenhaft. „Danach war der Ofen zwischen mir und meinen Kameraden endgültig aus. Die waren dann richtig ekelhaft zu mir.“

„Was stellten sie alles an?“

„Sie nahmen mir meine Sportsachen weg.“

„Was hast du dann gemacht?“

„Den Diebstahl angezeigt und eine Belohnung ausgesetzt. Natürlich bemerkte keiner etwas oder fand meine Sachen. Selbst dann nicht, als ich die Belohnung erhöhte. Im Schulbus machten sie mir keinen Platz mehr frei, was mir aber egal war, weil ich ohnehin ein Leichtgewicht bin. Da sie mich nicht zu Reaktionen provozierten, wurden sie immer dreister. Nachdem sie mich in der Mensa sogar mit Essen bewarfen, ging ich nicht mehr dort zum Essen hin und nahm mir was von zu Hause mit.“

„Hast du deinen Eltern davon erzählt?“

„Ja, das hab ich. Vater sagte, dass er verstehen könne, was ich durchmache. Er sagte auch, dass er zwar etwas unternehmen, aber der Erfolg für mich eher ein weiterer Nachteil wird. Ich sagte ihm, dass ich trotzdem keine Angst davor habe, wieder dorthin zu gehen.“

„Wir sind eben Feen“, sagte Kore allmählich begreifend.

„Genau. Aber ihre miesen Aktionen ließ ich trotzdem nicht auf mir sitzen. Von der Schulleitung kam auch sehr wenig Hilfe, obwohl jeder merkte, was da vor sich ging. Ich spürte genau, warum sie nichts taten und zusahen. Sie wollten einfach nur ihr Geld am Monatsende und ihre Ruhe. Sich um mich zu kümmern, macht eine Arbeit, die über die der Lehrtätigkeit hinausgeht. Jedenfalls erinnere ich mich gut an den Tag mit der Flaggenhissung. Ein warmer Tag. Ich glaube, es war der 4. Juli. Der Nationalfeiertag. An meiner Schule bereiteten sie für diesen Tag eine große Feier vor. Weil ich gut singe, sollte ich in diesem Jahr die Nationalhymne vortragen, während dabei die Fahne an einem Mast eingehängt und hochgezogen wird. Ich weiß, wie ich vorne am Mikrofon stand, das Lied gerade vom Schulorchester angestimmt wurde und ich zum Gesang ansetzte. Um mich herum lauerten die erwartungsvollen Gesichter, die vor Stolz angeschwollene Brust, für etwas, dass das Symbol der Freiheit und dem Streben nach Glück bedeutete.“

Kore dachte wieder kurz nach und antwortete, was Jule tatsächlich am vierten Juli tat. „Du hast dich geweigert das Lied zu singen und als du am Mikrofon warst, hast du vor versammeltem Publikum erklärt warum.“

„Das gefiel denen gar nicht, was über meine Lippen kam. Sogar meine Lehrer waren entsetzt. Ich sagte ihnen, dass ich keinesfalls auf ein Land stolz bin, dass die Rechte der Bürger derartig beschneidet, dass sie untereinander spinnefeind werden. Wo Recht nur noch eine Frage des Geldes ist. Die ganzen Attacken auf mich und meinen Eltern in der letzten Zeit waren nichts anderes als der Ausdruck eines tiefen Hasses, einer unbewältigten Angst und der inneren Leere, die diese Menschen in sich trugen. An mir lebten sie ihre Verzweiflung aus, weil sie sich nicht trauten sie dorthin zu geben, wo sie hingehörte. Weiter kam ich nicht, denn dann nahmen sie mir das Mikro weg.“

„Was machten sie mit dir?“

„Nichts. Ich war ja erst zehn. Man schickte mich anschließend heim. Meine Eltern waren an diesem Tag absichtlich nicht auf der Feier. Sie wussten, was ich plante und kamen lieber nicht mit. Sie brachten mich auch nicht von meinem Vorhaben ab. Mutter meinte, dass es nicht gut wäre, gegen sein Herz zu verstoßen und akzeptierte meine Entscheidung. Anschließend weigerte sich sogar der Busfahrer, mich heimzubringen. So ein undankbares Gör wie ich soll doch zu Fuß laufen. Aber das war mir egal. Ich war so glücklich und fühlte mich frei. Also lief ich alleine die fünf Meilen heim. Unterwegs begegnete ich dem Sheriff. Der hielt aber nicht an, obwohl er sonst jeden abpasste, der einsam durch die Wildnis ging. Ich kriegte später heraus, warum."

„An diesem Tag starben deine Eltern", rutschte es plötzlich Kore raus. Irgendwie ahnte sie so etwas. Die Szene aus dem Transpati. Das Plakat mit der angekündigten Feier. Ein warmer Tag. Das weiße Kleid, das Jule trug.

„Ja", antwortete Jule geknickt.

„Sie steckten mich zunächst in ein Heim. Die Polizei verhörte mich am nächsten Tag. Sie wollten nicht wirklich wissen, was ich wusste. Ich merkte, dass sie das nur für ihre Akten taten. Für sie stand das Ermittlungsergebnis mit dem Unfall schon fest. Rocco hielt sich an diesem Tag nicht im Tal auf. Er studierte in der Stadt."

„Bist du danach weiter in die Schule gegangen?"

„Nein. Nicht mehr. Rocco holte mich zu sich in die Stadt. Ich blieb aber nicht lange bei ihm. Er wohnte in einer Wohngemeinschaft und dort lernte ich seine Freundin kennen. Eine wirklich tolle Frau. Ich sah in ihrem Herzen, dass sie meinen Bruder so liebte, wie er war. Also wusste ich, dass ich mir um ihn keine Sorgen mehr machen musste. Er bat das Jugendgericht darum, mich in einem Internat unterzubringen. Von dem Geld, das meine Eltern hinterließen, wäre ich gut versorgt."

„Du wehrtest dich nicht dagegen, weil du wusstest, dass dein Bruder das aus Liebe zu dir tat."

„So ist es. Rocco liebte mich von ganzem Herzen. Ich fühlte es deutlich. Aber auf dem Internat war es nicht besonders schön."

„Sie schnitten dich wieder."

„Diese Gesellschaft war so voller Hass und Ängste. Und immer dieser furchtbare Hunger. Der Hunger nicht genug zu haben, nicht seelisch satt zu werden. Das zog sich quer durch alle Menschen, denen ich begegnete. Wenn ich mal von Rocco und seiner späteren Frau absehe. Egal ob Arm ob Reich, ob Schwarz oder Weiß. Das Schlimme daran war, dass diesmal nicht nur meine Kameraden, sondern auch die Lehrer auf dem Internat diesen Hunger in sich trugen. Es gab niemanden mehr, dem ich mich anvertraute. Außerdem nahm der Schmerz in meinem Rücken ständig zu. Ich ging zum Schularzt, doch der meinte bloß, dass er nichts feststellt und er schickte mich weg. Ich solle mich nicht so anstellen und die Zähne zusammenbeißen. Sie verschwänden vielleicht in der Nacht ganz von selbst. Was soll ich sagen. Es stimmte. In der Nacht darauf waren die Schmerzen weg und ich bekam stattdessen diese Flügel hinter mir."

„Was ging dir da als Erstes durch den Kopf?"

„Es war nicht so wie bei dir. Ich glaubte, dass sich ein Wunschtraum erfüllt. Einer meiner größten Wünsche war es nämlich, einmal Flügel zu bekommen und einfach wegzufliegen. Und als ich sie zum Schlagen brachte und dann damit abhob, kam mir das wie in einem Märchen vor. Von da an wusste ich, dass ich nicht mehr zu den Menschen gehöre. Den Staub bekam ich in der Nacht darauf und lernte dann von Ipsy, wie ich mit meiner Kraft umgehe. Es war für mich wie Balsam zu wissen, dass es mehrere Feen gibt und ich nicht die Einzige auf der ganzen Welt bin. Aber ich war traurig, als ich erfuhr, dass sie mich nach meiner Unterweisung wieder verließ. Aber von ihr hörte ich die Legende der schwarzen Fee und dass mein Schicksal mit ihr verbunden ist. Von da an wusste ich, dass du irgendwann in mein Leben eintreten wirst. Darum freute ich mich so, dich kennenzulernen. Außerdem käme ich mit deiner Hilfe in eine Welt, in der es weitere Feen gibt. Vor ein paar Tagen sah ich des Nachts, wie plötzlich das Licht des Mondes verschwand. Ich war mir sicher, dass da garantiert eine Fee dahinter steckt und ich dir schon bald begegne."

Jule spielte auf Kores missglücktes Experiment mit dem Projektionstrick an. Das letzte Bild, das sie im Transpati sah.

„Ich weiß, was du meinst. Wir gehören nicht hierher. Jedenfalls nicht mehr. Wie geht das mit dem Portikus?", fragte Kore weiter. Durch Jules Erzählung aus ihrer Schulzeit verlor sie über den Tod von Bert keinen Gedanken mehr.

„Wir sollten dazu weiter weg von den Siedlungen fliegen", sagte Jule ausweichend. Aus irgendeinem Grund antwortete sie ihr noch nicht auf die Wirkungsweise des Portikus. „Wir sind hier zu nah an Siedlungen."

Jule ließ Kore los und flog ein paar Meter in die Luft. „Am besten nach Norden. Da stört uns niemand."

„Halt. Wir haben hier noch etwas zu tun."

Jule hielt inne und flog Kore näher. Sie sah sie fragend an.

„Was meinst du?"

„Deinen See", sagte sie. „Ich werde ihm wieder das Leben zurückgeben."

„Wie?"

„So", antwortete Kore und hielt ihren Zeigefinger in das schwarze Wasser.

Jule verfolgte gespannt über der Wasseroberfläche fliegend verharrend, wie von Kores unscheinbarer Aktion und ihrem Finger rote, glühende Fäden ausgingen. Sie breiteten sich wie Blutadern, ja gleich Wurzeln eines Baumes in dem Gewässer aus. Alsbald gingen feuriges Leuchten und eine enorme Hitze von den Fäden ab. Jule sah schon bald zunehmenden Dampf über den See kräuseln. Er wurde dichter. Die Schwaden stiegen in die Höhe. Nun spürte auch sie die Hitze und das sie nicht länger hier dicht über dem See bleiben konnte. Bekämen ihre Flügel zu viel Feuchtigkeit ab, stürzte sie unweigerlich in den See. Jule schickte einen kurzen Impuls in ihre Flügel und stieg in den Himmel hinauf. Von dort oben beobachtete sie aus sicherer Entfernung die weitere Entwicklung. Das Wasser begann, zu brodeln. Überall stiegen dicke Blasen empor. Sie rüttelten förmlich an Kores Floß. Der Wassernebel des Sees stieg in den umliegenden Wald hinein. Er verfing sich in seinen Bäumen, Büschen und Gräsern. Sie wurden davon feucht wie ein Schwamm. Je länger die Todesfee die Prozedur aufrechterhielt, umso mehr sank der Wasserpegel des Sees ab. Solange, bis Kore mit dem Floß auf dem modrigen Schlick aufsetzte. Das rote Geflecht legte sich über den schmierigen Morast und brannte sich in den schlammigen Boden hinein. In rasender Geschwindigkeit verloren die Sedimente ihre Feuchtigkeit, bis sich überall feine Haarrisse darin bilden und die Erde aufbrach. Kore legte den See vollständig trocken. Flammen züngelten aus den Erdspalten heraus. Das Feuer erfasste das Boot des Alten sowie auch ihr Floß, wodurch es in Flammen aufging. Seine Hitze machte Kore nichts aus. Sie war das Feuer, war die Transformation, die Veränderung, die Verschmelzung schlechthin.   In dem flammenden Meer blieb sie mit steinerner Mine sitzen und hielt eisern die Temperatur des Geflechts weiterhin aufrecht. Ihr ging es darum, den Untergrund zu reinigen.

Jule beobachtete mit großer Aufmerksamkeit aus der Höhe, was Kore da unter ihr tat. Sie erinnerte sich an ihre Mutter. Sie saß morgens oft auf dem Steg am See und ruhte in sich selbst. Als sie sich ihr neugierig näherte und fragte, was sie da tat, erklärte sie ihr: „Der See ist voller Leben. In dem, dass ich mich ihm bewusst mache, verbinde ich mich mit ihm.“

„Wie soll das aussehen?“

„Alles ist Erde und Erde ist Leben. Überall ist der Geist des Lebens.“

„Auch in den Steinen?“

„Steine zerbröseln. Sie sind vor Jahrmillionen aus Partikeln entstanden, die sich ineinander verbacken haben. Alles war zu Anfang Staub.“

„Wasser ist doch keine Erde.“

„Das nicht, aber ohne Wasser gibt es kein Leben. Wenn etwas verbrennt, entzieht Feuer das Wasser.

„Tötet Feuer dann nicht die Erde?“

„Nein Kind. Die Erde bleibt erhalten, auch wenn sie dann Staub genannt wird“, lachte Marsha. „Feuer beschleunigt den Prozess der Erneuerung. Führst du wieder Wasser hinzu, dann ergibt sich neue Erde.“

Jule erkannte aus der Höhe die einmalige Chance, die Kore ihr eröffnete. Sofort fachte sie den Wind an und lenkte ihn in das flammende Meer hinein. Die trockene Erde wirbelte auf und blies sich in die Höhe. Nach jahrhundertelanger Kontamination verließ durch ihr Wirken das Gift den ausgetrockneten See.

Erst jetzt hielt Kore ein und blickte zu Jule in den Himmel. Die Waldfee kühlte mit ihrem erzeugten Wind die Luft ab. Schon bald bildeten sich Tropfen in der Luft, da aufgewirbelte Staubpartikel am Wasserdampf anhafteten. Ehe ein feiner Regen niederging, fuhr Kore ihre Flügel aus und stieg zu Jule in die Höhe. Mit einem kecken Grinsen hielt sie neben ihr an.

„Der See wird sich wieder mit Wasser füllen“, sagte Jule zu ihr hoffnungsfroh.

„Das wird er.“

„Er wird wieder neu geboren.“

„Es wird wieder Fische darin geben.“

„Die Asche von Bert wird sich mit dem Staub und dem Wasser verbinden …“

„… und sich zu neuem Leben verweben.“

Beide blieben stumm über ihrem Werk schwebend in der Luft. Ihre Augen erfassten den auskühlenden Dampf, der sich allmählich legte. Sie sahen, wie der Wassernebel zu Tropfen wurde, wie er in an den Blättern des Waldes kondensierte und zu Boden ging. Der Boden nähme es auf, lässt es in den Untergrund sickern, sammelte es auf einer Lehmschicht an und führte es letztlich in den See zurück. Ein neuer Kreislauf begann. Ein Lächeln glitt ebenso über Jules Mine als auch Kore unsägliche Freude überkam.

„Es gibt keinen Tod", sagte sie, worauf Jule sie wie erlöst mit tiefer Dankbarkeit ansah.

„Ich danke dir", sagte Jule mit einer Träne in den Augen zu ihr.

„Ich danke dir", antwortete Kore mit großem Respekt. „Wir sind eben Schwestern im Geiste."

„Das sind wir. Der See braucht mich nicht mehr. Lass uns jetzt aufbrechen."

„Ist gut", antwortete Kore. Sie gab einen Impuls an ihre Flügel, sodass auch sie abhob.

„Na dann los", rief Jule freudig und gewann ordentlich an Tempo. Kore folgte ihr.

Jules Schilderung über das Verhältnis zwischen Menschen und Feen beschäftigte Kore während ihres Fluges in den Norden. Die meisten Menschen glaubten nicht an Feen. Sie sah das doch deutlich an Chausettes Mine. Erst als sich Kore ihr offenbarte, brach sie das Eis ihrer Freundin. Tat sie das aber nicht, dann blieb Kore für sie als Fee unsichtbar. Chausette sähe dann in Kore einen gewöhnlichen Menschen. Für die Menschen gab es daher auch keine Todesfeen. Sie blieb eine reine Erfindung der Fantasie. Solange, bis sie sich ebenfalls deutlich offenbarte.

„Weißt du Kore", sagte Jule, während ihres Fluges über die Berge. Kore fühlte, dass Jule ihr eine Erklärung schuldig blieb. „Zu Bert gibt es noch etwas zu sagen. Ich kannte Bert schon ziemlich lange. Als Baby setzten ihn seine Eltern im Wald aus. Ich fand ihn dort und brachte ihn in die nächste Siedlung. Sie nahmen ihn dort auf. Das band ich Bert aber nie auf die Nase. Später machte ich mit ihm meine ersten Erfahrungen in Sachen Sex. Das vergesse ich nie. Es war auf dem Campingplatz am Badesee. Bert arbeitete dort als Masseur und gab an diesem Tag Handtücher aus. Von ihm lernte ich übrigens, wie man Körper massiert. An einem durchwachsenen Tag bin ich zu ihm hin. Es war etwas frisch und nicht viel los. Da setzte ich mir meinen Sommerhut auf und bin zu ihm an die Ausgabe gegangen. Er merkte sofort, dass wir uns irgendwoher kannten, als sich unsere Blicke trafen. Richtig lange sah er mir in die Augen. Ganz still ist er geworden. Ich weiß es noch wie heute. „Du bist eine Fee" sagte er mir ins Gesicht. Ich konnte nicht anders, als ihn anzulächeln. Ich kam zu ihm hinter die Ausgabe. Es war niemand sonst da. Wir gingen in das Handtuchlager und sahen uns zunächst nur an. Seine Hände fuhren mir über die Wange. Er setzte mir den Hut ab. Und dann, tja, richtig Leidenschaft fühlte ich nicht in diesem Moment, aber ich wollte diese Dinge erfahren, damit ich daran wachse. Ich begleitete ihn durch sein Leben. Praktisch von seiner Geburt an. Er ist später oft auf den See hinausgerudert, um mit mir allein zu sein."

„Du hast dich ihm offenbart? Warum?"

„Er glaubte an uns. Es gab ihm Kraft, sein Leben zu meistern. Es erinnert mich an mein Erlebnis mit Peter, dem es genauso wie Bert erging. Darum sah er mich und auch dich. Bert heiratete später, wurde aber nicht wirklich glücklich in seiner Ehe. Er zeugte sogar zwei Söhne. Auf dem See fragte er mich oft, warum er nicht mit mir auch in seiner Welt zusammen sein kann. Leider ging es nicht. Wenn er alt war, wäre ich noch jung. Besser wäre es, wenn er sein Leben in dem Tempo hielte, das für ihn bestimmt ist. Wir beschlossen dennoch, Freunde zu bleiben und uns weiter auf dem

See zu treffen. Bert ist alt geworden. Seine Kinder gingen ihre eigenen Wege und seine Frau ist bereits vor ein paar Jahren an der Apparatemedizin zugrunde gegangen. Bert nahm das sehr mit. Er bekam zuerst Angst vor seinem eigenen Tod und wollte nicht so wie sie seine letzten Jahre verbringen. Je älter er wurde, umso kraftloser wurde er. Als die Ärzte ihm den Tumor diagnostizierten, der langsam und unaufhörlich in seinem Schädel wuchs, legten sie ihm nahe, alle weltlichen Dinge zu regeln, solange er im Vollbesitz seiner geistigen Kräfte wäre. Er ist zu mir auf den See gerudert und fragte mich, ob ich ihm nicht einen neuen Körper mache. Ich konnte ihm nicht helfen, denn damit seine Seele in einen bestehenden Körper gelangt, müsste er eine andere Seele verdrängen und besitzt diese Seele nicht auch das Recht auf ein Leben?"

„Das ist wie beim Double", sagte Kore Jules Beweggründe verstehend. „Ich wandte ihn höchst ungern an, weil ich wusste, dass ich mein Doppel in große Gefahr bringe. In eine Gefahr, für die ich selbst verantwortlich bin."

„Ich sah es im Transpati", fuhr Jule fort. „Nur der Todesfee ist es möglich, so zu verfahren. Eine andere Fee bringt das nie fertig. Er bat mich, ihn zu erlösen. Er wollte sterben. Das konnte ich nicht. Ich kann Leben geben, aber nicht empfangen. Aber ich wusste, irgendwann kommt die schwarze Fee zu mir und nimmt mich mit ins Feenreich. Sollte Bert noch am Leben sein, gebe ich ihm ein Zeichen, damit auch sie ihm seinen Frieden schenkt. Heute Morgen flog ich auf den See hinaus und ließ den Nebel aufsteigen. Mein Zeichen. Bert wusste nun, dass es soweit war und ruderte zu mir hinaus. Du wurdest etwas früher wach, als ich glaubte."

„Darum warteten wir also."

„Ja. Ich weiß, dass du das nicht gerne tust. Ich verhalf Bert zur Geburt. Schenkte ihm sein Leben. Sorgte dafür, dass er zu sich und zu seinem Leben findet."

„Ipsy meinte, dass du der Anfang bist und ich das Ende. Nur durch mich existierst du und umgekehrt. Wir brauchen einander."

Jule hielt in ihrem Flug inne und starrte Kore nachdenklich an. Sie legte ihren Kopf schräg an.

„Schwestern im Geiste", sagte sie schließlich.

Kore brummte zustimmend.

„Schon komisch", meinte Jule und setzte ihren Flug fort. „Mit mir beginnt eine neue Zeit und transformiert sich mit dir in eine Neue."

Schließlich bremste sie wieder ab und sah sich um. Sie prüfte die Umgebung und meinte: „Ich glaub, hier ist es richtig."

Unter ihnen lag eine brache Einöde, in der weit und breit kein Baum oder eine Erhebung stand. Es wirkte ähnlich wie Ipsys Ausbilderebene bei Kores erstem Besuch.

„Hier unten gab es früher einen dichten Wald", sagte sie zu Kore. „Die Menschen holzten alle Bäume ab."

„Oh, das ist ja ..."

„Sie versuchten sie mit Flugzeugen und Plastikbomben, in denen Setzlinge waren wieder aufzuforsten, aber ihr Projekt lief total schief. Sie gingen mit den Pflanzen um, wie mit Stückware. Für sie waren sie nur Holz und keine Lebewesen."

Jule flog zur Oberfläche hinunter und besah sich die Gegend genauer.
„Ja, hier dürfte es gehen. Weißt du, für den Portikus darf im Umkreis von mehreren Kilometern kein Mensch oder Tier existieren, da sie unweigerlich sterben werden."
Kore gesellte sich zu ihr. In Jule schien eine weitere Frage zu bohren, von der sie nicht wusste, wie sie sie am besten äußerte.
„Und nun?"
„Ich hätte eine Frage, bevor wir beginnen können ..."
„Ja?"
„Was ist deine Meinung zum Sex?"
„Wie meinst du das?"
„Wenn ich am Anfang eines Zyklus stehe, beginnt das Leben mit der Zeugung. Ich finde Sex ist notwendig, um einen Anfang zu haben."
„Mit dem Sex wird der Tod überlistet. Findet mit ihm nicht eine Art Übertragung des Lebens statt?"
„Ähnlich einer Krankheit? Ist das Leben etwas, das wie eine Krankheit über einen Zellhaufen herfällt?"
„Oder ist Sex mehr als eine Übertragung von Informationen oder der Lebensenergie?"
„Es hält einem an, weiter zu reifen. Nur, wer aufnimmt, verwandelt sich. Es ist eine Wohltat für den Körper sich zu entwickeln. Jedenfalls war das mein Eindruck, den ich damals mit Bert sammelte. Ich sah, dass du nie bisher so etwas wie einen Drang nach Beischlaf empfunden hast. Nicht einmal, als dein Bruder mit dir schlief."
„Ipsy erklärte mir das mit dem Feenfeuer. Ich fühlte so was noch nie."
„Schon, aber hast du es schon einmal mit einem Mädchen gemacht?"
„Was gemacht?"
„Na geküsst. Gestreichelt. Befriedigt. Sich gegenseitig gekost, bis es dir kommt?"
„Nein", antwortete Kore irritiert. Was sollte dies mit dem Portikus zu tun haben?
„Auf Akademie erzählten meine Kameradinnen mal ein paar Geschichten, die so was thematisierten. Ich begeisterte mich nie für solche Sachen."
Die lesbische Liebe, das Thema, das Jule so direkt anschnitt, gab es auf der Akademie durchaus. Sie kam aber nicht so häufig vor, wie die amourösen Seitensprünge ihrer Freundinnen mit den Vertretern des männlichen Geschlechts. Chausette erzählte ihr mal, dass sie durchaus mit ihren Teamkameradinnen so manches Experiment in Sachen lesbischer Erfahrung sammelte. Mädchen wissen eben besser, was ihnen gefällt, antwortete sie ihr, als Kore nach dem Grund ihres Antriebes fragte. Gleichgeschlechtliche Beziehungen waren zu Kores Zeit nicht verboten, wurde aber nicht an die große Glocke gehängt, weil das Ausleben des lesbischen Triebs zur Reifung zum Erwachsenwerden zählte. Meistens verflog die Neigung nach den ersten Erfahrungen in jungen Jahren wieder und war daher kein großes Thema in Kores Gesellschaft. Sie selbst tauschte mit Chausette unter der Dusche nach dem Schwimmen ähnliche Erfahrungen aus, ohne sie je als lesbisch zu empfinden. Es blieb bei gegenseitigem Eincremen und Massieren, bei der auch der Intimbereich nicht ausblieb. Unter Feen, das merkte Kore bald, sah man diese Angelegenheit sehr pragmatisch und praktizierte sie dann, wenn es einem ganz bestimmten Ziel diente.

So wie jetzt. Jule näherte sich Kore und blieb vor ihr stehen. Auf irgendetwas wollte sie dabei hinaus. Diese Frage hatte für den Portikus eine Bedeutung.

„Kore", sagte sie plötzlich. „Wenn ich der Anfang bin und du das Ende eines Zyklus, dann müssen wir, um den Portikus zu vollführen, diese Verbindung herstellen und die Energie entfesseln."

„Oh", fuhr es der Todesfee heraus. „Das heißt ja, wir müssen es miteinander treiben. Etwa jetzt und hier?"

„Ganz genau", sagte Jule erleichtert aufatmend, weil Kore es so schnell begriff. „Das müssen wir. Sonst können wir das Portal nicht öffnen. Jetzt weißt du vielleicht auch, warum du deinen Abgang vor deinen Freunden vortäuschen solltest. Der Portikus funktioniert mit seelischer Verschmelzung. Diese Art der Verschmelzung unter uns Feen überleben deine Freunde nicht."

„Aber ich wüsste trotzdem nicht, wie das geht."

„Ich erklär es dir", fing Jule an Kore die Wirkungsweise des Portikus näher zu bringen. „Ich bin die Gebende. Du bist die Empfangende. Das Leben ist die Spannung zwischen den beiden Polen. Die stärkste Lebensenergie ist die der Verschmelzung, also der des Sex. Wir müssen diese Energie entfachen, in dem die Gebende die Empfangende stimuliert. In diesem Falle du."

Jule materialisierte einen schlichten Holzstab und zog einen großen Kreis rund um Kore in den staubigen Boden. In seiner Mitte machte sie ein hölzernes Podest, das sehr stark dem Floß ähnelte, auf dem sie vor wenigen Stunden saßen. Darauf materialisierte sie eine Massageliege, die Kore aus dem Fitnessraum der Akademie kannte.

„Du legst dich da drauf und lässt alles Weitere mit dir geschehen. Du musst gar nichts machen. Dich einfach gehen lassen und meine Berührungen empfangen. Wichtig ist bloß, dass du dabei dein Medaillon um den Hals trägst und dass du es während der Stimulation öffnest."

„Hab ich", sagte Kore und setzte sich auf die Liege. Sie fühlte sich seltsam glitschig an. Jule behandelte sie mit einer ihr unbekannten Substanz. „Was ist das für ein Zeug?"

„Ich hab sie mit einer Art Empfänger bestrichen", erklärte Jule kurz. „Steigert den Effekt."

Jule fasste an ihre Kleider und löste sie auf. Sie setzte sich hinter ihr und rückte Kores Körper an ihre Brust.

„So", sagte sie zufrieden. „Jetzt lehn dich an mich an", was Kore sogleich tat. Jule legte ihre Hand in Kores Schritt.

„Mit der einen Hand werde ich dich halten. So kontrolliere ich dich am besten und steigere deine Extase. Wenn wir Erfolg haben, dann werden wir in ein riesiges Loch fallen. Lass dich auf keinen Fall von dem Ablenken, was um uns herumpassieren wird. Vor allem ist wichtig, dass du dich gehen lässt. Gib dich der Lust hin, die ich in dir erzeugen werde. Spüre hinein und je mehr du dich darin fallen lässt, umso mehr werden wir hineinfallen und nach Atres kommen. So funktioniert der Portikus."

Jule materialisierte ein Gerät, das Kore als ein Radio mit großen Lautsprechern erkannte. Zu ihrer Zeit bewunderte man so ein Ding im Technikmuseum. Aus seinen
Boxen ertönte bald Entspannungsmusik.

„Das wird uns helfen, zu entspannen. Schließe die Augen und vergiss den Ort, an
dem wir uns befinden. Sicher gibt es bessere Orte, aber dort würde es für die Menschenkinder gefährlich werden."

Kore lies sich zurück auf Jule fallen. Sie hielt sie fest in ihren Armen. Jules Finger
fingen an, ihre Haut sanft zu massieren. Jule behandelte sie offenbar mit Öl, da Kore ihre Berührungen sehr intensiv wahrnahm. Sie knabberte an ihren Ohrläppchen,
was Kore durchaus erotisierend fand. Je mehr sie der verträumten Musik lauschte
umso entkrampfter wurde Kore. Die Massage tat ihr wirklich gut. Jule schien die
Anatomie der Frau wirklich gut zu kennen. Gezielt steuerte sie ihre Kraft und lies in
Kore ein wahres Feuerwerk abbrennen. Kore schloss ihre Augen und lies sich gelöst
treiben. Sie merkte nicht den immer mehr aufkommenden Wind, der sie erfasste.
Jule beobachtete Kore während ihrer Gabe genau. Reagierte auf jede Gesichtsre-
gung. Der direkte Körperkontakt war wichtig, um Kores Erregung zu erfühlen und
vor allem gezielt zu steigern. Sie hielt ab und zu mit ihren Bewegungen inne, damit
diese einwirkten. Kore spürte immer mehr die Energie, die sie in sich auflud. Fast
wie bei einer Batterie. Der Wind um sie nahm weiter an Stärke zu. Der Todesfee
entfuhr ein erlösender Seufzer. So eine Erfahrung machte sie bisher nie. Warum
kam sie nicht früher drauf? War es falsche Scham, den sie empfand? Nein, sie spürte
ja noch nie einen Sextrieb in sich. Sie musste erst Jule treffen, um mit ihr diese Erfahrung zu teilen. Kore pumpte sich bis zum Zerreisen auf. Sie stöhnte und wälzte
sich in Jules Armen vor ungebändigter Energie, die in ihr pulsierte, doch Jule hielt
sie fest und machte ungeniert mit ihrer Stimulation weiter. Um sie herum bildete
sich mittlerweile eine Windhose. Sie schien beide erfassen zu wollen und in die Höhe zu heben, aber das genaue Gegenteil war der Fall.

„Das ist so geil ..." entfuhr es Kore, als es ihr überkam und eine Erfahrung warmen
Regens gleich über und aus ihrem Körper huschte. Gleich einer gigantischen Welle
des Erbebens, um anschließend in ein riesiges Loch zu fallen.

Kapitel 9

Maluk

Wie abgerissen fühlte sich Kore. Jeglichem Gefühl beraubt. Jule weckte sie aus ihrem komaartigen Zustand.

„Wach auf", flüsterte sie rüttelnd zu ihr. „Diesen Ort sah ich schon einmal beim Transpati mit dir. Es scheint so, als ob du bereits viele Dinge in dir trägst, die wir hier erleben werden."

Kore machte belämmert ihre Augen auf. Sie streckte sich erst einmal durch. Der Portikus setzte ihr doch empfindlich zu. So wacklig auf den Beinen fühlte sie sich dann, wenn sie stundenlang ohne Pause tanzte. Sehr schnell bemerkte Kore, worauf Jule hinauswollte, als sie sich umsah. Denn den Ort, an dem sie landeten, sah sie schon einmal. Während ihres Beischlafs mit Neko.

„Rote Ziegelmauern, Kerzenlicht und dieses Wasserbecken", sagte Jule. Sie beide schwammen darin. Das Wasser war verdächtig warm und duftete nach Sandelholz. „Genau wie in der Illusion mit deinem Bruder. Das hat eine Bedeutung."

Jule stieg aus den gekachelten Becken und sah den schmalen Gang entlang, der irgendwo in der Dunkelheit verschwand. An seinen Wänden hingen zierliche Fackeln, die aber nicht brannten.

„Wohin der wohl führt?"

„Sind wir auf Atres?"

„Ja", sagte Jule. „Du solltest dein Amulett während des Portikus aufmachen, damit es uns an seinen Entstehungsort zurückbringt. Offenbar wurde es hier gefertigt. Oder zumindest in der Nähe."

„Hier drin? Der Ort ist mir gänzlich unbekannt. Nicht mal beim Flug mit Hoss sah ich ihn. Ipsy meinte, dass es eine Dunkelelfenarbeit ist. Weißt du etwas über die Dunkelelfen?"

„Nur dass sie geschickte Handwerker sind", antwortete Jule. „Das weiß ich aber auch nur von Ipsy. Ähm, was ich wissen will. Brachte dir Ipsy etwas bei?"

„Ja. Ich hab endlich den Verschwindibus gelernt."

„Dann ..."

„Was meinst du?"

„Deine Feenausbildung ist bald zu Ende, Kore", antwortete Jule. „Es gibt jetzt noch zwei Dinge, die du nicht kannst. Den Zoom, den Transpati und den Portikus zeigte ich dir, also wird Ipsy ihn dir nicht mehr beibringen."

„Wieso ist das so wichtig?"

„Wenn Ipsy dir diese zwei fehlenden Feenkniffe gezeigt hat, dann wird sie dich verlassen. Du wirst mit ihr keinen Kontakt mehr haben."

„Was?"

„So war das auch bei mir. Ich hab sie sehr vermisst, Kore. Es ist nicht leicht für eine Fee jeglichen Kontakt zu seinen Artgenossen zu verlieren, auch wenn eine Bestimmung uns zu Einzelkämpfern macht."

„Ich trau mich nicht zu fragen, was das für zwei Tricks sind. Sie erwähnte etwas von einem Apo... Apo... Ich komm grad nicht drauf.“

„Ich weiß, wovon du sprichst. Den Apokalypto. Er gehört zu den Spezialfertigkeiten und ist allein der Todesfee vorbehalten. Also dir.“

„Was? Nur mir? Äh, aber Ipsy tat so, wie wenn auch sie ihn beherrscht.“

„Natürlich kann sie das, weil sie eine Ausbilderin ist. Nur nützt der ihr nichts, da sie sich auf der Ausbilderebene befindet und dort praktisch keine Wirkung entfaltet. Meine Spezialfertigkeit der Heilung, der Äskulap, ist mir vorbehalten, weil ich die Gebärende bin. Die Lebensspendende. Nicht jede Fee kann alle Tricks wirken. Das können nur die Ausbilder. Ich vermute, dass der Apokalypto der Letzte ist, den sie dir beibringen wird und dann heißt es, von ihr Abschied zu nehmen. Dann bist du fertig.“

„Heißt das, dass ich Ipsy nie mehr wieder sehe?“

„Genau“, bestätigte Jule knapp. „Man bleibt nicht ewig Kind, hörte ich während des Transpati von einem Unbekannten sagen. Eine Ausbildung ist eine kalkulierte Zeit. Sie gibt einem Sicherheit. Darum will man sich von ihr nicht so ohne weiteres trennen.“

„Was ist das für ein anderer Trick, der noch fehlt?“

Jule schmunzelte. Sie wusste nun, dass Kore auch geistig zur Fee wurde.

„Es wäre besser, wenn du dieses Vergnügen Ipsy überlässt. Sie hat dich sehr in ihr Herz geschlossen. Wenn ich ihn dir zeigte, wäre sie sehr traurig. Der Apokalypto eignet sich nicht als letzte Lektion. Du wirst schon merken warum.“

„Ich verstehe. Mich interessiert, was du eigentlich alles im Transpati bei mir gesehen hast?“

Jule grinste. Sie dachte kurz nach, ehe sie antwortete.

„Der Transpati zeigt natürlich nicht jede Einzelheit aus dem Leben des Handpartners. Er zeigt das, wie du was in deiner Erinnerung behalten hast. Ereignisse und Sätze, die deinen Geist beeinflussten. Ich hörte deinen Schicksalsspruch, erlebte deine und auch Nekos Ankunft im Waisenhaus, deine Adoption, deine Suche und den Tod deines Bruders. Dir das im Detail zu schildern, dauert viel zu lange. Wir müssten dann auch den Transpati nicht wirken.“

„Verstehe. Es hilft jetzt auch nicht weiter. Lass uns hier rausgehen und diesen Ort erkunden“, antwortete Kore und stieg ebenfalls aus dem warmen Bassin.

„Eigenartig. Hier draußen riecht es jetzt nach Rosen“, sagte sie schnuppernd in der Luft. „Wenn hier ein Schmuckstück gefertigt wurde, müsste es doch so etwas wie eine Schmiede geben.“

„Ja“, wandte Jule ein und sah den roten Flur entlang.

„Irgendwie hab ich ein ungutes Gefühl diesen Gang da weiter zu gehen“, meinte sie ihre Absicht prüfend.

„Wir könnten über den Lichtschacht nach draußen“, schlug Kore vor. In ihrer Illusion mit Neko war indirekt ein Licht über eine Luke in das Innere gegangen.

„Hm. Liegt nahe“, meinte Jule und stellte sich direkt unter den schmalen Lichtdurchlass und sah zu seiner Öffnung hinauf.

„Da wurde Glas eingesetzt. Wir können nicht einfach so hoch ...“

„Ich kann den Verschwindibus“, kicherte Kore und schickte ihren Staub hinauf, um das Glas zu entfernen. Doch aus irgendeinem Grund schien es nicht zu wirken. Das Glas blieb drin.

„Eigenartig“, grübelte Jule. „Ich dachte immer, der entfernt alles. Vielleicht entwickelten die Dunkelelfen Glas, das ihm trotzt. Außer, wir wenden den Teleport an. Wir können ja sehen, wohin wir fliegen.

„Wäre eine Möglichkeit.“

Sofort benutzte Kore den Minimalus und flog dicht an die Glasscheibe heran. Sie deutete in die Richtung ihres Ziels, stellte sich im Geist ihren Zerfall vor und setzte sich auf der anderen Seite des Glases wieder zusammen. Sogleich verspürte sie einen Luftzug und flugs ging es durch die Röhre der Lichtquelle entgegen.

Es war eng in dem Schacht. Je näher sie der Lichtquelle am anderen Ende kamen, umso wärmer wurde es. Kore erreichte auf die Größe einer Libelle geschrumpft seinen Ausgang. Jule flog ihr hinterdrein und gesellte sich neben sie. Gemeinsam erfassten ihre Augen einen großen Innenhof in dem ein geschäftiges Treiben von statten ging. Er gehörte zu einer Burg oder einer ähnlichen Anlage, denn er war auf der Mauerkrone bewehrt. Dort oben befanden sich hünenhafte Gestalten in schimmernden Rüstungen. Von der Farbe erinnerte es Kore an Gold, aber irgendwie fühlte sie, dass es nicht das Edelmetall war. Sofort fiel ihr auf, dass sie keine Waffen oder Ähnliches trugen. Das war doch arg verdächtig. Vom Himmel brannte zu dieser Zeit eine Sonne, oder was immer das da oben war, auf den staubigen Platz hernieder und ließ ihre Rüstungen strahlend glänzen. Ihre Gesichter waren auf die Distanz nicht zu erkennen. Der Fee fiel aber sofort auf, dass auch sie dunkelhäutig waren. Offenbar mussten es die Dunkelelfen sein. Nun sah sich Kore den Hof genauer an. Auf dem Platz selbst standen Karren mit vierbeinigen bepelzten Zugtieren herum, die Kore nie zuvor sah. Die Tiere brüllten so ähnlich wie die Kamele, die Kore als Kind einmal auf dem australischen Kontinent hörte. Außerdem war ein lautes Hämmern und Schlagen von Metall in der Ferne zu hören. Es gab hier so eine Art Schmiede. Das, was sie gerade vor sich sahen, musste eine Art Halde für die Rohstoffe sein. Hier türmten sich fein säuberlich Barren aus Metall und getrennte Schütthaufen mit Kohle oder ähnlichem Material auf, das auf seine Verhüttung wartete. Im Hof huschten aschegraue Zwerge umher. Der feine Kohlestaub, der hier durch die Luft flog, schwärzte ihre Gesichter. Sie trugen Flechtkörbe mit den seltsamen Barren auf ihren Köpfen und balancierten sie zu einer Öffnung, hinter der sich eine gähnende Dunkelheit breitmachte. Andere schaufelten aus den Halden ganze Karren mit der Kohle voll. Aufgrund der schweren Arbeit, die sie hier verrichteten, wirkten sie sehr muskulös. Dazwischen rannte einer der Zwerge mit einem großen Eimer umher.

„Bingo“, flüsterte Jule in Kores Ohr. „Das ist die Elfenschmiede, aus der dein Amulett stammt.“

„Elfenschmiede?“, fragte Kore überrascht.

„Ipsy erzählte mir einmal, dass es auf Atres einen Ort gibt, an dem Schmuck und andere Metallwaren hergestellt werden. Sie werden überall gehandelt.“

„Es gibt Handel auf Atres?“

„Aber ja“, sagte Jule. „Es ist ein anderer Wirtschaftskreislauf wie auf der Erde. Jedes Volk spezialisierte sich auf die Herstellung bestimmter Produkte und tauscht sie je nach Bedarf bei den anderen ein. Das führte oft zu bemerkenswerten Bündnissen.“

„Ich verstehe nicht, worin da der Sinn liegen soll. Wir Feen können doch alles mit unserer Fantasie herstellen.“

„Das legt den Schluss nahe, aber da die Dunkelelfen nicht über den Elementar verfügen, machen sie ihre Schwäche mit der Herstellung von Spezialanfertigungen wieder wett. Eines davon ist das Amulett, das dir dein Vater gab. Eine Fee erschafft so was gar nicht. Ein Ding, das die besondere Fähigkeit der Fernkommunikation ermöglicht.“

„Und was stellen wir Feen her?“

Jule druckste kurz und kicherte schließlich.

„Lass mich raten. Es ist Tee.“

„Ja“, sagte Jule knapp.

„Und sonst nichts?“

„Ja.“

„Das ist aber nicht sehr viel.“

„Könnte man meinen, aber der Tee, den die Feen anbauen, der verfügt über bemerkenswerte Eigenschaften. Es gibt mehrere Sorten. Der Nuaventee, den dir Ipsy ausgeschenkt hat, erhöht zum Beispiel deine Aufmerksamkeit. Er ist wie eine Droge, nur ohne Entzugserscheinungen.“

„Und was ist mit deinem Tee?“

„Och, der war das Maximum, was man mit den Pflanzen auf der Erde rausholt. Er ist sehr magenfreundlich, gut fürs körperliche Wohlbefinden und vor allem wirkt er sehr entgiftend. Der hätte vermutlich auch den Yogi gerettet, dem du das Gift der Tollkirsche verpasst hast. Das ist doch auch schon was.“

„Ich trau mich gar nicht zu fragen, was die anderen Teesorten können.“

„Weiß ich auch nicht, weil ich nur den Tee von Ipsy und meinen kennengelernt habe. Dazu müssten wir schon eine weitere Fee aus deinem Volk treffen.“

„Ich dachte, du gehörst zu meinem Volk.“

„Nein“, sagte Jule wie selbstverständlich. „Wir sind verwandt, das ist richtig, aber ich bin eine Waldfee. Ich verbinde mich mit der Erde. Du gehörst eindeutig zu den Luftfeen. Ipsy erzählte mir, dass sich das Feenvolk einst trennte. Die einen suchten ihr Heim in den Wolken, die anderen blieben an der Erdoberfläche.“

„Warum bildet Ipsy dann eine von den Waldfeen aus? Ich dachte, sie wäre eine Luftelfe?“

„Wir haben den gleichen Ursprung. So einfach ist das. Eine Ausbilderin sucht sich nicht ihre Schüler aus.“

„Und worin liegt, dann der Unterschied zwischen unseren Völkern, wenn man mal vom Lebensraum absieht?"

„Weiß nicht. Auf alle Fragen habe ich keine Antwort, aber eines weiß ich sicher: Wir sollten nicht hier bleiben. Außerdem verbrenne ich mich an kaltem Eisen. Es wäre besser, die Dunkelelfen bemerken uns nicht. Wir machen uns unsichtbar. Da fällt mir ein, dass du so eine Art Tarnkappe erschaffen kannst."

„Adalmus schenkte ihn mir", sagte Kore zufrieden. „Hab ihn mir gemerkt."

„Kannst du ihn mir bitte beibringen?"

„Klar."

Kore hüllte sich in eine Kutte, die sie aus dem Chamäleonstoff kreierte. Jule fuhr mit ihren Fingern darüber und schien seine Eigenschaften dabei aufzusaugen wie ein Schwamm.

„Mal sehen", meinte sie hinterher und wandte den Designer auf ihre Kleider an. Sie verschmolz nun ebenso wie Kore mit dem Hintergrund.

„Maluk", dröhnte die harsche Stimme des Königs Jorge durch die Ohren des Priesters. Der von Kopf bis Fuß tätowierte Dunkelelf, dem dieser Ruf galt, sah zu, so schnell wie möglich zu seinem ungeduldigen Herren zu gelangen. Seine hagere Gestalt eilte flugs durch den Palastgarten direkt in den Thronsaal und blieb vor einer zwergenhaften Schwarzhaut stehen. Jener war fast so dick wie groß. Ein goldener Ring auf seinem kraushaarigen Haupthaar wies auf seine Herrscherfunktion hin. Sein Gewand war eher schlicht als protzig. König Jorge blickte streng auf seinen Hoftheologen.

„Mein König?", fragte Maluk unterwürfig.

„Da seid ihr ja endlich. Gibt es Neuigkeiten aus Trestan und der Wolkenstadt? Was melden die Avatare?"

„Die Schlangen suchten die Dämonen und die Luftfeen heim. Über uns kreisen sie auch schon."

„Wurden unsere Avatare von ihnen angegriffen?"

„Nein"

„Eigenartig. Sie scheinen auf irgendetwas zu warten. Aber egal, wie es aussieht oder wie ihr es von den Avataren gesehen habt, meine Entscheidung war richtig, die Barriere zu errichten. Niemand durchdringt sie."

„Ja, euer Hoheit."

„Wir können alles, was wir brauchen, durch unsere Avatare außerhalb des Kraftfeldes besorgen lassen", schmunzelte König Jorge gelassen.

„Ja, euer Hoheit."

„Und vor allem sind wir hier drin sicher vor der Prophezeiung."

„Nein, euer Hoheit."

„Was? Trotz all unsrer Erfolge wagt Ihr es, eurem König zu widersprechen?"

„Euer Majestät, es gibt gute Gründe für meine Skepsis. Die Seherin irrte sich in all den Jahrtausenden nie. An dem Tag, an dem die Wolkenfeste fällt und die Dämonen zu Glut zerfallen, an dem werden die Schwarze und die Rote in die Zitadelle eindringen und die Barriere sprengen. Mit der Zitadelle sind eindeutig wir gemeint. Der Tag ist noch nicht vorbei."

„Nur wusste die Seherin nichts von einem Kraftfeld und unserer raffinierten Verteidigung. Sie ist unüberwindbar. Schau dir doch die Huangdi der Menegerit an. Auch sie ist uneinnehmbar. Ein ausgefeiltes Abwehrsystem. In all der Zeit wurden sie nie von den anderen Völkern überrannt. Also haben auch die Schlangen dort keinen Erfolg. Nur unsere Avatare gehen unbeschadet durch das Kraftfeld rein und raus. Nein Maluk. Wir sind hier absolut sicher."

„Wie ihr meint, euer Majestät", antwortete Maluk unterwürfig. Er gab es schon lange auf, den König von seinem Misstrauen zu überzeugen.

„Ich schlage vor, ihr geht jetzt zu unserem Volk und tretet den Gerüchten entgegen, die hier über die Prophezeiung kursieren. Mein Volk braucht jemandem, der ihnen Mut macht. Das ist eure Aufgabe."

„Ja, mein König", sagte Maluk lakaienhaft und ging zum Thronsaal hinaus. Der Priester machte sich gar nicht die Mühe, seinem König weiter zu widersprechen, denn was ohnehin nicht zu verhindern war, bedurfte keiner Gegenwehr. Das wusste Maluk zu gut.

„Wir verschaffen uns einen Überblick", schlug Kore vor und wagte sich vorsichtig aus ihrer Deckung des Lichtschachtes. Sie erkannte, dass ihr Versteck direkt in einer dicken Mauer aus schweren Granitblöcken lag. Daher folg sie direkt die Wand nach oben, bis sie den Wehrgang der Anlage erreichte. Jule folgte dicht hinter ihr nach. Oben standen zwei der Dunkelelfenwachen und sahen über die Zinnen auf die andere Seite. Sie standen sehr entspannt da. Offensichtlich rechneten sie nicht mit irgendeiner Bedrohung.

„Irgendwas stimmt hier nicht", wisperte sie zu Jule ganz leise. „Für mich ist die Frage wen oder was sie hier bewachen. Das Licht hier ist eigenartig. Viel zu grell."

„Das wird vermutlich die Leuchtkraft der Sonne hier sein."

„Ja, vermutlich", gab ihr Kore Recht. „Aber eben eine Vermutung. Könnte es vielleicht sein, dass auch die Dunkelelfen die Kraftfeldtechnik kennen?"

„Ein Kraftfeld?"

„Ich hab so was Ähnliches schon bei den Ors gesehen. Warum stehen sie ohne Waffen herum und warum sind es so wenige? Ich glaub, die Wachen haben bloß einen anwesenden, aber keinen kontrollierenden Charakter. Dann wären es viel mehr und sie wären aufmerksamer."

„Wenn sie ein Kraftfeld über ihre Anlage gespannt haben, dann werden wir nicht einfach so rausfliegen können", schlussfolgerte Jule mürrisch.

„Stimmt. Aber den Karren könnten wir folgen. Irgendwoher kriegen die ihre Rohstoffe für die Schmiede."

Kore ließ ihren Blick erneut über den Hof schweifen. Sie erkannte Schienen und Loren, die im staubigen Boden eingelassen waren. Einige der Rohmaterialien kamen offenbar direkt aus Minen hierher. Dorthin mussten sie fliegen.

„Wir reden jetzt so wenig wie möglich miteinander und als Zeichen, dass wir zusammengeblieben sind, fassen wir uns an. Wer weiß, ob die uns nicht doch hören
können."
„Gute Idee. Aber wie finden wir uns wieder? Ich sehe nicht, wohin du fliegst, wenn
du unsichtbar bist. Als Fee spürt man zwar die Anwesenheit der Anderen, aber sie
genau zu finden wird sehr schwierig."
„Ein Leuchtblitz?"
„Ja, etwas in der Art", flüsterte Jule. „Ich sende einen kleinen Leuchtblitz aus. Weil
es hier so hell ist, fällt er kaum auf. Es wird ihn nur derjenige bemerken, für den er
bestimmt ist."
„Also los. Folgen wir den Schienen" sagte Kore und glitt lautlos über den Hof zu
den Schienenfahrzeugen mit den Loren hinab. Sie waren leer. Aus irgendeinem
Grunde setzen sie sich gerade in Bewegung. Kore kam ein grandioser Einfall. Sie
setzte sich in die letzte Lore der Kette und ließ einen kurzen Lichtblitz für Jule aus
ihren Händen fahren. Sehr bald spürte sie einen leichten Druck auf ihrer Schulter.
„Klappt ja gut", sagte sie zu ihr.
„Ja", wisperte Jule leise zu ihr. „Wir lassen uns einfach mit der Lok hinausfahren.
Mal sehen, wohin die Reise geht."

Maluk eilte durch einen riesigen Saal der Burg, der als Aufenthaltsraum für die
Wachleute diente. In ihm standen in einer Reihe lange Tische und Bänke, auf denen
gerade einige seiner Freunde eine Pause bei einem schaumigen Gebräu machten.
Nur kurz grüßte er seine Kameraden, als er an ihnen vorbei huschte.
„Hey, Maluk. Wohin so eilig? Setz dich zu uns", riefen sie ihm verständnislos nach.
„Entschuldigt", antwortete er ihnen flüchtig. „Ich hab es sehr eilig."
„Warum sollte man es hier drin eilig haben? Wir können doch eh nirgendwo hin."
Er antwortete ihnen nicht darauf. In ihm gingen die zahlreichen Erinnerungen ihrer
langen Zeit hier in der Zitadelle durch den Kopf. Auch die Prophezeiung der Seherin. In den Legenden kursierte ihre Beschreibung vom Ende der Welt und der Völker auf Atres. König Jorge fand, nachdem er von den Menegerit jenen Barrieristen
erstand, einen idealen Platz inmitten des Tieflandes für die wohl größte Wehranla-
ge, die es auf dem Festland gab. Unweit eines großen Rohstoffvorkommens beste-
hend aus urzeitlichem Grafit und eines Materials, das sich zu einem bronzeähnli-
chen Metall verhütten ließ. Natürlich kannte auch er die Weissagung der Seherin
aus der Wolkenfeste. Die Angst vor seiner Erfüllung ließ König Jorge den genialen
Plan sich mit dem Kraftfeld abzuschirmen einfallen. Da es die Dunkelelfen perfekt
beherrschten, Avatare, künstliche Lebensformen aus Rohmaterialien wie Erz zu erschaffen, streifte das eigene Volk nicht mehr über die Landmassen oder die Meere,
um sich mit den Waren des Planeten zu versorgen. Ungehindert gingen die Kunst-
wesen durch die Kraftfeldwand ein und aus, ohne Schaden an ihr zu nehmen. Hier,
in der Festung, erschufen sich die Dunkelelfen ein luxuriöses Plätzchen. Es gab
mehrere Innenhöfe und Galerien, in denen zierliche Gärten angelegt, Vergnügun-
gen gefrönt und körperliche Erholung möglich war. Hin und wieder gab es den Ar-

beitsdienst, der für die Avatare sorgte und natürlich die Kunstschmiede. Hier stellten die Dunkelelfen in akribischer Arbeit die wohl feinsten Schmuckstücke des ganzen Planeten her. Mit ihrer Technologie versahen sie ihre Kleinodien und machten sie so zu begehrten Handelsobjekten. Jene Brosche, die König Laikos seiner Tochter schenkte, war so ein Stück. Es ermöglichte die Fernkommunikation in einem holografischen Raum, wie der Ausbilderebene. Die Wachen auf den Zinnen brauchten keine Waffen, sondern beobachteten nur die Gegend und den Hof mit den Avatararbeitern. Letztere waren die zwergenhaften Gestalten, die Kore und Jule auf der Halde bemerkten. Sie funktionierten organisch und arbeiteten in den Minen unter der Zitadelle. Dort schürften sie Kohle und jenes Metall, das sie zur Herstellung ihrer Handelswaren brauchten. In der Schmiede stellten die Dunkelelfen vortrefflichen Schmuck und Gegenstände her, die auf ganz Atres geschätzt waren. Die Avatare handelten für die Dunkelelfen damit außerhalb der Kuppel und tauschten alle Dinge ein, die nicht in der Zitadelle kultiviert wurden. Somit war das Kraftfeld eine Art Membran, die unliebsame Dinge draußen und nutzbringende Dinge passieren ließ. Eine Win-win-Situation, wie es König Jorge ausdrückte. Maluk hieß die Politik seines Königs dennoch nicht gut. Das sagte er auch ganz offen. König Jorge störte sich nicht daran, dass einer seiner engsten Vertrauten nicht seine Meinung teilte, weil er wusste, dass der Erfolg ihm Recht gab. Noch nie schlugen sich die Dunkelelfen mit einem größeren Konflikt herum. So lebten sie recht sicher auf Atres und vor allem gut versorgt. Maluks Aufgabe war es, den Strömungen innerhalb seines Volkes zu begegnen, die an der Richtigkeit von König Jorges Politik zweifelten. Auf den ersten Blick könnte man meinen, dass dies doch sehr kontraproduktiv war, ausgerechnet einen Zweifler der Politik des Königs zum Motivator zu machen. Aber das täuschte. Indem dass sich Maluk in seinen Mitinsassen einfühlte und somit ihre Sorgen kannte, gewann er so das Vertrauen von ihnen. Aber auch Maluk wusste, dass irgendwann ein jeder Krug zerbrach, mit dem man täglich das Wasser aus dem Brunnen holte. Er hielt den Tag für gekommen sich rituell zu reinigen und sich innerlich auf das Ende der Dunkelelfen vorzubereiten. Die kreisenden Schlangen über der Barriere hielt Maluk für ein unübersehbares Zeichen.

Die geheimnisvollen Loren wurden schneller. Eine unsichtbare Kraft zog sie über die Schienenspur. Vorne war keine Zugmaschine oder Ähnliches zu erkennen. Der Lorenzug schien selbstfahrend zu sein. Sie rollten an einen riesigen Schmelzofen vorbei, wo mehrere der eigenartigen Zweige an einem glühenden Barren mit großen Beilen herumhämmerten. Daneben befand sich ein riesiger Amboss, auf dem das glühende Etwas weiter in Form gebracht wurde.
„Ich glaube, sie falten das Metall", mutmaßte Kore. „Es war früher eine Methode es härter zu machen."
Weiter sahen sie eine gigantische Walze, die das Produkt zu einem riesigen Blech ausrollte. Es wurde auf eine Trommel aufgewickelt.
„Die machen das hier im großen Stil", bemerkte Jule beeindruckt. „Ich sah so was Ähnliches bei meinen Reisen auf der Erde."

„Aber für was brauchen sie es?"

Kaum passierten sie das Walzwerk, sahen sie Apparaturen, die das Blech auf den Trommeln auszogen und in Form stanzten. Es wurden Arme, Beine und Torso erkennbar.

„Was genau soll das werden?"

Die Sache genauer zu beobachten, blieb keine Zeit. Die Loren wurden immer schneller. Vorne tauchte eine weitere hohe Mauer mit einem riesigen Tor auf. Wahrscheinlich das Ziel der Loren. Kore versuchte etwas von dem Verarbeitungsprozess des Blechs mitzukriegen, doch die hohe Geschwindigkeit der Loren ließ keine weitere Deutung zu, als sie einen schmalen Durchlass bei dem Tor passierten. Die Loren fuhren nun in einen dunklen Tunnel, der offenbar ewig andauerte. Fackeln brannten an den Wänden. Sie erstrahlten in ihrem Schein rostrot. Ähnlich der Haarfarbe Farbe von Jules Haare. Schließlich verlangsamte sich die Fahrt und die Loren kamen langsam zum Stehen. Irgendwie ging es vorne nicht mehr weiter.

„Eigenartig", sagte Kore. „Es sieht aus wie eine Sackgasse". Sie flog mit Jule aus dem Behältnis.

„Da ist ein Luftzug", sagte Jule und deutete auf einen schmalen Felsspalt, der spärlich von den Fackeln erhellt wurde.

„Sehen wir mal, wohin der führt", meinte Kore und folgte der kleinen Öffnung.

Ihre Überraschung war groß. Sie fanden sich genau in jenem Raum mit dem Wasserbassin wieder, von dem sie kamen. Sie fuhren im Kreis. Nur dieses Mal saß ein bronzefarbener, athletisch gebauter Mann in dem Becken und wusch sich entspannt mit einem Schwamm seinen Körper ab. Kore bemerkte seine seltsamen Tätowierungen, die über seinen ganzen Körper gingen. Duftende Öle und angenehme Wärme zauberte eine angenehme Atmosphäre in den Raum.

„Ich weiß, dass du hier bist", sagte er laut. „Komm ruhig her. Ich verspreche dir, dass ich dir kein Haar krümme."

Kore fühlte, dass dies die ideale Gelegenheit wäre, mit den Dunkelelfen in Kontakt zu treten und Näheres über diesen rätselhaften Ort zu erfahren. Sie flog aus dem Loch und beschloss mit dem Unbekannten im Bad zu reden. Er wirkte wie eine aus Bronze gegossene Figur.

„Wer sagt mir, dass ich euch vertrauen kann?"

„Mein Name ist Maluk", sagte die rätselhafte Person und stieg aus dem Becken. Sie zog sich ein mit Spiralen und Rautenmustern gesticktes Laken über den Leib.

„Ich bin der Priester hier. Ich wusste, dass die Schwarze früher oder später hier erscheinen wird. Ist die Rote auch bei dir?"

Kore wandte ihren Maximalus an und wandelte ihr Kleid in ein tiefes Rot um. Schon bald stand sie leibhaftig vor dem Priester.

„Natürlich", antwortete die Todesfee und gab Jule ein Zeichen, worauf sie aus dem Loch flog und sich neben Kore mit dem Maximalus vergrößerte.

Maluk lächelte, wie wenn er es bereits ahnte.

„Der König kann sich noch so einigeln und verstecken. Er hält die Schwarze und auch die Rote sowieso nicht auf. Auf mich wollte er ohnehin nicht hören und meinte, wenn er im Kraftfeld bliebe, dann kämen weder er noch die Schwarze je hinaus oder hinein. Aber meine Kameraden wissen, dass dieser Tag kommt, an dem der Krug bricht.“

„Ich glaube, ich weiß, warum ihr die Figuren da draußen baut. Sie sind die Körper, mit denen ihr aus dem Kraftfeld hinaus und hineingeht. Sie sind ausgegossen. Niemand von euch kann sich in ihnen verstecken. Ihr seid hier drin gefangen.“

„Ganz recht. Die Figuren passieren anstandslos das Kraftfeld. Nur wir nicht.“

„Du weißt, dass ich euren Untergang bringe. Warum hast du keine Furcht vor mir?“

„Ich sagte zu dem König, dass unser Ende aufgrund seiner Furcht zur Wahrheit wird. Seine Entscheidung sich einzuigeln wurde aus Angst getroffen nicht aus Liebe. Die Angst nahm alle hier gefangen, auch wenn er es nicht so nennt. Die Wachen oben auf den Zinnen wären lieber frei und sähen die Welt außerhalb mit eigenen Augen. Sie wollen sie anfassen, berühren und erfahren. Sie bewaffnen sich schon lange nicht mehr und sehnen sich geradezu nach Erlösung. Hier zu leben ist traurig. Es gibt zwar alles, aber wir würden die Welt, aus der die Handelswaren kommen, selbst gerne besuchen. Atres ist so groß und unglaublich schön. Ich vernahm es deutlich von den Avataren, als ich mich mit ihnen verband.“

„Warum habt ihr nicht versucht, das Kraftfeld zu zerstören?“

„Weil das niemand von uns kann. Nicht einmal der König kann das. Er zerstörte praktisch den Schlüssel dafür.“

„Verstehe. Er besiegelte bereits euren Untergang, indem er euch hier einsperrte.“

„Ja und viele von uns bereuen, je mitgegangen zu sein. Wir wissen, du wirst uns aus diesem Gefängnis befreien, auch wenn es das Ende meines Volkes ist. Hast du auch einen Namen oder willst du weiterhin nur Todesfee genannt werden?“

„Ich heiße Kore.“

„Gut Kore. Wenn ich jetzt Alarm gebe, verändert sich an unserer Situation hier drin nichts. Der König versucht dich einzusperren und wir bleiben trotzdem hier drin weiter gefangen.“

„Du glaubst, dass ich diejenige sein werde, die die Barriere bricht. Das ist doch deine Hoffnung.“

„Ja. Das ist nicht nur meine Hoffnung. Ich weiß, dass du es tun wirst.“

„Was macht dich da so sicher?“

„Die Seherin. Sie irrte sich nie.“

„Aber wenn du sagst, dass dies dann euer Ende wäre ...“

„... verlören wir ohnehin nichts. Wir sind nämlich schon Tod. Was ist ein goldener Käfig wert, wenn man drin sitzt? Er ist und bleibt ein Käfig. Also frage ich dich, ob du das Kraftfeld für uns zerstörst.“

Kore dachte kurz nach. Eine Kraftfeldbarriere war für sie nichts Unbekanntes. Die Ors verbargen sich lange unter einer solchen Kuppel. Ebenso der Rat, wobei Letztere von dem Riesenjaguar Neko nicht geknackt wurde. Um eine Kraftfeldkuppel zu erschaffen, brauchte man einen Barrieristen. Fände sie diesen und zerstörte sie ihn, wäre es aus mit der Schutzkuppel.

„Es gibt so etwas wie einen zentralen Punkt hier drin. Den gilt es, zu finden. Du sagtest, nicht einmal der König kann die Barriere zerstören."

„Ganz recht", antwortete der Priester. „Er sagte, dass keine Kraft der Welt dazu im Stande wäre."

„Es ist etwas sehr Großes, Bedeutsames hier drin", antwortete Kore. „Mit der Zerstörung von etwas, mit dem nicht einmal der König rechnet. Etwas, das man nicht richtig wahrnimmt."

Es tickte in ihr. Flugs ließ Kore den Priester stehen und ging forsch zum Durchgang. Sie ließ den Lichtschacht links liegen und marschierte geradewegs den Stollen weiter. Wenig später erreichte sie eine kurze Treppe, die sie entschlossen nach oben ging. Die Tür an deren Ende stieß sie mit solcher Wucht auf, dass die Wachen auf den Zinnen auf sie aufmerksam wurden. Sie befand sich im staubigen Hof und fokussierte ihren Blick auf die Öffnung des gigantischen Schmelzofens. Dort wo die Avatare alle zur Verhüttung notwendigen Materialien hineinwarfen.

„Eine Zerstörung, mit der nicht einmal der König rechnet", knurrte sie unterdrückt.

„Dämonen macht Hitze nichts aus", dämmerte Drags Belehrung durch ihren Schädel.

Irgendetwas versuchte Kore nun, am Weitergehen zu hindern. Ihre Füße fühlten sich verdächtig schwer an, obwohl sie nichts sah. Lautes Dröhnen aus einem Horn erklang. Vermutlich eine Art Alarm. Die Wächter liefen eilig im Hof zusammen und begannen sie zu umstellen. Kore wandte den Minimalus an und entkam ihnen in die Höhe. Man warf etwas nach ihr, traf sie aber nicht, weil sie sich zu klein für das Geschoss machte. Ruckzuck tarnte sie sich wieder und man sah nicht mehr das Geringste von ihr. Der Minimalus machte sie wieder beweglicher. Unter den Wächtern brach lauter Tumult aus. Sie sahen zwar Kore kurz, machten sie aber nicht mehr aus. In der Luft entstand aus dem Nichts ein glühender Draht, der sich genau bis zur Einwurföffnung des Metallkochers der Schmelze fortsetzte. Plötzlich schien die Erde des Innenhofes zu erbeben. Die Wachen hielten sich kaum auf ihren Beinen und kämpften mit dem Gleichgewicht. Die starke Erschütterung ging eindeutig von dem Stahlkocher aus. Der Boden im Innenhof wurde plötzlich sehr heiß. Unentwegt gellte der Alarm weiter und rief weitere Dunkelelfen auf den Plan, jedoch wichen die Übrigen vom Schmelzofen zurück, da sie nicht wussten, was sie tun sollten. Sie wurden gerade Zeuge, wie das Herzstück der Anlage, angefüllt mit jeder Menge Erz, nach oben überkochte.

„Was geht hier vor? Wer ist das?", tönte die Stimme König Jorges aufgescheucht über den Hof. Er war unvermittelt auf der Wehrmauer erschienen. In seinen Augen spiegelte sich die blanke Angst wieder.

„Unser Ende, euer Majestät", sagte Maluk zu ihm. Er nutzte die Ablenkung und war auf die Zinnen zu seinem König gegangen. „Darf ich vorstellen, die schwarze

Fee", sagte er und wies mit einer Handbewegung auf überlaufende Metallschmelze. Aus der Öffnung drang ein zähflüssiger glühender Brei aus flüssigem Metall heraus, der sich über den ganzen Hof verteilte.

„Nein. Nein", schrie er und wollte es nicht wahrhaben. Hektisch wies er seine Leute an, das Monster aufzuhalten. Doch die Elfen wussten nicht wie. Dort wo Kore hin ging, da konnte niemand von ihnen eindringen. Kore besaß als Dämonin keine Probleme, in das geschmolzene Innere des Kolosses einzutauchen und ihn mechanisch umzufunktionieren. Unkontrolliert ergoss sich weiterer geschmolzener Stahl aus seinem Inneren in den Hof hinein, was die Dunkelelfen aus ihm ganz vertrieb. Sie brachten sich auf dem Wehrgang in Sicherheit. Schon bald ging von dem Ungetüm eine weitere Hitzewelle aus, die sogar die aufgetürmten Barren auf der Halde zum Schmelzen brachte. Im ganzen Hof verteilte sich die zähflüssige Schlacke zu einer einzigen Platte. Die erbarmungslose Hitze brachte letztlich den Kocher selbst zum Bersten und setzte mit dem daraus freigewordenen Energieschub dem Kraftfeld der Zitadelle ein jähes Ende.

„Aber ...", die Worte blieben dem König fassungslos auf den Lippen liegen.

„Euer Majestät", sagte Jule zu ihm. „Euer Volk ist frei."

„Nein, nein. Wir sind nicht frei, wir sind verloren."

Das grelle Licht der Kuppel verschwand und nun erstrahlte der azurblaue Himmel über ihnen. So entblößt, so schutzlos stand der König der Dunkelelfen vor den Trümmern der Schmelze, die einst einmal das Herzstück seiner Schmiede war. Seine Wächter waren aber alles andere als entsetzt. Ja, freudig erregt schienen sie zu sein. Obwohl König Jorge verzweifelt versuchte, ihre Aufmerksamkeit zu gewinnen, ließen sie sich von dem wundervollen Anblick, der sich ihnen bot, nicht abbringen. Zum ersten Mal sahen sie ungebremst in die Außenwelt hinein, die sich jetzt nicht mehr so verschwommen oder trüb präsentierte. Sie sahen die schneebedeckten Berge des Zentralmassivs und die breiten Flüsse, die sich durch das Tiefland windeten. Sogar das Meer in der Ferne erahnte sie. Sie rochen den frischen Wind aus dem immergrünen Urwald. Den süßlichen Duft der prächtigen Blüten. Von den Zinnen aus war das farbenfrohe Spiel unübersehbar. In Maluks Augen sammelten sich die Tränen von der erlösten Anspannung. All die Jahrhunderte, die er in dem Gefängnis zubrachte, all die eingesperrte Zeit, schien sich aus seiner Seele zu entladen. Jule riss Maluk schon sehr bald aus seiner überwältigten Erstarrung: „Kommt mit mir. Es ist euch nicht bestimmt, hier zu bleiben."

„Ja. Das ist wahr", antwortete er ihr sich wieder findend. Wusste er doch, dass die Schlangen nicht weit weg waren. Obwohl es Maluk schwer fiel, den Blick von der grandiosen Aussicht der Außenwelt abzuwenden eilte er mit der Roten in den Burghof hinab. Die schwarze Fee erschien inmitten des geschmolzenen Metalls und half ordentlich bei seiner Abkühlung mit den glühenden Adern nach. Ungehindert gelangte Maluk so mit Jule in den Kellerraum des Ritualbades, ehe sich der Himmel über sie verfinsterte. Die fliegenden Schlangen, fielen nun über die Dunkelelfen her.

Wie ein wütender Vogelschwarm stürzten sich die schwarzen Ungetüme vom Himmel auf ihre Opfer. Ihre große Masse machte sogar den Tag zur Nacht. Kore glaubte, solche Wesen in den Steinreliefs der Tempelstadt erkannt zu haben. Lange geschwärzte Schuppentiere ohne Arme und Beine. Ausgestattet mit Giftzähnen bewährtem Maul. Die rotgelblichen Augen der Monster glühten, als sie über die Dunkelelfen außer Gefecht setzten. Deren edle Panzerung schien ihrem Angriff nicht den Schutz zu bieten, den man mit ihm in Verbindung brachte. Kore blieb kaum eine Zeit zu reagieren. Sie sauste zum Lichtschacht zurück und hoffte, die Schlangen folgten ihr nicht durch den engen Schacht hindurch. Tatsächlich interessierten sich die Biester für nicht für sie. Ohne dass eine ihr den Weg abzuschneiden versuchte, gelangte sie in den Schacht zurück. Unten wartete Jule mit Maluk bereits auf sie. Beide führten ein intensives Gespräch, als sie zu ihnen stieß.

„Es sind zu viele", sagte Kore. „Ich wüsste nicht, wie ich sie aufhalten könnte."

„Niemand hält sie auf", antwortete ihr Maluk.

„Warum habt ihr mich dann die Barriere zerstören lassen?"

„Für immer hier eingesperrt zu bleiben und zu erstarren ist nicht das, was sich die Meisten hier wünschten. Am Anfang fühlten wir uns sicher. Glaubten an einen guten Fang. Doch dann, als die Jahre mehr wurden und nichts mehr vom Fleck ging, wurden die Ersten unruhig. Der König ließ das Aufbegehren meiner Freunde bestrafen. Er schickte sie in die Minen, so wie die mechanischen Arbeiter, die das Erz schürften. Viele sehnten sich diesen Tag herbei an dem die Schwarze kommt und all dem hier ein Ende bereitet."

„Aber eure Leute. Sie werden von den Schlangen gebissen."

„Sie rechneten damit und wollten lieber von denen geholt werden, als hier zu versauern. Die Freiheit hört nicht mit dem Tod auf. Vielleicht beginnt sie sogar mit ihm."

„Ich hab euch nicht schützen können."

„Das ist nicht die Aufgabe der schwarzen Fee", grätschte Jule dazwischen.

„Du musst dich für nichts und niemanden rechtfertigen. Du bist. Das allein genügt der Schwarzen."

„So wie es die Sonne und den Mond gibt, so gibt es auch die Schwarze. Also du."

„Du bist absolut."

„Ich bin Gott?"

„Ich doch auch", konterte Jule. „Ich bin die Gebärende. Maluk ist ein Dunkelelf. Er ist hier so etwas wie ein Priester."

„Meine Aufgabe besteht darin, Seelsorger und Mutmacher zu sein. Ich war wichtig für die Moral meines Volkes. In all der Zeit war das nicht leicht."

„Wie soll es jetzt weiter gehen?"

„Ich schlage vor, wir suchen die Waldfeen auf. Sie müssten nicht weit von hier eine Kollektive haben", antwortete Maluk.

„Eine Kollektive?"

„Du würdest es Siedlung nennen", erklärte Jule.

„Ich dachte, ihr konntet die Barriere nicht verlassen."

„Unsere Avatare handelten mit den Waldelfen und kannten sie gut."

„Ich möchte dir nicht zu nahe treten, aber was kannst du für Tricks?"

„Als Dunkelelf verfüge ich nicht über die Fähigkeiten, die die Waldfeen oder die Luftfeen haben. Fliegen kann ich leider auch nicht. Wir Dunkelelfen haben keine Flügel. Ich bin ein geschickter Handwerker und kenne mich in Konstruktion und Planung aus. Auch kann ich mit technischem Verständnis von Maschinen dienen. Unsere Avatare erledigten die meisten unsere Arbeiten hier. Auf der Erde nennt man sie Roboter, obwohl sie mehr waren als das. Da ich aber Priester der Dunkelelfen bin, reicht mein Verständnis nicht an dem eines Ingenieurs meines Volkes heran. Wie gesagt, ich war für die Moral in unserem Volk zuständig."

„Was? Soll das heißen, du kannst dich weder klein noch sonst irgendwas machen?"

„Genau. Wenn es aber darum geht, Mut, Zuversicht und Hoffnung zu bringen ..."

„... dann greift man auf dich zurück", schlussfolgerte Jule und seufzte enttäuscht. Auch sie hoffte vergeblich, dass der Priester ihnen mehr bieten könnte, als die Moral ihrer Kampfkraft zu verbessern.

„Ach und außerdem kenne ich fast jeden Winkel auf dem Planeten, da unsere Avatare im Laufe der Zeit überall hinkamen. Sogar Unterwasser. Mir als Priester stand die Gabe zu, mit Handauflage ihre Speicher auszulesen."

„Du liest Speicher aus?"

„Gib mir einen Datenwürfel in die Hände und ich beantworte dir all deine Fragen dazu."

„Wenn das so ist, dann müsstest du auch einen Fluchtweg hier rauskennen. Oben sind die Schlangen und hier ..."

„Schaut erst einmal nach, ob sie noch da sind, ehe wir versuchen den Spalt zu vergrößern, aus dem ihr herausgeflogen seid."

Kore flog zum Lichtschacht, überwand die Glasscheibe mit dem Teleport und lugte in den Hof hinein. Die Schlangen leisteten dort ganze Arbeit. Die Halde sah wie leergefegt aus. Es schien sogar, als ob mehr Erzbrocken als üblich herumlagen. Sie machte kehrt und führte ihre Begleiter in den Werkshof. Maluk sah regungslos über die einstige Schmiede und sagte nur: „Es musste so kommen. Es ging gar nicht anders."

„Was machten die Schlangen mit ihnen?"

„Sie verwandelten sie zu Erz", sagte er. „Wo die Schlangen zuschlagen, verwandeln sie die Bewohner in das, mit dem sie handeln."

„Verstehe. Die Luftfeen wurden zu Nuaven. Die Dämonen zu glühendem Stein und die Dunkelelfen zu Erzbrocken", schlussfolgerte Jule aus seinen Worten.

„Was hat es mit dieser Prophezeiung der Seherin auf sich? Ihr als Priester müsstet sie doch gut kennen", fragte Kore plötzlich.

„Ja, die Prophezeiung", wiederholte Maluk. „Das Ende unserer Völker. Dazu hole ich etwas aus und erzähle dir, wie ich davon erfuhr. Ich selbst hörte sie nicht im Original. Ich kann dir also nicht garantieren, dass es so wortwörtlich war. Meist steckt die Krux im Detail."

„Versucht es. Bitte."

„Na gut. Ich war zu diesem Zeitpunkt kein Priester. Ich wanderte mit unserem damaligen Anführer Jorge über die Kontinente. Wir waren ein wanderndes Volk. Nirgendwo richtig zu Hause. Die anderen Völker schätzten unsere Geschicklichkeit und so arbeiteten wir einmal für dieses oder für jenes Volk. Wo wir gerade waren. Unser Weg führte uns an die Splitterbucht zu den Menegerit. Dort sahen wir diese Bronzeskulptur. Eine riesige Hand. Sie sah wirklich beeindruckend aus. Fast so, als wäre sie von uns. Jorge meinte, wir könnten unsere Dienste den Menegerit anbieten und er versuchte, mit ihnen in Kontakt zu treten. Er stellte sich an das Denkmal und rief laut zu ihnen. Sie haben tatsächlich reagiert.“

„Ja?“ Kore war ganz Ohr.

„Normalerweise reagierten die Menegerit auf nichts, doch diesmal schickten sie zu uns ein schwebendes Objekt. Es sah aus wie ein Bogen und flog so ruhig wie eine Fee, war ganz aus Metall oder so was Ähnliches. Mir fiel auf, dass auf seiner Unterseite so etwas wie Spulen waren.“

Es klingelte bei Kore. Spulen. War das nicht eine Technik, die auf der Erde von der Hypertrasse verwendet wurde? Fand sich eine solche Installation nicht auf der Unterseite der Gleiter? Maluk erzählte weiter: „Wir wussten nicht, aus was es bestand. Aus einer Öffnung kam eine Stimme heraus. Sie hörte sich knisternd an ...“. Elektronisch verfremdet dachte Kore bei sich.

„... und bat uns, ein bestimmtes Metall für sie zu suchen. Wenn wir ihnen mehr davon brächten, belohnten die Menegerit uns reich.“

„Was ist das für ein Metall?“

„Es sieht fast aus wie ein Spiegel, ist aber keiner. Wir bauten winzige Bruchteile davon in einigen unserer Schmuckstücke ein.“

Kore zog ihr Medaillon vom Hals und öffnete es. Sie hielt Maluk den matten Spiegel unter die Nase.

„So, wie das da?“

„Ja, genau.“

„Was ist das für ein Zeug?“

„Ich weiß es nicht, nur dass Jorge einen schwunghaften Handel mit den Menegerit begann. Wir brachten das Metall, an die Küste und die Menegerit holten sie mit ihren Flugobjekten ab. Ziemlich bald bekamen wir von ihnen den Barrieristen und die Materialien, mit denen wir unsere Zitadelle bauten. Natürlich nahmen die Avatare in der Zwischenzeit für uns den Transport des Metalls ab. Wir mussten praktisch nicht mehr an der Küste bleiben.“

„Soll das heißen, ihr habt für die Menegerit dieses Material zusammengetragen und sie gaben euch ihre Technologie dafür?“

„So war der Handel.“

„Und wie ist das mit der Prophezeiung? Verrieten die Menegerit sie euch?“

„Nein, so ganz war das nicht. Bevor wir von der Splitterbucht fortgingen, stürzte eines ihrer Flugobjekte ab. Ich bin hin und barg es.“

„Du hast es ausgelesen“, mischte sich Jule ein. „Du hast von deiner besonderen Fähigkeit erfahren, als du den Gegenstand angehoben hast.“

„Genau so war es. Für kurze Zeit verband ich mich durch meine Berührung mit einer Art Netzwerk. Rasend schnell überflutete mich eine Fülle von Informationen. Es tat mir weh, dass ich es fallen ließ. Als ich es wieder aufhob, kam keine Verbindung mehr zustande. Irgendetwas zerstörte es. Einer der Informationen war ein Fetzen. Die Menegerit scheinen von dem Streit an dem verbotenen See genau zu wissen. Sie müssen selbst dabei gewesen sein. Ich sah die Seherin, wie sie das Ende der Völker auf Atres vorhersagte. Sie stand in seinem Wasser mit trüben Augen. Ich sehe deutlich die smaragdgrüne Farbe des Sees vor mir. Sie sagte: An dem Tag, an dem die Wolkenfeste fällt und Trestan sich in Glut verwandelt, wird die Schwarze mit der Roten über Atres kommen und ein jedes Volk mit sich nehmen. Sie wird den Eisernen die Hülle zerschmelzen, den Wäldern ein Blatt entreißen, der glühenden Spur der Blauen folgen, die Kristalle der Eisigen tauschen, den Sandigen erstarren lassen, dem himmlischen Kind die Sicht nehmen, dem Wasser die Tropfen abspenstig machen, dem Ursprung die Herkunft rauben und durch die Hand nach Hause führen. Mit den Eisernen waren eindeutig wir gemeint. Ich erzählte unseren Anführer Jorge von meinem Erlebnis, aber er glaubte mir nicht. Vielmehr bekam er große Angst. In der Nähe der Menegerit zu bleiben, war ihm zu riskant und beschloss sein Vorhaben eine uneinnehmbare Zitadelle für unseren Schutz zu errichten zu beschleunigen. Ich sagte, dass dies genau die falsche Schlussfolgerung daraus wäre, doch Jorges Angst und die meiner Kameraden in dem Augenblick war größer. Ziemlich bald bereuten sie ihren Entschluss, sich einsperren zu lassen. In all der Zeit versuchte ich, sie nicht verzweifeln zu lassen. Ich hielt ihnen auch nicht ihre schlechte Entscheidung vor.“
„Warum habt ihr euch mit einsperren lassen?“
„Ich liebe mein Volk. Ich gebe es nie auf.“
„Ihr seid aus Liebe bei ihnen geblieben?“
„Es war das Einzige, was mich in all der Zeit nicht verzweifeln ließ. Meine Liebe zu meinem Volk und die Gewissheit, dass irgendwann die Barriere fällt, auch wenn es ihr Ende bedeutet.“
Kore lächelte.
„Ich verstehe euch“, sagte sie. „Was man liebt, gibt man nicht auf.“
Über das Gesicht Maluks glitt ein versöhnlicher Schimmer.
„Nun denn“, sagte er entschlossen. „Lasst uns zu den Waldelfen gehen.“
„Au ja“, antwortete Jule begeistert. Gewisserweise erwartete sie es kaum, ihren Artgenossen endlich zu begegnen.

Kapitel 10

Lysander

In der Mauer der Feste klaffte ein riesiger Spalt, durch den Maluk voranging, während ihm die beiden Feen ihm fliegend folgten. Der Priester sah von der Anhöhe der Zitadelle auf den dichten Urwald herab und dann auf das Zentralgestirn hinauf. Ein leises Säuseln drang aus der Ferne zu ihnen. Ebenso das schrille Rufen eines Tieres, welches Kore an Affen erinnerte.

„Es ist so wunderschön", sagte er tief durchatmend. „Ich sah das in all der Zeit durch die Kraftfeldwand der Barriere oder wenn ich die Speicher der Avatare auslas. Wisst ihr, die Sonne ist Licht. Sie ist Leben, gibt Hoffnung und Liebe. Ich sah sie in all der Zeit in abgeschwächter Form über mir und erst jetzt ist es mir, als ob ich wirklich frei wäre."

Er hielt inne, schloss die Augen und atmete tief die kühle Luft aus dem Urwald ein. „Ah", meinte er genießerisch. „Kein Staub, kein Hämmern, kein Mief. Das ist der schönste Tag in meinem Leben."

Maluk spitzte die Ohren nach dem leisen Säuseln in ihrer Nähe.

„Sollte es wirklich wahr sein?", rief er mit der Vorfreude eines Kindes und rannte voller Glücksgefühle in den dichten Regenwald hinein. „Kommt."

Kore und Jule versuchten dem begeisterten Dunkelelf zu folgen. Das Säuseln wurde lauter, ging zu einem Plätschern über, bis sie vor einem kleinen Wasserfall im Urwald standen. Er stürzte sich gemächlich über einen blankpolierten Fels in einen kleinen Teich hinein. Maluk stellte sich mit samt seinen Kleidern unter seinem Wasserstrahl und duschte sich erst einmal den Staub von seiner Haut. Er strahlte dabei freudig über das ganze Gesicht wie ein kleiner Junge. „Kein Gift. Nur reines sauberes Wasser. Es ist so schön und seht dort die Blumen am Ufer. Überall ist es so schön grün."

Am Rand des Teiches wuchsen für Kore und Jule unbekannte Pflanzen. Ihre Blüten glichen blaugelben Kelchen, aus denen ein süßlicher Duft bis zu ihnen herüber stieg. Libellenartige Insekten schwirrten um sie herum. Maluk eilte zu ihnen und roch schwärmerisch daran.

„Ich bekam sie von den Avataren übertragen", jauchzte Maluk euphorisch. „Jetzt sehe und rieche ich sie selbst. Zum ersten Mal. Mit meinen eigenen Augen. Ich habe sie mit dem Namen Süßkelche getauft."

Kore näherte sich ihnen und teilte mit aufkommender Begeisterung die ihr unbekannte Pflanzenwelt von Atres mit Maluk. Der Elfenpriester watete durch das Wasser des kleinen Sees und spitzte wieder die Ohren.

„Hier in der Nähe müsste der Handelsplatz der Waldelfen sein. Sie waren nicht weit weg von uns."

„Wie sehen denn die Waldelfen aus?", fragte Kore Maluk. „So ähnlich wie Jule?"

„Äh, wenn sie sich in ihrer natürlichen Form zeigen, aber meistens tarnen sie sich", antwortete ihr der Dunkelelf. „Sie beherrschen die Kunst der Verschmelzung."

„Den Körperwandler", wisperte Jule zu Kore. „Den Trick, den du noch nicht
kennst. Mich wundert nicht, wenn sie uns nicht schon bemerkt haben."
Jule begann plötzlich, ähnlich dem Chamäleonstoff, zu verschwimmen. Man sah
sie fast nicht mehr. Sie rief die für Feen typische Begrüßungsfloskel: „Hallo zusammen. Ich weiß, dass ihr hier seid. Ich bin wieder zu Hause."
Es kam prompt lautes Gelächter. Aus allen Richtungen. Die Waldelfen lösten ihre
Körperwandler auf und ziemlich bald stellte Kore fest, dass sie bereits von fast
zwanzig Waldelfen umringt waren. Ihr Äußeres wirkte verfilzt und ihre Kleidung
farblich perfekt dem Urwald angepasst. Grünbraune Augen funkelten ihnen entgegen und wirkten deutlich vertrauensseliger auf ihren Besuch, als sie in Jule eine der
ihren erkannten.
„Hallo", sagten sie zu Jule.
Kore und Maluk erwiderten ihren Gruß.
„Willkommen bei uns", antworteten sie fröhlich und flogen wie ein Vogelschwarm
aus den Gebüschen heraus, die zuvor eine gute Tarnung abgaben. Die Waldelfen
starrten mit ihren oval förmigen Augen auf ihre Besucher und beäugten vor allem
Kore neugierig. Schließlich drehten sie ihrem Besuch den Rücken zu und sagten zu
ihnen: „Folgt uns. Keine Sorge wegen dem Dunkelelf. Es ist nicht weit zu unserem
Dorf."
Sie erhoben sich in die Luft und flogen dicht über die Baumkronen von Mammut-
bäumen ähnliche Gewächse hinweg. Kore und Jule flogen dem Schwarm hinterher, bis sie zu Baumhäusern kamen, die die Feen kunstvoll in die Stämme der Rie-
sen einpassten. Jule landete mit Kore am Fuß eines der mächtigen Bäume, dessen
Dicke sogar auf der Erde ihres gleichen suchte. Es kamen weitere Waldelfen herbei
und bestaunten die Beiden eindringlich. Besonders aber Kore.
„Ist sie das?", fragten sie immer wieder.
„Ich bin was?", fragte Kore zurück.
„Der apokalyptische Reiter", erklärte Jule. „Du markierst das Ende der Zeit."

Ein stattlicher Waldelf trat an Kore aus der Menge an sie heran und sah ihr tief in
die Augen. Hochgewachsen und mit spitzen Ohren. Obwohl Kore ihn nie mit eigenen Augen sah, glaubte sie ihn zu kennen. Die hageren Züge seines Gesichtes
verrieten, dass er Ähnliches dachte. Kore fielen seine fein gearbeiteten Kleider auf.
Sie waren durchwirkt von den Farben des Waldes. Ein Spektrum aus Grün und
Brauntönen. Dann sah er auf Jule. Kore merkte, dass sich ihre Augen trafen. Just
hielt er den beiden seine Handflächen entgegen. Sofort wussten Jule und Kore, was
diese einladende Geste bedeutete. Als sie einander berührten, verharrten sie wie
paralysiert an Ort und Stelle. Die Zeit schien stehen zu bleiben, während die Elfen
den Dreien wie gebannt bei ihrem Transpati zusahen. Als sie sich lösten, mochte
vielleicht erst eine halbe Stunde vergangen sein. Der Transpati dehnte die Zeitwahrnehmung. Es kam einem vor, als ob Stunden vergingen, doch dabei waren es
ein paar Minuten. Das Gesicht des Waldelfen erhellte sich nach der tiefgreifenden
Reise in die Vergangenheit. Kore bemerkte, dass er, im Gegensatz zu den Anderen

ein ähnliches Himmelblau seiner Augeniris wie sie trug. Ohne den Transpati wusste sie keine Antwort auf diese Frage, aber Lysander, so hieß der Elf, stammte wie Kore aus der Wolkenfestung. Er verlies Atres nie und wurde von den Waldelfen aufgrund eines Zerwürfnisses mit den Luftelfen als einen der ihren aufgenommen. Lysander fühlte sich der Erde näher als dem Himmel und doch trug er in seinem Herzen das Gefühl der Freiheit des Windes. Es schien in ihrem Kopf zu ticken. Sie verneigte sich leicht zu ihm. Auch Jule tat es. Er reichte beiden erneut seine Hände. Dieses mal seine Handflächen nach oben offen. Sie ergriffen sie. Verträumt begann eine Melodie zu spielen. Die Waldelfen fertigten ihre eigenen Instrumente mit dem Staub und schienen sie bei ihrem Verschmelzungstanz, den sie nun zelebrierten, damit zu begleiten. Abwechselnd drehten sie sich. Sie flogen um sich, verneigten sich. Mal hielt der Elf sie in den Armen, mal fasste er Jule vertrauensvoll an den Hüften. Die Abfolge der verschiedenen Berührungen ging im Wechsel vonstatten, bis die Musik zu spielen aufhörte. Die Sonne verschwand bereits zu diesem Zeitpunkt. Kore fand sich nach der wie in Trance vergangenen Zeit wieder inmitten des Urwaldes. Unter ihnen entzündeten die Elfen ein großes Feuer und ihrem transzendenten Tanz im flackernden Schein der Flammen zugesehen. Lysander ließ sich mit Jule und Kore am Feuer nieder und starrte mit ihnen wortlos in sie hinein. Nun trat auch Maluk an sie heran. Er stieß schon längst durch den Wald zu ihnen und wohnte dem Schluss ihres Verschmelzungsrituals bei.

„Meine Freunde", sagte Lysander zu den versammelten Waldelfen. Es waren die ersten Worte, die er zu seinem Freunden nach seinem eingegangenen Bund sprach. „Ich darf euch Kore und Jule vorstellen. Sie sind mein Schicksal. Ich bin das Blatt aus der Prophezeiung, das den Wäldern entrissen wird."
„Damit wird wahr, was in der Prophezeiung der Sybille gegeben ist", sagte Maluk zu Lysander. „An dem Tag, an dem die Wolkenfeste fällt und Trestan sich in Glut verwandelt, wird die Schwarze mit der Roten über Atres kommen und ein jedes Volk mit sich nehmen. Sie wird den Eisernen die Hülle zerschmelzen, den Wäldern ein Blatt entreißen, der glühenden Spur der Blauen folgen, die Kristalle der Eisigen tauschen, den Sandigen erstarren lassen, dem himmlischen Kind die Sicht nehmen, dem Wasser die Tropfen abspenstig machen, dem Ursprung die Herkunft rauben und durch die Hand nach Hause führen."
„Die glühende Spur der Blauen?", horchte Kore auf. „Wer prophezeite das?"
„Die Seherin, Kore", antwortete Maluk. „Sie sagte, wann unsere Zeit endet. Es wäre besser sich nicht zu wehren, sondern einfach anzuerkennen, dass nichts dazu bestimmt ist, zu bleiben. Das Festhalten daran verursacht Schmerz und Leiden. Die Elfen hier wussten, dass du eines Tages zu ihnen kommen wirst und sie heimführst."
„Hast du mit ihnen geredet?"
„Ich fühle das", antwortete Maluk. „Das ist meine Gabe. Aus diesem Grund wurde ich Priester bei meinem Volk."
„Ich muss mit der Seherin sprechen."

„Das dürfte nicht so einfach werden", mischte sich Lysander ein. „Sie ist mit der Feenkönigin aus der Wolkenfestung geflohen. Wohin weiß niemand. Es gibt jedoch nicht viele Orte, die für ihren Aufenthalt in Frage kommen."

„Ich würde zuerst in Schoss Durvin nach ihr suchen", schlug Maluk vor. „Der gute alte Salinos gewährt ihr sicher seinen Schutz."

„Wer ist Salinos?"

„Der Meereskönig. Ein fieser Zeitgenosse. Schloss Durvin liegt auf einer Insel inmitten des großen Meeres. Sie ist nicht sehr groß und deshalb schwer zu finden. Wahrscheinlich glaubt sie dort, sicher zu sein. Vor dir."

Lysander runzelte die Stirn.

„Wie ich sah, habt ihr beide viel erlebt. Ich glaube, wir sollten jetzt ruhen und morgen alles Weitere besprechen", sagte Lysander zu seinen zwei neuen Gefährtinnen.

„Klingt gut", antworteten Jule und Kore aus einem Mund und kichern. Sie sahen sich verschmitzt in die Augen.

„Weißt du was, wir machen uns jetzt einen Schlafplatz in den Bäumen", sagte Jule zu Kore.

„Wie geht das?"

„Komm einfach mit", antwortete Jule begeistert und flog den großen Baum der Waldelfen hinauf. Sie passierten mehrere, in den mächtigen Stamm eingelassene Türen. An ihnen sorgten Laternen für bescheidene Lichtverhältnisse. Aus was auch das Leuchtmittel bestand, Kore war sich sicher, dass die Waldelfen hierfür kein Feuer verwendeten. Eine jede der Türen trug aufwendige Holzschnitzereien und zeugte von der hohen Handwerkskunst ihrer Bewohner. Kore folgte ihrer neuen Freundin so gut es ging. Es fiel ihr nicht leicht, sie in der Dunkelheit im Auge zu behalten. An einem starken Ast, an dem offensichtlich noch kein Elf ein Nachtlager erschuf, bremste Jule ab und zimmerte mit ihrem Staub eine Art Plattform. Kore kreierte ihrerseits bequeme Betten für sie.

„Gut und jetzt ...", meinte Jule und formte mit ihrem Staub dünne Flechtwände und Dächer aus Blättern und Gräsern.

„Schmuck", bewertete Kore zufrieden ihre Gemeinschaftsarbeit und sauste durch eine Öffnung hinein.

„Hast du Hunger?", fragte Kore ihre Freundin, die gerade eine Art Tisch mit ihrem Staub materialisierte. Kore ergänzte ihr Werk mit einem Kerzenleuchter.

„Etwas zu Essen schadet nicht", erwiderte Jule. „Ich hoffe, dir sagte mein Frühstücksvorschlag heute Morgen zu."

„War lecker, danke. Aber pass mal auf ..."

Kore schickte einen Impuls durch ihre Hände und machte einen gedeckten Tisch auf dem zubereitet ein Brot, mit Käse, Oliven und Tomaten, Salz und Pfeffer mit Butter bereitlagen. Jule bereitete ihnen ihren Tee dazu. Beide Feen kicherten zufrieden ihr Werk besehend und ließen sich ihre Mahlzeit genüsslich munden. Erst dann gingen sie in ihre gemachten Betten.

„Das Abendbrot war richtig gut", sagte Kore zufrieden, während sie sich in ihr Bett kuschelte.

„Ich finde es eigenartig, dass ich die anderen Feen nicht irgendetwas essen sah", antwortete ihr Jule nachdenklich. „Ich glaube, dieser Planet sprüht nur so von Energie. Vielleicht brauchen sie nichts zu sich nehmen."

„Warum müssen dann wir beide essen?"

„Das ist eine gute Frage. Weißt du was? Wir fragen morgen Lysander danach. Im Transpati mit ihm fand ich darauf keine Antwort. Du etwa?"

„Leider nein. Ich sah ihn, wie er in der Wolkenfeste aufwuchs."

„Sie brachten ihm alles bei, um sich gegen die Angriffe der Dämonen zu wehren, aber er fühlte sich trotzdem nicht wohl dort."

„Vielleicht war es die andauernde Gefahr und ständig weit weg vom Boden zu sein. Gute Nacht, Jule", antwortete sie ihren Gedankengang abbrechend zu ihrer mittlerweile vertrauten Feenfreundin.

„Auch dir. Schlaf gut", antwortete Jule ihr fröhlich. „Ich bin so glücklich hier zu sein. Mit dir und Lysander."

„Ich fühle es auch", meinte sie müde und wurde auch schon etwas schläfrig.

„Seinen Transpati fand ich trotzdem sehr interessant", griff Jule ungeniert das Thema wieder auf. „Er verließ nie Atres."

„Ich bemerkte es auch", meinte Kore gähnend. Ihr fielen die Augen zu.

„Wir mussten hierher kommen. Es sieht so aus, als will jemand, dass es genauso geschieht."

Kore hörte das nicht mehr, denn da fiel sie bereits in den Schlummer und trat wiederum auf die Ausbilderebene.

Drag lag wie zuvor in seinem Schlammbad herum, das gemütlich vor sich hinblubberte. Kore erschien direkt vor ihm und sie merkte, dass die Blumenwiese von Ipsy verschwand.

„Ähm, hallo", sagte sie zu dem Dämon, der sie keines Blickes würdigte.

„Ipsy?"

„Ipsy hier, Ipsy da… ts", meinte er eingeschnappt. „Malitides schickte mich dir, damit du die Dämonentricks lernst und dich nicht nur auf die Feentricks fixierst."

„Wo ist sie?"

„Weg."

„Wie weg?"

„Das war' s. Aus die Maus. Vorbei. Schluss. Finito", giftete er mit funkelnden Augen.

„Aber …"

„Außerdem merk dir. Körperwandler und den Apokalypto, ob du den von Ipsy oder von mir lernst …"

„Den Körperwandler. Du bist Ipsy. Drag könnte mir den gar nicht zeigen. Wo ist Drag überhaupt?"

„Gratulation", sagte die dämonische Feenausbilderin und wandelte sich wieder in die ihr bekannte Fee mit den rauschenden goldenen Haaren um. „Das ist es, was wir heute machen."

„Puh, ich dachte schon, ich könnte mich von dir nicht mehr verabschieden."

„Soweit sind wir noch nicht."

„Wo ist Drag?"

„Du musst einiges lernen, wenn du mich zu imitieren versuchst", meinte der Dämon und tauchte unter ihr aus dem Schlammbecken auf.

„Ich war doch gar nicht so schlecht. Außerdem ist es recht spaßig, einmal in einen männlichen Körper zu schlüpfen."

„Hmph. Ich ließe mich keinesfalls von dir provozieren."

„Kore", meinte Ipsy traurig. „Ich finde, es ist Zeit die Ausbildung mit dir abzuschließen. Du hast vielleicht schon mitbekommen, dass sich deine Ohren mehr und mehr anspitzen. Du bist fast durch und gehst bald deinen eigenen Weg als Fee."

„Was ist der Körperwandler?"

„Kurz ausgedrückt schlüpfst du in jede Körperform. Egal ob Pflanze, Tier, Männlich oder Weiblich. Dazu stellst du dir vor, was du sein willst und denkst dich hinein. Schon wirst du zu dem, was du dir in deinem Geiste ausmalst. Er hat aber ein paar Nachteile. Als verwandeltes Individuum kannst du keine anderen Feenkräfte wirken und du musst dich vollständig in deine ursprüngliche Form zurückverwandeln. Außerdem bist du verwundbar. Er ist ideal um sich zu tarnen oder eine fremde Identität anzunehmen, was dich aber in große Gefahr bringt, wenn deine Identität auffliegt. Ihn aufzulösen ist ganz leicht. Denke an deine ursprüngliche Gestalt und schon wirst du wieder zur Kore."

„Wow", staunte sie neugierig. „Das probier ich gleich mal aus."

Kore stellte sich Lysander vor und prompt verwandelte sie sich in einen Elfen.

„Bin dann ich eigentlich noch ich?"

„Eine sehr philosophische Frage, Kore", antwortete Ipsy. „Leben ist eine Form der Energie, die einen organischen Körper benötigt, um Reize der Umwelt aufzunehmen. Ohne Körper, keine Wahrnehmung und umgekehrt."

„Spielt es dann keine Rolle, welcher Körper von Leben beseelt ist?"

„Da jeder Körper in seiner eigenen Wirklichkeit lebt und diese durch sein Wirken erschafft, erschafft er sich gleichzeitig eine Begrenzung die sich in Raum, durch die Raumverdrängung des Körpers und Zeit, was sich durch die Lebensdauer ausdrückt. Reine Energie kennt keine Grenzen. Also weder Raum noch Zeit."

„Reine Energie hat weder Raum noch Zeit?", wiederholte Kore von dieser Art des Denkens eingenommen.

„Genau. Erst durch die Begrenzung wird eine Lebensform erschaffen. Dein Ich ist an einem Körper oder Denker nicht gebunden."

„Soll das etwa heißen, dass der Tod nichts anderes ist, als die Loslösung der Energie von der Lebensform?"

„Ja. Dadurch wird die Energie wieder frei und sucht sich einen neuen Körper. Das ist das, was die Menschen auf der Erde unter Reinkarnation verstehen. Als Fee schwimmst du zwischen den Formen der festen und der energetischen Struktur. Während die Umwandlung ein Vergessen nach sich zieht, was notwendig für Transformation ist, behältst du dein Wissen. Außerdem überspringst du den Alterungsprozess, was den Körperwandler in der Tat zu etwas Besonderem macht.“
„Verstehe. Ich sag das ungern, aber …“, unterbrach Kore Ipsys Endspurt.
„Eben deswegen“, sagte Ipsy. „Jetzt kommt der Apokalypso…“
„Könnte ich mir den nicht für später aufheben?“
„Nein. Kore, deine Ausbildung mit mir ist zu Ende. Mit dem Apokalypto wirst du zur vollständigen Todesfee und entsprichst deiner Bestimmung. Es war wichtig, dass du das so in dieser Reihenfolge und nicht anders von mir lernst. Wenn du hier auf Atres bestehen willst, musst du unseren ganzen Fundus kennen.“
„Aber …“
„Außerdem, was sollten wir beide noch miteinander bereden? Unsere Beziehung zueinander war fruchtbar genug. Sie bereitete mir viel Freude und dir auch.“
„Es tut mir weh, Lebewohl zu dir sagen zu müssen.“
„Abschiede tun weh, was gut ist, weil es zeigt, dass wir voneinander viel hatten. Außerdem ist es besser im Guten auseinanderzugehen als im Streit. Ich möchte dich nicht anders in Erinnerung behalten wie jetzt. Der Abschied ist das, was einem im Gedächtnis am Längsten haften bleibt.“
„Nun gut“, schluckte Kore. Kore sah ein, dass es keinen Sinn besaß, den letzten Schritt aufzuschieben. „Bring ihn mir bei …“
Gerade in diesem Moment erschütterte die Ausbilderebene und Kore wurde in ihrem Bett wach.
„Jule, was ist?“, fragte sie verschlafen und nahm Jules vertrauten Umriss und ihren Geruch neben sich wahr.
„Das müsste ich eigentlich dich fragen“, antwortete sie aus der Dunkelheit.
„Warum?“
„Warum hast du dich in Lysander verwandelt?“
„Ich? Lysander?“
Kore merkte, dass sie tatsächlich Lysanders Körperform besaß.
„Moment“, tickte es in Jule. „Das heißt, dass Ipsy dir gerade den Körperwandler beibrachte.“
„Ja, wieso?“, fragte sie irritiert als Jule mit ihren feinen Händen über Kores verwandelten Körper fuhr. Sie erforschte ihn regelrecht. In Kore stieg ein eigenartiges Gefühl, das von Begehrlichkeit und Verlangen gepaart auf ihre Seele übergriff.
„Geil“, rief Jule begeistert und fing an Kores Haut zu küssen. Ihre Hände umsorgten sie fürsorglich. Jule setzte sich auf sie und fing an, während ihrer Liebkosung erregt zu atmen. Sie überzog sie mit ihren Küssen.
„Weißt du denn, was das heißt?“, keuchte Jule leidenschaftlich.
Erst jetzt dämmerte es Kore, was Jule meinte. Jule hielt sie für Lysander. Den Elfen, dessen Leidenschaft sie erlag und es auskostete. Jules Berührungen taten ihr so

gut, dass sie sich dem nicht mehr verwehrte. So gab sich ihrem Liebesdienst hin und ließ sich von Jule verwöhnen. Es war für Kore eine ungewöhnliche Liebeserfahrung. Zum ersten Mal im Körper eines Mannes Sex mit ihrer Feenfreundin zu haben. Die absolute Steigerung kam noch, als Kore eine Kopie ihres Körpers vor der Verwandlung zum Dämon über sie gebeugt wahrnahm. Sie spürte sofort, dass es Lysander war. Er kicherte begeistert und schloss sich ihrem Liebesreigen an. Das Feenfeuer, wie Ipsy es nannte, kannte zwischen ihnen kein Halten mehr. Es glich einer elektrisierenden Spannung, die ihre Körper regelrecht aufputschte. Sie verbrachten miteinander die wohl glücklichste Nacht ihres Lebens und verschmolzen und verwandelten sich in das, was ihnen Lust und Freude bereitete. Schließlich hielten sie sich einander und kosten verträumt ihre Körper, den sie nach ihrem Akt wieder in den Ursprung zurückverwandelten. So fielen sie in einen erholsamen Schlummer, bis die ersten Sonnenstrahlen sie weckten.

Als Kore ihre Augen auftat, fühlte sie Jules Kopf auf ihrem Bauch liegen. Sie seufzte zufrieden und lies sich gehen. Die Todesfee merkte das an ihrer Entspannung. Sie lächelten sich gegenseitig an. Kore kraulte ihr verträumt über die rostroten Haare. Sie genoss mit ihr den Moment. Die Zeit schien stehen zu bleiben.
„Weißt du", sagte sie nach einer Weile zu ihr. „So etwas ähnliches wie jetzt fühlte ich schon einmal."
„Ich weiß", sagte Jule. „Vor der Tür des Dekans. Als du Chausette zum ersten Mal kennenlerntest."
„Irgendwie wusste ich, dass ich mit dieser Person in meinem Leben lange verbunden bleiben werde."
„Ich fühlte das genauso, als ich über die Berge flog und dich im Pavillon ausmachte. Ich wusste, da ist jemand, mit dem ich ein sehr tiefes Verhältnis eingehen werde."
„Chausette ist meine beste Freundin. So ähnlich fühle ich mich auch mit dir. Nur ist da noch etwas anderes. Etwas Begehrendes würde ich sagen."
„Ich weiß, was du meinst. Beim Portikus spürte ich richtig, wie du es genossen hast, von mir verwöhnt zu werden. Du hast dich richtig fallen gelassen. Ich glaube, wenn du das nicht könntest, kämen wir nie hier her."
„Ich bin richtig gekommen."
„Es war schön. Ich finde, das gehört zum Leben. Die Menschenkinder fänden es komisch, dass wir beide den gleichen Mann lieben."
„Lysander", kicherte Kore fröhlich. „Er löste in mir richtig Feuer aus."
„Ja. Weißt du, der Transpati offenbart so vieles, was einem unangenehm erscheint. Chausette und du verwöhnten sich auch unter der Dusche im Sportraum deiner Schule. Na ja, so ähnlich wie wir beide beim Portikus war es zwar nicht, aber ..."
„Hey, das gehört zu unserer Entwicklung und außerdem war es eine interessante Erfahrung."

„Richtig", lächelte Jule Kore zwinkernd in die Augen. „Das war so ähnlich wie bei mir mit Bert. Ich wollte meine Erfahrung sammeln. Wie wollen wir beide es künftig miteinander halten? Ich finde, es ist wichtig, dass wir das zuvor klären."
„Einen Dreier."
„Einen Dreier", bestätigte Jule. „Ich glaube Lysander ist dem auch nicht abgeneigt. Und wir beide?"
„Nur wenn wir wollen."
„Das wollte ich hören", sagte Jule zufrieden lies sich weiter ihren Kopf von Kore kraulen.
„Mit Spielsachen?"
„Nur wenn wir wollen."
„Klingt lustig."
„Ja. Aber schön", schwärmte Jule behaglich und legte ihren Kopf kuschelnd in Kores Schoß. Beide hielten sich so und atmeten ihren Körpergeruch genießend ein. Die Morgensonne begann, in diesen Minuten über den dichten Urwald aufzugehen und den Tag einzuläuten. Sie sahen den nebligen Dunst vom Waldboden aufsteigen, sich auf seinem Weg durch das Geäst nach oben kräuseln und sich in den Baumkronen verfangen.
„Du riechst gut", meinte Kore zu ihr nach einer Weile. Sie kostete ihren Körpergeruch in ihrem Innersten aus und fand immer mehr Gefallen an ihm.
„Ich mag auch deinen Duft. Dann können wir uns riechen. Umso besser", antwortete Jule überglücklich.
„Wo ist Lysander hin?"
„Ich glaube, er wäscht sich."
„Es gefiel ihm auch."
„Sicher. Es ist so wundervoll eine Fee zu sein", lachte Jule aus vollem Herzen. „Ich hab mich erst daran gewöhnen müssen. Ganz am Anfang waren ein paar Erlebnisse, die mir halfen, meinen Weg zu meiner Identität zu finden."
„Das interessiert mich", sagte Kore. „Ich habe meinen Staub nicht lange und mein Erfahrungsschatz ist nicht sehr groß."
Jule kicherte verschmitzt.
„Du hast sicher im Transpati gesehen, wie ich in die dunkle Nacht hinausgeflogen bin, nachdem ich die Flügel gekriegt habe. Es war der wohl aufregendste Moment in meinem Leben."
„Ja und dann waren da ein paar andere Bilder, mit denen ich nicht ganz klarkam. Der Grizzly über dem uniformierten Leichnam, der Mann in der Wüste? Der Junge unter dem Baum und das Feuer und die Schreie?"
Sichtlich bewegt erzählte Jule über ihre ersten Erfahrungen als Fee. Kore merkte deutlich, dass ihr diese Zeit bestens im Gedächtnis haften blieb.
„Ich war damals im Körper einer Zehnjährigen. Nachdem Ipsy mir alles beibrachte, bin ich zu meinem See zurück, aber in meinem Tal ließ sich bereits die Ölfirma nieder. Sie rissen den Betrieb meiner Eltern ab und vergifteten den See. Ich wurde so wütend darüber, dass ich ihre Tanks zum Explodieren brachte. Der Unfall lock-

te die Feuerwehr in mein Tal und auch den Sheriff, den ich mir gut ansah. Ich sah den großen Hunger in seinem Herzen. Sein Gehalt als Gesetzesmann reichte ihm nicht. Er wollte wie viele andere auch an dem großen Gasboom verdienen, der gerade das Land überzog. Also ließ er sich bestechen und sah weg, als die Killer meine Eltern töteten. Er wusste genau, was die Firma anrichtete und verriet die Ideale, für die sich das Land rühmte. Kore hörte ihr aufmerksam zu.

„Ich weiß, dass die Menschenkinder es vielleicht anders sehen, als ich. Die Killer taten ihre Arbeit, weil sie eben Killer waren. Dafür bezahlte man sie. Die Firma findet immer irgendwen, der für sie die schmutzige Arbeit macht. Der Sheriff aber heulte mit den Wölfen und ist für mich durch seine Beihilfe der eigentliche Mörder meiner Eltern."

„Ich verstehe, der Grizzly über dem Leichnam", raunte Kore. So grausam schätzte sie Jule nie ein.

„Ja. Nachdem er seine Arbeit am Brandort erledigte, ist sein Auto auf dem Rückweg in die Stadt mitten im Wald liegen geblieben. Er untersuchte den Motor, fand aber den Defekt nicht. Weder sein Funkgerät noch sein Handy funktionierten, weshalb er keine Hilfe holen konnte. Es kam auch niemand die Straße entlang gefahren, der ihn mitnahm. Also ist er gelaufen. Unterwegs ist er dann dem Grizzly begegnet, der ihn prompt anfiel. Bei seinem Versuch ihn mit seiner Pistole zu erledigen, bekam die Waffe eine Ladehemmung. Er starb schnell, aber ich fühlte mich sehr schlecht."

Jule fing an zu weinen. Ihr liefen dicke Tränen über die Wange. Kore hielt sie, während sie weiter erzählte.

„Ich bin anschließend ziellos über den Kontinent geflogen. Bei meinem See konnte ich nicht bleiben. Es waren einfach zu viele Erinnerungen dort und dann das vergiftete Wasser. Nirgendwo fühlte ich mich richtig zu Hause. Ich hatte genug von den Menschenkindern. Im ganzen Land standen ihre Bohrtürme umher und produzierten dieses tote Wasser. Mutter sagte mir einmal, dass man in der Stille am besten zu sich selbst findet. Also beschloss ich in die Wüste zu fliegen, weil ich glaubte, dass dort niemand nach diesem Gas bohrt. Aber ausgerechnet dort lernte ich die Menschenkinder wirklich kennen. Von den Leuten, denen ich auf meiner Reise begegnete, wurde ich zwar wie ein kleines Mädchen behandelt, aber ich glaube, dass dies für mich ein Vorteil war. Es ist schon komisch. Sie alle wussten nicht, wen sie da vor sich hatten. Vielleicht glaubten sie auch gar nicht, dass es Feen gibt ..."

Dann erzählte sie Kore von ihren ersten Erfahrungen mit der Beziehung von Fee zu Mensch. Es erklärte so einiges an Jules Verhalten, dem sich Kore in den letzten Tagen mehr und mehr annäherte...

Kapitel 11

Feenschicksal

Die Luft in der Mojavewüste roch bereits feucht, obwohl noch kein einziger Tropfen Regen fiel. Dichte Wolken schoben sich gemächlich vor die Sonne Arizonas und die ansonsten unerträgliche Temperatur in der Prärie kühlte merklich ab. Jeder noch so kleine Regen war hier Geschenk des Himmels und alle, die hier in dieser trockenen Gegend lebten, wussten um seinen Wert. Auch Jule, als sie über die Wüste im Süden der damaligen USA flog. Seit Ipsy ihr Lebwohl sagte, suchte die Fee die Einsamkeit des riesigen Landes, um zu sich selbst zu finden. Seit dem Tod ihrer Eltern fühlte sich die junge Fee nirgendwo wirklich zu Hause. Überall in den Rockey Mountains, wie die Einwohner der USA das mächtige Gebirge in der Mitte des Kontinents zu ihrer Zeit nannten, suchten Ölfirmen nach dem Gas aus der Tiefe. Sie enteigneten die Farmer, vergifteten ganze Flüsse und die Seen, wodurch die Bäume an ihren Ufern langsam starben. Man vertrieb sie. Jule wusste nicht wohin. Sie wusste nicht, warum sie das alles erduldete. Was sollte sie mit ihrem Leben anfangen? Warum wurde sie hier ausgesetzt? Warum wurde sie eine Fee? Warum in einer Welt, die rücksichtslos ihre eigenen Profite sucht? Ihre Rache an dem Mörder ihrer Eltern machte sie nicht glücklich. Ihre Pflegemutter Marsha hieß Gewalt aus gutem Grund nicht gut. Kam doch seine Anwendung einem Scheitern gleich.

„Wirklichen Frieden in deiner Seele findest du nur in der Vergebung", erklärte sie ihr. „Vergebung ist eine Sache der wahrhaft Starken. Ein Schwacher vergibt nicht. Jener hängt in seiner Verbitterung fest und wird niemals Frieden finden. Erst durch Vergebung befreist du dich selbst und findest einen neuen Anfang. Es ist der größte Dienst, den du dir selbst in deinem Leben erweist."

Gleich eines Streuners tingelte sie schon mehrere Wochen über den Kontinent und erstaunte über seine enorme Größe. Ebenso sah sie die schweren Umweltzerstörungen, sah den Prunk und das Elend der Zivilisationen, die riesigen Städte mit ihren Wolkenkratzern. All das war kein Widerspruch. Was sich auf der einen Seite so herrlich zeigte, bestand auf der anderen Seite entsprechend herunter gewirtschaftet. Erst hier in der Mojavewüste fand Jule einen Landstrich der USA, in dem es nicht solch einen krassen Gegensatz gab. Es lag schlicht einfach daran, dass diese Wüste als eine der Trockensten der Erde galt und die Frage des Überlebens jeden Tag auf's Neue gestellt wurde. Jule folgte schon seit mehreren Tagen einer staubigen Asphaltpiste, die schnurgerade durch die endlos erscheinende Einöde lief. Mit scharfem Auge erfasste die Fee die großen Kakteen, die der auffälligste Bewuchs in dieser Gegend waren. Ausgetrocknete Präriebüsche blies der scharfe Wind über die von den Elementen gezeichnete Straße. Sie wirkten wie riesige geflochtene Kugeln. Das Unwetter, das sich an diesem Tag so unverhofft ankündigte, ließ den starken Regen erahnen, der hier demnächst niederging. Es ergab sich eine weitere Chance für die Pflanzen hier, um ihren Nachkommen die Zukunft zu sichern. Obwohl der Ort karg und wenig einladend wirkte, schaffte es das Leben dieser unwirtlichen Umgebung zu trotzen. Wie die Flora der Wüste fühlte sich auch Jule in diesem Landstrich ein. Sehr bald merkte sie, dass ihre Kleidung, die sie als Anlehnung an ihr früheres Leben als Menschenmädchen trug, sich für eine Fee nicht eignete. Mithilfe des Designers übertrug sie die Farben der Mojavewüste, vor allem Sandgelb und Kakteengrün, auf ihre Anziehsachen. Auch eignete sie sich den Takt der Natur an. Jeden Morgen setzte sie sich auf einen der vielen Felsungetüme, die diese Landschaft prägten. Immer mit dem Angesicht zur Sonne. So wie es ihre Mutter tat. Dann ließ Jule die Stille und die wärmenden Strahlen der Morgensonne auf ihrer Haut wirken, während in ihrem Inneren ihre traumatische Vergangenheit und ihre kürzlichen Erlebnisse herumwirbelten. Als die Fee an jenem Morgen, vor dem großen Regen, auf einem Felsen saß, hörte sie einen lauthals fluchenden Mann. Sein ungezügeltes Schimpfen drang ungefiltert zu ihr hoch. Davon neugierig geworden flog sie zur Asphaltstraße hinab, die durch die Prärie wie ein gerader Strich ging. Der Fluchende fand sich schnell. Er stand neben einem liegen gebliebenen Pick-up mit einem vor Wut knallrot verfärbten Kopf. Das Drehkreuz für das Lösen der Muttern lag neben ihm im Staub und verbog sich heillos in einen undefinierbaren Klumpen. Gut getarnt näherte sich die Fee ihm aus der Luft und schnappte seine garstigen Wörter auf. Wie er in die Wüste kam, interessierte Jule nicht. Auch nicht woher er kam. Er war jetzt hier. Das alleine zählte für sie. Die Fee verwandelte sich in einem ungesehenen Moment in ihre normale Größe und näherte sich ihm mit fragendem Blick. In seinem verzweifelten Zorn schwelgend bemerkte der junge Bursche sie zunächst nicht.

„Was tust du hier?", fragte sie ihn geradlinig, was ihn aus seinem Wutausbruch aufschrecken ließ. Überrascht drehte er sich zu dem kleinen rothaarigen Mädchen um. Nie und nimmer rechnete er hier draußen mit einer Menschenseele. Schon gar nicht mit einem elternlosen Kind.

„Wo kommst du denn so plötzlich her?", fragte er sie überrascht.

„Warum ist das so wichtig für dich?"

„Scher dich lieber zurück zu deinen Eltern ...", blaffte er die Fee erbost an. „... und steh mir nicht im Weg herum. Du kannst mir sowieso nicht helfen."

„Meine Eltern sind Tod", sagte die Fee zu ihm und starrte ihm furchtlos in die Augen. Ihr Blick blieb standhaft. Es durchzuckte den liegen gebliebenen Autofahrer wie ein Blitz. Peinlich berührt stoppte der Mann seinen Zorn auf die Kleine.

„Oh, das tut mir leid. Verzeih mir, dass ich so grob zu dir war. Sind sie hier verunglückt?"

„Nein. Nicht hier", antwortete ihm die Fee. „Du solltest dir lieber einen Platz zum Unterstellen suchen. Der Regen hier in der Wüste wird sehr heftig."

„Hast ja Recht. Aber hier gibt es weit und breit keinen Schutz. Einer meiner Reifen ist platt und ich hab kein Reserverad dabei. Außerdem ist mein Werkzeug verbogen. Mein Handy ist auch kaputt. Ich kann keine Hilfe holen. So ein verdammter Mist. Du hängst jetzt wie ich hier in der Wüste fest."

„Liebst du die Wüste nicht?"

„Wie kann man so etwas lieben?"

„Sie ist voller Leben."

Der Mann blickte sie verdutzt an. Wie kam sie auf so was?

„Sag mal, Kleine. Du kommst wohl nicht viel herum.“

„Woher willst du das wissen? Selbst du kannst nicht alles kennen.“

„Was tust du dann hier?“

„Ich suche die Stille und was suchst du hier?“

„Ich will hier nichts. Ich will nach Denver. Ich bin Techniker und dort soll ein Fusionsreaktor gebaut werden.“

„Was ist ein Fusionsreaktor?“

„Damit gewinnt man riesige Energiemengen. Er funktioniert wie die Sonne. Dabei entsteht kein Abfall. Kein Gift. Es macht diesen grässlichen Bohrtürmen den Garaus, die das Wasser verunreinigen. Du hast sie sicher schon gesehen.“

„Du redest vom toten Wasser.“

„Ich sehe, du weißt davon. Ich beendete vor ein paar Wochen mein Studium und bewarb mich bei dem Projekt. Sie haben mich tatsächlich genommen. Ich darf aber erst dort anfangen, wenn ich in zwei Tagen in Denver bin. Ich freute mich so darauf, mein Wissen einzubringen und diesem Wahnsinn ein Ende zu setzen. Aber das wird jetzt leider nichts werden. Darum bin ich so wütend.“

Die Enttäuschung stand ihm tief ins Gesicht geschrieben. Das rothaarige Mädchen sah ihn verdächtig lange an, sodass es dem jungen Ingenieur unheimlich dabei wurde. Es kam ihm vor, als ob sie ihn regelrecht durchleuchtete. Schließlich sagte er zu ihr um die Stille zu brechen: „Wenn du willst, kannst du mit mir in meinem Wagen warten, bis der Regen vorüber ist.“

Der Blick der Fee verwandelte sich in großes Wohlwollen. Sie fühlte, dass er trotz seiner Wut und seiner großen Enttäuschung, an diesen Moment und somit auch an sie dachte. Sein aufgewühlter Zorn störte sie nicht. Seine entsetzliche Wut über die Panne in einer der trockensten Gegenden der Erde war allzu menschlich.

„Du hängst hier nicht fest“, sagte die Fee daraufhin zu ihm mit einem Lächeln, was den Mann ungläubig auflachen ließ. Dabei kniff er ganz unwillkürlich die Augen zu. Aus den Fingern der Fee sauste in diesem Moment ein schillernder Staub auf den platten Reifen, der sich in Windeseile von selbst reparierte und aufblies.

„Du bist gut“, gluckste er sich wieder beruhigend. Er bekam Jules Aktion gar nicht mit. „Entweder es kommt Hilfe zu uns oder es geschieht ein Wunder.“

Das Mädchen lächelte ihn an. Den Kopf schräg haltend. Ihre Augen funkelten verdächtig dabei.

„Sieh“, sagte sie zu ihm und deutete auf den reparierten Reifen.

Kaum dass der Gestrandete auf das Rad aufmerksam wurde, traute er seinen Augen nicht. Perplex stürzte er auf ihn zu und klopfte mit seinen Fingerknöcheln auf das Profil. Unbeschreibliche Erleichterung glitt über sein Gesicht. Die Fee nutzte seine aufkommende Freude über die unverhoffte Rettung, fuhr ihre Flügel aus und sauste senkrecht in den Himmel hinauf. Sie tarnte sich und flog davon.

„Das gibt es nicht ...“, meinte der Autofahrer und drehte sich zu der Stelle, an der er das zehnjährige Mädchen in Erinnerung zu haben glaubte. Doch sie verschwand spurlos...

„... während er auf den Autoreifen zuging, ihn abklopfte, weil er glaubte, dass er träumte, bin ich mit dem Minimalus und meinen Flügeln weggeflogen“, beendete Jule ihre Erzählung zu dem ersten Bild.

„Wolltest du nicht bei ihm bleiben?“

„Nur damit er mich in ein Heim steckt? Selbst wenn ich bei ihm geblieben wäre, früher oder später fragt man ihn, wo er mich her hat. Außerdem liefert er mich wahrscheinlich beim Sheriff ab. Die Frage wäre auch, wie lange ich mich ihm gegenüber verstellen kann, bis er merkt, dass ich Feenkräfte habe.“

„Warum hast du ihm dann geholfen?“

„Weil er fähig war, trotz seiner eigenen Probleme auf mich Rücksicht zu nehmen. Das erlebte ich nicht bei jedem Zeitgenossen. Soziale Unterschiede gibt es nicht, wenn es um Leben und Tod geht. Auch fand ich heraus, dass ich nicht immer meine Kräfte als Fee wirken muss, damit ich als solche wahrgenommen werde. Manchmal genügt nur mein bloßes Erscheinen.“

„Ich verstehe. Du konntest nicht bei ihm bleiben. Was war mit dem Jungen unter dem Baum?“

Entsetzliche Müdigkeit umfing Jacinto. Die Sonne brannte in der Wüste unbarmherzig auf ihn herab. Wochenlang kämpfte er sich durch die trockene Einöde, überwand den Sperrzaun der US-Grenze, um hier unter einem ausgetrockneten Baum etwas Schatten zu finden. Es war sehr heiß an diesem Tag. Die Hitze lies die Luft über dem Boden flirren. Sein spärliches Trinkwasser in einer Plastikflasche brauchte sich viel zu schnell auf. Und erst seine Füße. Von dem mörderischen Marsch durch die Wüste bildeten sich Blasen. Die ausgetrocknete Haut platzte auf und es drang Sand in die klaffenden Risse. Der Sechzehnjährige besaß kaum Hoffnung, dem Fluch der Wüste zu entkommen. Dabei lag unweit von ihm eine Asphaltstraße, auf der die Patrouillen der Cops fuhren um Illegale, wie sie seinesgleichen nannten, aufzugreifen. Der Junge dämmerte erschöpft an den Baum gelehnt vor sich hin. Seine Wahrnehmung reduzierte sich auf ein Minimum, was sich jedoch änderte, als er plötzlich die Stimme eines Mädchens hörte.

„Was tust du hier?“, fragte sie ihn.

Jacinto schreckte aus seinem Delirium auf. Wieso fand sie ihn so schnell? Die Angst entdeckt zu werden, kam schockartig zurück und mobilisierte alle vorhandenen Kräfte.

„Wer bist du?“, fragte er von Panik ergriffen. Sein Blick ging sofort in die Richtung, aus der er die Stimme vernahm. Beinahe übersah er das Mädchen, deren Kleidung sich so perfekt in die Landschaft einpasste.

„Warum ist das so wichtig für dich?“, fragte ihn das Mädchen ungeniert weiter.

„Ich will nicht entdeckt werden.“

„Warum?“

„Sie bringen mich sonst wieder nach Mexiko zurück.“

„Ist das so schlimm?“

„Die Menschen dort sind arm. Es gibt keine Arbeit.“

„Warum ist das so wichtig für dich?“

„Du bist gut. Wenn es keine Arbeit gibt, dann gibt es auch kein Geld.“

„Wofür brauchst du Geld?“

Jacinto stutzte. Verstand so ein junges Mädchen gar nichts von dem finanziellen Elend und der Not, der die meisten Flüchtlinge aus ihrer Heimat in die Ferne trieb?

„Meine Familie ist arm. Ich hab vier kleine Geschwister. Ein Fünftes wird bald geboren. Sie setzen alle Hoffnung auf mich. Wenn ich hier Arbeit finde, kann ich ihnen helfen.“

„Warum?“

„Es ist meine Familie. Ich würde sie nie im Stich lassen.“

Das Mädchen ließ seine Worte auf sich wirken. Ihr fragender Blick aber verschwand aus ihren Augen nicht.

„Ich verstehe nicht, was das mit dir zu tun hat?“

„Was gibt es da nicht zu verstehen? Du würdest deine Eltern und deine Familie auch nicht im Stich lassen.“

„Meine Eltern sind Tod und du lässt dich gerade selbst im Stich“, antwortete ihm das Mädchen schroff. Ihre Mine zeigte keinerlei Regung für ein Verständnis seiner Lage. Jacinto übermannte der Zorn. Seine Wut holte die letzten Kraftreserven aus ihm hervor.

„Du verwöhnte weiße Schlampe“, fauchte er sie ungehalten an. „Du machst dich lustig über mich. Was verstehst du schon von Armut? Wenn du wüsstest, woher ich komme, siehst du auch zu, dass du ein bessres Leben findest. Dort wo ich herkomme, regieren Banditen. Ich will keiner von ihnen sein.“

„Eben“, gab ihm das Mädchen unverhofft Recht und starrte ihn verdächtig scharf in die Augen. „Ich würde zusehen, dass **ich** ein besseres Leben finde. Du aber willst, dass deine Eltern und deine Geschwister ein besseres Leben finden. Nicht du. Gerade das wird dich zu dem machen, was du nicht werden willst.“

Jacinto bekam ein mulmiges Gefühl dabei. Er gewann den Eindruck, dass die Kleine direkt in seine Seele hinein sah. Diese Wahrheit schmerzte ihn. Die Fee hielt ihren Kopf schräg und sagte: „Dein Wutausbruch wird dich nicht vor dem Verdursten bewahren. Du wirst sterben, wenn du hier bleibst. Du solltest lieber an die Straße gehen. Die Leute dort können dir helfen.“

Jacinto war voll des Zorns auf das Mädchen. Es tat weh, was sie sagte. Mit den verzweifelten Worten: „Einen Teufel werd ich. Scher dich endlich weg und lass mich in Ruhe“, vertrieb er sie unbeherrscht, worauf sich das Mädchen ohne noch einmal zu ihm umzusehen in die Einöde aufmachte und in der Wildnis verschwand. Jacinto lehnte sich langsam abregend seinen Kopf wieder gegen den Stamm. Er atmete tief durch. Die Wut in ihm flaute allmählich ab. Warum wurde er plötzlich so zornig? Vielleicht, weil die Fremde ihren Finger in seine schmerzende Wunde legte. Ohne einen Erfolg traute er sich nicht nach Hause zurück. Seine Eltern erwarteten Großes von ihm. Auch seine Geschwister, die alle jünger waren als er. Sie alle hofften auf Geld aus den USA. Auch um ihre Schulden in der Heimat abzahlen zu können. Nicht auf seine Rückkehr mit leeren Händen. Er sah sie im geistigen Auge vor sich stehen. Seinen Vater, seine Mutter und seine Geschwister, die ihn fragten, wo denn das Geld bliebe...

„Er kam aus Mexiko und suchte in den USA nach Arbeit. Ich bemerkte ihn abseits der Straße. Es war heiß an diesem Tag und trocken. Er sah abgerissen aus. Abgemagert und richtig erschöpft. Mehr Tod als lebendig. Ich ging zu ihm und fragte ihn, was er da tut. Er war voller Angst. Sogar vor mir. Einer Zehnjährigen. Er fragte mich, wie ich ihn so schnell fand. Worauf ich fragte, warum er nicht gefunden werden will. Er sagte, er wäre illegal und wenn die Behörden ihn aufgreifen, schickten sie ihn wieder Heim. Da fragte ich ihn, warum es schlimm wäre, nach Hause zu kommen. Seine Familie sei arm, erklärte er mir und er ginge in die USA, um zu arbeiten. Ich fragte ihn warum. Weil seine Familie arm ist und es in den USA bezahlte Arbeit gäbe, antwortete er mir. Ich sagte ihm, dass ich nicht verstehe, was das mit ihm zu tun hat. Dann wurde er zornig und meinte, ich wolle mich über ihn lustig machen. Nur wenn er in den USA Geld verdient, hilft er seiner Familie aus ihrem Elend und dass er sie niemals aufgibt. Darauf sagte ich ihm, dass er sich gerade selbst im Stich lässt. Er wurde richtig wütend und nannte mich eine verwöhnte weiße Schlampe, die nicht wüsste, was es heißt arm zu sein. Wenn ich in solch einer Armut wie er lebte, würde ich auch ein besseres Leben suchen. Da gab ich ihm Recht. Ich würde ein besseres Leben für mich suchen. Er suchte nur ein besseres Leben für seine Familie. Nicht aber für sich. Dabei sah ich ihm tief ins Herz und fand einen verbitterten Jungen vor, der vergeblich um Anerkennung und Liebe seiner Eltern rang. Anstatt jetzt seinen eigenen Weg zu gehen, hing er seiner Vergangenheit an und verstrickte sich heillos mit ihnen. Ich sah, dass er den Grenzzaun überwand und den Patrouillen entging. Er steckte ungeheure Energie in seine Reise hinein und wollte nicht seinen Erfolg preisgeben, der eigentlich keiner war. Irgendwie tat er mir leid, aber ich wusste, dass ich ihm nicht helfen konnte, weil er nicht bereit war, sich selbst zu helfen. Er erkannte nicht, dass er sich in der Wüste verrannte, welche nun zu seinem Grab wurde. Ich sagte ihm daher nur, dass sein Wutanfall ihn nicht vor dem Verdursten bewahrt und er stirbt, wenn er nicht aus seinem Versteck heraus an die Straße geht. Da sagte er mir, er täte einen Teufel und ich solle mich verziehen. Also ging ich. Aus dem Polizeifunk einer Streife erfuhr ich später, dass sie ihn auf der Straße aufgriffen. Der Sheriff sagte, dass er enormes Glück hatte. Normalerweise wäre er in der Gegend verdurstet. So wie viele andere Illegale in dieser Grenzregion. Der Junge sagte etwas von einem weißen Mädchen, das ihm diesen Tipp gab. Ihr verdanke er sein Leben. Ich kam für ihn wie ein Engel vor. Mit dieser Tatsache musst du erst einmal als Fee klarkommen. Du selbst legst keinen Wert darauf als eine Fee wahrgenommen zu werden, aber letzten Endes wirst du es dann doch irgendwie. Wir können nicht anders. Wir sind eben so.“
„Ich verstehe jetzt auch, warum wir sie Menschenkinder nennen.“
„Weil in ihnen verletzte Kinder schlummern, die nach Liebe dürsten. Ihre Verstrickungen mit den Eltern halten sie davon ab, zu sich selbst zu finden, damit sie ihren eigenen Weg gehen. Erst der Tod meiner Eltern nabelte mich von ihnen ab und so wurde ich in der Wüste neu geboren. Ich musste meinen eigenen Weg finden. Darum mussten meine Eltern gehen. So eine ähnliche Erfahrung sah ich im Transpati

auch bei deinem Bruder. Ich finde, dass du sehr geschickt dabei vorgegangen bist", lobte Jule sie bewundernd, was Kore sichtlich schmeichelte.

„Was wurde aus dem Jungen?"

„Ich weiß es nicht, aber sie sagten etwas, dass sie ihn in ein Lager bringen. Damals zogen viele Menschenkinder durch die Wüste, die alle so einen ähnlichen Hunger wie der Junge in sich trugen. Ich wollte keinen mehr von ihnen begegnen, da sie alle an ihrer Not großen Anteil hatten, ohne es selbst erkennen zu wollen. Ihr Hunger ist auch der Grund, warum es zu dem Grenzzaun kam, den die Menschenkinder erbauten und an dem so viele verdursteten. Sie landeten daher, wie ich in der Wüste und ich wusste, ich käme erst aus der Wüste heraus, wenn ich mich selbst erkenne. Wenn ich weiß, wer ich bin und wohin ich meine Lebenskraft lenke."

„Dieser Zaun durch die Wüste, von dem du sprichst. Was hatte es damit auf sich? Ich kenne so etwas nicht. Nur so etwas wie eine Kraftfeldkuppel."

„Den erbauten die Menschenkinder um Kontrolle über den Warenhandel und der Ein- und Ausreise ihrer selbst zu haben. Damals gab es zwischen den beiden Ländern am Zaun massive soziale und rechtliche Unterschiede. Die einen wollten der Armut und der Kriminalität aus ihrer Heimat entfliehen, nahmen aber ihre Art zu leben, die in diese Armut und letztlich in die Kriminalität führte, mit sich. Sie taten sich daher schwer, in ihrer neuen Heimat Fuß zu fassen. Lieber suchten sie ihre eigenen Landsleute, anstatt in der übrigen Bevölkerung aufzugehen. Da sie auch in der Fremde wie in ihrer alten Heimat leben wollten, suchten sie auch die gleichen Probleme aus ihrem Ursprungsland heim. Schuld waren natürlich nicht sie selbst und ihre Mentalität, sondern die, die sie dafür kritisierten. Und schon bald gab es einen weiteren Staat im Staat. Was dann geschah, brauche ich nicht weiter erklären."

„Sie bekriegten sich gegenseitig, richtig?"

„So ähnlich, nur dass die Regierung ihrer neuen Heimat, mit ihnen rigoros verfuhr und sie dann „Eindringlinge" anstatt Bürger nannte. Sie nahmen die Einbürgerungswilligen unter ihnen sogar in ihrer Armee auf, um sie dann gegen die Eindringlinge einzusetzen. Da diese ihre Landsleute und ihre Eigenheiten kannten, gingen sie entsprechend gegen sie vor. Ich beobachtete einige solcher Strafaktionen der Armee an der Grenze und auch, dass es dort hochkriminell zuging. Das widerte mich nur so an, dass ich mit solchen Leuten nicht mehr das Geringste zu tun haben wollte."

„Was war das mit dem Feuer und den Schreien?"

„Das ...", stockte Jule kurz nachdenkend. „Da muss ich etwas weiter ausholen, damit du das verstehst ..."

Joshua strich über seine Namensplakette. „J. Ragowski", stand dort eingraviert. Der junge Mann trug sie nicht, weil er ihm gefiel, sondern weil es die Ölgesellschaft vorschrieb, für die er arbeitete. Einsam und verloren kam sich der Tankwart inmitten der Mojavewüste vor. Er müsse sich erst hier in der abgelegensten Servicestation des Konzerns bewähren, sagten ihm seine Vorgesetzten. Erst wenn er dort lernte, in eigener Verantwortung eine Filiale zu führen, dann könne er auf einer anderen unterkommen. Und so tat er auf der einzigen Tankstelle seinen Dienst, die es im Umkreis von fünfzig Meilen gab. Selten verirrten sich Reisende hier her und wenn, dann konnten es durchaus Schleuser oder Menschenhändler sein, die ein schwunghaftes Geschäft mit Sklaven betrieben. Ganz allein hielt sich Joshua hier draußen nicht auf. Mit ihm arbeitete noch Bess auf der Station. Sie war eine dunkelhäutige Schönheit mit langen schwarzen Haaren. Während Joshua Verwandte besaß, zu denen er Kontakt hielt, besaß Bess keine Beziehung zu ihrer Familie mehr. Das lag an ihrer grausigen Vergangenheit, die sie hinter sich brachte. Draußen in der Wüste versuchte die junge Frau, die schrecklichen Erlebnisse ihrer frühen Kindheit und Jugend zu vergessen. Zu vergessen, dass man ihr das nahm, wofür Frauen stolz und wofür sie von Männern begehrt und geachtet waren.

Joshua strich nun über die mechanische Registrierkasse der Tankstelle. Er erbte sie von seinem Vater, der das Ding einst auf einem Trödelmarkt erstand. Es war der einzige Gegenstand, den er ihm nach seinem Tod hinterlies. Immer, wenn er über ihren metallenen Blechrahmen strich, erinnerte sich der Tankwart an seine Kindheit, die sich Tausende von Meilen abseits von diesem verloren Ort abspielte. Dann fühlte er wieder die kühlen Fluten des Mississippi auf seiner Haut, in dem er als Kind von seinem Vater angeleitet, das Schwimmen erlernte. Er seufzte schwermütig bei dem Gedanken daran, als er just in so einem Moment die Stimme eines kleinen rothaarigen Mädchens vernahm. Es riss ihn aus seinen nostalgischen Erinnerungen.
„Was tust du hier?", fragte sie ihn spitz.
Joshua blickte zu der Stimme auf. Seine Augen fixierten ihren scharfen Blick. Sofort fielen ihm die kleinen Sommersprossen in dem bleichen Gesicht auf. Auch ihre Kleider, die so gar nicht in den Trend der aktuellen Kindermode passte.
„Hast du mich erschreckt", antwortete er aus den Gedanken gerissen.
Das Mädchen kippte seinen Kopf, während er antwortete.
„Ich arbeite hier."
„Warum?"
„Weil ich mich bewähren muss."
„Warum?"
„Nur, wenn es mir gelingt, hier gut zu arbeiten, darf ich an einer anderen Tankstelle anfangen."
„Willst du das denn?"
„Nun ... ich ..."
„Bist du nicht gerne hier?"
„Die Wüste ist schön."
Der Rotschopf grinste frech und gab ihm Recht.
„Das finde ich auch", sagte sie.
„Ja. Die einen sehen in ihr einen vergessenen Ort ..."
„Und was siehst du für einen Ort darin?"
„Einen Ort der Stille ..." antwortete Bess für ihn und trat zu ihnen heran.
„Das sehe ich auch so", sagte der fremde Besuch freudig und linste Joshuas Kollegin mit offenem Mund in die Augen. Bess kam es so vor, als würde sie von ihrem Blick aus den mandelförmigen Augen regelrecht ausgelesen.
„Ich bin Bess. Wer bist du?", fragte sie das Mädchen und beugte sich zu ihr hinab.

„Ich bin ...“ begann die Rothaarige und machte eine kurze Pause, ehe sie ihr antwortete: „... Wilma.“

„Wilma? Heißt du etwa so wie die aus der Fernsehserie?“

„Ja.“

Bess merkte, dass sie nicht die Wahrheit sprach, wusste aber, sich das nicht anmerken zu lassen. Es gab sicher einen Grund, dass Wilma nicht ihren wahren Namen preisgab.

„Wo sind deine Eltern?“

„Meine Eltern sind Tod.“

„Oh“, entfuhr es Joshua aufgescheucht. „Sind sie hier verunglückt?“

„Nein. Aber wenn du die Wüste liebst, warum willst du dann weg von hier?“

„Ich wollte schon immer studieren. Maschinenbau. Meine Eltern hinterließen mir nichts, was ich versetzen könnte, um mir das leisten zu können.“

Die Antwort der Rothaarigen darauf erstaunte Joshua.

„Deine Eltern schenkten dir mehr, als du es im Augenblick zu erkennen vermagst.“

„Was meinst du?“, fragte Joshua irritiert.

Die Rothaarige kicherte und sah ihm tief in die Augen. Bess antwortete für sie: „Dein Leben, Joshua. Die Kleine hat ganz Recht. Deine Eltern ermöglichten dir dein Leben.“

Joshua wurde ganz still und sah wiederum auf ihren unverhofften Besuch.

„Ich bin verblüfft. Da kommt aus dem Nichts ein Mädchen rein, die meine Tochter sein könnte und sagt mir so was. Ich ... nun, dann heißt das, du bist ganz allein hier. Woher kommst du?“

„Warum ist das so wichtig für dich?“

„Ich meine, hier draußen ist es sehr gefährlich. Nicht nur wegen der Kojoten. Da draußen sind Menschenhändler unterwegs. Die schnappen sich solche kleinen Mädchen wie dich.“

„Warum?“

„Sie versklaven sie“, erklärte ihr Bess. „Es wäre besser, wenn wir dich dem Sheriff mitgeben. Wir könnten hier nicht für dich sorgen. Bist wohl ausgerissen?“

„Ja“, antwortete die Kleine. Seltsamerweise schien sie nicht das geringste Anzeichen von Furcht dabei zu offenbaren.

„Willst du uns nicht davon erzählen?“

„Nein.“

„Ich versteh dich“, antwortete Bess seufzend. „Ich hatte auch keine einfache Kindheit. Ich wurde oft geschlagen.“

„Warum bist du dann nicht weggelaufen?“

„Das bin ich auch, aber auf meiner Flucht besaß ich kein Glück. Ich kam vom Regen in die Traufe.“

Wilma sah ihr einfühlsam in die Augen. Ein erwärmendes Gefühl machte sich plötzlich in Bess breit. So etwas verspürte sie schon lange nicht mehr. Zuletzt als ihre Großmutter sie als kleines Mädchen in den Arm nahm. Bess verdrängte dieses behagliche Gefühl, denn die bloße Erinnerung daran verursachte doch auch Schmerz in ihr.

„Man will nur weg, aber gerät meist an jemanden, der es schlechter mit dir meint. Komm lieber mit mir mit", brach sie ihr Gespräch ab. „Bis der Sheriff herkommt, bleibst du hier bei uns. Joshua. Ruf Michail an. Er dürfte in etwa zwei Stunden hier sein."

Bess reichte ihr mit einem freundlichen Lächeln die Hand, die das Mädchen mit einem dankbaren Schmunzeln ergriff. Ihr Druck war erstaunlich sanft. Bess spürte ihn fast nicht. Auch bemerkte sie die lilafarbenen Punkte auf ihren Händen, dachte sich aber, dass Mädchen in diesem Alter gerne mit Glitzerstaub spielten. Sie führte Wilma um die Tanke herum zu einem kleinen Wohnwagen, den der Staub der Wüste verdreckte. Vor ihm stand ein Sonnenschirm mit einem Tisch und zwei Campingstühlen.
„Am besten bleibst du solange hier", sagte sie, als sie mit ihr vor dem Wohnwagen stand. „Der Sheriff braucht etwa zwei Stunden, bis er hier ist. Da drin im Wohnwagen ruhst du dich erst mal aus."
Plötzlich fragte sie die Rothaarige: „Warum kannst du keine Kinder bekommen?"
Bess stockte. Sie fühlte sich überfahren. Woher wusste sie das?
„Ich, ähm. Woher weißt du ... ich meine ..."
„Du liebst ihn", fuhr Wilma geradewegs fort. „Ihr beide liebt euch. Ich sehe es ganz deutlich, aber ihr könnt nicht füreinander da sein. Du schämst dich wegen deiner Unfruchtbarkeit und er böte dir so gern etwas Besseres als die Wüste an. Aber du willst nicht aus der Wüste raus, weil du Angst hast, ihn dann zu verlieren. Er nähme sich dann eine andere Frau, die ihm seinen Wunsch erfüllt Kinder zu haben."
„Kleine, was soll das? Ich ...", rang Bess perplex nach Worten. Wilmas direkte Fragen trafen sie tief ins Herz. Doch da drang laut die Stimme von Joshua zu ihr. Sie klang aufgeregt.
„Bess. Kommst du bitte. Schnell."
„Du bleibst hier. Wir unterhalten uns später noch mal", ermahnte sie Wilma irritiert und eilte wieder zu Joshua zurück, der auf der staubigen Straße stand und voller Angst in die Mündung eines Gewehrlaufs blickte.

Er erhob seine beiden Hände in den Himmel. Vor ihm standen drei maskierte Gestalten, die es offenbar auf das Bargeld der Tankstelle absahen. Von ihren Gesichtern war absolut nichts zu erkennen.
„Joshu...", wollte Bess rufen, als ihr auch schon der Mund von einem vierten Mann zugehalten wurde, den Bess nicht bemerkte. Er benutzte einen Lederhandschuh, was ihn vor der reflexhaften Bissverteidigung der Überwältigten schützte. Sein Griff saß so fest, dass Bess sich nicht rührte.
„Ich habe fast kein Geld hier ...", versuchte Joshua die Banditen zu beschwichtigen.
„Das weiß ich doch, du Blödmann. Aber die Kleine, die da eben zu euch rein ist..."
„Ihr ..."
„Bringt uns das Mädchen."
„Nein. Sie ist unsere Tochter."

„Du hast keine Tochter, Joshua. Schon gar nicht mit der da", meinte ihr Wortführer und schwenkte den Lauf seines Gewehrs weg, als Joshua das Wagnis einging, trotz aller Risiken sein Gewehr zu packen und den Lauf zur Seite zu schlagen, doch er bekam von seinem Angreifer den Gewehrkolben in den Magen gerammt. Hustend sank der Tankwart auf die Knie in den staubigen Boden der Zufahrt.

„Das war sehr dumm von dir", sagte der maskierte Angreifer und deutete mit einem Kopfschwenk einen seiner Handlanger an, um die Tanke zu gehen. „Die ist nicht weit. Nick. Such sie."

Dieser rannte sofort zu dem Wohnwagen auf der Rückseite.

„Bitte", flehte Joshua ihn prustend von dem Schlag mitgenommen an. „Ich tu alles für euch, wenn ihr mir meine Tochter lasst."

„Ein weißes Mädchen. Rothaarig. Die ist wertvoll. Du hast keine roten Haare und die da auch nicht. Die könntest du niemals auslösen und außerdem hast du keine Tochter. Spar dir deine Lügen."

Joshua warf sich ihm vor die Füße, doch der Menschenschmuggler stieß ihn meinem Tritt zur Seite. Verzweifelt griff Joshua nach seinem Bein. Da löste sich ein Schuss aus der Waffe des Bandenchefs und traf ihn in den Rücken. Es ließ ihn laut aufschreien. Bess stieß trotz des eisernen Griffs ihres Peinigers einem markerschütternden Schrei aus. In diesem Augenblick kam Nick zu seinem Boss zurückgelaufen.

„Da ist niemand", sagte er keuchend zu ihm. „Ich hab mich gründlich umgesehen. Der Wohnwagen ist leer. Weit und breit kein Kind da."

„Du hast sie versteckt", knurrte er wütend und ging auf Bess los. Sie stand unter zu starkem Schock, um auch nur zu begreifen, was gerade wie in einem schlechten Film vor sich ging. Sie sah doch die Kleine eben noch. Wahrscheinlich war sie Hals über Kopf in die Wüste geflohen. Weit und breit gab es in der Gegend kein Wasser. Sie würde jämmerlich verdursten. Schmerzliche Tränen rannen ihr über die Wangen, als sie auf die klaffende Wunde im Körper ihres Geliebten sah.

„Wo hast du sie?", fragte sie der Bandenchef ungeduldig und schlug ihr mit dem Handrücken ins Gesicht.

„Rede, du Schlampe."

„Ich sag euch nichts", antwortete Bess unter Schmerzen. Schlimmer wurde es ohnehin nicht mehr. „Töte mich. Bitte töte mich. Jetzt."

„Ihr ...", keifte der Boss wütend und wandte sich an seine Kumpane. „Der Tod wäre zu gut für euch. Steckt die Tanke in Brand. Das wird euch eine Lehre sein. Verrecken sollt ihr hier. Alle beide."

„... sie setzten die Tankstelle in Flammen", erzählte Jule weiter „... und fuhren weg. Bess ist sofort zu Joshua hin und versuchte ihn zu verbinden. Sie zerriss sich ihre Hose und drückte die Fetzen auf die Wunde. Er verlor viel Blut ..."

Bess hielt Joshua in den Armen, während die Tankstelle hinter ihnen mit einem lauten Knall in die Luft ging. Nichts ließ ihren unsagbaren Schmerz beschreiben, der in diesem Moment durch ihr Dasein ging. All die Schrecken, all die schlimmen Dinge, die sie als kleines Mädchen in den Etablissements erdulden musste, die ihr letztlich die Fruchtbarkeit raubte. Hier, wo sie nun in der Einsamkeit der Wüste ihren Frieden gefunden zu haben glaubte, wurde sie auf so unselige Weise wieder mit dem grausigen Schrecken konfrontiert. Während die Tankstelle ausbrannte, trat die Rothaarige aus der Wüste auf sie zu. Bess sah sie in ihrem Schmerz nicht. Sie hörte nur die schwache Stimme von Joshua murmeln.

„Mir ist so kalt", stöhnte er belämmert, obwohl die Tankstelle lichterloh brannte und eine enorme Hitze erzeugte. „Ich spür meine Beine nicht mehr."
Bess fühlte sich so hilflos. Sie konnte nichts für ihn tun. Der Sheriff würde erst in zwei Stunden hier sein. Die Tankstelle war mit samt des Medizinschranks darinnen zerstört. Auch im Wohnwagen gab es kein Verbandszeug. Von einem Telefon ganz zu schweigen. Dieses wurde mit der Tankstelle ein Opfer der Flammen. Nun lag sie hier und sah zu, wie Joshua langsam starb. Das kleine Mädchen blieb stumm vor ihnen stehen. Sie hielt ihren Kopf schräg. Keine Furcht leuchtete in ihren Augen.
„Obwohl ihr mich nicht kanntet ...", begann sie. „... habt ihr euch für mich eingesetzt. Ihr liebt die Wüste, obwohl sie voller Gefahren ist. Ihr habt aufgegeben, was ihr geliebt habt, um, wenn auch nur kurz, das Gefühl von Eltern zu haben. Das vergesse ich euch nie."
Sie trat an Joshua heran, kniete sich zu ihm nieder und legte beide Hände auf seinen Rücken. Ihre Hände begannen blau aufzuleuchten.
„Mir ist so komisch", fiepte der Tankwart plötzlich zittrig von der kraftvollen Energie auf, die seinen Leib durchströmte. Sie legte sich in seine Knochen, löste die Kugel auf, schloss seine Wunden im Rücken und den Knien. Angenehme Wärme machte sich nun ihn ihm breit. Seine Glieder füllten sich wieder mit Leben, gleich einer zweiten Geburt. Bess ließ ihn vor Schreck los. Was geschah hier nur? Die Fee hüllte nun Joshuas Leib in ein leuchtendes Blau, was Bess in ihrem Schmerz zunächst nicht wahrnahm. Sie stierte stattdessen mit offenem Mund auf die Rothaarige, deren Blick hochkonzentriert auf Joshua ruhte. Erst als das blaue Leuchten von ihm wich, stand Wilma auf und wandte sich nun Bess zu. Wie versteinert starrte sie auf die rätselhafte Fremde. Die Fee lächelte sie an und fasste ihr unversehens mit beiden Händen auf ihre Schultern. Bess war wie paralysiert. Sie wehrte sich nicht.
„Wer bist du?", fragte sie mit verweinten Augen. Die Tränen aber verhinderten einen klaren Blick auf die Fee. Wilma antwortete ihr nicht direkt darauf.
„Das ist nicht wichtig. Wichtig ist nur, dass du weißt, wer du bist. Du wirst nicht länger in der Wüste leben", sagte sie zu ihr, als Bess von ihr eine kraftvolle Energie über ihre Hände empfing. Sie strömte direkt durch ihren Körper und suchte sich den Weg zu ihren Eierstöcken, zu ihrer Gebärmutter. Jule brachte ihr wieder das zurück, wonach sie sich in all den Jahren so sehr sehnte.
„Ich danke euch", schloss die Fee ihre Gabe ab und nahm ihre Hände von Bess Schultern. Nach Worten ringend starrte die Geheilte ihre Retterin an. Sie wusste nicht, wofür sich die Fee bei ihnen bedankte. Dabei waren sie es doch, denen sie half.
„Ich weiß jetzt, wer du bist", überkam es Bess plötzlich. Unversehens schimmerte die Erinnerung aus ihrer Kindheit hervor. Ereignisse, die in ihrem Herzen verschüttet und durch diesen Schmerz wieder ans Licht kamen. Die Erzählungen ihrer

Großmutter von den seltsamen Frauen. Märchen, die sie begeistert mit ihrem Herzen aufnahm und die sie zunächst für wahr hielt. Aber die Gewalt in ihrer Familie und auch auf ihrem späteren Lebensweg, begrub diesen Glauben tief in ihrer Seele. Heute löste er sich von seinen Ketten.
„Wer an Feen glaubt", kamen ihr die Worte wieder, „... für den wird es sie geben."
Tiefe Freude empfand sie. Vor allem aber Kraft. Erst recht, als Bess ihren zimtartigen Geruch einatmete.

Die Fee lächelte ohne ein weiteres Wort in ihr Gesicht, fuhr ihre Flügel aus und stieg in den azurblauen Himmel empor. Bess richtete sich befreit auf. Erst jetzt klarte sich ihr Blick. Es war ihr wie im Traum. Laut rief sie zu ihr in den Himmel hinauf:
„Ich danke dir, liebe Fee. Möge Freude und Glück dich auf deinem Weg begleiten."
Sie sah der Entschwindenden mit tiefer Wonne nach. Ein solches Gefühl der Überwältigung und Lebenskraft durchströmte ihren Körper. Joshua schlug erst jetzt die Augen auf. Der Schmerz in ihm wich und er blickte auf dem Rücken liegend wie Bess in den endlos erscheinenden Himmel. Es fühlte sich in ihm so leicht und so unbeschwert an.
„Bess. Was ist passiert?", fragte er wie neugeboren, als neben ihm die Registrierkasse seines Vaters wie ein Felsbrocken auf dem staubigen Boden der Mojavewüste aufschlug. Die Explosion der Tanke schleuderte sie in die Luft. Sie sprang auf und Joshua glaubte nicht seinen Augen zu trauen, als er sah, mit was sie sich füllte.

„Diamanten?", fragte Kore irritiert.
„Hey, es war das Wertvollste, was ich damals kannte."
„Und er hieß Ragowski?"
„Ja. Ich merkte mir seinen Namen deshalb so gut, weil er nicht so verbreitet ist."
„Dann hast du Wilma Ragowskis Eltern das Leben gerettet? Der Miterfinderin des mobilen Fusionsmotors? Sie benannten ihre Tochter nach dir. Na ja, nach deinem erlogenen Namen. Und so weit ich weiß, trug auch sie rote Haare. Ich glaube, das war kein Zufall. Warum hast du dich bei ihnen bedankt?"
„Weil ich von ihnen lernte, mich selbst zu finden. Durch sie erfuhr ich, wer ich bin. Mir wurde von da an klar, dass es kein Zufall war, dass ich Bess und Joshua begegnete. Ich sollte ihnen begegnen und sie sollten auch mir begegnen. Keine Begegnung geschieht zufällig, Kore. Begegnungen helfen uns, zu werden. Mit dir und Neko wird es nicht anders gewesen sein."
„Und die Entführer?"
„Es gibt immer Menschen, die auf der Suche nach sich selbst sind. Solange sie es nicht wissen, handeln sie schlecht. Vielleicht gehört das zu ihrem Reifeprozess. Vielleicht müssen sie ihre Kleinheit spüren, die sich in ihrem Hang zur Gewalt ausdrückt. Außerdem brachte sie ihr Zorn von selbst in die Hölle. Solange ihre Seele in ihrem Körper gebunden ist, leiden sie weiter in ihrer Selbstgefälligkeit. Das ist Strafe genug. Wir Feen sind nicht dazu da Gerechtigkeit zu üben. Ich fühlte das deutlich, als ich dem Sheriff, der den Tod an meinen Eltern mitverantwortete, den Grizzlybären begegnen ließ. Ich war nicht wirklich glücklich, als er starb. Ich erfuhr, dass der-

jenige, der schlimme Dinge tut, von sich selbst ferner den je steht. Zum Krieg gehören immer zwei, zum Frieden nur einer."
„Ich verstehe. Du bist in die Wüste gegangen, weil du wissen wolltest, wer du bist."
„Die menschliche Seele strebt oft nach Rache. Dieses Gefühl ist mir und dir nicht unbekannt. Aber wer gelernt hat zu lieben, verliert seine Furcht vor dem Tod. Joshua und Bess riskierten ihr Leben, um mich zu retten. Sie sahen in mir ihre eigene Tochter und verteidigten mich. Aus diesem Grund war auch ihr erstes Kind eine Rothaarige. Es war meine Art ihnen Danke für ihre Selbstaufgabe zu sagen."
„Wenn du Leben gibst, wirst auch du leben. Ich verstehe nun diesen Spruch", zitierte Kore Jules Lebenserfahrungen. „Sind wir beide nicht ein Widerspruch?"
„Ganz und gar nicht. Mit dir beginnt auch etwas Neues, Kore. Meine Spezialität ist es, zu heilen, weil ich die Gebärende, also die Gebende bin. Ich verhelfe der Seele zur Geburt. Du führst sie heim."
„Kannst du Tote erwecken?"
„Nein, das nicht. Nicht einmal du kannst das."
„Bist du dir sicher?"
„Ja. Um wiedergeboren zu werden, ist das Vergessen notwendig. Du kannst sie nicht vergessend machen, weil das nicht deine Aufgabe ist."
„Warum ist das so wichtig?"
„Damit die Menschen zu sich selbst finden können und erfahren, wer sie sind", antwortete Jule. „Es ist eine der wichtigsten Aufgaben im Leben Erfahrungen zu sammeln. Dazu gehört vor allem ein guter Draht zu seinem Herzen. Die Meisten aber versperren diesen Weg und all das Leid, das ihnen in ihrem Leben wiederfährt, macht sie darauf aufmerksam. Sie nehmen es nicht an, was der Grund für ihren Schmerz ist. Sagen permanent nein zu ihrem Innersten. Darum erfahren sie das Leid immer und immer wieder. Sie müssen solange wiedergeboren werden, bis sie lernen die Sprache des Herzens zu sprechen und es zu verstehen."
„Joshua und Bess konnten es."
„Das taten sie. Ich sah es. Aus diesem Grund begegnete ich ihnen und führte sie aus der Wüste. Das Leben wollte sie dort nicht mehr haben. Das ist Feenschicksal."
„Da gibt es noch etwas. Wie hast du das mit der Umpolung erfahren?"
Jule ging kurz in sich und erzählte weiter.
„Als ich davon erfuhr, verwirklichte ich zuvor mein Vorhaben und flog um die Welt. Was ich auf meiner Reise sah, tat mir in meiner Seele weh. Du hast sicher im Transpati gesehen, wie ich auf dem Hochhaus saß und über den Slum starrte. Ich sah die schrecklichen Verheerungen des Hungers der Menschenkinder. Er vergiftete den ganzen Planeten. Ich wusste, ich musste irgendetwas unternehmen. Aber wo sollte ich anfangen? Ich beschloss, wieder zu meinem See zu fliegen. Vielleicht würde mir auf dem Weg etwas einfallen. Schließlich querte ich den Monument Valley...

Ruth starrte über die roten Giganten des Monument Valley hinweg. Im Licht der Abendsonne glühten die majestätischen Felsen in der Wüste Utahs. Ein warmer Wind durchzog die staubige Stätte des nunmehrigen Hochlandes und bewegte ihre grauen Haare. Mühsam bestieg die gut Sechzigjährige einen der Felsen und genoss

den herrlichen Ausblick über das Tal. Viel Zeit diese einzigartige Stimmung zu genießen, besaß die Geologin nicht. Hier wurde es um diese Jahreszeit schnell dunkel. Sie holte daher aus ihrer Tragetasche einen Feldstecher hervor und linste zunächst auf ihr Auto, das unten an der schmalen Asphaltstraße geparkt stand. Dann richtete sie ihren Blick in die Ferne zu den anderen Riesenfelsen. Als Geologin begeisterte sie die Gegend und liebte es hier zu sein. Vor allem die Einsamkeit der Wüste zu erleben. In einer Welt, die hektischer und selbstzufriedener wurde. Sie setzte sich auf einen der vielen roten Brocken und ließ sich nach ihrem Blick in die Ferne die Abendsonne ins Gesicht scheinen. Entspannt horchte sie für ein paar Minuten der Stille und war mit sich und der Welt eins. Schließlich holte sie einen Plastikbeutel für eine Gesteinsprobe hervor und schlug mit einem kleinen Hammer ein Stück aus dem von Eisenoxiden durchwirkten Sandstein. Es gab den Felsen seine wohlbekannte rostrote Farbe. Ruth beeilte sich mit ihrer Arbeit, ehe es zu dunkel und damit gefährlich für ihren Abstieg zum Auto wurde. Hier in der Wüste fielen die Temperatur des Nachts durchaus unter den Gefrierpunkt. Da hörte sie eine Stimme hinter sich:„Was tust du da?"
Ruth schreckte auf und sah sich nach dem Laut um. Umso mehr überraschte es sie, ein etwa zehn Jahre altes Mädchen mit langen roten Haaren und Sommersprossen vor sich zu sehen. Wie kam die Kleine hier hoch?
„Das sollte ich eigentlich dich fragen", entfuhr es ihr zunächst verblüfft. „Ich sammle eine Probe für das Labor und was tust du hier?"
„Ich genieße die Stille", antwortete sie. „Für was brauchst du eine Probe?"
Ruth lachte verschmitzt.
„Diese Gegend hier ist sehr interessant. Sie lag früher einmal wesentlich tiefer und wurde im Laufe von Jahrmillionen angehoben. Ich untersuche die Steine."
„Wozu?"
„Um mehr über den Planeten zu lernen. Auch, damit solche Kinder wie du, von seinen Wundern erfahren."
„Erklär mir das näher."
„Ich bin Geologin. Meine Aufgabe ist es den Planeten zu verstehen. Wusstest du, dass er ein einziger Magnet ist? Alles in ihm ist in Bewegung. Die Vulkane sind zum Beispiel direkt mit dem Erdinneren verbunden. Dort fließt das Gestein umher wie die Meeresströmungen im Ozean. Vor Jahrmillionen gab es hier einen Fluss. Die Steine hier sind Sedimente aus den jungen Rockey Mountains und enthalten viel Eisen. Darum sind sie so schön rot. Man erkennt daran, dass die Erde in ihrer Geschichte oft die Pole tauschte."
„Wirklich?"
„Aber ja", antwortete Ruth begeistert. „Das passiert immer, wenn sich im Erdinneren die Fließrichtung des Gesteins verändert. Während die Erde ihre Pole neu ausrichtet, wird das Magnetfeld schwächer. Dann gelangen sogar die Sonnenpartikel bis auf die Erdoberfläche. Hier im Boden finden sich Überbleibsel aus den Zeiten der Polsprünge. In den nächsten Jahrhunderten wird ohnehin wieder eine stattfinden."
„Ist das schlimm für die Erde, wenn das passiert?"

„Es ist ein natürlicher Prozess. Die letzte Umpolung gab es vor etwa siebenhunderttausend Jahren. Den Tieren und Pflanzen schadete es jedenfalls nicht. Wir Menschen dürften dabei allerdings nicht so gut wegkommen.“
„Wieso?“
„Das liegt auf der Hand, mein Kind. Beim letzten Polsprung gab es noch kein Internet oder einen Satelliten. Geschähe das heute, fielen sie reihenweise aus. Außerdem könnte kein Flugzeug mehr fliegen. Dem Ganzen folgt eine schwere Energiekrise, die auch die Wirtschaft zerstört.“
„Warum?“
„Du bist gut mein Kind“, lachte Ruth. „Die Sonnenteilchen zerstören elektronische Bauteile und legen praktisch die ganze Energieversorgung auf der Erde lahm. Heute geht doch ohne Energie nichts mehr. Ohne Energie gibt es nichts, was die Getränke im Kühlschrank kalt hält. Kein warmes Essen, kein elektrisches Licht. Wenn das Erdmagnetfeld geschwächt wäre und die Sonnenpartikel bis auf die Erdoberfläche kämen, dann starte ich nicht einmal mehr mein Auto dort unten auf dem Parkplatz. Heute geht doch alles nur noch elektronisch.“
„Wie würden wir hier einen Polsprung bemerken?“
„In allen Städten wird natürlich Chaos herrschen. Wir selber bekämen in der Wüste nicht viel davon mit. Nachts sähen wir aber hier Polarlichter.“

Ruth bekam den Eindruck, als ob es in dem Mädchen zu ticken begann. Sie dachte über irgendetwas nach und hielt den Kopf schräg. Ruth schmunzelte. Es machte ihr Freude gerade den Kindern die Wunder der Geologie näher zu bringen.
„Nun zu dir, mein Kind“, fuhr sie ungeniert fort. „Jetzt will ich gerne etwas von dir wissen. Wo sind deine Eltern?“
Die Rothaarige sah ihr daraufhin tief in die Augen. Entschlossen den Hintergründen ihres doch recht eigenartigen Treffpunkts auf dem Grund zu gehen, ließ die Geologin sich von ihrem tiefen Blick nicht beeindrucken. Der Blick des Mädchens entspannte sich leicht.
„Meine Eltern sind Tod“, sagte sie schließlich.
„Was?“, fragte Ruth aufgeweckt. „Etwa hier?“
Doch das rätselhafte Mädchen antwortete ihr nicht direkt darauf.
„Egal was ich dir sage, du bist jetzt schon in großer Gefahr und das will ich nicht verschlimmern“, fuhr sie unbeirrt fort und blickte in den Himmel hinauf.
„Wie meinst du das?“, fragte Ruth verwirrt, während das Mädchen ihre Hände zum Himmel hinauf reckte. Leichter, silbriger Nebel glitt aus ihren Fingern in den dunkler werdenden Himmel empor. Er schien sich in dem tiefen Blau zu verlieren, doch plötzlich tauchten grüne Schleier über ihnen auf. Sie wurden stärker und leuchteten hell in die beginnende Dunkelheit der Nacht hinein. Ruth öffnete perplex ihren Mund. Sie musste sich wieder setzen. Die Geologin glaubte, sich in der falschen Erdregion zu befinden. Sie rieb sich die Augen. Ihr schwante bereits, was das da oben war. Dieses Naturschauspiel ausgerechnet in den Breiten des Monument Valley im US-Bundesstaat Utah zu sehen, bedeutete nur eines.

„Das sind Polarlichter", entglitt baff ihrem Mund. Geschockt wanderte ihr Blick auf die Zehnjährige, die nun ihre Hände wieder senkte. Wer um alles in der Welt war dieses Mädchen?

„Wer bist du?", setzte Ruth Worte ringend nach. Ihre Frage klang eher stammelnd als gut hörbar.

Aber die rätselhafte Fremde ging langsam auf sie zu und sagte zu ihr: „Du wirst in deinem Auto etwas finden, um die folgende Zeit zu überstehen. Gehe zu den Menschen, die dich lieben. Sie sind die Einzigen, denen du jetzt vertrauen kannst."

„Wer bist du?", japste Ruth erneut, doch die Kleine lächelte ihr mit dankbarem Blick in die Augen. Sie drehte sich zu ihr um und ließ ihre Flügel aus dem Rücken gleiten. Sogleich erhob sie sich vor Ruth in die beginnende Nacht hinein. Wortlos sah die Geologin ihr nach. Sie rang nach Luft. Das glaubte ihr wirklich niemand.

„Ich weiß nicht, was aus ihr geworden ist ...", schloss Jule ihre Erzählung. „... aber ich wünschte ihr von ganzem Herzen viel Glück. Ich bin zu meinem See zurückgekehrt. Dort standen aber schon wieder Bohrtürme und Tanks von einer Ölfirma rum. Diesesmal kam keine Feuerwehr, als ich die Tanks explodieren ließ. Die Arbeiter waren aufgrund des landesweiten Stromausfalls schon längst verschwunden. Mit dem Verschwindibus entfernte ich die Ruinen und auch die Straße in meinem Tal. Vergeblich versuchte ich nun, meinen See zu retten. Es gelang mir nur mäßig."

„Verstehe. Warum leitetest du vor den Augen der Geologin die Umpolung ein?"

„Ich gebe zu, das war nicht geschickt von mir. Das, was ich auf meiner Weltreise erlebte, machte mich so wütend, dass ich etwas unternehmen wollte. Ich wusste nur nicht genau was. Ich war der Geologin so dankbar, als sie mir davon erzählte, dass ich sie nicht einfach so ihrem Schicksal überließ. Das verdiente sie einfach nicht."

„Was hast du ihr mitgegeben?"

„Ich wusste, dass sie mit Geld nicht weit käme. Das wäre auch nichts mehr wert. Also machte ich ihr ein Fahrrad und gab ihr genügend Proviant mit, um bis zur nächsten Siedlung zu kommen."

Lysander sah seinen beiden Herzensdamen von der Baumwurzel zu und seufzte verliebt.

„Ich weiß nicht, welche ich von den Beiden am liebsten hab. Die Zwei sind so süß ... was rede ich da. Ich kann alle Zwei lieb haben und habe keine Favoritin."

Er flog zu ihnen hoch und blieb in der Luft bei ihnen stehen.

„Ich hab über euch nachgedacht", sagte er.

„Ja", antworteten Kore und Jule aus einem Mund.

„Ich liebe euch beide. So wie ihr seid", sagte er und setzte sich vor Jule auf den Ast. Er fing an, ihre Zehen zu massieren. Vom großen bis zum kleinen Zeh abwärts.

„Jetzt verwöhnen wir dich", meinte er liebevoll, was Jule mit einem schwärmerischen Seufzen quittierte. Mit Hingabe und zeitverloren verbrachten sie so die erste Stunde des neuen Tages.

„Ich verstehe Kores Aufgabe hier“, fuhr er nach einer Weile fort. „Wir müssen das Rätsel der Schlangen lösen. Wer schickt sie und warum entziehen sie den Bewohnern ihre Kräfte?“

Jule stieß ein genießerisches Ächzen während ihrer Fürsorge aus und gab sich dem wohligen Gefühl ihrer Massage hin. Sie räkelte sich vergnügt.

„Lysander, ich hätte da ein paar Fragen an dich. Ich weiß so wenig von dem Ort“, begann Kore. „Mir ist aufgefallen, dass ihr nicht esst.“

„Was meinst du?“

„Na ja, habt ihr nicht auch so etwas wie Hunger?“

„Hunger?“, fragte Lysander irritiert nach. Kore überraschte es, dass er dieses Wort nicht kannte.

„Ich und Jule, wir beide müssen essen …“

„Ihr meint das Zeug, das ihr euch gestern Nacht einverleibt habt.“

„Das war kein Zeug …“

„Ich unterhielt mich mit Maluk heute Morgen darüber. Er sagte, dass er so ein ähnliches Verhalten von den Menegerit kennt. Sie stärken damit ihre Körper. Ich und meine Genossen brauchen das nicht. Der Ort, von dem ihr kommt, zwingt euch, eure Energie über Pflanzen und Tiere aufzunehmen.“

„Wie bekommt ihr dann eure Energie?“

„Wir haben immer Energie. Wie wir sie kriegen, weiß ich nicht.“

Kore ließ seine Antwort so stehen und hakte weiter interessiert nach: „Ich bin mir ziemlich sicher, dass Atres eine Vergangenheit hat. Was kannst du mir über seine Geschichte erzählen?“

„Auf Atres gibt es viele Völker. Sie besitzen verschiedene Fähigkeiten und nicht immer geht es harmonisch unter ihnen zu. Da gibt es einige, denen macht Kälte nichts aus und sind perfekt an die widrigsten Bedingungen angepasst. Die Eismenschen, die im Gebirge leben oder die Eisteufel im Polargebiet. Auch im Meer lebt das Meeresvolk. Ihr König heißt Salinos und der hat eine mächtige Waffe, mit der er sogar die Meeresströmung umleitet. Die Völker gab es schon, bevor ich vom Himmel gefallen bin. Ich weiß nur, dass es am Anfang einen Konflikt gab, der die Völker teilte. Die Zauberer von Huangdi dürften das älteste aller Völker hier sein.“

„Woher weißt du das?“

„Man findet auf Atres lauter Stelen mit unbekannten Zeichen verstreut, die mit der Architektur der Zauberer etwas gemeinsam haben. Keiner weiß, wofür sie dienten. Und erst die seltsamen Gravuren darauf. Sogar die Ältesten, die ich kenne, berichten schon von der Insel der Zauberer. Dort leben sie zurückgezogen und verlassen sie nur, wenn sie auf den Handelsplätzen ihre Waren gegen Rohstoffe eintauschen. Die Alten sagen von dem Ort, dass er der Ursprung wäre. Er wäre als Erstes vom Himmel gefallen und wir mit ihm.“

„Das klingt interessant. Gibt es hier so was wie eine Zivilisation mit Städten?“

„So wie bei dir auf der Erde? Nein. Es gibt Zentren. Handelsplätze, die nicht miteinander verbunden sind. Das sind Orte, auf denen sich die Händler der Völker treffen, um ihre Produkte zu tauschen. Jedes Volk hat seine eigene Struktur und Kultur. Die Feen haben einen König und eine Königin. Die Waldelfen, zu denen ich und

Jule gehören, leben in einer Art Kommune zusammen. So etwas wie einen König oder Herrscher gibt es bei uns nicht. Ach, da fällt mir ein, dass wir in unserem Volk ein Stück beherbergen, das aus der Zeit des großen Streits stammt."

„Dürfte ich es mal sehen?"

„Sicher", sagte Lysander. „Es ist nichts Spektakuläres. Ein Metallwürfel, der farbige Handabdrücke zeigt. Maluk sieht ihn sich gerade an."

„Ein Würfel mit farbigen Handabdrücken?", wiederholte Kore hellhörig. Das kam ihr doch bekannt vor. „Zeig ihn mir."

„Dann komm", sagte Lysander und flog voran, während Kore und Jule ihm folgten. Ihr Weg führte sie an den Fuß des großen Baumes zurück. Dort lag in einer Auswölbung des Stammes ein unscheinbarer Gegenstand, den Kore sofort erkannte. Maluk saß neben dem Würfel und schien ihn mit seinem Blick regelrecht zu durchleuchten.

„Godje?" sagte sie überrascht und ging auf ihn zu.

Kore fuhr bewegt über seine raue Oberfläche, die farbige Handabdrücke von kleinen Kindern zeigten. Der Roboter rührte sich nicht.

„Godje, was fehlt dir?"

„Ich glaube, er hat sich verbraucht", antwortete ihr Maluk. Er sah sie kommen und unterbrach seine Beobachtung an dem seltsamen Objekt.

„Maluk", fragte sie betroffen. „Ist er Tod?"

„Ein Gegenstand ist kein Organismus", erklärte er. „So gesehen kennt er so etwas wie einen Tod nicht."

„Kannst du ihn wieder beleben? Ich meine, ihm Energie geben?"

Maluk legte seine Hand auf den bunten Würfel. Er versank kurz in Meditation und meinte nach einer Weile: „Das dürfte möglich sein. Aber ich glaube kaum, dass es etwas nützt. Sein Sprachmodul ist zerstört. Er hört zwar deine Stimme, kann dir aber nicht antworten. Ich überlege mir die ganze Zeit, wie ich an seine Informationen gelangen soll. Das Speichermodul lässt sich nicht so auslesen, wie ich es von unseren Avataren gewohnt bin. Ich vermute, dass es ein sehr altes Modell ist. Wie willst du von ihm Informationen ziehen?"

„Godje kann mir auch antworten, ohne zu reden. Im Heim spielten wir Bilderrätsel. Er stellte ganze Geschichten dar und wir erzählten sie nach. Ich bin sogar ziemlich gut darin."

„Warte. Ja. So geht es", sagte er und berührte ihn. Maluk schloss die Augen, wurde ganz still dabei und schien wie weggetreten zu sein. Erst nach einer Minute öffnete er wieder seine Augen. Sein Blick war klarer.

„Kore. Ich kann ihn wieder mit Energie versorgen, aber nur ganz kurz. Es wird ihn zerreißen. Wenn du ihn fragst, hast du nicht viel Zeit. Du solltest dir daher gut überlegen, was du ihn fragst."

„Es zerreißt ihn?"

„Ich kann den Datenwürfel auslesen, jedoch wird seine Hülle bei der Prozedur zerstört. Ich setze quasi seine Information frei. Nur ganz kurz kannst du sie erhaschen. Es muss ganz schnell gehen."

„Ich verstehe. Hol ihn zurück“, sagte Kore zu ihm und Maluk legte seine Hände über ihn. Staunend folgte sie einem roten Licht, das aus seinen Fingern auf den Roboter einwirkte. Ein merkwürdiges Knistern erfüllte bald die Luft. Es klang, wie wenn lange stillgelegte Schaltkreise wieder mit Strom versorgt wurden.

„Los. Fang an. Ich weiß nicht, wie lange ich ihn zusammenhalte.“

„Godje“, sagte Kore zu dem Würfelroboter. „Ich weiß, dass du mir nicht antworten kannst. Ich brauche deine Hilfe. Du musst mir erzählen, was auf Atres geschehen ist. Wie du hier hergekommen bist?“

Der Roboter erfasste ihre Stimme und tat, wofür ihn die Kinder im Waisenhaus seinerzeit so sehr liebten. Er verformte sich zu Bildern und erzählte ganze Geschichten mit seiner unübertroffenen Darstellungskunst. Just verformte sich Godje zu Figuren mit unterschiedlicher Größe, die Kore als eine Menschengruppe erkannte.

„Die Menschen …“, begann Kore seine Abbildungen in Worte zu fassen.

Dann machte er die Plejaden und eine Art Raumschiff in seiner Mitte.

„… flogen zu den Sternen …“

Die Partikel wandelten sich nun in ein großes Fernrohr.

„Sie suchten …“

Godje verformte sich in ein Ankh, das er in ein gleißendes Licht tauchte.

„… nach dem Leben.“

Dann formte Godje eine große Kugel, auf der Kore Landmassen und Ozeane erkannte.

„Sie fanden einen erdähnlichen Planeten. Ich nehme an, Atres…“

Godje lies das Raumschiff auf der Oberfläche des Models landen.

„… und landeten auf ihm.“

Er machte wiederum eine Menschengruppe, die aufeinander losging.

„Es kam zum Streit unter ihnen.“

Die Figuren verformten sich. Aus ihren Köpfen wuchsen Hörner, verfärbten ihre Haut, bekamen Flügel. Sie wurden zu Wesen wie die Dunkelelfen, die Eismenschen, die Dämonen oder die Waldelfen.

„Durch den Streit verformten sie sich und teilten sich.“

Dann machte Godje eine dunkelbraune Hand mit einem ausgestreckten Zeigefinger.

„Gib Acht …“

Und dann verformte er sich zu einer Spinne.

„Spinnen? Ich soll mich vor Spinnen in Acht nehmen?“

Letztlich machte er ein rotes Herz und flammte noch einmal leuchtend in dieser Farbe auf, ehe er ganz zu Staub zerfiel. Kore verstand seine letzte Botschaft. Es trieb ihr eine Träne über die Wange.

„Ich liebe dich auch“, sagte sie.

Maluk seufzte. Er ahnte, dass Godje für Kore mehr als ein guter Freund war.

„Es tut mir leid“, meinte er.

„Godje erlebte viele Jahrhunderte, ehe er sich abschaltete. Mir erzählte er einmal, dass er große Energiereserven besitzt. Er sah und erlebte mehr, als wir alle hier und doch erinnerte er sich zuletzt an seine ersten Jahre im Waisenhaus.“

„Für ihn war es die wichtigste Zeit seines Seins. Aber half dir das wirklich weiter, was er dir zeigte?"

„Der Ursprung kam von der Erde. Da besteht kein Zweifel. Ich glaube, die Abkömmlinge der Erde stellten die Stelen auf, von denen Lysander sprach. Aber wozu? Godje meinte sie suchten im All nach Leben. Das Ankh. Es ist ein Symbol aus dem Altertum der Menschen und steht für Leben."

„Ich kenne mich mit Symboliken aus", sagte Maluk. „Meistens bedeuten sie mehr, als man zunächst darin hineininterpretiert. Welche Bedeutung hatte das Ankh für den Roboter?"

Kore versuchte sich, an ihre Zeit im Waisenhaus zu erinnern. Gab es damals eine Szene mit einem Ankh? Miss Conners benutzte ihren Helfer für ihren Unterricht. Stellte er sich schon einmal als ein Ankh dar?

„Aber ja doch", erhellte sich Kores Mine, wenn sich ihre Erinnerung auch mit einem anderen Erlebnis vermischte. Als Miss Conners über die Denkmäler der Menschheitsgeschichte sprach, stellte Godje auch die Pyramiden plastisch dar. Als sie diese Bauwerke mit ihren Adoptiveltern besuchte, stieß sie schon einmal auf dieses Symbol.

„Miss Conners erzählte in ihrem Unterricht von den Pyramiden eines alten Volkes. Diese Leute glaubten, dass das Leben eine Vorstufe des Jenseits sei. Um die Verbindung zu dem Jenseits herzustellen, erbauten sie riesige Steinmonumente. Damit wollten sie die Dauerhaftigkeit sicherstellen. Ich sah dieses Symbol auf ihren Bauten. Es bedeutet ewiges Leben. Aber in welchem Zusammenhang steht es mit den Spinnen? Er warnte mich vor ihnen. Welchen Spinnen? Das ist schon seltsam."

Kore wandte sich an Lysander.

„Kennst du irgendwelche Spinnen?

„Du meinst diese achtbeinigen Wesen, die der Roboter darstellte? Ich sah solche Wesen bisher nicht."

„Und die Stelen? Könnte ich die einmal aus der Nähe sehen?"

„Ja. Hier in der Nähe gibt es eine. Es befinden sich Einkerbungen auf der Oberseite. Keiner von uns deutet die Zeichen auf ihnen."

„Bring mich dorthin", sagte Kore.

„Folgt mir", sagte Lysander und flog durch das dichte Blätterdach des Regenwaldes dem Licht der Sonne entgegen. Kore und Jule flogen ihm dicht hinterdrein. Erst über den Baumwipfeln bekam Kore eine Vorstellung davon, wie groß der Regenwald des Tieflandes war. Auf der Erde gab es am Äquator einmal riesige Wälder, die ähnlich aussahen und eine ungeheure Vielfalt an Arten beherbergten. Vor vierhundert Jahren aber begannen die Menschenkinder mit deren Abholzung, was die Klimazonen auf dem Planeten im wahrsten Sinne des Wortes durcheinanderwirbelte. Es kam zu immer größeren Tropenstürmen, die zunehmend zerstörerischer wurden. Das Fehlen der riesigen Wälder brachte den Zirkulationskreislauf des Wassers aus dem Tritt. Erst der große Blackout stoppte die Abholzung der Tropenwälder, weil die Gewinne der Wirtschaftsunternehmen einbrachen. Die schweren Umweltschäden aus den Stürmen taten dies nicht, weil deren Kosten von den Staaten getragen wurden. Eine ganze Industrie, die aus der Rodung ihre Profite zog, ging damals über

Nacht Pleite und löste schwere Unruhen in den betroffenen Ländern aus, als diese sich weigerten, den Staatshaushalt für deren Rettung zu öffnen. Es fegte die Regierungen der betroffenen Länder förmlich aus der Verantwortung hinweg. Die globale Energiekrise legte den Grundstein der ersten Staatenverschmelzungen zu den späteren Unionsbündnissen. Durch die instabilen politischen Verhältnisse dieser Zeit holte sich der Regenwald sein Territorium zurück, büßte aber an Artenvielfalt ein.

Auf Atres sah Kore zahllose Pflanzen und Tiere, die sie nicht kannte. Zu gerne ginge sie näher auf sie ein, doch ihr Interesse galt der Stele, die Lysander ihr zeigen wollte. Sie blieb daher dicht hinter ihm und tauchte erst wieder unter die grüne Baumdecke hinab, als Lysander darin verschwand. Von dicken Ranken verwachsen zeigte sich der Monolith, über dem sie flatternd in der Luft innehielten. Es funkelte verdächtig durch das Gestrüpp mit einem mystischen Blau hindurch. Lysander entfesselte den Stein mit seinem Staub von dem Gewächs. Kore setzte sanft auf seiner abgeflachten Spitze auf. Wie Glas wirkte er auf sie, sah man doch in ihn hinein. Sofort fielen ihr seine glattgeschliffenen und polierten Seiten auf. Sie fuhr mit den Händen vorsichtig über seine Oberfläche. Sie sah so ein ähnliches Material schon einmal auf der Erde.
„Aber ja. Auf der Pyramide. Das Ding besteht aus dem, was ich auf der Pyramide der Tempelstadt gesehen habe.“
„Und die eingravieren Zeichen?“
Kore fand sie bald mit ihren Augen an den Kanten der Stele. Sie fuhr mit den Händen über Einkerbungen auf seiner Oberfläche und erkannte sie sofort. Es waren einzelne Buchstaben und Zahlen. Arabisch.
„Ich kenne diese Sprache. Es sind Zahlen und Buchstaben. Die Zauberer kommen von der Erde. Das steht zweifelsfrei fest.“
„Zahlen? Buchstaben?“, fragte Lysander überrascht.

Kore fiel eine der Vorlesung des Kosmologen Dr. Miller wieder ein, bei der er sagte: „Um wirklich Wissen zu können, braucht man die Hilfe der Mathematik, denn in jeder Wissenschaft ist nur soviel Wissen enthalten, wie in ihr Mathematik steckt.“
Kore besprühte eine Seite des Kristalls mit Farbe aus ihren Händen, wodurch die Zahlen deutlich lesbarer wurden. Außerdem stellte sich heraus, dass vorne an Buchstaben aufgeführt wurden. „L 43,83 B 19,14“, stand dort deutlich zu lesen.
„Was bedeutet das?“
„Ich hörte von so einer Zeichenfolge schon einmal“, sagte Kore mit erhelltem Blick. „Aber natürlich.“
Dr. Miller schilderte bei seinen Vorlesungen auch, wie man Positionen auf Himmelskörpern bestimmte. Man legte auf einem Globus einen Längen- und einen Breitengrad fest. Dabei ging man von einem festen Punkt, in Falle der Erde, den geografischen Nordpol aus.
„Es sind Koordinaten. Ich glaube, die Zahlen an den Kanten zeigen den Standort der Stele, oder der von anderen Stelen an.“
Kore sah sich die Rückseite an. Auch da waren Zahlen eingelassen.

„L 42,33 B 18,74“. Ebenso oben als auch an den anderen Außenwänden. Nur auf einer Seite lief die Stele spitz zu.

„Die Zahl auf der Oberseite zeigt den Standort dieser Stele an, die anderen Seiten zeigen, die Standorte der nächsten Stelen an, die in dieser Richtung liegen.“

„Das klingt schlüssig. Aber warum sollten sie auf dem ganzen Planeten diese Stelen verteilen und sie markieren? Reisten sie vielleicht mit ihnen?“

„Auf der Erde benutzten die Ors dieses Material, um Energie zu bündeln. Vielleicht war das auch die Aufgabe der Stelen und die Zahlen dienten dazu, die anderen aufzustöbern oder sie waren einfach bloße Wegmarken.“

„Die Stelen stehen in Verbindung zueinander“, schlussfolgerte Jule.

„Und auch sie sollten Energie bündeln. Welche Energie und wohin?“

„Die Zauberer müssen davon wissen.“

„An die kommt keiner ran. Sobald sich jemand Huangdi nähert, verliert er sein Bewusstsein. Es ist so, als wird dir alle Energie aus deinem Körper gezogen.“

„Soweit ich weiß, muss der Punkt Null nicht mit dem geografischen Pol übereinstimmen. Wo ist der Punkt Null? Nach was ist dieses System ausgerichtet?“

Kore flog um die Stele herum und fand auf der Spitz zulaufenden Seite den niedrigsten Wert.

„Lysander, wo kommen wir hin, wenn wir in diese Richtung weiterfliegen?“ fragte sie plötzlich. Ihr Geliebter flog nach oben, um sich einen Überblick zu verschaffen.

„Wenn wir dieser Richtung folgen, kommen wir direkt in das Eisgebirge. Dort wo die Eismenschen zu Hause sind.

„Ich fliege dorthin. Ich bin gespannt, wo dieser Punkt Null ist. Ich glaube diese Stele ist auf etwas ausgerichtet.“

„Auf was?“, fragte Jule.

„Das werde ich herausfinden. Aber zuvor … ich meine ich will euch nicht in Gefahr bringen. Ihr müsst mir nicht folgen“, sagte Kore.

„Zu spät“, antwortete Lysander. „Ich werde dich begleiten.“

„Egal wo hin du gehst“, sagte Jule. „Das ziehen wir jetzt gemeinsam durch.“

„Ich danke euch“, meinte Kore gerührt und sah ihnen anerkennend in die Augen.

„Ich bin davon überzeugt, dass dieser Planet eine Geschichte hat. Sie ist der Schlüssel zu dem Rätsel um Nekos Tod.“

Kapitel 12

Eiswelten

Kore merkte bald, dass die Positionierung der Stelen einem ganz bestimmten Muster folgte. Die Aufsteller richteten sie auf etwas aus. So folgte sie ihrer Spur und je mehr die eingravierten Zahlen abnahmen, umso näher kamen sie dem Punkt Null. Bald lag das Gebirge in Sichtweite, von dem Lysander erzählte. Es erinnerte sie an das Rifgensteinmassiv. Hohe Berge und schneebedeckte Gipfel. Die Eiswelt der Gletschermenschen. Aus dem Transpati mit Lysander ging wenig über diesen Ort hervor. Ihr Liebster selbst mied dieses Gebiet auf Atres, was vermutlich an den Warnungen seiner Artgenossen lag. Sie erzählten von riesigen Palästen aus Eis, die die Eismenschen in die Gletscher schlugen. Auch ihre heimtückischen Waffen ließen unachtsame Reisende gefrieren und verdammten ihn dazu für lange Zeit eingefroren zu werden. Da auf Atres nichts starb, mochten in dem riesigen Eispanzer unzählige Seelen eingeschlossen sein. Paralysiert und zu Eis erstarrt hofften diese auf einen heißen Sommer, der wahrscheinlich nie kam. Die Eismenschen beherrschten die Kunst mit gefrorenem Wasser umzugehen, wie kein anderes Volk auf Atres. Auch handelten sie, wie sollte es anders sein, mit Produkten aus Eis. Je näher sie der Bergfront kamen, umso mulmiger wurde es Kore. Nicht wegen ihr. Als Dämonin mochte sie es verstehen starke Hitze zu erzeugen, doch ihre Begleiter waren auf extreme Kälte nicht vorbereitet. Geschweige denn, sich vor dem, was da kam, sich ausreichend zu schützen. Als sie sich nach Jule und Lysander umsah, bemerkte sie, dass sie sich bereits mit einer Art Wärmekleidung gegen Kälte einkleideten. Jule zog sich einen weißen Pelz über, der sie wie eine übergroße Schneeflocke in der Luft wirken lies. Lysander dagegen wirkte in seinem braunen Bärenfell eher wie der Stamm eines dicken Baumes.

„Meint ihr, dass das reichen wird?", fragte Kore sie skeptisch. „Wir könnten auch außen herumfliegen?"

„Keine Chance. Wir begleiten dich. Das Ziel unserer Reise liegt im Gebiet der Eismenschen. Wir sollten weiter der Spur folgen."

Unter ihnen lag eine weitere Stele auf einer kleinen Anhöhe. Sie war umgekippt. Kore flog zu ihr herab, um die Zahlen zu lesen und tatsächlich.

„Wir müssen nahe dem Nullpunkt sein. Die Zahl hier zeigt eindeutig 1,0."

„Na dann" sagte Jule und starrte zu dem ansteigenden Massiv hoch.

„Ich hab ein ungutes Gefühl einfach weiter zu fliegen", sagte Kore. „Wir wissen über die Eismenschen zu wenig."

„Vielleicht hätten wir Maluk zu ihnen befragen sollen."

„Moment, was ist das da vorne?", fragte Lysander plötzlich und deutete auf eine Höhlenöffnung in dem rasch ansteigenden Geröllfeld in der Gebirgskette.

„Ja, der Stein deutet auf ihn."

Kore flog auf den Eingang zu und versuchte in der Dunkelheit darinnen etwas zu erkennen. Jule half ihr mit Licht auf die Sprünge.

„Diese Höhle ist künstlich. Irgendjemand trieb ihn in den Hang. Schaut euch mal die Wände an. Sie sind glatt."

„Ja. Sogar geschliffen. Wo der Stollen wohl hinführen mag?"

„Irgendwie traue ich dem Ganzen nicht so", meinte Kore. „Ich frage mich, warum die letzte Stele da unten umgeworfen wurde. Die anderen standen alle aufrecht."

„Wenn wir nicht reingehen, werden wir es nie wissen", sagte Jule und verschwand im Inneren des rätselhaften Gangs.

„Jule", rief Kore ihr nach. „Ich halte das nicht für eine gute Idee. Wenn du …"

„Kore. Komm schnell. Das musst du dir ansehen", dröhnte es bald von Jule aus dem Inneren heraus. Die Dämonin folgte ihrer Stimme und fand sich bald in einem riesigen kugelförmigen Hohlraum wieder, der verdächtig an den Wänden glänzte. Jule flatterte in seiner Mitte. Das von ihr erzeugte Licht brach sich und lies es an den Wänden wie Glitzer aufschimmern. Es wurde aus irgendeinem Grund immer stärker. Direkt auf Höhe des Zugangs befand sich eine weitere kreisrunde Öffnung, in der es verdächtig glänzte.

„Wow", raunte Jule ehrfürchtig. „Habt ihr eine Ahnung, was das ist?"

„Nein", sagte Lysander ebenso fasziniert und drehte sich zu Kore um. „Weist du was?"

Kore war stumm und sah mit immer stärkerer Bestürzung auf die Lichtbrechung, die wie bei einem Beschleuniger mehr und mehr zwischen den Reflektoren hin und her geworfen wurde.

„Jule. Mach sofort das Licht aus", rief sie rasch, was Jule sofort tat. Aber da war es bereits zu spät. Die Energie des Lichtes fluktuierte rascher zwischen den seltsamen Reflektoren umher.

„Raus hier, sofort", brüllte Kore und sauste mit ihren Begleitern so schnell wie möglich wieder nach draußen. Gerade rechtzeitig, denn dann erschütterte ein lauter Knall den Stollen. Es rauchte gefährlich aus dem Schacht heraus. Nach Atem ringend sammelten sie sich im Freien.

„Was war das?", fragte Jule stark verunsichert.

„Das war ein Sammler", schluckte Kore. „Oder so was Ähnliches. Was um alles in der Welt hat das hier zu suchen?"

Kore kannte aus der Kosmologie die technische Entwicklung des Neutrinosammlers. Ihren Anfang nahm die Neutrinoforschung auf der Erde vor gut vierhundert Jahren, als die Forscher begannen die Partikel des Weltalls zu messen, mit denen die Erde von den Sternen permanent bombardiert wurde. Die Methode feilte sich weiter aus bis sie zu Kores Zeit sogar, wenn auch im kleinen Maßstab, zwischen Reflektoren und hergeworfen wurden. Dummerweise durfte bei der Entwicklung keinesfalls künstliches Licht mit ins Spiel kommen. Deren Partikel beschleunigten sich durch die empfindliche Technik dermaßen, dass die Gefahr einer Überhitzung bestand.

„Wozu dient so ein Sammler?"

„Zu meiner Zeit maß man damit Neutrinos, aber ich vermute der hier ist nicht für sie gedacht. Ich glaube, es ist eine Art Verstärker.“

„Verstärker für was?“

„Ja, aber für was? Die Stelen. Ich glaube, sie sollten das, was die Sammler verstärken, zu ihnen leiten.“

„Hey Leute“, rief Lysander vom Himmel fliegend. „Weiter vorne befinden sich weitere Stollen. Mich wundert nicht, wenn dort drin nicht ähnliche Anlagen wie die hier stünden.“

„So ein Sammler war nie die Endstation. Da gibt es eine Art Detektor“, versuchte sich Kore an die Technik zu erinnern und riskierte einen weiteren Blick in den Schacht, aus dem leichte Rauchschwaden drangen. Es tickte in ihr.

„Da gibt es noch etwas anderes“, meinte sie und ging in den Rauch hinein.

„Kore? Sei vorsichtig. Die Höhle könnte einstürzen …“

„Kann sein“, sagte Kore. „Jule, Lysander. Seid mir bitte nicht böse. Aber das wird jetzt etwas heiß und nass. Folgt mir bitte nicht und bleibt mir vor allem vom Eingang weg.“

„Ist gut“, meinte Lysander. „Wir warten hier auf dich. Ruf uns, wenn du uns brauchst.“

„In Ordnung“, sagte Kore und stieg wiederum in den Schacht hinein.

Jule und Lysander starrten sich fragend an.

„Was hat sie vor?“

„Vermutlich etwas Dämonisches“, sagte Lysander. „Ich sag das wirklich nicht gerne, aber in Kores Herzen schlagen zwei Frequenzen.“

„Ich weiß, was du meinst. Ich sah es auch.“

„Die Schwarze ist immer für eine Überraschung gut. Wir sollten hier weg. Am besten fliegen wir weiter den Berg rauf.“

Doch als Lysander versuchte abzuheben, bekam er das Gefühl, als ob seine Flügel zu Eis erstarrten. Schon bald drang auch kein weiterer Gehirnimpuls mehr zu seinen anderen Gelenken hindurch. Es fror sich durch seine Adern bis hinauf in sein Gehirn, was ihn müde und schläfrig machte. Bevor er wegdämmerte und das Bewusstsein verlor, warf er aus den Augenwinkeln einen Blick auf Jules Gesicht. Ihre Verzerrtheit verriet, dass auch sie die paralysierende Kraft traf. Schwärze fing ihn unversehens ein und ließ ihn wie ein kleines Baby einschlafen.

Kore machte Licht. Nicht mit dem Projektionstrick, sondern mit ihren Händen, in dem sie auf sie den Temperatus in ausreichender Höhe lenkte. Es loderte Feuer gleich einer Fackel auf ihren Handflächen und erhellte die gesprengte Höhle. In ihrem Schein gelang es ihr, gefahrlos ihren Blick auf eine mittlerweile aufgebrochene Eiswand zu werfen. Ihr Verdacht bestätigte sich. Die durch die Verpuffung in der Kugelhöhe deutlich zum Vorschein gekommene Gletscherwand schob sich vor den Schacht. Durch diesen wurde die verstärkte Energie der Stelen geleitet.

„Ich glaube, da muss ich durch“, sagte sie und erhöhte deutlich ihre Körpertemperatur, bis sie nun ganzflächig lichterloh brannte. Je näher sie der eisigen Wand kam umso mehr taute sich ihr der Weg frei. Ja sie fräste mit ihrer enormen Hitze einen regelrechten Tunnel in den Gletscher hinein. Kore versuchte möglichst gerade zu arbeiten, doch die Hitze ließ den Boden unter ihr nachgeben und sie grub sich tiefer in den Eispanzer hinein wie eine Made in den Speck. Der Wasserdampf, der durch ihr Abtauen entstand, raubte ihr bald die Sicht. Das freigesetzte Wasser floss kondensiert durch den Stollen nach unten ab.

„Ich muss weiter nach oben", meinte sie und lenkte ihre Hitze gezielt in ihrem Körper um, bis sie senkrecht einen Schacht nach oben abtaute. Kore glaubte, dass es von oben heller wurde. Offenbar ein Gang. Sie wurde kühler und taute nun das Eis über ihr langsamer ab. Auch hörte sie Stimmen. Waren das etwa die Eismenschen? Kore sah nie welche. Sie musste vorsichtig sein und erinnerte sich an den Eckenspion den Holger und Karol im Waisenhaus einmal bauten. Er war wie ein Periskop konstruiert. Mit ihm war es ein Leichtes unbemerkt um die Ecke zu spähen. Als noch wenige Zentimeter zu fräßen waren taute Kore mit ihrem Zeigefinger die restliche Strecke frei, bis sich ein kleines Loch ergab. Wie einst ihre Brüder führte sie durch die Öffnung den von ihr kurzerhand mit dem Elementar erschaffenen Eckenspion hindurch und erkannte im Objektiv einen langen Eisstollen, der von einem gellen blauen Licht erhellt wurde. Auf den ersten Blick fand sie die Leuchtquelle nicht. Offenbar benutzten die Eismenschen eine ihr gänzlich unbekannte Technik dafür. Sie erkannte auch humanoide Gestalten, die durch den langen Stollen eilten. Es konnten Wächter sein, da sie seltsame Lanzen bei sich trugen. Sofort fielen ihr deren blaue Haut und die schneeweißen Haare, die kurz geschoren waren. Kleidung besaßen diese Geschöpfe so gut wie gar nicht. Die Stäbe jedoch, die sie bei sich führten, erinnerte Kore an die Lanzen der Ors. Auch deren schlitzartigen Augen blitzten kalt wie Eis aus ihren schmalen Öffnungen.

„Das müssen sie sein", fand Kore ihren Verdacht bestätigt.

Es tickte in ihr, denn es taten sich mehrere Möglichkeiten auf. Einfach eindringen und die Eismenschen angreifen, war eher die Vorgehensweise eines Dämons. Auf der anderen Seite vorsichtig die Lage auszuspähen und hoffen dabei hilfreiche Wortfetzen aufzuschnappen, was eher der Vorgehensweise einer Fee entsprach, war auch nicht gerade das, was ihr gefiel. Sie entschloss sich für den Weg der Menschen. Der eben erst gelernte Körperwandler erwies sich dabei als äußerst nützlich.

Als die Luft rein war, schrumpfte sie mit dem Minimalus soweit, dass sie problemlos durch die von ihr erschaffene Öffnung passte. Dann verschloss sie die Stelle geschickt mit einem Einpfropfen, um keinen Verdacht auf sie zu lenken. Sie machte sich mit dem Elementar einen Stab, oder zumindest eine Attrappe von dem, was die Eismenschen bei sich führten. Erst dann wandelte sich Kore mit dem Körperwandler in einen Eismenschen um. Sie hoffte, dass die Eismenschen nicht auch über eine Begabung verfügten, die sie verriet. Als unechter Eismensch, der die Gepflogenheiten und Bräuche der Spezies nicht kannte, bestand große Gefahr aufzufliegen. Auch wusste sie nicht, welche Sprache die Eisleute benutzten. So viele Unwägbarkeiten, doch Kore riskierte es und das unterschied sie von den anderen Völkern. Mit allem rechnend folgte Kore der entschwundenen Wachmannschaft, die so eilig durch den Eisstollen hetzte. Allmählich weitete sich der Gang. Er wurde deutlich breiter und endete in einer riesigen Eisgrotte. Von seiner Decke hingen riesige Eisstalaktiten hinunter, die wie riesige Kronleuchter die ganze Halle ausleuchteten. Von hier zweigten weitere Gänge ab, von denen sie im Augenblick nicht erkannte, wohin sie führten. Ansonsten gab es in dem Raum keinen Schmuck oder andere Gegenstände. Er wirkte trist und öde. Die Wachmannschaft der Eisleute stellte sich der Reihe nach inmitten der Halle auf. Sie warteten offenbar auf irgendetwas. Kore stellte sich einfach neben sie, was die anderen komischerweise nicht in irgendeiner Art und Weise mit einer Regung kommentierten. Nicht lange dauerte es, da drang ein dünner Eisnebel aus einem der Gänge heraus. Nach und nach setzte sich vor der Truppe ein Körper zusammen. Es war kleines blaues Mädchen mit langen weißen Haaren und einer filigranen Krönchen aus Eis auf dem Kopf. Ihre Augen blickten ebenso kalt auf ihre Diener herab, wie sie ihre Blicke zu Boden senkten. Kore tat es den Wächtern nach. Da fiel ihr auf, dass der Untergrund einer einzigen Eisbahn glich.

„Euer Majestät", sagte der Erste und kniete in der Reihe hinunter. Seine Stimme klang unterwürfig, was Kore nur aus Märchen kannte. Immerhin wusste sie nun, dass sie die gleiche Sprache hatten.

Das Eismädchen ging auf ihn zu und befahl herrisch: „Bogomir. Es müssen drei sein. Warum habt ihr nur zwei gebracht? Außerdem fehlt die Wichtigste. Wo ist die Schwarze?"

Kore schluckte. Es musste von ihnen die Rede sein.

„Wir wissen es nicht euer Majestät."

„Habt ihr nicht nach ihr gesucht?"

„Ja, aber wir wollten nicht ins Tiefland wegen der Hitze."

„Die Prophezeiung. Wenn wir die Schwarze nicht einfrieren, dann ist es auch um uns geschehen. Ihr wisst, was mit uns passieren wird."

Bogomir nickte und sagte: „Sie wird den Eisigen die Kristalle tauschen. Damit sind eindeutig wir und unser Gletscher gemeint."

„Unsere Heimat ist in großer Gefahr", sagte die Eisprinzessin. „Wir müssen das verhindern. Ich möchte, dass ihr die Augen offenhaltet. Die Schwarze befindet sich irgendwo da draußen. Bewacht die anderen Beiden gut in der Kältezone."

„Ja, Majestät."

Die Eisprinzessin materialisierte sich mit ihren Fingern Schlittschuhe aus Eis, indem sie weißen Staub auf ihre Sohlen schickte. Geschickt wie eine Eisläuferin auf Kufen fuhr sie auf der Eisfläche an ihrem Personal vorüber. Bis sie direkt vor Kore anhielt.

„Rekrut", sagte sie plötzlich zu ihr. „Ihr seid noch nicht lange bei der Wache, richtig?"

„Ja", antwortete Kore ziemlich scharf um sich keine Unsicherheit anmerken zu lassen.

„Man sieht es dir an", sagte die Eisprinzessin. „Für dich habe ich eine besondere Aufgabe, damit du zeigen kannst, was in dir steckt. Gehe an die Oberfläche zu unserem Schmied Hernandez. Sage ihm, dass ich dich schicke, um die Yetis zu scheren."

Die anderen in der Reihe kicherten unterdrückt. Offenbar wussten sie, dass dies ein recht ekelhafter Job war. Weil Kore sich hinten anstellte, gab sie damit zuerkennen, dass sie der Lehrling war, dem man vor allem die schmutzigsten Aufgaben zuteilte. Doch immerhin ermöglichte Kore die Zuweisung, sich unverdächtig bei den Eismenschen umzusehen. Daher sagte sie, ohne zu zögern: „Ja, eure Majestät."

„Brav. So will ich das", lobte die Kleine ihre Unverzagtheit. „Wenn du fertig bist, habe ich andere Aufgaben für dich und nun geh."

Kore machte eine kurze Verbeugung und wählte einfach einen der Gänge aus, um die Halle zu verlassen. Doch da wurde sie jäh von der Eisprinzessin zurückgepfiffen, was Kore das Herz in die Hose rutschen lies.

„Hey, du Grünspan. Da geht es raus", rief sie und deutete auf einen ganz anderen Weg.

„Oh", schluckte Kore und bat kurz um Verzeihung. Schnell lief sie den gezeigten Stollen entlang. Er stieg schon bald steil nach oben an.

Kore dachte nicht im Entferntesten daran, den Yetis die Haare zu scheren oder auch zu Hernandez zu gehen. Vielmehr musste sie herausfinden, wo sich die kurz erwähnte Kältezone im Gletscher befand. Immerhin kannte sie jetzt zwei Namen der Eisleute. Bogomir, der Wachhauptmann und Hernandez, der Schmied. Irgendwie würde ihr das von Nutzen sein. Als Kore aus dem Gletscher stieg, überwältigte sie das gigantische Panorama, den der Talkessel bot. Sie sah ringsum schneebedeckte Gipfel in den azurblauen Himmel ragen. Die Sonne stand hinter den Bergen und drang mit ihren warmen Strahlen nicht zu ihnen herab. An den Berghängen lagerten gigantische Schneemassen, die nur darauf warteten, von irgendeinem Laut talwärts geschickt zu werden.

„Ich glaube, ich habe den Handelsplatz der Eisleute gefunden", meinte sie den Ort in Augenschein nehmend. Sie lief langsamer, um sich hier gut umzusehen. Auf der Gletscheroberfläche errichteten die Eisleute regelrechte Eisburgen, die offenbar die Güter beherbergten, mit denen sie handelten. Die Wände der Lager waren durchsichtig, sodass Tageslicht sie im Inneren erhellte. Sie machte sich auf, die Schmiede zu suchen. So etwas wie ein Feuer sah sie hier oben nicht, was für eine Schmiede ja nahe lag. Es musste also etwas anderes oder Ähnliches sein. Auf dem Handelsplatz schien alles ruhig zu sein. Am Rand des Eislagers sah sie einen wabernden Eisnebel in den Himmel steigen.

„Dort könnte die Schmiede sein", dachte Kore bei sich und trabte nun im Laufschritt quer über den Platz. Solange, bis sie vor einem ausgehöhlten Eisklotz stand. Neben ihm trümmerte ein regelrechter Koloss von einem Eismenschen mit bloßer Faust ganze Blöcke zu Recht. Er überragte Kore um gut drei Körperlängen. Vor allem fiel Kore dessen dichten buschigen Augenbrauen auf. Seine Farbe passte gut zu seinem zotteligen Bärenfell, was ihn aber eher gegen Splitter als vor der Kälte schützen sollte. Er bemerkte Kore zunächst nicht, als sie hinter ihm stand.

Kore räusperte sich und grüßte ihn mit harter Stimme. „Seid gegrüßt. Seid ihr Hernandez, der Schmied?"

Der Eisriese unterbrach seine Arbeit und drehte sich langsam zu Kore um. Dabei stampfte er mit seinen massiven Füßen dermaßen auf den Boden, dass er vibrierte. Seine buschigen Augenbrauen kniffen sich kurz zusammen, als er auf Kore herabblickte.

„Das bin ich ja wohl", brummte er mit dumpfer Stimme.

„Hauptmann Bogomir schickt mich", sagte Kore zackig heraus. „Er bat mich, Ketten für die Gefangenen in der Kältezone zu besorgen."

Die Augen des Eisriesen wurden plötzlich größer. Es ratterte in ihm. Zuerst starrte er verdutzt drein und sah Kore dann mit anwachsendem Grinsen an, bis er lauthals lachte. Tränen, die wegen der Kälte noch auf der Wange zu Eis gefroren, kullerten aus seinen Augenwinkeln. Schließlich mühte er sich ab, sich vor Lachen auf den Beinen zu halten.

„Stimmt etwas nicht", tat Kore scheinheilig seine Reaktion ab. Ihr schlau ausgedachter Trick verfing tatsächlich.

„Meine Liebe, da hat man dich aber gehörig verarscht. Jeder weiß, dass die Gefangenen in der Kältezone keine Ketten brauchen. Die können sich ohnehin keinen Jota mehr rühren. So eingefroren, wie die sind. Mit solchen Aufgaben sollen solche Naseweise wie du für dumm verkauft werden. Ähnlich wie der Witz mit dem Yeti scheren."

„Ach", grinste Kore glucksend und tat unwissend. „Wir beide könnten den Spieß auch rumdrehen und zurücktreten. Bogomir wartet in der Kältezone auf mich und die Ketten. Gib mir einfach ein paar Brocken gefrorenen Alkohol für die Wachen mit. Zum Lutschen."

Der Riese kriegte sich prompt nicht mehr ein vor Lachen. Er plumpste mit dem Hinterteil zu Boden und wimmerte sich den bauchhaltend: „Der ist gut. Du bringst den Wachen Alkohol zum Lutschen."

„Aber ja. Wo ist die Kältezone nochmal?", fragte Kore eher beiläufig.

„Einfach geradeaus runter und bei der großen Eissäule scharf rechts. Kannste gar nicht verfehlen", kicherte der Schmied sich in seinem Geiste die dumm drein schauenden Gesichter ausmalend. „Der Alkohol steht unter meiner Werkbank. Ist zwar flüssig, aber wie du ihn frieren kannst, das weißt du ja. Bedien dich ruhig."

Kore erfasste schnell mit ihrem Blick einen Behälter unter einer Art Tisch in dem ausgehöhlten Eisklotz, der sie an Bergkristall erinnerte. Ehe der Schmied irgendwelche weitere Fragen stellte, schnappte sie sich das Gebräu und eilte im Laufschritt davon. Ihr Plan, die Kühlkammer im Gletscher zu lokalisieren, klappte tadellos. Die Eisdämonin spurtete mit dem Kristallgefäß in die Gletschergrotte zurück. Sie erreichte ohne Zwischenfall die große Halle und querte sie stur gerade auslaufend. Immer der Wegbeschreibung des Schmieds folgend. So gelangte sie wenig später in einen großen zylinderförmigen Raum, in dessen Mitte eine gigantische

Säule aus tief blauem Eis ruhte. Kore überwältigte der Anblick, denn diese Eissäule glich einem einzigen Relief. Es zeigte Szenen, die offenbar mit der Geschichte der Eismenschen im Zusammenhang stand. Obwohl die Zeit brannte, ihre Begleiter zu befreien, nahm sie sich einen Augenblick die Gravuren näher anzusehen. Sie erzählte offenbar eine Begebenheit. Kore wusste, dass es gerade bei den Menschen in der Antike es üblich war, auf diese Art und Weise besondere Ereignisse für die Nachwelt zu erhalten. Sie gravierten riesige Säulen mit Reliefs, die die Ruhmestaten ihrer Herrscher zeigten. Vor allem waren sie für Leute gedacht, die das Lesen und Schreiben nicht beherrschten. Am Allerwenigsten jedoch befand sich die Wahrheit darauf abgebildet. Meist zeigten sie eine geschönte Vergangenheit. An der Stelle, bei der sie ihren ersten Blick darauf warf, schien sich das Ende der Geschichte befinden. Es zeigte Eismenschen, die im Schnee spielten. Auch erkannte sie unter den Kindern anhand der Krone die Eisprinzessin wieder, die sie in der Grotte zum Yetischeren schickte. Namen in für Kore lesbarer Schrift waren eingraviert. Die Eismenschen benutzten tatsächlich eine Schriftsprache, die auch die Menschen auf der Erde kannten.

„Rekrut", hallte es plötzlich scharf hinter ihr. Boromir tauchte unverhofft hinter Kore auf. Es durchzuckte sie wie ein Blitz. „Was hast du hier zu suchen?"

„Das sollte ich eigentlich euch fragen", giftete Kore ihn wütend an und drehte sich zu ihm um. „Hatte Queen Marian euch nicht beauftragt, nach der Schwarzen zu suchen?"

„Ich bin euch keine Rechenschaft schuldig."

„Ach ja? Warum verlasst ihr euren Posten, um im Tiefland zwei Waldfeen zu entführen?"

„Für einen Rekruten nimmst du deinen Mund recht voll. Weil es unsere Aufgabe ist, Gefahren abzuwenden."

„Ihr habt die Königin vorhin angelogen. Ihr habt die Schwarze längst gefunden."

„Ha. Ich sagte ihr die Wahrheit. Wir fanden nur zwei."

„Nein, das habt ihr nicht."

„Wieso kommst du darauf?"

„Weil ich die Schwarze bin", brauste Kore wie loderndes Feuer auf und ließ ihre Tarnung auffliegen. Blitzschnell wurde sie schwarz und erhitzte sich mit dem Kristallgefäß, dass sie über dem verdutzten Boromir ausschüttete. Der Hauptmann schrie panisch auf und erst recht als Kore den Alkohol mit dem Temperatus entzündete. Wie eine brennende Fackel rannte Boromir in Panik den Stollen zur Eisgrotte hinauf.

„Erlaubt mir, dass ich eurer Geschichte ein weiteres Kapitel anfüge."

Kore jagte mit dem Elementar einen regelrechten Schwall des hochprozentigen Schnapses in den Raum und entflammte ihn, sodass es lichterloh brannte. Schreie und Rufen mengten sich bald mit dichtem Wasserdampf durch die Gänge. Auch eine Art Sirene dröhnte durch die Stollen. Durch die wallende Hitze brach die blaue Säule und der Gletscher drohte an dieser Stelle einzukrachen. Kore nutzte die Ablenkung scharf rechts zu eilen, um in die Kühlzone zu gelangen. Die Wachen, die am Eingang der Kältekammer standen, erstarrten vor Schreck, als unversehens die Schwarze lichterloh brennend ihnen stand. Einer lies vor Angst seinen Speer fallen. Die enorme Hitze ließ das Eis in Windeseile zerbersten. Panisch flohen sie vor ihr. Der Weg war frei.

Die Kältezone entpuppte sich als ein gigantisches Lager, in dem lauter Eisblöcke mit allen Lebensformen des Planeten eingefroren auf ihre Erlösung warteten. Da sich unter ihr blanker Fels befand, wusste sie, dass sie die Sohle des Eisgiganten erreichte. Kore wusste, dass sie nicht viel Zeit besaß. Durch den Bruch der großen Säule verschüttete sie vielleicht den Zugang zur Kammer, aber die Eisleute kämen schon bald mit einer Strategie, um zu ihr vorzudringen. Sie musste den Überraschungsmoment nutzen.

„Jeden Einzelnen aufzutauen, dauert zu lange. Ich brauche Hilfe.“

Sie sauste hektisch suchend durch die Gänge des riesigen Eisgefängnisses und merkte, dass die Eismenschen die Eingefrorenen nach Rassen sortierten. Es tickte in ihr.

„Da ist sie“, brüllte eine kindliche Stimme durch den Raum. Die Eisprinzessin fand viel schneller einen Weg zu ihr. Kore merkte, dass eine Art Gefrierstrahl nach ihr griff. Doch da sie nicht stillstand und in Deckung ging verfehlte der tückische Angriff ihren Körper. Wenn schon Lysander und Jule so schnell gefangen genommen wurden, dann handelte es sich um eine wahrhaft mächtige Waffe. Neben sich bemerkte Kore dumpfe platte Füße. Eingefroren im Eis. Es sah aus, als ob sie zu einem Dämon gehörten. Sie landete in genau der richtigen Abteilung. Kore drehte ihre Temperatur drastisch nach oben, was die Blöcke in ihrer unmittelbaren Umgebung in Windeseile zerschmelzen lies. Mit einem panischen „Nein“ der Eisprinzessin erwachten Kores nunmehrige Verbündete aus ihrem eisigen Schlaf. Sie merkten bald, was hier vorging und griffen sofort in den Kampf ein. Die Luft erfüllte sich mit Wasserdampf und Feuer. Während die Dämonen die Eisleute mit Flammen attackierten, suchte Kore im Trubel die Sektion mit den Waldelfen. So nach und nach merkte sie auf ihrer Suche, dass es doch recht viele Rassen auf Atres gab. Auch ihre eigenen Artgenossen, die Luftelfen, waren darunter. Sie erkannte sie an ihren fein gewebten Stoffen, die an die Wolken des Himmels erinnerten. Der Drang in ihr ihnen zu helfen war hoch, jedoch reichten ihre Fertigkeiten kaum aus, den Eisleuten wirksam Paroli zu bieten. Außerdem kostete die Suche im gigantischen Lager weiterhin zu viel Zeit. Ihren Verbündeten gelang es inzwischen durch die Hitzeentwicklung weitere Blöcke zum Schmelzen zu bringen, sodass weitere Arten sich in den Kampf gegen die Eisleute einklinkten. Kore erkannte, dass die einzige Lösung darin bestand, alle auf einen Schlag aufzutauen. Aber wie sollte sie das machen?

„Mist“, schimpfte sie. „Ich sollte mehr von Drag lernen. Er hatte Recht. Ich fixierte mich zu stark auf Ipsy. Das rächt sich jetzt. Es dauert viel zu lange, jeden einzelnen Block aufzutauen.“

Während sie auf dem Felsboden in den endlosen Reihen der gestapelten Blöcke kauerte und im Geiste nach einer Lösung rang, gewannen die Eisleute die Oberhand in den Kampf zurück. Es klappte auch deswegen, weil die Befreiten sich auch untereinander bekämpften. Nur wenige Dämonen boten den Eiswächtern Widerstand. Die Zeit rannte ihr davon.

„Wer sagt denn, dass ich sie mit Hitze knacke?", überkam es ihr plötzlich. „Es gibt eine andere Möglichkeit mit dem Eis fertig zu werden."

Plötzlich fasste sie ihren Entschluss und stieß mit ihrem Feenstaub aus den Händen eine dichte weiße Wolke aus, die sich rasend schnell in der ganzen Grotte verteilte und sich über die Eisblöcke legte. Es schien in der Höhle zu schneien, doch ein Jucken in den Nasen der Eisleute verriet, dass dies kein Schnee war.

„Was ist das?", fragte die Eisprinzessin ihren Wachhauptmann Bogomir. Er löschte sich offenbar ab.

Boromir schmeckte kurz die Luft und schon bald musste er furchtbar niesen. Irgendetwas brannte in seiner Luftröhre.

„Das ist Salz", schrie er. „Sofort raus hier." Das Zeug fing nun auch an, auf seiner Haut zu brennen.

„Salz? Hier", zeterte die Eisprinzessin. „Oh nein."

Die Eismenschen ergriff die nackte Panik. Dagegen besaßen sie kein Mittel. Wie die Hasen suchten sie das Weite. Der Salzregen legte sich wie Staub über die Blöcke, drang in jede Ritze ein, der die Gefangenen aus ihrem frostigen Sarg holte. Wenig später hörte Kore das Eis leise knacken. Die Eingeschlossenen halfen nach, die Risse zu verbreitern und befreiten sich selbst. Kore wagte sich aus ihrem Versteck und lief durch die Gänge. Sie suchte weiter nach den Waldelfen.

„Kore, hier sind wir", rief Jule ihr zu. Kore schnappte erlöst ihren Laut auf und rannte in ihre Richtung.

„Bin ich froh, dass ich euch endlich gefunden hab. Wir müssen schnell weg hier ...", rief sie ihnen entgegen.

Doch da stellte sich ihnen die Eisprinzessin in den Weg.

„So wird es nicht enden", schimpfte sie zornig. „Zuerst raubst du unsere Geschichte, dann befreist du deine und unsere Feinde. Damit ist jetzt Schluss."

„Ganz recht. Es ist Schluss."

„Lass uns kämpfen."

„Niemand muss mit mir kämpfen", entgegnete ihr Kore. „Mit mir kämpfen nur die, die festhalten wollen. Ich bin nicht gekommen, um euch und euer Volk zu vernichten. Wenn du mit mir gehst, wirst du und dein Volk weiter leben."

„Das hörte ich schon mal", antwortete die Eisprinzessin erbost.

„Von mir nicht."

„Nein. Aber von der Feenkönigin."

Kore war plötzlich ganz Ohr.

„Sie sind hier durchgekommen und wollten uns nach Durvin mitnehmen. Dort wären wir vor den Schlangen sicher."

Plötzlich gellte erneut die Alarmsirene der Eismenschen durch den Gletscher.

„Was ist das?“, schreckte die Eisprinzessin auf, als durch den Zugang geflügelte Schlangen zu ihnen durchbrachen. Doch Kore nutzte die Ablenkung und rannte mit Jule und Lysander davon. Sie hörten die Schreckensschreie der Eisleute und der eben erst durch das Salz zahlreich befreiten Gefangenen, über die die Schlangen nun ausnahmslos herfielen.

„Wo sollen wir hin?“ rief ihr Jule bei ihrer Flucht in den Nacken.

„Gletscher sind wie Flüsse. Unter ihnen sickert Wasser talwärts. Folgt mir und macht schon mal den Aquarius und den Minimalus bereit.“

Die Todesfee erreichte die Stelle in der Kältezone, in der sich aufgrund der Hitze eine Wasserlache bildete. Sie merkte, dass die Flüssigkeit unter dem Eis wegsickerte. Kore wandte ihren Minimalus an und taute ihren Begleitern den Weg talwärts frei, bis sie den eisigen Gletscher an einem See an seinem Fuße verließen. Prustend tauchten sie darin auf und fanden sich erleichternd einander. Jule machte mit ihrem Staub ein hölzernes Floß, auf das sich Lysander und Kore hievten.

„Das war wirklich knapp“, ächzte Lysander außer Atem. „Sie haben uns eiskalt überrascht.“

„Ja. Wir hatten überhaupt keine Chance“, gab ihm Jule recht. „Was jetzt?“

„Die Feenkönigin ist in Durvin“, antwortete Kore.

„Dann auf nach Durvin.“

„Seid mir nicht böse, aber ich spreche alleine mit meiner Mutter.“

„Aber ...“

„Irgendetwas stimmt hier nicht. Sie unterbreitete der Eisprinzessin ein Angebot. Warum sollte sie sie retten wollen?“

„Meinst du, dass so was wieder eine Falle wäre?“

„Könnte sein. Ich möchte nicht, dass es uns noch einmal so böse erwischt. Wenn ich innerhalb der nächsten vierundzwanzig Stunden nicht zurück bin, dann sucht mich bitte. Ich traue meiner Mutter zu, dass sie nicht so leichtfertig meine Kräfte unterschätzt wie es die Eismenschen vorhin taten.“

„Ich verstehe. Du willst uns als Trumpf zurückbehalten.“

„Genau. Wenn ich weiß, dass mich jemand befreit, wenn es ernst wird, plane ich anders. Die Seherin ist bei ihr. Warum eigentlich? Warum hat Mutter so ein großes Interesse an ihr? Vielleicht weil sie weiß, dass ich sie suche?“

„Sie ist ein Köder“, schlussfolgerte Lysander. „Durvin ist nicht weit weg von hier. Es liegt auf der anderen Seite des Bergrückens. Jenseits der Wüste. Der See hier ist ein ideales Versteck für uns. Die anderen Völker meiden ihn. Sie nennen ihn den verbotenen See.“

„Verboten? Warum?“

„Es hängt mit einer Legende zusammen. An diesem Ort teilte sich das Leben. Es ist der Ort des großen Streits und daher für jeden eine Art Niemandsland.“

„Interessant. Dann verhaltet euch hier möglichst unauffällig. Vielleicht sucht uns jemand...“

„Wie ich zum Beispiel", unterbrach sie eine wohl bekannte Stimme. Über ihnen legte sich ein Schatten, der von einem großen Vogel stammte.

„Hoss?", fragte Kore erstaunt. „Du hast uns gefunden?"

Der Feenfalke gab ein wohlgefälliges Krächzen von sich. Maluk saß auf ihm und sah zufrieden auf die Drei herab.

„Wie war das möglich?"

„Ich dachte, ich folge einfach dem Lärm. Du hast ordentlich für Tauwetter in den Bergen gesorgt", erklärte der Elfenpriester. „Unterwegs bin ich auf den Falken gestoßen, der offenbar über dem Regenwald nach euch gesucht hat. Mit meinen mentalen Fähigkeiten erforschte ich seine Gedanken und merkte, dass wir beide dasselbe Ziel hatten. Ich lotste ihn zu mir und er nahm mich mit. Als ich dann jede Menge der Schlangen in der Ferne herumschwirren sah, dachte ich mir, ihr könnt nicht weit sein."

„Maluk, was weißt du über Durvin?", fragte Kore ihn sogleich.

„Es ist eine Art Außenposten der Luftelfen. Liegt inmitten einer stürmischen Bucht, die von Einkorns Wüste gesäumt ist. Von Land aus ist sie nicht zu erreichen. Das Schloss liegt auf der Spitze eines steil ansteigenden Felsens. Es gibt kein Tor oder so was. Was heißt, dass es nur über die Luft angeflogen werden kann. Entweder du kommst per Feenfalken oder mit den eigenen Flügeln, wenn du welche hast. Außerdem wirst du sofort von den Feenwächtern bemerkt, die auf den hohen Türmen der Feste Ausschau halten. So gesehen wäre es tatsächlich besser, wenn du allein kommst. Außerdem sind die Luftfeen auf die Dunklen nicht gut zu sprechen, weswegen ich lieber nicht mit dir kommen sollte."

„Dann warte du hier. Ich versuche, bald wieder bei euch zu sein."

„Ist gut", antwortete Maluk. „Die Feenkönigin hat einen scharfen Verstand. Sie wird nicht ohne Grund mit der Seherin nach Durvin gekommen sein. Vielleicht erwartet sie dich schon. Nimm dich vor allem vor Einkorn in Acht, wenn du die Wüste überquerst. Er ist unberechenbar. Vielleicht weiß er auch schon, dass du hier bist."

Kore nickte und setzte ihren Weg über den See fort, während Jule, Lysander und Maluk ihr nachsahen. Die Sonne senkte bereits zum Abend, was ihr rötliches Licht im eiskalten Wasser spiegelte. Es lies die Felswände der Berge in einem satten Ton aufleuchten.

„Ich lasse sie ungern allein weg", sagte Jule zu Lysander.

„Aber sie hat recht. Wenn wir zusammen gehen, dann könnten wir wieder in so eine Falle wie vorhin laufen. Wir hatten sehr viel Glück."

Maluk landete mit dem Falken neben sie und stieg von ihm ab. Er ging auf seine Gefährten zu.

„Kore ist sehr stark. Ich fühle es deutlich. Sie ist eine Suchende."

„Und wir?", fragte ihn Lysander. „Wer sind dann wir?"

„Genau das ist die Frage", entgegnete Maluk. „Die richtige Frage."

Kapitel 13

Durvin

Kaum das Kore den Bergkamm überwand, blies ihr ein scharfer Wind ins Gesicht. Er roch warm und es erinnerte Kore an Jules Erzählung von der Mojavewüste südlich der Rockey Berge. Die Luft hier oben durchsetzte etwas Feuchtigkeit, was vermutlich am Meer lag, das sie in der Ferne erspähte. An den Hängen der schroffen Felsklippe erkannte die Dämonin ganze Flechtenteppiche und braune Moose. Sie lebten von dem Morgendunst, der hier aufstieg, bevor die Hitze des Tages anbrach. In der Wüste selbst sah Kore keine Pflanzen wachsen. Das wunderte sie, denn die morgendliche Feuchtigkeit verhalf doch zumindest einigen Gewächsen zum Überleben.

„Die Wüste Einkorns", entfuhr es ihr. Sie glaubte, dass er hinter der trostlosen Ödnis steckte. Von dort oben drang ihr bereits das tosende Geräusch des Meeres in die Ohren. So nah schien es, doch sie musste irgendwie über die Wüste, ohne Einkorn auf sich aufmerksam zu machen. Es zu umfliegen, kam ihr zunächst in den Sinn. Aber das dauerte. Zeit, die sie vielleicht nicht hatte. Drahten ging hier leider nicht, da Kore nie zuvor in Durvin war. Außerdem versetzte es die Feenwache auf Durvin sicher in Aufruhr. Die Wüste einfach so zu überfliegen, war ihr ebenfalls zu riskant. Einkorn wusste wahrscheinlich schon von ihrer Ankunft auf Atres. Wusste er vielleicht auch schon, wo sie sich befand? Was dachte er sich aus, um sie zu stoppen? Kore kam sich mittlerweile vor, wie in einem Schachspiel. Die Gegner belauerten sich und warteten darauf, dass die Gegenseite einen Fehler tat, den sie dann zu ihrem Vorteil nutzten. Voll in die Offensive zu gehen, hielt die Dämonin ebenso nicht für klug. Sie beschloss daher, sich erst einmal zu tarnen und die Sache vorsichtig anzugehen. Doch als was wollte Kore in die Wüste hinunter? Ihr fiel eine kleine Eidechse ein, die rasch, geschickt und vor allem ungesehen über den Fels sprintete. Sie konzentrierte sich kurz auf das kleine Tier, als sie fühlte, wie sie sich zusammenzog. Im Nu steckte die Dämonin im Echsenkörper und huschte, mit der Zunge riechend den zerklüfteten Abhang zur Wüste hinunter. Unten war es verdächtig still. Die kleine Echse hörte den scharfen Wind über den Sand kräuseln. Feine Körner stoben auf und formten kleine Rillen in die Dünen. Sie huschte über den feinen Untergrund hinweg. Möglichst rasch, um ihre Sohlen in der Hitze des Sandes nicht zu verbrennen. Kore versuchte am Geruch zu erkennen, in welche Richtung sie musste. Wenn die Feuchtigkeit zunahm, so dachte sie, kam sie dem Meer näher. Sie sah es aber nicht. Nur eine unendliche gelbe Weite. Sie glaubte, dass sie gut vorankäme, und nahm Düne um Düne. Doch wenn sie eine Anhöhe erklomm, dann sah sie nur eine höhere Düne vor sich. Verwandeln wollte Kore sich nicht, da Einkorn sie sonst bemerkte. Sie glaubte, dass die Feuchtigkeit weiter zunahm, obwohl sie ihr Ziel nicht sah. Das Meer war nicht mehr weit. Die Dünen wurden steiler. Sand rutschte ab und sie wurde von der Masse begraben. Bald schon wälzte sie sich wieder frei und huschte unbeirrt weiter hinauf. Oben angekommen bot sich ihr das gleiche Bild.

„Komisch", dachte Kore bei sich. „Ich habe den Eindruck nicht weiter zu kommen."

Sie beschloss, daher auf der Krone der Düne entlang zu laufen. Scharfer Wind kam auf und trug die Körner langsam ab. Vor ihr baute sich langsam eine weitere Düne in die Höhe.

„Hm", tickte es in ihr. Sie blieb stehen und steckte aufgrund der Hitze des Sandes einen Fuß nach dem anderen kurz nach oben. Die scharfen Augen der Echse beobachteten genau, was sich da tat. Kore spitze ihr Gehör, womit nicht unbedingt die Luft gemeint war. Auch nahm das kleine Wesen Erschütterungen im Untergrund genau wahr. Plötzlich grub sie sich ein. Ein starker Wind kam plötzlich auf, der die Sandkörner über ihr rasch abtrug, doch Kore grub sich tiefer in den Sand hinein. Der Wind nahm an Heftigkeit zu. Er schien sich auf den Standort der kleinen Echse zu konzentrieren. Damit rechnete Kore. Sie transformierte sich in einen Sandwurm und bohrte sich weiter von ihrem Standort weg. Der Wind über ihr schaufelte an der Stelle, an der er die kleine Echse vermutete, munter weiter in die Tiefe. Ihr Manöver zeigte einen Erfolg, jedoch zwang es Kore weiter im Untergrund zu bleiben und sich möglichst weit weg zu graben. Kehrte sie jetzt an die Oberfläche zurück, blieb dies auch von Einkorn nicht verborgen und er fokussierte den Wind erneut auf sie.

„Er weiß von mir. Vielleicht war das eine Falle", dachte sie sich. Aber wo war jetzt oben und unten. Kore wusste nur, dass sie von Einkorn weg musste. Aber wohin? Sie grub sich tiefer und glaubte, zu fühlen, wie über ihr der Sand nachgab.

„Mist", dachte sie und beschleunigte ihre Aktion, denn sie kam am Dünenrand an. Den Abfall des Sandes bemerkte Einkorn bestimmt. Kaum dass sie spürte, wieder mit der freien Luft in Kontakt zu sein verwandelte sie sich wieder in eine Dämonin zurück, fuhr ihre Flügel aus und stieg rasch in die Höhe. Scharfer Wind und Sand folgte ihr in die Luft.

„Einkorn, du mieser Schuft", zischte Kore aus ihren Zähnen hervor. Sie durchstach eine Wolke. In der Feuchtigkeit blieb Sand hängen und er rieselte in die Wüste zurück. Kore glaubte jetzt anhalten zu können und bremste ihren Flug doch es befand sich genügend Sand in der Luft, um sie gehörig abzuschmirgeln. Einkorns Sandbehandlung war alles andere als angenehm. Kore kam sich wie ein Stück Eisen vor, das von allen Seiten mit dem Schmiedehammer bearbeitet wurde. Sie wurde ungemein zornig und erhöhte ihre Temperatur auf 2.000 Grad. Eine Temperatur, die leicht ausreichte, um Keramik zu brennen und um Sand zu glasieren. Just verlor der Sand an Schärfe. Offenbar übte Einkorn über ihn keine Macht mehr aus. Das war es also. Einkorn erstarren lassen. Sie musste die physikalische Struktur des Sandes verändern, dann bräche sie Einkorns Macht. So geschützt setzte sie ihren Weg zum Meer fort. Zwar blies nach wie vor scharfer Wind aus der Wüste zu ihr hinauf, aber der Sand erreichte ihre Haut nicht mehr.

Gleich eines Fjords umschlang die Wüste einen Seitenarm des Meeres. Kore hörte die tosenden Wellen an den steilen Klippen brechen. Auch erkannte sie die letzte Zuflucht der Feenkönigin auf einer felsigen Insel, die sich inmitten des Meeresarms majestätisch aus der Bucht erhob. Kore besah sich im Fluge näherkommend die herrschaftliche Schlossanlage von Durvin. Sie war vermutlich mit dem Staub der Feen erschaffen und besaß starke Ähnlichkeit mit den Gebäuden, die sie schon in Wolkenhain sah. Die aus blauem Wolkenkristall gefertigten Dächer glitzerten weit sichtbar über dem Meer. Fast so wie ihre schillernden Hände. Umrahmt erstreckten sich majestätisch die steil abfallenden Klippen des Kontinents. An dessen von Wind und Regen ausgewaschenen Abhängen nisteten Seevögel, deren Art Kore nicht kannte. Zu gerne hätte sich die Dämonenprinzessin mehr mit der ihr fremdartigen Flora und Fauna des Planeten vertraut gemacht. Nur kurz gewährte das Schicksal ihr die Möglichkeit, etwas davon zu erfahren. Die meisten Vögel hier besaßen die Ähnlichkeit mit den Seemöwen auf der Erde, doch deren Schnäbel schienen länger zu sein. Auch ihr Gefieder zeigte sich so blau wie das der Feenfalken. Lediglich an einer knallroten Haube auf ihren Köpfen erkannte Kore, dass sie zu einer anderen Vogelart gehörten. Je näher Kore dem streng wirkenden Schloss kam, auf dem mehrere schlanke Türme in den Himmel ragten, umso mehr Details kamen zum Vorschein. Es gab kein Tor oder ähnliches. Von Land her war die Anlage nicht zu erreichen. Sie bemerkte innerhalb der hohen Mauern einen großen Park, den sie ansteuerte und landete in der mit stattlichen Nuavenbäumen bepflanzten Grünanlage. Prächtige satte Blüten in leuchtendem Purpur verströmten einen süßlichen Duft. Sie schimmerten vom Licht der untergehenden Sonne, als wenn sie von innen heraus leuchteten. Obwohl die Insel ansonsten karg und leblos erschien, war im Park eine breite Auswahl der Vegetation des Planeten vorhanden.

„Hm, sieht das gut aus", schwärmte Kore und roch verzückt in der Luft. Eine leidenschaftliche Teetrinkerin fühlte sich in dem schmuckvoll angelegten Nuavenhain wie zu Hause. Der Tee tat es Kore nun auch an, doch verpasste die Zeit ihr eine ordentliche Distanz zu dem Getränk. Liebevoll gestalteten die Gärtner der Feen Mosaike aus den Blumen, welche Motive darstellten, die Kore befremdeten. Es waren wappenähnliche Darstellungen, die Feenflügel oder Falken zeigten. Nur bei einem blieb sie länger stehen. Vor einem sehenden Auge in grüner Farbe. Unwillkürlich dachte Kore an ihre Erlebnisse auf der Erde.

„Das sah ich schon einmal. Es stammt von den Ors", sagte Kore kombinierend. In ihr wurden die düsteren Erinnerungen wieder wach, die sie erlebte, als ihr Doubel von den Ors brutal ermordet wurde. „Dieses Symbol hat auch hier eine Bedeutung. Aber woher kennen die Feen es?"

Kore hörte während ihres Rundganges im Garten ein leises Flattern zu sich herankommen. Schatten kamen über sie. Sie sah zu ihnen hoch und blickte auf ihre Artgenossen, die in der wehrhaften Kleidung einer Schlossgarde auf sie zu flogen.

Ihre Rüstung trugen die Farben des Himmels weiß und blau, um möglichst unauffällig zu bleiben. Der Stoff war ihr unbekannt.

„Prinzessin Cera?", fragten die hellen Stimmen, der Schlosswächter. Sie sahen Kore bereits von weitem herankommen und beobachteten sie aus sicherer Entfernung. Kore musterte die Feenwächter mit durchdringendem Blick. Deutlich sah sie ihre spitzen Ohren.

„Ja", antwortete Kore mit großer Bedachtheit.

„Folge uns", sagten sie rasch und deuteten an ihnen zu folgen. Die Feengarde flog ihr voran. Sie schwirrten über den bunten Garten auf die Rückseite des Schlosses. Dort befand sich auf halber Höhe ein breiter Arkadengang, der wie eine Einflugschneise für das Schloss fungierte. Gleich einem Bienenstock. Dort standen weitere Wachen, die offenbar mit ihrem Kommen rechneten. Auch sie beäugten die Schwarze misstrauisch. Erst nach einem kurzen Stopp, traten sie zur Seite, um die drei Feen in das Innere des prächtigen Baues zu lassen. Kore stellte sich vor, dass früher das Schloss einen wesentlich einladenderen Charakter besaß als heute. Durch Fenster und Säulengängen kam sicher viel Licht ins Innere. Jetzt aber war es darin düster und leuchtete sich von langen dünnen Stäben mit einem kalten Licht aus. Es erinnerte Kore an altertümliche Neonröhren auf der Erde, die sie schon einmal im Technikmuseum sah.

Wenn man nun glaubte, dass das Schloss im Inneren wie ein Gewöhnliches aussah, mit großem Innenhof und breiten Säulengängen, so mochte dies nur von außen so wirken. Die Wandvertäfelungen bestanden aus edlen Hölzern aus dem Urwald. Der Boden aus poliertem Gestein erinnerte an Marmor. Deutlich erkannte die Fee die adrige Struktur, welche den Stein durchzog. Kore wandelte erstaunt durch die mit kunstvollen Kronleuchtern ausgeschmückten Gänge an denen unzählige geknüpfte Wandteppiche hingen. Auf ihnen waren Motive zu sehen, die Kore sonst aus Märchenerzählungen kannte. Sie zeigten Schlachten der Feen mit Meeresungeheuern und Eiswesen. Dann sah sie grässliche Dämonen, die aus dem Feuer stiegen und viele weitere Kampfszenen mit schrecklich anzusehenden Monstern. Die einen besaßen mehrere Köpfe gleich einer Hydra, während andere vor lauter Kraft nicht wussten, wo sie zu erst Verwüstungen anstellen sollten. Züngelnde Flammen umgaben meist ihre Aura. Unübersehbar geriet die Verbindung der Dämonen mit dem Element Feuer. Eine Szene darunter erstaunte Kore dennoch sehr. Da waren mehrere Feen zu sehen, die gegen einen Wirbelsturm kämpfen. Der Sturm griff nach ihnen, als ob er ein Tier wäre. Die Feen schleuderten den Wirbelwind ihren Staub entgegen, wobei die Szene ihren Erfolg offen lies.

„Eindrucksvoll, nicht wahr?", hörte sie schnippisch eine herrische Stimme zu ihr sagen. Sie unterbrach Kores Gedankengänge während ihres Rundganges gezielt. Offenbar beobachtete die Person Kore schon länger genauer, ohne dass sie sie bemerkte. Lautlos schlich sie sich an ihr heran, denn es drückte sich eine gut gekleidete Fee in weiß gesticktem Brokat an sie. Kore erfühlte sofort ihre Mutter darin. Die Feenkönigin glich der ehemaligen Figur Kores vor ihrer Verwandlung fast bis aufs Haar. Nur wirkte sie wesentlich reifer. Ein eigenartiges Empfinden durchdrang Kore dabei. Einerseits fühlte sie sich ihr nahe und erleichtert, doch dann war da wieder so eine abstoßende Kraft, die ihr vermittelte sich nicht allzu stark auf sie einzulassen.

„Mutter", entfuhr es Kore erzitternd. Sie fühlte, dass mit ihr etwas nicht stimmte und sie ahnte bereits, was es war.

„Cera", sagte Königin Lycia traurig. Ihre erhabene Erscheinung, die im Feenreich legendär war, umfing ihre Tochter mit Kümmernis. „Mir wäre es lieber gewesen, du wärst nie nach Atres gekommen."

Kore musterte ihre Mutter mit aufrichtigem Blick. Viel besaßen sie gemeinsam. Beide traten selbstbewusst und bestimmend auf. In ihnen loderte das Feuer der Entschlossenheit, den ihnen bestimmten Weg zu gehen. Komme, was da wolle.

„Mutter", rechtfertigte sich Kore. „Ich musste es tun. Mein Bruder starb und man verdächtigte mich, ihn getötet zu haben."

„Na und? Mit deinem Erscheinen bringst du uns allen den Tod nach Atres. Du sorgst dafür, dass sich die Prophezeiung der Seherin erfüllt." sagte die Königin mitgenommen.

„Es wäre schon ein Anfang, wenn ich die ganze Prophezeiung kenne. Überall erfuhr ich nur Teile davon."

Lycia ging nicht darauf ein.

„Wir hielten deinen Spruch geheim, denn niemand sollte wissen, dass du und Lysander füreinander bestimmt sind. Aber die Rolle Jules, mit der du hierhergekommen bist, ist mir ein Rätsel. Mit ihr rechneten wir nicht. Als die Seherin dich zu dem entfernten Planeten schickte, den du Erde nennst, fiel uns für einige Zeit ein Stein vom Herzen. Es hieß, dass du nicht hier, sondern in der Welt der Sterblichen deine Aufgabe erfüllst und dort voraussichtlich stirbst. Wenn es auch Jahrhunderte dauert. Als mein Mann dich fragte, ob du heimkehrst oder ob du auf dem Planeten deiner Kindheit bleibst, jubelte mein Volk bei deiner Antwort. Wir glaubten nun, wir wären jetzt sicher, vor der Prophezeiung der Seherin. Dein Spruch hätte sich auf der Erde endgültig vollzogen. Wie man sich doch täuscht. Aber da du jetzt hier bist, bekam jeder Angst und ich verdenke es ihnen nicht."

„Mutter", sagte Kore bereits Böses erahnend. In ihr keimte eine Intuition auf, wohin dieses Gespräch hinauslief. „Ich hab mit diesen seltsamen Schlangen nichts zu tun. Ich bin nicht nur wegen meines Bruders nach Atres gekommen, sondern auch weil mein Vater und auch Malitides mich darum baten. Die Schlangen …"

„… sind gekommen seit dieser Geschichte mit diesem Stamm auf deinem Bestimmungsort, der unsere Kräfte geraubt hat. Ich weiß. Cera, ich weiß, dass du deine Entscheidung hierher zu kommen mit deinem Herzen getroffen hast und dass du es gut meinst. Es wäre dennoch besser, du kehrst wieder dorthin zurück. Zurück auf die Erde, dort wo du wirklich hingehörst. Atres ist nicht die wahre Heimat für dich. Die Seherin meinte, dass du dein Schicksal auf der Erde finden wirst. Nicht hier. Im Übrigen bist du bei meinen Getreuen nicht beliebt. Viele fürchten dich. Du hast dich in einen Dämon verwandeln lassen und begonnen ihre Kräfte zu nutzen."

„Wir haben Frieden, Mutter. Mein Vater söhnte sich mit Malitides aus. Sie kämpften gemeinsam gegen die Ors und reinigten die Erde von ihrer Niedertracht."

„Das ist jetzt unwichtig", wiegelte die Feenkönigin barsch ab. „Du hast begonnen ihre dunklen Künste zu erlernen. Eine Fee kann niemals wie ein Dämon sein. Das kann selbst ich nicht zulassen, auch wenn du meine Tochter bist. Du musst dir die Glut wieder abnehmen lassen. So schnell wie möglich. Am besten von einem Dämon. Die Dämonen haben eine Fähigkeit, die das bewerkstelligt. Sie entzieht sogar die Macht der Feen aus dem Körper, wenn sie es zulassen. Ich selbst kann dir die Glut zwar nicht nehmen, aber vielleicht weiß die Seherin einen anderen Weg, wie man aus dir die dämonischen Kräfte hinausbringt. Wenn du deine Kräfte abgegeben hast, dann wirst du zu deinesgleichen heimkehren und der ganze Spuk hier ist zu Ende", sagte Königin Lycia. „Dies wird die beste Lösung für uns alle sein."

In Kore fing es an zu kochen. Glaubte ihre Mutter denn allen Ernstes, dass die Ereignisse der vergangenen Tage so leicht zu lösen waren? In dem, dass man einfach ihre Bestimmung verhinderte?

„Bist du naiv", entgegnete Kore erbost. „Hast du denn nicht gemerkt, dass diese ganze Geschichte mit mir nicht das Geringste zu tun hat? Glaubst du denn allen Ernstes, dass ich hinter dieser ganzen Sache stecke? Du willst doch nur, dass ich endlich gehe, damit unser Volk ruhig schläft. Die Schlangen schrecken aber deswegen nicht davor zurück und machen weiter Jagd auf alle. Irgendjemand sandte sie aus, der weit mehr Macht hat als du und ich."

Königin Lycia ließ Kore erschrocken los. Doch Kore geriet erst so richtig in Fahrt: „Es scheint dich überhaupt nicht zu interessieren, dass Vater in einen Nuavenbaum verwandelt wurde. Malitides ist in einen Lavabrocken verhext. Mein Bruder ist Tod. Die Schlangen suchten die Dunkelelfen und die Eismenschen heim. Dahinter steckt eine sehr große Macht und du willst das alles wirklich mir in die Schuhe schieben, nur weil ich hierhergekommen bin? Ich bin mir sicher, dass es mit dem Tod meines Bruders zusammenhängt und ich werde herausfinden, was oder wer dahinter steckt. Nicht einmal du wirst mich davon abhalten."

Kore blickte ihre Mutter fest entschlossen an. Sie war zu allem bereit, notfalls sich auch gegen ihre eigene Mutter zu wenden. Königin Lycia sah sich ihre Tochter lange stillschweigend an. Kore erahnte, was sich in ihr abspielte.

„Du bist sehr mutig geworden, Cera", sagte die Feenkönigin anerkennend. „Entschlossen und tapfer. Wir beide sind uns gar nicht so unähnlich. Aber es mangelt dir an Diplomatie. Atres ist in Aufruhr. Es bin ja nicht nur ich, die so denkt. Die anderen Völker werden die Sache ähnlich sehen. Wenn auch du willst, dass sich mein und auch dein Volk wieder sicher fühlt, dann gehe zurück auf die Erde. Solange sich dein Schicksal hier zu erfüllen droht, sind wir alle der Heimsuchung der Schlangen ausgeliefert. Du machst es mir nicht leicht, eine Lösung für dieses Problem zu finden."

„Dem Schicksal entkommt man nicht. Man stellt sich ihm. Der Tod ist weder gut noch böse. Ihr kennt ihn nicht einmal."

„Und ob wir den Tod kennen", sagte die Königin scharf. „Die Legenden von Atres sind voll davon. Die Seherin brach vor wenigen Stunden ihr Schweigen und vertraute mir alles an, was sie über den großen Streit weiß. Mir sagte sie, dass es jetzt so weit sei, allen Bewohnern auf Atres ihr Erlebnis am See mitzuteilen. Sie überlebte den großen Streit am verbotenen See, der zur Entstehung der Völker auf Atres führte. Du kannst mit ihr selbst darüber reden, wenn du schon nicht auf mich hören willst. Ich erzählte ihr, dass du nach Atres zurückgekehrt bist, um mit ihr zu sprechen. Schon jetzt sage ich dir, dass sie dir den gleichen Rat gibt, wie ich. Vielleicht hörst du ja mehr auf sie als auf mich", sagte die Königin entrüstet.

„Das ist eine gute Idee, Mutter", zischte Kore ihr trotzig entgegen.

„Gehe den Gang entlang und von dort die Wendeltreppe in den Turm hoch. Dort oben im Turmzimmer sitzt sie. Seit wir hier angekommen sind, ist sie schon dort oben. Sie erwartet dich", fügte Ceras Mutter kalt hinzu. Dann kehrte sie sich mit einem Ruck von ihrer Tochter ab. Sie entfernte sich schnell von ihr, ohne sich auch nur einmal nach ihr umzudrehen.

„Ich erwarte dich hinterher im Audienzsaal", warf sie ihr barsch beim Weggehen mit dem Rücken zugewandt nach. Sie ging staksend davon und entschwand an der nächsten Biegung. Irgendwie ahnte Kore bereits jetzt, dass sie sie nie wieder sah.

Kore stand wie gebannt da und schaute ihrer davoneilenden Mutter zu. In ihrer Seele kochte es vor Wut. Ein Gefühl sagte ihr, dass es nach Falle roch. Sollte es wirklich so einfach sein, mit der Seherin in Kontakt zu treten? Es blieb Kore keine Wahl es herauszufinden. Sie wandte sich in die Richtung, die ihr die Feenkönigin wies. Entschlossen folgte die Dämonenprinzessin dem mit leuchtenden Stäben ausgeschmückten Gang, welcher zu einer zugigen Wendeltreppe führte. Während sie die Stufen hoch ging, sah sie aus den Fenstern. Die Sonne lugte zur Hälfte in den Himmel. Dämmriges Licht lag über dem Land. Das Tosen des Meeres untermalte die Verlorenheit, die dieser Ort ausstrahlte. Leichten Schrittes folgte sie den schmalen Stufen weiter nach oben, welche sich wie ein Kreisel schier endlos steil den Turm hinauf schraubte. Die Treppe endete in einem kleinen runden Turmzimmer, in dem ein Ausgang ungehindert den Abflug für eine Fee ermöglichte. Sie blieb auf der letzten Stufe stehen und beäugte den karg eingerichteten Raum. Von dort oben besaß man einen guten Blick über das Meer und den Klippen. Man hörte hier sogar die Rufe der Morane, die dort ihre Kreise flogen. Der Raum war bis auf ein breites Kanapee, einem Schemel und einem ornamentierten Beistelltisch leer. Auf dem Diwan schlief eine alte Frau mit langen ergrauten Haaren. Sie schloss ihre Augen, wirkte verbraucht und ungeheuer müde. Ihre welke Haut war bereits zerfurcht und eingefallen. Allein die Körperhaltung verriet Kore, dass es der betagten Dame nicht besonders gut ging. Kore spürte in sie hinein. So, als ob es von einem Ereignis her rührte, das sich für das Leben der alten Frau dramatisch auswirkte. Plötzlich öffnete sie ihre Augen, die sie scharf anstarrten. Als ob sie mit ihrem Kommen rechnete. Sie winkte sie zu sich heran, ohne ein Wort zu sagen. Kore trat auf sie zu. Aus irgendeinem Grund sprach sie nicht zu ihr.

„Bis du die Seherin?", fragte Kore vorsichtig. Doch anstatt zu Antworten deutete sie auf einen freien Schemel neben ihrem Diwan und hielt ihre flache Hand entgegen. Kore verstand sofort, was dies bedeute. Sie setzte sich auf den Hocker und legte ihre Handinnenseite auf die Ihre. Sofort wurde der Blick milchig. Der Transpati zwischen ihnen begann.

Piepsen. Das war es, was Kore als Erstes hörte. Lautes schrilles Piepsen, was rasch Augen öffnen ließ, aus der Kore nun sah. Sie wusste aus dem Transpatierlebnis mit Jule und Lysander, das sie ohne eingreifen zu können, die Taten und Gefühle der Person nachempfand, in der sie steckte. Eine karge Zelle war es, die Kore zu Gesicht bekam und ein Gesicht, das sie aus einer Art Wabe herausholte. Sie erkannte weitere Behältnisse in denen weitere Personen lagen. Was war das für ein Ort?

„Commander Janus? Jane Janus?"

Die Frage kam von der kahlrasierten Person in einer Art Uniform. Sie erinnerte Kore an ihren Pyjama. Mit einer Art Leuchte blendete er sie förmlich.

„Ja", sagte die Person, in der Kores Wahrnehmung hineinschlüpfte.

„Wir sind da. Der Kapitän braucht sie. Kommen sie auf die Brücke."

„Markus, wie lange war ich hier drin?"

„Drei Monate, irdischer Zeitrechnung. Nach Sternzeit ..."

„Lassen wir das. Ich möchte den Kapitän nicht warten lassen."

Jane stemmte sich rasch aus der Wabe, in der sie ihren Tiefschlaf verbrachte. Frisch und vital fühlte sie sich, als Markus ihr etwas zum Anziehen reichte. Rasch legte sich Commander Janus eine Uniform an und eilte aus der Zelle, die so eine Art Aufwachraum gewesen sein musste. Immer den Blick nach vorne geheftet eilte Jane durch kahle Gänge. Kore kamen sie einsam und verlassen vor, doch ihr Eindruck konnte täuschen. Jane wusste genau, wohin sie wollte. Schließlich erreichte sie eine Schiebetür, die sich mit einem Pfiff öffnete. Schon trat sie auf eine Art Aussichtsplattform, auf der jemand bereits auf sie wartete. Vor ihr sah sie inmitten gähnender Dunkelheit einen leuchtenden Planeten, auf dem Wolken, Meere und sogar große Landmassen zu erkennen waren.

„Endlich", sagte sie.

„Ja", sagte der Mann, der dort auf sie wartete. „Commander Jane. Es ist so weit. Unsere Sonden bestätigen, dass dort ein ähnliches Luftgemisch wie auf der Erde vorherrscht und was noch wichtiger ist, er hat alle Materialien, die wir für unsere Mission brauchen."

„Großartig", pflichtete ihm Jane zufrieden bei.

„Wir müssen unser Baby sicher runterkriegen. Commander Jane. Ihr Job."

„Jawohl Sir“, sagte sie stramm und eilte Stufe hinab, die zu einem Pult führte. Was das sein konnte, erahnte Kore nur. Er wirkte ähnlich wie der Lehrtisch, den sie auf der Akademie benutzte. Mit einer Handbewegung schaltete sie die Apparatur ein. Holografisch trat eine Art Gitternetz hervor.

„Manuelle Steuerung aktiviert“, meldete sich eine Computerstimme.

„Dann wollen wir mal“, sagte Jane und rief mit einer weiteren Handbewegung eine Art Karte auf, die den unbekannten Planeten und das Raumschiff zeigte, in dem sie sich befanden.

„Computer. Zeige mir passende Landeplätze für die Huangdi an.“

Auf der Karte leuchteten ein paar Gebiete auf, von denen Jane eines auswählte. Nach welchen Kriterien blieb ihr schleierhaft, aber Kore kam es so vor, als ob das überhaupt in diesem Zusammenhang nicht wichtig war. Der Blick wurde langsam wieder milchig. Kore verstand. Sie wurde gerade Zeuge der Landung der Menschen auf Atres. Die Seherin wusste über dieses Kapitel der Besiedelung von Atres durch die Menschen bestens Bescheid. Sie war jene Navigatorin, die die Landungsfähre in die Splitterbucht brachte. Dann kamen ein paar weitere Stimmen hinzu. Sie schienen sich mit den Umständen der Landung zu beschäftigen.

„Sie haben die Landezone knapp verfehlt.“

„Wir sollten nicht in einem Geröllhaufen landen. Das seichte Wasser ist allemal besser.“

„Lasst jetzt die Boote zu Wasser und bringt das Landungsteam an Land. Heute ist ein Tag zum Feiern. Vielleicht war es ja doch nicht so schlimm mit der Notwasserung. Immerhin bietet es uns ein wenig Schutz. Wer weiß, welches Getier im Dschungel lebt.“

„Dieser Tag wird in die Geschichte eingehen. Commander setzen sie ein Signal zur Erde ab. Auch wenn es Jahre unterwegs sein dürfte. Wir haben es geschafft ...“

Dann wurde die Sicht wieder klarer. Kore sah als Erstes ein rätselhaftes Bronzemonument, dass eine überdimensionale Hand mit einem ausgestreckten Zeigefinger darstellte. Sie deutete in den Himmel hinauf. An seinem Sockel stand offenbar Jane Janus und sah zunächst in den Himmel. Genau in die Richtung, in der die Hand wies. Ihr Blick schwenkte bald auf das Meer hinaus. Dort lag ein längliches Gebilde im Wasser. Von der Ferne sah es wie ein gigantischer schwarzer Stab aus, auf dem man eine Art Antenne installierte. Kore ahnte nur, dass es sich hierbei um das Raumschiff, der Huangdi, handelte.

„Commander Janus“, sprach die Stimme des Kapitäns zu ihr. Jane drehte sich zu ihm um. Der Kapitän hielt eine Art Karte in seiner Hand, die er ihr entgegenreckte. Kore sah sie nicht deutlich genug, um Details auf ihr zu erkennen. Die Umrisse jedoch ließen vermuten, dass es sich um die Oberflächenansicht von Atres handelte.

„Ihre Aufgabe das Landungsdenkmal zu errichten ist erledigt. Von heute an werden sich alle Generationen an diesen Tag erinnern und wir können sagen, wir waren die Ersten hier."

Der Kapitän sprach von der Bronzehand. Er fuhr unvermittelt fort und lies Kore keine Zeit, über das Gesagte nachzudenken. „Gehen sie mit einem Erkundungsteam ins Landesinnere zu dieser Gebirgskette hier und errichten sie eine Sperrzone rund um diesen Abschnitt. Keiner der Siedler darf dort hinein."

„Sir", sagte Commander Janus. „Gerade dort machen unsere Sonden Unmengen an Rohstoffen aus. Wenn die Siedler sie nicht fördern, würgen wir damit nicht unsere Entwicklung hier ab?"

„Das ist ein Befehl, Commander. Die Siedler sollen das Tiefland urbar machen, aber vom Bergbau im Massiv die Finger lassen. Ich kümmere mich persönlich um diese Region. Dafür haben wir die Spezialteams an Bord."

„Jawohl Sir", antwortete Jane ohne weitere Fragen.

Dann wurde es wieder milchig. Kore verstand nicht so recht, worauf die Seherin mit dieser Szene hinaus wollte. Es kamen mehrere Sätze, die zum Teil von diesem Kapitän, von ihr selbst und dann von einer ihr unbekannten Person stammten.

„Sie sollen das Gebiet abschirmen und nicht hier drin herumspazieren."

„Kapitän, wir kommen mit der Erschließung gut voran. Aber die Siedler beginnen, Fragen zu stellen. Vor allem die seltsamen Stelen, die die Spezialteams überall aufstellen."

„Ja, ich verstehe ihre Fragen. Sagen sie ihnen, dass dies eine Maßnahme zum Schutz gegen Asteroiden ist. Die wird hier fest installiert ..."

„Ein großer Tag wird anbrechen ..."

„... befinden sich im Versuchsstadium. Geben Sie die Meldung raus, dass die Handelsplätze geschlossen werden und die gesammelten Rohstoffe in die Huangdi zu verbringen sind ..."

„Sir, das müssen sie sich ansehen ..."

Es wurde wieder klarer. Laute Sirenen dröhnten durch Kores Ohr. Der Fee kam es vor, als ob sogar der Boden davon erzitterte. Das Erste, was Kore erkannte, war jener schwarzer vibrierender Boden und der azurblaue Himmel. Jane stand offenbar auf dem Deck der Huangdi und blickte über das Meer in die Bucht hinein, in dem das Landungsdenkmal stand. Von dort erkannte sie in der Ferne die Silhouette eines riesigen Berges. Die Geräuschpegel der Sirenen nahmen drastisch zu. Aus der seltsamen Konstruktion der Huangdi lief ein Offizier aus einer Luke auf sie zu.

„Sir", schrie er. „Sir. Gehen sie mit unter Deck. Schnell ..."

„Kowski, ich muss mir das ansehen."

„Wenn Sie nicht sofort mitkommen, wird sonst niemand mehr etwas sehen ..."
Der Blick von Jane wandte sich wieder zu dem Berg. Doch er war nicht mehr da. Dort vorne ragte nun ein anderes Objekt in den Himmel. Etwas, das sie schon einmal sah.

„Ein Ankh?", entfuhr es Kore in der Darstellung. Godje zeigte ihr doch ebenfalls ein Ankh. Es besaß eine tiefe Bedeutung. Es leuchtete hellblau in der Ferne auf, ehe es in Splitter zerbarst. Seine Trümmer schienen sich in alle Himmelsrichtungen des Planeten zu verteilen.

„Sir, sie lassen mir keine andere Wahl ...", hörte sie, als ihr plötzlich schwarz wurde. Etwas stach sie in das Genick. Aus irgendeinem Grund sah Kore nun kein milchiges Weiß mehr. Nur Schwärze war da. Stattdessen hörte sie ein Piepen und verschiedene Stimmen. Sie alle wiesen ihr einen Weg. Sagten, sie solle nach links oder rechts gehen. Dann anhalten. Sie spürte alsbald, dass ihre Füße in einer Flüssigkeit standen. Es fühlte sich ähnlich an, wie im Transpati mit Jule. Als der Blick wieder klarer wurde, stand Jane bis zu den Hüften im Wasser. Jedenfalls sah es auf den ersten Blick so aus. Deutlich fühlte sie seine Kühle. Sie blickte sich um und sah am Ufer hunderte von Leuten stehen, die ihr offenbar fieberhaft bei einer Handlung zusahen.

„Sie ist geheilt", rief einer von ihnen aus, als kurz darauf die Meute wie berauscht ins Wasser stürzte und lachend darin badete.

An Land sah sie den Kapitän mit seiner Garde stehen. Jane erntete von ihm einen strengen Blick. Offenbar war er nicht zufrieden mit ihr, aber ihre wiedergewonnene Sehkraft, schien ihn zu besänftigen.

„Commander Janus. Kommen sie an Land", rief er zu ihr als von den Siedlern, die da in dem seltsamen Fluten plantschten, erregte Stimmen zu hören waren. Jane drehte sich verschreckt zu den Badenden um und erkannte, wie sich einer nach den anderen verformte.

„Die Völker von Atres", kam es Kore plötzlich. „Die Siedler verformten sich. Ich ..."

Ehe Kore sich über die Szenerie klar wurde, dass sie hautnah die Transformation der Siedler miterlebte, sah sie wie sich das Leben teilte. Es sogar mehrere Individuen wurde. Einigen von den Mutierten konnten fliegen. Andere glühten und brachten das Wasser um sie herum zum Kochen. Dann sah Kore verwandelte Siedler, die Fischschwänze anstatt Beine bekamen. Die Fee spürte das aufkommende Grausen in Jane, was sie regelrecht paralysierte und nicht von der Stelle weichen lies.

„Commander Janus, kommen sie zu mir ...", brüllte der Kapitän nervöser werdend. „Sofort", als auch schon von anderer Seite zu hören war. „Niemand befiehlt uns mehr. Wir sind jetzt mächtiger als alles andere ..."

„Oh. Nein", kam es Kore in den Sinn. „Der große Streit."

Es kam zu dem, wie es kommen musste. Bewusst geworden, mächtig und stark zu sein fielen die einstigen Siedler übereinander her. Sehr bald merkten sie, dass sie einander nicht töten konnten. Die Garde des Kapitäns machte sich, ehe sie auch auf sie losgingen, aus dem Staub.

„Kapitän Mc Leary. Dieser Feigling", schrie jemand. „All die Jahre scheuchte er uns herum. Tötet ihn."

Dann wurde es milchig und Kore fand sich im Turmzimmer der Seherin von Durvin wieder. Sie atmete tief durch.

„Grausig, nicht", sagte die Seherin einfühlend.

„Ja", schluckte die Dämonenprinzessin.

„Das ist leider nicht alles", fuhr die Seherin fort. „In den nächsten Jahrtausenden versuchten sie sich gegenseitig zu übertrumpfen, aber keinem der Völker gelang es je über ein anders Volk zu dominieren. Die Bündnisse wechselten, kamen und gingen. Schließlich gelang es irgendwann, die Individuen zu atomisieren. Doch sie setzten sich wieder an anderer Stelle auf Atres neu zusammen. Die Luftfeen bemerkten, dass sie sich an Ort und Stelle wieder materialisierten, wenn man den „Neugeborenen" einen Korb zuwies. Sie verloren aber ihre Erinnerung an ihr früheres Leben und so geriet die Szene am verbotenen See allmählich in Vergessenheit. Was blieb, sind die Legenden, die sich die Völker heute erzählen."

„Du kommst von der Erde?"

„Mein Samen und meine Eizelle vielleicht. Ich selber bin im Weltraum gezeugt. Mein Name ist Jane und mir wurde eine einzigartige Gabe zu teil. Niemand sonst auf Atres beherrscht sie."

„Du kennst die Bestimmung aller auf Atres Geborenen und streust sie über das Universum."

„Ich würde sagen, materialisieren", antwortete die Seherin.

„Wer war dieser Kapitän?"

„Mc Leary? Er war mein Vorgesetzter. Ein strenger Mann mit Prinzipien und einer klaren Zielvorstellung. Soweit ich weiß, tat er schon vor meiner Geburt Dienst als Kapitän der Huangdi."

„Was war seine Mission?"

„Das weiß ich leider nicht. Sein Schicksal ist mir verschlossen, weil ich ihm nie nach meiner Verwandlung zur Seherin gegenübergetreten bin. Um das Schicksal der Personen zu sehen, muss ich sie sehen und ihre Aura spüren. Nach der Spaltung am See zogen sich seine Leute und er auf die Huangdi zurück. Ich versuchte nie, zu ihm zurückzukehren oder Kontakt mit ihm aufzunehmen. Mc Leary ist ein Despot. In von den mir gezeigten Szenen ging ich bewusst nicht darauf ein, weil dir das nicht wirklich weiterhilft. Ich könnte mir vorstellen, dass sich seine Haltung in all der Zeit versteifte."

„Du meinst, wenn ich wissen will, was das blaue Ankh bedeutet, dann müsste ich auf der Huangdi nach Antworten suchen?"

„Ja, es sieht so aus", antwortete die Seherin. „Aber ich weiß, dass dies unser aller Ende bedeuten wird."

„Es scheint dich nicht zu beunruhigen."

„Ich wusste, dass es eines Tages soweit ist. Das Schicksal hält man nicht auf. Also werde auch ich es nicht versuchen."

„Weißt du, warum mein Bruder starb?"

„Dazu müsste ich das Schicksal deines Bruders kennen. Ich lernte ihn aber nie kennen."

„Hat das Schicksal meines Bruders etwas mit meinem Schicksal zu tun?“

„Möglich“, sagte die Seherin. „Aber was glaubst du, was er mit ihm zu tun hat?“

„Ich hoffte, es von dir zu erfahren.“

„Ich sehe nur dein Schicksal. In welchem Zusammenhang es mit anderen Schicksalen auf deinem Lebensweg steht, bleibt mir verschlossen. Ich glaube, dass du selbst entscheidest, in welchen Zusammenhang du es bringen willst.“

„Was bedeutet mein Spruch? Ich werde einen mächtigen Feind besiegen und sterben.“

„Er hat den Sinn, dem du ihn gibst. Danach wirst du dein Leben ausrichten und so deine eigene Wahrheit leben, Kore. Das tust nur du und sonst kein anderer.“

„Ich werde mein Leben auf den Tod ausrichten?“

„... was nicht verschwendet ist. Indem, dass du dir bewusst bist, dass dein Sein begrenzt ist, gibst du deinem Leben Tiefe. Was auch der mächtige Feind sei, du entscheidest, was darunter zu verstehen ist. Es ist deine Wahl.“

„Habe ich überhaupt Feinde?“

„Ich glaube, du befindest dich jetzt auf dem richtigen Weg. Gibt es denn Feinde? Wozu dienen Feinde? Ein Feind zeigt dir, wo du mit dir selbst im Konflikt bist. Erst wenn du diesen inneren Konflikt bewältigt hast, begegnest du auch im Äußeren diesem Feind. Vorher schließt sich eine Lösung aus. Sobald ein Feind im Äußeren besiegt wurde, wird er durch einen Neuen ersetzt. Der Kreislauf wird erst durchbrochen, wenn du es verstehst, die Botschaft deines Feindes anzunehmen. Auch wenn sie für dich bitter ist. Erst dann wirst du in dem Feind nicht mehr einen Feind sehen, sondern jemand, der dir hilft, zu dir selbst zu finden.“

„Aber wie löse ich Konflikte auf?“

„Es ist dazu nicht nur wichtig Konflikte zu verstehen, sondern auch, an wen sie gerichtet sind. Derjenige, der sich von ihnen angesprochen fühlt, zeigt, dass auch in ihm seelischer Schmerz vorhanden ist, der auf eine Annahme der Botschaft wartet. Der Tod deines Bruders traf dich tief. Aber warum ist sein Tod so schlimm für dich? Wolltest du ihn nicht gehen lassen?“

„Er war so jung und ich kämpfte für ihn ...“

„Du glaubtest ihm, etwas schuldig zu sein. Kam dir je in den Sinn, dass dein Bruder dir freiwillig und ohne eine Gegenleistung, also aus reiner Liebe half? Er forderte für seinen Liebesbeweis nichts zurück.“

„Man hilft sich gegenseitig. Wir sind Geschwister.“

„Bedarf es denn einer solchen Verbindung, um aus Liebe zu helfen? Er hatte zu gehen, damit du das verstehst.“

„Aber warum durch meine eigene Hand?“

„Ob es durch dich oder von einem anderen geschah, ist nicht so entscheidend“, antwortete die Seherin. „Es ist Tatsache, dass dich deine Suche hierherführte. Im Transpati mit dir sah ich eine rothaarige Fee und einen Elfen.“

„Jule und Lysander.“

„Die beiden gehören zu deinem Schicksal. Du musstest ihnen begegnen. Sie werden dir helfen, zu dir zu finden und sie zeigen dir erst, wer du wirklich bist.“

„Zu welchem Glück werde ich Jule geleiten?"

„Das ist eine Frage, die sich Jule stellen muss. Nicht du. Es liegt daran, dass nur Jule selbst die Entscheidung trägt, was sie in der Aussage erkennen will. Danach wird auch sie ihr Leben ausrichten. Wie alle Individuen, die die Wahl haben, in welche Richtung sie ihr Leben drehen."

„Ich verstehe."

Die Seherin machte eine kurze Pause und versuchte aufzustehen. Es kostete ihr zu viel Kraft. Schon bald ließ sie es sein und sank wieder zurück in ihr Sofa.

„Ich bin schwach, Kore. Ich weiß, dass ich nicht mehr lange hier sein werde. Du wirst deine Suche auf Atres zu Ende führen. Deine Mutter will es nicht wahrhaben, dass du diesem ewigen Wettstreit der Völker auf Atres durch deine Suche ein Ende bereiten wirst."

„Die Schlangen? Wer schickt sie?"

„Das hängt mit deiner Suche zusammen", antwortete die Seherin. „Aus irgendeinem Grund wollten sie, dass wir beide hier miteinander plaudern. Sonst wären sie schon längst über uns hergefallen."

„Was macht dich da so sicher?"

„Vor den Schlangen ist niemand sicher. Irgendwie werden sie sogar das Sicherheitssystem auf der Huangdi überlisten und ich glaube, dass du etwas damit zu tun hast."

„Aber ... aber ..."

„Der, der die Schlangen schickte, weiß genau, was hier vor sich geht. Ich glaube, dass dies mit der Mission von Kapitän Mc Leary zusammenhängt. Ich sehe sein Schicksal nicht. Ich habe daher eine sehr ungewöhnliche Bitte an dich."

„Ja?"

„Fliege zur Huangdi und nimm mit Mc Leary Kontakt auf. Sage ihm, dass du von mir kommst."

„Wird das reichen, dass er mit mir sprechen will?"

„Vielleicht. Ich denke, dass er sicher scharf auf Neuigkeiten ist und dich vielleicht aushorchen wird. Konfrontiere ihn mit den Schlangen. Es dürfte interessant sein, was er darauf zu sagen hat."

„Und das Ankh, das ich im Transpati gesehen habe?"

„Du solltest nicht mit der Tür ins Haus fallen. Ich glaube kaum, dass er einfach so über seine Mission plaudern wird. Versuche sein Vertrauen zu gewinnen und frage ihn, ob du etwas für ihn tun kannst. Soweit ich weiß, verließ er die Huangdi seit dem Vorfall am verbotenen See nicht mehr."

„Ist gut. Ich werde mit meinen Freunden ..."

„Gehe lieber allein und beeil dich. Ich glaube, dass die Schlangen über uns herfallen werden, wenn du gegangen bist."

„Warum?"

„Auch hier sprechen sich Neuigkeiten schnell rum. Die Dunkelelfen. Heimgesucht. Die Waldelfen, heimgesucht ..."

„Was?", rief Kore spitz, weil sie es nicht glaubte.

„Die Eismenschen, heimgesucht. Überall wo du warst, gibt es keinen mehr, der seine ursprüngliche Gestalt behalten hat. Alle wurden verwandelt und hier wird es nicht anders sein."

„Jule? Lysander? Maluk? Sie auch ..."

„Du kannst nichts für sie tun. Schließe deine Suche auf Atres ab. Egal wie es ausgehen wird, es gehört zu deiner Bestimmung."

Die Seherin lächelte sie an, was Kore schwer zu erwidern wusste.

„Gehe nicht zu deiner Mutter zurück. Sie wird dich hier als Pfand festhalten oder zur Erde zurückschicken wollen, um ihrem Schicksal zu entgehen. So wird es nicht enden."

„Was macht dich da so sicher?"

„Du wärst sonst nicht hier."

„Was wird aus dir?"

„Warum ist das so wichtig für dich?", fragte die Seherin.

Kore hielt inne. Sie verstand nun.

„Wie eine Fee denkt nicht jeder", antwortete die Seherin. „Aber niemand hindert einen daran, wie eine Fee zu denken. Wenn man es tut, kommt man auf die erstaunlichsten Antworten."

„Ich gehe und ich danke dir."

„Es ist, was es ist, Kore. Außerdem liegt in jedem Ende ein neuer Anfang verborgen. Selbst wenn man ihn nicht sieht", schloss sie versöhnlich lächelnd und machte es sich wieder in ihrem Diwan bequem. Sie wirkte müde, weshalb sich ihre Augen schlossen. Kore erhob sich von ihrem Schemel und ging in Gedanken versunken langsam zum Fenster des Turms. Unter ihr toste das Meer gegen die schroffen Felsen der Insel. Die Sonne verschwand gerade in der Ferne und ließ ihre warmen Strahlen ein letztes Mal über das Land gleiten, ehe sie verloschen. Schäumend brach sich die Gischt an den vorgelagerten Riffen. Wurden ihre Begleiter bereits Opfer der rätselhaften Schlangen? Es konnte stimmen. Kore hatte nicht den geringsten Zweifel der Seherin zu misstrauen. Im Gegensatz zu ihrer Mutter machte sie keine Anstalten Kore aufhalten zu wollen. Sie warf einen Blick des Dankes auf die Seherin zurück, die offenbar einschlief.

„Was für eine interessante Persönlichkeit", dachte sie bei sich und fuhr ihre Flügel aus.

„Mehr als zehn Meter", sagte sie zufrieden die Höhe prüfend und sprang entschlossen in die Tiefe. Aus dem Flug heraus startete sie ihre Flügel und düste immer schneller werdend über das unruhige Meer hinweg.

Die See wallte und bäumte sich vor ihr zu hohen Wellentürmen mit dichten Schaumkronen auf. Sie schien ein Abbild von Kores Gefühl erzeugen. Ein Meer voller Strudeln und Strömen, die nicht wussten, wohin sie sich aus dem Weg gehen sollten. Viele Fragen begleiteten sie auf ihrem Flug über den endlos erscheinenden Ozean. Wenn die Seherin von der Erde stammte, warum erfuhr Kore nie von einer Sternenmission? Technisch gesehen befand sich die Menschheit gerade mal da, auf dem Mond ein Teleskop installiert zu haben. Bemannte Raummissionen trieb der Rat der Sechs bewusst nicht voran, weil sich nicht nur Unsummen an Rohstoffen damit verschwendeten, sondern auch, weil der menschliche Organismus nicht für die Schwerelosigkeit gebaut war. Der Rat opferte keine Astronauten dem Wahn der Sterne. Er beschränkte sich darauf die Entwicklung der Technik auf Sonden, Satelliten und Teleskope weiter zu verstärken. Es gab zwar zu Kores Zeit eine Raumstation im Orbit, doch wurde die nicht mit einem Shuttle angeflogen. Dafür machten die Nanotechniker eine aufwendige aber äußerst raffinierte Erfindung. Gedrillte Kohlenstofffasern. Winzige ineinander, dem Spinnenfaden nachempfundene Faserbänder. Aus ihnen wurden ganze Seile gefertigt. Die Herstellung dafür verschlag enorme Energiemengen, ergab aber aneinander gestückt ein nahezu unzerstörbares Band, deren Länge bis in die Erdumlaufbahn gesponnen werden konnte. Diese Raumstation platzierte man am Ende eines solchen Bandes und verband sie mit einem Lift. Dem berühmt gewordenen Orbiter. Die Raumstation wurde für Experimente in der Schwerelosigkeit verwendet. Es ging darum Materialien widerstandsfähiger gegen die Neutronenstrahlung der Sonne zu machen, die für enorme technische Probleme in der Satellitentechnik sorgte. Ebenso wurde die Raumstation dazu verwendet, Sonden ins All zu bringen, welche die Planeten des Sonnensystems erforschen sollten. Bemannte Raumflüge über den Keupergürtel hinaus sah das Institut zur Erforschung des Weltraums nicht vor. Allenfalls dachte man über die Errichtung einer Mondbasis nach und dieses Vorhaben verwarf man wieder wegen der vorauszusehenden Zwecklosigkeit. Aber das war es auch schon, was es an Expansionsplänen in den Weltraum einmal gab. Kore fragte sich während ihres Fluges über den Ozean, wie sie die Information der Seherin einordnen sollte. Daneben fragte sie sich, was das für ein Knall in der Mythologie des Planeten Atres war, von dem alle sprachen? Vielleicht etwa ein Meteoriteneinschlag? Und was hatte der heilige See damit zu tun? Wer waren die Bewohner von Huangdi? Abkömmlinge der Erde vermutlich und was bedeutete die große Wasserwand vor Kore, die sich ihr mit ungeheurer Geschwindigkeit näherte? All die Fragen, vor allem mit Letzterer beschäftigte sich Kore intensiv, als sie mit der Monsterwelle auf Kollisionskurs ging.

Kapitel 14

Salinos

Der gigantischen Monsterwelle wich die in Gedanken versunkene Dämonenfee gerade rechtzeitig aus. Allerdings ging Kore nicht hoch in die Luft. Sie benutzte geistesgegenwärtig den Aquarius und stach wie ein Pfeil in die alles verschlingende Woge des Meeres hinein. Kore sah zu, möglichst tief hinunter zum Meeresboden abzutauchen. Denn hier unten war die mörderische Gewalt der Riesenwelle kaum spürbar. Auf der Wasseroberfläche oder der Küste, zu der die unheimliche Wasserwand zu walzte, stand dagegen eine Schneise der Verwüstung bevor. Schloss Durvin lag genau in dieser Richtung. Nur kümmerte es Kore nicht im Geringsten, was der Tsunami dort anrichtete.

„Das ist sicher kein Zufall, dass da jemand laufend mit Wellen nach mir wirft", dachte sie in der Finsternis der Tiefe bei sich. „Zuerst die Sandwellen in der Wüste und jetzt das Meer."

Über sich fühlte sie den mächtigen Sog der gewaltigen Wassermasse hinwegfegen. Der Schub des Wassers riss sie beinahe aus ihrer Schwimmrichtung heraus. Nur mit Mühe gelang es ihr, ihren eingeschlagenen Kurs unter Wasser zu halten.

„Im Transpati mit der Seherin waren auch Meermenschen zu sehen. Es wundert mich nicht, wenn die mich bereits erwarten."

Das tiefe Blau des weiten Ozeans war nur in den höher gelegenen Wasserschichten wahrzunehmen. Ab dreihundert Meter drang kein Licht des Zentralgestirns mehr durch das salzige Element hindurch. Dort unten in der ewigen Dunkelheit sah Kore nicht einmal mehr die Hand vor den Augen. Außerdem wurde es langsam Nacht, was die Lichtverhältnisse für einen Tauchgang ohnehin nicht günstig machte. War es wirklich so eine gute Idee Schutz in der Tiefe des Meers zu suchen? Kore überlegte, Licht zu machen. Vielleicht tarnte sie sich auch wieder mit dem Körperwandler. Aber das funktionierte in der Wüste nicht. Einkorn bemerkte sie ja doch. Dieses Mal ging sie anders vor. Sie wandte kurzerhand die Lichtprojektion einer Minisonne an, was aber nur einen mäßigen Erfolg bescherte. Es gab zwar Licht, aber der Schein war viel zu schwach, um das Umfeld genauer in Beschlag zu nehmen. Selbst als sie seine Intensität erhöhte, erkannte sie kaum mehr. Fast so, als manipuliere jemand bewusst die Leuchtkraft ihrer Schöpfung.

„So richtig hilft mir das nicht weiter", schimpfte sie. Es wäre tatsächlich besser, sie wüsste mehr aus dem Fundus ihrer Ausbilder.

„Drag hilft mir jetzt sicher weiter", sagte sie und versuchte sich Gedanken zu machen, wie sie in einen tiefen Schlaf fiel. Doch hier unten im Meer war das gar nicht so einfach. Während ihres Schlafes wäre sie schutzlos ihren Widersachern ausgesetzt. Kore seufzte. In der Dunkelheit wusste sie bald nicht mehr, wo oben oder unten war. An Land gab es das Sternenzelt zur Orientierung, was es aber tief unten im Ozean nicht gab. Über ihr dürfte inzwischen die Nacht hereingebrochen sein. Wo war sie nur? Inmitten der Schwärze war es gar nicht so einfach sich zu orientieren. Da kam ihr ein Geistesblitz.

„Luft", sagte sie. „Na klar. Blasen steigen immer nach oben."

Sofort lies Kore Luftblasen aufsteigen und folgte ihnen durch die Dunkelheit. Schließlich durchbrach sie die Wasseroberfläche und sah trotzdem eine gähnende Schwärze. Außerdem war es verdächtig still. Sie spürte weder einen Wellengang noch einen Windhauch.

„Eigenartig", bemerkte Kore überrascht und versuchte in der Schwärze etwas zu erkennen. „Nicht mal Sternenlicht."

Sie machte erneut mit dem Projektionstrick Licht und bemerkte erst jetzt, dass sie nicht die Wasseroberfläche erreichte, sondern so etwas wie eine Grotte. Über ihr wurde ein flechtenartiger Bewuchs sichtbar, der gelblich grün im Licht schimmerte. Er hing ein paar Meter über ihrem Kopf.

„Eine Unterwasserhöhle. Na so was", sagte sie überrascht und schwamm durch die Luftblase. Je weiter sie vorankam und so höher und breiter wurde die Kaverne. Kore bemerkte immer größer werdende Tropfsteine, die wie riesige Pfeiler von der Decke hingen und unter sich elfenbeinfarbene Stalagmiten bildeten. Sie schimmerten in ihrem kreierten weißen Licht wie Elfenbein. Je nach Alter und Tropfintensität bildeten sie stufenförmige Figuren, in denen man glaubte, unterschiedliche Geschöpfe zu erkennen. Es reichte von mächtigen Drachen bis zu kleinen Mäusen. Sie wirkten, als wären sie von einer weißen Kalkschicht überzogen und dann eingefroren worden.

„Wow", staunte sie ob der schaurigen Schönheit der Natur. Sie schwamm weiter durch die rätselhafte Höhle. Das Wasser wurde zunehmend seichter. Sie spürte bald mit ihren Zehen festen Boden. Vor ihr schien irgendetwas in der Dunkelheit hervorzutreten, was sie aufgrund des fahlen Lichtes ihres Projektionstricks nicht genau sah. Es wirkte von der Ferne wie die Pfeifen einer Kirchenorgel aus dem Kalkstein, die in die Wand der Grotte eingelassen war. Davor schien irgendjemand auf einem weißen Marmorquader zu sitzen. Mit dem Rücken zu ihr.

Von diesem Geschöpf erkannte Kore lediglich lange, weiße Haare. Wer oder was das war, blieb Spekulation, aber der Fischschwanz, der deutlich hervortrat, ließ es die Dämonin erahnen. Das musste einer aus dem Meeresvolk sein.

„Du hast mich hierher gelotst", sagte Kore plötzlich. Sie spürte die Anwesenheit einer weiteren Person. Nur sehen konnte sie sie nicht.

„Schlaues Kind", sagte die unbekannte Person auf dem Quader. „Du wärst mir nicht entkommen."

Sie drehte sich zu ihr um und Kore bemerkte seinen beschuppten Körper, der sich perfekt für den dauerhaften Aufenthalt im Wasser anpasste. Sein mit feinen blauen Schuppen versehenes Antlitz ließ schwach die ursprüngliche Herkunft erahnen. Stechende gelbe Augen traten aus seinen Augenhöhlen hervor. Sie musterten seinen Besuch genau.

„Den Schlangen entkommt auch ihr nicht“, konterte Kore kühn. „Ich weiß, was
ihr vorhabt. Ihr habt vor mich hier festzuhalten, damit die Schlangen euch in Ruhe lassen. Richtig?“

„Schlaues Kind“, wiederholte der Mann wieder. „Überall wo du warst, haben die
Schlangen zugeschlagen. Wenn ich dich zu meiner Gefangenen gemacht habe,
werden sie von uns ablassen. Du bist ein gutes Pfand.“

„Ich bin eure Lebensversicherung gegen eure Vernichtung“, antwortete Kore.
„Ihr solltet mich also gut behandeln.“

„Das muss ich nicht. Du musst nur am Leben bleiben und da hier auf Atres sowieso nichts stirbt, dürfte das auch nicht allzu schwierig werden.“

„Ich könnte einfach wegschwimmen.“

„Das wirst du nicht.“

„So? Und was sollte mich daran hindern?“

Kore hörte ein kurzes Lachen von ihm, als die Person in eine Art Tastatur vor
sich griff, was eine Tonfolge aus den Pfeifen entlockte, die Kore der Sinne be-
raubte. Ihr kam es vor, als zöge ihr jemand den Stecker. Sie sank kraftlos zusammen.

„Der Sirenengesang des Meeresvolkes“, hörte Kore eine vertraute Stimme.

Sie fand sich auf der Ausbilderebene wieder. Drag half ihr aus der Bewusstlosig-
keit auf. Er wälzte sich dazu aus dem Schlammbad, da Kore dort sein Cocktailglas stehen sah.

„Mein Kopf“, stöhnte Kore ächzend und fasste nach ihm. „Ich wusste nicht, wie
bösartig die Meermenschen sind.“

„Oh, das sind sie. Wir Dämonen hassen sie. Feuer und Wasser vertragen sich
nicht gut.“

„Wo ist Ipsy?“

„Die ist weg.“

„Was?“

„Kore, ich sag das nicht gerne, aber Ipsy war ganz schön verärgert, als du so abrupt von uns rausgekippt bist.“

„Hey. Was kann ich dafür, dass Jule mich mit Lysander verwechselt hat?“

„Mag sein, jedoch stellte sich Ipsy innerlich schon auf den Abschluss deiner Ausbildung ein. Du glaubst nicht, wie groß ihr Unbehagen war, dem entgegen zu fie-
bern und dann so was. Während einer Abschiedszeremonie einfach herausgeris-
sen zu werden. Das ist schon ein starker Tobak. So einen Abgang wünsche ich
keinem Ausbilder.“

„Aber der Apokalypto? Wer soll ihn mir beibringen, wenn nicht Ipsy?“

„Tja, das wäre jetzt mein Job, meinte sie. Sie zeigte ihn mir, jedoch kann ich ihn
als Dämon nicht ausführen. Das ist allein der schwarzen Fee, also dir, vorbehalten.“

„Also gut“, sah Kore ein. Es war nun zu spät zu trauern. „Wie geht er und was
muss ich beachten?“

„Also ...“, begann Drag und holte tief Luft. Er hoffte alles im Gedächtnis behalten zu haben, was Ipsy ihm anvertraute. „Der Apokalypto ist ein spezifischer Trick, den nur die schwarze Fee und die Ausbilder beherrschen. Wie aus dem Namen schon abgeleitet wird, läutet er Endzeitstimmung ein. Soll heißen, wenn ihn die schwarze Fee wirkt, ist es für den Betroffenen so, als ginge die Welt unter. Das Leben wird für ihn derartig hoffnungslos und zur Qual, dass er Selbstmord begeht. Was ebenso wichtig ist, ist, dass er einen Radius hat. Alles, was sich in Sichtweite von dir befindet, wird sich das Leben nehmen wollen. Nur du bist davon verschont.“

„Oh“, entfuhr es Kore beeindruckt.

„Auf Atres wirkt er nicht, da hier ja nichts stirbt. Auch die Schlangen töteten ja nicht, sondern verwandelten ihre Opfer in andere Geschöpfe oder Dinge um.“

„Und wie geht er?“

„Pass auf“, sagte Drag und stellte sich aufrecht vor ihr hin. Er winkelte beide Arme mit offenen Handflächen nach oben an und drehte sie nach unten.

„Das Leben ist wie spendendes Nass in deinen Handflächen. Es kann langsam zwischen die Finger hindurchrinnen, was dem Prozess des Alterns symbolisiert oder aber du kippst es aus. Und das tust du mit dieser Gestik.“

„Ich verstehe“, sagte Kore. „Ich kann ihn hier nicht ausprobieren.“

„Richtig. Deshalb lernst du ihn erst jetzt“, antwortete Drag und ging zu seinem Schlammloch zurück.

„Halt. Wir sind nicht fertig“, sagte Kore zu ihm. „Ich hab ein riesiges Problem. Der Meereskönig hat mich betäubt.“

„Ja, das hat er“, sagte Drag gelassen und stieg mit einem Fuß in sein Sprudelbad.

„Du musst mir helfen. Hast du etwas im Fundus, was mir hilft?“

„Nein“, antwortete Drag. „Kore, du hast alles, was du wissen musst bereits in dir. Ich bin aus einem einzigen Grund noch hier. Der Dämonenkönig wollte, dass ich dir die Dämonenkräfte zeige.“

„Aber dann müsste es welche geben, die ich nicht kenne.“

„Die Reifeprüfung der Dämonen läuft nicht so ab wie bei den Feen“, erklärte ihr Drag geduldig. „Du kommst oft in Schwierigkeiten, die du zunächst mit deinem bisherigen Können zu lösen versuchen solltest. Erst dann, wenn du keinen Erfolg hast, dann kannst du mich um Hilfe bitten, wobei ich dir keine Garantie gebe, ob es dir wirklich aus deiner Klemme hilft. Verstehst du?“

Kore senkte ihren Blick. Es arbeitete in ihr.

„In der Vergangenheit zeigte dir Ipsy mit ihren Tricks, wie du Hürde um Hürde überwindest. Aber nicht immer wird es für jede Schwierigkeit den passenden Trick geben. Verstehst du? Erst wenn du gelernt hast zu improvisieren, bist du bereit für den nächsten Clou. So bringen wir Dämonen unseren Schülern das Wissen der Kräfte bei. Sie müssen reinfallen, damit sie lernen wieder aufzustehen. Es ist ein hartes, aber sehr nachhaltiges Brot. Erst dann prägt es sich in deinen Fundus ein.“

Drag ließ sich in sein Schlammbad plumpsen und zog an seinen Cocktail. Kore setzte sich enttäuscht auf den vulkansandigen Boden und starrte zu Ipsys Kirschbaum, der nun leer und verlassen da stand. Er wirkte wie Tod, obwohl er in voller Blüte war. Es tat ihr weh, sich nicht von ihrer Lehrerin zu verabschieden.

„Es ist wichtig, wie wir voneinandergehen", sagte sie plötzlich. „Ob in Frieden oder in Unfrieden. Wenn ich in Frieden gehe, begegne ich dir jederzeit mit offenen Herzen wieder. Wenn ich in Unfrieden gehe, dann verschließe ich mir das Wiedersehen und der Schmerz wird mich beherrschen."

„Was willst du in mir erkennen?", fragte sie das Bild mit dem leeren Kirschbaum vor sich. Seine weißen Blütenblätter hoben sich von einem lauen Wind getragen davon, sodass es sich wie Daunenfedern über die Blumenwiese verteilte.

„Die Zeit des Blühens geht vorbei, damit ein Baum Früchte trägt."

„Und wenn ein Baum Früchte trägt, was tut er dann?"

„Er gibt sie weiter, damit sie genossen werden können. Ihre Samen kehren in die Erde zurück, um neu zu wachsen", sagte Kore wieder und sah auf.

Sie blickte in Ipsys Gesicht, die lächelte. „Du musst deine Früchte weiter geben", antwortete sie. „Du bist jetzt fertig. Deine Früchte sind reif."

„Ich brauche dich nicht mehr. Du wolltest, dass ich auch diese Lektion verstehe."

„Abschied ist nie wirklich, weil du geblüht hast."

„Ich war der Baum?"

„So gesehen ja", antwortete Ipsy. „Ich kümmerte mich um dich. Es wird Zeit, deine Suche abzuschließen. Egal, was geschieht, wenn du wieder wach wirst. Du bist die schwarze Fee. Salinos versucht sich dem Schicksal entgegenzustellen, aber er wird dich nicht festhalten können. Das Leben kann man nicht festhalten. Es wird sich ausdehnen. Aber zum Leben gehörst auch du."

„Ich bin der Tod."

„Nein, du bist die Transformation. Wie findet eine Frucht einen Boden, wenn man ihn nicht zuvor bereitet? Das tust du. Erst durch dich gibt es ewiges Leben."

Ipsy lächelte wieder, was Kore erwiderte.

„Jule ist die Erde und du bist die Sichel. So wie Gras seine Wurzeln schlägt, so kappst du ihre Halme, damit ihre Nachkommen einen bereiteten Boden finden. Ohne euch gibt es keine Transformation. Gibt es keine Entwicklung und kein Überleben durch die Zeit. Ihr seid. Salinos versteht das nicht und darum muss er gehen. Es geht nicht anders."

Kore verzog ihre Mundwinkel gewitzt nach oben. Unmerklich schoben sich ihre Ohrspitzen weiter nach oben, was aber trotzdem Ipsys Aufmerksamkeit nicht entging.

„Du bist jetzt fertig", sagte sie bewegt und setzte sich auf ihre Schulter. „Ich bin stolz auf dich."

„Ich werde dich nie vergessen und danke dir für alles."

„Ich weiß. Egal wie es ausgehen wird, es ist besser so. Wir durften einander begegnen und alles zu einem guten Ende zwischen uns bringen. Mehr kann man von einer Begegnung in einem Leben nicht erwarten."

„Ja", antwortete Kore und schrumpfte sich nun zu Ipsys Größe. Beide umarmten sich voller Hingabe. Sie ließen sich Zeit dabei und ließen ihren Gefühlen freien Lauf. Dann legte sich Kore nieder und schlief ein.

Zum ersten Mal nach langer Zeit durchlebte Kore wieder einen Traum. Sie wandelte auf einem dünnen Faden, der sich über einen gähnenden Abgrund spannte. Jeder Schritt von ihr saß, während ihr Messer, Beile und Rammböcke um ihre Ohren flogen. Geschickt wich sie ihnen aus. Sprang über die Geschosse hinweg. Immer den gespannten Faden entlang, bis er plötzlich riss und sie in die gähnende Tiefe fiel. Vor Schreck wachte sie auf. Die Dämonenprinzessin war erstaunt, als aus der Düsternis eine leise Stimme zu ihr sprach. „Sei ruhig. Bitte. Er darf nichts hören", sagte sie flüsternd. „Hab keine Angst vor uns. Komm."
Kore sah von der dunklen Gestalt nichts, die sie aus dem Schlummer weckte. Außer der Dunkelheit sah Kore nichts. War sie noch in der Grotte oder brachte man sie wo anders hin? Sie spürte lediglich eine Hand, die sie offenbar durch das endlose Nichts lotste. Die Hand führte sie in höhere Wasserschichten hinauf und durchbrach mit ihr dieses Mal die richtige Wasseroberfläche. Über sich erkannte Kore nun den Sternenhimmel. Er sah selbstverständlich anders aus, als der, den sie von der Erde kannte.
„Ruhig", sagte die Stimme wieder, die zu einem Meermädchen gehörte. Kore sah im fahlen Licht der Sterne ihre güldenen Haare schimmern. „Wir müssen hier weg, damit sie uns nicht bemerken."
Wortlos folgte Kore ihrer Befreierin, welche sie an die Steilküste des Festlandes mit seinen schroffen vorgelagerten Inseln brachte. Kore bemerkte aber, dass das Land hier flacher wurde, als dort, wo sie ins Meer eintauchte.
„Hier sind wir sicher", antwortete sie. Sie pfiff mithilfe ihrer Hände einen grellen Ton in die Nacht hinein.
Nur wenig später tauchten vor ihr fünf weitere Meernixen auf. Sie alle waren in dem schwachen Licht des Atresmondes kaum zu erkennen. Das Licht der Mondscheibe besaß Ähnlichkeit mit dem Erdenmond. Jedoch war sein Licht viel rötlicher. Dies lies alles in Kores Augen rötlich erscheinen.
„Mein Name ist Salina", antwortete das Mädchen vorsichtig. „Das sind meine zwei Schwestern und meine drei Brüder. Wir sind die Kinder von Salinos. Dem Meereskönig. Ich möchte mich für ihn entschuldigen. Es tut uns leid, wenn er mit dir so grob umgegangen ist."
„Ihr rettet mich? Aber warum?", fragte Kore erstaunt. „Ich bin doch ein Feind eures Vaters."
„Nein. Du bist nicht ein Feind", sagte Salina neugierig und sah sie voller Ehrfurcht an. „Du kommst aus einer anderen Welt. Eine Welt, die jenseits unserer Vorstellung liegt."
„Redet ihr etwa von meiner Heimat? Der Erde?"
„Erde heißt also der Ort, von dem du kommst", sagte Salina voller Neugierde.

„Ja. Er liegt dort draußen im Weltraum", sagte Kore erleichtert. Das Interesse der Kinder Salinos an dem Universum war offenbar größer, als ihre Furcht vor der drohenden Gefahr, die mit Kore in Verbindung stand.

„Weißt du Kore, wir leben schon sehr lange hier auf diesem Ort und es ist furchtbar für uns", sagte Salina. „Wir würden so gerne mal etwas anderes kennen lernen. Vater meint aber, wir wären allein für das Meer bestimmt und uns ginge es nichts an, was die da an Land tun."

„Kennt ihr denn die Prophezeiung nicht?", fragte Kore erstaunt.

„Ja, aber du bist doch nicht böse, oder?", fragte Salina geschockt.

„Nein, gewiss nicht", schmunzelte Kore. „Ich bin hier, weil ich das Rätsel um den Tod meines Bruders lösen will."

„Tod?", fragte Salina neugierig. „Was ist das?"

„Oh. Ich vergaß. Ihr kennt das ja nicht", fiel es Kore ein.

„Wir hörten von Erzählungen darüber. Aber wir wissen nicht genau, was das ist. Die Feen durchleben einen ähnlichen Zyklus. Wir Meermenschen müssen diese Prozedur nicht bestehen."

„Ich kann euch das schlecht beschreiben", sagte Kore, die allmählich zu verstehen begann, woher die Unwissenheit kam. Sie erklärte die Bedeutung des Todes, weil sie sich an Indreen erinnerte, mit seinen Worten. „Töten tut jemand, der einen anderem am Leben hindert. So wie wenn etwas austrocknet. So wie die Bäume an Land, deren Laub schon im Frühjahr fällt."

„So wie Vater, der dich einsperrte. Er tötete dich. Lähmte dich mit dieser Waffe von den Zauberern."

„Es ist schlimmer. Wie wenn ich nicht mehr aufstehen kann, wie wenn ich auf ewig bewegungsunfähig wäre."

Salina wurde still. Ihre Schwestern und Brüder auch, die ihr jedes Wort von den Lippen ablasen.

„Die Menschen auf meinem Planeten sterben, aber sie lernten, mit dem Tod umzugehen. Er gehört zu ihrem Leben dazu, weil dadurch eine Weiterentwicklung ihrer Art selbst möglich ist. Traurig müssen wir nicht darüber sein. Einem jeden gehört der Moment und daher freuen sie sich über jede Sekunde, die lebenswert ist. Erst der Tod gibt dem Leben seine Tiefe", erklärte Kore so gut es ging.

„Erzähl uns mehr über deinen Planeten", fragten die Kinder Salinos begierig. Kore erzählte ihnen von der Erde, was ihr in dem Augenblick einfiel. Von den Pflanzen, wie den großen Eichenhain, in dem sie mit Neko spielte. Von den Tieren, die sie im dreidimensionalen Zoo Chersons besuchte. Von den Menschen ihrer Zeit und von dem Leben, das sie miteinander führten. Sie erzählte ihnen vom Rat der Sechs, von den Berufen und den Technologien, die ihr alltägliches Leben bestimmte.

Staunend hörten die Meernixen zu und merkten nicht, wie es wieder auf Atres hell zu werden begann. Kore fühlte sehr bald, wie ihre Kraft in ihren Körper zurückfloss. Sie nutzte diese, um ein Teleskop auf der vorgelagerten Insel zu installieren. Dort warfen die neugierigen Kinder des Meeres einen Blick durch das weite All, solange es nicht vollständig Tag war. Sie staunten über das umfassende Wissen, das Kore über das Universum kundtat, und überschütteten sie mit Fragen dazu. Die Sonne kündigte ihre ersten Strahlen am Horizont an, als Kore über ihre Beweggründe erzählte, nach Atres zu kommen. Die Kinder des Meereskönigs verstanden, warum sie Kore ihren Weg gehen lassen sollten und sie beschlossen sie nicht weiter aufzuhalten.

„Gehe zur Huangdi", antworteten sie. „Wir selber meiden diesen Ort, weil ein jeder bewusstlos wird, wenn er sich ihm nähert. Vater handelt zwar mit denen, aber wir trauen ihnen nicht. Inzwischen versuchen wir Vater solange von dir abhalten, wie es geht. Aber wir können das nicht ewig tun. Er wird dich sicher bald mit seinen Kriegern suchen", sagte Salina besorgt zu ihr. „Seine Waffen stammen von der Huangdi. Sie sind sehr heimtückisch und wurden so manchem von dem Landvolk zum Verhängnis."

„Ich danke euch", antwortete Kore nicht ohne Rührung über die unverhofft glückliche Rettung.

„Nein", antworteten die Königskinder. „Wir danken dir. Erfülle deine Bestimmung. Unsere besten Wünsche sind mit dir. Vielleicht haben wir Angst vor dem, was da kommen wird, aber es gibt uns auch neue Möglichkeiten. Vielleicht werden auch wir durch diese Tat uns weiterentwickeln und diesem ewigen Krieg zwischen unseren Völkern ein Ende bereiten. Man verhindert nicht, was unausweichlich ist. Die Huangdi befindet sich ein Stück der Küste abwärts. Du wirst es gleich an seiner langen Form erkennen. Nimm dich in Acht vor den Zauberern dort. Sie sind sehr gefährlich. Sogar Vater fürchtet sich vor ihnen, obwohl er mit ihnen handelt."

„Danke für die Warnung", antwortete Kore. Sie verabschiedete sich von ihnen und kletterte auf einen Felsen. Dort flutschte sie ihre Flügel aus dem Rücken hinaus und erhob sich in die Lüfte. Sie winkte ihnen zum Abschied, was die Meernixen freudig erwiderten. Dann tauchten sie in die Tiefen des Ozeans hinab und Kore wandte sich ihrem Ziel zu. Sie folgte der Küstenlinie, die allmählich flacher wurde und weitläufigere Sandstrände aufwies.

Kapitel 15

Huangdi

In der Ferne sah die Feenprinzessin jene steil aufragende Formation, die auf den Betrachter der Stabinsel einen so befremdlichen Eindruck machte. Glatt geschliffen wie ein Diamant lag sie vor ihr. Je näher Kore dem seltsamen Eiland im Meer kam, umso deutlicher wurde es, was für eine beklemmende Stimmung von der Huangdi ausging. Seine Küste bestand nicht aus Stein, sondern aus einem einzig glänzenden Panzer, einem stählernen Material, das Kore so nicht kannte. Sie wusste zwar, dass gerade im Bereich der Metallveredelung zu ihrer Zeit auf der Erde geradezu unglaubliche Entwicklungen vorangetrieben wurden, aber Derartiges befand sich nicht darunter. Dann war da am äußersten Ende der steil aufragende Turm. Seine Form erinnerte Kore an etwas, dass sie einmal in der Menschheitsgeschichte las. Soweit sie wusste, erfuhr sie über die religiösen Kulte der früheren Zivilisationen vor dem „Mystischen Krieg", dass eine jede ein gewisses Symbol ihrer Erkennung besaß. Darüber recherchierte sie einmal ausführlich in der Mediathek der multimedialen Bibliothek in der Akademie und sah zur Veranschaulichung zahllose Bilder durch. Der Turm glich einer gigantischen Bischofsmütze, einer Mitra. Diese Kopfbedeckung trugen die geistigen Würdenträger des Christuskultes auf ihrem Kopf. Der Bau selbst verstrahlte eine kalte Aura in alle Lande. An seiner Spitze befanden sich lange Antennen, die weit in den Himmel hinauf ragten. Jedenfalls wirkten diese Konstruktionen für Kore so, als ob es Antennen wären. Aber ihre Funktion musste eine andere sein. Die Dämonenprinzessin stellte sich nicht vor, dass die Zauberer mit einfachen Radiowellen arbeiteten. Ihr war daher schon jetzt klar, dass sich diese Bewohner von den anderen Völkern auf Atres enorm unterschieden.

Kore lenkte ihren Flug auf die ehemalige Basis der außeratrischen Ankömmlinge. Dabei bemerkte sie am Strand ein Gebilde, das sie im Transpati der Seherin schon einmal wahrnahm. Es war die gigantische bronzene Hand, dessen Zeigefinger in den Himmel deutete. Das Landungsdenkmal der Ankömmlinge. Das Gebilde ruhte auf einem massiven Sockel, der sich nach irgendetwas im Himmel ausrichtete. Kore vermutete, dass er auf den Ursprung der Siedler deutete, um zu zeigen, woher sie kamen. Dem Sockel fügte die Zeit offenbar keinen Schaden zu. Er bestand aus einem Metall, das Kore nicht kannte. Sie vermutete aufgrund der Tönung, dass es sich um die Legierung handelte, die sie bereits auf der Erde mit ihrem Elementar abkühlte. Die Finger der Riesenhand waren fein gearbeitet. Man sah sogar die Hautrisse und Rillen, die die bronzefarbene Oberfläche durchzogen. Auf dem Zeigefinger des Denkmals saß jemand, mit dem sie am Allerwenigsten rechnete. Sie erkannte sie sofort an ihren rostroten Haaren und dem Schneidersitz, mit dem sie den Tag willkommen hieß. Die Strahlen der Morgensonne hüllten Jule ein, was sie erscheinen lies, als wäre sie gerade neu geboren.

„Jule?", fragte sie ungläubig und flog an sie heran. Glaubte sie doch, die Seherin behielt Recht und die Schlangen fielen auch über sie her.

„Jule. Die Schlangen. Du bist nicht verwandelt?"

Kore bremste ab und sah, dass Jule in sich ruhte. Sie war ganz bei sich und nahm Kore nicht wahr. Ihre Augen waren geschlossen, ihr Rücken aufrecht, ihr Atem regelmäßig. Kore wusste, dass es keinen Zweck hatte, jetzt mit ihr das Gespräch zu suchen. So setzte sich direkt hinter sie und wartete geduldig ab. Sie fragte sich wenig später, ob es überhaupt Sinn machte, sie nochmals anzusprechen. Diesen Gedanken verwarf sie und beschloss stattdessen, es ihr gleich zu tun. Während die Sonnenstrahlen des Morgens das Antlitz Jules beleuchteten, warf sich ihr Schatten auf Kore, welche ihr Gesicht zur abgewandten Seite des Abends ausrichtete. Dort verabschiedete sich die Sonne vom Tag und versprühte ein warmes sattes Rot. Ganz im Gegensatz zu dem leuchtend Hellen des Morgens. Vor ihr lag die Huangdi im seichten Meer. Pechschwarz gleich eines in sich alles verschlingenden Loches. Von hier aus wirkte der Ort wie ein Friedhof, um den man bei finsterer Nacht lieber einen Bogen machte, anstatt in seine Nähe zu gelangen. Die Wellen des Ozeans brachen sich an dem ehemaligen Raumschiff und machten ein grollendes Geräusch hörbar.

Plötzlich sagte Jule zu ihr: „Jeden Morgen wird die Sonne neu geboren."

Und Kore antwortete ihr: „Dabei war sie nie weg."

„Nur der Planet hat sich weiter gedreht."

„Es kommt einem nur so vor, als ob ein Tag endet."

„Dabei ist die Nacht ebenso bedeutsam wie der Tag."

„Ohne Nacht keine Freude auf den Morgen."

„Ohne Morgen, keine Freude auf den Tag. Weißt du, was ich glaube?"

„Was?"

„Das dies alles dazu gehört. Ich sollte dir begegnen, um dir zu helfen, dich selbst zu erkennen. Dein Kampf gegen die Ors, der Tod deines Bruders, deine Reise nach Atres durch mich. Weißt du, mir ist es ähnlich ergangen, als ich zur Fee wurde. Ich wusste nach meiner Ausbildung mit mir nichts anzufangen. Wusste nicht, wer ich bin. Um mich selbst zu finden, flog ich in die Wüste und bin dort diesen Leuten begegnet, von denen ich dir erzählte."

„Nur ich war nie in der Wüste."

„Nein, du konntest nicht wie ich sein. Du musstest auf andere Art und Weise zu dir selbst finden. Mich hast du getroffen, um einen Gegensatz kennenzulernen. Ohne Gegensatz kein Vergleich. Ich wählte die Einsamkeit um mich zu finden und du hast dich für die Gemeinschaft deiner Freunde entschieden, denen du dich zunächst nicht offenbaren konntest."

„Willst du mit mir zur Huangdi fliegen?"

„Das kann ich leider nicht", seufzte Jule bedauernd. „Du weißt, dass dort der Abend ist und der Abend gehört dir."

„Die Abkömmlinge der Erde sind dort. Jedenfalls das, was von Ihnen übrig ist", antwortete Kore mit Blick auf die Huangdi. „Die Seherin zeigte mir mit dem Transpati, was damals am See geschah."

Jule ging nicht näher darauf ein.

„Dass wir beide jetzt miteinander sprechen, ist kein Zufall. Die Schlangen verschonten mich. Lysander und Maluk sind von ihnen verwandelt worden. Lysander wurde zu einem Baum, Maluk zu einem Stein. Ich weiß nicht, warum sie es taten, aber ich glaube, dass dies Absicht war. Sie könnten ohne weiteres über mich herfallen, aber sie taten es nicht. Daher weiß ich, dass jemand wollte, dass wir jetzt miteinander dieses Gespräch führen.“

„Wozu?“

„Genau diese Frage stellte ich mich auch. Vielleicht geht es gar nicht um deinen Bruder. Vielleicht geht es um dich. Ich erinnerte mich, wie gesagt, wieder an meine Zeit, als ich zur Fee wurde. Indem, dass du dich als Fee erfährst, bereitest du den Weg der Zukunft. Ich griff durch mein Handeln in die Geschichte der Menschen ein, ohne dass ich wusste, wie. Erst durch dich im Transpati erfuhr ich, was mein Tun bewirkte. Der junge Mann in der Wüste mit dem platten Reifen. Ich erzählte dir das nicht. Sein Name war Mizia. Ich weiß es, weil ich seinen Namen in der Windschutzscheibe des Pick-ups las.“

„Der Junge unter dem Baum, den du gerettet hast?“

„Ich erfuhr nie seinen Namen. Ich weiß nur, dass er aus Mexico stammte. Aber als ich den Transpati durch dich erfuhr, sah ich, dass du die Biografie des Generals Tomps kanntest. Darin stand, dass ein Vorfahr von ihm Jacinto hieß und von Mexico in die USA einwanderte und dort eine gewisse Rosita Tomps heiratete.“

„Indem, dass du ihm das Leben gerettet hast …“

„… habe ich in die Geschichte eingegriffen. Auch Joshua und Bess zum Beispiel. Mein Geschenk an sie führte zur Entwicklung des Fusionsmobils. Sogar mein eigenes direktes Handeln blieb nicht ohne Folgen. Meine Umpolung der Erde trug zur Änderung der Energiepolitik bei. Meine Begegnung mit Sellerfield löste den "Mystischen Krieg“ aus. Und nun brachte ich dich nach Atres, um mein Kapitel abzuschließen, dass ich niemals vollständig kennen werde. Mir ist es nicht bestimmt, das Ende zu lesen, wenn es denn ein Ende gibt. Durch mein Handeln bereitete ich den Boden für eine neue Entwicklung, auf dem du jetzt säst. Nichts anderes tust jetzt auch du.“

„Dann begleite mich zur Huangdi und lass uns gemeinsam das Kapitel beenden.“

„Das kann ich nicht“, sagte Jule. „Wie ich dir schon sagte. Huangdi gehört dem Abend. Also dir. Du siehst die Schlangen nicht. Sie sind bereits rings um uns und sie werden über mich herfallen, sobald du zur Huangdi fliegst.“

„Dann bleibe ich eben hier. Ich will dich ihnen nicht überlassen.“

„Du weißt, dass du dorthin musst. Wenn du es nicht tust, hängst du in deiner Entwicklung fest. Und das kannst du nicht, weil alles dazu bestimmt ist, sich weiter zu entwickeln. Du musst mich gehen lassen.“

Kore wurde es schwer ums Herz. Sie wusste, dass Jule Recht hatte.

„Hast du keine Angst?“, fragte sie.

„Die Gebissenen wurden verwandelt aber nicht getötet. Ich glaube, dass das einen guten Grund hat. Der, der die Schlangen schickte, ist nicht an unserer Vernichtung interessiert. Er will unsere Energie.“

„Wozu?"

„Um das zu erfahren, musst du zur Huangdi. Das ist auch der Grund, warum du nicht hier bleiben kannst. Bringe den Tag zu Ende. Auf jeden Abend folgt die Nacht."

„Auf jede Nacht ein neuer Morgen. Die Seherin sagte auch, dass dies mit der Mission der Erdlinge zusammenhängt, als sie nach Atres kamen. Sie selbst kannte sie nicht."

„Darum bist du hier. Durch mich. Bevor wir uns trennen müssen, wollte ich dir sagen, dass ich dich liebe", antwortete Jule traurig. „Das ist mir wichtig, Kore. Lysander empfindet es wie ich und ich überbringe auch dir diese Botschaft von ihm."
Kore ließ ihre Worte auf sich wirken. Sie wusste die Unterhaltung nicht weiter fortzusetzen, denn was sollte sich noch austauschen lassen? Sie stand auf, flog vor Jules Antlitz und blickte ihr tief bewegt in die Augen. Jules Mine verriet, dass ihr Inneres im Angesicht des Abschieds trauerte, aber gefasst war auf das, was kam.

„Es ist wichtig, wie man geht", sagte Kore plötzlich und küsste sie auf die Stirn. Sie umarmten sich inniglich zum Abschied. „Ich lasse dich los."

„Nur dann bist du wirklich frei", antwortete Jule mit einem Lächeln auf den Lippen.

„Wenn du bereit bist, Leben zu geben, wirst auch du leben", sagte die Geburt zum Tod.

„Ich werde dich auffangen", antwortete ihr der Tod. „Ich danke dir für alles."
Kore ließ sie ihre Feenfreundin los. Sie hob sich wehmütig in die Höhe und blickte voller Liebe auf sie zurück. Sodann flog sie auf die Huangdi zu. Sie wandte sich nicht um, als schrilles Kreischen die Luft erfasste und die fliegenden Schlangen über Jule herfielen. Es gab keine Trauer mehr in ihr, keine Angst und kein Bedauern. So, als wüsste sie, dass diese Begebenheit dem Zweck ihrer Selbsterkenntnis diente, derer sie entgegenflog.

Kore landete auf einen der Huangdi vorgelagerten Felsen. Sie materialisierte sich ein Fernrohr, mit dem sie neugierig von sicherer Entfernung die stählerne Oberfläche der Festung ausspähte. Nichts zeigte sich auf der glatt polierten Front. Kein Fenster, keine Luke. Kein Funken von Leben rührte sich dort. Aber die äußere Beschaffenheit des Raumschiffs erinnerte sie an irgendetwas.

„Gut. Wenn sich niemand der Huangdi fliegend nähern kann ...", sagte Kore entschieden", ... dann müssen wir es eben auf die irdische Methode machen."
Sie rüstete sich mithilfe ihres Elementars mit allen Utensilien aus, die sie für die Besteigung der Insel und zur Anlandung zu brauchen glaubte. Vor allem ein Seil und elektromagnetische Haken.

„Ich hole mir mal das Ei zur Sicherheit hervor", sagte sie sich an die Waffe des Rates erinnernd. „Technisch scheinen die Erdlinge voll auf der Höhe zu sein. Wenn dort eine Fee oder ein Dämon nichts ausrichten kann, dann will ich sie lieber dabei haben."
Sie öffnete im Geiste das Geheimfach des Archivars und holte sich, an das Ei erinnernd, den Gegenstand in ihre Hand. Behutsam legte sie die Waffe in eine von

ihr materialisierte Tragetasche. Dann machte sie sich ein kleines Holzboot und tuckerte mithilfe eines Fusionsmotors so nahe wie möglich an die stählerne Wand der eisernen Insel heran. Dort benutzte sie ihre Magnethaken, die dank der Beschaffenheit auf der metallenen Oberfläche hervorragend hafteten. Wie mit einer Steigleiter schob sich Kore Meter um Meter nach oben, wobei sie sich mit dem Seil vor einem drohenden Absturz sicherte. Durch Beharrlichkeit und Geduld überwand die Dämonin geschickt die steil abfallende Klippe. Da Kore ein Leichtgewicht war, erwies sich die Kletterei als weniger anstrengend.

Die Oberfläche von Huangdi wirkte so kahl und schmucklos wie eine Wüste. Überall sah die Dämonenprinzessin drahtige Gebilde aus dem Inneren der Festung in den Himmel ragen. Sie waren wesentlich kleiner, als ihre Artgenossen auf der Turmspitze. Auf ihre Funktion wusste sie sich dennoch keinen Reim zu machen. Die Beklommenheit des Ortes aber machte dem Mädchen doch ein mulmiges Gefühl. Ihre Wahrnehmung wurde dadurch auf das Äußerste angespannt. Kore eilte leichten Fußes über die Oberseite zum Fuß des mächtigen Turms, der als markantestes Aushängeschild der Insel galt. Ihn sah sie sich näher an. Ihre Füße fühlten den aufgeheizten Untergrund nicht. Er gab eine starke Wärme ab, da sie die Luft über ihn flimmern sah. Als Dämonin machte ihr die unerträgliche Hitze der Deckplatten nichts aus. Eine jede Fee wäre von sich aus wieder ins Meer gesprungen. Feen hassten Hitze wie die Pest und kam ihnen einem Tanz auf der heißen Herdplatte gleich. Der Bau des mysteriösen Turms war ein bizarres Gebilde aus lauter dünnen Stangen. Er wirkte wie die mächtige Stahlkonstruktion einer gewaltigen Antenne in Form jener Bischofsmütze. So ein ähnliches Bauwerk glaubte Kore schon einmal gesehen zu haben. Als sie einmal in der digitalen Bibliothek der Akademie über Architektur stöberte, kam ihr unter der Rubrik „wegweisende Bauwerke" der Eiffelturm der einstigen Metropole Paris unter die Augen. Sein Erbauer bewies mit ihm, dass es möglich war, ein Bauwerk ausschließlich aus Stahl zu errichten. Der Turm der Huangdi wirkte ähnlich wie jene Meisterleistung der Ingenieurstechnik. Nur dass er wesentlich schmäler und aus einem Metall bestand, das der Errungenschaft des Stahls weit überlegen war. Kore blickte in der Hoffnung seine Spitzen zu sehen nach oben. Seine Enden schienen sich im Blau des Himmels zu verlieren.

Ihre Augen suchten nach einer Möglichkeit, den seltsamen Turm zu besteigen. Wenn die Huangdi tatsächlich von Weltraumfahrern erbaut wurde, gab es so etwas wie Trittsprossen. Sie ging den Sockel des Turms entlang, bis sie auf Nischen in seiner Seite stieß, auf der ein Fuß gut Platz fand. Ihren Verlauf nach oben folgend, erkannte sie, dass sich im Turm offenbar mehrere Plattformen befanden. Sie sah in verschiedenen Höhen breite Einstiegsluken. So gelangte sie vielleicht in das Innere des Schiffes. Entschlossen stieg sie die Steighilfen hinauf, bis sie auf die erste Ebene des Turms kam. Der Ort wirkte wie eine großräumige Terrasse, von der man einen fantastischen Ausblick über die Bucht und auch das Landungsdenkmal hatte.

Kore spürte den warmen Wind durch das breite Stockwerk pfeifen, der sich darin verfing. Interessanterweise sah sie auch dort niemanden umherirren.

„Komisch. Warum ist hier keiner?", fragte sie sich ratlos. Ihr fiel aber sofort ein schlanker Tisch auf, der inmitten der Plattform stand. Sie näherte sich ihm. An irgendetwas erinnerte er sie.

„Aber ja", kam es ihr plötzlich und fuhr mit der Hand über einen Sensor. Sie erkannte in ihm eine Art Terminal wieder, dessen Aufbau ihr schon in der digitalen Bibliothek der Akademie von Presson vertraut war. In der multimedialen Bücherei standen solche Geräte haufenweise herum. Sie dienten für die Schüler zur plastischen Lernunterstützung.

Kore aktivierte das Pult, so wie sie es von der Akademie kannte mit einem Händedruck auf seine Oberfläche. Interessanterweise veränderte sich die Handhabung der Technik des Mediaprojektors nicht wesentlich. Sie kam daher ohne große Probleme mit der Steuerung zurecht. Bald leuchtete ein Menü auf, das sich offenbar mit Allgemeinbildung befasste. Etwaige Informationen über Atres und der Huangdi selbst, wie ein Bauplan oder ein Wegweiser waren zu ihrem Erstaunen nicht darauf abgelegt. Obwohl sie nach so etwas wie einem Index suchte, fand sie nichts, was über die Gliederung des Systems Aufschluss gab. Auch wüsste sie zu gerne, warum das Schiff diesen doch recht merkwürdigen Namen trug. Schon bald stieß sie bei ihrer Recherche auf eine Erläuterung des Schiffnamens. Das Wort Huangdi bedeutete in der Tat etwas. Dort wurde ausgeführt, dass es sich um den Teil eines Herrschernamens aus der Frühzeit der Menschen handelte, der übersetzt „Gottkaiser" bedeutete. Mehr stand dazu nicht geschrieben.

„Gottkaiser?", entfuhr es Kore aufmerksam und versuchte sich an den Geschichtsunterricht auf der Akademie zu erinnern.

Zu Kores Zeit gab es aus der Frühzeit der Menschen kaum Informationen. Während des mystischen Krieges ging vieles von dem verloren, was die Vorfahren einst in detektivischer Kleinstarbeit zusammentrugen. Die Historiker zu Kores Zeit zeichneten daher nur ein grobes Bild jener Vergangenheit, für die sich Kore nun interessierte. Es gab einmal auf der Erde riesige Reiche, die gottgleiche Herrscher mit Gewalt zusammenschmiedeten. Dabei war es egal, ob sich deren Machthaber Pharao, Inka oder eben Huangdi nannten. Sie alle hatten gemein, dass sie ihre Herrschaft von ihren Staatsgöttern legitimieren ließen. Aber nur deshalb um sich und ihre Entscheidungen unantastbar zu machen. Kore ließ sich diese Information auf der Zunge zergehen.

„Sie nennen ein Schiff Gottkaiser?", fragte sie sich und versuchte mehr darüber herauszufinden. Bald fand sie eine grobe Karte der Oberflächenstruktur von Atres und eine Art Chronik, die offenbar die Geschichte der Raumfahrer enthielt. Kore öffnete sie mit einer winkenden Gestik ihrer rechten Hand. Vielleicht löste sie so das Rätsel um die Besiedlung von Atres. Just hörte sie die elektronische Computerstimme aus dem Terminal, welches die einer reifen Frau war: „Welchen Teil der Chronik, willst du hören?"

„Huangdi. Was bedeutet der Name?"

„Gottkaiser", antwortete das Terminal.

„Wie kam das Schiff zu seinem Namen?"

„Welches Schiff?"

„Die Huangdi", wiederholte die Userin.

Kore machte sich klar, dass sie mit einem Computer sprach. Sie fragte daher anders, als sie es bei Menschen machte.

„Die Huangdi benannte sich nach einem Gottkaiser aus der Vorzeit der Menegerit. Der Namensgeber hieß ursprünglich Zheng, doch er gab sich nach seinem Sieg über seine Rivalen den Namen Qin Shi Huangdi, was übersetzt erster Gottkaiser von Qin bedeutet. Das Schiff bekam seinen Namen von der Weltraumkommission des Planeten Erde. Man rüstete zwei weitere Schiffe mit den Namen Pharao und Inka aus."

„Wozu?"

„Sie dienten der Erforschung und Besiedelung des Alls."

Kore genügte die Antwort des Computers nicht. Sie nahm sich daher vor, die Chronik weiter ins Visier zu nehmen.

„Die Chronik bitte ab Anfang vorlesen", sagte Kore klipp und klar zum Computer. Sie erkannte, dass das System über eine Spracherkennung verfügte.

Kaum legte sie den Menüpunkt fest, begann der Computer den in ihm abgelegten Eintrag zu säuseln: „Welchen Ursprung die Menegerit haben, ist nicht genau bekannt. Er liegt lange vor dem "Mystischen Krieg „…"

„Moment. Zwischenfrage "Mystischer Krieg ..." unterbrach Kore den Computer hellhörig geworden. Sie hörte dieses Wort zum ersten Mal im Waisenhaus von Presson, als Miss Conners über die Vergangenheit der Menschheit eine Unterrichtsstunde abhielt. Leider war sie damals erst vier und verstand etwa die Hälfte von ihrem Vortrag. Später erzählte ihr Thomas über den "Mystischen Krieg" und den bekannten Daten aus der Vorzeit. Mit den Daten aus der Vorzeit gab es so seine Schwierigkeiten. Das Wissen dazu war nämlich äußerst lückenhaft. Zwar gelang es den Historikern in groben Zügen die Menschheitsgeschichte dieser Epoche wieder zu rekonstruieren, doch Details wie über die Frühgeschichte des Menschen fehlten. Man wusste zwar, dass die ersten Reiche der Menschen andauernd Kriege gegeneinander führten, aber weder wusste man wie sie das taten oder wann genau das war. Die lückenhafte Dokumentation der Vergangenheit durchzog sich bis zu der Stelle mit dem „Mystischen Krieg." Ab der Tompschen Ära gab es wieder detaillierte Aufzeichnungen. Jedenfalls zu Kores Zeit. Da der Computer aus einer anderen Epoche stammte, war dies anders.

„Erzähl mir etwas über den "Mystischen Krieg", befahl Kore dem Computer und wollte sich davon überzeugen, dass sich diese Bezeichnung auf die einstigen Geschehnisse auf der Erde bezog.

„Den Krieg des Glaubens", strich der Computer heraus und fuhr fort. „Lange bevor sich die Menegerit aufmachten das All zu erkunden, stritten sich ihre Führer über die Anschauung der Welt und des Kosmos. Da sie unterschiedlicher Auffassung waren, mündete ihr Zwist in der Auslösung des „Mystischen Krieges", welcher mit dem Massenmord von nahezu vier Fünfteln der Erdbevölkerung durch den abtrünnigen General Phileas Tomps endete. Nach der tompschen Ära ordneten sich die Städte neu und beschlossen ein Programm zur Erforschung der …"

„Tompsche Ära", warf Kore nun hektisch in den Erzählfluss des Computers dazwischen. Es ging ihr zu schnell voran. Außerdem fasste sie nicht, was sie da gerade an Wortschnipseln hörte.

„Tompsche Ära. Eine kurze Epoche aus der Vorzeit der Menegerit. Benannt nach General Phileas Tomps, welcher den "Mystischen Krieg" durch den Massenmord von nahezu Vierfünftel der Weltbevölkerung beendete. Errichtung einer Diktatur und letzte Regierungsform vor dem Netzwerkkontrollrat der freien Städte von …"

„Halt, halt", wandte Kore energisch dazwischen ein. „Erzähl mir vom Rat der Sechs?"

„Rat der Sechs", wiederholte das Terminal kühl und machte eine verdächtige Pause. Offenbar lies ihr Einwurf den Computer im Hintergrund das Register aller vorhandenen Einträge durchgehen.

„Kein Eintrag gefunden", sagte das Terminal nach wenigen Sekunden trocken.

„Das gibt es nicht", zischte Kore mit aufkommendem Groll. Nun wollte sie es erst recht wissen.

„Was weißt du über General Tomps."

„General Tomps, Phileas", begann das Gerät wiederum. „Potentat, Alleinherrscher. Errichter der tompschen Diktatur und Begründer der tompschen Ära. Machtergreifung durch Einsatz der Nanotechnologie, welche den „Mystischen Krieg" durch den Massenmord von nahezu Vierfünftel der Weltbevölkerung beendete. Neuordnung der Welt durch die tompschen Gesetze, die erst von dem Netzwerkkontrollrat außer Kraft gesetzt wurden, was den eigentlichen Beginn der Menegerit markiert …"

Während der Computer gemäß der Anfrage den Inhalt seiner Datenbank preisgab, stand Kore mit offenem Mund da. Sie unterbrach den Computer nicht mehr in seinem Redefluss. Sie fasste es einfach nicht, dass er ein wichtiges Kapitel der Ereignisse auf der Erde einfach ausblendete. Kein Wort fiel über die Ors. Kein Wort über den Rat der Sechs, der über 240 Jahre die Geschicke der Menschen mitgestaltete.

„Die tompschen Waisenhäuser, darüber müsste doch etwas geschrieben stehen", unterbrach Kore immer ungeduldiger werdend den Computer.

„Tompsche Waisenhäuser?", registrierte das Terminal den Einwurf und ging erneut das Register durch.

„Kein Eintrag gefunden", lautete regungslos die Antwort des Terminals.

Kore stand ungläubig vor dem Gerät. Sie musste das träumen.

„Es klingt so, als ob es den Rat, meine Brüder und Schwestern nie gab. Wie ist das möglich? Ich verließ doch eben erst die Erde. Sie lösen sich doch nicht einfach in Luft auf", erschauderte sie entsetzt. Sie erinnerte sich an die Worte ihres Dozenten auf der Akademie, der in der Kosmologie sagte: „Rein theoretisch sind sogar Zeitreisen möglich. Wir entwickelten nur nicht die Technologie dafür."

„Zeitreisen", rief sie plötzlich laut aus. „Sie schafften es tatsächlich, die Zeitreise zu entdecken", schlussfolgerte Kore laut, was das Gerät vor ihr aufschnappte.

„Zeitreise. Der Zeitsprung. Entwicklungsprojekt der Netzwerkstädte", erklärte das Terminal. „Als Entdecker des Zeitsprungs gilt das Forscherpaar Boris und Chausette Onaka."

„Was?", horchte Kore überrascht auf und schob sofort nach: „Erzähl mir mehr über die Onakas."

„Forscherpaar zu Beginn der Menegerit. Die Führer der Netzwerkkontrollstädte richteten das Forschungsprojekt des Zeitsprungs im Rahmen der Weltallerforschung mit einer Expeditionsreise irdischer Auswanderer zu erdähnlichen Planeten ein. Die Onakas gehörten einem Team an, das eine Reisemethode durch den Kosmos fand. In mehreren Experimenten wiesen die Onakas nach, dass mithilfe starker Gravitationskräfte von schwarzen Löchern Zeitsprünge möglich sind."

Kore dachte unweigerlich an die Worte Jules beim Landungsdenkmal. Mit ihrem Handeln im Schwimmbad brachte sie die beiden zusammen und ermöglichte so ihren wissenschaftlichen Erfolg. Sie wusste im Augenblick nicht mehr, ob sie darauf wirklich stolz sein konnte. Nun wollte sie erst recht mehr über dieses Projekt der Netzwerkstädte erfahren und was es mit dem Begriff „Menegerit" auf sich hatte. Wieso nannten sich die Auswanderer nicht mehr Menschen?

„Definiere Menegerit", wies Kore das Terminal an.

„Menegerit. Der Begriff leitet sich von den Wörtern Mensch und Meriten ab. Definition Meriten bedeutet hier „Gutes Werk", also Menschen, die gute Werke tun."

„Wie entstanden die Menegerit?"

„Als Anfangszeitpunkt der Menegerit gilt die glühende Spur von Presson. Eine Metalllegierung ungewöhnlicher Härte und Eigenschaften, die zwischen den irdischen Siedlungen Presson und Cherson verlief. Sie ermöglichte erst den Bau der Mitriasklasse für die Auswanderermission."

Diese Auskunft machte Kore umso neugieriger. Immer mehr zeichnete sich ab, dass ihr Handeln auf der Erde massiv in die Geschichte eingriff. Nun erkannte sie auch, woran sie die Hülle der Huangdi erinnerte.

„Erzähl mir mehr über die Expedition der irdischen Auswanderer", forderte Kore gepackt den Computer auf.

„Auswanderermission zur Besiedlung des Weltalls und der Suche dem ewigen Leben. Ausgerüstet durch die Netzwerkstädte. Bau von drei Raumschiffen der Mitriasklasse im Orbit. Eines davon ist die Huangdi auf der du dich hier befindest. Die Raumschiffe durchflogen den Raum und die Zeit. Quer durch das gesamte Universum. Sie fanden das ewige Leben nicht. Die Expeditionsleitung kam zu der Erkenntnis, dass die Unsterblichkeit nicht an einem Ort zu finden sei. Sie verteile sich durch alle Dimensionen eines jeglichen Raums. Aber man könne sie bündeln. Mithilfe einer Art Magneten. Auf Gamma Neun, zu einer Zeit, lange vor den mystischen Krieg, gab es eine geeignete Konstruktion für dieses Vorhaben."

„Atres", murmelte Kore, der nun das Licht aufging. Sie musste sich setzen, während das Terminal Weiteres dazu erzählte. Wie traumatisiert lauschte sie den weiteren Werdegang der Menschheit und ihre Umwandlung in die Menegerit nach ihrer Zeit auf der Erde.

„Mit der Mission wurde der Weltraumforscher Brian Mc Leary beauftragt, welcher in Folge der langen Reise im Weltraum verstarb. Erst seinem geklonten Sohn Donald Mc Leary gelang die Errichtung des Magneten auf Gamma Neun und seine Aktivierung."

„Was ist dann passiert?"

„Keine weitere oder neuere Eintragung mehr vorhanden", antwortete das Terminal trocken. „Du bist am Ende des Textes angekommen."

In Kores Kopf kreisten ihre Brüder und Schwestern. Die Menegerit waren also Abkömmlinge der Erdlinge, die offenbar auf Atres landeten, um die Unsterblichkeit mithilfe der Ewigkeit des Raumes zu erlangen. Sie durchreisten die Zeit, um hierher zu kommen. Ihr Vorhaben schien nicht geglückt zu sein. Aber was Kore mehr verblüffte, war die vollständige Ausklammerung des Rates der Sechs aus der Geschichtsschreibung. Führte der Rat nicht die Aufbaupolitik des Generals Tomps erfolgreich fort? Wirkte er nicht maßgeblich an der Sicherung der Verhältnisse auf der Erde mit? Und nun war er aus der Erinnerung der Menschen getilgt wie ein Nichts. Nur der Name Tomps fand in der Geschichtsschreibung seinen ewigen Eintrag. Sein Wirken stand felsenfest in der Vergangenheit. Er wurde mit dem Massensterben am Ende des mystischen Krieges in Verbindung gebracht und diesen dunklen Fleck brachte er nie mehr los. Es war sein Schicksal, so wurde es Kore bewusst. Tomps ahnte dies damals offenbar, dass die Nachwelt seine Taten nie vergessen wird und dass sein Name für milliardenfachen Mord stand. Kore fing an zu weinen, als sie darüber ins Grübeln kam. Dass erst die Entscheidung von Tomps der Menschheit eine gewisse Zukunft ermöglichte. Das stand in keiner Weise vermerkt. Kein Wort fiel über sein Engagement und der Übernahme der Patenschaft der zahllosen Waisen, die der Krieg hinterließ. In der Geschichtsschreibung überlebten vor allem seine Gräueltaten. Wer Gutes tut, vergeht in der Bedeutungslosigkeit der Historie, anstatt dass jener Anerkennung und Vorbildfunktion erfährt. Kore fühlte, wie emotionslos die Geschichtsaufzeichnung sein konnte. Sie schreibt sich akribisch alles auf, was die Handlung der Personen und die Ereignisse hergeben. Sie erwähnt für die Nachwelt nur das, was in den Köpfen der vergangenen Generationen haften blieb und was die neue Generation darüber erfahren durfte. Eben nicht alles. Nur was der jeweiligen Epoche ins Bild passte. Etwas, was Kore den Schauder überkommen lies. Wie soll man nach der Wahrheit suchen, wenn sie formbar wie ein Kautschukball blieb. Es half nichts. Die Antwort zur Suche nach der Wahrheit war schwer zu verdauen.

„Was ist damals passiert, als sie den Magneten auf Atres einschalteten?", fragte Kore das Terminal, doch dieses Mal kam die Antwort nicht aus dem elektronischen Helfer.

„Vielleicht sagst du es mir", antwortete ihr jemand, dessen lautloses Anschleichen Kore entging, weil sein Körper so gebaut war, dass er nicht das kleinste Geräusch von sich gab.

311

Wie erstarrt blickte Kore auf ein spinnenähnliches Wesen, das sich zum Eingang der Ebene herein schob. Es besaß acht stählerne Beine und einen Körper, der an die kleinen Bewohner in versteckten Hausnischen erinnerte. Dort wo der Kopf saß, starrte ein blankes Gehirn mit Augen auf Kore nieder.

„Wir wissen genau, wer du bist", sagte das schaurige Wesen zu Kore mit elektrischer Unterstützung.

„Warum habt ihr das getan?", fragte Kore ihn fassungslos.

„Was meinst du?", blaffte die Spinne wütend die Dämonin an.

„Die Unsterblichkeit suchen. Die Ewigkeit einzufangen. Warum?"

„Gibt es denn etwas Höheres als Unsterblichkeit? Dann wären wir wie ein Gott. Etwas das über dem Leben und dem Tod steht", schallte es ihr wahnsinnig entgegen und das Wesen lachte höhnisch. „Und du, du hast etwas, das wir wollen."

„Ich habe überhaupt nichts."

„Oh, doch. Es ist in deinem Körper, kleine Dämonin. Deine Kräfte. Hier hilft dir deine Kraft nichts. Aber wenn wir sie dir aus dem Leib mit unseren Magneten auf der Huangdi ziehen, wird es uns helfen unsere Mission zu erfüllen, die Unsterblichkeit ein für alle Mal einzufangen."

„Der ganze Planet ist mit dem verseucht, was ihr zu Fangen versucht habt. Und ihr versucht nun die Ewigkeit wieder auf einen Punkt zu konzentrieren, wie damals. Gezielt habt ihr nach einem Planeten im All gesucht, der die Kombination der Rohstoffe der Spur von Presson in sich trug. Ihr habt die Stelen aufgestellt, die Stollen in den Berg getrieben. Ihr habt den ganzen Planeten in einen einzigen Magneten verwandelt. Damit habt ihr die Unsterblichkeit aus dem All angesogen, oder das, was ihr dafür haltet. Aus allen Dimensionen und Zeiten, aus jedem Winkel des Weltalls", sagte Kore wütend.

„Wir bauen schon lange an einer Maschine, die die Unsterblichkeit konzentriert. Eigentlich glaubten wir, dies mit dem See geschafft zu haben. Dem war nicht so."

„Darum habt ihr die Seherin in dem See baden lassen. Sie sollte den Erfolg eures Experiments testen. Ihr glaubtet, mit dem See eine Art Jungbrunnen zu haben und somit unsterblich zu sein."

„Du bist clever."

„Der Plan ist wegen der Nebenwirkungen des Sees misslungen. Ihr wolltet nicht die Siedler mit den Kräften der Ewigkeit und ihrer Macht auszustatten. Was hat es mit dem Ankh auf sich?"

„Eigentlich nichts. Nur die Form unseres Magneten. Wir könnten auch ein Rad oder Ähnliches dafür hernehmen."

„Und wer bist du? Gab es für dich auch einen Namen, als du noch einen echten Köper hattest? Lautete er vielleicht Mc Leary?", giftete die Dämonenprinzessin den Spinnenmenschen an.

„Das war mein Name, bevor es zu diesem Unfall kam."

„Die Sache am verbotenen See", kombinierte Kore messerscharf.

„Der verbotene See, so nennen ihn die Landratten", lachte Mc Leary so laut, dass seine elektronischen Gliedmaßen gefahrvoll aufstießen.

„Dort befand sich früher unser Magnet. Jetzt ist dort ein tiefer Krater, der mit dem Schmelzwasser aus dem Gletscher vollgelaufen ist. Das alles haben wir dieser verfluchten Kraft zu verdanken. Sie ließ sich nicht so ohne weiteres einfangen und ging auf Kollision mit unserem Ankh. Viele meiner Männer verlor ich dabei. Das Ankh zerbrach und verteilte sich auf diesem Planeten. Wir fügen es seither wieder zusammen. Du hast in der Tat Recht. Der ganze Planet ist von diesem widerspenstigen Konstrukt verseucht. Daher stirbt hier auch nichts mehr und die Siedler sind zu Wesen mutiert, die wir nur aus der Fantasie kennen. Auch uns formte diese Kraft. Wenn auch nicht direkt. Obwohl wir versuchten uns nicht mit dieser tückischen Energie zu vergiften, boten wir unser gesamtes technisches Wissen auf, um nicht körperlich zu verfallen. Wir müssen über Essen an unsere Kraft zu kommen. Die übrigen Bewohner von Atres ziehen ihre Kräfte direkt aus der Atmosphäre. Eine Folge ihrer Verseuchung durch den See. Als ich damals sah, wie alle zu diesen grässlichen Wesen mutiert sind, ahnte ich, dass etwas gründlich schief gelaufen ist. Dämonen, Eismenschen, Eisteufel, Feen. So was habe ich nicht mit ansehen wollen. Außerdem wären die früher oder später auf uns losgegangen. Ich bin mit den Wenigen, die mir am See die Treue hielten, wieder zur Basis geflüchtet und holte die restlichen Weltraumreisenden aus dem Tiefschlaf. Unseren Körper perfektionierten wir in der Zwischenzeit für alle Fälle. Er war für das Leben hier zu schwach und kränklich, im Gegensatz zu jetzt. Jetzt haben wir enorme Kraft und können uns gegen jene zur Wehr setzen, die sich den Kräften der Ewigkeit bedienen. Unser Sicherheitssystem holt sie alle vom Himmel und zieht ihre Kräfte aus dem Leib. Wir aber brauchen Nahrung und ernähren uns von Pflanzen, die wir im Bauch unserer Insel züchten. Aber wie gerne hätten wir wieder echtes Fleisch. So wie damals, bevor hier alles der rote Staub überzog.“

„Ihr lasst euch von den Landbewohnern die Trümmer des Ankh bringen und bezahlt sie mit eurer Technik. Während sie sich gegenseitig mit ihren Kriegen im Schach halten, könnt ihr ungestört den Magneten wieder zusammensetzen. Ihr schürt sogar die Konflikte.“

„Du bist wirklich klug, kleine Dämonin“, lachte Mc Leary.

„Euer Plan ist leicht zu durchschauen“, sagte Kore, der alles klar vor Augen schwebte, welche Motivation die Einwohner von Huangdi antrieb. „Ihr versucht die Ewigkeit wieder einzusammeln, indem ihr mit eurem Magneten die Kräfte der Mutierten entzieht. Wenn sie nicht mehr verseucht sind, könnt ihr sie als Fleischvorrat benutzen, weil ihr nach wie vor essen müsst. Jetzt aber stirbt nichts und ihr kriegt daher kein reines Fleisch. Was für Bestien wurden aus den Erdlingen?“

„Erdlinge? Ha. Ha“, lachte Mc Leary dreckig. „Die auf der Erde glauben doch, dass wir in ihrem Namen unterwegs sind. Wenn wir erst einmal die Unsterblichkeit für uns gewonnen haben, dann werden wir zurückkehren und die Macht übernehmen. Unser Ziel werden wir sehr bald erreichen. Zurzeit sind die Erdlinge schwach und leicht zu treffen. Mit unserer Technik sind wir ihnen haushoch überlegen. Unter deinen Füßen bauen wir mechanisierte Infanterieregimenter. Spinnensoldaten, die wir bei unserer Rückkehr über den Globus verteilen. Das Regime dort hat keine Chance. Soweit ich weiß, verfügen die Netzwerkstädte über keine Armee.“

313

„Ach ja?", sagte Kore mit zunehmendem Groll.

„Vergesst ihr nicht etwas? Indem, dass ihr die Erde angreift, schaltet ihr eure eigene Zukunft aus. Ihr habt es der Entwicklung auf der Erde zu verdanken, das ihr jetzt hier seid."

„Ach die olle Kamelle mit dem Paradoxon. Ein Verstoß gegen das Kausalprinzip", brummte Mc Leary abwertend. „Früher glaubten sie alle, dass alles einer Ordnung entspringt. Aber das stimmt nicht. Das Universum ist nicht logisch und daher sind alle Möglichkeiten offen. Es nimmt keinen Schaden, wenn sich die Dinge entwickeln, wie sie sich entwickeln. Das erkannten wir schon lange vor euch", zischte Mc Leary und unterbrach barsch den Ausflug in die Philosophie. „Schluss mit dem akademischen Gefasel. Wir entziehen dir jetzt deine Kräfte."

Der Spinnenführer winkte mit einem seiner acht stählernen Arme seine Helfer heran, die aus verborgenen Luken des Inselinneren wie ein Schwarm krabbelten.

„Habt ihr etwa auch die Schlangen geschickt?", fragte Kore wütender werdend. Der Zorn in ihr kam dem Gefühl gleich, bevor sie die Hermesbrüder im Hof des Waisenhauses tötete.

„Schlangen?", fragte Mc Leary irritiert.

„Ihr wisst schon. Die, die meinen Vater und die Völker auf Atres überfielen."

Mc Leary fing prompt zu glucksen an. Zuerst langsam, dann heftiger, bis es in einem brüllenden Gelächter endete.

„Für wie beschränkt hältst du mich eigentlich? Nein, über eine derartige rückständige Technologie verfügen wir nicht. Die brauchen wir auch nicht. Wir sind euch sowieso in allen Punkten voraus. Ihr jämmerlichen Primitivlinge. Während ihr euch schön brav selbst zerfleischt, entwickelten wir uns weiter. Ihr hängt ja in der Steinzeit fest. Führt eure stumpfsinnigen Kriege mit lachhaften Motiven. Früher, da verwüsteten sie wegen Religion oder Rassismus ganze Landstriche und rotteten ganze Völker aus. Man stelle sich das Mal vor. Wegen irgendeiner Heilslehre oder einer Hautfarbe. Es kommt einem so vor, als ob die es damals nicht erwarteten, herauszufinden, was mit einem nach dem Tod geschieht. Das erfahren die Sterblichen doch sowieso irgendwann. Und was diesen Rassismus angeht, Humbug. Technik ist nicht rassistisch und Geld war es auch nie. Die Macht ist das ebenso nie gewesen wie die Unsterblichkeit. Sollen die sich doch wegen ihres steinzeitlichen Firlefanz in die Haare kriegen. Wir kriegen dafür das ewige Leben."

Kore hörte genug. Sie zögerte keinen Augenblick um das Utensil aus ihrer Tasche hervorzuholen, dass ihr der Rat der Sechs mitgab. Dank ihrer Umsicht, sich auf solche Dinge vorzubereiten, hatte sie das Ei sofort griffbereit.

„Weil ihr gerade etwas von Steinzeit sagtet. Da hätte ich das Passende für euch."

Ein unheimliches Surren gurgelte durch das metallene Gehäuse der oval förmigen Hülle. Das Geräusch übertrug sich auf die Hülle der Huangdi. Schon bald dröhnte auch der Turm danach und wirkte wie ein Verstärker. Just spielte die Elektronik der Spinnenmenschen verrückt. Aufgrund der tückischen Eigenschaften der elektromagnetischen Bombe überlasteten sich die elektrischen Schaltkreise. Ähnlich Jules Umpolung der Erde. Mc Leary verlor prompt die Kontrolle über seine acht

Beine. Er tanzte regelrecht durch den Raum, wie ein beschwipster Vogel und stieß mit dem bulligen Kopf gegen das Terminal. Kore wich ihm geschickt aus und rannte zum Durchgang des Stockwerks. Von der Plattform aus sah sie den Spinnenmenschen bei ihrem chaotischen Taumeltanz auf dem Oberdeck der Stabinsel zu. Ihre Bewegungen wurden jeglicher Beschreibung nicht gerecht. Sie alle kämpften mit dem Gleichgewicht und rempelten sich gegenseitig an. Die Neutronenbombe legte mit ihrer tückischen Funktion die technische Unterstützung des Bewegungsapparates lahm. Ohne diese Einrichtung wirkten die Spinnen so hilflos wie eine Nussschale auf stürmischer See. Heillos verkeilten sie sich ineinander zu einem einzigen Knäuel.

Sofort spannte Kore ihre Flügel auf und hob sich in die Lüfte. Die Neutronenbombe, die sie zündete, ließ wieder ihre Flugaktionen zu. Durch ihren Einsatz setzte sie die Schutzeinrichtung der Menegerit außer Kraft. Sie wollte weg von diesem schaurigen Ort. Viel zu tief saß der grässliche Schock, den es nun zu verdauen galt. Die Menschheit schlug einen Weg ein, der ihr schrecklicher als jeder Albtraum vorkam. War es wirklich so, dann zerstob sich ihre Hoffnung und Identität wie ein Scherbenhaufen. Wofür kämpfte sie jetzt noch? Für ihre Brüder und Schwestern? Jene, die in der Zeit vergingen, wie ein flüchtiger Schatten? Wie der Flügelschlag einer Libelle. Nur eine kurze Episode der Geschichte. Die Mission, mit der sie der Rat betraute, schien ihr in die Sinnlosigkeit abzugleiten. Die Erben der Menschheit setzten ihre ganzen Kräfte ein, um sich dem Wahn der Unsterblichkeit hinzugeben. Um dieses Ziel zu erreichen, war ihnen jedes Mittel recht und schreckte nicht davor zurück, die ureigenen inneren Werte aufzugeben. In diesem Volk besaßen die Schwächsten keinen Platz mehr. Emotionen sowieso nicht. Einer solchen Gesellschaft wollte Kore keinesfalls mehr angehören. So trieb sie nur eines an. Für Neko sollte ihre Mühe gelten. Für ihn allein.

Kapitel 16

Abendrot

Wer bin ich? Diese Frage wurde für Kore umso bedeutsamer, als alles, woran sie im Außen glaubte, dachte und kämpfte, weg brach. Was stützte sie von innen? Sogar ihre Erscheinung geriet nicht mehr nach einer blonden Schönheit. Sie war jetzt schwarz wie ein Kohlebrikett. Alles, was ihr oberflächlich Identität gab, verschwand. Ihr blieben ihre Talente und Kräfte der Feen und Dämonen. Aber wofür sollten sie da sein? Sie brachte den Tod. Ihre Spezialfähigkeit. Aber wozu? Kore sauste über die Meeresbucht zu dem Landungsdenkmal der Menegerit zurück, während ihr diese Fragen überkamen. Sie hoffte, von Jule ein Lebenszeichen bei der Bronzehand zu finden. Sagte sie nicht, dass die Opfer zwar von den Schlangen gebissen, aber nicht vernichtet wurden? Doch als sie dort ankam, waren die Schlangen verschwunden. Sie wandte sich zu der mächtigen Huangdi um und sah nun den Himmel über ihr voller Schlangen. Die seltsamen Wesen warteten nur darauf, dass Kore ihren Schutz knackte, um über die Menegerit herzufallen. Die Todesfee arbeitete ihnen zu.

„Du vollstreckst", sagte ihr eine Stimme, die sie schon in der Meeresgrotte hörte.

„König Salinos, nehme ich an", antwortete Kore ihr grimmig. Aus dem Wasser waren Meermenschen aufgetaucht, die ihrer Rüstung nach zu urteilen zu dem Gefolge des Meereskönigs gehörten. Deutlich sah Kore durch das klare Wasser ihre Fischschwänze, mit denen sie sich an der Oberfläche aufrecht hielten.

„Du bringst uns das Ende. Ich ahnte, dass Lycia es nicht schafft, dich zurück zur Erde zu bringen. Diese törichte, dumme…"

„Ich wäre nie gegangen", fiel ihm Kore entschieden dazwischen, bevor er ein Schimpfwort gebrauchte.

„Sie glaubte tatsächlich, weil du ihre Tochter bist, dass sie auf dich so etwas wie einen Einfluss hätte."

„Warum haben euch die Schlangen verschont?"

„Das müsstest du am besten wissen."

„Nicht die Spur. Irgendjemand hat euch absichtlich …"

„Du. Du erfüllst die Prophezeiung der Seherin. An dem Tag, an dem die Wolkenfeste fällt und Trestan sich in Glut verwandelt, wird die Schwarze mit der Roten über Atres kommen und ein jedes Volk mit sich nehmen. Sie wird den Eisernen die Hülle zerschmelzen, den Wäldern ein Blatt entreißen, der glühenden Spur der Blauen folgen, die Kristalle der Eisigen tauschen, den Sandigen erstarren lassen, dem himmlischen Kind die Sicht nehmen, dem Wasser die Tropfen abspenstig machen, dem Ursprung die Herkunft rauben und durch die Hand nach Hause führen."

„Ihr werdet darin nicht wörtlich erwähnt", antwortete Kore trocken. „Warum glaubt ihr, dass ihr trotzdem vernichtet werdet?"

„Weil wir als Einzige noch übrig sind."

„Ja und?“

„Warum verschonst du uns? Sind wir etwa die Auserwählten?“

„Auserwählte von was?“

„Die, die über die anderen Völker triumphieren.“

„Wenn ihr das so sehen wollt ...“

„Also doch.“

„Ich schreibe euch nicht vor, was ihr zu glauben habt. Ihr tut eh ja doch, was euch beliebt. Aber vielleicht ging es nie um einen Wettstreit zwischen den Völkern auf Atres.“

„Mich interessiert nur eine Sache. Was hast du jetzt vor?“

„Du hast Angst, dass ich die Schlangen auf euch hetze. Darum bist du hier. Ich wundere mich über euch. Indem, dass ihr hier seid, habt ihr dem letzten Teil der Weissagung Folge geleistet.“

„Wie?“, meinte der König mit aufkommendem Grausen.

„Die bronzene Hand. Mit ihr wird es enden. Mit dem Landungsdenkmal hinter mir. Das sagtest du mir gerade eben.“

„Aber ... aber ...“

„Triumphieren über was?“, fuhr Kore unbeirrt fort. „Ich bin es leid ständig das Gefasel von Dominanz und Überlegenheit zu hören. Am Ende komme ich ja doch über euch und was ist alles, was ihr im Laufe eures Seins gerafft und zusammengetragen habt, dann noch wert? Nichts. Sogar eure Erben werden eure Mühsal nicht vergelten. Es wäre besser gewesen, wenn ihr ihnen geholfen hättet zu sich zu finden, anstatt ihnen vorzuschreiben, wie sie zu leben haben. Eure Kinder waren da viel offener als ihr.“

„Etwas Höheres als die Unsterblichkeit gibt es nicht.“

„Deswegen fürchtet ihr euch vor mir. Weil ihr glaubt, dass ich die Einzige bin, die sie euch entzieht.“

Die Augen des Königs wurden größer, während Kore sprach. Sein Blick fuhr sich auf etwas fest, das sich hinter Kore plötzlich erhob. Blankes Entsetzen erkannte sie im seinem Gesicht. Erst als ein großer Schatten über Kore kam, und begann ihr das Licht zu nehmen, wurde sie auf die bronzene Hand aufmerksam, die nun rasch nach ihr griff.

„Oh nein“, zischte überrascht, doch da umschloss sie die gigantische Hand und ballte sich mit ihr zur Faust. Kore kam sich wie eine kleine Fliege vor, die sich in einer Faust aussichtslos gegen die übermächtigen Kräfte zu wehren versuchte. Vergeblich. In ihrer Verzweiflung vollzog sie das Erste, was ihr einfiel: Den Apokalypto. Kore sah nicht, was außerhalb der Faust vor sich ging. Die Geräuschkulisse jedenfalls um sie nahm merklich zu. Sie hörte den König rufen und brüllen. Das Klimpern von Schwertern drang von außen zu ihr. Wasserrauschen und schmerzhaftes Stöhnen, das minutenlang anhielt. Dem folgte bald eine gespenstische Stille. Kore lauschte, aber sie hörte bloß den Wind, der vom Meer aufs Land drückte. Gegen die bronzene Hülle schien etwas zu prickeln. Es nahm, je länger sie diesem Geräusch zuhörte, an Intensität zu.

„Einkorn“, dämmerte es ihr. „Er ist da draußen.“

So kündigte er sich doch in der Wüste schon einmal an. Offenbar war er nicht besiegt. Krampfhaft versuchte die Dämonin die eherne Faust auseinander zu drücken. Doch sie bewegte sich nicht einen Millimeter.

„Ich muss mich befreien."

An den Teleport dachte sie, aber wo war oben oder unten?

„Egal. Ich schmelze sie einfach auf. Wozu bin ich ein Dämon?"

Sie erhöhte mit dem Temperatus ihre Außentemperatur, bis sie glühte. Seltsamerweise öffnete sich auch jetzt die Bronzehand nicht. Vielmehr glühte auch sie feuerrot auf.

„Wie viel schaffst du?", knurrte Kore wütend in ihrem Gefängnis und drehte nun richtig die Hitze auf. Sie erinnerte sich an die Sonne, die in ihrem Inneren 15 Millionen Grad Celsius besaß. Alsbald ging eine gigantische Hitzewelle von der Hinterlassenschaft der ersten Siedler aus. Sie umlief den gesamten Planeten. Alles, was sich in unmittelbarer Umgebung der Faust aufhielt, schmolz wie ein Stück Eis in der Sonne. Stein verwandelte sich zu Lava, Sand zerschmolz zu Glas. Holz verbrannte zu Asche. Die Huangdi überstand den Hitzeschock des Todes unbeschadet. Kore selbst verbackte sich mit der Bronzehand. Sie merkte, dass sie sich immer weniger bewegen konnte. Ihr Körper verklebte sich mit ihr.

„Warum tust du das mit mir?", schrie sie die Faust an, wodurch sich auch in ihrem Mund flüssige Bronze ansammelte und ihr die Stimme zu rauben versuchte. Sie spuckte die Legierung aus. Die Faust blieb stumm. Kore merkte, dass ihre Methode keinen Erfolg versprach, und kühlte sich wieder ab.

„Vielleicht sprenge ich sie mit Kälte", dachte sie bei sich und gefror bis zum absoluten Nullpunkt bei minus 273 Grad Celsius hinunter. Sie wurde zu einem einzigen Eisblock, der die ganze Faust mit dichtem Reif überzog. Ein Klirren und Knacken drang nun von außen zu ihr ins Ohr. Irgendetwas zersprang dort. Der Hitzewelle folgte eine Kältewelle. Die Faust selbst aber blieb zu.

„Es wirkt nicht", sagte Kore schließlich, als sich keine weitere Reaktion mehr zeigte. Sie spitzte die Ohren und hörte außen nur das leichte Säuseln des Windes.

„Jule", sagte sie plötzlich. Ihr wurde nun klar, dass es für die geschlossene Faust eine ganz bestimmte Bedeutung gab. War sie nicht wie ein Ei, das darauf wartete, ausgebrütet zu werden? Mit Wärme. Körperwärme.

„Wenn du Leben gibst, wirst auch du Leben. Ja, ich brauche eine ganz bestimmte Temperatur, um die Faust zu öffnen. Die Temperatur des Lebens. 37 Grad."

Es gab so viele Hitzezustände im Kosmos, aber lediglich ein kleines Fenster lies das Leben zu. Kore erwärmte sich wieder und spürte, wie sich der Griff der Faust mehr und mehr lockerte, je näher sie der Körpertemperatur kam. Die Finger entspannten sich. Die harte Oberfläche erweichte. Die Handfläche der gigantischen Hand gewann an Geschmeidigkeit und fühlte sich bald angenehm warm an. Sie vermittelte allmählich das Gefühl der Geborgenheit und Liebe. Die Dämonin merkte, wie die Finger sich beim Erreichen der Temperatur, ähnlich der Blütenblätter einer Knospe öffneten, bis sie im gleißenden Licht der Mittagssonne stand. Der grelle Sonnenschein tat ihren Augen weh. Nur langsam klärte sich ihr Blick. Sie fuhr ihre Flügel aus und erhob sich in die Lüfte. Erst jetzt erkannte sie, dass sich in der Zwischenzeit die Umwelt der Faust stark veränderte. Wo sich zuvor eine Meeresbucht befand, lag nun eine feinkörnige Dünenlandschaft, die verdächtig schillerte. Sie flog nieder und merkte, dass es lauter kleine Glassplitter waren. Sie sammelten sich um die Hand an. Vielleicht stammten sie von Einkorn, der offenbar versuchte, sie erneut abzuschmirgeln. In der Ferne befand sich die Huangdi, über der nach wie vor die Schlangen kreisten. Sie überlebte mit samt den rätselhaften Tieren als Einziges in der Nähe. Der Meereskönig verschwand mit samt seinem Gefolge. Richtete etwa ihr Apokalypto ihre Verfolger regelrecht hin? Oder war es ihr verzweifelter Befreiungsversuch? Kore sah sich die Bronzehand näher an. Sie nahm wieder ihre Ausgangsposition ein und deutete auf den Ursprung der Menegerit.

„Jule", sagte sie zu ihr. „Ich erkenne dich. Du bist Jule."

Die Hand bildete eine Faust und streckte den Daumen hoch.

„Oh Jule. Haben das die Schlangen mit dir gemacht?"

Die Hand wiederholte ihre Geste.

„Es war deine Aufgabe. Du solltest mich schützen."

Die Hand reckte ihren Zeigefinger zu den Schlangen aus. Kore verstand ihre Botschaft.

„Die Schlangen. Ich soll ihnen folgen", entfuhr es ihr. Sie blickte wieder zur Huangdi zurück und sah die Schlangen davonfliegen. Was hatten sie damit zu tun?

„Wo wollt ihr bloß hin?", fragte sie und nahm sich vor ihnen zu folgen.

Bevor sie sich an die Verfolgung machte, wandte sie sich an die Bronzehand.

„Jule, egal wie das hier ausgeht. Ich werde wieder zu dir zurückkommen. Ich danke dir."

Die Hand erwiderte ihre Worte mit einem kurzen Wippen. Es fiel Kore nicht leicht, Jule zurückzulassen, doch wusste sie, dass die Herkunft der Schlangen der Schlüssel des Rätsels war. Es war gar nicht so einfach sie aus den Augen zu verlieren. Kore bot ihr ganzes Flugkönnen auf, um an ihnen dran zu bleiben. Sie flog über das Zentralmassiv, dessen Gletscher in der Mitte ein riesiges Loch bekam. War sie das? Doch es blieb ihr keine Zeit sich das näher anzusehen. Die Schlangen flogen dem Gletscherabfluss entlang bis zum verbotenen See. Sie tauchten in sein tiefblaues Wasser. Hartnäckig stach Kore in die Fluten und ging in die Tiefe des eisigen Wassers. Je weiter Kore in die Tiefe kam, umso weniger erkannte sie. Außerdem verfärbte sich das Wasser milchig trüb. Die Dämonenprinzessin versuchte, auf seinen Grund hin abzutauchen. Dabei durchstieß sie die tiefsten Wasserschichten des Sees, sah aber nicht, wo die Schlangen abblieben. Ihre Suche unterbrach sie, als sie vor sich einem verklumpten Strang erkannte, der sich heillos ineinander verknotete. Sie stürzte auf dieses unbekannte Konstrukt zu und als sie ihn berührte, hörte, ja fühlte sie etwas, dass ihr wie ein Wunder erschien.

„Ich erinnere mich an dich", wisperte es sehnsüchtig durch ihr Gehirn. Die Stimme kam ihr bekannt vor. Sie versuchte sich zu erinnern wo.

„Ich erinnere mich an dich", sagte die Stimme wieder, die ihr so vertraut vorkam. Sie hörte sie schon einmal. Da war sie sich sicher. Es klang bubenhaft. Wie die ihres Bruders.

„Neko, bist du das?", fragte sie sich vergewissernd, weil sie erahnte, wer da zu ihr sprach. Kore fasste sich rätselnd an die Stirn. Dabei erhaschte sie einen Blick auf ihre Hände. Sie sah, dass sich ihre Haut veränderte. Sie wurde wieder so tönern, wie sie es kannte, wenn sie morgens in den Spiegel hinein sah. Auch fühlte sie ein Ziehen auf ihrem Kopf. Sie bekam ihre blond glänzenden Haare wieder zurück und sogar der Feenstaub fiel von ihren Fingern ab wie Puderzucker. Sogar die Feenflügel auf ihrem Rücken verschwanden und zurück blieb das Mädchen, das sie einst vor ihrer Verwandlung zur Fee war.

„Neko?", fragte Kore überrascht.

„Schwester", sagte die Stimme wieder. „Du bist meine Schwester. Ja, du bist meine Schwester. Ich erinnere mich an dich."

„Neko, wo bist du?", fragte Kore in das milchige Wasser hinein.

„Du bist in mir", sagte sie liebevoll zu ihr.

„Ich bin in dir?"

„Ja", antwortete Neko knapp. „Das bist du."

„Du bist das, was die Menegerit durch das Ankh zu bündeln suchten", sagte Kore kombinierend. „Sie versuchten, dich einzufangen. Die Menschen können dich nicht gefangen nehmen, weil du lebst. Weil du ein Bewusstsein hast."

„Ich bin, so wie auch du bist", erklärte Neko ihr und es erschien ihr ein großes grünes Auge aus dem milchigen Wasser, das Kore lieblich anblinzelte. „Ich wartete auf dich. Auf das dein Kreislauf einen neuen Morgen findet."

„Ein neuer Kreislauf?", fragte Kore irritiert.

„Der Kreislauf des Seins. Des universellen Seins", antwortete ihr Neko bestimmt. „Ich bin, was ich bin, weil ich weder Anfang noch Ende habe. Während wir Beide hier miteinander reden, vergeht die Zeit außerhalb des Sees wie im Fluge und was eine Minute hier bei mir ist, ist außerhalb des Sees ein ganzes Jahr. Für mich bedeutet Zeit, hinauszugehen, um mich selbst zu erfahren. Auch durch dich."

„Was meinst du?"

„Für die, die vergessen, wer sie sind, existiere ich nicht. So dürfen sie wieder aufs Neue in die Welt, bis sie sich wieder daran erinnern, wer sie sind. Wenn sie es tun, dann gehen sie in mir auf. Du weißt, wer du bist und daher erkennst du mich als das, was ich bin."

„Du bist das, was die Menschen Gott nennen", sagte Kore. Innerlich spürte sie keinen Widerstand, das zu sagen. Es musste die Wahrheit sein.

„So wie eine jede Zelle einen Bauplan des ganzen Körpers enthält, so verhältst du dich auch zu mir."

„Warum tust du dir das an? Warum schlüpfst du in die Rolle von Neko, Kaimlakhan oder in die Menegerit und fügst dir selbst solches Leid zu?"

„Dieses Leid tat ich mir an, um mich selbst zu erfahren. Doch das ging nur, indem ich vergaß, wer ich bin. Ich bin voller Geschichten. Die Geschichten derer, die das Leben erfahren. Also auch du. Wie kann reine Liebe, aus der ich bin, sich selbst erfahren? Nur in dem sie sich in Gegensätze trennt. So bin ich Täter und Opfer zugleich. Ich hasse und werde gehasst."

„Du folterst und wirst gefoltert? Du tötest und wirst getötet?"

„Ich liebe und werde geliebt. Ich tröste und werde getröstet. Ich lache und erfreue mich an dem Lachen. Ich erfuhr erst mich selbst, wie es ist, ohne Liebe zu erschaffen. Meine Entdeckungsreise führte mich an dem Punkt zu erfahren, wie es ist, unsterblich und ewig zu sein. Diese Erfahrung musste ich machen, weil ich durch den Tod erkannte, dass ich es bereits bin. Darum bist du hier im See zu mir gekommen. Du musst wissen, dass ich in jedem Zeitpunkt, in jeder Dimension, an allen Orten des Universums zu Hause bin. Die Menegerit der Huangdi suchten diese Erfahrung. Dafür sperrten sie mich ein. Doch indem dass sie mich einsperrten, sperrten sie sich selbst ein. Sie gingen sogar so weit, mich selbst als Werkzeug für ihren Wahn zu benutzen, so wie sie die vielen Werkzeuge erschufen, um ihren Willen gegen alles und jeden durchzusetzen. So hätte ich es fast geschafft, mich selbst zu besiegen. Doch wussten sie nicht, dass sie bereits unsterblich sind. Ich habe ein Bewusstsein und erinnere mich daran, wer ich bin. Es wird Zeit aufzuwachen."

„Sagtest du, dass ich auch ein Gott wäre?", fragte Kore erstaunt.

„Natürlich", antwortete ihr Neko gelassen. „Jede Schöpfung ist göttlich und so ist jeder für sich gesehen Gott, weil jede Schöpfung schafft und jede Schöpfung sich entwickelt, damit Neues, Neuem Platz macht. Aber irgendwann wird sich alles regenerieren und eine neue Bewusstseinsebene erreichen. So, wie es mit mir geschehen ist. Ich erfahre mich durch dich und bin ewig. Ich werde immer da sein, damit die Schöpfung, also du, schaffen kann. Ich bin die Grundlage aller Veränderung, Schwester. Das Schicksal ist die Farbe, die mir erst meine Gestalt gibt. Du bist der Maler und du hast die Wahl, was du in mir siehst und was du tust. Wird dein Gemälde bunt oder wird es grau? Malst du viele oder wenige Striche? Es ist deine Entscheidung."

„Warum hast du mir das nicht viel früher gesagt?", fragte Kore.

„Weil ich es nicht wusste, als ich ein Menschenjunge war. Die Menegerit schwächten mich. Ich war zum Darben in dem See verdammt und meine Kräfte verseuchten den Planeten hier. Ich musste mich wieder regenerieren, um diesen Wahnsinn, der alle Organismen befiel, ein Ende zu setzen und den Kreislauf wieder zu stabilisieren. Am See sogen sich die Siedler mit meinem Blut voll, ohne zu wissen, was mit ihnen geschieht und mir halfen mir so, mich selbst zu entdecken. Die ganze Geschichte wiederholt sich für mich seit ewiger Zeit immer und immer wieder. Ich weiß, dass es für dich schwer ist, das nachzuvollziehen. Wir beide werden uns wieder begegnen Kore. Nur du erinnerst dich nicht mehr daran und so gebe ich dir jedes Mal die gleiche Antwort auf deine Fragen, die du mir jetzt stellst. Wir werden uns auch künftig wiedersehen und du wirst mir wieder die gleichen Fragen stellen. Hier an diesem Ort. So wie es mir und auch dir seit ewiger Zeit bestimmt ist."

„Ich lebte früher schon einmal?", fragte Kore ungläubig.

„Ein früher oder später gibt es nicht. Nur ein Jetzt“, sagte Neko schmunzelnd. „Du erfüllst den ewigen Kreis. Den Begriff der Zeit erfinden diejenigen, die nicht an den ewigen Zyklus der Entwicklung glauben. Etwas das bestimmt ist. Zeit ist für mich nicht wirklich von Bedeutung und eigentlich auch für dich nicht. Für dich scheint Zeit kostbar, wie allen anderen Geschöpfen deren Leben begrenzt erscheint. Ich fühle das aber anders. Nie sterbe ich wirklich, weil erst durch mich ein Werden und Vergehen möglich ist. Für mich geschieht es zu jeder Zeit. Jedes Mal, wenn ich dir begegne, dann bin ich glücklich. Ich freue mich auf dich. Ich fühle dann, wie wir miteinander schmusen. Wie nahe wir uns sind. Es ist so schön, sich daran zu erinnern. Du bist für mich das, was die Hoffnung für dich ist.“

„Aber die Ors. Warum hast du es zugelassen, dass sie dir jegliche Hoffnung nahmen?“

Gott seufzte:„ Wie fühlt sich Hoffnung an, wenn man keine Hoffnungslosigkeit kennt? Ich musste dieses Gefühl erfahren, um mich wieder zu erinnern.“

„Und der Unfall im Schlafzimmer meiner Adoptiveltern? Ich meine, dass du mit mir geschlafen hast? Wenn auch nicht absichtlich.“

„Das musste genauso erfahren werden, wie die Scham, damit ich Liebe als das erkenne, was sie ist. Die Ors ließen mich durch ihr Ritual die Unliebe erfahren. Erst dadurch erfuhr ich, was Liebe ist und der Kreis der Ewigkeit beginnt wieder von vorne. Meine Helfer holten mich wieder an meinen Platz zurück, in dem sie deinen Körper benutzten. Du hattest alles dafür in dir.“

„Das Wesen unter meinem Bett“, sagte Kore erkennend. „Es gehörte zu dir.“

„Ja“, antwortete Neko ruhig. „Da die Dämonen das Ausblitzen beherrschen, tötete mich dein Leib, damit meine Seele wieder in den See gelangt. Um die dämonischen Fertigkeiten zu wirken, brauchte ich einen Körper, der meine Kräfte barg. Diesen hattest du. Deshalb ist die Schlange mit deinem Körper zu mir gedrahtet, holte meinen Geist aus meiner Hülle und kehrte mit ihm in den See nach Atres zurück. Er nahm leider meine Kraft aus deinem Körper nicht mit.“

„Ich verstehe“, sagte Kore nachdenklich. „Dann ist das alles passiert, um mich zurück nach Atres und dir deine Kraft zurückzubringen. Das Ganze ist so ineinander geglitten, dass es mir schwer fällt, nicht an einen Zufall zu glauben. Die Mordanklage, die Glut der Dämonen, die Reise mit Jule und Lysander. Das alles gehörte zu deinem Plan.“

„Nein, Kore, das war kein Plan“, sagte Neko einwendend. „Das war das, was ihr das Schicksal nennt. Seine Wege sind so unergründlich und mögen für dich im Moment ein großes Rätsel sein. Von oben aber fügt sich ein Stein zu dem Anderen, bis sich ein sichtbares Mosaik ergibt.“

„Und die Neutronenbombe vom Rat. Sie gehörte auch dazu. Du hast mich in deinen Prozess eingebunden und die Bombe zünden lassen. Ich legte damit die Verteidigung der Menegerit lahm, damit deine Helfer sie heimsuchten.“

„Eine Fee hält die Hitzeabstrahlung der stählernen Insel nicht aus. Als Dämon kannst du das schon.“

„Und die Meermenschen? Hast du sie getötet? Ich glaubte, sie wären unsterblich."

„Nein. Das hast du getan. Ich nahm ihre Unsterblichkeit bereits, weil ich ebenso wie sie im Wasser gebunden bin. Die Schlangen waren für jene bestimmt, die nicht in meinem Element lebten. Das Meeresvolk merkte es nicht. Einkorn wurde von dir in Glas verwandelt. Deine Hitze während deines Befreiungsversuches transformierte ihn in einen anderen Zustand. Damit du mit ihm fertig wurdest, musste dich Jule schützen. Deine Partnerin liebt dich abgöttisch. Ihre Umklammerung geschah aus tiefer Liebe und sie ließ dich erst los, als auch du bereit warst loszulassen, um ins Leben zu gehen."

Kore erschauderte. Sie richtete tatsächlich ein Massensterben an, aber Gott schien ihr das nicht im Geringsten nachzutragen.

„Mit deiner Suche nach mir hast du mir ermöglicht, mein Schicksal zu erfüllen", sagte Gott. „Dass du jetzt mit dir haderst, gehört ebenso zur meiner Selbstfindung, wie deine Tat. Wisse, ich selbst, bin nicht das Schicksal. Du alleine hast die Wahl zu sein, was du sein willst. Es mein Geschenk der Liebe an dich. Die Freiheit zu Lieben."

„Du bist nicht das Schicksal?" fragte Kore erstaunt. „Aber du bist doch Gott?"

„Nein. Das Schicksal ist das, was ich nicht bin."

„Aber Gott ist doch alles. Du sagtest doch, dass ich wie eine Zelle von deinem ganzen Körper bin."

„Ich sagte nie, dass ich alles bin, weil ich euch die Wahl gab, zu sein, was immer ihr sein wollt. Der Sinn deines Seins ist der, den du ihm gibst. Ich weiß, dass du Schwierigkeiten hast, das zu begreifen. Ich bin der, der das Schicksal, also auch dein Schicksal, erst möglich macht. Ohne mich gibt es das Schicksal nicht. Ich füge mich wieder zu dem zusammen, was ich schon immer bin und immer sein werde. Ich gehe in den ewigen Raum zurück. Dort, wo ich mich mit ihm verwebe. Dort, wo ich hingehöre und auch dich aufnehmen werde, wenn deine Seele zu mir kommt. Ich bin bereit dich zu empfangen. Das ist und bleibt meine Aufgabe. Nie vergesse ich dich, denn ich bin voller Geschichten. Auch deine Geschichte ist in mir. Ich liebe dich als das, was du bist. Für mich warst du nie Werkzeug, du warst ich."

„Das heißt, dass du jetzt gehst. Zurück an deinen Platz", fasste Kore schluckend zusammen. „Dann waren die fliegenden Schlangen von dir. Sie sammeln deine Kraft wieder ein, damit du gehst. Warum verwandelten deine Schlangen die Völker in Pflanzen und Steine?"

„Das diente zu ihrer eigenen Sicherheit. Die Entwicklung erreichte eine neue Stufe. Ihnen sollte während meiner Erweckung nichts geschehen. Sie bekamen wieder ihre ursprüngliche Gestalt, als ich meine Energie wieder in mir vereinte. Auch Jule wurde wieder zurückverwandelt und sie wartet beim Landungsdenkmal der Menegerit auf dich. Ich parkte ihre Seele in einer Bronzehand zwischen. Darum half sie dir."

„Warum hast du sie nicht wie die Waldelfen in Bäume verwandelt?"

„Ich entzog zwar den Meermenschen meine Kräfte, aber ihrer Technik nicht. Die holten sie von den Menegerit. Deine Neutronenbombe schadete ihren Waffen nicht. Jule besaß die Aufgabe, dich zu schützen. Darum bist du ihr begegnet, Kore. Ihr beide solltet euch lieben, damit sie dich in dieser kritischen Situation rettet."

„Die Geburt rettet den Tod?"

„Sehe es, wie du es sehen willst. Während wir hier reden, besorgten meine Helfer die letzten Reste auf Atres und gaben die Verwandelten wieder ihre ursprüngliche Gestalt. Ich werde mich bald wieder auf den Weg machen können, um meine Aufgabe zu erfüllen. Den Raum und die Dimensionen der Zeit mit meinem Geist zu durchdringen. Dort wo mein Platz ist. Es war dir bestimmt, dass du ausgerechnet nach meinem Ableben als Menschenjunge mit deinen Kräften hier herkommst und dass du sie hier in diesem See bei mir als Letzter verlierst. Leider funktioniert es nicht anders. Es wurde ein Weg begangen, der die Menegerit und ihre Waffen überlistet. Sie besaßen als Einzige eine wirksame Verteidigung gegen meine Helfer. Du aber durftest davon nichts wissen, denn so blieb deine Aktion glaubwürdig und der Überraschungsmoment auf deiner Seite. Sie schöpften erst Verdacht, als es schon zu spät für sie war. Hoffentlich bist du mir nicht böse deswegen."

„Nein, nein. Ich traf hier meine Liebsten", lachte Kore nun entspannter. „Und die Feenkräfte ... Hey, ich bin lange Zeit ohne diese Macht ausgekommen. Warum sollte ich das jetzt nicht mehr können?"

„Ich weiß das. Ich freue mich so sehr für dich. Genieße diesen Augenblick, Kore. Du wirst glauben, dass er nie wieder kehren wird und dennoch wird es anders sein", sagte Neko ihr von Herzen gönnend aber auch mit einer leichten Bitternis. „Diese Erfahrung wirst du mitnehmen."

„Werden wir uns wirklich wiedersehen, wie du sagtest?", fragte Kore zweifelnd.

„Im Universum ist nichts getrennt. Alles ist eins. Nichts vergeht wirklich, Kore. Die Welt besitzt ein Gedächtnis. Du wirst Indreen wiedersehen, deine Brüder und deine Schwestern, deine Freunde. So wie du sie kennengelernt hast oder wieder kennenlernen wirst. So wie ich dich wiedersehen und mit dir wiederum schmusen werde. Dieser Tag wird wieder kommen, Schwester."

„Das ist schon verrückt", entfuhr es Kore mit aufkommender Freude.

„Es ist, was es ist", antwortete Neko. „Dies ist eben unser aller Schicksal. Auch das meine. Ein jeder erfüllt das, was ihm bestimmt wurde und wozu er sich entschied. Bevor ich aber gehe, möchte ich dir für alles Danken Kore", sagte Neko freudig zu ihr.

„Du bedankst dich bei mir? Wofür? Du bist doch Gott."

„Ich bedanke mich für deine Wahl. Für jeden einzelnen Moment, den wir verbrachten. Für unsere gemeinsame Zeit und dass ich dich sehr liebe. Ich will nicht, dass du den Rest deines Daseins leidest. Deine Seele verdient so ein Schicksal nicht, dass im Augenblick noch Wahrheit ist. Daher werde ich meine Lebensenergie für dich teilen. Es ist mein Abschiedsgeschenk für dich. Selbst wenn ich dir nur einen kurzen Moment davon zurückgeben kann. Mehr ist mir leider nicht möglich. Ich vermag zwar ewig zu sein, aber auch ich steuere nicht den Lauf der Dinge. Das gehört zu meinem Schicksal."

Aus dem milchigen Wasser tauchte eine Phiole auf, in der sich ein blau schimmernder Blitz befand. Der zuckende Lichtstrahl fing sich darin, wie ein Goldfisch im Glas. Er leuchtete so intensiv, dass es Kore blendete. Sie hielt die Hand vor die Augen.

„Ich danke dir, aber was soll ich damit machen?", fragte Kore ihren Bruder.

„Schwimm damit ans Ufer des Sees und du wirst es sehen", antwortete Gott ihr liebevoll. „Ich kann leider nicht mehr für dich tun. Ich muss an meinen Platz zurück."

„Ja", sagte Kore gebannt. Sie wusste, dass nun die Zeit zum Abschiednehmen kam. Sie tröstete sich damit, dass das Lebewohlsagen, nicht für immer galt. „Dann bis zum nächsten Mal, Bruder", sagte sie nicht ohne Rührung.

„Genau", bestätigte Neko. „Bis zum nächsten Mal, Schwester."

Kore schwamm an die Oberfläche des Sees zurück und tauchte aus dem geheimnisvollen Gewässer auf. Über ihr funkelte bereits der nächtliche Sternenhimmel und sie sah wiederum die rötliche Scheibe des Atresmondes. Ruhig lag der See zu dieser Stunde im ehemaligen Niemandsland. Da die Zeit im See anders verging als außerhalb, verlor Kore jegliches Gefühl für die Dauer dieses Moments. Der Mond von Atres schien hell genug, um ihr wenigstens die Silhouette der Berge sichtbar zu machen. Sein Spiegelbild leuchtete im Wasser und wurde hin und wieder von leichten Wellen gebrochen. Kore schwamm zu dem Ufer des Sees, das sie zwischen den einzelnen Nebelschwaden zu erkennen glaubte. Dort unten im See zog sich derweil ein riesiges goldenes Etwas zusammen, das Kore an ein Rad erinnerte. Nach wenigen Sekunden erhob es sich lautlos wie ein Raumschiff aus dem Wasser in die Lüfte. Es erstrahlte taghell und wies Kore den restlichen Weg ans Ufer. Ein aufgeschichteter Steinkegel am Rand des Sees erleichterte ihr die Orientierung. Sie stieg bei ihm aus dem Wasser und sah von dort ihrem Bruder zu, wie er sich aus dem See erhob.

„Leb wohl, Bruder", verabschiedete sich Kore schweren Herzens von ihm und rief bewegt: „Alles Gute."

„Leb wohl, Schwester. Wir sehen uns bestimmt wieder", sagte das Rad wohlmeinend zu ihr. Dann sauste es nach wenigen Augenblicken in die Höhe und schließlich in Unendlichkeit des Raumes hinein. Dorthin, wo es wieder in alle Dimensionen und Zeiten einkehrte, aus denen es von der Weltraummission der Erdenbewohner einst genommen wurde. Dem Platz, den es schon immer einnahm und den sie auch wieder verließ, wenn die Zeit dafür kam. Kore setzte sich an den Steinhaufen nieder und sah ihrem entschwindenden Bruder in dem Nachthimmel zu. Dort glaubte sie zu erkennen, wie er über ihr im Weltraum in alle Teile zerbarst. Seine Trümmer flitzten wie Kometen in alle Richtungen des Alls davon. Sie seufzte schwer, als sie über das jähe Ende der spektakulären Geschichte nachdachte. Sie verfügte über keinerlei Kräfte mehr und war wieder so, bevor sie den Staub der Feen bekam. Und dennoch gab es Dinge, die sie nach wie vor an eine Fee erinnern ließ. Von ihrer Figur angefangen bis zu ihrem Wissen um den Einsatz ihrer Kräfte. Kore befühlte sich ihre Ohren und stellte fest, dass sie weiterhin spitz blieben. Sie wurde eben von den Vorkommnissen gezeichnet. Dachte sie jedenfalls.

„Wer hätte das gedacht", sinnierte sie über sich und sah auf das Geschenk, das Neko ihr überlies. Die gläserne Phiole, in der ein Teil der Lebensenergie von Neko bläulich schimmerte. Sie sah sich am Ufer um. Hier war es karg. Sein Ufer wurde von dem Geröll der Berge gesäumt. Es erinnerte sie an die Szene in Jules Transpati, als sie den Präsidenten Sellerfield begegnete.

„Er will nicht, dass ich den Rest meines jetzigen Daseins traurig bin. Was meinte er damit? Ich bin so froh, dass Jule und Lysander wieder zurückverwandelt wurden. Und Neko kann gar nicht sterben. Nichts stirbt wirklich, weil Vergangenheit wie Zukunft passiert. Nichts stirbt wirklich, solange es eine Erinnerung daran gibt. Wir schlafen nur und irgendwann, werden wir wieder neu erweckt. Wir regenerieren uns und werden wieder neu, bis wir uns erneut schlafen legen. Wir freuen uns auf jeden neuen Zyklus, weil er die Einzigartigkeit nicht verliert. Das ist ein großes Geschenk. Ich werde meine Brüder und Schwestern wieder sehen, meine Pfleger, meine Geliebten …"

In Kore kam plötzlich eisiges Grausen in ihrem Gedankengang auf. Sie ahnte bereits mit Schrecken, wovon ihr Bruder gerade sprach.

„Meine Geliebten? Jule, Lysander? Wo sind sie? Am Ufer werde ich sehen", sagte sie erzitternd wie vom Blitz getroffen. „Er kennt unser Treffen. Es wiederholt sich. Das schon seit ewiger Zeit. Er weiß, was geschehen ist und was mit mir passiert, wenn ich... das heißt, ja …"

Sie sah sich beklemmend den aufgeschichteten Steinhügel bei ihr näher an. Ihr Herz begann, vor Anspannung zu rasen. Sie schluckte schwer. Es fiel ihr schwer, das wahrhaben zu wollen. Sie räumte in aller Hast die dicken Brocken des Grabes zur Seite, das man dort notdürftig errichtete. Immer schneller warf sie die Steine zur Seite. In ihr arbeitete es empfindlich. Neko wies ihr den Weg zu Lysanders Grab.

„Am Ufer wirst du sehen", hallten die Worte ihres Bruders wiederum durch ihren Schädel.

„Nein. Nein", jammerte sie bebend. „Lysander. Jemand tötete ihn."

Dann bekam sie endlich die Hand der zum Verwesen verdammten Leiche zu packen und wusste nun, welche Steine sie entfernen musste. Eilig räumte sie die restlichen Brocken weg, bis die Reste des Leichnams vor ihr lagen. Er war zum Teil skelettiert. Das blanke Entsetzen stand ihr tief ins Gesicht geschrieben.

„Lysander ist Tod", wiederholte Kore verzweifelt schreiend in die Nacht hinein. Dicke Tränen liefen ihr die Wangen hinab. Ihr grässlicher Schmerz lies sich nicht beschreiben. „Lysander. Nein."

Mit zittrigen Händen korkte sie hastig das Fläschchen auf, worauf der Blitz darin aus der Phiole sprang und in Lysander einfuhr. Das bläuliche Licht lies sein Fleisch wieder erneuern. Es bekam wieder die rosige frische Farbe. Der junge

Mann regenerierte sich in Windeseile und schlug verwirrt die Augen nach seinem Todesschlummer auf.

„Kore?", murmelte er benommen von seiner ewigen Ruhe erweckt.

„Lysander geht es dir gut?", fragte Kore ihren Liebsten voller Sorge.

„Meine Geliebte. Ich bin so froh ...", lächelte er glücklich. Kore schmuste sich hingebungsvoll an ihm. Sie umklammerte seinen geschwächten Körper. All ihre Angst, all ihre Sorgen um ihren Mann entluden sich in ihrem Handeln.

„Es ist vorbei", sagte sie erleichtert. „Die Menegerit sind besiegt. Sie werden die Ewigkeit nicht mehr einfangen."

„Die Menegerit?", fragte Lysander verwirrt.

„Ich hab das Rätsel von Atres gelöst", erklärte Kore und erzählte ihrem Geliebten von den zahlreichen Vorgängen, von denen er offenbar nichts wusste.

„Dein Bruder ist ein Gott? Er war also nie Tod?", fragte Lysander überrascht.

„Nein", bestätigte ihm Kore sichtlich erleichtert. „Er kann gar nicht sterben. Niemand von uns kann wirklich sterben, weil die Vergangenheit wie die Zukunft nie vergeht."

„Dann ergibt alles Sinn. Die Stelen, die Sammler", grübelte Lysander nach.

„Die Menschen, ich meine die Vorfahren der Menegerit. Sie verwendeten ihr erworbenes Wissen dazu, Gott zu überlisten, um unsterblich zu werden. Dabei waren sie es schon längst", erklärte Kore aufgeregt.

„Und es kostete mich das Leben", bemerkte Lysander darüber nachdenkend. „Aber ich denke, dass das Schicksal uns beide eine gnädigere Rolle gegeben hat. Kore, du hast vielleicht deine Fähigkeiten als Fee oder als Dämon verloren, aber dein Wissen aus vergangener Zeit hast du immer noch. Vielleicht wollte es das Schicksal ja, dass du nicht irgendwann, sondern genau zu dieser Zeit an diesem Ort deine Augen aufgeschlagen hast. Auf dass du gerade solch eine Erfahrung machst, die die Zeit überdauert und dass wir eine gemeinsame Zukunft haben."

„Es scheint so", gab sie ihrem Liebsten Recht.

„Du bist der Erbe deiner Brüder und Schwestern von der Erde. Solange du das in deinem Herzen bewahrst, leben deine Freunde auch hier weiter", schlussfolgerte Lysander kombinierend, als er mit Kore über das Geschehene nachdachte.

„Die Schlangen bissen mich und Maluk. Ich glaub, sie ließen mich zu einem Baum werden. Ich weiß nicht, wie viel Zeit vergangen ist. Auf einmal befand ich wieder in meinem Körper. Jule und du waren weg. Maluk sah nach, was passiert ist und verließ den Krater. Ich blieb hier, weil ich glaubte, dass ihr wieder kommt. Ich wartete vielleicht ein oder zwei Tage, doch dann kamen von den anderen Völkern welche zu mir. Sie suchten dich und Jule und glaubten, ich wüsste, wo ihr steckt. Ich konnte es ihnen nicht sagen, weil ich es selbst nicht wusste. Sie glaubten mir nicht und töteten mich. Gegen die besaß ich keine Chance. Es waren zu viele. Außerdem führten sie Waffen mit sich und mir blieben nur ein paar Steine ..."

„Neko wollte nicht, dass ich unglücklich bin", sagte Kore hoffnungsvoll. „Er teilte seine Energie mit dir. Der Feind, den ich besiegte, war die Besessenheit vom ewigen Leben und nun dürfen wir beide sterben, auf dass wir unsere glücklichen Stunden wieder neu erleben. Unbelastet und frei", sagte Kore und presste sich an ihn wie damals an Indreen, als sie ein kleines Mädchen war. Ihre beiden Herzen schlugen auf vor Freude, welche in rhythmischer Harmonie ihre Zweisamkeit auslebten.

„Das ist also mein tödliches Glück", sagte Lysander kosend zu seiner Allerliebsten.

„Was ist aus Jule geworden? Neko meinte, sie wäre wieder zurückverwandelt und wartet auf uns."

„Hast du sie gesehen?", fragte Lysander besorgt.

„Ja. Sie war zuletzt bei der Bronzehand. Dem Landungsdenkmal der Menegerit."

„Das ist ein Anfang", sagte Lysander. „Lass uns morgen Früh dorthin aufbrechen und sie suchen."

„Ja", antwortete Kore besorgt und setzte sich mit Lysander an dem Ufer des Sees nieder. Beide waren müde von den aufregenden Ereignissen. Sie kuschelten zusammen die laue Nacht am See hindurch, bis das der neue Tag anbrach und nebliger Dunst das Ufer einhüllte.

So wie die Sonne sich wieder auf dem Weg machte, sich über dem Himmel zu schicken, begann für Lysander und Kore eine neue Zeit. Kore nahm sich vor mit Lysander Jule zu finden und hoffte inständig, dass ihr nicht ein ähnliches Schicksal wie Lysander wiederfuhr. Außerdem wussten sie nicht, welche Veränderungen sich in der Zwischenzeit auf Atres ereigneten. Es konnte gut sein, dass eine neue Ordnung herrschte. Eine Ordnung, die Lysander tötete. Da Lysander für Tod gehalten und Kore bisher nicht in ihrer urtümlichen Gestalt auftrat, glaubten sie relativ unbemerkt bis zur bronzenen Hand zu gelangen. Es stand eine lange Reise über das Gebirge und durch die Tiefebene mit dem Dschungel bevor. Ohne Flügel und ohne Feenkräfte. Durch einen Kontinent, dessen neue Gefahren und Risiken sie weder kannten noch einzuschätzen wussten.

Fortsetzung Kore Tomps - Der Konstrukteur -